W9-ABG-986

Tres junios

Tres junios

Julia Glass

Traducción de
Abel Debritto y Mercè Diago

Rocaeditorial

Primera edición: abril de 2004

Marquès de l'Argentera, 17. Pral. 1.ª
08003 Barcelona
correo@rocaeditorial.com
www.rocaeditorial.com

Impreso por Industria Gráfica Domingo, S.A.
Industria, 1
Sant Joan Despí (Barcelona)

ISBN: 84-96284-06-9
Depósito legal: B. 15236-2004

Para Alec y Oliver,
mis extraordinarios hijos

«Suponiendo que tengamos fuerzas suficientes, el amor es interminable.»

De vuelta a casa,
JIM HARRISON

Collies
1989

Uno

Paul eligió Grecia por la previsible blancura: el calor deslumbrante del día, la actividad nocturna de las estrellas, el destello de las casas encaladas que cubrían la costa. La Grecia cegadora, ardiente, somnolienta y fosilizada.

El reto consistía en apuntarse a un viaje porque Paul no es un tipo muy sociable que digamos. Teme los actos para recaudar fondos y las fiestas, cualquier ocasión en la que tenga que hablar de sí mismo con personas a las que nunca volverá a ver. Sin embargo, estar entre desconocidos también tiene sus ventajas. Les puedes contar lo que quieras: sin mentir, pero sin contar verdades comprometedoras. A Paul no se le da bien inventar historias (aunque una vez, tonto de él, creyó que sí) y la única verdad que ha ofrecido a esas compañías aleatorias —que acababa de perder a su esposa— siempre provocaba un alud de condolencias un tanto histriónicas. (Una mano sobre la suya durante el primer desayuno en Atenas: «Tiempo, tiempo y más tiempo. Que el Señor Tiempo haga su trabajo arduo y tortuoso». Eso le dijo Marjorie, una profesora de Devon con voz entrecortada).

Son diez sin contar a Jack. Aparte de Paul, viajan otros dos hombres, Ray y Solly, que no se separan de sus mujeres. Además de Marjorie, hay dos parejas de mujeres; van juntas y deben de tener setenta años por lo menos: un cuarteto sorprendentemente dinámico. Llevan prismáticos enormes con los que, desde muy cerca, se comen con los ojos a todos y a todo; cuando visitan los lugares de interés, se calzan las mismas botas de excursionista nuevas, y a las cenas del grupo acuden con sandalias de suela de corcho y la parte superior de ganchillo. A Paul le parecen cuatrillizas.

Al principio, por educación, todos se esforzaron en integrarse en el grupo, pero luego, de manera tan previsible como la sedimentación, las dos parejas de casados fueron por su lado y las cuatrillizas por el suyo. Sólo Marjorie, acostumbrada por su profesión a mostrarse afectiva a partes iguales, continúa tratando a todos como si fueran amigos recientes; y las mujeres, que la tienen por su musa, miman a Paul como si fuera un niño. Su habitación, por insistencia de ellos, siempre cuenta con las mejores vistas, y su asiento en el barco siempre está a la sombra. Los maridos, en cambio, lo tratan como si fuera un leproso. A Jack la situación le divierte. «Me encanta verte pensando "tierra trágame"», dice. Jack es el guía: joven e irreverente, gracias a Dios. La reverencia sacaría de quicio a Paul.

Incluso tan lejos de casa hay recuerdos, como destellos de una cámara o dolores punzantes. En las calles, en las plazas, en los trasbordadores de cubierta abierta, ve sin cesar a Maureen: cualquier rubia alta y alegre, cualquier chica un poco descarada con una insolación. Alemana, sueca u holandesa, ahí está, una y otra vez. Hoy le ha tocado a una estadounidense, una de las dos chicas sentadas a una mesa cercana. Paul sabe que Jack también se ha fijado en ellas, aunque los dos fingen leer el periódico que comparten, el *Times* de anteayer. La chica no es precisamente guapa pero sí risueña, y no se esfuerza por contener la risa. Lleva un extravagante sombrero de ala ancha, sujeto bajo la barbilla con un pañuelo ligero («La Miss Nostalgia de los Cuarenta —habría dicho Maureen—. Estas jovencitas creen que se han perdido una gran fiesta»). El sombrero no parece haberle protegido mucho: tiene la piel enrojecida por el sol y los brazos repletos de pecas. La otra chica es la guapa, de una palidez perfecta y el pelo espeso y abundante de color cacao. Jack no le quitará el ojo de encima.

Hablan demasiado alto, pero a Paul le gusta escucharlas. Calcula que tendrán unos veinticinco años, diez menos que sus hijos.

—Dios, exquisito, te lo aseguro —afirma la joven de pelo oscuro con voz ronca y tono de complicidad—. Una especie de flechazo sensual.

—¿Te subes a los burros? ¿Dónde? —inquiere la rubia con entusiasmo.

—Los alquila ese granjero tan guapo. Se parece a Giancarlo Giannini. Sólo esos ojos conmovedores y tristes valen ya el precio de la entrada. Él cabalga al lado y los fustiga con un palo cuando se resisten.

—¿Los fustiga?

—Bueno, sólo los golpea un poquito. Nada inhumano. Mira, estoy segura de que a los que fustigan de verdad es a los que se pasan todo el día cargando aceitunas. Comparados con ésos, estos otros viven como reyes.

Rebusca en una mochila de lona y extrae un mapa, que extiende sobre la mesa. Las dos se inclinan juntas.

—¡El valle de las mariposas! —exclama la rubia.

Jack resopla desde detrás de su parte del *Times*.

—No se lo digas a esas monadas, pero son «palomillas», no «mariposas» —dice.

Paul dobla su sección del periódico y la coloca en la mesa. Es propietario y editor del *Yeoman*, el periódico de Dumfries-Galloway. Antes de marcharse, prometió que llamaría día sí día no. Sólo ha llamado una vez en diez días, y se alegró de que no le necesitaran. Mientras hojea las noticias de la sección internacional cae en la cuenta de que está harto de todo. Harto de Maggie Thatcher, con sus ojos de erizo, su pelo vacuo, sus edictos viperinos sobre el empleo, los impuestos y los atentados terroristas. Harto de hablar del Eurotúnel y el petróleo sin explotar de la isla de Mull. Harto de los cielos lluviosos color peltre y de la niebla. Aquí también hay nubes, pero son insignificantes, tan ligeras como un velo nupcial. Y viento, pero el viento es cálido y produce un sonido agradable en el toldo que protege las mesas, arrastra servilletas sueltas como si fueran pájaros hasta el extremo del puerto, empuja las olas contra el casco de los barcos pesqueros.

Paul cierra los ojos y toma un sorbo de café con hielo, un nuevo placer. Todavía no ha aprendido el nombre; Jack, que habla griego con soltura, siempre se lo pide. El griego es escurridizo, exasperante. En diez días sólo sabe decir tres palabras. Dice *neh,* que contra toda intuición significa «sí». Sabe desearle *kalispera* a los transeúntes por la noche, como hacen con él. A duras penas dice «por favor», algo así como *paricolo,* y llega a la conclusión de que debe de ser un término musical que significa «alegremente, pero con cuidado». El griego, más que el francés o el italiano, le parece el idioma del amor: acuoso, reflexivo, cargado de susurros dramáticos. Una lengua de palabras sin espinas, sin recovecos.

Al abrir los ojos se queda de piedra al ver que ella le mira de hito en hito.

—No te importa, espero.

—¿Importarme? —Se sonroja, ve que sostiene un lápiz en una mano y, en la otra, un cuaderno grande contra el borde de la mesa. Su bella compañera ha desaparecido.

Cayendo en la cuenta de lo repantigado que está, Paul se yergue.

—No, quédate como estabas, por favor.

—Lo siento. ¿Cómo estaba? —Paul se ríe—. ¿Un poco más así? —Se hunde en la silla y cruza los brazos.

—Eso mismo. —Ella reanuda el dibujo—. Eres escocés, ¿no?

—Bueno, al menos no nos ha confundido con un par de alemanes —comenta Jack.

—Tú no. Tú eres inglés, pero tú eres escocés —dice a Paul—, lo sé por el modo en que has dicho «poco», con esa pronunciación tan especial. Me encanta Escocia. El año pasado fui al festival de Edimburgo. Recorrí en bicicleta los alrededores de uno de los lagos... Además..., quizá no debería decirlo, o me tomarás por la típica americana grosera, pero pareces recién salido de un anuncio de Dewars. ¿Sabes a cuál me refiero? Ése en el que aparecen pastores escoceses y collies?

—¿Collies? —Paul vuelve a erguirse.

—Lo siento, tonterías de Madison Avenue. Se ve a un pastor en los páramos con sus border collies. Es un pastor de ahora, muy de clase alta rural, de facciones rudas, un tanto peculiar pero elegante. Seguramente se trata de un montaje hecho en Los Ángeles, pero a mí me gusta pensar que es real. El pastor. Los brezos. La cabina telefónica roja... Inverness. —Alarga el nombre como si fuera un retazo de neblina y evocara un lugar idílico de Escocia—. Me encantaría tener uno de esos collies. He oído decir que son los perros más listos.

—¿De verdad? —replica Paul, pero lo deja ahí. No hace mucho habría añadido: «Mi mujer cría collies, campeones nacionales enviados directamente a Nueva Zelanda. Y sí, son los más listos. Los más astutos, los mejores vigilantes».

—Hola, aquí estáis, haraganes más que haraganes. —Marjorie, que ha aparecido por detrás de Jack, le golpea suavemente en el brazo con la guía—. Vamos a saquear a algunos vendedores desprevenidos. El almuerzo a la una y media, digamos. ¿Quedamos en el vestíbulo del hotel?

Paul saluda a los demás, que esperan un poco más allá del toldo de la cafetería. Con los pantalones caqui plisados y los sombreros cómodos y prácticos, inclinados sobre los mapas, mirando y señalando hacia todas partes, parecen un pelotón perdido.

—¡A por ellos, Marj! —exclama Jack—. A la una y media en el vestíbulo del hotel. A las dos y media, una breve siesta; a las tres y media... una pequeña aventura. ¿Te parece bien?

—Perfecto —replica Marjorie con saludo militar, y le guiña el ojo dando a entender que acepta la burla.

Se ha convertido en una rutina: el primer día en un lugar nuevo Marjorie encabeza una expedición en busca de souvenirs, como si quisiera reunir los recuerdos antes que la experiencia. Mientras los otros la siguen alegremente, Jack y Paul leen en la taberna, recorren las calles o pasean por las aburridas ruinas de la zona hablando de nimiedades al mismo tiempo que recogen piedras extrañas para mirarlas de cerca y luego descartarlas. Paul no compra ningún souvenir. Debería enviar postales a los chicos, como hacía cuando eran niños, pero la clase de mensajes que los adultos se mandan en las postales le recuerdan precisamente a esas conversaciones que tanto detesta, como las que tienen lugar en las fiestas o cuando va sentado en el avión junto a esos otros desconocidos más inquietantes si cabe, esos de los que sólo se puede huir yendo al servicio.

Según Jack, hay una Marjorie en todos los viajes: una cabecilla, alguien a quien le gusta hacer el trabajo de él. Y Marj tiene espíritu deportivo; no es una mala viajera. Le cae bien, pero le exaspera. Es una heroína sacada de un libro de Barbara Pym: erudita, digna de confianza, terca a más no poder y, sobre todo, desilusionada. A una edad en la que no le vendría mal teñirse el pelo, ha decidido enorgullecerse de su falta de atractivo, como si se tratara de una causa benéfica. Se viste y camina como un soldado, lleva un corte de pelo austero, a la altura de las orejas. Se declara romántica, pero parece más bien realista, amante de la rutina. Jack le repite una y otra vez que su conducta no tiene nada de griega, pero no es la clase de turista que se rige por el dicho «allá donde fueres haz lo que vieres». («Vale: a las tres en punto en el Oráculo, ¡a la hora del té!», dice al evaluar Delfos).

Se vuelve y, ufana, se abre paso por el laberinto de mesas haciendo señas al regimiento. Jack sonríe cariñosamente.

—¡Lanza en ristre, vendedores de paños de cocina del Minotauro!

La joven estadounidense se ríe sin disimulo, una risa de dicha absoluta.

Al final de la guerra, cuando Paul regresó a Dumfries desde Verona descubrió, al igual que sus compañeros, que la mitad de las chicas que había conocido en la escuela se habían prometido a estadounidenses e, incluso —¡Dios las proteja!— a canadienses. Muchas ya se habían casado, y esperaban la travesía por el Atlántico con la emoción e impaciencia de los pájaros que se preparan para emigrar. Entre ellas se encontraban algunas de las chicas más guapas, listas, cultas y encantadoras que Paul recordaba.

Si hubiera querido, Maureen habría sido una de esas novias. Sin embargo Maureen, atractiva, franca, audaz, sabía lo que quería. No pensaba jugarse la vida así. «Esas muchachas no tienen ni idea de dónde se han metido, no señor. Quizá el tipo sea un príncipe, vale, pero ¿con qué intención te lleva a su país? No tienes ni idea, ni la más remota idea.» Eso le dijo a Paul cuando apenas le conocía. Paul admiraba su franqueza... y el pelo rubio rojizo y rizado, los brazos musculosos y los ojos adriáticos.

Al volver, Paul se deprimió. No porque echara de menos la guerra: ¿Qué idiota echaría de menos una cosa así? No porque no supiera qué hacer en la vida: eso ya lo había planeado a conciencia. Ni siquiera porque echara en falta a una mujer, ya que a un hombre como Paul no le faltarían oportunidades. Estaba triste porque la guerra no le había convertido en aquello en que esperaba convertirse; luego sabría que él no había sido el único estúpido en abrigar esa esperanza. Supuso que le había hecho hombre, significara lo que significara, pero no le había proporcionado el ojo despiadado y oscuro de un artista. Todas aquellas poses de valentía (todo aquel apuntar, matar, cerrar los ojos y fingir que matabas pero sin tener certeza de ello); la entereza y el miedo simultáneos a la muerte —la muerte en sí se escuchaba en los lamentos entre los disparos o en las súplicas constantes y horrorosas—... Al partir, Paul había creído que todas esas cosas atroces le darían la pasión indeleble de un superviviente, un engranaje interno bien engrasado, como el funcionamiento de un reloj de familia antiguo. No le había contado esas estupideces a nadie, y se alegraba de ello. La discreción, una de las virtudes que preconizaba su padre, comenzaba a parecerle la más gratificante: así la gente hacía suposiciones y, a veces, por defecto, ganaba su admiración.

Pasaba las mañanas en el periódico: corrigiendo las galeradas, atendiendo el teléfono, catalogando los actos locales. Aprendió los trucos del oficio, tal y como esperaba su padre. Pero a veces, tras un almuerzo tardío en el Globe, a menudo solo, se acercaba al bar, donde perdía la noción del tiempo y la obligación. Por la noche, en su habitación desordenada, en la casa fría y grande de sus padres, intentaba escribir cuentos. Paul era buen periodista, llegaría incluso a ganar premios, pero todo lo que trataba de evocar le sonaba hueco y poco convincente cuando lo leía por la mañana.

El primer año después de la guerra fue una época de expectativas modestas. Se produjo un gran alivio, hubo vítores cargados de alcohol y una inquebrantable sensación de venganza consumada. Pero las personas a las que conocía se guardaban de abrigar grandes esperanzas. Cuando Paul se distanciaba de las mujeres que cortejaba para estudiarlas, tenía la impresión de que los sueños de éstas parecían atrofiados de manera consciente; para ser justos, el entusiasmo que él dedicaba al noviazgo era idéntico.

Maureen no era una de las chicas del colegio. Trabajaba en el Globe, a veces de cocinera o de camarera, otras limpiando las habitaciones de la planta alta. En la variedad está el gusto, decía. Siempre se la veía en buena compañía. Se crecía cuando estaba entre hombres. Las noches que se ocupaba del bar, fumaba, se servía whiskys dobles y opinaba sobre política y agricultura. Sin la menor vacilación, dijo a Paul lo que pensaba de los editoriales de su padre. («¡Ah, la elegante ignorancia de los caballeros!», canturreó con voz suave, comentario que a él le hizo sonreír durante varios días).

Una noche de invierno, después de la cena, sus hermanas organizaron un baile tan ruidoso que a Paul se le quitaron las pocas ganas que tenía de trabajar. Subió al Humber de su padre y se fue a dar una vuelta por la ciudad sin rumbo fijo y, al final, se detuvo en High Street.

Por la noche, había más clientes de clase trabajadora que al mediodía. Compadeciéndose de sí mismo, detestando su inquebrantable complejo de superioridad, Paul bebió demasiado y discutió de manera acalorada. Sabía que era cuestión de tiempo antes de que renunciara a ello, «la ficción de la ficción», como él lo llamaba. A la hora de cerrar era el último hombre del bar. No le apetecía enfrentarse al frío del exterior ni a la desilusión que le supondría volver solo. Observó a Maureen lavar los vasos, cerrar con llave la caja registradora, limpiar la barra hasta obtener un lustre vítreo.

—Al final me topé con el fantasma —dijo Maureen de pronto.

Paul se rió.

—¿No te creerás esas tonterías?

Maureen le clavó una mirada fría y sincera.

—Claro que sí. —Le contó que estaba barriendo la escalera cuando sintió un intenso escalofrío en el rellano—. Como si atravesara el hielo. Te juro que la temperatura cayó en picado diez grados. Y *Marcus* nunca quiere seguirme escalera arriba. —*Marcus* era su perro, un viejo collie artrítico de colores blanco y negro.

Paul repasó todas las explicaciones racionales: corrientes de aire extrañas, bolsas de aire atrapadas..., una imaginación desatada. Maureen negó con la cabeza en todos los casos.

—Pobrecita —dijo Maureen—, evitaría a ese hombre por todos los medios, no es ningún misterio.

El fantasma, según los crédulos, era el alma en pena de una muchacha sensible a quien había seducido Bobbie Burns, un individuo que rompió tantos corazones como poemas escribió. Como el Globe fue su guarida, las habitaciones de la planta alta eran sagradas y los adornos, aunque de lo más corrientes, eran como reliquias en una capilla. Era lógico que alguien inventara un fantasma, había pensado siempre Paul. Otro truco barato para atraer a los turistas. Quizá escribiría un artículo sobre el fantasma y su papel en el negocio.

—Bueno, chica, no querría que pasaras miedo. ¿Te llevo a casa?

—Si no te importa que nos acompañe *Marcus*...

Se puso el abrigo sin esperar a que Paul la ayudara y se dirigió de nuevo a la parte posterior del bar. Mirándose en el espejo que había detrás de las botellas de whisky, se atusó el pelo y se lo ahuecó a la altura de la nuca. Luego extrajo una barra de carmín del bolso y se pintó los labios con tal destreza que Paul apenas se dio cuenta. Cuando se volvió, su boca era de un rojo intenso y llamativo.

Mientras Maureen ayudaba al perro a subir a la parte delantera del coche, entre ellos, Paul calentaba el motor. Era una noche muy fría, sin nieve, y las calles estaban vacías.

—Una pena —dijo Maureen—. Nadie se creerá que he estado con el señor Paul McLeod. Perdón, el teniente McLeod, héroe de la ciudad, cerebro de la población. El teniente McLeod, el soltero de oro. —Con este comentario, daba a entender que ella no podía ser una de las candidatas.

Frente a la casa que Maureen compartía con su madre, Paul apagó el motor y la escuchó parlotear con deleite, sin la más mínima maldad. Se sorprendió al percatarse de lo mucho que disfrutaba escuchándola. El coche ya estaba caliente y las ventanillas se habían cubierto de la típica escarcha cristalina. Reblandecido por el calor, el tapizado del asiento parecía lujoso, como si estuvieran sentados en un club poco iluminado a altas horas. El viejo perro dormía plácidamente entre ellos, como un niño.

Mientras hablaban sobre las novias de la época de la guerra Maureen mencionó a una chica, una amiga suya, que se había marchado a un lugar llamado Quaqtaq. Se quitó un guante y, en mayúsculas, escribió el nombre en su aliento condensado en el parabrisas. La amiga le había escrito diciéndole que se había llevado una gran impresión al llegar:

—¿Qué cabía esperar de un nombre así, de un lugar impronunciable? Por todas partes, dice, la tierra se llama «tundra». —Maureen se estremeció para mayor énfasis—. Nieve y hielo desde septiembre hasta mayo. Todos los animales blancos. Osos blancos, conejos blancos, zorros blancos, búhos blancos, todo lo que te imagines, blanco. Como si a todo le faltara vida. Te pasas la mitad del año suspirando por un poco de verde. —Se rió—. Pues no, gracias, señor, ésa habría sido mi «se ruega contestación» a esa invitación.

Paul observó a Maureen apagar el cigarrillo en la suela del zapato y guardar la colilla en el puño del abrigo.

—Nunca me iría con un militar —añadió, mirando a través del parabrisas—, me refiero al que lleva esa clase de vida. Ni aunque fuera la personificación del segundo Advenimiento.

—Una opinión virulenta —dijo Paul.

—Tengo veintiséis años. Una solterona, según mi madre. Una estatua de mármol confusa. Demasiado inflexible en muchos sentidos, dice... ése es el canto fúnebre. —Se rió, una risa intensa, veraniega.

—¿Y a cambio de qué renunciarías a esa independencia que tanto valoras? —Paul tenía veinticinco años. Era probable que, dentro de un año más o menos, se casase con una de dos jóvenes que conocía, ambas hijas de amigos de su padre, ambas encantadoras y sospechosamente dóciles.

Maureen volvió a reírse y se recostó en el asiento. Aceptó el cigarrillo que le tendió Paul y dejó que se lo encendiese. Acarició al perro de manera distraída: un acto reflejo, pensó Paul.

—¿Sin contar a un hombre que valga la pena? Pues por una casa grande en el campo. La cambiaría por eso. Por una buena prole de hijos, por eso también. —Se calló—. Cinco... cuatro bastarían, cuatro hijos. Las hijas se vuelven contra ti más pronto, o eso he oído decir. Los niños adoran a sus madres... Y te reirás, pero también por unos collies. Ovejas no, o puede que algunas para adiestrar a los perros, sólo collies. Tendría un criadero, por lo menos doce. Mi abuelo los tenía en su granja, cerca de Hawick. *Marcus* es el último de ese linaje. Recuerdo ver a los perros vigilar el rebaño, ir de aquí para allá, de un lado a otro, como lanzaderas de un telar... —Movió las manos rápidamente hacia delante y hacia atrás, de modo tal que el brillo del cigarrillo pareció una serpiente en la oscuridad—. Pero criarlos para esos concursos en los que los ponen a prueba, únicamente para esos concursos, exige dinero.

—Collies —repitió Paul por decir algo. La palabra le sonaba tan ajena como el nombre de la remota población canadiense que comenzaba a desvanecerse en el parabrisas.

—En fin, primero fantasmas y ahora collies. Tonterías, ¿no? Otra vez mi imaginación desatada —dijo Maureen—. Será mejor que me interne, teniente. —Le apretó el brazo por un instante, abrió la puerta y echó el cigarrillo a la alcantarilla. Tras salir, se inclinó para darle las gracias. Con paciencia y dotes de persuasión, logró rodear con los brazos a *Marcus* y lo ayudó a levantarse.

—Un poco más rápido, tripulación. Refrigerio a la vuelta de la esquina —dice Jack al tiempo que se baja del burro. Hace señas enérgicas a los rezagados. Han llegado al bosquecillo tras una tortuosa y calurosa ascensión por la ladera de la montaña, e incluso Marjorie, que sigue de cerca a Paul, parece exhausta.

—Mira que eres malo —dice a Jack tras desmontar. Tiene la blusa blanca cubierta de polvo y manchas ovaladas bajo las axilas.

—Dijiste que eras amazona, Marj.

—Eso significa que monto *caballos,* jovencito.

Jack se ríe y la rodea con un brazo.

—Quien algo quiere, algo le cuesta.

Ayuda a Irene a desmontar y luego a Jocelyn. Sus maridos, Ray y Solly, están a medio camino de la cabaña de descanso. Las cuatrillizas se han quedado holgazaneando en la playa.

—¡Nada de cerveza! —grita Jack—. ¡No quiero bajas durante el descenso!

Paul espera mientras Jack ata a los burros. El bosquecillo es más pequeño de lo que pensaba, apenas un grupo de árboles inclinados y azotados por el viento. Un paraje árido y reducido por el que no vale la pena ascender. Salvo por otros dos burros que dormitan en las inmediaciones, parece que nadie más ha realizado esa absurda excursión.

—No mires ahora —dice Jack—, pero son las hermanas Andrew.

Paul sigue su mirada más allá de la mesa junto a la que se sienta su grupo. Lo primero que ve es el sombrero de ella, un sombrero extravagante. La amiga, que la conduce hacia la entrada del bosquecillo, gesticula entusiasmada. Apenas oye el tono musical de su voz: «¡Unos quimonos maravillosos! ... ¡Un llanto inconsolable!»

—No es un «valle» que digamos —comenta Paul.

—No, pero espera, amigo. —Jack extrae una botella de agua de la mochila. Se bebe la mitad y se la pasa a Paul, que se la acaba.

Paul sigue el sendero de piedras hasta el bosquecillo y adelanta a sus compañeros. Al traspasar la puerta se siente refrescado de inmediato. Es la primera brisa, la primera sombra en horas: un placer intenso e inesperado. El terreno desciende abruptamente allí donde comienzan los árboles. Más que un valle es un cráter, y las hojas marrones producen un sonido semejante al del viento en un maizal. Sigue un sendero de tierra, dobla un recodo y deja escapar un grito ahogado. El sonido procede de un palo con el que un hombre de corta estatura golpea las ramas. De repente, una neblina escarlata se apodera del aire, como un remolino de confeti bermellón, una lluvia de pétalos arrojados al final de una boda.

Recuerda la jungla y las sorpresas repentinas. Años atrás, en Guatemala, estaba con su hijo y un grupo de periodistas admirando un templo en ruinas cuando de pronto alguien se rió o levantó la voz. De la nada surgió una columna de colores —rojo, naranja, turquesa, violeta— que los envolvió por completo, una nube de papagayos asustados.

Entre la bruma rojiza atisba el sombrero de la joven, la

camisa de la otra chica, el brazo del hombre que golpea los árboles. Alas infinitesimales rozan el rostro de Paul, el aire está vivo, pero el único sonido que se oye en medio de todo ese alboroto es el del palo. Habría esperado una gran algarabía, el bullicio de los pájaros al alzar el vuelo, pero las palomillas están sumidas en el mayor de los silencios. Su color es como un ruido ensordecedor. Y luego, poco a poco, vuelven a posarse en las ramas y desaparecen. Cerradas, como ramitas o brotes, resultan invisibles. El lugar se torna marrón y reseco de nuevo, sin ninguna característica especial. El hombre de corta estatura se queda junto a Paul, seguramente esperando a que le pague otra ronda. En el otro extremo del claro las dos jóvenes siguen embelesadas, con los ojos entrecerrados y los rostros levantados de manera solemne, resplandecientes.

Con la aprobación de Maureen, Paul esperó a que su padre falleciera. Sus hermanas, ambas casadas y afincadas en Edimburgo, estaban descontentas e indignadas —le dijeron— por la crueldad con que él podría disponer del legado de ellas, pero ninguna tenía derecho a reclamar parte alguna. Su madre, remisa por naturaleza, no tomó partido. Al cabo de dos meses la residencia de la familia estaba vendida y el mobiliario repartido, y Paul había encontrado un lugar para su familia en el campo, a media hora de la ciudad. La casa se llamaba Tealing. La delimitaban por un lado un arroyo y un prado cubierto de maleza y por el otro un seto alto que ocultaba otra casa, la única a la vista desde la suya, ocupada, según el hombre de la agencia, por una viuda que cuidaba de sí misma.

Fenno tenía ocho años y los gemelos, Dennis y David, seis. Los tres gritaban y alborotaban por los amplios pasillos e imitaban a los bombarderos y los tanques Panzer en el jardín. Rayaban los pasamanos, derribaban sillas, mutilaban los arbustos. No podían esperar a hacerse mayores para combatir en la guerra, como papá, y tener enemigos reales a quienes derrotar.

Maureen contrató a una niñera a tiempo parcial para que se ocupara de los niños mientras ella recorría Aberdeen, Oban, Peebles, cualquier lugar donde hubiese concursos en los que se pusiera a prueba la destreza de los perros pastores o granjeros con quienes tratar. Al cabo de un año había comprado cuatro perras, tres perros y media docena de ovejas. Paul encargó a un carpintero la construcción del criadero al final del prado y, detrás, un establo para las ovejas.

El periódico iba viento en popa, así que Paul también viajaba con frecuencia. Pronunciaba conferencias en universidades, entregaba premios a autores, daba consejos a redactores más jóvenes. Las febriles separaciones y reencuentros resultaban, por lo general, renovadoras para la familia y románticas para Paul y Maureen. Era generoso con los niños y tenía paciencia con su carácter desenfrenado. Le encantaba disfrutar de las pocas noches que pasaban juntos en casa, con un fuego de leña de abedul en la sala con vigas vistas en el techo: Paul repasaba el libro de contabilidad; Maureen contaba cuentos a los gemelos mientras cepillaba a uno de los perros; Fenno montaba un barco en miniatura o extendía los brazos y, dando vueltas a toda velocidad, bombardeaba la alfombra en silencio.

Los domingos por la mañana Paul madrugaba y salía a pasear antes de ir a la iglesia. Detrás de la casa había bosques y campos, divididos por muros de piedra cubiertos de musgo. En algunos de los campos pastaban ovejas y vacas, pero en la mayoría sólo había fleo a la espera de ser segado.

Junto a uno de los muros discurría un sendero de tierra que se alejaba del prado. A unos ochocientos metros se bifurcaba: el camino de la izquierda conducía a una granja y el de la derecha a Conkers, la casa solariega contigua a la granja. Después del desvío, otros senderos y caminos para tractores surcaban el terreno, y Paul solía ver huellas de herraduras de caballos. Otoño y primavera eran las épocas de la caza del zorro. Algunos sábados Paul escuchaba desde la casa el cuerno de caza a lo lejos, su trino agridulce y monótono. En noviembre vislumbraba fogonazos rojos entre los árboles deshojados cuando los cazadores pasaban con sus abrigos de colores vivos. Si los sabuesos ladraban como posesos, los collies de Maureen se abalanzaban contra la valla de la caseta y aullaban.

El único problema era la vecina. La señora Ramage se pasaba mucho tiempo cuidando un jardín vistoso y ordenado y, mientras trabajaba, escudriñaba por entre el seto. Maureen la llamaba «la Mirona» y al principio le pareció divertido. Sin embargo, no habían transcurrido seis meses desde su llegada cuando la señora Ramage expresó su consternación por el hecho de que hubieran destrozado sus propios parterres. Maureen había conservado las rosas de la entrada y los altramuces contiguos a la cocina, pero a fin de conseguir espacio para el criadero había arrasado dos arriates de peonías, azucenas y lilas bien arraigadas; los otros estaban desbordados de mostazas y salicarias. Cuando la señora Ramage señaló con un guante las exuberantes flores purpúreas y le explicó a Maureen que las raíces chuparían toda la humedad del prado, acabando así con la flora, una especie tras otra, Maureen replicó: «De hecho, siempre me han parecido preciosas», y rodeó la casa para perderla de vista.

A la señora Ramage tampoco le parecía bien cómo educaban a los niños. De vez en cuando se asomaba por una abertura del seto y pedía a los niños que no armaran tanto barullo. Sus hijos, ya mayores, se habían marchado, por lo que Paul interpretaba esas intromisiones como una especie de envidia nostálgica. La apaciguaba admitiendo que sí, sin lugar a dudas, los niños estaban malcriados y que el futuro pintaba negro si la señora McLeod y él no les apretaban un poco más las clavijas. Era Paul quien se disculpaba, llevaba a los niños a casa y los hacía callar. Maureen apenas lograba contener la furia. Tras soportar varios meses de quejas, se negó a saludar a la vecina siquiera con un ligero movimiento de cabeza. Cuando entraba en la casa detrás de Paul, despotricaba: «"¡Verlos y no oírlos, verlos y no oírlos!" Si vuelvo a escuchar esa perogrullada fascista saliendo de sus labios, nadie la verá ni oirá nunca más».

Aunque Maureen no era dura con los niños, sí era estricta con los perros. Los cachorros nacían en la antecocina y dormían en la casa, con la madre, durante los dos primeros meses. Maureen los sacaba todos los días para que jugaran bajo su supervisión. Dejaba que los niños tontearan con ellos, los persiguieran, se revolcaran juntos y les hicieran cosquillas en la barriguita sonrosada. Luego enviaba a los cachorros a otras granjas cercanas para que pasaran allí unos meses. Cuando regresaban, vivían en el criadero y entonces comenzaba el adiestramiento. Se tornaban obedientes aunque obstinados, imponentes y furtivos a partes iguales. Prestaban a Maureen, a su voz, a sus manos, una atención inquebrantable e intensa. Paul se preguntaba a veces si se trataba de un principio con el cual comparaba en secreto su dedicación a ella... y jamás estaba a la altura.

Maureen nunca pegaba a los perros, pero cuando se enfadaba adoptaba un tono de voz profundo y ronco, un tono que Paul nunca había escuchado en ningún otro contexto. «Soy un lobo. Implacable. Inflexible —le dijo—. Eso es lo que aprenden.» Desde la biblioteca, en la planta de arriba, la veía adiestrarlos en el prado, a veces hasta la puesta de sol. Sin verle la cara, la escuchaba reprender a un perro desobediente. A pesar de la distancia, Paul percibía el temor del perro mientras la miraba agazapado entre el césped. Lograba infundir ese miedo con las palabras y los gestos.

Un domingo estaban fuera, en el jardín. Paul descansaba en la hamaca; Maureen limpiaba el redil con la manguera y los niños, para variar, jugaban tranquilos y en silencio, cada uno a lo suyo. *Betsey*, la perra favorita de Maureen, perseguía insectos entre las flores silvestres. David tenía un juguete nuevo, una pelota roja, en la que la perra se había fijado. David se la lanzó y le gritó: «¡Búscala, búscala!». Pero *Betsey* se la llevó, y cuando David la siguió e intentó quitársela, la perra le gruñó. En un abrir y cerrar de ojos, Maureen la levantó en peso por la piel del pecho y le clavó tal mirada que *Betsey* dejó escapar un gañido. «Si vuelves a hacer esto, o algo parecido, haré que te maten», literalmente gruñó Maureen. Aquella vez, como estaba cerca, Paul le vio bien la cara. Tenía los ojos tan desorbitados que parecía fuera de sí. Cuando soltó a la perra, le temblaban las manos. *Betsey* miró a Maureen con la expresión más triste que Paul había visto jamás en un perro. «Te lo prometo», añadió Maureen en voz baja, implacable.

Aquello sucedió durante el segundo verano en Tealing. Un año después Paul recibió una llamada en la oficina de uno de los regidores del condado. La señora Ramage había presentado una queja. El regidor se mostró contrito y discreto, pero no había vuelta de hoja. Las ovejas olían mal, aseguraba la señora Ramage, y los perros armaban mucho alboroto. El criadero, visible desde su dormitorio, era «una mancha en el paisaje». Paul se alegró de que no se hubiera quejado directamente a ellos. A pesar de su insolencia, la señora Ramage temía a Maureen, no sin motivo. Paul comunicó al regidor que no recusaría la queja, pero le pidió dos meses de gracia. Tenía otros planes.

Había estado pensando en el largo prado situado al otro lado de su propiedad, más allá del arroyo. Pertenecía a Colin

Swift, el hombre que acababa de comprar Conkers y la granja colindante. El campo, cubierto de hierbajos, no se utilizaba, ya que la mitad posterior solía inundarse en primavera cuando el arroyo se desbordaba.

—Me estaba hablando —dice Fern— sobre una puesta en escena de *Madame Butterfly*. La vio en el Metropolitan. Un decorado asombroso, me contó, con un enorme árbol de verdad en el escenario, luces en las ramas, quimonos violetas con medallones en forma de mariposa de oro colgados como fantasmas en las paredes de la casa. Las mariposas de allá arriba le han recordado la obra... Yo nunca he ido a la ópera. Antes la consideraba una tontería. Pensaba que nunca cambiaría de idea, pero... te haces mayor, sabes, y las cosas se ven de otra manera, ¿no? Anna es distinta: Anna es una mujer de mundo. Ya nació así. —Le sonríe a su amiga, que está hablando con Jack.

Fern está más guapa sin sombrero. Lleva el pelo húmedo recogido en un moño. Tiene la cara alargada y atenta, el mentón pequeño. Le cuenta a Paul que es pintora y viaja con una beca de investigación. Finalizó la universidad el año pasado y ha estado en Europa desde entonces, sobre todo en París, donde tiene alquilado un pequeño apartamento. Anna, una amiga de la universidad, vive en Paros todo el verano y trabaja en una excavación.

En una mesa cercana se sientan Irene y Ray. Los miran de vez en cuando, sin disimular su suspicacia. «Perfecto —piensa Paul—, caeré en picado del pedestal del viudo.» Ya ha bebido demasiada *retsina;* el calor en la piel y el dolor en las piernas a causa de la torturadora silla de montar le han despertado una sed insaciable. Y bebe por inquietud. En el bosquecillo, tras una breve charla intrascendente y las presentaciones, ha invitado a las jóvenes a tomar una copa con su grupo antes de la cena. Sin embargo, la cena es a la nueve, falta una hora, y la mayoría no llegará hasta entonces. De momento, el sol parece quedarse indefinidamente en el horizonte, cual invitado renuente a marcharse.

—Mira que la gente dice cosas absurdas... Por Dios, hay quienes piensan que no tenemos ni un solo árbol en toda la ciudad, que hay que ir armado para sentirse seguro, que por las calles vagan jóvenes negros sádicos en busca de presas blancas. Mira, te podrían violar y asesinar en... en Londres desde luego, pero también en cualquier otro lugar. El peligro acecha en todas partes.

Anna es de Manhattan y cree que el resto del mundo se halla sumido en la misma ignorancia. Defiende las virtudes de la ciudad ante Jack, que asiente y sonríe, más callado de lo normal. Agresivas y apasionadas a ratos, las jóvenes llevan hablando casi una hora. En una ocasión, Jack se volvió momentáneamente hacia Paul y arqueó una ceja. Mofa, deseo, conspiración: podría haber significado cualquier cosa.

—Sí, Anna, pero si eres sincera no me dirás que no preferirías vivir en un sitio como... —Fern sonríe a Paul—... Escocia. A la larga, claro está.

—No te lo tomes a mal, Paul, pero no —replica Anna—. Demasiado homogéneo. —Alarga las sílabas centrales, como si la palabra contuviese un genio.

Paul ha oído a su hijo Fenno referirse a esta o a aquella mujer como a «la reina del drama», y ahora sabe exactamente lo que significa. Fenno, al igual que Anna, vive en Manhattan, pero Paul decide no mencionárselo. Si lo hiciera, Anna se haría con el timón de la conversación y querría analizar minuciosamente la vida de Fenno. El hijo mayor de Paul, el que se ha alejado más de casa, es el más independiente y el que menos debería preocupar a Paul; sin embargo, la propia distancia ha sido siempre motivo de preocupación, por la sensación de que si pasara algo terrible, no podría contactar con él a tiempo. En cuanto a los gemelos, Paul cree que siempre contarán el uno con el otro, se apoyarán mutuamente, se ayudarán cuando haga falta.

Fern suspira y gira un poco la silla para mirar hacia el mar. Cierra los ojos e inclina la cabeza hacia arriba con la misma expresión fervorosa y anhelante que Paul vio en el bosquecillo después de las mariposas... palomillas. Sigue bebiendo *retsina,* pero intenta salir de su campo de distorsión. ¿Qué podría querer de ella? A ella le cae bien, pero no coquetea con él. Observa a Jack, el modo en que Jack mira a Anna mientras habla sin cesar.

—Cielo rosa al anochecer, de los marineros el placer —dice Fern de repente.

Anna se calla y Jack se vuelve lentamente hacia Fern.

—Entonces esta noche habrá un montón de marineros gozosos, ¿no crees?

—Está bien, está bien —dice Fern, riéndose con timidez—. Es una tontería que mi madre recita cada vez que hay una puesta de sol hermosa. Me ha salido de pronto.

—¡Te ha salido de pronto! —canturrea Jack en falsete al tiempo que, parpadeando, mira hacia el sol—. Como el corcho caprichoso de una botella de champán.

Fern sigue riéndose, pero Paul tiene la impresión de ver a Jack a través de un telescopio invertido. En ese momento no termina de gustarle el ingenio del joven, su malicia superficial.

A las nueve (puntualmente, ya que Marjorie sigue al mando) llega el resto del grupo y se trasladan, no sin complicaciones, a una mesa más grande y protegida.

Anna coge a Fern del codo.

—Bueno, chicos, tenemos cosas más importantes que hacer.

—Pues... bueno —dice Fern. Al levantarse, nota que está mareada y se apoya unos instantes en su amiga. Paul susurra una cortés despedida. Por tercera vez ese día intenta recordar sus rasgos, convencido de que no volverá a ver a esa joven extraña e inexplicablemente atractiva.

En el bar del hotel, después de la cena y cuando los demás se han retirado, Jack, con acento estadounidense, imita a las dos chicas.

—¡Vaya, estos burros se dan la gran vida! ¡Ja, en comparación con los corceles de la policía montada de Nueva York...! ¡Ésos sí lo tienen difícil, manteniendo a raya a los turistas paletos! —Extiende una servilleta, se la coloca en la cabeza y sube la voz una octava—. ¡Oh, pero si los pobrecitos vivieran en la maravillosa Escocia...! —Baja la voz y se quita la servilleta—. Tierra de cerveza caliente, tripas de oveja cocidas y hombres que enseñan sus feas rodillas... ¡Hay que ver!

Paul se ríe, demasiado borracho para sentirse culpable. Jack se inclina hacia él.

—Entonces, ¿con cuál de las dos, Paulie? ¿Con cuál de las dos te quedarías? Es un decir, claro.

—¿Yo? —Paul lleva tal cogorza que se tumbaría ahí mismo, en el suelo embaldosado y mugriento—. Estoy ya muy decrépito para esas travesuras.

—¡Tonterías! O como dirían esas americanas, chorradas. Mírate bien.

Paul se mira, como si fuera a descubrir algo estimulante. Finge que reflexionar sobre la elección supone todo un esfuerzo.

—La rubia, supongo. Me gusta su sombrero estrafalario, su piel rosada.

—Su sombrero «estrafalario», su «piel rosada». ¡Oh, Paulie! —Jack se carcajea, inclinándose sobre la barra y negando con la cabeza—. Colega, el sombrero sería lo primero en desaparecer. —Recoge la servilleta que había empleado de sombrero y la deja caer al suelo.

ϒ

Maureen enfermó, o la enfermedad decidió mostrarse, hacía casi un año, en verano. A pesar de que bromeaba sobre la operación («¡Sólo es un reajuste del alma que necesitaba desde hacía tiempo!») todos los hijos vinieron a casa: Fenno desde Nueva York, Dennis desde París y David de dos condados más al norte. El regreso de Fenno fue el más memorable, porque era el que vivía más lejos y el que volvía a casa con menos frecuencia, pero quedó empañado por el inesperado compañero de viaje de Fenno, un joven estadounidense llamado Mal.

Mal era el invitado perfecto y considerado, pero aquella cortesía intachable era como una pantalla. A veces, cuando Mal y Fenno estaban en la habitación que compartían en la planta alta, Paul oía risotadas sarcásticas y burlonas. Eran de Mal, sin duda, pero nunca se reía así delante de Paul.

Apuesto y delicado a la vez, daba la impresión de que le hubieran quitado los músculos y los tendones de brazos y piernas —como si fuesen las ballenas de un vestido antiguo— y sólo le quedaran unos huesos frágiles y una carne cetrina y translúcida. Quizá no estuviera enfermo, se decía Paul... o no lo estuviera de lo que parecía más obvio y era, por tanto, una conclusión vergonzosa. Tal vez fuera uno de esos jóvenes ascéticos a los que nunca les había faltado de nada y que recurrían a las privaciones autoinfligidas para así expresar su desprecio hacia lo que consideraban los placeres cortos de miras de sus padres. Cada vez que oía su nombre, Paul no podía evitar pensar en su significado en francés. Mal se ponía colonia, una fragancia herbácea que era más intensa por las mañanas. *Les fleurs du mal*, pensó Paul la primera vez que la olió. Sus miedos le hacían sentir mezquino.

Cuando por fin Paul se quedó a solas con Fenno, al tercer día de su llegada, le preguntó si aquel joven se llamaba Malcolm (quizá Paul podría dirigirse a él con ese nombre).

—Malachy. Pero nadie le llama así, por Dios. —Habían sacado a los collies a correr por el campo situado al otro lado del arroyo. Era la primera noche que Maureen pasaba en el hospital. Mal hacía la siesta—. No te cae bien, ¿verdad? —dijo—. Se te ve tenso.

Paul suspiró.

—¿Quieres que no me caiga bien? He pasado varias horas en su compañía. Y si estoy «tenso» probablemente se deba a que mañana por la mañana le abrirán el pecho a tu madre. —Le deprimía que Fenno emplease tantos americanismos, como si fueran una prueba fehaciente de que había elegido una nueva clientela. (De los tres hijos de Paul el mayor era, irónicamente, el que le hacía sentirse más anticuado.)

—Eres libre de que te caiga bien o no, papá.

Los collies corrían como locos trazando amplios círculos, pero no ladraban. A Paul no le preocupaba la posibilidad de que se escapasen. No abandonarían la zona de influencia de Maureen, aunque ella no estuviera presente.

Fenno se acercó a su padre y le colocó una mano en la espalda. Paul agradeció el calor físico de aquel gesto y se preguntó si era de consuelo o conciliación.

—Mal es un buen amigo —dijo Fenno—, así que podrías intentar mostrarte un poco menos británico y aparentar que te interesa conocerlo, ¿no? ¿Hacer algo más aparte de llevarlo a pasear por la finca y darle discursos sobre por qué los escoceses somos cualquier cosa menos ingleses? —Fenno se rió y apartó la mano para acariciar a uno de los perros—. ¿Sabes cuál fue una de las primeras cosas que me gustó de Nueva York? Que la gente no pierde el tiempo diciéndote lo que no es. Nadie tiene una identidad tan delimitada, y mucho menos una no-identidad.

—¿He dado discursos? ¿Qué discursos? —preguntó Paul.

—Papá, ya sabes a qué me refiero —replicó Fenno—. Todo ese rollo de «si tuviéramos nuestro propio gobierno», Dios salve a la Reina, pero que se vaya al infierno. Ya sé: es lo que toca cuando vienen americanos. Va siendo hora de que te olvides de todo eso.

«Va siendo hora de que te olvides.» Un consejo que Paul nunca había oído resumido en tan pocas palabras. Quizá fuera un lema que debería haberse bordado o tatuado en alguna parte para obligarse a abandonar aquellas opiniones tradicionales.

—Dime la verdad —instó Fenno—. Sobre mamá.

Por aquel entonces el pronóstico era esperanzador, aunque el cáncer había comenzado a dirigir su campaña hacia otros territorios. Mientras Paul le contaba a Fenno lo que le habían dicho los médicos, mientras explicaba el programa de quimioterapia e intervenciones quirúrgicas, sintió como si levitase sobre el campo, sobre sí mismo, y una de las muchas voces de su yo incesantemente verbal le dijo que, en esa parcela de tierra ya maldita, en esa hermosa tarde estival, varias observaciones elementales sobre su propio hijo habían atravesado las barreras cerebrales y emocionales e iban directas a su corazón: Fenno nunca dejaría su vida de expatriado; se conocía mejor a sí mismo que Paul, y era homosexual. Esta tercera admisión era más indirecta que las otras, pero sin duda era la más importante (aunque Paul sabía que no debería serlo). Le supuso un alivio y, a la vez, le aterrorizó. Un alivio porque durante muchos años sólo había fingido saberlo, y le aterrorizaba porque si su hijo también estuviera enfermo, aunque en ese momento se le veía perfectamente sano, Paul no lo soportaría. Se vendría abajo y quedaría reducido a la nada, como un puñado de hojas secas pisoteadas.

Por su cabeza pasó el pacto inevitablemente pueril: si tengo que perder a uno de los dos, que sea ella. «Biología al habla», habría dicho Maureen, y habría aprobado la decisión, pero Paul no daba tanto crédito a la grandiosidad de los genes.

Al cabo de unos días Mal se marchó a Londres, pero desde aquel momento en el campo hasta el día en que Fenno se marchó dos semanas después, Paul fue incapaz de hablar con su hijo sin temer que su pánico se desbordara, como una botella de leche derramada sobre una pizarra. Hablaba con voz fría y distante; adoptaba expresiones afectadas y mojigatas. El desprecio de Fenno saltaba a la vista, pero no volvió a criticar a su padre. Paul se pasaba horas en vela por las noches tratando de concebir una fórmula que le ayudara a descubrir lo que necesitaba saber. Quizá existía una forma de preguntar, pero no se imaginaba tener que esperar la respuesta sin saberla antes.

Una mañana, desde la biblioteca, Paul los había visto pasear por los campos; Fenno señalaba árboles y pájaros. A Fenno le gustaban los pájaros; de niño, sujetaban un papel con cinta adhesiva en la ventana de cada habitación de la casa para que cuando alguien viera una especie nueva la anotara de inmediato allí mismo. Paul había dejado las listas incluso después de trasladarse Fenno a Nueva York. Poco a poco, la luz del sol había borrado los nombres de los pájaros, primero en las ventanas que daban al sur y luego en las del norte, hasta que desaparecieron por completo sin dejar rastro alguno. Maureen, siempre menos sentimental que Paul, las quitó una vez que él estaba de viaje.

Mientras los espiaba, Paul no los vio cogerse de la mano o abrazarse, aunque suponía que lo hacían y, de repente, pensó que no era tan terrible. Semanas atrás le habría disgustado de manera indecible. Paul recordó cómo había reaccionado su padre al anunciarle que se casaría con Maureen, una desilusión no expresada pero obvia. Fenno le había decepcionado, pero no por su vida amorosa o por el hecho de que tal vez no tuviera herederos.

Fenno dirigía una librería, un negocio lógico para el hijo que, tal y como Paul le recordaba a los cinco años o a los nueve o a los doce, siempre estaba leyendo. Sin embargo, Paul siempre había confiado en que fuera Fenno quien se ocupara del periódico, incluso después de irse a Estados Unidos para el doctorado. Ninguno de los gemelos había mostrado interés alguno en nada relacionado con el lenguaje. David era médico veterinario, digno hijo de su madre; Dennis, un romántico como su padre pero sin ansias intelectuales, estaba estudiando (tras vagar sin rumbo fijo durante años) para chef. Cuando llegaron a la mayoría de edad y, simultáneamente, vaciaron los pequeños fondos de inversión que les había dejado su abuelo para dedicarlos a sus respectivos intereses, a Paul le pareció bien. Sin embargo, cuando Fenno invirtió parte de su herencia (sólo una pequeña cantidad) en su propio negocio, Paul, de manera ilógica e instintiva, se sintió traicionado. Una y otra vez se recordaba que él mismo se había sentido esclavo de los deseos de su padre (aunque podría haber renegado de ellos sin consecuencias funestas); pero se sintió herido de todos modos.

Maureen regresó definitivamente a casa a mediados de diciembre. Mientras Paul señalaba la casa al conductor de la ambulancia, vio un coche blanco junto al seto que debía de ser el que Fenno había alquilado en el aeropuerto. Fenno estaba en el salón, de pie frente al fuego de la chimenea. «Ahí estás», dijo, como si Paul fuera un niño que se hubiera escondido para evitar una regañina. La frialdad de Fenno resultaba dolorosa, pero no sorprendente, ya que Paul le había aguado la visita cinco meses antes.

Junto a Fenno, Mal se apresuró a levantarse del sillón de lectura de Paul. Al saludarle, Paul luchó contra la misma repugnancia que había sentido en verano. (¿Había empeorado la salud del joven? Desde luego, estaba más pálido pero, claro, era invierno.)

Así, mientras llevaban a Maureen por la nieve hasta la casa, mientras deseaba con fervor el apoyo de sus hijos, que le protegieran con la firmeza de un nudo marinero, sintió que había perdido a Fenno por completo. Estaba entre Paul y la chimenea, milagrosamente cerca, pero era como si estuviera en su casa de Nueva York, una casa que Paul nunca había visto y, suponía, no vería nunca. Su hijo mayor, después del funeral —que sería pronto—, podría convertirse en poco más que una dirección en el fino papel azul de un aerograma. A lo sumo.

Paul ordenó a los camilleros que llevaran la cama y el equipo a la biblioteca, en la planta de arriba. Desde allí Maureen vería el criadero. Sus tres perros favoritos podían vagar por la casa a sus anchas. Pasaban la mayor parte del día en el suelo, junto a la cama de Maureen, aunque en una ocasión Paul los sorprendió persiguiéndose entre sí por la escalera principal y resbalando en las alfombrillas del pasillo. Se acordó entonces de los niños, de sus inacabables simulacros de combate. Se acordó de la vez que Fenno llevó a cabo un incendio imaginario de la casa y todo lo que contenía. Ahuecando las manos alrededor de la boca, había imitado a la perfección una alarma antiaérea; aquel gemido hizo que, durante unos instantes, el pecho de su padre vibrase de miedo.

—Cáncer de pulmón —explicó a Jack—. Podría decirse que es una muerte terriblemente común. O una muerte comúnmente terrible. Pero murió en casa. Todos estábamos allí. Los chicos, nuestros hijos; de hecho, ya eran mayores. Un día luminoso. Tal como nos gustaría morir a todos. —Hablaba como si estuviera redactando un telegrama.

Iban sentados juntos en el avión de Londres a Atenas. Al principio Jack, que parecía recurrir a la broma para conocer a la gente que le caía bien (y la táctica funcionaba), había preguntado cómo era posible que un tipo obviamente atractivo y, al parecer, independiente hubiera acabado solo en un viaje organizado. «No eres el típico cliente de estos viajes —había añadido—, o mejor dicho, no de los míos».

—Lo siento —dijo Jack—. ¡Dios, eso sí que es duro!

Paul levantó las manos y negó con la cabeza.

—Por favor. En los últimos seis meses todo el mundo se ha compadecido de mí a todas horas, y he venido para huir de eso. Mis hijos se preocupan por mí, como si fuera un inválido y ya tuviese un pie en la sepultura yo también. En la oficina se preocupan. Mis amigos de toda la vida se preocupan.

—Me apuesto lo que sea a que las esposas de tus amigos de toda la vida se preocupan por ti de otra manera.

Se rieron. Paul miró por la ventanilla y vio los Alpes. A Maureen le encantaba ir en avión y verlo todo plano, como en un mapa. Le gustaba la sensación de vértigo cuando el avión se ladeaba para girar, cuando la tierra se alzaba a un lado, y montañas y ríos entraban en ti y te cautivaban.

Abajo, de horizonte a horizonte, junio comenzaba a extender su verdor, promesa de abundancia, en pugna con las escasas cumbres que conservaban la nieve. De cerca debían de verse flores, flores silvestres, amarillas, purpúreas y blancas. Un junio ya lejano, Paul y Maureen viajaron por esas laderas con el pequeño Fenno dormido en una cuna que habían metido a presión en el coche (por entonces no existían los sistemas de seguridad modernos y la mayoría de los padres eran demasiado jóvenes para preocuparse por peligros ocultos). Se detuvieron en un campo de flores para almorzar. Después de comer hicieron el amor hasta que los interrumpió el llanto de Fenno. Mientras Maureen cambiaba el pañal mojado (y Paul le acariciaba la parte baja de la espalda), ella dijo: «Bueno, tendremos que volver a encontrar este lugar cuando los niños sean mayores». Las múltiples expectativas que implicaba ese simple comentario le emocionaron. Era tan ingenuo...

Cuando apartó la mirada de la ventanilla, comentó a Jack que había viajado mucho pero nunca con guía.

—Ahora, sin embargo, prefiero que todo esté planeado. Nada de sorpresas.

—Ah, pero no puedo prometerte que no haya sorpresas —replicó Jack.

Jack tenía treinta y seis años, la edad de Fenno, pero ahí se acababan las similitudes. Jack no era esbelto ni de rasgos delicados, ni tampoco se expresaba de manera culta. Era musculoso y rubicundo. Poseía el físico de un nadador y la tez de los rubios italianos que Paul había visto en Verona y Venecia. Tenía los ojos sagaces y vidriosos de un zorro, muy azules, y una nariz larga y afilada. Hablaba con el deje de los labradores de Yorkshire. Jack le recordaba a las amistades breves que había entablado durante la guerra con hombres de un mundo distinto aunque paralelo. Sintió una confianza repentina e irracional, muy diferente de la distancia que mantenía, sin querer, con sus hijos.

Jack se había casado una vez, por poco tiempo y demasiado joven. Apenas tuvo tiempo de saborearlo. Había sido el encargado de un bar. Tras el divorcio, se fue a Grecia con sus ahorros, hizo autoestop por el país, vivió aquí y allá. Ahora ganaba bastante dinero con los viajes organizados. Al principio eran agotadores, doce viajes seguidos, pero había aprendido a relajarse. Y luego, cinco meses libres. Una buena vida. No se quejaba. Tenía una novia en Londres, nada exigente. Una actriz a punto de cumplir los treinta: demasiado ambiciosa para sentar cabeza, y la mera idea de tener hijos la estremecía.

Paul siempre había supuesto que, al final, fuera cuando fuera, Maureen y él pasarían mucho tiempo juntos, a solas.

Hablarían de todo. Pero ¿por qué habría de ser así? Incluso cuando Maureen estaba en el hospital, él tenía que sacar el periódico, alimentar y ejercitar a los perros, tranquilizar a los amigos: más trabajo que nunca. Y la presencia de sus hijos, aunque bienvenida, daba todavía más trabajo, le entretenía más. A veces, por la forma en que se paseaban por la casa —acariciando objetos, valorando los cuadros— daba la impresión de que estuvieran a punto de repartirse las posesiones y llevárselas. Aunque Paul sabía que sólo estaban rescatando recuerdos, en ocasiones sentía la necesidad de gritar: «¡Todavía estoy vivo! ¡No os quedaréis huérfanos!».

Una semana antes de la muerte de Maureen un avión con una bomba a bordo explotó en el aire y cayó en Lockerbie. Cuando se supo la noticia, Paul estaba sentado a su lado, leyéndole en voz alta *Mi perro Tulip*. Por aquel entonces Maureen casi nunca realizaba el esfuerzo que le suponía hablar pero, mientras Paul cruzaba la sala para coger el teléfono, la oyó decir con voz ronca: «*Rodgie*, mi pequeñín, mi rey». Miraba más allá de Paul, donde estaba el perro, que le devolvía la mirada. Maureen se tocó una oreja, una de las muchas señales cuyo significado preciso Paul nunca se había molestado en aprender, y *Rodgie* pasó corriendo a su lado y, de un salto, se colocó junto a Maureen. Cuando Paul colgó, ella no le preguntó quién había llamado. Tenía las manos hundidas en el pelaje del perro y dejaba escapar un sonido gutural. Paul supo en ese instante que jamás volverían a hablarse, ni íntima ni despreocupadamente.

Aquella semana fue, desde todos los puntos de vista, una tragedia, un caos agobiante y doloroso. Una venganza divina, pensó Paul, mucho peor que todo cuanto había visto y sentido en la guerra. La mañana posterior al accidente aéreo fue el único día que se separó de Maureen; fue en coche hasta Lockerbie con un inspector de policía cuya hija había cautivado a Dennis un verano, hacía ya mucho. Los dos hombres se abrieron paso entre la multitud y cruzaron barricadas a partir de las cuales se hallaron rodeados de restos chamuscados y manchados de grasa. En muchas partes no había nada que ver, salvo fragmentos tan minúsculos que resultaba estremecedor observarlos. A Paul aquello le resultaba tan confuso que tuvo la impresión de que todos aquellos restos componían una especie de experimento visual: una sonata de formas estrafalarias y oscuras contra el suelo recién helado, como un cuadro de Miró. El inspector se detuvo a hablar con uno de los hombres que recogían fragmentos y los depositaban en bolsas de plástico numeradas; en ese momento la bota de Paul dejó al descubierto un objeto que emitía un brillo dorado. Se colocó de espaldas a los policías y se puso en cuclillas para evitar que vieran el objeto. Lentamente, desenterró un cilindro brillante y lo sostuvo en la palma enguantada. Era un tubo dorado de pintalabios, que había sobrevivido a la caída desde las alturas. Sin vacilar, se lo guardó en el bolsillo. Mientras caminaba de nuevo junto al inspector, se centró en el vaho de su propio aliento y se recordó a sí mismo que tenía que inhalar, exhalar, inhalar, exhalar. Al llegar a casa, fue directo al fregadero de la antecocina y vomitó.

No durmió durante cinco días. Prohibió a quienquiera que entrase en la casa que mencionase el accidente delante de Maureen. Ella ya no leía el periódico. Primero con una mascarilla y luego a través de unos tubitos de plástico introducidos en los orificios nasales, sorbía el oxígeno como si fuera un elixir cuya magia estaba a punto de desaparecer.

Dos

—Parece una isla muy pequeña —le dice cuando vuelve a verla en el barco que va de Paros a Delos.

—Aunque supongo que hay mucho que hacer. —Fern parece avergonzada y contenta a la vez.

—¿Nos está siguiendo, jovencita? —pregunta Jack al pasar, sonriente, junto a ellos.

Paul se sienta al lado de ella y dice:

—Entonces somos afortunados.

Jack se queda en la cubierta de proa con el capitán. Viejos conocidos, se ríen y bromean en griego. Jack lleva unas gafas oscuras en las que el sol se refleja mientras habla. Casi todos los demás han bajado, nerviosos por el oleaje. Para ser un día soleado, el mar está muy agitado y el barco, un pesquero sin el menor encanto, cruje y se sacude contra el muelle. Jack ha asegurado a todos que, una vez en marcha, les parecerá que el mar está en calma.

—Supongo que hay una tormenta por ahí —dice Fern.

—Si la hay, está muy lejos. No hay nada de que preocuparse —contesta Paul.

Marjorie sube a cubierta. Al sentarse junto a ellos se la oye resoplar por el esfuerzo de subir la escalera.

—Bajad ahí —dice señalando hacia los pies—. ¡Escorbuto instantáneo! —Se inclina por encima de Paul—. Hola, querida. ¿No te vi ayer en la taberna bosquejando las costumbres locales?

Fern sonríe a Paul.

—Una isla pequeña —contesta a Marjorie, y luego se presenta.

Marjorie da una palmadita en la mochila que lleva en el regazo.

—Paul, querido, he cogido galletas y queso extra para vosotros, los chicos. Dentro de una hora nos alegraremos de tenerlos. El aire salado despierta un hambre canina. —Vuelve a darle una palmadita a la mochila—. Aunque debo confesar que no tengo ni idea de qué queso es.

El motor arranca con un chirrido estruendoso y, al ahogarse, despide una nube de humo negro. Marjorie frunce el entrecejo y agita el brazo para disipar el humo como si se tratara de un enjambre de mosquitos.

—Un comienzo nada prometedor. ¡Un día maravilloso, pero las apariencias engañan!

Paul y Fern sonríen y asienten a la vez. Paul vuelve la cabeza ligeramente hacia Fern y le guiña un ojo. La sonrisa de ella se torna tensa y temblorosa. Paul se siente una persona distinta: infantilmente cruel y feliz como no lo había estado en meses.

Jack se les acerca y tiende una bolsa de plástico.

—Anda, Marj, sé buena y repártelas abajo, ¿quieres?

Marjorie observa el interior de la bolsa.

—¿Qué os había dicho?

Se la muestra a Paul. Dentro hay bolsas marrones de papel parafinado, una versión barata de las bolsas para el mareo de los aviones. Cuando Marjorie baja, Jack ocupa su lugar. Fern se ríe.

—¿Qué es lo que te divierte tanto, jovencita? —pregunta Jack.

—Tú —responde ella—. La manera en que mandas a la gente. En fin, son ellos lo que te pagan, ¿no?

—Paul —dice Jack—, ¿cómo he de tomarme eso?

—Como un cumplido.

Jack se aparta las gafas de sol y mira a Fern de hito en hito.

—Bien, y ¿dónde está Madame Butterfly?

—En las excavaciones. Ha venido a trabajar. Yo he venido a pasármelo bien.

—¿Arqueología? —dice Jack—. Dios, se pasan el día tomando el sol. Manoseando el polvo. Eso no es trabajar.

—Llevar de paseo a un montón de turistas alegres, beber cerveza cada dos por tres, engullir *moussaka*..., a eso llamo yo no trabajar.

Jack se ríe.

—*Touché*, jovencita.

El viaje son dos arduas horas: el barco cabecea a través de las olas altas y los senos profundos entre cresta y cresta. Algunos de los otros pasajeros suben a cubierta, se agarran al pasamanos y se inclinan, pálidos y con expresión lastimera. Fern y Paul, junto con Jack, Marjorie y varios más, saben avanzar con el barco y evitar que se les revuelva el estómago. Todos coinciden en que se trata de algo inexplicable. Tu cuerpo lo sabe o no lo sabe.

—Como la lujuria —comenta Jack.

Marjorie se ríe tontamente, fingiendo escandalizarse.

Jack se pasa la mayor parte del tiempo abajo, donde intenta distraer con sus bromas a los pasajeros más nerviosos. Marjorie fotografía el mar abierto con el horizonte inclinado, las islas lejanas, la tripulación, el barco. Fern le habla a Paul sobre los estudios de Bellas Artes, sus cuadros, su ciudad natal, Cornwall, en Connecticut. La convence para que le deje ver su cuaderno de bocetos.

Hay acuarelas y dibujos a lápiz. La mayoría son de personas, pero incluye asimismo algunos paisajes.

—No se me da muy bien la naturaleza —comenta Fern mientras Paul contempla el primer paisaje, un olivo retorcido—, pero cuando se viaja es más o menos obligatorio. Es decir, se espera de ti que dibujes el paisaje, igual que se espera que lleves cámara y organices una proyección de diapositivas. Como si tu memoria no contara o no fuera de fiar, ¿no?

Paul se ha percatado de que Fern tiene la costumbre de repetir esas coletillas con las que busca una reafirmación que no debería necesitar. Al fin y al cabo, no se parece a Maureen.

El árbol está dibujado con gracia pero con cierta timidez.

—Tengo la impresión de ver el viento —comenta Paul—. En la tensión de las ramas.

Sin embargo, ella ya ha pasado la página. Al dorso hay una joven en bañador y un niño dormido en el regazo. Fern ha reproducido bien las manos del niño en torno al cuello de la madre, sujetándose con fuerza incluso dormido. La madre tiene la mirada perdida, quizá en la hermosa puesta de sol.

—Es espléndido. Me encanta cómo le has dibujado el pelo.

—Me gusta dibujar a la gente en los trasbordadores. Retratos, eso es lo que prefiero. Me niego a creer que el acabado de un retrato sea algo esencial, algo..., no sé... provocador. Creo que deberían existir nuevas maneras para entrar en una persona y, digamos, eviscerar el yo. Desde un prisma artístico, claro. —Alza la vista—. Ya ves qué manera de hablar, «desde un prisma artístico», como si todavía estuviera en la universidad.

Los retratos de Fern son claros, nada tímidos. Muchos son autorretratos. De pronto pasa la página rápidamente antes de que Paul pueda apreciar bien el dibujo.

—Me había olvidado de ése —dice Fern.

Paul había vislumbrado un boceto en el que se veía a Fern sentada desnuda en la cama, reflejada en un espejo junto a una ventana con vistas a unas colinas. Rosas hibisco, azules cobalto, verdes cobrizos. En la página siguiente Paul se ve a sí mismo y ahoga una exclamación.

—¿Cuánto tardaste en hacerlo? ¿Diez minutos? —pregunta.

—No está acabado. Nos interrumpieron —replica Fern.

Sin embargo ahí está, en un perfil de tres cuartos, fácilmente reconocible: el pelo enmarañado cubriéndole una oreja, la mandíbula grande, las cejas hirsutas. El ojo izquierdo es oscuro, un líquido destello blanco en un garabato emborronado.

—¿En qué pensabas? Parecías tan... no sé... trágico.

—Pensaba en el poco tiempo que voy a pasar aquí, en este viaje. Me gustaría vagar durante años, vivir en todas las islas —inventa—. O elegir una y convertirla en un verdadero hogar. ¿No te gustaría? ¿No te gustaría...? —Se le entrecorta la voz por su propio entusiasmo. Tiene la impresión de haberla invitado.

—Ojalá la vida fuera tan generosa —responde Fern. Agacha la cabeza, se recoge el pelo y se lo enrolla nerviosamente en una mano. Señala el mar—. Mira, ¿es ahí? ¿El lugar al que vamos?

Maureen estaba en la cocina preparando el té. Desde el salón Paul creyó oír unas pezuñas. Escuchó cerrarse la puerta de la cocina, después un parloteo indescifrable y por último la voz de Maureen se apreció con claridad.

—¿Cómo se lo toma *Juno*? ¿O le gusta el jerez?

La risa vibrante de un hombre.

—Una taza de azúcar le iría bien. Y de paso le estropearía la silueta.

Entonces Paul oyó que Maureen le llamaba y luego unos pasos que iban rápidamente del comedor hacia la entrada de la casa.

—No te importa, espero, que me pase por aquí sin avisar y os interrumpa el té —dijo Colin Swift mientras entraba en la habitación detrás de Maureen. Le tendió la mano.

Cuando Paul se levantó, se le cayó un libro del regazo. Paul había coincidido alguna que otra vez con Colin Swift, pero sólo de pasada: en una fiesta de despedida en honor del subdirector del periódico; en una recepción política. Era un hombre al que todos veían pero casi nadie conocía.

Después del té pasearon por las lindes del prado. Vendería el prado —lo llamaba «bulevar»— pero sólo si le concedían derecho de paso durante la temporada de caza por la mitad posterior.

—Los jinetes saltan ese muro y luego se alejan por la cañada. Sin embargo, no creo que pasáramos más de dos veces por temporada, como mucho.

Paul se percató de que llevaba una corbata blanca, absurdamente formal para un solitario paseo a caballo por el bosque, aunque le confería el mismo digno aspecto que una gorguera en un viejo retrato holandés.

Maureen estaba en el centro del prado. El criadero seguiría viéndose desde la casa si lo construía en la parte frontal, dijo mientras medía la distancia a pasos. Podría plantar un macizo de arbustos para ocultar la parte posterior (o vallarlo si a él no le importaba) y, detrás, pastarían las ovejas.

Colin Swift era el director de Swallow Run, un club de caza del zorro. También era el propietario de Conkers, de la granja contigua y de unas cuatrocientas magníficas hectáreas: colinas, henares, bosques, arroyos. Era un recién llegado, un inglés trasladado que había comprado la propiedad hacía apenas un año. Era bien sabido, porque él no lo ocultaba, que en Cornualles había dejado otra propiedad y una esposa hostil. Los vecinos le llamaban «el Comandante», con una mezcla de veneración y reprensión. Con cincuenta años largos, era un hombre alto y en forma, atractivo y con los movimientos garbosos de una cigüeña. Asistía a los encuentros formales con uniforme de gala, y las medallas resplandecían como confeti. Había perdido la mano izquierda y parte del brazo hasta el codo en Tobruk.

Antes de marcharse le pidió un cubo de agua a Maureen. Mientras el caballo bebía, preguntó por los collies, que se habían puesto en fila a lo largo de la valla para mirarle.

—Compraré unas cuantas shrops en otoño. Sólo veinte cabezas para empezar —explicó—. ¿Tendrás crías entonces? Me gustaría hacer las cosas a la antigua.

Maureen le condujo hasta el criadero. Paul se excusó, regresó a la casa y reanudó la lectura.

Cuando Maureen entró, se reía y negaba con la cabeza.

—El «bulevar». La «cañada». El «tilo». Será remilgado.

—¿Le venderás un perro?

—Por supuesto. Me dejará trabajar con su nueva adquisición, las «shrops» —dijo arrastrando las palabras para imitarle—. Como si supiera tanto de ovejas que las shropshire, las cheviot y las oxford no fueran más que nombres de monedas para él... Pero no te rías demasiado o se gafará este golpe de suerte.

—Así eres tú, Maureen... afortunada. Una mujer con suerte —dijo Paul a la vez que alargaba la mano para tocarle la cintura— y encanto.

Maureen colocó la mano sobre la de Paul, pero aquella muestra de cariño pareció sorprenderla.

—Consigo casi todo lo que deseo —dijo Maureen mientras apilaba tazas y platillos.

Ya había salido de la habitación cuando a Paul se le ocurrió preguntarle qué deseo no había conseguido.

Esa noche, cuando vuelvan, la invitará a cenar. Irán al otro extremo de la isla, a Náousa, el pueblo más pequeño

(Jack sabrá exactamente dónde llevarla, dónde encontrar un coche).

Aunque de momento se mantiene distante, no le quita el ojo de encima. Ella desaparece tras un muro, reaparece junto a una columna decapitada. Deambula y disfruta de cuanto toca o ve. Todavía es de día, pero hace viento y un poco de frío. Paul le ha ofrecido el suéter de lana que había traído y ella lo lleva puesto cuando se sienta en el suelo, abre el cuaderno y comienza a dibujar. Paul cree tener el estómago lleno de pequeños cristales. Las manos le arden, como si las tuviera cubiertas de hielo.

Tienen dos horas para visitar las ruinas y luego se dirigirán a Mikonos. Paul deja que Marjorie y las dos esposas le lleven de un lado a otro mientras Marjorie lee en voz alta fragmentos de la guía sobre el nacimiento de Apolo y Artemisa. Delos es un lugar de salas sin techo, salas en las que el sol inunda hasta el último rincón: mosaicos resquebrajados, dinteles caídos, paredes desmoronadas. En una sala Paul contempla la imagen representada en las losas rotas bajo sus pies: un pulpo. Escucha con satisfacción la cantinela didáctica de Marjorie.

De nuevo en el exterior, las esposas encuentran a sus maridos charlando. Ray entrecierra los ojos y extiende los brazos al frente en ángulos rígidos y extraños. Ray, que es ingeniero, encontrará la manera de medir las ruinas. Quizá será así como recordará lo que ha visto, por sus dimensiones.

Al mirar en cierta dirección, Paul ve a las cuatrillizas en el quiosco de las postales. En otra a Fern, absorta en un dibujo; Jack aparece sigilosamente por detrás de ella y le inclina el sombrero hacia la cara. Fern se vuelve con mirada acusadora; Jack le dice algo que la hace reír. Fern se levanta, se sacude el polvo de las piernas y guarda el cuaderno. Jack señala hacia la sala con la imagen del pulpo en el suelo y dice:

—A ver, ¿dirías que el mar tiene un color vino oscuro?

Yo lo llamaría azul eléctrico, azul añil o azul marino, pero es de un azul innegable, y que yo sepa no hay ningún vino azul.

Marjorie, que sigue detrás de él, escudriña el mar mientras se protege los ojos con una mano.

—No creo que se trate de este mar —contesta Paul—. Homero se refería al mar Jónico, creo yo, el mar que rodea Ítaca.

—No, te equivocas. ¡Debería darte vergüenza! Esa famosa metáfora es de la *Ilíada*. La alusión hace referencia al sacrificio de los soldados, por supuesto, y el vino sustituye a la sangre. Confieso que me pongo muy literaria con estas cosas, pero el buen arte nunca decepciona.

Paul sonríe. La convicción de Marjorie habría hecho cambiar de opinión incluso a Homero.

—¿Te gusta todo esto, pues? —pregunta Marjorie sin apartar la mirada del mar, como si quisiera que se tornase menos azul—. ¿Aún ves muy negro el horizonte?

—¿El horizonte? —Paul se ríe—. Hoy el día parece despejado.

—No, me refiero a si has tomado las riendas de nuevo, si vuelves a vivir la vida, todo eso.

—Me lo estoy pasando bien.

—Me alegro —replica Marjorie—. Una amiga me obligó a hacer un viaje parecido justo después de perder a un ser querido. A España. Apenas tenía treinta años entonces, pero me volví adicta. En mi caso le atribuyo el mérito a El Greco. Es difícil pasarse el día llorando en un sitio como Toledo. Desde entonces no he parado.

—¿De viajar? —pregunta Paul.

—De coleccionar mundos, así lo llamo yo. Perspectivas diferentes y todas representan una nueva ventana. Si hago balance, arquitectónicamente hablando, resulta que me he construido una auténtica mansión.

Antes de que Paul pueda responder, Marjorie mira ya hacia otro lado y saluda a alguien.

—Hola, amigos trotamundos, ¿no es magnífico este lugar? —grita.

El resto del grupo, aproximándose a ellos, saluda casi al unísono. Al fin y al cabo, nadie puede resistirse a los encantos intimidatorios de Marjorie.

—¡Hola, hola! ¿Hemos dado un espectáculo emocionante?

Colin Swift vio a Paul y a Maureen entre los espectadores mientras pasaba tirando de su yegua, remangado y con las riendas enrolladas alrededor del codo izquierdo. La yegua estaba cubierta de sudor, y los sabuesos, enlodados pero briosos de todos modos, trotaban en formación cerca de las piernas de Colin Swift y las patas de la yegua. Con una mano él saludaba a alguien y luego acariciaba a uno de los perros. Su porte regio y el modo en que llevaba aquel abrigo rojo de bufón como si fuera una segunda piel, irritaban a Paul, pero resultaba difícil no envidiar la desenvoltura con la que lo hacía todo.

Cuando Colin llegó a la casa, al final del campo, entregó la yegua y el sombrero a un niño que esperaba allí y se arrodilló en la hierba. Los sabuesos le rodearon como una multitud de discípulos fervientes. Le lamían las orejas, se empujaban los unos a los otros para disfrutar de su abrazo asimétrico. Se oían ladridos y gemidos; Paul hubiera jurado que algunos procedían del propio Colin.

—¡Basta de cotilleos, damas y caballeros! —exclamó al erguirse—. Venga, venga, en marcha —dijo mientras indicaba a los sabuesos que fueran hacia una camioneta, donde el criador los hizo entrar.

—Nunca he visto nada parecido. Debe de haber cincuenta —dijo Maureen a Paul—. Con eso no puedo competir. —Tenía el rostro enrojecido por el aire frío.

Acercándose, Colin estrechó la mano a Paul y luego a Maureen.

—¿Nos vemos después en la casa?

Paul había confiado en no tener que ir a la fiesta, pero Maureen había aceptado con entusiasmo la invitación a desayunar con los cazadores en Conkers. Al menos no se había producido encarnizamiento; los sabuesos habían perdido el rastro en un pantano. Eso significaba que no habría «trofeos», ningún trozo de la presa destrozada junto a los berros y los panecillos.

De camino al coche, Colin se volvió.

—¿Os gustaría ver mis criaderos? Os traeré de vuelta.

Maureen soltó la mano de Paul y salió corriendo.

El criadero era un arsenal remodelado, una pequeña fortaleza con murallas. Fuera, los sabuesos vagaban por un prado cercado. Cuando el coche pasó por allí, los perros se abalanzaron contra la valla, aullando y ladrando. Colin se asomó por la ventanilla y lanzó varios alaridos. Maureen se rió tontamente.

—Tengo que hablar en su idioma —dijo Colin.

—Lo sé, lo sé —replicó Maureen.

Sentado detrás de ella, Paul notó cómo a Maureen se le distendía un tendón en el cuello, mezcla de orgullo e irritación.

—Ah, tú y tus famosos collies. Seguro que yo podría aprender un par de cosas —dijo Colin mientras le abría la puerta.

Les dio una bata blanca, como la de un médico, para que no se manchasen la ropa.

—Esperad aquí —indicó. Los dejó solos en una enorme habitación de piedra con una litera de madera a un lado y una puerta, como la reja de un castillo, en el otro.

—Medieval —musitó Paul—. Todo esto es primitivo.

—Eres un viejo cascarrabias —replicó Maureen en un susurro.

La puerta que estaba a sus espaldas se abrió. Acto seguido, se vieron rodeados de sabuesos. Paul se encogió, pero Maureen se mantuvo erguida y se rió mientras los perros daban vueltas en círculos alrededor de los recién llegados. Los sabuesos no saltaron ni les gruñeron, sino que les dieron la bienvenida con un amistoso alboroto de ladridos y gemidos. A cuatro patas casi llegaban a Paul a la cadera.

—¡Ya está bien, diablillos! —gritó Colin. Dio unas palmadas en la puerta. Los animales se callaron de inmediato y le miraron atentamente. Caminó entre ellos en cuanto se quedaron inmóviles, repartió premios que extraía del bolsillo —trocitos de carne, no las galletas que utilizaba Maureen— y los elogiaba a todos por su nombre: *Nemrod, Aria, Impecable* y *Fiel; Piccolo, Galán, Dalila, Intrépido. Haníbal. Armonía. Diva. Orión*. Recitaba los nombres como si se tratara de un poema, un torrente de conciencia mítica—. Permitidme ahora un poco de lucimiento. ¡A su sitio, caballeros!

La mitad de los sabuesos, treinta o más, se precipitaron rápidamente hacia la litera de madera. Se sentaron formando una hilera, tensos y relajados a la vez, mirando la puerta situada en la pared de enfrente. El resto de los perros se sentaron delante de ellos, alineados en el suelo.

—¡Tom! —gritó Colin, y el criador, que estaba en el otro extremo de la habitación, alzó la puerta con el cabrestante. En la otra habitación había un comedero largo. Pacientes, inmóviles, las dos hileras de sabuesos miraban primero al comedero y luego a su amo, una y otra vez. Colin esperó un buen rato—. Damas —dijo finalmente, y la primera hilera, las perras, salieron disparadas hacia la otra habitación. Los demás perros seguían esperando en la litera y sólo movían la cola. Colin los observó durante varios segundos; los sabuesos le devolvieron la mirada—. Caballeros —dijo, y los perros abandonaron la litera de un salto al unísono, como si se hubiese descorrido un cerrojo imaginario.

Maureen aplaudió; Colin hizo una pequeña reverencia.

—Una frivolidad —reconoció—. Ya veis lo mucho que echo de menos el ejército. El orden por el orden.

Les enseñó el comedero, las salas para el celo, el compartimento para los cachorros, la mesa en la que el criador preparaba la comida de los sabuesos. Con una mano, ayudó a Maureen y a Paul a quitarse las batas blancas y luego las colgó en un armario. Paul pensó que lo hacía todo con la perfección de un bailarín. De regreso a casa un camión que venía de frente se apartó para dejarles pasar; el conductor saludó a Colin. Paul miró hacia atrás y vio el cargamento: dos vacas muertas. Supuso que era carne de la granja de Colin y esperó (con mala intención) a que su anfitrión elogiara la economía de su pequeño feudo.

Conkers era una casa cuadrada de piedra, y varios grupos de rosas amarillas trepaban por los aleros y suavizaban sus contornos. Había seis castaños grandes en la entrada y el sol que se filtraba entre las hojas cambiantes aumentaba el brillo de las rosas. En las habitaciones de la planta baja había jinetes bulliciosos que ya habían bebido demasiado, niños sin vigilancia que robaban tartas, y media docena de terriers que ladraban y corrían alocadamente entre los muebles. Colin guió a Paul y Maureen a través de la gente. Paul se figuró que Colin se sentía mejor así que en una casa sin invitados. El anfitrión subió a una de las sillas del comedor y sopló el cuerno de caza. El sonido, aprisionado, era de una estridencia desagradable. Hasta los terriers se callaron.

—¡Cazadores y civiles! —anunció Colin—. ¡Estamos aquí para inaugurar una espléndida temporada de caza!

Alzó una copa. Todos prorrumpieron en gritos de entusiasmo.

Maureen se inclinó hacia Paul.

—Acaba de tocar *Gone Away*. Los sabuesos han dejado de corretear en cuanto la han oído.

—¿Cómo lo sabes? —inquirió Paul.

Maureen se encogió de hombros.

—Cuando se crece en el campo se aprenden cosas.

Cuando llegan a Mikonos el cielo se ha nublado y el capitán del barco anuncia a los pasajeros que partirá una hora antes de lo previsto. Marjorie reúne un grupo para ir de compras en un tiempo récord.

Jack, Paul y Fern pasean por las calles hasta que dan con una taberna que descansa sobre pilotes cerca del mar. Mientras el camarero les sirve el almuerzo, comienza a llover: gotas enormes y amenazadoras como los cristales que penden en una araña de luces. Jack le guiña un ojo a Fern.

—Vaya con tus marineros alegres, querida.

—Los marineros griegos deben de seguir pautas distintas —responde Fern.

Jack asiente.

—Las pautas son distintas para todo. Aquí todo va al revés.

—En el sentido contrario a las agujas del reloj —comenta Fern—. Como en los cuentos de hadas.

Jack apoya la mano en su cabeza por unos instantes.

—Has dado en el clavo, jovencita.

Comen rápidamente, sin apenas hablar. Jack observa el cielo una y otra vez. Fern aparta el plato de carne de cordero tras tomar un par de bocados. Extrae el cuaderno y un lápiz y comienza a bosquejar los barcos bamboleantes.

Cuando la lluvia amaina, Jack se levanta y le da dinero a Paul.

—Me adelantaré para ver si encuentro a esos cazadores de souvenirs.

Mientras Paul cuenta los dracmas, Fern sigue dibujando. Sólo cuando se han marchado y pasean junto al mar se le ocurre decirle algo.

—París debe de gustarte mucho.

A Fern no le parece un comentario patético.

—Bueno, «gustar» es una palabra delicada, incluso en ese contexto. Pero sí, me gusta. Al menos todo aquello que se supone que debe gustarme. Como a todo el mundo, ¿no?

—¿Y lo que no?

Fern mira a Paul, desconcertada.

—¿De eso ya no estás tan segura?

—Me refería a que uno lleva consigo las experiencias de toda la vida allí a donde vaya. Ningún lugar es lo bastante perfecto como para despojarte de eso. Y algunos sitios agrandan tus problemas o, no sé, los revitalizan con estimulantes, por así decirlo. Y ahí es mejor dejarlo. —Se ríe, pero sin naturalidad.

¿Qué quiere decir Fern con eso de «toda la vida»?, se pregunta Paul. ¿Cómo es posible que alguien tan joven hable como un adulto? Cuando Fenno se marchó a Nueva York a su edad, ¿pretendía despojarse de unas vivencias que le parecían las de «toda la vida»?

—Pero te gusta vivir allí —continúa Paul.

—Vivir en un lugar que está a la altura de su reputación es demasiado bonito para ser verdad, es fabuloso y paralizador a la vez. Anna dice que ese efecto paralizador es autoinfligido, culpa mía al cien por cien. Pero ahora mismo creo que no podría ser más feliz en ningún otro sitio. O más afortunada. La mayoría de mis amigos fichan todos los días en el trabajo. Supongo que ése es el destino que estoy aplazando, ¿no? —Se vuelve a reír de manera extraña—. ¿Y tú adónde irás después de este viaje?

—A la tranquilidad. A la tranquilidad y la paz hogareñas. A las cosas de toda la vida. —Están a punto de llegar al muelle y Marjorie los ha visto. Paul se detiene—. Mira, había pensado ir a cenar solo a Náousa esta noche, pero no me importaría ir acompañado. —Fern no alza la vista para responder, por lo que Paul añade—: Mañana partiremos hacia Santorini.

—¿Mañana? ¡Qué pronto! —Ahora le mira. Parece alarmada.

—Así son los viajes organizados —dice Paul—. No tienes tiempo para saborear nada, sólo pequeñas degustaciones aquí y allá, una muestra...

—Entrantes —comenta Fern, nerviosa, para poner fin a un silencio molesto, justo en el momento en que Marjorie los conduce hacia la cola de la pasarela.

El mismo otoño que los invitaron a Conkers, *Betsey* tuvo su segunda camada. La noche que parió, Paul leía en la cama. Oía a Maureen alentando a la perra en la planta de abajo. De vez en cuando se oían gañidos. Había pasado por una docena de noches como ésa y seguía sin poder dormir cuando una perra paría. Recordaba el largo parto de Fenno: la respiración entrecortada de Maureen al otro lado de la puerta del dormitorio, sus jadeos prolongados. Pensaba que si su mujer se hubiese estado muriendo nadie se lo habría dicho. Lo único que le habían explicado era que Fenno se había dado la vuelta en el útero (como si, en el último segundo, hubiera decidido quedarse en lugar seguro) y que llegaría al mundo al revés. «Un inconformista, es cuestión de tiempo, ya verán», bromeó el médico una vez hubieron lavado y envuelto al bebé.

A veces, cuando Maureen estaba junto a una perra de parto, Paul bajaba y preparaba té. Ella le reprendía por no quedarse en la cama durmiendo y él le decía que daba igual porque, de todos modos, no dormiría.

Esa vez esperó hasta que ya no lo soportaba más, hasta que hubo leído la misma página del libro media docena de veces. Tras un largo rato de silencio, oyó ruido de agua.

Maureen estaba junto al fregadero de la antecocina. Dio un salto cuando Paul pronunció su nombre.

—¡Paul, son más de las dos! —Le miró por encima del hombro pero no se volvió.

Paul veía el resplandor rojizo de la lámpara de calor sobre el cajón de partos, donde *Betsey* olisqueaba a las criaturas indistintas que temblaban y se retorcían entre sus patas.

—Buena chica, *Bets* —dijo Paul. *Betsey* no agitó la cola para saludarle como de costumbre, sino que se puso tensa y, con la mirada, le advirtió que no se aproximase.

—Déjala tranquila —susurró Maureen—. Lo ha pasado mal. Trece en total.

Paul se le acercó. Bajo sus manos, el cuerpo de Maureen parecía una barricada de músculos. Había un cubo con agua rosada en el fregadero; Maureen mantuvo las manos sumergidas y no se movió cuando Paul la tocó.

Él retrocedió cuando Maureen extrajo las manos del cubo. Pensaba que se las estaba lavando, pero sostenía un cachorrito negro recién nacido en cada mano. Los colocó en el escurridero.

—Uno es mongólico —explicó mientras vaciaba el cubo en el fregadero—. Y este pequeñín no tiene cola.

—¿No tiene cola? ¿Por qué matarlo? Podrías haberle encontrado un hogar.

—Paul, Paul —dijo con voz tranquilizadora, como si fuera uno de los niños con una pataleta por haber perdido un juguete—. Seguramente tenía también algún otro problema. No hay que ser blandos. —Le miró—. Vuelve arriba a leer el libro, Paul. —Era como si le hubiera dicho: «Vuelve a tu cueva».

Maureen envolvió a los cachorros ahogados en hojas sueltas del *Yeoman* del día anterior. Luego comenzó a limpiarlo todo tal y como hacía después de un parto, igual que si Paul no estuviera allí. Sin ofrecerse a preparar té, Paul subió al piso de arriba. Al cabo de una hora, Maureen se acostó junto a él y se durmió enseguida.

El resto de los cachorros estaban sanos y llenos de vida. A las ocho semanas Maureen les permitió salir para jugar con los perros mayores. Colin Swift cabalgó desde Conkers para verlos. Mientras trabajaba arriba, Paul vio a los perros corretear por el patio, dejando tras de sí un laberinto en la nieve. Cuando Maureen les hizo entrar en la casa, Paul bajó a la cocina. Ella secó a los cachorros mientras Paul preparaba el té. Colin eligió a una perrita con una mancha blanca, la que, aseguraba, le había elegido a él.

—Se llama *Flora* —dijo Maureen—. Nada de nombres rebuscados como los de tus perros raposeros. Aquí no criamos príncipes herederos ni jóvenes promesas del cine.

Colin se rió y le dedicó un saludo militar.

A principios de enero Paul tenía que ir de viaje a México y Guatemala con un grupo de editores, la mayoría estadounidenses. Había aceptado dos billetes, pero Maureen le dijo que debía vigilar a los cachorros y le era imposible ir. ¿Por qué no viajaba con Fenno? Era su primer año en el internado. Le iba bien y los profesores le apreciaban, pero Maureen creía que necesitaba divertirse un poco. Se lo veía tan formal, dijo; ya no se parecía en nada al bombardero de su niñez. Si acompañaba a Paul, se perdería sólo unos días de clase tras las vacaciones de Navidad.

Fenno era el único niño del viaje, pero no necesitaba amigos. Contestaba con educación, casi con erudición, a cuanto se le preguntaba y nunca se quejaba cuando Paul le mandaba a dormir solo después de cenar. Más tarde, cuando Paul se retiraba a su habitación, casi siempre encontraba a Fenno dormido sobre las páginas de un cuaderno. Tras reacomodar a su hijo sobre la almohada, Paul cerraba la libreta y la dejaba en la mesa, resistiéndose al impulso de leerla, no por discreción sino porque temía la imaginación que quizá encontrara allí..., una imaginación que tal vez deseara que hubiese sido la suya.

Los otros editores y sus maridos y mujeres le dijeron lo afortunado que era por tener un hijo así. Aprovechaban la presencia de Fenno para quejarse de sus propios hijos y luego presumir de ellos.

En los pocos meses que había pasado fuera de casa, Fenno se había vuelto más independiente y seguro de sí mismo; a eso debía de referirse Maureen cuando decía que era «tan formal». Sin embargo, a Paul le parecía un intelectual en ciernes con intereses propios. Le encantaba la selva, sobre todo los papagayos y los insectos gigantescos; en Ciudad de México Paul le compró unos prismáticos excelentes. Paul se enorgullecía de él, pero también le entristecía una nueva costumbre: Fenno mantenía durante media hora o más una distancia solitaria —tranquilamente, sin la menor hostilidad— incluso cuando estaba acompañado. En esos momentos, Paul tenía la impresión de que era como si no existiese. En Tikal, cuando, siguiendo al guía, salieron del sofocante laberinto verde al claro que circundaba la pirámide, Paul se dio cuenta de lo mucho que echaba de menos a Maureen, de lo mucho que deseaba que estuviera allí para compartir su asombro, con su lengua y su vista rápidas, sus pasiones alocadas. Susurraría turbada, pero seguramente no dejaría de hablar. Paul sabía que ella bordaba silencios para los dos, pero hasta que no pasó mucho tiempo a solas con Fenno no supo lo que significaría para alguien estar a solas con él, con Paul.

Al regresar a casa, Paul vio a Maureen más animada y joven que nunca. Siempre que volvía de un viaje tenía esa sensación, pero en esa ocasión la enorme distancia que había recorrido había intensificado esa ilusión. Aquel invierno y primavera se percató, por primera vez, de que ella se ausentaba de casa muy a menudo. Si no llevaba a los gemelos a algún acontecimiento deportivo o a clase, estaba en la granja. El capataz de Colin Swift había elegido a un segundo cachorro, *Rodney*, para quedárselo y adiestrarlo junto con *Flora*.

Por las tardes Maureen hablaba efusivamente sobre su nuevo plan, sobre el progreso de los collies. Hablaba de ellos con respeto, como individuos con talentos ya desarrollados, tics y formas de pensar únicas. Un criador de pastores australianos le había escrito para decirle que le gustaría ir a ver cómo se ocupaba de los perros. Un granjero del norte la había telefoneado para preguntarle cuánto dinero cobraba por utilizar como semental a *Roy*, que había quedado bien situado en los concursos nacionales del verano anterior. Colin, dijo Maureen, estaba trabajando duro con los perros. Le había juzgado mal; era cualquier cosa menos un esnob.

—De una pedantería repugnante, lo reconozco, pero debajo de ese barniz late un buen corazón. Y es divertido. Cuenta anécdotas increíbles, sobre todo de la guerra. En África, imagínate. —Miró a Paul de manera harto significativa—. Tú nunca haces eso. No me había dado cuenta, pero nunca hablas de la guerra... ni cuentas nada.

—Quizá porque no tengo nada que contar.

Maureen le miró del modo en que miraría a uno de los niños cuando recurría a alguna excusa poco convincente para librarse de las tareas.

—Paul, todo el mundo con una boca y recuerdos tiene historias que contar.

—Colin Swift luce su marca de guerra negándose a ponerse una prótesis. La herida se ve a un kilómetro de distancia. Si tomas esa decisión es como si obligases al mundo entero a preguntar «¿Dunkerque? ¿Sicilia?», a escuchar tus historias.

—Estoy hablando de ti —replicó Maureen, enfadada—. Da la sensación de que nunca hubieras estado allí.

Paul observó el fuego.

—Quizá no me mutilaron, Maureen, pero creo que estuve allí.

—Lo siento, ha sido una desconsideración por mi parte decir eso. —Se llevó los platos a la cocina. La oyó enjuagarlos en el fregadero y sacar, lentamente, platos limpios para el pudín. Cuando regresó siguió hablando como si no hubieran mencionado siquiera la guerra—. Colin es buen alumno. Admito que estoy sorprendida, aunque *Flora* es una perrita de primera. Procuramos que se lleve bien con su padre, claro, y con *Rodney*. *Flora* lo ha entendido como si lo llevara en la sangre. Bueno, lo lleva, por supuesto; pero, para ser una cachorra, está muy segura: confía en ti por completo, te mira como si supiera lo que estás pensando. Se le nota en las orejas. Hice que *Roy* apartase a una oveja, y tendrías que haber visto la manera en que *Flora* observaba, «escuchaba»... —Maureen hablaba deprisa, ininterrumpidamente, sin tocar el pudín.

—¿Colin la trata bien? —inquirió Paul mientras pensaba en los perros raposeros alineados en formaciones napoleónicas. Si los collies fueran de Paul, se pasarían todo el día holgazaneando junto al fuego, comerían galletas debajo de la mesa y dormirían al pie de una cama. En la infancia de Paul los perros no habían sido más que compañeros indolentes con ganas de jugar.

—De momento la malcría, la deja en la casa con esos terriers trastornados. Pero cuando haga calor, irá a la granja con su hermano.

Cuando Maureen regresó a la cocina de nuevo, Paul cayó en la cuenta de que no habían mencionado a los niños en toda la tarde; ella había volcado la mayor parte de sus instintos maternales en los collies, en los cachorros de *Betsey*. Quizá se debiera a que los niños casi nunca estaban en casa;

a veces tenía la impresión de que David y Dennis sólo iban a casa para dormir. A medida que se hacían mayores resultaba cada vez más evidente que, al tenerse a sí mismos, sus padres ya no les servían más que como sostén económico.

Cuando Paul volvía a casa por la tarde, normalmente no había nadie. Si salía a la parte posterior, veía las huellas de Maureen, mezcladas con las de los perros, trazando un caminito hacia la granja, a la izquierda, o hacia Conkers, a la derecha. Si llegaba a casa temprano, a veces la oía silbar a lo lejos. Más tarde, en ocasiones incluso después de anochecer, la veía volver por el sendero que discurría junto al muro. Regresaba agotada, y Paul le frotaba los pies junto al fuego. Luego llegaban los gemelos y correteaban como ponis, vigorizados por el fútbol o el críquet.

El capitán les ordena que vayan abajo, donde el aire, caliente y viciado, huele a gasolina. Al cabo de una hora la lluvia se transforma en granizo: el repiqueteo de la cubierta se convierte en un estruendo que impide cualquier intento de conversación. Todos están mareados salvo la tripulación del barco y Jack, e incluso a éste se lo ve un poco lívido. Se sienta junto a Fern, que tiene la cabeza entre las rodillas. El bamboleo del barco la empuja continuamente hacia uno y otro hombre. Paul siente el calor de las piernas de Fern a través de la falda y desea, casi con desesperación, que salga el sol y todo se calme. Hace rato que ha vomitado el almuerzo; para no marearse fija la vista en una de las playeras y el tobillo descubierto de Fern.

En la playera ve algo de infantil, de ingenuo; como no tiene hijas, Paul ignora qué otras zapatillas serían más propias de su edad, pero sabe que ésas no lo son, desde luego. Hace seis meses vio zapatos de toda clase en Lockerbie; los zapatos son tan ubicuos en los accidentes catastróficos que su imagen se ha convertido en un tópico del *pathos*. Esa semana Paul vetó al menos una docena de fotografías de zapatos. Esa misma semana, le pidieron que eligiera los zapatos que llevaría su mujer en el ataúd (la esposa de David fue quien los eligió al final); eran formales y negros, eso es lo único que Paul recuerda.

¿Con qué frecuencia los padres de Fern, en la supuestamente bucólica Cornwall, en Connecticut, se preocupaban por ella? Cuando Fenno se marchó del país por primera vez —no era lo mismo que ir a un internado, donde otras figuras paternas le vigilaban, o a la universidad, donde se suponía que los estudios le mantendrían alejado del peligro—, Paul, al acostarse, restaba seis o siete horas y se preguntaba qué estaría haciendo Fenno esa tarde en el extranjero. ¿Estaría en ese preciso instante en la biblioteca (un lugar bueno y seguro), o en la calle comprando para la cena, o eligiendo una camisa para satisfacer a un amante? Y si Paul se despertaba por la madrugada, odiaba la idea de que Fenno no estuviera en la cama como su padre.

En Connecticut, donde ahora es la mañana de un sábado, esos otros padres, hagan lo que hagan, seguramente no piensan que un hombre diez años mayor que ellos desea desaparecer como por arte de magia con su hija, quitarle la ropa, tumbarse junto a ella también desnudo y olvidar todas las necesidades salvo ésa. ¿Aprovecharse de ella? ¿Seducirla? ¿Qué pensarían sus padres? Cuando se imagina la situación en esos términos, el deseo que siente por Fern se torna ridículo. Sin embargo, se dice, desear su compañía, sólo eso, resulta más razonable. Empezará por ahí.

De repente cesa la granizada. Poco a poco, disminuye el febril bamboleo del barco. Jack sube a cubierta. Regresa al poco rato y, sonriendo, se inclina sobre Paul y Fern.

—¿Sigues con vida, jovencita?

Fern le mira con impaciencia.

—Voy a subir. Me da igual lo que diga el capitán.

—El capitán dice que el peligro ya ha pasado —responde Jack, y la sigue por las empinadas escaleras.

Paul se queda sentado solo durante unos quince minutos. Espera a que el estómago recupere la normalidad. Respira hondo. Extrae un peine y se lo pasa por el pelo, apelmazado a causa del salitre.

Cuando finalmente sube a la cubierta, la luminosidad le sorprende. Se protege del sol con la mano y suspira aliviado. El aire parece una droga, fresco como las hojas nuevas. La cubierta resplandece: hay aún granizo sin derretir, como piedras preciosas de un collar roto. Varios pasajeros, ninguno del grupo de Paul, se han reunido en la proa y fotografían Paros con la tormenta de fondo. Uno a uno, posan delante de ese paisaje. Paul no ve a Fern. Al dirigirse hacia el camarote del capitán reconoce su risa. Le oye decir, «Eres un pulpo», y entonces la ve, detrás del camarote, besando a Jack como si fuese un amante pródigo al que había dado por perdido.

El año que los gemelos fueron al internado, como su hermano, *Flora* ganó un importante concurso en Ayrshire. El capataz de Colin fue su adiestrador. Maureen presentaría a un perro más joven y Colin la llevó en coche. Se marcharon al alba y no regresaron hasta la medianoche. Maureen despertó a Paul para que bajara a tomarse un coñac. Colin y ella ya habían celebrado la victoria con sus contrincantes. El aliento le olía a cigarrillos y whisky; en la oscuridad vio el perfil de sus labios después de besarla y saboreó el pintalabios recién aplicado, la familiar mezcla de polvos de talco y fruta.

Ya en la cocina, embriagados por la sensación de triunfo, se interrumpían mutuamente mientras contaban cómo había sido la jornada.

—La prueba para ver quién corría más rápido ha sido terrible, terrible...

—Un recorrido de lo más sinuoso, como un recodo cerrado, con dos cuestas muy empinadas...

—Ha dado la vuelta tan rápido como un guepardo. —Colin alzó su copa.

—Pero entonces las ovejas han formado una especie de nudo impenetrable. —Maureen cerró el puño y se lo llevó al pecho con fuerza—. Han corrido hacia la puerta como si la vida les fuera en ello.

—¡Como si la vida les fuera en ello! —exclamó Colin, y los dos se rieron a la vez.

Maureen sacó otro cigarrillo y, de inmediato, Colin se ofreció a encendérselo.

—Un espectáculo indescriptible.

Paul escuchó el hábil entramado de su narración: a ellos les parecía brillante, a él ridículo y absolutamente confuso. Se enorgullecía de Maureen, se alegraba por ella. Pero también vislumbró, a pesar de la confusión, algo nuevo, nuevo pero viejo, algo que habría visto años atrás si hubiera prestado atención. La vio tal y como la había visto cuando se fijó en ella por primera vez mientras atendía la barra en el Globe, tan a gusto entre todos aquellos hombres: trabajo de hombres, palabras de hombres, vanidades de hombres como un mar que ella podría navegar en cualquier navío, en cualquier estación.

Aquel verano el ruido y la actividad no cesaron en la casa. Hubo más concursos para los perros pastores y los niños volvían a estar en medio. Fenno estaba a punto de comenzar a estudiar en Cambridge. Leía de manera obsesiva, acurrucado en los rincones, o paseaba por las habitaciones reflexionando y se quejaba cuando sus hermanos invadían la casa con sus amistades, ya que saqueaban la despensa antes de salir hacia el campo de juego o el lugar de baño elegido como destino ese día. Cuando Fenno ya no soportaba estar cerca de los demás, se marchaba a pie al pueblo, acompañado de un libro y uno de los perros. Una abrasadora tarde de agosto Fenno salió con *Silas*. *Silas*, que iba dando saltos delante, se topó con *Flora*, que iba con el capataz de Conkers. Despreocupadamente, mientras Maureen servía la cena, Fenno dio la noticia: Colin Swift —¿no era el director de Swallow Run, ese personaje sacado de una novela de Fielding que parecía vestir un traje extravagante tras otro?— había muerto esa mañana en su coche al sufrir un accidente mientras adelantaba a un camión en la niebla.

El funeral de Colin, una ceremonia militar y muy concurrida, figuró en la portada del *Yeoman*, debajo de una noticia sobre distintas detenciones de miembros del IRA. Esa semana los chicos tenían que hacer las maletas de nuevo. Tras su marcha —nunca eran despedidas fáciles ni agradables—, Paul recorrió la casa recogiendo bates y pelotas y zapatillas de debajo de los muebles; libros donde Fenno los había dejado, abandonados de cualquier manera y abiertos por la mitad en los asientos empotrados bajo las ventanas, en las escaleras o en las sillas del comedor. Mientras guardaba todo en su sitio, se vio a sí mismo como el encargado de restablecer el orden, el que llega al final, nunca el primero.

El siguiente sábado por la mañana, tan temprano que el sol todavía no había despuntado por encima de la alheña, a Paul le despertó el cuerno de caza. No se oía a los sabuesos, lo cual era extraño, sólo el cuerno interpretando *Gone Away*. Todavía era verano y no había llegado aún la fecha de la partida de caza inaugural. Cayó en la cuenta de que debía de tratarse de un ritual, un réquiem por el difunto. El cuerno cambió de melodía, si es que podía llamarse melodía a las variaciones de un mismo zumbido disonante, parecido al gemido de las gaitas. Era un sonido insistente: primero constante, luego vibrante como un sollozo, hasta que empezó a apagarse. A continuación se oyó la voz del cazador, un gemido largo y desesperado, como un grito de guerra.

Maureen no estaba junto a él en la cama. Aquello no era infrecuente, pero Paul se levantó y se asomó a la ventana para ver si se hallaba cerca del criadero.

Descalza en medio del prado, de cara a los campos, escuchaba atentamente. El sol, cuando asomó por detrás del seto, iluminó su figura inmóvil y dejó entrever sus piernas bajo el camisón de algodón blanco. Paul, lentamente, se apartó de la ventana y fue a buscar una camisa limpia al armario, con indecisión intencionada.

Desde la cocina vio a Maureen en el fregadero de la antecocina. Tal vez estuviese preparando la comida de los perros, pero en ese instante, inmóvil, miraba por la ventana. Paul recordó la ocasión en que la había visto en el mismo lugar,

quieta, ahogando a dos de los cachorros de *Betsey*. Sin embargo, en esta ocasión, cuando le puso las manos en los hombros y ladeó la cabeza para verle la cara, resultaba obvio que había estado llorando. Paul se apartó de ella, cogió el hervidor y lo llenó. Lo puso sobre un fogón y encendió el gas. Descolgó dos tazas de los ganchos. Se propuso no ser él el primero en hablar.

—He estado... —dijo Maureen sin volverse.

Paul se dio cuenta de que el rocío le había mojado el camisón hasta los muslos. Vio briznas de hierba adheridas a sus talones, los halos húmedos en el suelo de pizarra alrededor de sus pies. Esperó a que dijera «siéndote infiel» o «engañándote», pero, por supuesto, no lo dijo—. He estado fuera para ver cómo se encontraban los perros. Me ha parecido oír aullar a *Betsey*.

—Estabas escuchando el cuerno.

—Sí. *Gone to the Ground.* —Se había dado la vuelta y se frotaba los ojos. Se dirigió hacia la cocina y ahuecó las manos sobre el hervidor—. Estoy agotada. ¿Te importa si me acuesto y duermo otra horita?

—Creía que podríamos hablar.

—Por favor, Paul. —Le miró de hito en hito, con expresión lastimera—. En otro momento, cuando quieras, te prometo que hablaremos.

Paul se apartó para dejarle paso. Se sintió como un rebaño de ovejas al que un perro astuto ha vuelto a dejar atrás y ha obligado a entrar en un redil estrecho.

Tres

Aunque no está previsto que el trasbordador zarpe hasta las once, y seguramente saldrá bastante más tarde, Paul ha cerrado la habitación con llave y ha dejado la maleta en el vestíbulo a las ocho. Lleva una camisa azul que lavó a mano anoche y colgó a secar en una ventana abierta. El agua del mar y el sol alisarán las arrugas. «Así de nimias son mis preocupaciones —piensa Paul con tristeza mientras sale del hotel—: llevar la ropa lo menos arrugada posible.

Recorre el camino más largo hasta el puerto, elige los callejones demasiado estrechos para los coches, donde pasea algún que otro burro y las mismas ancianas intercambiables se sientan junto a la rueca todas las mañanas, vestidas de negro pero hilando en blanco. Sonríen a los turistas que las fotografían y dan los buenos días a todo el mundo. Hoy una de ellas saluda a Paul como si le conociera. Él le devuelve el saludo.

La mañana siguiente al funeral de Maureen, cuando Paul abrió la puerta de la biblioteca, Fenno le miró desde su escritorio. Sin revelar la más mínima sorpresa o culpabilidad, sostuvo en alto la escritura de la casa.

—¿La vas a vender? —preguntó Fenno con tono neutro, casi de desconcierto.

—No lo sé.

La escritura había estado en una carpeta guardada, junto con otros documentos, dentro del cartapacio.

—Davey y Dennis se quedarían destrozados.

—Lo sé. No pretendo pasar por alto sus sentimientos. ¿Y tú que piensas?

Fenno se rió.

—¿Acaso tengo voz y voto? Vivo al otro lado del océano.

—Si me dijeras que venir aquí aunque sólo sea una vez al año tiene alguna trascendencia en tu vida, entonces importaría. No es porque no pueda permitirme quedarme aquí. —Paul cruzó la habitación y se detuvo entre el escritorio y las ventanas. La nieve, que caía rápidamente, reflejaba la luz y llenaba la sala de un resplandor nítido y regular. En esta claridad, se veía a Fenno pálido y cansado, y aunque Paul sabía que sus hermanos y él se habían pasado toda la noche despiertos, hablando y bebiendo, no podía evitar calibrar el estado de salud de Fenno. ¿Haría eso constantemente a partir de ahora? La mera idea le agotaba.

Como si se hubiera percatado de que su padre lo examinaba, Fenno hizo girar la silla y se incorporó. La pared que tenía delante estaba cubierta de recortes de prensa, artículos premiados en distintos estados de descomposición. El más antiguo, que Paul había escrito a los veintitantos, se desintegraría si lo extrajesen del marco.

Fenno observó de cerca uno de los recortes. «La tragedia del aserradero, invertida.» Leyó para sí durante unos instantes, luego se volvió hacia su padre.

—Papá, esto es truculento.

—Es una investigación médica, Fenno. No es sensacionalismo. —Paul sonrió. Sabía que Fenno estaba mirando una fotografía con mucho grano de un brazo que, una vez amputado, se había recolocado de modo satisfactorio. El artículo había formado parte de una serie dedicada a la cirugía plástica que no tenía nada que ver con la vanidad. Paul recordaba haber presenciado una operación de siete horas en la que a una joven se le reimplantaban meticulosamente los dedos de la mano, vena a vena. El talento del cirujano le recordó el rigor extremo de los bordados del Viejo Mundo.

Fenno se fijó en otros artículos, a veces sonriendo o arqueando una ceja. Paul sabía que ésa era la oportunidad para hablar con honestidad: ahora o nunca.

Fenno regresó al escritorio y recogió un fajo de cartas que estaba en la carpeta junto con la escritura.

—Lo que hagas con la casa es asunto tuyo, pero no te desharás de los collies.

Hacía dos meses Maureen había regalado tres cachorros, pero todavía quedaban seis perros de los que ocuparse. Dos eran campeones de concursos para perros pastores; los otros tenían el mismo pedigrí. Las cartas que Fenno sostenía procedían de los archivos de Maureen y en ellas figuraban las direcciones de los granjeros a quienes les había vendido perros en el pasado y de otros criadores en quienes confiaba. Paul había pensado invitarlos a pasar por allí con la idea de que se llevaran a los perros.

Paul se impacientó.

—Ah, muy bien. Supongo, pues, que te los llevarás a Nueva York y los tendrás en el apartamento de la ciudad. Los harás correr en algún aparcamiento todos los días. Los llevarás a la librería para que no destrocen los sillones de casa de puro aburrimiento.

Fenno hizo caso omiso del enfado de su padre.

—David puede quedarse con dos. Hablamos de ello anoche. Y sí, papá, yo me quedaré uno; me llevaré a *Rodgie* porque es el más pequeño y soportará mejor el vuelo. Y en cuanto a los otros, si te quedas aquí, hay sitio de sobra.

—Bueno, a lo mejor me apetece viajar, a lo mejor quiero...

—Seguro que encontrarás a alguien que cuide de ellos

mientras estás fuera. Paga al capataz de la granja de Conkers para que los lleve allí.

—¿Y si los perros nunca me hubieran importado lo más mínimo?

—Es tan probable como que nunca te hubiera importado mamá.

Paul se apoyó en el saliente de la ventana. Justo debajo vio uno de los comederos para pájaros, que mantenían llenos incluso después de marcharse Fenno. Colgaba como un péndulo de un cornejo, inmóvil por el peso de la nieve. Al otro lado del arroyo, la valla del criadero parecía de encaje. Los perros, invisibles, seguramente estaban acurrucados en su caseta, calentándose unos a otros.

—Fenno, la verdad es que esto no es asunto tuyo.

—Creo que sí lo es. Creo que todo lo que planees hacer con algo tan íntimamente ligado a mamá me concierne, joder.

—Bueno, entonces quizá debamos enterrar a los perros junto a ella, como los egipcios. —A pesar del frío que irradiaba el cristal en el que Paul apoyaba la frente, le ardían la cara y el cuello. Pensó en la venganza potencial contenida en ese fajo de cartas. Debería haberle tranquilizado que Fenno no hubiera hecho conjeturas al respecto—. Fenno, me molesta mucho que uses ese vocabulario. Para empezar, es algo afectado.

—Lo siento. Este tema me saca de quicio. —La voz de Fenno, suavizada, procedía directamente de detrás de la espalda de Paul; aquella proximidad repentina le turbó.

—No quiero que ninguno de vosotros espere que no cambie nada —dijo sin volverse—. No quiero que me tratéis como el conservador de la memoria de vuestra madre.

—Y yo no quiero que hagas nada de manera impulsiva.

—Quizá un impulso me vendría bien —replicó Paul, y fue en ese preciso instante, mirando los copos de nieve y cegándose de manera deliberada con su brillo, cuando pensó en Grecia. Una idea fugaz, pero se aferró a ella como un nadador arrastrado por una impetuosa corriente a una raíz cercana.

—Lo que te vendría bien, papá, es un poco de autocompasión. Sufrir y quejarte un poco, ¿lo harás, por favor? No bromeo. Y luego, no sé, diviértete en las fiestas. Habla de esos temas triviales que odias o arremángate y entrométete en la vida de los demás. Deja de mantenerte al margen. Deja de ser tan... sobrio.

Paul sonrió al pensar en la obscenidad que su hijo se había abstenido de decir.

—El tratamiento americano para el pesar: terapia a base de martinis.

—Ahora mismo te iría bien cualquier cosa americana —dijo Fenno de manera cortante—. ¿Por qué no vienes a verme? Nunca me has visitado.

Paul oyó caer de nuevo el paquete de cartas en el escritorio. Cuando Fenno volvió a hablar, Paul supo que estaba junto a la puerta.

—Es mi opinión personal. Mi forma de desahogarme. No estoy haciendo de... delegado. Te lo digo para que lo sepas, para que no pienses...

—¿Que os habéis confabulado contra mí?

La sonrisa de Fenno borró la fragilidad que Paul había apreciado en el rostro de su hijo.

—Voy a bajar a preparar un poco de café para Mal. Dice que odia las implicaciones coloniales del té.

Paul observó el comedero para pájaros y trató de calcular, por la cantidad acumulada en su pequeño techo, cuánta nieve había caído. Fenno y su amigo partirían en avión hacia Nueva York esa misma noche, aunque tras el accidente de Lockerbie (que acapararía los titulares durante las siguientes semanas) el mal tiempo parecía la menor de las preocupaciones de un viajero.

Fenno siempre había sido concienzudo; en ese sentido era un verdadero primogénito. Los impulsos, pensó Paul, eran más ajenos al carácter de su hijo que al suyo. Pensaba en todo hasta el último detalle, trivial o importante. Se fijaba en los pormenores que los demás pasaban por alto (Paul no quería saber qué había visto entre sus padres). Fenno acababa de decirle que se llevaría al perro más pequeño. *Rodgie* tenía dos años; si llevaba la vida de un collie sano y robusto, dependería de Fenno durante otros diez años. Fenno ya habría pensado en ese detalle.

—Eh, hola, pero si eres tú... ¿Y dónde anda nuestro líder sin par? —Marjorie emerge de una calle ancha y recta que cruza con el accidentado camino por el que avanza Paul. Lleva una enorme caja de cartón torpemente atada con un cordel que también sirve de asa—. ¿Vas a desayunar? Me comería un caballo de Troya... Bueno, es un decir.

—Deja que te lleve yo eso —dice Paul, y ella le da la caja con mucho gusto. A Paul no le queda más remedio que ir con ella.

—Creía que me sería imposible recogerla —comenta Marjorie—. ¡Habría sido una auténtica tragedia! Es vergonzoso el horario que tienen en las tiendas, o que no tienen. Alabo su sentido del tiempo libre, pero hasta cierto punto, claro. —Marjorie no espera a que el camarero que les saluda les indique su asiento sino que elige una mesa cerca del mar, una que, seguramente, habría ocupado alguien de allí—. Uno, no, dos, *dio*... esos maravillosos cafés con hielo... *kafess tou pahgoo*... Oh, querido, probablemente habré pedido unos pantalones de franela fríos... —Luego nombra, o intenta nombrar, algo más. El camarero sonríe al oír su griego, pero señala amablemente unos pastelitos que hay en una mesa cercana—. Sí, esos, exacto. Gracias —dice Marjorie a la vez que asiente con vehemencia. Se vuelve hacia Paul—. Ya ves, estos chicos son la mar de majos, siempre y cuando intentes hablar en su idioma, ¡por mucho que lo mutiles!

Conversan sobre el resto del viaje: Santorini, Creta y la última noche en un hotel de lujo en Atenas. Marjorie se muere de ganas por llegar a Knossos; cree que será la apoteosis del viaje. Confía en que esta vez verán delfines desde el trasbordador; de momento no han visto ninguno. Se pregunta si será un indicio de que el Egeo está completamente contaminado. Por supuesto, si lo estuviera nadie se lo diría. Habla y habla sin cesar, y Paul la escucha.

—He comprado tantas cosas bonitas, pero ésta es el plato fuerte. Déjame que te la enseñe. —Arranca el cordel de la caja y la abre. Extrae un tazón de cerámica de colores vivos, que lleva en el exterior diseños naranja, verde y violeta entrecruzados y en el interior un pulpo—. Ocho como éste y uno grande a juego, todos con un diseño distinto; son tan fantasiosos... —comenta al tiempo que insiste en que Paul lo observe de cerca—. ¿No tiene una forma agradable?

—Sí, sí, muy agradable. —Se lo devuelve.

—¿Y tú qué te llevarás de vuelta?

Paul suspira.

—Lo mío no es coleccionar, que digamos. —Para ser más sincero, podría haber dicho que no había venido a llevarse recuerdos sino a dejarlos bien lejos, a traer algunos de los que ya tiene y arrojarlos como piedras, uno a uno, al mar.

—¡Qué pena! Deberías ver la de cosas maravillosas que he coleccionado; siempre llevo una maleta de más para el botín. Cuando vuelvo, suelo realizar exposiciones en la escuela para los niños. También sirve para desgravar un poco.

Paul observa los barcos con las amarras tensas y cavila sobre la fantasía que tuvo de camino a Delos: ir a la deriva de isla en isla o elegir una y quedarse en ella de forma indefinida. Recuerda que se lo mencionó a Fern y se pregunta si ése fue el momento en que se puso en evidencia, si ése fue el momento en que aparentó la edad que tenía. Por otro lado, era algo improbable, juvenil, que Paul abandonase el viaje organizado. Sería un desertor. Al fin y al cabo, nunca había desertado de nadie ni de nada. Había sido buen teniente, un heredero más o menos obediente (por lo menos había contribuido con otros tres), un marido paciente; quizá un padre digno de confianza, a ojos de todos salvo de Fenno. Un pastor, como había sugerido Fern.

Paul siempre había actuado como si la vida debiera predecirse paso a paso, o si no, podía acabar en desastre. ¿Resultaba tan poco razonable aquel sueño, tan tremendamente vergonzoso, como Marjorie diría con toda razón? ¿Y si, después de todos esos años, vuelve a estar al alcance?

Recuerda la cena de anoche: las expresiones de todos cuando Jack engulló la comida y se marchó diciendo que tenía varios recados, recados a las diez de la noche en una ciudad donde lo único que estaría abierto sería la discoteca y algunos bares. En susurros, algunos dijeron que aquello era «vergonzoso». Las cuatrillizas hicieron corrillo, se rieron tontamente y se dieron pataditas con las sandalias. Ray aseguró que se quejaría a la agencia de viajes en Londres. Pero Jack es Jack: seguramente había cometido delitos peores que salir corriendo para acostarse con una joven, y había quedado impune. Ciertas personas poseen un optimismo innato, una inmunidad que les libraba de cualquier responsabilidad.

Inevitablemente, Paul se imagina la mano bronceada de Jack como una estrella de mar en la espalda sonrosada y pecosa de Fern, su bigote rozándole la nuca. Para cambiar de imagen, observa el puerto, contempla un balandro con las velas plegadas que se desliza hacia él. ¿Qué pasaría si dejara el periódico o incluso lo vendiera? ¿Y si se dedicaba a viajar durante un año entero? ¿Y si le dijera a Fenno: «De acuerdo, la casa y los perros se quedan, pero tú te haces cargo de ellos?».

Paul se da cuenta de inmediato de cuán falso es ese deseo: no sólo llamar a Fenno sino hacerle ver la vida de su padre desde dentro. La casa podría cerrarse o alquilarse durante una temporada; los perros, como Fenno había sugerido, se enviarían a la granja.

—¡Yuju! ¡Eeoo! —llama Marjorie a apenas unos centímetros de su cara.

—¿Qué? —replica Paul, avergonzado por ese momento de distracción.

Marjorie le toca el brazo, de la misma manera que la primera mañana en Atenas cuando ensalzó las ventajas del tiempo.

—Tienes todo el derecho del mundo a distraerte, comprendo perfectamente esas distracciones; antes las llamaba «suposiciones». Suponía esto, suponía aquello. Antes lo hacía mucho.

—¿Cuándo? —A Paul le sorprende lo mucho que sabe Marjorie. Comienza a darse cuenta de lo estupenda viajera que es.

—Cuando se incendió mi granja. Antes de dar clases, tenía una granja equina, una escuela de equitación, se incendió y quedó reducida a cenizas; no se salvó ni un animal. Podría haberla sustituido por una nueva —con el seguro, se me dan bien esas cosas—, pero cada caballo... no, no podía. Entonces fue cuando comencé mi vida errante. El invierno que viene iré al Yucatán. —Mientras pronuncia esas joviales palabras, Marjorie guarda los objetos en la caja. Al acabar, se reclina para disfrutar del sol, que está lo bastante alto como para llegar a la mesa—. La doma de exhibición también se me daba muy bien. —Lo afirma más satisfecha que nostálgica. Entonces vuelve a cambiar de rumbo–: ¡Parece que no estoy destinada a tocar el cielo con los dos brazos! —exclama mientras alza repentinamente las manos por encima de la cabeza.

—¿Qué? —dice Paul, riéndose—. Marjorie, me desconciertas cada dos por tres.

—Safo. Uno de sus misteriosos y magníficos fragmentos. Y aquí estás, animándote, o al menos empezando. En serio, ¿quieres mirar esas nubes majestuosas? El cielo de junio por excelencia... ¡Y es tan común aquí! No sé tú, pero yo me moría por ver un cielo así. —Comprueba la hora, emite unos chasquidos de preocupación cortés con la lengua y comienza a contar monedas a toda prisa.

Paul le sujeta la mano.

—Los caballeros escasean —dice ella mientras se incorpora y se apoya la caja en la cadera—. Y no, no me llevarás la caja hasta el hotel. —Hace señas al camarero—. ¿Taxi, *paricolo*?

Paul pide otro café. Mira alrededor con la esperanza de encontrar un periódico abandonado en un idioma que entienda, aunque sea a duras penas. Al ponerse en pie para examinar las mesas ve, bajo el otro extremo del toldo, a Fern y a Jack. Jack está comiendo un *souvlaki*. Engulle con fruición, radiante de energía y satisfacción carnívora. Protegida del sol por el sombrero, Fern está sentada muy cerca de Jack y le toca con frecuencia. Se esfuerza por mostrar un cariño despreocupado, pero su expresión revela el pánico que la embarga. Ya parece desposeída. Se ha quedado prendada de Jack, aunque, por supuesto, no le conoce. Paul tampoco le conoce.

Fern apoya la cabeza en el hombro de Jack, quien se lame los dedos y habla sin parar. Le besa la coronilla, pero está mirando el puerto. Por experiencia, ya debe de saber cómo despedirse de ella: «¿No era eso una alondra? Disfruta del resto de tus viajes, cariño. Arma una buena en París».

Paul les da la espalda, se levanta y se marcha. Al cabo de

quince minutos, mientras lee en el vestíbulo del hotel, ve a Jack pasar a toda prisa junto a él sin que le vea y subir de dos en dos los peldaños de la escalera. Irene, que está comprando postales en recepción, le fulmina con la mirada y luego mira a Paul como si fuera una especie de cómplice mujeriego. En Santorini ya no tendrá la habitación con codiciadas vistas. ¡Qué alivio supondrá quitarse esa carga de encima!

Dos días después del funeral de Maureen, Paul extrajo el pintalabios del bolsillo del abrigo. Lo había llevado allí una semana, como un carbón ardiente, a la espera de quedarse solo en Tealing (sin contar a los collies). Se encerró en el dormitorio con manos temblorosas.

Era un tubo ovoide, de un material caro, con cuatro surcos discretos en la base donde la clase de mujer que pudiese permitírselo apoyaría las yemas de unos cuidados dedos. El color del pintalabios tenía un brillo grato, el rojo escarlata de los tulipanes, un color que alguien había bautizado como «Ingénue.» No lo habían utilizado. Paul se preguntó si habría sido el «color exclusivo» de la mujer que lo hubiera usado, expresión que había aprendido de la nueva redactora de la sección de moda del periódico, una joven londinense que siempre vestía de verde. En los baños de algunas casas Paul ha visto cestas o estantes con seis o siete perfumes y media docena de pintalabios. Sin embargo, cuando Maureen se pintaba los labios siempre empleaba el mismo color, un rojo oscuro que, desde ciertos ángulos, parecía púrpura. Lo había usado desde que la conocía; le había sorprendido la primera noche que hablaron, la noche que la había llevado a casa desde el Globe.

Era curioso, pensó al darle la vuelta al pintalabios y ver el nombre, que nunca se hubiera fijado en ese detalle: el nombre del pintalabios de su mujer. Le había comprado muchas cosas, pero nunca productos de belleza. Se dirigió inmediatamente hacia la cómoda de Maureen y abrió el primer cajón, de donde cientos y cientos de veces le había visto sacar el maquillaje.

El cajón se hallaba completamente vacío. Habían arrancado hasta el papel con que estaba forrado. Quedó tan atónito que tuvo la impresión de que la sangre se le detenía en las venas: alguien había saqueado la casa. Se encaminó hacia el teléfono, pero de pronto se detuvo. Se sentó a los pies de la cama. La mujer de David, en un gesto quizá demasiado eficiente pero bienintencionado, le había preguntado el día anterior si quería que vaciase y ordenase las cosas de Maureen mientras él llevaba a Fenno y a Mal al aeropuerto.

Se vio reflejado en el espejo de Maureen; tantas conversaciones habían tenido lugar así: Paul, a punto de marcharse o de acostarse, se sentaba en el borde de la cama y escuchaba o hablaba con el reflejo de Maureen mientras ella se peinaba o se quitaba los brazaletes. Una conversación que nunca olvidaría se produjo una noche después de marcharse Fenno, la noche que le habían enviado a Nueva York a comenzar sus estudios.

—Supongo que conocerá a alguna americana encantadora, se enamorará locamente de ella y se casarán —aventuró Paul, sentado, en pijama—. Con un poco de suerte será de California y le llevará a San Diego o a Rancho Mirage. —Pronunció esos nombres como si fueran colonias de otros planetas; nunca había estado en esos lugares—. Le veremos cada tres Navidades.

Maureen se estaba quitando el pintalabios, cosa que hacía con un movimiento enérgico y seguro. En los labios le quedaba una leve mancha de color magenta y la cara le cambiaba por completo. Paul siempre tardaba unos instantes en acostumbrarse a sus ojos, de repente tan visibles.

Esa noche Maureen le miró a través del espejo en el preciso momento en que la cara parecía cambiarle. Al principio no dijo nada.

—Eso sí que no lo hará —aseguró al final.

Maureen se puso a ordenar sus cosas: la polvera, el medallón y un collar de perro que había extraído del bolsillo de un jersey.

Paul se rió.

—¡Vaya! ¡Qué bien conoces a tu hijo!

—Sé que no se casará, o mejor dicho, que no vivirá con una mujer.

—¿Sabes! Querrás decir que no te lo imaginas.

—Tú también lo sabes, ¿no? —Miró a Paul de nuevo. Él no captó la severidad de la expresión, el atisbo de arrogancia o impaciencia—. Sabes que a Fenno no le gustan las mujeres.

—¿No le gustan las mujeres? —Paul deseó que Maureen se diese la vuelta. Ya no estaba ordenando nada, pero seguía sentada con los brazos cruzados, hablándole a través del espejo.

—Sí, le gustan las mujeres —replicó Maureen—. Claro que le gustan. Supongo que, en cierto sentido, le gustan las mujeres más que a la mayoría de los hombres.

—Maureen, estás hablando en clave.

—No, no es verdad. —Se rió y, por fin, se volvió—. Paul, no te hagas el tonto. Cuando decía que le «gustan» me refería a que le «caen bien». ¿Qué pensaste del joven con el que vino de Cambridge el verano pasado? ¿Creías que sólo eran colegas literarios?

—¿Te contó algo?

—Claro que no. ¡Oh, Paul! —Se sentó en la cama junto a él, pero seguía riéndose cuando le rodeó con los brazos.

—No es motivo para reírse —comentó Paul.

—¿Y acaso es motivo para llorar? —replicó Maureen, y aunque Paul supuso que lo dijo para tranquilizarle, se sintió burlado. Le había dicho que no se hiciera el tonto; lo fuera o no, ella lo veía así: opaco y espeso como la niebla. Y preso de una ira secreta, se negó a creer que había algo, importante o no, sobre lo que su mujer supiera más que él con respecto a su hijo.

Recordó los cinco años que transcurrieron tras la boda antes de que ella quisiera tener hijos. Maureen le había dicho lo importante que era que disfrutaran solos el uno del otro antes de tener hijos; le había dicho que sabría cuándo había llegado el momento idóneo. Al tercer o cuarto año de matrimonio, Paul comenzó a pensar que le había engañado al comunicarle el deseo de tener esos cuatro niños hipotéticos. Para entonces sus hermanas ya tenían bebés, y aunque el padre de Paul nunca decía nada de manera explícita, lanzaba miradas penetrantes e inequívocas durante las comidas de Navidad y otras festividades en las que se reunía toda la familia. Paul imaginaba que su padre, con esas miradas, le decía que había cometido dos errores graves en aquel matrimonio: no sólo el de casarse, sino también el error (o mala suerte) de escoger a una esposa estéril. El padre de Paul jamás habría concebido que su hijo —que adoraba la terquedad de su mujer, su reconfortante autoridad— permitiese que el asunto de los herederos fuera una «decisión», y mucho menos de ella.

Un día, justo cuando Paul más consciente era de que tenía que plantear el problema, Maureen le anunció, feliz, que estaba embarazada. El embarazo, le aseguró, le había sorprendido tanto a ella como a él. En aquel entonces Paul no lo había puesto en duda, pero con el tiempo llegó a la conclusión de lo improbable que resultaba un «desliz» así en una mujer tan planificadora como Maureen. De todos modos, poco habría importado entonces: todo el resentimiento acumulado se desvaneció (al igual que el de su padre, sobre todo cuando supo que sería varón). Sin embargo, al ver que Maureen se centraba en sí misma, lo cual era natural, se dejó llevar por el pánico: durante esos años que habían estado solos, ¿cuánto tiempo se habían dedicado el uno al otro, como Maureen había insistido al respecto? Se habían reído mucho, peleado poco, hecho el amor a menudo y con pasión, pero ¿por qué había sentido Paul ese trasfondo de preocupación constante? Se preguntó si esa tensión siempre había formado parte de su carácter; las tensiones más comprensibles que había experimentado en el ejército se erigieron como una muralla que impedía el paso de los recuerdos. Era posible que las tensiones se hubieran convertido en una costumbre. Era el reducido precio que había que pagar por seguir con vida.

El mar está en calma, como si se arrepintiese de la mala conducta de ayer. El cielo es de un azul lavanda. Paul está con Jack en proa, mirando hacia Naxos, su silueta alta y pálida. Es una isla increíblemente verde, un verde quemado e intenso. Jack le cuenta a Paul que Naxos es una isla para excursionistas, no para turistas vagos de mediana edad como Solly y Ray. Los dos hombres se han mostrado fríos con Jack. En una ocasión, en el barco, hicieron ademán de conducir a sus mujeres al otro extremo de la cubierta.

—Pero tú, Paul, tienes temple. Te gustaría.

Paul piensa que quizá le guste. Tal vez no regrese a Atenas después de la estancia en Creta. Sin embargo, no se lo dice a Jack, por lo que los dos hombres permanecen en silencio, observando cómo se aleja la isla. Mientras desaparece, aparece otra a lo lejos que reclama su atención.

—Esa chica —dice Jack de repente—, esas americanas. Ven demasiadas películas, tienen demasiadas ideas.

—¿Ideas? —dice Paul.

—Esta mañana me ha preguntado si podía acompañarnos. ¿Te lo imaginas? Me ha costado mucho explicarle... —Parece esperar que Paul le siga la corriente, le dé la razón. Cuando ve que Paul no dice nada, añade—: Supongo que es demasiado joven para saber que esas cosas no importan tanto.

—Diría que todavía es lo bastante joven —replica Paul— para saber que deberían importar.

Jack parece sorprendido, pero no se intimida.

—Bueno, *touché,* colega. Había olvidado que eres de la vieja escuela.

Al mismo tiempo, Paul oye en su interior la voz burlona de Maureen apuntando en el mismo sentido, llamándole viejo cascarrabias. Desde el principio, la voz de Jack refleja la de Maureen.

Jack se sienta junto a la barandilla y comienza a revolver en la mochila.

—Me dio un par de cosas para ti. Esto... —Le entrega a Paul el jersey que le había prestado en Delos— y esto, no sé muy bien por qué.

Paul coge el dibujo.

—Ah, me hago cierta idea. Las ideas también son una de mis debilidades —contesta; sin embargo, Jack no capta el tono de desdén y, tras guiñarle el ojo, se marcha a comprobar el estado del resto del rebaño.

Es la acuarela de la mujer con el niño, cuidadosamente arrancada del cuaderno de bocetos de Fern. En el anverso está el olivo, en el que Paul había dicho que veía el viento en las ramas. Enredos familiares, solaz en la naturaleza. O consuelos familiares, aislamiento de la naturaleza. En el niño ve en parte a Fenno, el abrazo resuelto. Paul cae en la cuenta de que Fenno siempre ha estado atrapado en medio de dos parejas: sus padres con obsesiones distintas (Paul con Maureen, Maureen con los perros), los gemelos felices y absortos en sí mismos. Y correteando alrededor de todos ellos, como instintos innobles al acecho y bajo control, los collies; por todas partes, siempre, los collies disciplinados a la perfección, listos y crueles por igual.

Paul piensa en la responsabilidad que le gustaría traspasarle a su hijo. Cree que a Fenno le encantaría, le satisfaría, al menos durante una temporada. Paul se lo imagina estableciéndose en la casa con Mal (¿amigo? ¿amante? ¿sustituto de hermano gemelo?). Los dos viven tal y como quieren: leen y pasean por el campo o, ¿quién sabe?, organizan cenas y bailan en el prado salpicado de salicarias. Le gusta la idea mezquina de que la señora Ramage —postrada en cama tras un derrame cerebral— todavía podrá espiar y sentirse ofendida, pero ya no se quejará. Escandalizada, muda de asombro mientras los jóvenes y las jóvenes atraviesan el seto después de medianoche, destrozándole los arriates, cantando, besándose, comportándose de manera impensable para ella.

Años atrás, en la jungla guatemalteca, hubo un momento en el que deseó que Maureen ocupara el lugar de Fenno. Reemplazar el silencio simplificador por el ingenio agudo. En estos momentos desea, con mayor futilidad si cabe, justo lo contrario. Al fin y al cabo, Fenno es feliz. Paul lo sabe con la certeza propia de un padre.

Dobla el jersey y abre la cremallera de la maleta para guardarlo. Coloca el dibujo dentro entre los pliegues del periódico, hasta que encuentre un lugar más seguro. Mira hacia atrás, hacia la estela del barco. La espuma se repliega en sí misma de manera resuelta y retuerce los cabos gruesos en el azul que Marjorie ha descrito. Las olas se cierran detrás, alisan la superficie y dejan el mar tal como es, sin rastro del paso del barco. Maravilloso, piensa, el modo en que el mar lo mueve todo, se agita con brío y luego se calma, aunque no del todo: si se observa con detenimiento, se aprecia que el agua brilla con más intensidad durante unos instantes. Por detrás y por delante, siempre islas, más islas; se desvanece una, se aproxima otra. Al darse la vuelta para verlas todas, Paul las observa como si de un misterio bienvenido se tratara, una elección que debe sopesarse sin profecías ni especulaciones.

Rectitud
1995

Cuatro

El funeral de mi padre será el primero al que asista en mucho tiempo, el primero desde el de mi madre, donde la mayoría de los dolientes y plañideros no serán de mi edad ni más jóvenes. Mi padre falleció sin sufrir y según el orden meticuloso de las cosas: tuvo un infarto en Naxos a los setenta y cuatro años, en una casita situada en una ladera con vistas a los olivares escalonados en terrazas y al mar Egeo. Era una casa que alquiló durante varios años consecutivos, donde se refugiaba durante los meses más calurosos del año. Vivía solo y sufría el dolor que se sufre cuando se carece del solaz de amigos y familiares. A pesar de la soledad, la mayoría de las personas a cuyos funerales he asistido durante los últimos años habrían dado lo que fuera por morir de esa manera y a esa edad. (Una muerte por la que vale la pena morir, ¿es eso lo que acabo de decir?)

David y Lillian se reúnen conmigo en Prestwick. Hace un año y medio que no los veo.

—Llegas en el momento oportuno, Fen. —Son las primeras palabras de mi hermano—. Papá acaba de regresar de Atenas; nos has ahorrado un viaje de más.

Lil me abraza y me dedica una de sus sonrisas de complicidad.

—Hablando de viajes, ¿qué tal el tuyo?

—Aburrido, como era de esperar, o sea, mejor, excelente. Nadie ha volado el avión por los aires, los motores no se han incendiado y ningún borracho ha orinado en el carrito de las bebidas. —Dejo las maletas en el suelo para devolverle el abrazo y la estrecho con fuerza.

Lillian siempre huele a melón dulce; prefiero pensar que no es un perfume, y quizá no lo sea, sino la suculencia incontenible de un buen corazón, la fragancia de su generosidad innata. Me exaspera y confunde un tanto que mi cuñada favorita esté casada con el menos favorito de mis hermanos. Siempre deseo en secreto que hagan intercambio de parejas. En una ocasión me pregunté qué hijos tan prodigiosos, buenos hasta lo más recóndito de su ser, habrían traído al mundo (parido, habría puntualizado mi madre, la criadora) Lil y Dennis si se hubieran casado. Debería añadir que David no me cae mal —nos divertimos juntos de niños—, pero la subida final de testosterona limitó notablemente su sensibilidad y su ingenio. Seguramente le pongo tenso, pero si es así, ¿no resulta un hecho desagradable en sí mismo?

David consulta la hora en su reloj de pulsera (un aparato enorme y lleno de cachivaches propio de Jacques Cousteau).

—Tenemos que ir en autobús hasta un depósito de mala muerte para recogerle. ¿Qué te apuestas a que tendremos que rellenar un montón de basura burocrática para que nos dejen llevarle a casa?

Lil me coge del brazo, aunque apenas hemos salido de la aduana y no se ha decidido nada constructivo.

—Davey, ¿para qué vamos a hacer pasar a Fenno por eso? Seguramente no ha dormido en toda la noche. Deja que le ayude con las maletas, nos tomemos un té, y luego iremos en coche hasta el depósito ese y esperaremos.

—Lillian, hoy día ya no te permiten pasear en coche por un aeropuerto a tu antojo —dice David—. Podrías llevar un kilo de Semtex en la bota o varios bazucas ocultos en los asientos.

—Sí he dormido y éstas son mis maletas —explico al

tiempo que alzo el equipaje de mano y el traje del funeral que llevo en un portatrajes—. Y las idioteces burocráticas no se me dan mal del todo. O sea que llevadme al autobús y ya nos encontraremos aquí. —Le paso las maletas a David y señalo un bar. Con un poco de suerte se relajará después de una cerveza.

—¡Pero estás de vacaciones, eres un invitado! —exclama Lillian.

—¿Qué le convierte en invitado? —pregunta David.

—La distancia que ha recorrido.

—Tiene razón —intervengo—. Los funerales son un trámite, no un placer, salvo para quienes disponen las flores. —Con toda seguridad, la cuñada que no me cae bien se ocupa de eso. («Ah, así que la muy canalla se dedica a las flores —me susurró Mal la tarde que la conoció—. A veces Dios está en los detalles, ¿no?»)

—Bueno, ya que te ofreces —dice David, y me da tres billetes de cincuenta libras—. Por si acaso también hay griegos por aquí. —Su mujer le lanza una cariñosa mirada de desaprobación, pero él no se da cuenta. Están a medio camino del bar cuando se vuelve y me grita por encima de las cabezas de varios desconocidos—. Pero, espera... ¡Papá está a mi nombre!

Durante años te preguntas de vez en cuando dónde estarás cuando sepas que tus padres han muerto. Sabes que algún día recibirás la noticia: una vez si mueren juntos; seguramente dos veces. Te preguntas cuál es peor. Y no quieres ni plantearte lo que significaría que nunca la recibieras. Vuelves a casa del supermercado un día soleado y, de repente, sin motivo aparente, te imaginas a ti mismo entrando en casa dentro de unos minutos. Ves parpadear la luz del contestador, aprietas el botón para reproducir el mensaje y oyes la voz transformada de uno de tus hermanos o de tu madre o padre, y aunque es probable que no te comuniquen las malas nuevas de esa manera, sabes por el tono de voz lo que, en esencia, oirás cuando los llames. Luego, cuando abres la puerta de verdad, forcejeando con las bolsas mientras las hojas de las zanahorias te hacen cosquillas en la oreja, y ves que la luz parpadea realmente se te encoge el corazón —¡por Dios, es verdad, las premoniciones existen!—, pero cuando pulsas el botón, es Ralph invitándote a cenar, o Tony que sólo quiere escuchar tu voz (aunque no lo expresaría así, porque nunca ha mostrado el más mínimo cariño) o el portero, que quiere cambiar las tuberías del baño o, en la actualidad, una llamada de una empresa que asegura que te ha tocado un premio en un sorteo.

No tuve que enterarme de la muerte de mi madre por una llamada internacional. Estaba a su lado, junto a mi padre y mis dos hermanos. Según los médicos, el cáncer acabó con ella rápidamente —a los cinco meses del diagnóstico— pero para mí sufrió una muerte prolongada y tortuosa (he presenciado varias, por si acaso dudáis de mis habilidades comparativas). Puesto que fumaba como si el tabaco fuera una vocación, el cáncer no sorprendió a nadie, pero era la persona de sesenta y nueve años más joven que he conocido en toda mi vida, y estaba seguro de que viviría las dos o tres décadas siguientes plena de vitalidad y energía.

Volví a casa en avión cuando ella recibió la noticia, hace siete veranos, y otra ese diciembre, cuando falleció. Quiso morir en casa, algo nada fácil tratándose de esa clase de muerte. Respiró oxígeno hasta el día que dijo «basta». Para aquel entonces hablaba entrecortadamente y, al final, dejó incluso de intentarlo, seguramente a causa de las expresiones de consternación que veía en las caras de quienes la rodeaban. Así que escribió esa palabra resuelta e indignada, en mayúsculas y con trazo firme: BASTA.

Era mi turno, y le estaba leyendo un libro de Emily Dickinson que había traído de mi librería, junto con otras dos docenas de libros. Mamá nunca había sido una gran lectora —sospecho que porque odiaba pasarse sentada tanto rato—, pero mi padre me había dicho por teléfono que ahora que estaba postrada en cama le gustaba que le leyeran. Así que cuando me tocó la rodilla y arrojó el trozo de papel sobre el libro abierto, me reí y dije: «Debería haber imaginado que Emily no es santo de tu devoción». Mamá también se rió —una tos breve y horrible— y negó con la cabeza. Se señaló el pecho. Emily Dickinson, todo cuanto fue y escribió, me pareció pueril en aquel instante, de un recargamiento frívolo en comparación con el deseo férreo de mi madre. Me eché a llorar. Por supuesto, los ojos de mamá permanecieron secos. Se incorporó sobre las almohadas para ofrecerme lo más parecido a una sonrisa. Su resuello sonaba como un serrucho contra un árbol verde y duro. Salí de la habitación en busca de mi padre. Al cabo de una hora, todos estábamos allí. Salvo David (que tenía la desconcertante sangre fría de responder, aunque muy brevemente, a las llamadas del busca), ninguno de nosotros salió de la habitación durante las siete horas que ella tardó en abandonarnos.

Mi padre, sentado en la cama junto a ella, le hablaba de vez en cuando al oído con una voz suave, como una caricia, ininteligible para el resto, sobre todo debido a la estertórea respiración de mamá, que se volvió cada vez más anhelante, interrumpida por lagunas de un silencio entrecortado. No quería que la durmieran con morfina, aunque el médico había explicado a mi padre cómo «aliviarle el malestar».

De esas horas interminables apenas recuerdo nada aparte de su respiración. Recuerdo que me entristeció el hecho de que sus perros favoritos no pudiesen estar en la habitación porque su estado los habría inquietado. Se encontraban en el criadero y se los veía desde la ventana, pero no desde la cama de mi madre. Y recuerdo que me enfadé con David porque tenía los pantalones manchados de sangre; cuando recibió la llamada de papá estaba en medio de un parto difícil, un ternero que llegaba del revés. (Aunque en realidad era un detalle insignificante, yo pensaba que si salía de la habitación para responder a las llamadas, tambien podía cambiarse los putos pantalones.)

Fue David quien me llamó por lo de papá. Estaba en la librería antes de abrir, repasando los estantes de novedades de narrativa para ver qué obras ya no tan nuevas debía relegar a los estantes de novelas y cuentos, menos prominentes. A causa de esa monótona predilección humana por lo nuevo y flamante, siempre que realizo este cambio me siento como si jubilara a muchas criaturas esperanzadoras antes de tiempo. (Aunque jamás las condenaría, como en otras librerías, a una sección llamada «Literatura», una palabra que suena obsoleta y excluyente a alguien como yo que reconoce haber estudiado demasiado. Me imagino un mausoleo repleto de sillones hundidos y lámparas que arrojan una luz amarillenta e insuficiente).

—Fen, soy David, ¿estás levantado? Tengo malas nuevas.

—David, son las nueve y media. Llevo horas levantado.

Respondo a las llamadas personales en el local porque está dos plantas por debajo de mi apartamento y tengo un supletorio, así que David no sabía que estaba en el trabajo. Él se levanta todos los días al alba, pero da por supuesto que yo llevo la típica vida libertina del marica neoyorquino.

No sabría decir por qué no se me ocurrió que quizá nuestro padre fuera el motivo de la llamada. Quizá porque David no parecía lo bastante triste como para estar a punto de comunicarme una muerte. Por alguna razón, pensé en Tealing, en la casa familiar, e imaginé que había quedado reducida a cenizas. Recordé (aunque nuestra casa no sea tan espléndida) el final de *Rebeca*: Manderley en ruinas. Esperé.

—Siento decirte que se trata de papá. La señora de la limpieza lo ha encontrado muerto.

Durante el silencio expectante de mi hermano miré por la ventana y observé a una joven que cruzaba la calle en mi dirección.

—¿Muerto? —repetí—. ¿Estaba muerto?

—Sí, es terrible. Ahora mismo no sé nada más —se apresuró a añadir—. Tuve una conversación muy confusa con quienquiera que se haga pasar por juez de instrucción allí. Hay que pagar un ojo de la cara para que se ocupe de los restos y nos los mande a finales de esta semana.

«Restos»: ¡Vaya un eufemismo victoriano!

—Fenno, ¿sigues ahí? ¿Fenno?

—Sí, David.

La joven intentaba abrir la puerta. Cuando me vio, sujeté el teléfono entre el hombro y la mejilla y, haciendo señas con las dos manos, le indiqué que abriría a las diez. (¿Abriría? Supuse que sí. Regentar una librería —a diferencia de ocupar un puesto en la Bolsa o cambiar bombillas fundidas en un puente colgante— es algo que puede hacerse incluso cuando se está de luto. Nadie corre ningún riesgo, salvo la incomodidad que supone presenciar ese dolor.)

—Queremos celebrar un funeral como mandan los cánones. Es posible que asistan cientos de personas. Papá todavía es una eminencia gris para los feligreses de toda la vida.

Eso era cierto. Nuestro padre era una persona influyente y acomodada, muy apreciada en el pueblo escocés donde habíamos crecido y en los alrededores. Durante la mayor parte de su vida, siguiendo los pasos de su padre, dirigió el periódico de Dumfries-Galloway. Dije a David que reservaría pasaje en el primer vuelo disponible.

—Recuerda que hay «tarifas de condolencia» o como se llamen. Son billetes más baratos, y te buscarán asiento en vuelos completos si les dices que ha muerto un familiar.

Cuánto le gustaba a David hablar de cuestiones prácticas. Quise preguntarle si era consciente de qué había provocado esa descarga de pragmatismo: que nuestro padre acababa de morir. No sabría decir si David y papá eran confidentes, pero David le veía más que Dennis o yo, al menos en los meses invernales, durante los cuales mi padre había decidido quedarse en Tealing en los últimos años, como si quisiera demostrar que el sentido de una casa norteña no era otro que sumergirse en su carácter norteño. Hacía seis meses David y Lillian se habían trasladado a Tealing, en principio sólo por un tiempo. A David el negocio le iba tan bien que había decidido transformar su vivienda-consultorio en una clínica equina; buscarían una casa en cuanto hubieran finalizado las obras. Supuse que a la hora de la verdad se quedarían allí indefinidamente.

—David, ¿estás bien? —me limité a decir.

—Conmocionado, pero sí, «bien», supongo. Crees que soy frío, ¿no?

—Frío no...

—Alguien tiene que encargarse de organizarlo todo. Si estuvieras aquí, la situación sería otra. Dennis, por supuesto... —Se rió sin ganas.

—Quieres decir Véronique.

En eso estábamos completamente de acuerdo. No valía la pena pedir ayuda a Dennis durante una crisis, no porque no quisiera —instintivamente, te daría cinco días por cada uno que tuviera libre—, sino porque la guardiana que tenía por mujer armaría un escándalo. (Dennis me llamaría esa misma noche desde Francia y lloraría durante casi toda la breve conversación que su mujer nos permitió mantener.)

—Él se ocupará de la comida, y eso no es poco. Creo que deberíamos preparar un almuerzo.

—¿David? —Me percaté de que cogía una y otra vez la taza de té, aunque estaba vacía desde que David había llamado—. David, ¿podemos hablar de todo eso cuando llegue?

A las diez en punto ya había reservado un pasaje en British Airways y llamado a Ralph para convencerlo de que cuidara de los animales y se encargara de la librería durante una semana (es mi socio, pero no le gusta pasarse el día en la tienda). Cuando abrí la puerta, vi a la joven que había mirado por la ventana. Para pasar el rato, leía un periódico que había extendido sobre el buzón que estaba al otro lado de la calle. Al salir para saludarla, noté una ráfaga de aire veraniego. Todavía no me he habituado al mes de junio en Nueva York, a ese calor repentino. (Claro que el aire acondicionado es uno de los lujos americanos que más me gusta, el único con el que no reparo en gastos.)

Sostuve la puerta para dejarla entrar.

—Mi mejor amiga está en Saint A para que le practiquen una mastectomía doble —dijo sin esperar a que me ofreciese a ayudarla—. Le encantan las novelas de misterio, pero sólo con mujeres detective y en las que no sufran ni animales ni plantas. Ah, y pensándolo mejor, dadas las circunstancias, nada de navajas...

Esta clase de exigencias basadas en presunciones y otras revelaciones perversamente conmovedoras e inesperadas con las que me topo a menudo durante un día laboral son dos de las cosas que me han ayudado a sobrellevar las locuras y pérdidas que he sufrido desde que crucé el Atlántico. Al igual que el aire acondicionado, parecen propias de aquí.

—Tengo lo que buscas —repliqué, que es lo que digo, a modo de maniobra dilatoria, cuando no tengo la menor idea de si de verdad tengo o no lo que me piden.

La conduje escalera abajo hasta la sección de novelas de misterio —no figuran entre mis favoritas, pero respeto a sus adeptos—, y juntos llenamos una pequeña bolsa con libros que harían todo lo posible por distraer a su amiga cuando se despertara sin los pechos. Ese día, cuando no pensaba en papá, recordaba a esa mujer anónima y esperaba que no fuese tan joven como su amiga... pero ¿facilitaba la edad o tornaba menos doloroso el tener que pasar por tan dura prueba sin la promesa de una auténtica curación regeneradora?

Aún no he llegado a la puerta principal cuando Dennis viene y me estrecha contra su cuerpo, que desprende aroma a ajo. Dennis y David son más altos que yo, pero Dennis me saca casi una cabeza y su abrazo tiene algo de paternal, en el mejor sentido de la palabra. No soy el primero en apartarse.

—Fenny, Fenny, no puedo creérmelo. Pensaba que viviría hasta los noventa, creía que me vería paseando con la pequeña Laurie por el pasillo.

A veces pienso que Dennis debería haber sido actor o cantante de sala de fiestas, pero luego cambio de idea, ya que no reconocería un ardid aunque fuera un bate de críquet destrozándole la mandíbula. Toda la dulzura, todo el cariño de ambas ramas de nuestra familia —presente en nuestros padres, desde luego, pero no de manera tan marcada— debe de haber fluido como la savia por el árbol genealógico y haberse condensado en la efervescencia afectuosa de mi hermano menor. Dennis es uno de esos escasos lugares comunes hechos realidad: es una piedra preciosa, un diamante en bruto.

Si tuviera que enumerar mis mejores atributos, la dulzura brillaría por su ausencia, y la paciencia ocuparía uno de los primeros puestos. (En el caso de David, la ambición estaría en el primer lugar. Y a todos nos ha tocado una buena parte de su virtud cardinal).

Dennis lleva una de esas chaquetas cruzadas a lo Nehru que son el uniforme de su oficio y, cuando finalmente se aparta, veo que tiene manchas de aceite, salsa y vino. En un acto reflejo, bajo la mirada.

Mi hermano comienza a sacudirme la camisa.

—Lo siento mucho. Estoy probando un adobo aromático para una pierna de cordero... ya sabes cuánto le gustaba el cordero a papá, así que había pensado hacerlo a la parrilla y...

—¡Estás mal de la cabeza! No podemos preparar pierna de cordero para cincuenta. Creía que habíamos decidido pollo o algo así —protesta David.

—Davey, es para nosotros, para esta noche. —Dennis no capta el tono crítico de nuestro hermano. Ha tolerado, e incluso honrado, las órdenes y los vetos de David toda la vida. (A veces parece obvio que ése es el motivo por el que ha elegido a Véronique, no porque a David le gustase, en absoluto, sino porque ella posee la misma seguridad en sí misma. Me he preguntado en varias ocasiones qué habría ocurrido si David la hubiera conocido antes del día de la boda, si habría tenido el valor de decirle lo insoportable que era. Si lo hubiera hecho, no se habrían casado.) Apenas quince minutos más joven que David, Dennis le adora, seguramente más que nadie desde que nuestra madre nos dejó. Siempre los he envidiado por ser gemelos, aunque sean diametralmente opuestos.

—Bien, perfecto, pero no te esfuerces demasiado —dice David—. Sacaré a papá del maletero. Luego Lillian tiene hora con el médico; volveremos después.

Yo no sabía que las cenizas de papá habían viajado en el maletero, y estoy a punto de mencionar esa falta de respeto en el preciso instante en que Dennis me interrumpe alegremente.

—¡A las siete si te gusta poco hecho! —Nunca inmóvil salvo durante las comidas, me quita el equipaje con una mano y me empuja hacia el interior de la casa tras abrir la puerta con el hombro—. *Allô! Mes petites poires!* —exclama—. *Il est là! Onco est arrivê!*

—Me he asegurado de que ocupes tu antigua habitación —me explica mientras subimos por la escalera—. Le he dicho a Vee que, como vienes desde tan lejos, no pensaba verte dormir en una cama plegable en la biblioteca. Las niñas se quedarán con nosotros y Davey se ha trasladado a la habitación de papá y mamá. Ya es el amo y señor de la casa.

—*Attends! Nous sommes occupées!* —grita Véronique.

Retengo a Dennis.

—Deja eso y llévame a la cocina. Estoy muerto de hambre —digo, aunque el hambre y la aversión que siento hacia su mujer no son los principales motivos. La cocina es el lugar en el que Dennis se encuentra más a gusto, donde hará que me sienta lo más a gusto posible dadas las circunstancias.

Como sucede cada vez que viene, un sinfín de aromas extraños flotan en el salón. Las cebollas sofritas en mantequilla son una constante, porque tiene una formación francesa clásica, pero siempre se advierte algo menos predecible por

encima de ese aroma: cilantro, coco o comino. Hoy huelo algo que describiría como provenzal, quizá romero o hinojo. Dado que la casa nunca olía así cuando éramos pequeños —puesto que nuestra madre, aunque hacía un buen asado, pasaba el menor tiempo posible dentro de casa—, estos aromas han transformado mis visitas durante los últimos años. Aunque el mobiliario está como estaba cuando tenía diez años, la forma de cocinar de Dennis ha cambiado el halo completamente —por fin ha desaparecido el penetrante olor a moho de los libros de papá—, y por eso tengo la sensación de ir a la casa en sueños, donde todo y nada es como debería ser, donde lo mejor de cuanto tienes y deseas se une de manera seductora y temporal.

Tealing es una casa propia de un páramo de Thomas Hardy transportada al norte: blanca, tejados de muchas aguas y entramada, como un Mondrian de la última etapa, con vigas oscuras y desiguales. Es preciosa, pero no suntuosa. El tejado inclinado se diseñó para techarlo con paja, un capricho importado del arquitecto que se mantuvo durante décadas a un elevado coste, pero que se sustituyó por pizarra azul cuando nos trasladamos. Dado que a nuestra madre le daba igual la decoración y la modernización (un rasgo poco común en una mujer de la posguerra, y probablemente una de las cosas que atrajeron a mi padre de ella), la cocina sigue siendo una estancia grande, tenebrosa y funcional. Los principales objetos son una larga mesa de roble manchada justo en el centro y una cocina semejante a una tarántula en la que caben hasta diez ollas grandes (un tesoro para Dennis, que siempre amenaza con apropiársela). En la habitación contigua hay una cocina pequeña y pesada que nuestra madre utilizaba para preparar cenas sencillas; al parecer, sólo Dennis sabe cómo funciona la cocina de leña. Ha llegado a preparar un suflé en ese horno.

Nada más entrar se dirige a la nevera y, con la presteza de un chef, saca un plato de paté y galletas saladas, un pollo asado entero, todavía atado, y un racimo de uvas negras enormes y resplandecientes. Sostiene con un pie la puerta mientras coloca todo en la mesa y, acto seguido, saca una cerveza.

—Enfriada expresamente para mi hermano americano.

Sonrío, enternecido por ese gesto.

—Un renegado cultural, eso es lo que soy.

Rodea la mesa y me mira por encima de una tabla para cortar y una docena de cabezas de ajo.

—Recuerdo a tu amigo Mal y su discursito sobre la estupidez de la cerveza caliente. «Alcohol tibio para gente tibia». No sé si te convirtió por convicción o por vergüenza.

Nos reímos al recordar la diatriba anglófoba de Mal, pronunciada en esa mesa. Observo las manos de Dennis mientras utiliza un cuchillo de hoja ancha para machacar los dientes de ajo, luego los aplana y hace trizas y por último los pica hasta formar pequeños montículos blancos y acres. Me fascina el modo en que se mueve, con tanta agresividad y delicadeza a la vez.

—Debes de echarle de menos, incluso su afilado ingenio.

—¿Afilado? Más bien dentado, diría yo —replico—. Y sí, todavía le echo de menos, tanto a él como a sus elevadas pullas contra el mundo.

—¿Conservas el pájaro?

—*Felicity* vivirá más que todos nosotros. —Me emociona que mi hermano, sin esfuerzo aparente, recuerde esos detalles, sobre mi vida lejana. Es como si se lo hubiese preparado, pero sé que son cosas que tiene presentes, que están ahí; me produce la reconfortante impresión de que piensa en mí a menudo—. Mantiene vivo a *Rodgie* a fuerza de molestarlo continuamente. Ahora sólo abandona el sofá para dar paseos breves por el barrio. Le gusta ir a un parque cercano, se sienta en la acera y observa a los niños desde el otro lado de la valla. Creo que piensa que son ovejas por el modo en que corretean y se quejan. *Rodgie* no está acostumbrado a que los seres humanos sean criaturas felices. Ni siquiera estoy seguro de que sepa que lo que está viendo es la felicidad.

—A veces lamento... —Dennis se interrumpe para verter el ajo picado en un bol desportillado de nuestra madre— ...no haberme quedado con uno de los perros.

Rodgie es uno de los dos últimos perros pastores vivos del linaje que nuestra madre crió y adiestró. Ése fue su mayor talento en la vida, su habilidad especial. Cuando murió había media docena de perros en Tealing; me quedé con *Rodgie,* el más pequeño, y David con dos, uno de los cuales sigue con vida y viaja como un dignatario en la parte trasera de su furgoneta.

—No podrías haberte ocupado de un collie en París haciendo pasteles desde las cuatro de la mañana hasta el atardecer.

—En realidad, ése no fue el motivo. Fue por Vee... Yo no lo habría dicho, pero sabía que no soportaría un perro en nuestro piso, mejor dicho, mi piso... aunque confiaba en que acabase siendo de los dos.

—¿Ya la conocías? —pregunto, y de pronto recuerdo que se casaron antes de que hubiera transcurrido un año desde la muerte de mamá y, en breve, tuvieron una morterada de hijos: tres en cuatro años.

—Aquel mes fue una locura. Vino a ocurrir en el peor momento posible. No me pareció correcto comunicar a todo el mundo que había encontrado a la mujer de mis sueños justo cuando mamá se estaba muriendo. Pero cuando me quedé a solas con mamá se lo conté. Creo que se alegró. —Mientras pela una raíz de jengibre, sin dejar de moverse siquiera cuando reflexiona, Dennis alza la vista rápidamente para ver mi reacción.

—Nunca tuvo celos de nuestros enamoramientos, ¿no? —digo.

Varios años después de su muerte caí en la cuenta de que seguramente se había percatado de los míos, todos en el colegio, por mucho que intentara ocultarlos (sobre todo de mí mismo). Me sigue desconcertando que Dennis tenga sueños que una mujer como Véronique pueda satisfacer, a no ser que, y supongo que no se le puede culpar por ello, sea susceptible a la belleza (porque hermosa, en sentido francés, elegante y estirado, lo es). No sé por qué quiero que Dennis sea infalible, que no tenga talón de Aquiles, pero es así. Siempre he pensado que su mujer debe de ser una sirena en la cama. Tiene que haber un premio de primera oculto en ese egoísmo ilimitado.

—Bueno, dime qué tenemos para comer, *maître frère* —pregunto, y me inclino sobre la mesa para introducirle una uva en la boca antes de darme cuenta de que se trata de un gesto afectuoso fuera de lugar, que va más allá de lo fraternal, un gesto propio de mi vida neoyorquina, pero abre la boca con alegría y la coge entre los dientes.

—Excelentes, ¿no? «Las uvas, para que valgan la pena, tienen que derretir el paladar», decía uno de mis maestros, Alphonse Lavalle. Estas maravillas, las primeras de la temporada, proceden de un viñedo que hay detrás de nuestra casa. Envío a las niñas a robarlas. Si las pillan, las perdonarán más fácilmente que a mí. Ya me ocuparé de la ética más adelante.

—Por no hablar de la ética de pasar productos agrícolas de contrabando por el Canal de la Mancha.

—Ah, eso —dice Dennis, restándole importancia—, tengo mucha experiencia en ese campo.

Sí, pienso, de la época en que se trataba de drogas en lugar de alimentos. De los tres muchachos criados en los años sesenta, Dennis fue el único que se pasó de la raya en ese sentido.

Me levanto para guardar lo que ha sobrado. En la antecocina, donde nuestra madre tenía el cajón para partos de los collies, hay una pila de cajas que me llega a la altura del pecho; entre los listones, veo los extremos brillantes y las vellosas raíces de los puerros.

—A ver si adivino: vichyssoise.

—Por Dios, ¿soy tan predecible?

—Nunca he probado la tuya. Estoy seguro de que no es predecible en absoluto.

—La preparo con mucho ajo y nuez moscada. Crema de leche. Luego tajín de pollo, higos y jengibre... no muy picante pensando en los mayores. Pincho los higos con un tenedor y los empapo en un burdeos intenso. —Me hace una seña y regreso a la mesa, donde desliza una fuente. Dentro hay una masa dionisíaca de fruta, flotando en un lago de color púrpura aterciopelado—. Después una ensalada, sólo verde, luego melocotones macerados en licor de casis con lavanda. ¡Secados en el increíble jardín de Vee! He preparado esos platos... Davey trajo una nevera extra de la clínica y la dejó en el garaje. Es un hombre de recursos.

El comentario de Lil sobre que soy un invitado comienza a parecer cierto. Durante los tres días que he tardado en llegar, David y Dennis no han estado preparando un funeral sino más bien un acontecimiento, mientras que Lil, que se ocupa del lado humano del negocio de su esposo, debe de haberse pasado horas al teléfono en la clínica, comunicando las malas nuevas a cuantos estuvieran relacionados con nuestro padre fuera del núcleo familiar.

Los melocotones, me explica David, se estrenarán en su carta cuando regrese a Francia.

—Laurie los ha pelado a casi todos. La pobre piensa que es una aprendiz, pero seguramente me encerrarían por hacer trabajar a menores.

—Dennis, conozco a muchas personas que pagarían una pequeña fortuna para tenerte como padre... no, como madre. —Me doy cuenta de lo que he olido al entrar en la casa: eran los melocotones, la lavanda.

Se ríe restándole importancia.

—Eso es porque no han visto mi estilo primitivo de leer cuentos a la hora de acostarse. Véronique dice que leo como un cavernícola tartamudo. —Estamos el uno junto al otro, y cuando alza la vista, se sorprende de verme tan cerca—. Fen, no puede decirse que estemos llorando mucho la muerte de papá, ¿no?

—Ya tendremos tiempo de sobra para eso —replico, y le rodeo los hombros con el brazo—. Primero pongámonos al día.

Cierra los ojos durante unos instantes.

—Vale. No, primero el cordero. —Me pide que saque la carne de la nevera. Me doy la vuelta y, al levantar esa pesada fuente, tomo conciencia de que ya no tengo la espalda de un joven y estoy a punto de dejarla caer. Al otro lado de la mesa, Dennis blande una jeringuilla enorme llena de una poción verde que acaba de extraer de un tarro—. Cortesía de David —comenta mientras deslizo la fuente por la mesa.

Con expresión complacida clava la aguja hipodérmica en la carne y expele el contenido.

—¿Qué demonios es eso?

—Esencia de menta verde y ajo dorado, reducidos en un vinagre balsámico —explica con seriedad. Me doy la vuelta mientras llena la jeringuilla de nuevo, sintiendo el azúcar de las uvas en la garganta. Pienso que debería preguntarle por sus hijas. Sin embargo, de repente, con una sensación de alegría y vértigo, las veo a todas allí —Laurie, Théa, Christine: tres, al igual que nosotros también fuimos tres niños—, que abren de par en par la puerta de la cocina y me rodean (las rodillas, claro) con su impaciente parloteo bilingüe. Recuerdo entonces el modo en que me saludaban los collies de mamá en el patio cuando regresaba después de un trimestre en el internado. Nunca se me echaban encima; estaban demasiado bien adiestrados. Ladraban y corrían en círculo a mi alrededor, no de la manera rapaz con la que rodeaban a las ovejas sino con una especie de entusiasmo inquisitivo, esperando a que me lanzara al césped para echárseme encima, jugar y lamerme. Tal vez mis padres tuvieran dinero, se quisieran, me quisieran a mí y a mis hermanos, pero era la lealtad de esos perros hermosos e inteligentes lo que, cuando era pequeño, hacía que mi casa me pareciera el lugar más seguro del mundo.

A los tres nos fue bastante bien en nuestros respectivos campos, en parte gracias al dinero. Nuestro abuelo poseía un pequeño imperio editorial, pero su frugalidad y previsión capitalista fueron la clave de su riqueza (otro tópico hecho realidad, teniendo en cuenta que era escocés). Cuando falleció, dejó a cada uno de los nietos un trozo de ese mineral para que lo explotáramos al cumplir los treinta y un años, la misma edad que él tenía cuando le compró su parte a su socio del *Yeoman* y se casó con su hija (entonces el mundo sí era lógico). David, que había finalizado sus estudios hacía tres años y trabajaba para algún veterinario cansado en un consultorio viejo y lóbrego que apestaba a orines de gato, supo de inmediato que el dinero le salvaría de ese destino. Dennis había estado yendo sin rumbo fijo de un trabajo temporal a otro sin acabar la universidad y, de manera poco prudente a primera vista, se gastó casi toda su parte callejeando por Europa. Aquel despilfarro le condujo a París, a una escuela de repostería, y, para bien o para mal, a los brazos de una mujer que, atenta a su futuro, lo indujo a invertir el resto de la herencia en bonos.

Fui el primero en disfrutar de ese dinero caído del cielo y, al principio, lo traté como si fuera una luz hermosa que es demasiado brillante para mirarla directamente, entrecerrando los ojos en lugar de abalanzarme sobre ella. Leía por encima los extractos de la cuenta (que estaba en manos de los mejores inversores de Edimburgo) y luego los archivaba en el cajón menos accesible. ¿Qué era lo que temía? Que las más o menos cien mil libras —lo admito, una suma risible incluso para los semirricos de la ciudad donde vivo— me apartaran del pequeño mundo que disfrutaba como mejor sabía. Lo que también amenazaba con apartarme era la esperanza de mis padres de que la herencia me hiciera regresar a mi tierra natal.

Había superado los exámenes orales en Columbia y estaba inmerso en la tesis. Sin embargo, avanzaba más lentamente de lo que había pensado, ya que pasaba mucho tiempo en Nueva York a la espera de la vida salvaje a la que, según imaginaba, estaba a punto de lanzarme de lleno. Pero esa vida salvaje se mantuvo dentro de los límites de la imaginación, puesto que los locales de ambiente estaban cerrando, los clubes se volvían más sensibleros y una especie de celibato iracundo alzaba su cabeza de gárgola. Aun así, seguía habiendo muchos lugares para el desenfreno; política y epidemiología aparte, la base del problema era que, por lo visto, no podía quitarme de encima una modestia sexual innata que saboteaba mis deseos egoístas y que, a la larga, tal vez me salvara la vida.

La idea de volver a cruzar el océano, incluso para ir a Londres o a una existencia señorial y aburrida, me deprimía. La proximidad de la familia habría sido positiva, incluso deseable (sobre todo si hubiera sabido que mi madre fallecería al cabo de cinco años), pero la parte de mi ser de la que quería deshacerme y quemar como si fuera un campo de cardos secos no era otra que mi carácter británico, salvo mi pronunciación gutural y culta, que me confería cierto atractivo en el Boy Bar y en el Saint. Mientras había estado ocupado, como estudiante, loando el genio de Dickinson por encima del de Keats, el de Wharton por encima del de Woolf, lo que celebraba con mayor reverencia eran los pectorales relucientes de los puertorriqueños en Times Square y las sonrisas de Cuatro de Julio de los maricas de ojos azules y dulces que iban a ver a mamá y a papá dos veces al año a lugares con nombres como Omaha, Tallahassee y cataratas de Tuskegee. Esos objetos de deseo, irracionalmente contradictorios —hombres que llevaban cadenas o, en el otro extremo, hacían cosas de una osadía artificial como windsurfing y acampadas en el hielo—, no se encontraban en mi tierra natal.

Así, mientras se me hacía la boca agua ante esos placeres viscerales, esperando como un debutante semivirginal el momento exacto para lanzarme de lleno, alcancé la mayoría de edad, desde un punto de vista económico. Había insinuado a mis padres que me quedaría en Estados Unidos después de licenciarme porque presentía que obtendría una plaza de profesor mejor que en Inglaterra. Pero lo cierto era que aunque la tesis se publicara y recibiera los elogios que mis mentores me aseguraban que tendría, aunque me valiese de mi halo de clase alta a lo Ivanhoe, el mejor trabajo que conseguiría sería en un lugar como Pittsburgh u Oxford (Mississippi, el mero trasfondo de los linchamientos me estremecía) o Portland (Maine u Oregón, perspectivas aburridas por igual).

La libido me dominaba; era esclavo de la ciudad y, en aquel momento, habría preferido lavar platos en una bodega chino-cubana, en compañía de hombres sudorosos y llenos de tatuajes, a recitar mi amor, algo menos apasionado, por Nathaniel Hawthorne en un aula con vistas a las aguas bordeadas de sauces del río Concord.

La generosidad congruente de mi abuelo y de un profesor que comprendía mi renuencia a abandonar el centro del cosmos que había elegido me rescató del trabajo de lavaplatos. Ralph Quayle era una autoridad en Melville, pero vivía una vida muy poco melvilliana. Junto con dos springer spaniel llamados *Mavis* y *Druida,* entre cretonas con volantes y estampados de colibríes, vivía en el ático de una estrecha casa de obra vista en Bank Street. Lo supe desde el principio porque le gustaba invitar a los estudiantes del seminario a tomar el té los domingos. Creo que la costumbre le hacía sentirse como un profesor universitario en Cambridge, y el mismo anhelo se reflejaba, estoy convencido, en la atención que me dedicaba.

Normalmente, doce estudiantes solían presentarse para una hora de debate académico, pero al final habíamos abandonado a *Bartleby el escribiente* para hablar del desconcertante reinado de Ronald Reagan, el estado de la investigación del sida, la amenaza terrorista (todo ello en un tono desapasionado, sereno y altruista). Al poco, se producía un desgaste predecible. Primero, las tres estudiantes se marchaban; al anochecer, los cuatro hombres heterosexuales se excusaban, y quedábamos cuatro o cinco que iríamos a tomar unos burritos baratos o fideos de sésamo. Ralph solía acompañarnos en esas salidas. Después de la cena se marchaban varios más hasta que, normalmente, sólo quedábamos Ralph y yo. Cruzábamos la Séptima Avenida hasta Uncle Charlie's, un bar que recibía a la comunidad gay en un ambiente tan cortés que, a veces, parecía una tranquila sala de baile por la tarde. A diferencia de los clubes, era un lugar en el que te reunías con tus amigos sin tener que bailar sin camisa bajo una luz estroboscópica y gritar para que te oyeran. Se podía hablar, y eso daba gusto.

Era el único local en el que Ralph hablaba sobre su vida privada; donde, a finales de curso, me dijo que era propietario del edificio en el que vivía. No le gustaba que lo supiera todo el mundo, porque el hecho de que la gente fuera consciente de que uno tenía dinero —sobre todo en el caso de un hombre mayor sin herederos— dificultaba las relaciones. Dado que no era atractivo, decía, y puesto que no tenía una casa en el campo, confiaba en que la gente que se comportaba como si le cayese bien era sincera. Sin embargo, si se enteraban de que tenía dinero, ¿cómo diferenciaría a los oportunistas de los amigos?

Decidió decírmelo después de que le contara, en medio de un monólogo solipsista y enrevesado, lo de mi herencia y la mezcla de consuelo y parálisis que me producía cuando pensaba en ella. Como un sabio de los bosques sacado de algún cuento de hadas urbano, me advirtió tres cosas: no malgastes el dinero en viajes frívolos (al menos no durante los próximos diez años); no lo desperdicies para cautivar a un amante (ni siquiera si el amante tiene más dinero), y sobre todo no se lo cuentes a nadie (tal y como estaba haciendo yo).

Ralph tenía cincuenta y tantos y planeaba jubilarse diez años después a lo grande. Su edificio era el menos señorial de la manzana —como no había otros edificios a los lados supuse que se inclinaría como la Torre de Pisa—, pero ganaba mucho dinero con los alquileres de las dos plantas que estaban debajo de la suya —apartamentos independientes— y de la planta baja y el sótano, convertidos en establecimiento comercial. Su inquilino era un joven panadero con talento cuyos *challah** y tortas desprendían un aroma tentador y cariñoso que ascendía por el hueco de la escalera a las seis todas las mañanas. Cualquier negocio con un mínimo de clase en esa ubicación, dijo Ralph, tendría éxito porque por allí pasaban, al menos dos veces al día, sus múltiples vecinos, ricos y acomodados (es decir, profesionales homosexuales a los que les sobraba el dinero para gastarlo en pastelitos de hojaldre, orquídeas y aguardiente en lugar del parvulario, el ballet y la ortodoncia).

Cansado a esas alturas de la charla, mi mentor comenzaba a aburrirme. ¿Por qué habrían de preocuparme esas trivialidades? No dejaba de hablar del panadero, Armand: siempre pagaba el alquiler cuando tocaba, lo silencioso que era durante las primeras horas de la mañana, lo bien que había preparado el sótano para los hornos, lo espléndidos que eran la tatín de ciruela y la sencillísima tarta de fruta. Al principio pensé que Ralph estaba a punto de confesar una pasión no correspondida hacia Armand, o peor aún, temía que me pidiese consejo porque el panadero no estaba a su alcance. Era un joven italiano alto de cabello oscuro a quien había visto por la ventana en varias ocasiones mientras subía la escalera; por supuesto, los bollitos con mantequilla y los emparedados que acompañaban al té del domingo prove-

* Pan blanco, normalmente trenzado, que suele prepararse para celebrar el sábado judío. *(N. de los T.)*

nían de abajo, y una vez entré para pedir una tarta para una fiesta que organizaba yo. Al otro lado del mostrador, había visto cuán esbelta y firme parecía la cintura debajo del mandil, cuán verdes y hermosos eran los ojos. Armand tampoco estaba a mi alcance.

—Ya ha estado dos veces en Saint Anthony para hacerse transfusiones —me contó Ralph cuando vio que volvía a prestar atención— y los fármacos le están destrozando el hígado. A veces desearía no saber tanto, no sé qué decir, pero supongo que se retirará pronto, estará demasiado débil para trabajar y tendré que encontrar otro inquilino.

Ralph parecía muy afectado y yo también estaba abatido, aunque en un sentido más general. Era 1984, cuando todos sabíamos quién estaba enfermo pero todavía creíamos que la tormenta pasaría y la marea retrocedería antes de que se nos empapasen los zapatos, antes de que alguien que nos importase de verdad (como uno mismo) enfermase y, lo peor de todo, le asfixiase el miedo. Por aquel entonces sólo había conocido a dos personas que pereciesen por esa plaga, los dos eran estudiantes de posgrado con quienes lo más íntimo que había compartido había sido un cubículo de la biblioteca.

—Es terrible, una tragedia —farfullé, o alguna vacuidad parecida. ¿Cómo iba a cambiar de tema sin parecer insensible (que lo era) ni irrespetuoso? Decidí esperar a que se produjera una pausa apropiada y desconecté hasta que oí mi nombre:

—Entonces, Fenno, quizá quieras arriesgarte al respecto. Te ayudaría a realizar el inventario inicial, buscaríamos a un vendedor a quien le vaya mal el negocio, y seguramente podrías quedarte con el apartamento que está debajo del mío dentro de unos años; es una pareja que procreará en cualquier momento y necesitarán más espacio... Es decir, si quisieras vivir allí, y te cobraría un alquiler aceptable. Imagina levantarte de la cama ¡y ya estás en el trabajo! Aunque te diré que, por bien que te parezca, sufriremos juntos lo mismo: el crítico que vive al otro lado de la calle y los dramas personales que, en su opinión, debe compartir con todo el mundo, sonatas de flauta en estado de ebriedad y un loro al que le gusta cantar escalas cuando llueve. Las dos o tres primeras veces resulta encantador, pero luego...

¿Crítico? ¿Loro? ¿La salud y la vitalidad reproductiva de los inquilinos de Ralph? No entendía nada de nada.

—¿Qué inventario? —atiné a preguntar.

Ralph rompió a reír.

—Bueno, querido, esta noche he descubierto algo: el que de repente seas rico no te vuelve más fascinante.

— ... Compasivo, riguroso... increíblemente amable... ¡la amabilidad elevada a la categoría de arte!... Tan inteligente y tan, tan recto en todo lo que hacía... —A través de la copa de vino alzada, la luz de la vela arroja gotitas de resplandor trémulo y rosado sobre el rostro de Dennis mientras brinda por las virtudes de nuestro padre. Los ojos se le empañan mientras se esfuerza por expresar sus sentimientos más sinceros—. Nos quería tan... en fin, sin exigencias o, al menos, si las tenía, las ocultaba a la perfección. Si cada una de sus nietas poseyera tan sólo un tercio de su bondad, la nuestra sería una familia de angelitos. —Dennis sonríe de soslayo a su esposa y apoya la mano libre en su espalda.

Véronique le devuelve la sonrisa, pero aprecio cierto aburrimiento en ella, aunque, para ser justos, podría ser fruto de mi inquebrantable resentimiento. La conocí apenas unos días antes de que supiese o dedujese que era homosexual, y aunque no fue desagradable conmigo, jamás olvidaré lo que me dijo esa Nochevieja, cuando se topó conmigo en el comedor mientras yo buscaba una fuente. Estaba visiblemente embarazada de Laurie, su primera hija, y, al detenerse, colocó la mano sobre su trofeo anatómico (como lo llamaba Mal).

—Soy tan moderna como el que más, Fenno —me dijo en voz baja y con marcado acento francés, inclinándose hacia mí—, pero, por favor, no muestres tus intimidades preferidas delante de mis hijos. ¿Podremos ponernos de acuerdo al respecto?

Arqueó sus delicadas cejas, semejantes a pequeñas golondrinas en vuelo, al tiempo que esbozaba una sonrisita parisina, como si acabara de pedir un poco más de leche para el té. Arqueé las mías en un gesto histriónico.

—No creo que seamos capaces de ponernos de acuerdo en casi nada, pero acataré tus bulas papales de buena gana. *Ça va?*

—*Ça va* —replicó, sin ponerse nerviosa, la condenada, e incluso ensanchó la sonrisa.

Cuando esa misma noche, en el piso superior, le comenté a Mal el encuentro, bautizó a mi cuñada la «Coñesa». De las tres veces que fue conmigo a Tealing, sólo la vio en esa ocasión, la última; si hubieran coincidido más a menudo seguramente habrían acabado a tiros.

David se pone en pie.

—Por papá, a quien debo lo que soy, la sensación de valía en el mundo, la capacidad de ejercer una influencia real en quienes me rodean... y la sensación de continuidad familiar, el legado no sólo de esta casa y estas tierras maravillosas sino del ingenio y la inteligencia que ha pasado de rama en rama en el árbol genealógico de los McLeod...

Nos lo agradece uno a uno con un movimiento de la copa; somos sólo cinco, ya que las niñas se han acostado. Tengo la impresión de que sus palabras pertenecen a un entorno más amplio, a un clan mayor, como si la formalidad de sus palabras fuese demasiado grandilocuente para nuestra reunión familiar. Quizá el brindis estaba preparado y su intención era dirigir lo del «legado» a nuestras sobrinas, un gesto generoso, debo admitir. Algunas personas que desean hijos propios se contienen con los de los demás, temerosos de acabar queriéndolos y, por lo tanto, de envidiar a sus padres. Otras se zambullen de lleno para disfrutar del placer que esperan que un día sea suyo; y si no es así, se conformarán con las migajas que les tiren los demás. Me alegra decir (y estoy vergonzosamente sorprendido) que David encaja en la última categoría. Aunque sea brusco con el resto de nosotros, sabe jugar con las niñas y entretenerlas: las ha llevado a pasear campo a través en la furgoneta, las ha ayudado a montar a horcajadas en su primer poni, ordeñar la primera vaca, escuchar los latidos de un gatito a través del estetoscopio que lleva a todas partes, como si protegiese sus propias constantes vitales.

Me hubiera gustado que las niñas cenaran con nosotros, y lo habrían hecho si David y Lil no hubieran regresado tan tarde, casi a las nueve, con disculpas extrañas pero sin ninguna explicación, ni siquiera a una crisis veterinaria. A las ocho y media se ha producido un breve desacuerdo entre Dennis y Véronique; ella insistía en que las niñas se acostaran a la hora de siempre. Para no variar, Véronique se ha impuesto sin tener que discutir demasiado y ha dado de cenar a Laurie, Théa y Christine en la cocina mientras Dennis colocaba velas en la mesa, que ya había preparado fuera.

David acaba diciendo que deberíamos encomendar el alma de nuestro padre no a la eternidad sino al trabajo de nuestras vidas, a las personas cuya felicidad queremos garantizar ante todo. Comienzo a preguntarme qué habrá reservado para el panegírico de la iglesia justo en el instante en que Dennis y él fijan la mirada en mí, esperando a alzar las copas de nuevo. Sintiéndome como una especie de Cordelia entrecana y andrógina, inclino la cabeza para ganar tiempo. Tengo la mente en blanco, no se me ocurre nada.

—Por mamá, porque consiguió que papá tuviera una vida... llena de satisfacciones —me oigo decir de repente—. Papá querría que nos acordásemos de mamá. Que descansen juntos en paz.

Las copas se entrechocan de nuevo, aunque esta vez los murmullos de aprobación parecen más apagados. Verónique ya se está abalanzando sobre el plato de queso.

—¡Mi preferido! —exclama mientras corta un poco de Explorateur y besa a Dennis en la mejilla.

David se inclina hacia mí.

—Creo que fue papá quien se procuró sus propias satisfacciones. Sólo quería decírtelo, para que conste.

—¿A qué te refieres?

—Mamá era maravillosa, pero hacía lo que le daba la gana, casi siempre iba a lo suyo.

—¿Quieres decir que estaba demasiado abstraída en sus cosas?

—Bueno, como todo el mundo. Pero no era una de esas mujeres que teóricamente «hacen» a sus esposos o los respaldan.

Miro de inmediato a Lil; parece más concentrada en la ensalada que en nuestra conversación. Véronique, en cambio, nos escucha atentamente.

—Oh, *écoute*, par de cotorras —interviene de pronto—. No llegué a conocer a vuestra madre, pero si es tal como Dennis la describe... —pronuncia el nombre de mi hermano a la francesa, *Denii* (Lil es *Liiliian* y David *Daviid*)— era la mujer perfecta, la mujer que se ocupa de sí antes que de nadie, que permite que el hombre al que ama, si se lo merece, encaje en las curvas que ella ha esculpido.

Dennis sonríe.

—¡Yo, ni más ni menos!

—Tú, ni más ni menos, eres un incauto —dice David—. O según la metáfora de tu mujer, masilla moldeable.

—No —tercia Lil—. Tú, ni más ni menos, eres un genio. Esta noche te has superado, Dennis. La cena era espléndida y lamento que hayamos estado a punto de echarla a perder. Siento que las niñas no estén con nosotros. Casi nunca estamos juntos así, toda la familia.

Aunque llevan más tiempo casados que Dennis y Véronique, David y Lil no tienen hijos, y cuando la escucho decir «nosotros» y no «vosotros», recuerdo que ni siquiera tiene hermanos, primos ni ningún otro pariente que yo sepa. Me compadezco de ella por partida doble; se merece estar en el centro de una prole numerosa y ruidosa, y sé que eso es lo que le gustaría, lo debe de estar deseando en este preciso instante; sus modales, tristemente empalagosos, son una máscara.

Son las diez y media: ha oscurecido casi por completo, la generosidad del sol de finales de junio en Escocia es algo que siempre olvido hasta que vuelvo a sentirlo directamente en mi piel impregnada de contaminación urbana. El sol parece detenerse, lánguidamente, sin apresurarse a descender como en casi todos los lugares que conozco de Estados Unidos y más al sur. En esta época parece darnos a entender que nosotros, los norteños, nos merecemos más su presencia, que nuestra compañía es la más placentera de la tierra. Aquí el cielo entreteje los rosados, los violetas y los verdes árticos durante más de una hora. En el largo atardecer, la luz de la vela favorece a mis hermanos, que para mí están exactamente igual que la última vez que los vi. Sin embargo, bajo esta luz medieval, las mujeres no salen tan bien paradas. Las tensas concavidades debajo de las mejillas y las cejas se hacen más profundas. Sobre la piel clara de Véronique, la luz resalta las arrugas incipientes que enmarcan sus labios y sólo se forman a una edad tan temprana en mujeres que hablan francés; acabarán endureciéndose y asemejándose a una telaraña. Y Lil, la pobre Lil, parece rendida; es obvio que esta noche ha estado llorando.

Ahora recuerdo que David ha mencionado que tenían hora con el médico, y me pregunto si se trataba de una de las visitas al especialista en fertilidad al que habían estado acudiendo, cosa que David comentó de pasada en tono serio cuando, hablando con él por teléfono las Navidades pasadas, bromeé al respecto («Entonces, ¿cuándo se apoderará de ti el impulso de la paternidad?») Dennis, que se ha enterado del quid de la cuestión por Véronique, quien se ha enterado a su vez por Lil, me ha dicho esta tarde que esa cuestión se ha convertido en el desalentador centro de la vida de Lil, que soporta toda suerte de exploraciones e inyecciones dolorosas, calculadas hasta el último milisegundo conforme a su «reloj» mensual.

Ahora noto que ha aumentado de peso, quizá un efecto secundario de la angustia y el dolor, pero recuerdo que una amiga de Mal pasó por esa terrible experiencia y le contaba todos los detalles truculentos, que él, a su vez, insistía en explicarme: «Le entra la depre lacrimógena, los sofocos, no come nada salvo lechuga y brotes o se hincha hasta aumentar varias tallas, imagínate. Lo peor de todo es que su marido tiene que ponerle unas inyecciones terribles en el trasero con una jeringuilla para caballos, un mejunje hormonal destilado de la orina de monjas de un determinado convento del norte de Italia que comen muchas semillas de colza y otros alimentos básicos en esa zona, con los que la orina adquiere un elevado nivel de progesterona y se transforma en un elixir de la fecundidad. —Al advertir mi expresión de escepticismo, añadió—: Te diré que he leído sobre ellas en los artículos de Jane Brody. De todas maneras, ¿qué es lo que te extraña? Los monjes hacen mermeladas y licores, ¿por qué no habrían de explotar su orina las monjas, por todos los santos? O quizá debería decir por todas las profesionales de las urbes que han esperado demasiado para quedarse embarazadas de manera tradicional».

Es posible que recuerde el soliloquio de Mal por lo de la jeringuilla para caballos: imágenes desagradables de Dennis inyectando el mejunje y de la pericia que David, si fuera necesario, debería desarrollar en otro contexto. «Basta», me digo, y admito que a los maricas se nos ocurren cosas de lo más extrañas sobre los heterosexuales y sus «maneras tradicionales». Jane Brody aparte, Mal siempre mostraba esa típica fobia freudiana hacia los cuerpos y las pertenencias de las mujeres. En una ocasión le lancé mi cartera para que sacara un billete de veinte dólares con que pagar el almuerzo, y él se rió y dijo: «Esto me recuerda los tiempos en que sólo pensaba en hurgar en el bolso de mamá para birlarle la calderilla. Ahora no me tentaría ni por un billete de Ben Franklin. El bolso de una mujer... nunca se sabe qué encontrarás dentro». Las últimas palabras las susurró con un escalofrío de vodevil.

A medianoche Dennis trae una bandeja de crema de lima helada. En los pequeños moldes de color azul pálido parecen piscinas minúsculas. El color de Los Ángeles, habría comentado en otro contexto.

—Supongo que me he quedado un poco al margen, pero confío en que todo esté preparado para pasado mañana —digo—, toda la liturgia y qué sé yo qué más. —No es que pretenda atraer la atención sobre lo poco que he hecho desde un punto de vista práctico (aunque esta mañana, es cierto, he rellenado un montón de formularios absurdos en el aeropuerto), sino que prefiero hacerlo delante de todos y no a solas con David.

—He reservado Saint Andrew's para las once —contesta David, y me alegro de que haga caso omiso de mi pomposo «y qué sé yo qué más»—. Habrá dos himnos, una homilía, las plegarias de turno y supongo que nosotros tres podríamos pronunciar breves palabras. Breves. Papá no querría que se alargara más de lo necesario.

—¿Y os habéis ocupado de la fosa? —pregunto. Saint Andrew's es lo que podría denominarse la Iglesia de Nuestros Antepasados. En el sombreado camposanto, al fondo, se hallan enterrados mi tatarabuelo y todos sus descendientes, rodeados de esposas, hermanos, hijos e hijas. Es donde yace mi madre y donde espero acabar yo, y pido disculpas a todos los ocupantes que tal vez se hayan agitado allá abajo por mi causa.

—Fen, no es un funeral normal.

—Entonces, ¿a qué venía eso del «funeral como mandan los cánones»?

—Lo que quiero decir es que dejaremos de lado lo del camposanto. ¿Sabes cuántas personas asistirán?

—No haces más que insistir en eso, como si se tratara de un asunto de Estado. Pues bien, lo hacemos sólo con los más allegados mientras los demás van a refrescarse la cara y luego se reúnen con nosotros aquí. ¿No lo hicimos así con mamá? —Pienso en la amplia franja verde que espera a papá, entre nuestra madre y su padre. Un considerable pedazo de tierra para una urna de cenizas.

—Papá pidió que le incinerásemos...

—No, no lo pidió. Pero imagínate lo que sería traer el cuerpo desde una región subtropical en junio, nada menos, en barco desde una isla prehistórica tecnológicamente hablando y donde todo el inglés que sabe la mayoría de la gente es: «Adelante, alégrame el día». Tú no te ofreciste a ir, y yo no podía marcharme, así que...

—No estoy enfadado, David. Sólo me interesaba saber qué quería papá. ¿No te parece una suposición sensata que quisiera estar enterrado en la parcela de la familia? ¿Qué hace allí mamá entonces?

Empleando la cuchara como un bisturí, David rebaña los restos de la crema.

—Tampoco estoy seguro de que fuera ésa la elección de mamá.

—¡Hay mucha más crema! —exclama Dennis—. ¡He preparado para diez!

David le sonríe unos instantes y luego me mira.

—Creerás que he perdido la cabeza, pero he estado pensando en llevar las cenizas de vuelta a Grecia. Al fin y al cabo, tendré que ocuparme de sus pertenencias en aquella casa. Allí puedo esparcirlas en el mar, quizá desde donde se vea la casa, donde él...

—Oh, podríamos ir todos; cerramos el restaurante durante dos semanas en agosto... —sugiere Véronique, dando su opinión.

—¿Y la lealtad al «árbol genealógico de la familia McLeod»? —le pregunto a David, interrumpiendo a Véronique.

David me mira de hito en hito y, bajo la luz de las velas, no es fácil saber si está enfadado, distraído o confundido.

—Mira, Fenno, si vas a insistir...

—Lo dices como si siempre estuviera insistiendo.

Dennis comienza a parecer preocupado.

—Bueno, siempre he pensado que todos acabaríamos en la parcela familiar, como una reunión permanente.

—Nuestra familia no, *chéri*. Nuestra familia descansará en Neuilly —dice Véronique.

El comentario provoca una extraña pausa. Lil, que está apilando los platos, interviene:

—Permíteme que hable sin rodeos, Davey: las cenizas no se estropean, así que podemos pensar en ello después del funeral, ¿no?

Dennis se levanta.

—Bueno, me espera la sopa; aún tengo que prepararla. —Se dirige hacia la cocina y, con la habilidad de un corredor de relevos, le quita la pila de platos a Lil de las manos.

Al mismo tiempo Véronique le rodea la cintura con el brazo en un gesto propio de hermana.

—*Viens*. Iremos arriba a ver cómo están las pequeñas —dice.

«¡Ah, torpe fertilidad!», pienso. Es más que probable que Véronique esté otra vez embarazada. Las francesas saben ocultar un embarazo hasta el quinto mes; una más de sus muchas artimañas.

Me gustaría que Lil se quedase, hacerla desaparecer y apropiármela sólo para mí. Apenas hablamos durante el trayecto desde Prestwick porque David quería contarme los detalles (ninguno sorprendente) sobre el testamento de nuestro padre.

Para mí Lil es algo más que una relación agradable. Representa un momento emocionalmente precipitado de mi vida, en el que ya no podía echarme atrás. Antes de que conociera a David, la vi un día de lejos en Cambridge. Estaba en el último año de carrera y ella en el primero; me la señalaron durante un partido del equipo, y no sólo porque fuera del mismo país que yo sino porque también era del mismo condado, Dumfries. En sí mismo, eso no la convertía en alguien especial para mí (quería largarme de ese país, de ese país y de todo ese confuso imperio, aunque tardaría años en urdir mi huida). Lo que me impresionó, meses después, fue Lil como actriz. Aquello fue a comienzos de los años setenta, los que en teoría cambiarían el mundo; su contribución al panorama vanguardista fue la creación de una compañía teatral de danza moderna. La danza nunca me había interesado mucho, pero cuando se supo que unos cuantos tipos se habían unido a la compañía, aumentó su público. Por motivos diferentes, aunque igualmente falsos (desde el embeleso hasta el ridículo), los espectadores masculinos nos moríamos por lanzar miradas lascivas a nuestros iguales ataviados con mallas, como si la visión de nosotros mismos con pantalones de pata de elefante no fuese lo bastante estrafalaria.

Sin embargo, lo que Lil había logrado nos desarmó por completo y nadie se burló de ella. Lil poseía una gracilidad asombrosa y, visto en retrospectiva, debe reconocerse que fue muy valiente. Estoy convencido de que la producción era, en el mejor de los casos, petulante e inmadura, pero bastaba con observar los movimientos poco ortodoxos que ejecutaba para que hasta el más escéptico se reclinara en el asiento y admirara el espectáculo. Desde el punto de vista musical, sin ir más lejos, no era lo que esperábamos: en lugar de Stravinsky o Copland oímos a Hendrix y a Holiday, todos ellos conocidos pero nuevos en ese contexto, y también nuevos en el sentido en que todo lo llegado de Estados Unidos lo parecía entonces.

Don't Think Twice, It's All Right era la última canción del programa. Lil bailaba sola, con una malla añil muy ceñida, y recuerdo que me incliné hacia delante en la silla plegable de madera, casi en el instante en que apareció en el escenario, con la vergüenza extasiada de la excitación pública. En aquella época compartía mi estrecha cama con un intelectual (mi primera relación prolongada, aunque a escondidas), y la sensación que me produjo la aparición de Lil fue esperanzadora. ¿Se hallaba la normalidad a mi alcance, a pesar de haber renunciado a la misma? ¿Podría burlar el subterfugio y la mortificación a los que acababa de aferrarme como parte de mi martirio? Cuatro minutos de alivio apóstata, otros cuatro de ovaciones y bravos entusiastas (el más sonoro fue un «brava» para Lil; no era yo el único, pues), y luego salí al aire cortante de febrero. Mientras regresaba solo a casa y la multitud se dispersaba, sentí un bajón. Al abandonar el calor del teatro improvisado, pensé en contarle a Rupert, que estaría esperándome, que mi pasión había sido una aberración, un error de cálculo obra de una glándula díscola. Sería un momento de apuro, ira, disculpas; cierta camarilla que se congregaba en una mesa del refectorio me excluiría. ¡Con qué regocijo me enfrentaría a esa flagelación social!

Sin embargo, observando las luces de las torres góticas que me rodeaban, pensé de nuevo en Lil y me di cuenta de que el efecto que me había causado se había invertido. Irónicamente, me pareció un icono de todo cuanto había comenzado a aceptar, no de lo que quería recuperar. Recordé su torso de Peter Pan, su corte de pelo militante (de un rojo fuego y rapado como el de un soldado) y, con tristeza, tomé conciencia de que su danza no había sido más que un excelente acto camaleónico: el modo en que su cuerpo había parecido absorber y luego refractar, como un auténtico resplandor, la acre voz vespertina de Bob Dylan. En aquel instante me demostró precisamente lo que me había rebatido veinte minutos antes.

A lo lejos, de vez en cuando, Lil todavía me cautivaba con su brío y entereza. Cuando comenzó a hacer más calor, disfrutaba viéndola pasear en bicicleta, con un traje vaporoso, tipo neo-Isadora, puesto encima de las mallas y con varias pulseras tintineándole en las muñecas. Se convirtió en la «Chica a Conocer» para los chicos que querían conocer chicas. Para mí era una brisa nostálgica y remota, un objeto predilecto en un museo predilecto y familiar.

Ese verano me trasladé a Londres a fin de leer manuscritos para una editorial científica (lo cual, cruelmente, hizo que mi padre abrigara la esperanza de que aquello me llevaría, de manera independiente y digna, hasta el *Yeoman*). Tras varios meses sin saber nada de mi familia, fruto de una arrogancia más bien infantil por mi parte, regresé a casa en Navidades y experimenté simultáneamente placer, ira, celos y pavor cuando vi a David entrar por la puerta principal de Tealing con Lil, que llevaba una traje de brocado rojo que parecía sacado de *La reina de las hadas* y unos pendientes de cuentas tan largos que le rozaban la clavícula. Se habían conocido en la ciudad durante el verano; nuestros abuelos, me informaron embobados, habían jugado al tenis juntos en la universidad hacía ya mucho tiempo. «¡Un equipo de dobles invencible!», exclamó Lil, tras lo cual mi madre me miró y puso los ojos en blanco, pero a la vez me daba a entender que Lil ya contaba con su aprobación. Años después, en algún rincón irracional de mi mente, David y yo todavía competimos por el cariño de Lil (como si en realidad hubiese competido alguna vez); un símbolo, habría afirmado algún psicólogo, de la aprobación de nuestra madre.

La marcha repentina de todos de la mesa me deja a solas con David. Nos medimos con la mirada; David —debo reconocerle el mérito— es el primero en ceder y reírse.

—Desde luego, somos expertos en aguar una fiesta.

—Lo dirá por usted, doctor McLeod.

—Eso me recuerda algo. —Se pone en pie y sirve vino para los dos; la botella es lo único que queda en la mesa entre nosotros. Creo que está a punto de proponer un brindis personal, pero dice—: Tengo que llamar; he contratado a un interno para que se ocupe de las urgencias fuera de horas, al menos cuando se trate de animales pequeños. Lillian me convenció de ello; ha estado leyendo un libro insidioso americano sobre el estrés. Cree que necesito lo que llama «tiempo muerto». Yo lo asocio a «sacrificar» y a «acabar», términos que en mi profesión se usan para aludir a la muerte. —Se ríe de manera afectada—. Aunque supongo que estarías de acuerdo con ella.

—Estaría de acuerdo con cualquier cosa que os permita adquirir más felicidad a los dos.

Me doy cuenta de que en mi incomodidad, que refleja la de él, debo de estar esbozando una sonrisita de suficiencia, lo cual origina la réplica de David.

—Es lo que faltaba por demostrar, Fenno. Sólo los americanos creen que la felicidad es un artículo que se «adquiere», que se compra y se vende.

Le dejo que diga la última palabra, trivial, sí, quizá obvia para mí y para todos, pero no tiene la menor idea de cuán diferente sería la vida si la felicidad se comprara y vendiera. O sencillamente se trocase.

Cinco

El cosmos, en un solo auspicio, puede ser obsequioso y sádico a partes iguales. El día que aprobaron mi tesis doctoral, Ralph y yo encontramos a Armand, muerto desde hacía varias horas, en el pequeño patio enlosado situado detrás de la panadería. Estaba desplomado sobre una de las mesas que colocaba para que los clientes tomaran algo allí fuera cuando empezaba a hacer calor. Y había hecho calor, demasiado para esa época del año, pero incluso bajo aquel sol Armand llevaba un jersey de lana grueso, la clase de prenda de dibujo suntuoso propia de las laderas de Davos. Era lunes por la tarde; Armand cerraba los lunes, y a no ser por el vivo color escarlata del jersey podría haber pasado toda la noche allí. Yo había ido al apartamento de Ralph con una botella de champán, y cuando fue a buscar las copas largas en un estante situado sobre las ventanas posteriores, miró hacia abajo por entre las ramas. Su primera reacción fue un pequeño grito de dicha; confundió el destello de lana roja con una caja repleta de los geranios que Armand solía plantar allí todas las primaveras.

Armand había intentado, demasiado tarde, traspasar el negocio. Luego vino una hermana suya de Connecticut para vender todos los artilugios: el expositor antiguo, la vitrina de vidrio opalino, los hornos, el mobiliario del jardín e incluso el arsenal de elegantes batidoras industriales, cucharas de madera para revolver y cuencos de cerámica en los que habían nacido pastelitos de masa etérea, esperando metamorfosearse en brioches. Echaría de menos los brioches con almendras de Armand; Ralph echaría de menos el pan de maíz habanero.

Era la Semana de la Armada de 1986, y nosotros acabábamos de bombardear Libia; ese «nosotros» en el que pensé al conocer la noticia, y no con orgullo, me sobrecogió. Al parecer, en Estados Unidos me sentía como en casa. Tenía treinta y tres años y, sin gran entusiasmo, trabajaba como investigador para un biógrafo del artista Joseph Cornell. Era una tarea indigna de mí, pero me permitía pagar el alquiler del estudio en el que había vivido desde el principio. Durante dos años, terca y ahorrativamente, sólo sacaba de mis dividendos caídos del cielo lo necesario para la compra, otros pequeños gastos diarios y el billete de avión anual para pasar quince días en Escocia.

Una noche demasiado hermosa para quedarse dentro de casa, Ralph y yo nos sentamos juntos en los escalones de entrada del edificio y hablamos de la librería. Había investigado y calculado los gastos, me dijo, y me los enseñó. Luego suspiró y se apoyó con fuerza la hoja de papel en el pecho.

—Considero justo confesarte que podría conseguirte una entrevista, una entrevista importante, en Hollins. Acabo de enterarme de que su experto en Edith Wharton ha sufrido un infarto. —Otro suspiro, por si acaso no había oído el primero—. Pero es en un medio muy puritano, y la nubilidad no figura entre nuestras creencias.

Me miró tan torvamente como lo haría uno de sus spaniel y, así, sin más, reprimiendo una visión de la expresión de horror de mi padre, renuncié a la posibilidad de una trayectoria académica respetable y acepté un futuro de comerciante (la segunda expresión de horror que imaginé fue la de mi abuelo, con cuyo dinero financiaría mi caída en desgracia). Acto seguido, Ralph comenzó a enumerar las cifras. Le presté atención mientras observaba a los transeúntes detenidamente, como si fuera un momento profético que debía memorizar.

Pasaron cuatro adolescentes con zapatos de plataforma, hablando en voz alta de la zafiedad de sus novios. Los perros, uno tras otro, tiraban de las correas por delante de sus propietarios en dirección oeste, con la esperanza de llegar a los olores del río. Los árboles más elevados producían un murmullo acuoso, como si hubiera un arroyo en las alturas; las camisas y los trajes blancos que emergían de entre sus sombras resplandecían bajo las farolas. De vez en cuando pasaban grupos de marineros deliciosamente jóvenes y aseados; sus uniformes cambiaban del azul lavanda al amarillo apagado mientras caminaban con aire arrogante entre los torbellinos de sombra y se reían para proclamar su libertad.

Parejas mayores, vestidas para Palm Beach, salían de Ye Biddecombe Inn, un restaurante con una decoración deliciosamente anticuada y una comida anticuada no tan deliciosa. (Mal, que solía cambiar el nombre a los establecimientos que consideraba engreídos, lo llamaba *Ye Better Come Out*.* A escasas manzanas de distancia, el establecimiento Venezia Mia! se transformó en *Gondolier's Pantyhose* [«Las medias del gondolero»]. La Chambre Rose —sirven un buen aguardiente, protestaba yo—, en *Le Codpiece de Santa* [«La bragueta de Santa Claus»]).

A lo lejos, vi a un anciano que caminaba con cuidado hacia nosotros apoyando en un paciente joven que iba a su lado. Cuando se acercaron, me percaté de que el «anciano» era, de hecho, joven, quizá más joven que yo. La ropa era bastante moderna pero le colgaba en los hombros y la cadera, como si estuviera húmeda. Llevaba zapatillas de felpa,

* En el primer caso, el nombre del restaurante podría traducirse «Mejor que entre» y en el segundo «Mejor que salga». *(N. de los T.)*

también modernas, pero más adecuadas para ponérselas en un balneario, con un bañador, que para caminar por unas losas irregulares. Avanzaba con cuidado para no perder el equilibrio.

Acababa de vencer el miedo de que tal vez tuviera que enfrentarme a ese deterioro pero, paradójicamente, tuve que convertirme en otra clase de anciano para lograr ese triunfo secreto y vergonzoso. Durante el último año, tres hombres a los que consideraba amigos (y no tenía millones de amigos) habían fallecido de sida, o de sus complicaciones, como indicaban las necrológicas. Los había acompañado a ratos durante su enfermedad, pero no estuve presente cuando murieron (todos en el hospital). No obstante, me aseguraron que mis amigos no se habían entregado sin luchar, no se habían resignado. Frederick, cerca del final, se arrancó el catéter del pecho. George, cuyo carácter dócil concordaba con su especialización en Sara Teadsale, luchó desde que cayó en coma con una fuerza inusitada. Luke tenía cuarenta y ocho años cuando nos dejó: un vejestorio para mí entonces, pero ¿qué clase de consuelo era ése? De hecho, a ninguno de ellos les había salido ni una cana.

Ya antes de producirse la primera de esas muertes, había dejado de ir a los clubes por completo. Me decía que era un alivio no tener que enfrentarme al pudor que había llegado a considerar anticuado y sin gracia; podría cultivar esa flaqueza irritante con orgullo. En realidad, naturalmente, no sentía el menor alivio; el pavor me corroía. Seguía yendo a Uncle Charlie's, con y sin Ralph, porque allí todo parecía cortés y controlable. Sin embargo, seguía necesitando saber que podía atraer a alguien, y muchas veces me sentí dolorosa y profundamente tentado. Era como uno de esos pescadores de fin de semana a quienes les gusta pescar, pero que en cuanto atrapan un pez lo arrojan de nuevo al agua. Sí, era el rey del coqueteo de atrapar y soltar.

«Rectitud», me decía mientras saboreaba las insinuaciones visuales de un estudiante de administración de empresas con el bigote bien recortado, mientras nos imaginaba a los dos cayendo juntos en mi cama. «Mantén la rectitud y seguirás con vida.» Las mañanas posteriores a esos encuentros salía a caminar un rato. «Paseos saludables», los llamaban mis antepasados presbiterianos; yo los bauticé con el nombre de «paseos frustrantes». «Rectitud, rectitud, rectitud», solía salmodiar para mis adentros, un pequeño mantra al ritmo de mis pasos, hasta que un día recordé que ésa era la descripción que más encajaba con mi padre. Recto, íntegro, optimista. (Visto en retrospectiva, no puedo evitar imaginarme la réplica de Mal: «Por Dios, tanta rectitud da asco.» Pero eso fue antes de conocer a Mal.)

Cuando me trasladé a Bank Street, al apartamento que estaba debajo del de Ralph, comencé a pasear casi todas las mañanas. Mi ruta preferida era bajar por los muelles hasta TriBeCa, luego pasar por Desbrosses y de vuelta por Greenwhich Street. Cuando en la ruta junto al río hacía demasiado viento o calor, me dirigía al sur por Washington, hacia los lejanos rascacielos de Wall Street. Al seguir esa ruta pasaba por delante de la terminal de Federal Express, donde los conductores uniformados se alineaban a la espera de la carga. Cuando hacía buen tiempo, iban en pantalones cortos, y al pasar junto a las camionetas, les veía las piernas descubiertas en las cabinas abiertas. La mera visión de esas pantorrillas, siempre con tendones y músculos perfectos, me bastaba para sentir una oleada de calor en la parte posterior de mis propias piernas, mucho menos admirables.

Los días buenos, cuando esa exteriorización natural se convertía prácticamente en un coro de selectas piernas masculinas, recordaba a un pícaro misterioso llamado Hubert a quien había conocido en Uncle Charlie's. Tras un par de copas cordiales, le pregunté por el sobre de papel Manila que sostenía a un lado y nunca soltaba. Se rió como un loco y me dijo, sin enseñármela, que contenía una fotografía en blanco y negro de él exhibiendo su desnudez en todo su esplendor (supuse que imponente). Si Hubert se topaba con alguien que le atrajese —camarero, pintor de casas, vagabundo, oficinista—, daba igual dónde, se presentaba mostrando el sobre con una sonrisa educada y una invitación. Me sorprendió saber que lo peor que le había pasado era que el portero de su edificio le había propinado una patada en la entrepierna después de que Hubert ofreciese su tumescencia gráfica a un joven atractivo que estaba comiéndose un helado en el vestíbulo del edificio; el joven no era otro que el hijo de dieciséis años del portero. Sólo los remordimientos convincentes y bien razonados de Hubert y su historial de alquileres pagados sin falta le salvaron de una orden de desahucio. A partir de entonces tuvo que encargarse de las reparaciones él mismo.

En la terminal de FedEx solía reírme al pensar en la posibilidad de presentarme de esa manera a uno de los conductores que esperaban en fila leyendo el *Playboy* («Bah, lo hacen para darse tono. ¡Maricas, todos!», habría insistido Hubert). En circunstancia alguna se habría sentido tan tentado Fenno McLeod, y mucho menos tan atrevido. Irónicamente, estaba a punto de toparme con mi propia perdición sexual apenas unas cuantas manzanas al noreste de esa ruta. Pero durante los primeros días de paseos estaba convencido de que me protegía de esos deseos absurdos, convencido de igual manera de que había dado con un destino que, mucho antes, había temido: el del niño que acaba como una solterona. Y fuera cual fuera la sensación de fracaso, no recorrí hasta el agotamiento las calles de las que ahora podría despedirme con cortos paseos desde mi nuevo apartamento, mucho más espacioso.

El apartamento que dejó libre la pareja, felizmente joven

y fértil (Ralph había acertado), era lo que los neoyorquinos llamaban un «ferrocarril», habitaciones largas y estrechas, pero en este caso más que presentables. En la parte posterior, una planta por debajo de Ralph, tenía vistas al patio donde Armand había muerto. Donde él había colocado las mesitas y los floreros imaginé que habría dos sillones y un cajón con ofertas, todos con ruedecillas. No era necesario plantar nada para embellecer ese hueco, ya que lo resguardaba un magnolio enorme y vigoroso. Cuando me mudé, la última de sus campanas azul lavanda rozaba de manera insinuante las ventanas de mi nuevo dormitorio.

No creo en los fantasmas, pero no soy un inconsciente. Lo que me rondaba era la culpa que sentía por haberme trasladado tan pronto tras la muerte de Armand (qué poco sabía entonces sobre la culpabilidad). Me topé con su hermana demasiadas veces durante la incómoda transición escalera abajo, y cuando me preguntó si quería comprar el sofá de terciopelo que Armand había colocado en la entrada como un toque de distinción, le dije que sí en el acto y acepté el precio que pedía, aunque no tenía intención de que ese objeto, potencialmente nigromántico, acabara en mi casa. Pagué para que viniera un camión y se lo llevara de inmediato a una subasta de muebles a beneficio de Gay Men's Health Crisis, una organización de ayuda a los enfermos de sida cuyas camisetas, pósteres y soldados de a pie pidiendo donaciones estaban por todas partes en el barrio, lo cual me inducía a mantener la rectitud más firmemente que nunca.

La primera noche en el apartamento la pasé en vela, haciendo planes. Ralph me había sugerido que buscase un «enfoque» nuevo para el local. La megabibliópolis Barnes & Noble, con sus entresuelos para tomar capuchinos y la vacuidad propia de un hangar, todavía no se había adueñado de Nueva York, pero las librerías pintorescas, lugares donde el olorcillo a moho sólo despierta una nostalgia placentera, eran tan comunes en el barrio como las cafeterías de imitación francesa. Horas antes, mientras sacaba la ropa de la maleta, había visto una urraca peleando con una ardilla en las ramas del magnolio, lo cual me recordó la fascinación que había sentido por los pájaros durante la adolescencia. De manera más bien mecánica y aburrida (el ascendente de la solterona), había realizado informes minuciosos sobre todas las especies que había avistado en los alrededores de Tealing, y unas Navidades mis padres me regalaron un libro con láminas de Audubon que mamá había comprado en uno de esos mercadillos de beneficencia para los cuales los aristócratas de la zona vaciaban sus desvanes. Guardé las láminas debajo de la cama, y las contemplaba periódicamente con la satisfacción que otro niño encontraría en una colección de monedas o piedras; de vez en cuando encontraba otras ilustraciones de pájaros a la venta en tiendas de marcos (normalmente arrancadas de libros de ornitología antiguos). Sin embargo, en la universidad me olvidé por completo de algo tan trivial como las aves. Fue mi madre, tras limpiar el desván de Tealing (seguramente para uno de esos mercadillos de beneficencia), quien me envió las láminas hacía un año.

Sabiendo por la carta qué había en el paquete, ni siquiera lo había abierto. Estaba bien guardado en una caja con fotografías enmarcadas en el salón. Así pues, pensé mientras comenzaba a memorizar la filigrana de hojas y flores que recorría el techo de la habitación, ¿qué tal una librería repleta de cuadros de pájaros, quizá incluso con una sección especial de libros sobre pájaros? En una fiesta había oído a alguien decir que había un gran número de acérrimos observadores de aves en esta ciudad de ciudades, gente que se levantaba a las cuatro de la madrugada para disfrutar de las horas del alba en Central Park o a orillas de alguno de los dos ríos escudriñando el cielo con los prismáticos. Al parecer, había águilas pescadoras y garcetas, cormoranes y grullas, colibríes y pinzones de colores exquisitos, todos ellos viviendo en la gran urbe, visibles para quienes sabían cómo mirar.

Eran casi las cuatro de la mañana cuando sentí la apremiante necesidad de sacar las láminas de los pájaros y ver cómo habían sobrellevado los años de abandono. Para estar bien alerta, me preparé a tientas una taza de té en la cocina, sin más luz que la que llegaba de la calle a través del salón. Mientras esperaba a que el agua hirviera, me dirigí hacia el ventanal de la parte delantera. Justo al otro lado de la calle vi luces encendidas en lo que debía de ser un apartamento decorado con un gusto exquisito: tras las ventanas pendían cortinas de terciopelo grises, descorridas y sujetas con borlas doradas, y en la pared de enfrente colgaba un hermoso tapiz de estilo chino. Sin embargo, lo que me llamó la atención no fue tanto la iluminación como el tremendo alboroto que percibí: a tenor del juego de luces y sombras parecía como si alguien estuviese correteando por los recovecos del apartamento, al ritmo de la música y los gritos.

Abrí una de las ventanas y me senté sobre una caja de libros para disfrutar de una mejor visión. La música era ópera, aunque no sabía en qué idioma. Sin embargo, no cabía duda de que los gritos eran en italiano y lo esencial lo hubiera comprendido cualquiera: «¡Basta, basta, *basta,* me cago en la puta!», oí. Era la voz de un hombre.

Entonces se produjo un silencio (salvo por una diva que seguía cantando alegremente) durante un minuto o más. Estaba a punto de levantarme para ir a mirar las láminas cuando, al otro lado de la calle, oí el estruendo inconfundible de la porcelana, seguramente en un suelo embaldosado, seguido de un único y resuelto «¡Basta!» Otro estrépito. «¡Basta!» Estrépito. «¡Basta!» Aquello prosiguió de manera rítmica —estrépito, improperio, estrépito, improperio, estrépito— hasta que oí (yo y probablemente todo el barrio) hacerse añicos una vajilla para un pequeño batallón y algo, imposible saber qué, que con indignación declaraba: «¡Basta!».

Me había asomado a la ventana, convencido de que aquella discusión doméstica estaba a punto de pasar a la violencia física (si es que no había ocurrido ya), y me preguntaba si debía llamar a la policía. Intenté escuchar gritos de protesta, discusión, dolor. No veía nada salvo las hermosas cortinas y la pared con el tapiz, y delante de ésta la superficie de una mesa y una lámpara (estilo Arts and Crafts, a juzgar por la forma de la pantalla).

Nada. Se produjo un silencio largo y electrizante y de pronto vi una mano en el extremo de una manga verde que se deslizaba por debajo de la pantalla de la lámpara y apagaba la luz. Al cabo de unos instantes, el apartamento se sumió en la oscuridad.

Durante los siguientes minutos me percaté de que nadie había encendido ninguna luz como respuesta al alboroto que acababa de oír. Como el sonámbulo que comenzaba a creer que era, abrí la caja, extraje el paquete de mi madre y comencé a quitar la cinta. Demasiado terco o agotado como para ir a buscar un cuchillo o unas tijeras en el caos de la cocina, me corté dos veces los dedos, pero finalmente di con el viejo libro de láminas. Al abrirlo, la primera que vi fue la del gran flamenco de Audubon. ¡Qué sensación tan increíblemente sexual me produjo volver a verlas por primera vez desde que tenía dieciséis años! Pasé las láminas hasta dar con el cisne trompetero, nadando con sus patas negras por el agua, semejante a una seda plisada de color verdoso, al tiempo que gira el cuello y, maravillado, contempla una palomilla que sobrevuela casi rozando su estela en el agua. Luego vi la grulla cantora, alimentándose de lagartijas. Un tecolote bizco. Golondrinas comunes con el obispillo color naranja en sus elevados nidos. Periquitos de Carolina (extintos hacía mucho), quiscalos comunes, urracas y un pelícano blanco que se parecía, por culpa del sueño, a un humorista llamado Jay Leno que había visto en la tele de Ralph. Curiosas las cosas que nuestros recuerdos desentierran a esas horas.

Para cuando hube terminado de admirar las láminas, todas ellas intactas, el sol ya había salido. Fui a la cocina y calenté de nuevo el agua (la había dejado enfriarse y no había llegado a preparar el primer té). Llené la taza y regresé al salón. Me volví a acomodar sobre el cajón de libros y miré hacia el otro lado de la calle, pero, por supuesto, no vi más que las cortinas, la lámpara, el tapiz. Finalmente, me duché, eché un sueñecito y luego comencé con las tareas del día: medir el espacio de abajo para las estanterías y buscar el método menos costoso para construirlas.

El alboroto que había presenciado esa madrugada adquirió el regusto de un poderoso sueño. Sin embargo, dos mañanas después, al regresar de mi frustrante paseo diario, cuando me disponía a cruzar la calle para entrar en mi edificio, observé una caja de cartón enorme junto a una hilera de cubos de basura. La caja estaba repleta de platos rotos. Se me cortó la respiración. Aunque los fragmentos eran pequeños, eran restos del mismo diseño —una baratija victoriana con faisanes chinos y flores tropicales— que mi madre, de recién casada, había escogido como vajilla ceremonial. Durante mi infancia había estado expuesta en el aparador de Tealing, y casi nunca se utilizaba. Ya en la adolescencia, me percaté de cuán poco se parecían a mi madre esos platos; cuando me fui de casa llegué a pensar que los había elegido a causa de una gran inseguridad (nada propia de ella), como una joven que, al casarse, elegía lo que creía que habría elegido la clase de chica con la que se esperaba que mi padre debía casarse. Mis abuelos no eran tan antediluvianos como para que la elección de mi padre provocase un escándalo, pero mamá era, básicamente, criada y camarera. Incluso hoy día esa clase de emparejamiento daría pie a comentarios maliciosos.

Las Navidades pasadas, cuando me quedé en Nueva York, Dennis me envió fotografías de su familia. Mientras observaba al feliz grupo posando en el comedor de Francia, sentí una punzada de envidia al ver, expuesta en una vitrina rústica detrás de mis guapas sobrinas, la misma vajilla. Por supuesto, a Véronique le venía de perlas.

Es cierto: no puedo evitar espiar a los demás, aunque no cometo ninguna tontería para hacerlo. Así, en cuanto las parejas han entrado, me siento junto a la mesa con una copa de buen vino y observo la casa como si fuera una casa de muñecas mecanizada en el escaparate navideño de unos grandes almacenes. Por las ventanas de la cocina, Dennis parece bailar mientras prepara los platos, y me pregunto si así es como se las ingenia un chef para pasar una larga noche de pie. (Una mazurca para sofreír el ajo, una giga para asar la carne a la parrilla, luego un foxtrot para hacer la sopa a fuego lento y un vals para verter el chocolate glasé en las tortas.) Le veo colocar un montón de puerros en la mesa y sujetar una piedra en la palma de la mano para afilar un cuchillo tan largo como un paraguas pequeño.

En la planta de arriba, la luz de la biblioteca se desborda por la ventana. Lo que fue el despacho de nuestro padre es ahora de David; trasladó los archivos hace meses, aunque los recortes de prensa de la época de papá en el *Yeoman* siguen en las paredes. Veo a David descolgar el auricular del teléfono. Primero frunce el ceño, luego se ríe y después se pasea frente a la ventana observando la noche mientras habla con su subordinado. Pero ¿y si está llamando a una amante?, se me ocurre.

Sin dejar de pensar en esa posibilidad, miro hacia la izquierda, a la habitación situada al final de la casa, donde se han instalado Dennis y su familia. Allí la luz es más tenue.

Veo las siluetas de mis dos cuñadas, la una junto a la otra. Miran hacia abajo, a una de las niñas, sin duda. Apostaría lo que fuera a que Véronique está ensalzando la perfección de la tez blanca de su hija, de sus cabellos sedosos, de sus regordetes dedos de los pies.

Podría haber insistido en que las niñas se quedaran en mi antigua habitación, pero la que ocupan, la que Dennis compartía con David en el pasado, es, con diferencia, la más grande de la segunda planta. Incluso con una cama plegable y dos colchones en la alfombra hay sitio de sobra para desplazarse. Cuando éramos niños, la habitación parecía incluso más grande, ya que, por algún motivo desconocido, hay una escalera de mano que asciende hasta la trampilla de una minúscula habitación independiente con una enorme ventana en forma de ventilador. Envidiaba a mis hermanos por ese pequeño y curioso desván, que mamá llamaba la «trinchera»; solía gritar desde abajo: «¿Algún soldado lo bastante valiente como para esquivar las bombas y tomar un poco de té?» o «¡Retirada para la cena, soldados!». Sin embargo, parecía respetar la intimidad de aquel espacio, por lo que pasó a ser como una de esas casas en un árbol, un depósito para toda suerte de desechos de niños: boñigas fosilizadas, cráneos de roedores, cómics, armas caseras, herraduras oxidadas y, seguramente, mucho después de mi última ascensión, revistas picantes.

Desde esa guarida se dominan hectáreas y hectáreas de terreno. Cuando éramos niños, vacas Angus y ovejas Shropshire pastaban esas tierras, en su mayoría campos abiertos. (Ahora hay dos casas modernas y grandes que miran en nuestra dirección, aunque desde una distancia prudente.) Dos o tres mañanas por semana, en otoño y en primavera, el ganado quedaba confinado en el establo y el club de la caza del zorro enviaba a su séquito, que pasaba atronadoramente por allí. Durante varios años, hasta que el deporte dejó de interesarme por completo, los tres solíamos subir a toda prisa por la escalera para escuchar el cuerno del cazador.

También hay una vista periférica del criadero que mi madre había construido para los collies en un campo al otro lado del arroyo. La estructura de ladrillo sigue en pie, pero tras la muerte de mamá, papá quitó la valla que rodeaba el espacio que mamá había delimitado para que los perros corrieran, y pronto lo invadieron los hierbajos.

—¿Convirtiéndote en piedra ahí fuera? —Dennis se ha asomado por la puerta de la cocina y blande una cuchara de madera para llamarme la atención.

—Estoy espiando la casa.

—No me gusta quejarme del trabajo, pero me siento solo aquí dentro. No tienes que mover un dedo, pero tienes que hacerme compañía.

En la cocina me pasa un delantal de mamá.

—Te he mentido, pero sólo tendrás que hacer una cosa. —Ha llenado el fregadero de la antecocina de agua y me da un escurridor enorme repleto de puerros picados—. Enjuágalos. Habrá cuatro o cinco como éste, puedes ir colocándolos en los paños de cocina de mamá, segundo cajón por debajo, junto a la cocina.

Contento de tener algo que hacer, me arremango y saco los paños. Dennis ha puesto una cinta y tararea al ritmo de alguna recopilación de Elton John de lo más sensiblera. Cuando he terminado de enjuagar y envolver dos tandas de puerros, le sugiero un cambio.

—Pero ¿no te transporta en el tiempo? —dice mi complaciente hermano mientras expulsa la cinta de Elton en mitad de una estrofa y rebusca en una pila de casetes.

—No de un modo que me resulte placentero —digo sonriendo, pero Dennis me dedica una mirada de disculpa. Sé qué está pensando. En su afán de empatía le preocupa que mis peores recuerdos tengan que ver con Mal (cuyo papel en mi vida no comprende del todo, pero ¿por qué debería entenderlo cuando apenas cuento nada y no fomento las preguntas?). De hecho, esas canciones de Elton John son tan antiguas que me transportan a una serie de tanteos equivocados con una chica determinada, una consumación resuelta que ocupa uno de los primeros puestos de la lista de cosas que me gustaría borrar de mi disco duro.

Dennis me invita a elegir una cinta, pero justo entonces encuentra una.

—¡No, ésta! Es la adecuada para la ocasión. Laurie la escogió cuando fuimos a ver a papá; saca de quicio a su madre, así que la ponemos en el coche cuando la llevo conmigo al *marché*. —De repente, en la adusta cocina escocesa de nuestra madre retumba el sonido de la música bouzouki y una vocecita quejumbrosa que canta en griego. Ralla nuez moscada y, bailando, Dennis canta alegremente al ritmo de la canción en algo incomprensible: «¡Yamos, yasmiro smiro yaka!».

Me inclino sobre el fregadero y rompo a reír con unas ganas que no sentía hacía mucho, y justo cuando experimento esa increíble liberación, me llega el aroma reconfortante y navideño de la nuez moscada fresca y caigo en la cuenta de que no tenía ni idea de que Dennis (o cualquiera) hubiera ido a ver a nuestro padre a Grecia.

—¿Cuándo fuiste a ver a papá allí? —pregunto cuando los dos nos hemos calmado.

—El agosto pasado. Vee tenía un trabajo para una boda muy importante y ceremoniosa, una fiesta en un *château* para la que necesitaba medio bosque de orquídeas, y pensé que le vendría bien que nosotros, las niñas y yo, la dejáramos tranquila una semana.

—Creía que se trataba de un retiro espiritual, que había ido allí para reflexionar.

Dennis se ríe.

—Bueno, eso le gustaba, desde luego. Pero no estableció normas para ese sitio ni llevaba un cilicio, claro. ¿Por qué lo dices? ¿Te hubiera gustado ir pero nunca se lo preguntaste?

Tengo que reconocer que no. Nunca le pregunté al respecto y, seguramente, nunca lo habría hecho. Suponía que aquel lugar era el sanctasanctórum de mi padre, y que ni siquiera la familia podía violarlo. Ahora comprendo que se trataba de una mera extrapolación, basada en unas cartas sorprendentemente expresivas que me escribió el primer verano que pasó allí (las cartas de papá, de cualquier índole, eran poco comunes), en las cuales insistía en lo mucho que disfrutaba de la soledad. Por supuesto, disfrutarla no significa que la necesites.

—Allí hizo amigos —comenta Dennis—. De hecho, organizó una cena por todo lo grande y le enseñé a preparar varias cosas muy simples, como el tzatziki y el solomillo de cerdo horneado con yogur, canela y patatas; normalmente contrataba a una vecina viuda para que cocinase en una de sus fiestecillas.

—¿Sus «fiestecillas»?

Dennis vuelve a reírse.

—Fenno, ¿qué sería de la vida sin las cenas así?

—Entonces, ¿quién fue a esa cena? —Mi tono es el de una ex mujer desairada (que no tiene motivos para esperar una invitación pero que, de todos modos, se siente dolida e indignada).

—¿Quién fue? Un tipo con aires de catedrático y su mujer, tienen una casa cerca; él daba clases de dramaturgia, creo. La pequeña aristocracia griega u otras personalidades. Y luego otras dos parejas, todos expatriados británicos... ¡ja, como tú!... gente que vive allí todo el año. Una de las parejas vino con una niñita de la edad de Laurie, y la otra pareja eran dos hombres de la edad de papá, o mejor dicho, supongo, compartían una casa...

—Ah, te refieres a que quizá fueran compañeros de piso. —Tras haber acabado la tarea encomendada he ido a la caza de otra botella de vino y extraigo el corcho de un tirón para dar mayor énfasis a las palabras. Las copas de la cena están limpias y secándose, por lo que saco un vaso del armario.

—Parecían, no sé... Eran paisajistas, y empezamos a hablar de flores. Me cayeron muy bien.

Le toco el hombro.

—No quiero hacértelo pasar mal.

Dennis recobra la calma.

—De hecho, papá acababa de conseguir permiso para que le diseñaran un pequeño jardín de suculentas alrededor del patio. Me supo mal que Vee no pudiera conocerlos e intercambiar opiniones sobre el trabajo.

Sonrío. Me agrada imaginarme a mi padre contratando a un par de maricas con gustos florales para que diseñen el jardín de la casa. No lo digo con crueldad. Me consta que mi padre se sintió incómodo por mi causa (aunque, ¿acaso le conté algo de mi vida que confirmase sus presentimientos y le ayudase a vivir más tranquilo?), pero no creo que le encolerizase o indignase.

—Las niñas durmieron en la cama de papá —continúa Dennis—, las dos mujeres regresaron a sus casas juntas, y la fiesta acabó muy tarde con papá, yo, el profesor de dramaturgia y los dos paisajistas debajo de los olivos intentando nombrar las constelaciones. Se nos daba fatal así que... nos las inventábamos. Papá encontró en alguna parte el Parlamento, me parece recordar que señalé un pato enorme y creo que alguien llegó a dar con Orión o la Osa Mayor... En fin, no nos faltaba *ouzo*. Al día siguiente tuve una tortícolis de primera.

Espero a que añada algo, pero Dennis se concentra en sacudir los restos de nuez moscada del rallador en un pequeño cuenco. Me asaltan dos pesarosos deseos a la vez: uno, haber estado en esa cena; otro, que mi hermano describiese la experiencia con una precisión más acorde con sus emociones. De niño, hubo momentos en los que me preguntaba, con sensación de culpabilidad, si mi padre deseaba eso mismo en relación con mi madre. (La elocuencia de papá, aunque no era un gran conversador, sobrepasaba la de ella con diferencia.) Las pasiones de Dennis comenzaban a asemejarse a las de nuestra madre: muchas y amplias, pero nada sutiles.

Le observo trabajar un rato más.

—Deberías saber, pues, qué pensaría papá de la idea de David sobre las cenizas —digo.

Previsiblemente (para mi satisfacción) el comentario le coge desprevenido.

—Bueno, David tiene razón, a papá le encantaba Grecia, en concreto aquel sitio. Le gustaba mucho.

—Lo suficiente como para renunciar a la tradición familiar.

—¿Tradición? Vamos, Fenny, no eres el más indicado para hablar de mantener la tradición, ¿no crees?

—No veo por qué no —replico lentamente—. En América muchas personas me consideran retrógrado, y me importa bien poco. Vuelvo aquí y, repentina e inexplicablemente, soy un iconoclasta debido a mis largas ausencias y a mis supuestas preferencias sexuales.

Dennis parece confuso. Me doy cuenta de que se esfuerza por recordar el significado de «iconoclasta».

—«¿Supuestas?» —repite en voz baja, y luego parece asustado, como si no hubiera querido decirlo.

—Dennis, no has bebido lo bastante —digo. Me levanto para servirle una copa de vino, consciente de que estoy, por usar una de las originales expresiones de Mal, «borracho como una yola que zozobra».

—No, gracias —replica en un tono frío y recatado.

Vuelvo a sentarme.

—Pero las cenizas... En serio, Dennis.

—Creo que debemos hacer lo que cause menos problemas. Enterrarlas en el camposanto junto a mamá o llevarlas de vuelta a Grecia, no me quitará el sueño en ninguno de los dos casos.

—O sea que dejarías a mamá con la familia de papá sin que nadie defendiese su integridad.

Dennis me sonríe con un asomo de pena.

—¿A qué viene lo de la integridad de mamá?

Me río.

—Ni idea, no lo sé.

—Ninguno de nosotros lo sabe, ¿no? —Dennis no alza la vista mientras lo dice, y creo que se debe a algo más que a la concentración que emplea para servirnos una taza de verbena (las hojas secas extraídas de un maletín que ha traído desde Francia; miro dentro y veo tomillo, orégano y cebolletas).

Me pasa la taza de manera harto significativa.

—Acuéstate. Mañana me lo agradecerás.

—No te he ayudado mucho, ¿no?

—Tonterías —replica, de nuevo en tono jovial. Señala los puerros envueltos y colocados sobre la tabla de lavar de la antecocina.

Salgo de la cocina mansamente, con la taza en una mano y el platillo en la otra. En el salón veo las cenizas de papá en la mesa donde las ha dejado David, como para saludar a los invitados cuando entren en la casa. Las cenizas están en una sencilla caja de madera; una caja que, al cogerla, resulta ser de plástico con unas vetas de madera de imitación, pandeada en las juntas. Por la forma y el color me recuerda a la caja de madera de verdad en la que mi madre guardaba sus escasas joyas. Cada vez que la abría, sonaba un fragmento de un vals de Strauss.

Como por capricho, dejo la taza y me llevo la caja que

contiene los restos de mi padre escalera arriba hasta mi habitación. Sin encender la luz, coloco la caja en el asiento empotrado bajo la ventana con vistas al arroyo que, en el pasado, delimitaba la modesta propiedad de Tealing. No mucho después de que nos trasladáramos, papá compró el campo colindante para que mamá construyera el criadero allí y pastaran media docena de ovejas.

En una noche clara con buena luna la hilera de abedules que hay al fondo resplandece. Siempre he pensado que es la mejor vista desde la casa; muchas noches me ha ayudado a conciliar el sueño.

Mientras me siento —o nos sentamos, no puedo evitar pensar— en la oscuridad, unas voces se materializan a través de la pared. Aguzo el oído cuanto puedo; me acerco sigilosamente a la pared y me inclino hacia ella. Son Lil y Véronique en la antigua habitación de mis padres, que ahora es la de David y Lil.

—Tuvimos una conversación larguísima y él dijo que no. Lamenta decir que no, pero creo que no cambiará de opinión. —Es el susurro apenas perceptible de Véronique—. Le dije que lo había pensado y que me parecía bien; tengo tres hijas y no quiero más.

—¿Dennis no querría un niño?

—Oh, Dennis, él... *comment dirais-je*? —una risita más bien inoportuna— *...il nage bien en féminité, tu comprends*?

Lil, gracias a sus modales, se ríe con ella.

—He pensado algo parecido sobre David muchas veces; él también tiene ese componente. No estoy segura de que «nade bien en la animalidad»... suena fatal en mi idioma, lo sé..., pero así es. Muchas personas lo consideran... brusco. Pero si le ves al lado de un cordero o una yegua vieja con la espalda encorvada, con esa tierna concentración en manos y ojos... desde que le conocí he soñado con ver esa ternura reproducida en un hijo o una hija. Supongo que ahora... —Incluso a través de la pared aprecio el temblor de su voz.

—La verás, la verás —dice Véronique—. La verás, Liliane, estoy segura de que la verás. Debes de creer en ello, *chérie*.

—Oh, Vee, con todo lo que me han hecho, tengo la impresión de estar en una novela de ciencia ficción, abducida por unos extraterrestres de ojos saltones con batas blancas de laboratorio. ¿Y de qué ha servido todo lo que nos han hecho, lo que me han hecho, todo por lo que he pasado? La última vez hicieron algo centrífugo y ni siquiera fui capaz de escuchar los resultados. Es terrible admitirlo, pero hasta ahora, aun siendo a mí a quien examinaban, siempre he pensado: «Bueno, David entiende de estas cosas, sabe tanto como un médico...». Así que dejé de prestar atención hace mucho tiempo y pensé: «David es brillante, David lo arreglará». Pero hemos llegado al límite y, por supuesto, soy tan responsable...

—*Ecoute*. Tienes que preocuparte de tu propia felicidad.

Lil ha estado sollozando y Véronique sigue hablando con su voz cantarina, seguramente para evitar que la pena aumente. Habla en voz tan baja que no entiendo nada, y estoy a punto de apoyar la oreja en la pared, apenas a unos cincuenta centímetros de donde se encuentran. Lo que hago es indecente pero, como diría Mal, lo que cuentan arde. También es triste, aunque no puedo evitar sentir alivio ante el hecho de que Véronique, al parecer, no se preste a mezclar sus genes con los de David (¡lo contrario a mi fantasía de intercambio de parejas!). Con sorpresa y satisfacción, compruebo que Dennis tuvo la voluntad de oponerse, que su mujer incluso le pidió permiso.

Se oyen pasos en el pasillo y luego alguien llama a la puerta contigua.

—¿Lillian? ¿Lil?

Es David. Abajo en la cocina, tontamente, he supuesto que todos dormían; ahora, asaltado por la paranoia y a la vez indiferente, me pregunto si de hecho nos evitaban a Dennis y a mí (o sencillamente a mí).

Lillian contesta a su marido. La puerta se abre y se cierra. Véronique les desea buenas noches; la puerta se abre y se cierra de nuevo. Silencio, pies arrastrándose; Lil sigue llorando. Oigo que los muelles de la cama ceden bajo el peso de David. A continuación escucho otro sonido que podría ser el llanto de mi hermano, aunque preferiría no saberlo.

Me dirijo hacia el asiento empotrado y abro las ventanas, no sólo porque la habitación y yo necesitamos una dosis del aire de junio. Las junturas de plomo de los cristales siempre se quejan; dado que he llegado al límite de mi morbosa curiosidad, espero que el ruido dé a entender a David y a Lil que estoy despierto.

Los abedules arrojan sombras de aspecto musgoso sobre el campo y el agua del arroyo fluye en silencio. Con cuidado, abro la caja. Las cenizas de mi padre se hallan dentro de una bolsa de plástico cerrada, de forma más bien precaria, con un alambre. Parte de las cenizas han ido escapando por un pequeño agujero. Cuando cierro la caja, deprisa, un tanto horrorizado por mi curiosidad infantil, sale despedida una bocanada de polvo gris. Apartó la cabeza para evitar respirar las cenizas. Coloco la caja en el asiento empotrado y me dirijo a la cama estrecha, me desvisto sin colgar ni doblar la ropa, me pongo el pijama y me deslizo entre las sábanas de lino, anticuadas y rígidas.

Me niego a esparcir las cenizas de mi padre en Grecia, o en cualquier otro lugar, en parte por una razón bien sencilla y egoísta que nada tiene que ver con mi respeto anómalo por las tradiciones familiares.

Antes de hacerlo por primera vez, la idea de esparcir cenizas en el mar me parecía muy romántica, la manera mejor y más educada para evitar el horror de los funerales. Dado que he sido partícipe de este ritual en dos ocasiones, lo temo y lo detesto. La más mínima brisa hace que las cenizas se te introduzcan en la boca y ojos; tienes que sacudirte de los pliegues de la ropa los restos de lo huesos, órganos y vísceras de tu ser querido, y, más tarde, extraerlos de las costuras de los zapatos. A continuación tienes que lavarte el pelo y lo que queda de las cenizas desaparece por el desagüe de la bañera, como si fuera hollín de una fogata, polvo del desván, gases del tubo de escape de un autobús estropeado.

Desde entonces me he excusado de tales salidas, pretextando que me mareo y que, por lo tanto, echaría a perder la solemnidad del acto. (En realidad me encanta navegar, siempre y cuando alguien sepa manejar la embarcación.)

La librería recibió el nombre de «Plume». No me complacía ese escurridizo juego de palabras que Ralph inventó para evocar tanto la erudición como la ornitología,* pero era preferible a otras sugerencias muy propias de un hombre que tenía un cobertor de cretona en la cama. (Yo quería un nombre sencillo como Books & Birds, pero Ralph resopló: «Querido, eres una fuente de perspicacia, pero indefectiblemente pecas de soso», lo cual no cuestioné.)

Abrimos en julio y pospusimos la fiesta de inauguración hasta septiembre y lo que los franceses llaman de manera sucinta *la rentrée* para asegurarnos la asistencia de la mitad de los estudiantes de humanidades de Columbia y, por tanto, también los de su complementaria rival, la cercana Universidad de Nueva York. Vinieron incluso algunos estudiantes de la Universidad de Princeton. Para entonces ya habíamos

* Los dos significados principales del término «plume» son «pluma» y «penacho». *(N. de los T.)*

llamado la atención de nuestros vecinos, que se sentían lo bastante cómodos para entrar a disfrutar de una copa de vino gratis. Como invitado de honor vino Roger Tory Peterson, avejentado pero todavía robusto; cuando la velada estaba ya animada (¿en pleno vuelo?), la cola llegaba a la esquina, y todos los que esperaban tenían una de las guías del señor Peterson.

Uno de los mayores gastos resultó ser el enmarcado de las láminas de los pájaros, pero fue una inversión inteligente. Aunque un centímetro desaprovechado en una librería puede parecer una locura por estos lares, la vista desde la calle resultaba seductora. Aquí y allá entre los estantes, como portales hacia un mundo perdido, colgaban los pájaros con aire señorial y decadente de Audubon. En el cristal que realzaba su plumaje se reflejaba el verdor de la calle y el jardín, lo que otorgaba al local de techo bajo un toque arbóreo que, a veces, nos producía la impresión de estar en una de esas casitas que se construyen en los árboles.

Junto a la puerta que daba al patio se hallaba un expositor en el que había, sobre terciopelo verde, prismáticos de primera y telescopios portátiles con trípodes ultraligeros, junto con brújulas, navajas especializadas e incluso artilugios selectos para excursionistas. (Veté las camisetas con el logotipo que Ralph quería encargar.). Tenía en existencias las guías ornitológicas de varias editoriales respetadas, junto con toda clase de libros usados interesantes que encontraba en las librerías de los pueblos las pocas veces que salía de la ciudad. La semana que publicamos nuestro primer anuncio en una revista dedicada a la observación de aves la clientela aumentó notablemente, y por primera vez nos planteamos la posibilidad de contratar a un ayudante, por lo menos para los fines de semana y las tardes.

A finales de aquel verano ya contábamos con unos cuantos clientes fijos, algunos de los cuales compraban y otros no. Me di cuenta de que el local era una especie de paraíso para los indolentes y los que carecían de rumbo en la vida, un destino perfecto para un almuerzo distraído, un lugar de encuentro para los amantes ilícitos, un oasis para los cónyuges infelices que deseaban posponer las riñas nocturnas. Había un puñado de corazones solitarios, ninguno demasiado chiflado ni antipático, a quienes no les interesaba el ambiente del local sino la compañía de alguien como yo, siempre dispuesto a responder a sus preguntas. Eso no me molestaba tanto como habría imaginado, y Ralph, que se pasaba allí una hora todos los días, no tenía inconveniente en contribuir con su consumado encanto. *Mavis* y *Druida* dormitaban alrededor de sus tobillos y nos otorgaban la distinción de su pabellón de caza.

En septiembre el séquito de clientes habituales aumentó con la aparición de tipos más refinados, personas que se habían permitido el lujo de huir de la ciudad durante un mes o más. Uno era un hombre, aproximadamente de mi edad, que durante su primera incursión en la librería se comportó como una especie de inspector de sanidad. Tras un saludo petulante se volvió lentamente, como un faro, y observó el local como si esperase alguna transgresión. Acto seguido, comenzó a valorar con minuciosidad los Audubon; le vi buscar, a apenas unos centímetros del cristal, filigranas o defectos de registro, o lo que sea que los expertos en arte buscan. Al principio pensé que era un marchante y confiaba en que se equivocara y dijera que las láminas eran de un valor incalculable para decirle, con toda tranquilidad, que no lo eran.

Sin embargo, una vez hubo acabado de analizar las láminas, se centró en la vitrina con accesorios para la observación de aves y luego salió al patio. Me imaginé que inspeccionaría todo como un auténtico entremetido, desde los geranios marchitos que había plantado en honor a Armand ese verano hasta las grietas de las losas y la valla podrida.

Finalmente, comenzó a observar los libros, deteniéndose aquí y allá para recorrer con la vista los estantes (seguí su trayectoria por los crujidos del suelo de madera), pero no le vi tocar ningún volumen. También descendió al sótano y volvió a subir al cabo de unos minutos. «Bueno —pensé con molesta aprobación—, a este tipo no le va Raymond Chandler ni el maldito *Dune*.»

Tras mirar por la ventana principal con expresión distraída, finalmente fijó la vista en mí.

—No sabía que a Ralph le gustasen tanto los pájaros.

—No le gustan —repliqué, negándome a mostrarme sobresaltado.

—Entonces supongo que a ti sí.

—No soy observador de aves, si es que te refieres a eso.

Asintió, como si hubiera pronunciado la respuesta correcta, y señaló los periquitos de Carolina que colgaban detrás del mostrador.

—Loros. ¿Sabes mucho de loros?

No tenía ni idea de cuál era el rumbo de la conversación.

—¿Conoces a Ralph? —inquirí a modo de respuesta.

—Ah, en el barrio todo el mundo conoce a Ralph; tiene un gran sentido cívico. Se asegura de que los árboles nunca pasen sed y las cloacas no se obstruyan. Incluso sin esos perros viejos y lentos... Los spaniel parecen un poco deshuesados, ¿no crees? Como si los hubieran fileteado.

Hubiera preferido seguir hablando de loros.

—La gente debe de preguntarse por tu acento —dijo—. Estoy seguro de que te saca de quicio que te tomen por irlandés.

—Pues me ocurre —respondí—. Lo irlandés parece estar de moda por aquí.

—Pero no en Escocia.

—No.

Sonó el teléfono. Era Ralph, para pedirme que fuera a

comprar para la cena, y tuve ganas de describirle al hombre que volvía a pasear entre los libros. Le aseguré que iría a buscar pechugas de pato a su carnicero favorito.

Nada más colgar, el hombre regresó como un imán.

—Seré sincero: la sección de música es deplorable. Deplorable y bajo mínimos. ¡Es más pequeña que yo, que ya es decir! —Se rió de la comparación. No habría dicho que era bajo, pero sí tan delgado que acaso algunas personas subestimaran su estatura... hasta oírlo expresar sus opiniones, claro está.

—Ralph y yo no sabemos mucho de música. —Estuve a punto de añadir que planeábamos buscar asesoramiento externo para ése y otros asuntos, pero caí en la cuenta de que si lo hacía era probable que se ofreciese voluntario.

—Salta a la vista —dijo, dando por zanjado otro tema. Se sentó en el sillón, junto al mostrador, y retomó el asunto de mi persona: de dónde era exactamente, cuánto tiempo llevaba allí, cómo conocí a Ralph. Sabía que vivía arriba, y puesto que no llegó a preguntarme mi nombre, supuse que también lo sabía. Mis respuestas lacónicas no parecieron disuadirle, pero justo entonces consultó la hora y, sin el más mínimo atisbo de ironía, añadió—: Veo que es la hora del té y que no me has ofrecido, así que supongo que me he quedado más de la cuenta. —Se puso en pie y miró alrededor—. Me encantan los pájaros.

—Gracias. —Luché contra el educado impulso de levantarme y estrecharle la mano. Al intuir mi descortés renuencia, extrajo la cartera, sacó una tarjeta y la colocó delante de mí.

—Siempre dejo mi tarjeta, me temo. Por favor, dame el placer de aceptarla. —En la tarjeta ponía, en una letra sorprendentemente sencilla, Malachy Burns. Admiré su delicadeza anticuada y sobria, a pesar de lo absurdo del gesto. Señalando la tarjeta, añadió—: He pensado en añadir un pequeño espacio en blanco debajo de mi nombre para rellenarlo con lo que se quiera: «con pasión», «sus pestañas», «ni muerto». Por supuesto, para eso tendrías que conocerme mejor. —Al llegar a la puerta se volvió—. Siento informarte de que un roedor grande o un perrito faldero ha defecado hace poco, y no sin razón, delante de las novelas de J.R.R. Tolkien.

Aquellas palabras de despedida me dejaron sin habla, y estoy convencido de que ésa era la intención, pero eran ciertas (y de inmediato supe que el autor del delito era la última de las criaturas que había mencionado, ya que uno de los corazones solitarios de turno había venido con su shih tzu). Antes de bajar a comprobarlo, me detuve junto a la ventana principal y observé marcharse a mi visitante. Cruzó la calle y entró en la casa de piedra rojiza situada frente a nuestro edificio. No vi su destino final, pero habría apostado el resto de mi herencia a que era el apartamento en el que alguien (ya tenía una idea clara de quién) había hecho añicos, de manera espectacular y operística, la vajilla de porcelana de mi madre.

Seis

Al despertar, me topo con la mirada penetrante de mis sobrinas de cuatro y cinco años, Théa y Laurie, y la impresión de un metal frío en el cuello.

—*Sa poitrine!* —susurra Laurie en tono autoritario a su hermanita y, al ver que he abierto los ojos, comienza a hablar en su peculiar inglés—. Onco, te escuchamos el corazón. —Está quitando del cuello de Théa lo que debe de ser el estetoscopio de David.

—Querida, no tengo el corazón en la garganta. Al menos no ahora.

—Lo sé. Se lo estaba diciendo a ella.

Me incorporo y les acaricio las cabezas rubias. Su pelo posee la textura de la inocencia, suave como el cristal veneciano, y a la vez tiene un componente erótico, como la piel cálida de la cara interna del brazo de un amante.

—No, no. Túmbate —me ordena Laurie, empujándome.

—De acuerdo, soy vuestro paciente.

—Théa, *son poignet*.

Obediente, Théa me sujeta la muñeca más cercana con ambas manos. Me percato, no sin placer, de que lleva el pijama de seda negro con dragones que le compré en Chinatown (a Laurie le regalé una de esas sombrillas lacadas y rígidas decoradas con crisantemos y a Christine una muñeca con el pelo negro y largo y un sombrero cónico; fue Mal quien me enseñó a comprar siguiendo una temática.)

—*Pas comme ça.* —Laurie recoloca la mano de su hermana sobre la mía y explica—: Davi nos enseñó a tomar un pulso.

—Ah.

Sigo sus indicaciones. Me alegro de llevar el pijama, pero Laurie me pide que me desabotone la parte superior para llevar el estetoscopio hasta su objetivo. Cuando finalmente localiza el corazón y escucha, con los ojos muy abiertos, frunce el entrecejo sin que se aprecie arruga alguna. Miro de soslayo a Théa, que me ha soltado la muñeca, y le guiño el ojo. Siento el impulso de abrazar a las dos niñas y meterlas en la cama cálida y estrecha conmigo, pero sé que a Laurie no le gustaría que le interrumpiese el examen. En Nueva York he conocido a niños suficientes como para saber cuál es la edad de la ley marcial. Rodeo los hombros huesudos de Théa con el brazo y la estrecho contra mi costado.

—Va muy rápido, creo —dice Laurie—. Muy muy rápido. Creo que demasiado rápido.

—¡Vaya si no es el Señor Haragán y sus concubinas! —David está en la puerta. Sonríe, pero me incomoda que me haya encontrado en esa postura, por inocente que sea.

—Davi, su corazón va demasiado rápido, creo.

—Bueno, pequeña, tendremos que prepararle un trasplante. —David se yergue imponente ante nosotros, con una mano apoyada en el hombro de Laurie, y yo me siento. Se da un golpecito en el reloj estilo Jacques Cousteau. —Las once, Fen. Ya he ido a la clínica, he administrado las pastillas a varios gatos, me he detenido en el camino de vuelta para castrar a un novillo y después he recogido las mesas y las sillas. ¿Crees que podrías vestirte, sin prisas, claro, y ayudarme a descargarlas en el garaje?

—Escucha, Davi, escucha —dice Laurie al tiempo que le tiende el estetoscopio con decisión.

David lo coge y se sienta en el borde de la cama. Disimulo mi renuencia y obedezco. Théa, al oír la voz de su madre abajo, ha perdido el interés y se ha marchado, por lo que ahora David y Laurie se inclinan juntos sobre mi cuerpo en silencio. David aparta la mitad izquierda de la camisa del pijama y coloca el estetoscopio con firmeza. Sostiene el disco entre dos dedos de modo que la mano me cubre el pecho. Noto que el pezón se endurece, por nerviosismo, debajo de la palma. Como casi nunca voy al médico (dando por supuesto que estoy sano, y no, nunca me he hecho los análisis) me siento extraño por partida doble, y temo que mi hermano, tras auscultarme atentamente el corazón, me diagnostique una arritmia mortal o un soplo.

—¿Y bien, doctor Dah-vi? —digo pronunciando el apodo de mi paternal y amistoso rival con aparente desenfado.

—Bueno, no eres un cerdo. Y desde luego tampoco un poni de Shetland. Todas las especies tienen un latido único, por lo que, de hecho, sé tanto como tú sobre lo que estoy oyendo.

—¿Está enfermo? —pregunta Laurie, expectante.

Decido no tomármelo como algo personal.

—Es un poco vago, sólo eso. Es su única dolencia.

—Oh —dice desilusionada, y al darse cuenta de lo muy descortés que suena, añade—: Onco, me alegro de que estés bien.

Mis sobrinas tienen buenos modales, lo cual, al igual que muchas otras de sus características, hace que me sienta muy orgulloso; reflejos genéticos, supongo.

Mientras me levanto de la cama, David ve la caja de cenizas en el asiento empotrado.

—¿Qué hace papá ahí? ¿Tenías miedo de que se escapase de la reunión? ¿Temías que le desanimase y me saliese con la mía? —Riéndose, se marcha sin esperar a que responda.

Cuando bajo, no oigo voces. La mesa del comedor está cubierta con una selección de las mejores jarras de porcelana, soperas y teteras de mamá. Véronique entra en la sala.

—¿Tu madre nunca ponía flores? No he encontrado ni un florero de verdad en toda la casa.

—Debo admitir que no me acuerdo —replico sinceramente.

Véronique me dedica una mirada neutral muy poco común en ella, como si hubiera olvidado si me conoce o no.

—¿Has desayunado? Creo que Dennis te ha guardado un poco de café.

—Soy un incondicional del té, pero gracias —contesto. Sigue mirándome y no logro descifrar su expresión. Habría esperado que comentase algo sobre mi pereza o mi falta de cooperación—. Podrías echar un vistazo en la antecocina. Por lo de los floreros.

—Ah, *merci*. —Sonríe y se dirige hacia la cocina, adelantándose a mí.

Dennis está ocupado en la mesa, exactamente en el mismo sitio que anoche cuando me marché.

—El agua se está calentando, he oído tu voz —comenta.

Christine está sentada en el suelo de la antecocina, acurrucando a un gato de peluche sucio en una cama que ha hecho con servilletas (decido no sentirme dolido por el hecho de que la muñeca con el sombrero cónico brille por su ausencia). Su madre se sube a un taburete y rebusca en los estantes más altos.

—Genial, Fenno. —Se vuelve y muestra dos floreros repletos de telarañas—. ¿Los coges?

Aliviado por sentirme útil, incluso con Véronique, me ofrezco a lavarlos. Carga con Christine a la cintura y sale. Demasiado tarde, intento impedir que Dennis prepare el té.

—Ya sabes que hago estas cosas diez veces más rápido que cualquiera, así que ¿por qué no? —Tras entregarme la taza observa los siete jarrones que hay junto al fregadero—. No recuerdo ni uno, ¿y tú?

—Supongo que mamá nunca ponía flores ahí.

—No le gustaban demasiado las tareas domésticas, ¿no crees?

—Y sin embargo te tuvo a ti.

Para mi consternación, Dennis ha comenzado a despellejar y a deshuesar una pequeña montaña de pollos.

Cuando le doy la vuelta a uno de los jarrones para enjuagarlo debajo del grifo, tres objetos caen en el fregadero: una llave de una casa, de esas anticuadas y grandes, y dos medallas militares.

Dennis suspira detrás de mí.

—¿No te parece extraño que hace una semana, o menos, papá viviera en esa isla, se preparara la comida, leyera libros, disfrutara del sol?

—Bueno, como decía Mal, todos estamos vivos el día antes de morir.

Froto una de las medallas entre el pulgar y el índice, tratando de quitar el óxido que le ha oscurecido la cara. La cinta está arrugada y sucia.

—Sí, pero cuán vivos es un asunto distinto. Supongo que papá estuvo bien vivo hasta el final. ¿Crees que eso es bueno o malo?

—¿Te refieres a si prefiero morir lentamente y tener el placer de contemplar mi fallecimiento sumido en el mayor de los dolores o a que un camión me embista mientras estoy agobiado por la declaración de la renta?

—No termino de creerme que esté muerto porque, bueno, todavía no le había llegado la hora, ¿no? ¿No te parece que fue una muerte prematura?

En otras circunstancias me habría costado responder a esa obtusa pregunta sin sarcasmo, pero ahora tengo una excusa perfecta para no contestar. Me vuelvo y le enseño la medalla.

—¿La reconoces?

Se inclina para mirarla de cerca pero no la toca. Tiene las manos manchadas del jugo de la carne.

—Debe de ser de papá, de la guerra.

—¿En un viejo florero guardado en un estante de la antecocina? —Le muestro también la llave, aunque no es tan raro encontrar llaves en lugares extraños, lugares ocultos. Pero esa llave no es de nuestra casa.

—Bueno, a lo mejor estábamos jugando a la búsqueda de tesoros, Davey y yo, o gastándole una broma a mamá —dice—. Hubo una época en la que solíamos tomar «prestadas» cosas de su bolso o de la cómoda y las escondíamos. Para ver cuánto tardaba en darse cuenta de que no estaban en su sitio.

Estoy a punto de guardarme en un bolsillo los hallazgos cuando David entra en la cocina.

—¿Ya empiezas a hacerte el loco, Fen?

Se esfuerza por no perder los estribos. Entonces recuerdo las mesas y las sillas.

—¡Ah! Enséñale las medallas a Davey —dice Dennis—. Era uno de sus caprichos hace ya tiempo.

David abandona su ceñuda expresión cuando le muestro las medallas. Las coge y se las coloca en la palma de una mano.

—Diría que ésta es una Condecoración por Servicios Distinguidos.

—¿De papá? —pregunto.

—Papá no era tan valiente. —Se ríe con cariño—. Era valiente, de eso estoy seguro, pero una C.S.D., eso lo habríamos sabido. Mamá le habría obligado a ponérsela sólo para ir al baño. —Sostiene en alto la otra medalla, frota la suciedad de la cinta—. Ni tampoco estuvo en África, que yo sepa. ¿Dónde las has encontrado?

—En un florero, ni más ni menos —replico—. ¿África?

—La Estrella Africana por servicios prestados en África del Norte durante la última guerra —explica mientras me devuelve las medallas, aunque resulta obvio que ya ha perdido el interés—. Las debieron dejar los ocupantes que vivieron aquí antes que nosotros. Curioso. —Acto seguido, abre la puerta trasera—. ¡El día, al igual que la vida, sigue su curso y no perdona! —me anuncia con una sonrisa acusatoria.

Ese octubre cayó una lluvia helada con una fuerza vengativa durante casi dos semanas. Todas las mañanas bajaba directamente al sótano para comprobar si se había inundado (resultó ser un lugar estanco gracias a las obras que Armand había hecho cuando colocó los hornos). En el exterior, las hojas que apenas habían amarilleado se desprendían de los árboles y quedaban pegadas en las ventanas. Dentro, había tal humedad que la cola de los libros más baratos se reblandecía y llenaba el local de un olor a goma y medicamento.

Durante esa quincena de penumbra húmeda estaba casi siempre solo en la librería y me costaba no darle vueltas a mi limitada vida social. Quizá era por pereza, pero la mayoría de las tardes, después de cerrar (y de limpiar y ordenar los estantes), subía y la mitad de las veces cenaba solo en mi apartamento y la otra mitad disfrutaba de una agradable cena en compañía de Ralph, en ocasiones con un colega suyo (entonces la conversación se reducía a críticas y quejas académicas, y esta parte de la vida podía dejarla pasar sin problemas). Seguía paseando por las mañanas, incluso bajo la lluvia, y los lunes, día en que la tienda cerraba, iba a ver una película o a comer con uno de los escasos amigos que había conservado de la facultad (a quien le prohibía criticar y quejarse). Y puesto que el negocio estaba en sus comienzos rechacé las pocas invitaciones que recibía para pasar el fin de semana fuera.

Los recitales que Ralph quería organizar no comenzarían hasta el día de Acción de Gracias, y permanecí en vilo hasta entonces, como si ese cambio en la rutina fuera a enriquecer mi existencia de manera notable.

Una tarde decidí cerrar antes; no había entrado nadie en más de una hora. Para ventilar el local antes de cerrar con llave, abrí la puerta que daba al patio. Me apoyé en el marco para disfrutar del aroma del musgo húmedo y de las hojas del magnolio. Llovía torrencialmente, el agua caía a raudales en las losas desde los canalones con un estruendo molesto. Los gorriones se acurrucaban y ahuecaban las plumas para darse calor sobre el comedero que había colgado del árbol. Mientras contemplaba todo aquello (y taciturno me equiparaba a uno de esos pájaros inmóviles y empapados), alguien habló, apenas a unos centímetros de mi oreja.

—Comenzaba a pensar que el local estaba abandonado. —Como respuesta a mi expresión de alarma, el visitante prosiguió—: Podría haber robado libros de arte por valor de mil dólares sin que te hubieras enterado; quizá deberías instalar una de esas campanillas tintineantes. —El visitante era (y eso no mejoró mi estado de ánimo) Malachy Burns.

Sonreí parcamente.

—¿Algún otro consejo?

—Hoy no —replicó en tono jovial. Observó el patio con su hombro rozando el mío, como si fuéramos compañeros absortos en la contemplación.

—Es un comedero magnífico. Estilo Kyoto. Sé dónde lo compraste y seguro que no fue una ganga.

No repliqué nada a ese comentario que oscilaba entre el cumplido y la grosería. El comedero de pájaros era una pagoda victoriana en cuyas perchas cabían hasta veinte pájaros bajo unos aleros festoneados. Lo había comprado en una tienda cara de antigüedades a unas cuantas manzanas de allí. Había justificado el derroche considerándolo un accesorio temático, por lo que desgravaría como gasto del negocio.

Malachy Burns regresó al interior.

—Escucha, me gustaría presentarte a alguien. Está esperando en la entrada.

Con hastiada y acre curiosidad, le seguí por los pasillos. ¿Su madre senil y maniática? ¿Una vecina que quería quejarse? ¿Otro corazón solitario que deseaba encajarme?

Bajo la luz plateada de la ventana principal sólo veía un objeto grande en el sillón situado junto al mostrador. Malachy Burns había colgado el impermeable en el respaldo del sillón y ahora estaba inclinado sobre el objeto, susurrándole como si fuera un bebé. Al aproximarme, advertí que se trataba de una jaula. Cuando el visitante se volvió, vi un pájaro de un rojo intenso y del tamaño de un perrito posado en la manga de su camisa.

—Te presento a *Felicity* —dijo—. *Felicity*, te presento a Fenno. Creo que te caerá bien. Tiene clase.

El pájaro me miraba de hito en hito. Ladeó la cabeza de manera burlona y oí un ruido en su garganta, una especie de chasquido de desaprobación. Al observarlo de cerca, vi que no era sólo rojo sino que tenía el vientre de un violeta azulado oscuro y las patas tan grises que parecían recubiertas de piel de cocodrilo. El pico y los ojos eran de ese color negro propio de las piedras erosionadas por el mar.

He de admitir que me quedé prendado en ese preciso instante. Nunca había tenido un pájaro, aunque admiraba la belleza de los pájaros libres, y nunca había visto una criatura como aquélla.

Malachy Burns nos observaba embelesado, al hombre y al ave.

—Es un eclecto. Le puse ese nombre por la virtud que tengo menos posibilidades de conseguir, es decir, después de decidir que la Fidelidad huele a finanzas y que, sencillamente, no podría querer a un compañero que se llamase Prudencio.

Puesto que no sabía qué esperaba de mí (¿se trataba de una broma?) permanecí callado. Malachy Burns extendió el brazo con el loro. *Felicity* desplegó las alas a medias y luego las replegó de nuevo.

—Deja que se pose en tu hombro. Vamos, *Felicity*.

Convencido de que se trataba de una broma, retrocedí.

Malachy Burns se rió.

—No te arrancará la oreja de un picotazo. Es más de lo que puede decirse de ciertas personas que he conocido.

Así que dejé que *Felicity*, más que dispuesta, despegase de la manga y se posase en mi hombro. Acto seguido, comenzó a investigarme el pelo y la oreja derecha con el pico, muy suavemente. No graznó ni cotorreó, por lo que su contacto resultaba más amoroso que juguetón. Ladeé la cabeza para mirarla y noté que las plumas desprendían un olor acre, una mezcla agradable y almizclada de nuez moscada y lirios.

—Es guapísima, ¿no? Y le encanta la gente, es de lo más sociable. Antes organizaba unas fiestas espléndidas, auténticas aglomeraciones, y ella iba de hombro en hombro durante toda la velada.

Una noche, tras vaciar los bolsillos de una chaqueta y encontrar la tarjeta, finalmente le pregunté a Ralph por él. «Oh, santo Dios —rezongó Ralph—. Así que el muy putón se ha dignado ensombrecer nuestro umbral, y subrayó lo de "ensombrecer".» Malachy Burns, me había contado Ralph, era el principal crítico musical del *New York Times* (cargo que sorprendió a Ralph que no figurara en la tarjeta, ya que el tipo era tan engreído como perspicaz, como Ralph tuvo que admitir). Estaba especializado en ópera, lo cual explicaba por qué la mitad del barrio tenía que escuchar a Callas y a Domingo a todo volumen hasta las dos de la madrugada o a partir de las seis de la mañana. Para compensar por esas alteraciones de la paz del barrio, invitaba a todos los vecinos a las fiestas que celebraba («y querido, nunca has visto a tantos maricas de primera bajo un mismo techo desde los días de Studio 54»). Aunque esas Fiestas, explicó Ralph, se interrumpieron después del verano, contra lo que solía pasar. Como cabría esperar, empezó a correr el rumor de que Malachy Burns había enfermado.

Era la primera vez que le veía desde su primera visita y no me produjo una impresión diferente (por su ropa y el corte de pelo elegante, había supuesto que tenía un trabajo importante, y en aquel entonces saber que alguien estaba enfermo provocaba resignación en lugar de sorpresa).

—*Felicity*, canta un poco para tu nuevo amigo —dijo. Cuando se dirigía al pájaro, su tono era suave, cariñoso.

Felicity se irguió sobre mi hombro y dejó escapar un nítido ululato que imitaba a la perfección el calentamiento de un cantante. Ya había escuchado con anterioridad ese registro de escalas, sobre todo durante días lluviosos como aquél. Al oírlo, intuía que debía de provenir de alguna parte de la calle, pensando que quizá alguien recibía clases de canto (aunque nunca me había parecido que cantase bien, no había dudado ni por un instante que fuera humano).

—Increíble. ¿Habla?

—Algunas palabras, pero nada muy inteligible. Los eclectos no son tan parlanchines como los del Amazonas.

—O sea, que entiendes de loros.

Malachy se rió.

—Por fuerza. *Felicity* me la regaló hace varios años un tenor italiano cuya esposa cría estas aves. Creo que todos cantan escalas porque las oyen todos los días, cada día, desde que salen del cascarón.

Felicity había vuelto a inspeccionarme la oreja y deslizaba el extremo del pico por el perímetro interior. Me hacía unas cosquillas casi insoportables, pero era la mayor muestra de cariño tangible que había sentido en meses.

—Si tienes un pájaro —prosiguió Malachy—, todo el mundo te contará lo que saben sobre otra especie que tienen ellos o sus amistades. Aburrido a morir. —Alargó la mano y me cogió del brazo—. Mantén la mano así y ella bajará dando saltitos.

—*Felicity* así lo hizo, y su peso era imponente. Me miró a los ojos y repitió aquel ruido de desaprobación.

—Me está reprendiendo.

—Oh, no, eso es amor, o al menos una forma de cortejo.

Malachy se rió de nuevo. Gracias al loro, se sentía relajado en compañía de la gente y parecía más simpático.

De repente, *Felicity* se volvió y se me posó en el hombro de un salto. Comenzó a limpiarse debajo de un ala. Al extender las plumas, se oyó una especie de frufrú apagado y elegante, el sonido de un vestido de satén en movimiento por una pista de baile. Malachy colocó la jaula en mi escritorio (sin importarle mis documentos) y se sentó en el sillón.

—Te voy a pedir un favor que te parecerá absurdo. —Cuando vio que no me movía, añadió—: Siéntate, por favor. Me estás desquiciando más de lo que ya estoy.

Me senté.

—¿Y bien?

—Me gustaría que te ocuparas de *Felicity*, y si os lleváis bien, podrías llevártela a casa por las noches. Pagaría los gastos de mantenimiento, no sale muy cara, y si tienes que marcharte de la ciudad hay un chico al otro lado de la calle, en el apartamento que está debajo del mío, al que le gusta cuidar de ella. También pagaría eso. —Tanto Malachy Burns como el loro me miraban fijamente. Al ver que no respondía, prosiguió—: Detesto denigrarla de este modo, pero aquí podría ser una especie de... mascota, ¿no crees? Incluso puede que una atracción.

—O sea, que te has cansado de ella. Alguien te hizo un regalo novedoso, y ahora que la novedad ha pasado, es una carga. —No me creía mis palabras mientras las decía, pero ¿no era la explicación obvia para una propuesta como ésa?

Suspiró.

—Entiendo tu razonamiento, pero nada más lejos de la realidad.

—Esperas que me quede con el loro, así, como si nada, un pájaro que a lo mejor vive cien años, como si me enviaras un paquete de libros de segunda mano para venderlos en consignación, ¿no?

Los ojos de Mal eran su rasgo más llamativo. De un azul muy claro, el color de la nieve bajo la sombra, podían parecer blancos, como los ojos de un ciego, a la luz del día. Se le empañaron y se produjo un incómodo silencio entre nosotros.

—Lamentablemente, como dicen los médicos con sutileza, soy «inmuno-deficiente» y, por si las cosas no estuvieran ya bastante mal, mis omniscientes médicos me comunicaron hace poco que no puedo tener pájaros en casa, ni siquiera un carbonero. Me negué a creerles hasta que leí algo al respecto en la columna de mi colega Jane Brody. Al parecer, existe una neumonía ornitológica mortal que podría acabar conmigo si inhalo el guano evaporado de la pobre *Felicity*.

Llovía con tal intensidad que Mal había subido el tono de voz. La palabra «guano», pronunciada con un sarcasmo del todo justificado, sonó como un ultimátum.

—Ahora es cuando te disculpas y te sientes tan avergonzado que te rindes a mi petición —dijo antes de que hiciera precisamente eso—, pero no pienso aceptar tus disculpas. No sé por qué confiaba en no tener que ser franco al respecto. —Se inclinó hacia delante.

Con un gran don de la oportunidad, como aprendería con el paso de los años, *Felicity* comenzó a cantar sus escalas de nuevo.

—Me gusta —dije—, pero...

—Oh, por favor, no me digas que tienes que pedirle permiso al viejo Ralph.

El comentario me hizo reír.

—Supongo que no.

Malachy Burns se levantó.

—Bueno, es un alivio. Me marcharé antes de que cambies de idea.

—No estoy preparado...

—No te quedarás con ella ahora —dijo mientras colocaba una tela de brocado sobre la jaula—. Pienso disfrutar de unos últimos y agridulces días de su compañía matinal, y al carajo la fatalidad epidemiológica. Ah, y me gustaría que vinieras a cenar mañana si estás libre. Está claro que no te caigo muy bien; al principio a todos les pasa igual, pero soy un cocinero excelente. —Se puso el impermeable—. En cuanto *Felicity* se traslade aquí no dejaré de espiarte. Pero también te prometo que te enviaré muchos ratones de biblioteca despilfarradores. Seguramente picará alguno. Es posible que no esté en plena forma, pero no he perdido mi influencia cultural.

Le acompañé hasta la puerta para cerrar con llave. Antes de marcharse, sostuvo en alto la jaula y apartó la funda para que viera a *Felicity* de nuevo.

—Para sacarte de dudas, es poco probable que viva cien años. Pero sí varias décadas. Ahora sólo tiene cuatro. En el testamento se la he dejado a mi madre, pero tendré que cambiarlo, ¿no?

Tras apilar las sillas y las mesas en el garaje (y después de que David las haya contado por lo menos dos veces y se haya quejado de la mala educación de las personas que todavía no han respondido a las invitaciones telefónicas para el almuerzo), nos encaminamos hacia la parte posterior de la casa para decidir dónde las colocaremos mañana. Los meteorólogos han pronosticado la clase de día de junio por el que rezan los contrincantes en Wimbledon; de hecho, los asistentes al funeral tendrán que perderse la final femenina.

David camina de un lado a otro y piensa en voz alta, y le doy la razón a todo cuanto sugiere. Mis tres sobrinas juegan bajo un grupo de lilas que separan Tealing de la casa de turismo rural colindante, y Véronique inspecciona los jardines que papá resucitó durante los últimos años. Las peonías y los lirios están en plena floración, junto con las rosas de turno y varias plantas más pequeñas que no podría identificar ni a punta de pistola. De hecho, Véronique está tomando notas; da la impresión de que prepara una campaña militar. Asegura que los helechos no sirven porque tienen una plaga, así que ha enviado a Lil a la ciudad para que compre las plantas necesarias para que las flores luzcan. Eso me irrita no sólo porque me parece frívolo, sino porque todavía no he estado a solas con Lil.

Satisfecho con sus planes, David pasea hacia el arroyo. Le sigo por la pasarela que nuestro padre construyó para cruzar hasta el prado. Puesto que ya no hay collies ni ovejas, está cubierto de flores salvajes y fleo, pero sigue siendo precioso. Varios abedules jóvenes crecen en los extremos.

—Dennis quería que segase una franja ancha para organizar ahí el almuerzo. En su visión romántica de las cosas no existen los impedimentos.

—¿Y habrías segado?

David asiente.

—Aunque, bueno, quiero preparar un huerto aquí para Lillian, ahora que nos...

—Ahora que os haréis con la casa —digo sin darle mayor importancia.

—Sí, supongo que nos haremos con la casa —conviene

David—. Y la primera cosa que pienso hacer, la semana que viene, es quitar esa ruina de ahí en medio. —Señala el criadero abandonado.

—Preferiría que no lo hicieras. Ese lugar es el último vestigio de mamá.

—Pero es inútil, y horroroso. Creo que está lleno de murciélagos.

—Hombre sin sentimientos. —Intento que parezca una broma, pero David aprovecha el comentario para sembrar cizaña.

—¿Qué te gustaría tener ahí, un templo? ¿Un santuario para perros pastores?

Decido que el silencio es la mejor respuesta. Además, tiene razón.

—Fen, nuestros padres no formaban esa unión armoniosa y encantadora que tú imaginas.

—¿«Encantadora»? ¿Quién estaba hablando del matrimonio? —¿Debería sentirme halagado porque se moleste en imaginarse lo que imagino?

—No había ni una fotografía de mamá en la casa de Naxos —prosigue. Vaya, David también fue a ver a papá a Grecia y participó en sus «fiestecillas». Por supuesto, qué duda cabe—. A veces, salvo por el hecho de que Dennis heredó las enormes orejas y nariz del abuelo, me pregunto si los dos éramos hijos de papá.

Supongo que se refiere a alguna desilusión freudiana de su adolescencia, al antiquísimo deseo de renegar de los padres cuando ellos se niegan, hasta la exasperación, a renegar de nosotros.

—¿Y yo? ¿Te has parado a preguntarte si yo era hijo de papá? —(Me parezco a nuestra madre, como no dejaban de señalar los amigos de nuestros padres: blanco, de ojos azules y cara ancha. Mis hermanos tienen el pelo oscuro y la tez curtida de papá.)

La risa de David es desdeñosa.

—Venga ya, Fen, tú serías el hijo natural, ¿no? El vástago mayor casi nunca es ilegítimo. Es decir, en la época posfeudal.

De niños, al igual que la mayoría de los hermanos, nos peleábamos a la menor provocación (y a diferencia de la mayoría de las madres, la nuestra casi nunca nos separaba y dejaba que el conflicto, real o simbólico, pasase al terreno físico). Justo antes de marcharme al internado, David era ya lo bastante fuerte y astuto para pegarme. Sin embargo, me negaba a rendirme y casi siempre salía peor parado, cojeando o con un esguince en la muñeca. Ahora, pese a ser lo bastante mayor para contenerme, dejo que esos mismos instintos se apoderen de mí.

—Ah, y supongo que esos conocimientos sobre la reproducción provienen del hecho de que te pagan por supervisar un sinfín de polvos salvajes en los corrales. Aunque es todo un alivio oír que crees que soy legítimo.

—¿Fue ese amante tuyo el que desarrolló en ti esa veta desagradable? Antes no te crispabas tanto.

—De hecho, no era mi amante.

—Lo que fuera.

—Sí, lo que fuera.

David suspira.

—Fenno, me arrepentiré de lo que voy a decir, pero ¡qué coño! Eres como un maricón de manual: veneras ciegamente a tu madre y menosprecias a los paletos heterosexuales como yo.

—David. ¿Un paleto tú? Estoy seguro de que unos cuantos de tus mejores colegas del Globe son homosexuales. —Detrás de él veo a las tres niñas, que se acercan por el puente. Las saludo y David vuelve la vista.

Me da la espalda y baja la voz.

—Desde allí arriba —señala la ventana más alta de la

casa, la trinchera situada sobre su dormitorio— vi más cosas de este mundo de las que en principio debería haber visto.

Sin darme cuenta, resoplo. David hace caso omiso.

—Vi cosas que no le habrían gustado a papá.

—¿A qué te refieres exactamente con eso de «cosas»? —pregunto con una voz terriblemente afectada, como si confirmase la imagen de marica que David tiene de mí.

Laurie nos tira de las mangas.

—Papá dice que venga, *à table*. ¡Está haciendo tortillas! ¡Tenéis que coméroslas mientras estén hinchadas!

Sin volver a mirarme, David alza a Théa, se la sienta en los hombros y se encamina hacia la casa. Levanto a Christine, que con dos años y medio sigue bien el ritmo de sus hermanas. Laurie me pone mala cara, como si la hubiera desairado.

—Luego seré tu poni, después de comer —digo—. Te lo prometo.

Frunce el ceño.

—Ya soy mayorcita para eso. —Sale disparada hacia David, que se ha vuelto para tenderle la mano.

De repente, Christine comienza a llorar.

—*Où est mon chat?*

—Lo encontraremos, cielo, lo encontraremos —aseguro.

Mientras la llevo por el puente, la estrecho contra mi cuerpo tanto por autocompasión y soledad como por amor. Agradecido de que me haya alejado unos minutos de mis dos hermanos, dejo que Christine me guíe por el prado en busca de su gatito. Lo encontramos debajo de las lilas, donde las hermanas mayores han preparado un picnic para las muñecas y han utilizado una de las mejores servilletas de lino de mamá a modo de manta y varios ceniceros de plata pequeños como platos. Han colocado con cuidado uvas y galletitas rotas por doquier. En el centro de la servilleta hay un salero de cristal con violetas.

Cuando nos arrodillamos, saco mi pañuelo y limpio la cara húmeda de Christine. Cuando lo guardo de nuevo en el bolsillo, una de las misteriosas medallas me pincha el pulgar, como si se mofase de lo poco que sé. Miro hacia la casa y me armo de valor. Es como si estuviera sobre un témpano de hielo que ha ido a la deriva demasiado hacia el sur; las ilusiones que me mantienen a salvo comienzan a derretirse a toda velocidad. Y no soy el nadador más seguro de sí mismo del mundo.

La primera recompensa por acoger a *Felicity* fue su compañía, la cual llegué a apreciar tanto que incluso cuestionaba mi propia cordura. Me encantaba sentir su presencia pesada en el hombro cuando reordenaba los libros. Me encantaba la manera en que estiraba el cuello (una entrometida, como yo) para ver a la gente que pasaba frente a la tienda, el modo en que echaba a volar repentinamente y sus anchas alas esquivaban siempre por muy poco los reducidos espacios de la librería. Me encantaban sus ocasionales y gratuitas carcajadas, y a veces cuando hablaba por teléfono —*Felicity* debía de creer que hablaba con ella— se arrastraba por mi otro hombro y me murmuraba al oído una frase apagada que sonaba como «¿No te lo había dicho, mi vida?». Seguramente no debería confesar que, en algunos instantes, tenía la impresión de haber encontrado un alma gemela.

El segundo dividendo fue que ahora tenía tres clases de noches diferentes (cuatro si se contaban los recitales semanales de los novelistas y poetas *du jour*). Dos o tres veces al mes, Mal venía a cenar a mi apartamento para pasar más tiempo con *Felicity*, además de las visitas a la tienda (casi a diario cuando no estaba de viaje). Tras declarar que la primera cena que le preparé era «espantosamente inglesa», Mal traía la comida y la cocinaba. Y aunque al descubrir mi desconocimiento de la ópera estuvo a punto de llevarse a *Felicity*, de vez en cuando aparecían en mi escritorio un par de entradas para un concierto de música de cámara, un recital o un ballet. Ralph, casi siempre beneficiario, decidió que quizá, después de todo, Mal no fuera un putón. (A *Mavis* y *Druida*, por otro lado, *Felicity* no les caía bien. Cuando entraban en el local, ella graznaba con fuerza, de puro placer, insistía yo, pero ellos no se lo creían).

Al principio, las veladas que pasamos juntos fueron un tanto extrañas. Yo había visto el apartamento de Mal, aunque sólo una vez. No era mucho mayor que el mío, pero los detalles arquitectónicos eran más elegantes y la belleza y ubicación meticulosa de todo llamaba la atención. Cada una de las tres habitaciones situadas más allá de la cocina estaba pintada con un tono distinto de verde. En el pequeño comedor (que yo no tenía), las sillas estaban tapizadas de terciopelo. No me gustaban los impulsos codiciosos que despertaba, pero era un lugar encantador, un santuario de la sublimidad material. Me di cuenta de que, al igual que un paleto entusiasmado, no podía evitar preguntarle por todos los objetos, desde la lámpara Stickley de pantalla verde y las acuarelas italianas de diseños de trajes para *La flauta mágica* hasta el tapiz azul estilo art déco que había visto meses antes desde el otro lado de la calle (en el que no había dragones ni pagodas, sino animales domésticos tejidos, y mi favorito era un caballo al trote con una flor entre los dientes). En una esquina del salón había una silla de aspecto primitivo, la única excepción en medio de aquellos tapizados de lujo. La madera rugosa parecía inacabada y los brazos curvos finalizaban en un par de ejes verticales, desgastados por alguna clase de fricción. Mientras acariciaba aquella superficie extrañamente sedosa, Mal dijo: «Las manos apretadas de las mujeres al alumbrar». Sonrió al advertir mi desconcierto. «Es una silla de partos. La encontré en una tienda de trastos viejos en

Quezaltenango.» Apartó el asiento plano; debajo había una ancha abertura.

Todos los objetos auguraban una historia: un romance apasionado pero insensato, un hallazgo fabuloso en alguna aldea bucólica e ignota, un avión desviado por las inclemencias del tiempo a un lugar mucho mejor que el destino inicial. No me gustaba el papel del neófito, pero era yo el único culpable. No, no había estado en el Pacífico Sur; no, ni siquiera en Covent Garden. Nunca había probado la carambola ni oído hablar del pez reloj anaranjado (sí, Mal era un cocinero excelente sin apenas esforzarse).

Mi apartamento, aunque limpio, estaba amueblado con objetos entremezclados de cualquier manera que había comprado en tiendas de beneficencia (en Brooklyn, no en Quezaltenango). Educadamente, lo primero que hizo Mal en su primera visita fue examinar las estanterías, con *Felicity* en el hombro. Supe, no sin cierta satisfacción, que no había leído mucho y que no se arrepentía. Luego observó las fotografías de mis hermanos y padres que había colocado en la repisa de la chimenea, que no funcionaba muy bien. Lil también aparecía en las fotografías, acababa de casarse con David; Dennis aún no había conocido a Véronique.

Durante un silencio asfixiante, Mal estudio detenidamente a mis parientes; su conducta me recordó la primera vez que entró en el local y analizó las láminas de los pájaros.

—Puro sentimentalismo —dijo por fin, mirándome—. Lo admiro. En los demás.

—Yo no le pondría el «ismo». No me adhiero a ningún manifiesto ni nada parecido. Son mi familia, y eso es todo. Me caen bien. Me gusta recordar su existencia.

—No soy nada sentimental —dijo, haciendo caso omiso de mi irritación—, no heredé ese gen. Salvo en una cosa: María Callas, su voz y su vida... ¿Dos cosas? Responsable o no, jamás perdonaré a la tal Jackie O, ni tampoco entiendo que la adulen tanto y armen ese alboroto cada vez que suspira. Una mujer insignificante bajo ese falso barniz de Chanel. Una nulidad, un cero a la izquierda. Las americanas atribuyen unos principios tan nimios a sus heroínas. ¡Así que esa mujer respaldó a un hombre que siempre tenía la cremallera bajada! ¡Así que tiene buen gusto y aumentó el número de sábanas de hilo en el Dormitorio Lincoln! ¡Así que, supuestamente, salvó Grand Central! ¡Así que sabe guardar un secreto! —Cogió a mis padres de la repisa de la chimenea—. Bueno, Grand Central es grandioso, ese mérito se lo reconozco —murmuró—. Pero alguien habría edificado el hotel Colony Club frente a esa bola de demolición.

Volvió a colocar la fotografía sin mediar palabra. Alguien más valiente que yo habría defendido el carisma exquisito de la señora O o le habría preguntado a Mal por su familia. Necesité varias veladas para aprender a desenvolverme en esas conversaciones, a no quedarme en el box después de que mi caballo saliese disparado.

Aunque Mal nunca mencionaba su salud, yo rara vez dejaba de pensar en el motivo de nuestra amistad artificial. Una tarde de la primavera siguiente vi que tenía una mancha en el antebrazo, una especie de ameba purpúrea, cuando se arremangó para preparar un *risotto*. Mientras comíamos, se percató de la dirección de mi mirada. Esbozó una sonrisa maliciosa (y yo me sonrojé).

—Una puerta, querido Fenno. Literal y verdaderamente tropecé con la jamba de la puerta cuando me levanté a mear por la noche en un hotel nuevo de Roma. Mi hotel favorito estaba lleno.

En efecto parecía una contusión. Me disculpé.

Mal se reclinó en la silla.

—Kaposi. ¿Quién crees que era ese tipo? ¿No te parece un nombre extraño y exótico, casi alegre, para esta cosa progresiva y mortal por la que debo vivir aterrorizado? Me imagino a algún árabe halagador con mala pinta y un fez apolillado, un extra sospechoso de *Casablanca*.

—De hecho —intenté que mi tono fuera tan desenfadado como el suyo—, fue un dermatólogo húngaro de finales de siglo. Se llamaba Moritz. —Cuando Luke estaba enfermo, en un arrebato de morbosidad investigó qué era el sarcoma de Kaposi.

—Quedo bien informado. —Mal se rió y arrojó la servilleta a la mesa—. ¿A alguien le apetece un poco de sorbete? *Felicity* no dirá que no.

En ocasiones, si las conversaciones sobre la actualidad, las celebridades o el arte nos conducían a las puertas de ese tema, Mal solía recurrir a *Felicity*, como si quisiera recordarme que su compañía era la única intimidad que compartíamos. Incluso entonces me interrumpía.

—Es como tu hija —comenté una noche mientras los veía saludarse.

—No es una hija, es un pájaro —replicó Mal con frialdad. Tras un silencio incómodo, añadió—: La paternidad es un amor en sí mismo. No suscribo la idea de que los animales sean como niños. Pero sí la adoro, por supuesto.

No sabía nada sobre los cuidados sanitarios de Mal salvo, naturalmente, que sus médicos (me percaté del plural con inquietud y alivio a partes iguales) le habían prohibido una de sus mayores dichas cotidianas. Esa dicha —despertarse por la mañana con los trinos de *Felicity*, dejarle que corretease por la mesa para arrebatarle un trozo de fruta del plato— era ahora mía y, en los momentos que más la disfrutaba, me sentía como un ladrón.

—Una de las cosas que más echaré de menos, y sé que es vanidad —me dijo el día que me la dio mientras le acariciaba las plumas—, es compartir el desayuno con una compañera que todas las mañanas viste como Jessye Norman en el Carnegie Hall.

A veces parecía excesivamente delgado y tenía el pelo castaño tan reseco y apagado que ningún corte de pelo, por caro que fuese, podía ocultarlo. En otras ocasiones se le veía enjuto y nervudo, la pecosa piel luminosa y suave. Una vez me contó que siempre había evitado el sol, por lo que la palidez era una constante. Cuando venía a cenar, bebía sólo un poco de vino o se abstenía. Quizá estaba cansado y se marchaba a las nueve; o se quedaba hasta pasada la medianoche, hasta que le echaba. Estoy convencido de que a veces se esforzaba por parecer impredecible.

Una noche que se marchó temprano encontré un pastillero de plástico en el lavabo. Había varias pastillas diferentes en compartimentos separados. No hacía ni diez minutos que Mal se había ido, así que cogí el pastillero, me acerqué a su edificio y llamé al timbre. Mientras subía por la escalera le vi esperándome junto a la puerta abierta de su apartamento.

—¿Fenno? —preguntó con aire vacilante, pese a que me había identificado por el interfono.

Ya en la puerta, le mostré el pastillero.

—Ah, sí —se apresuró a decir, y se lo guardó en un bolsillo. Vaciló. Quizá pensaba invitarme a pasar, pero de pronto dijo que estaba acabando una crítica, y que no era una crítica amable, por lo que el objeto de su desprecio requería toda su atención—. Cuando escribo críticas favorables —explicó—, lo puedo hacer borracho como una cuba en una pista de baile. Pero la crueldad exige un gran respeto. Al menos en mi campo.

Nos deseamos buenas noches por segunda vez y al día siguiente busqué en el periódico la reseña de Mal. Reprendía con dureza a James Levine por hacer sobreactuar a los cantantes en la última *Traviata* del Metropolitan. Cuando Mal se pasó por la librería, le comenté cuán diplomático había sido.

—Ése era el quinto o el sexto borrador —dijo—. En el primero expresaba mi auténtica opinión sobre ese hombre y su mediocridad: Yuju, querido Jimmy, ¿es que nadie te ha informado de que estás acabado? ¿Por qué crees que no perteneces a la Orden de Seiji Ozawa?

Fue entonces cuando caí en la cuenta de que, engreído o no, Mal era inmune a los elogios. Al igual que un fotógrafo que no soporta que le fotografíen, Mal había elegido una profesión que le evitaba su mayor aversión. Ya llevaba casi un año viéndole a diario, y sin embargo verdades tan elementales como ésa seguían siéndome esquivas porque, en realidad, no le conocía bien.

¿Quería conocerle? Por la noche, cuando estaba en el salón, me bastaba observar las ventanas oscurecidas de su apartamento para saber que había salido. Salir formaba parte de su trabajo. Si más tarde veía las luces encendidas, suponía que también estaba trabajando. Si hubiéramos vivido en la época de las máquinas de escribir y me hubiera asomado por la ventana, es probable que le hubiera escuchado teclear maliciosamente. Pero dos o tres noches durante ese primer año vi rostros tras las ventanas de Mal: hombres y mujeres elegantes riéndose. Si celebraba alguna fiesta —me había explicado Mal un día en la cocina—, eran cenas pequeñas para las pocas personas que de verdad le caían bien. Me sorprendió lo mucho que me dolió ese comentario. ¿Qué me hacía pensar que le importaba más que un guardián de un zoológico o, de hecho, un yerno tolerado? Presenciar esas cenas a las que no me había invitado —aunque casi podía oír las conversaciones— me dolía aún más, y sentía rencor y pesar. Aunque sentirme apartado, como cabe suponer, forma parte de mi vida.

Siete

Como anoche me acordé de poner el despertador, estoy abajo a las seis en punto. Por primera vez desde mi llegada, la cocina está vacía, la mesa despejada, sin preparativos culinarios. Tomo asiento y disfruto de un té y de la casa de mi infancia en un silencio dulce y solitario. Me embarga una satisfacción deliciosa. Sin embargo, al ver un movimiento en el jardín, comprendo que no soy el primero que se ha levantado.

Véronique me ve mientras la observo desde la ventana. Sin decir mi nombre, me hace señas con energía. Como no me queda otra opción, me dirijo hacia ella por la hierba; en cuanto he dado unos pocos pasos, cortos y afectados, estoy empapado de rocío hasta las espinillas. Véronique, cual monitora de niñas exploradoras, lleva botas de agua.

Está de pie entre las peonías blancas con unas tijeras de podar; hay docenas de flores cortadas en la hierba. Lleva los ojos ocultos tras unas elegantes gafas de sol envolventes, y la cabellera rubia, que suele llevar recogida, le cae suelta sobre un suéter de trenzas blancas que reconozco porque es de papá. Suele estar, para quien quiera ponérselo, en un estante de la antecocina, pero me siento posesivo.

Me sitúo a su lado.

—Periódicos, Fenno —dice con voz queda—. ¿Tendrías la amabilidad de traerme unos periódicos?

—Bueno —respondo, señalándome los pantalones y fingiendo indignación—, podrías habérmelo dicho antes de cruzar el gran pantano.

—No te mojarás más por cruzarlo dos veces. No quiero despertar a Dennis y a las niñas. —Señala hacia la casa—. Entonces conseguiré *zéro* —afirma con aspereza, pero me da las gracias.

Hago lo que me ha dicho y extraigo montones de periódicos viejos de debajo del fregadero de la antecocina: ejemplares del *Yeoman*, de hace dos o tres meses, que papá debía de haber leído antes de marcharse a Grecia. El *Yeoman* es el periódico que fundó mi abuelo. Luego papá se hizo cargo de él, como era de esperar, pero lo vendió tras la muerte de mamá al comprender, después de nuestra reunión de hombres adultos y afligidos, que ninguno de sus hijos, y mucho menos el que habla, pensaba asumir esa labor.

Véronique me pide que disponga varios fajos. En cuanto el papel entra en contacto con la hierba, se oscurece con avidez en los bordes. Pienso en cuántas sustancias ha absorbido este periódico a lo largo de los años: barro de nuestras botas y zapatos, sangre de los cachorros recién nacidos que nuestra madre ayudó a traer al mundo, grasa de los restos de comida que yo sacaba fuera por las noches para echar al otro lado del muro y dejar que los animales los aprovecharan.

Véronique me sobresalta cuando dice:

—¿Cuánto hace que vives en Nueva York? —Está inclinada, enrollando las peonías con el periódico.

Diecisiete años, le digo.

Me pregunta, también sin alzar la vista, si soy feliz allí.

—Oh, sí —respondo con desdén. Empiezo a temerme que me interrogue mordazmente sobre mi vida, pero debo confesar que ha sido bastante educada conmigo durante esta visita. ¿Acaso las hormonas de la maternidad la han vuelto imparcial? Ligeramente decepcionado, ¿tengo ganas de pelea?

—¿Crees que te quedarás allí para siempre, pues?

—«Siempre» es una palabra excesiva en mi léxico.

Haciendo caso omiso de la broma, Véronique me ordena que extienda los brazos y empieza a apilar conos de flores contra mi pecho. Son para la decoración de la iglesia, ¿seré tan amable de llevarlos a la furgoneta de David?

Juntos, los colocamos en la parte trasera de la furgoneta y los protegemos en un rincón entre una rueda de repuesto y una caja de herramientas.

—¿O sea que ya no te planteas regresar aquí? —me pregunta mientras volvemos—. ¿Instalarte aquí?

—Me parece que nunca lo he pensado. ¿Por qué? ¿Existe algún temor de que quiera entremeterme en el *statu quo*?

—Al contrario. Creo que a todos les gustaría verte más.

—¿A todos?

—Fenno —declara cuando entramos en la cocina—, no eres lo suficientemente competente para ser el malo. ¿Es esto un insulto para ti? —Sin darme tiempo a responder, señala los periódicos del suelo y dice—: Ahora tengo que traer lirios. ¿Me ayudas? —Sale por la puerta.

Como habían pronosticado, hace un día de una belleza exquisita. Indiferente a los tobillos empapados, me detengo en el centro del césped para escuchar el canto de los pájaros, cada vez más intenso. Distingo escribanos, mosquiteros comunes, una tórtola, un tordo mayor: viejos parientes, amigos de mi infancia. La sombra de la casa, que cubría todo el césped hace tan sólo unos minutos, se ha replegado de forma clara, lo cual otorga un aspecto más alargado a la casa, como si, literalmente, se elevara para la ocasión. Por encima del tejado inclinado, el sol seca con rapidez la hierba en la que se celebrará el almuerzo en recuerdo de papá dentro de unas horas.

Siguiendo el ejemplo del sol, un pequeño camión se para y tres jóvenes se apean del mismo. Se dirigen al garaje y empiezan a transportar hasta el césped mesas y sillas, que colocan a mi alrededor. Me saludan con un parco asentimiento de cabeza (sin saber, supongo, que su propina depende en parte de mí).

Las tres horas siguientes transcurren con una precipitación comedida a fin de dominar el caos. Dennis pone al fuego dos cacerolas grandes para el arroz, coloca las cazuelas con carne en la mesa de la cocina, enseña a servir la sopa a dos chicas contratadas. Véronique llena la casa con las flores de nuestro padre, luego pone a sus hijas vestidos almidonados y con crinolina, tres tonos distintos de un azul respetuoso (Véronique lleva un vestido negro, sencillo pero de bella factura). Lil ha vuelto a ausentarse, ha ido a recoger a un contingente de Edimburgo a la estación de ferrocarril de Lockerbie; se reunirá con nosotros en Saint Andrew's. David pide a los chicos que han llegado en el camión que recoloquen todas las mesas y sillas. Ciñéndome también a sus especificaciones, dispongo una barra de bebidas en la terraza situada detrás de la cocina. Encuentro una cubitera de plata tan falta de lustre que parece un hallazgo arqueológico. Las iniciales de mi abuelo aparecen tras la tercera pasada de limpiametales y, en cierto modo, ese augurio me llena de alegría. (Siguiendo el consejo de Lil, no nos reuniremos en el cementerio después del funeral; tenemos la intención de pelearnos por cuál será la última morada de papá esta noche.)

Véronique lleva a Dennis y a las niñas en el coche de papá. Les sigo con David en la furgoneta. Hablamos poco y no observo las colinas y los bosques verdes mientras van perdiendo terreno al acercarnos a la ciudad sino las cabezas en movimiento de mis sobrinas. Cada vez que se ponen de rodillas en el asiento trasero para saludarnos y hacernos muecas, el brazo esbelto de su madre se extiende y las insta a colocarse en su sitio. Cuando toman la delantera, veo a Dennis mirar a Véronique, charlando animadamente, gesticulando, pensando con toda probabilidad en la estrategia para un nuevo ragú o fricandó.

El párroco está fuera, ya vestido para la ceremonia, con los ojos cerrados y el rostro inclinado hacia arriba para recibir unos cuantos rayos celestiales de su Supuesto Hacedor. Nos hace entrar en la iglesia y abre las anchas puertas medievales. En el interior, la quietud fresca y grave me abruma. La iglesia tiene un olor muy paternal: reprobatorio y reconfortante a la vez. La iglesia era uno de los pocos lugares en los que mi madre llevaba perfume; por arte de magia, percibo también esa dulzura particular. Para distraerme de esas sensaciones arriesgadas, cojo a Laurie de la mano y la guío hacia la pila bautismal. Es de mármol blanco, glacial y fantasmagórico, y las finas marcas parecen venas subcutáneas. Aquí es donde el padre de Laurie, David y yo, y el abuelo cuya pérdida ella no ha acabado de entender, fuimos bautizados. A ella (aunque no a sus hermanas) también la bautizaron aquí. Cuando se pone de puntillas, la nariz le llega justo al borde de la pila.

—Cuando los bebés no la necesitan, ¿dejan que los pajaritos vengan a bañarse? El tamaño es exactamente, perfectamente perfecto.

—Perfectamente perfecto —convengo con satisfacción melancólica. Sumerjo un dedo en el agua y le toco la nariz a Laurie.

—¡Que no se me moje el vestido! —exclama con una mueca.

Mientras corre hacia el sol del exterior, oigo a David discutir discretamente con el párroco por los cánticos.

Un año y medio después de abrir la librería, obteníamos unas ganancias aceptables. El dinero de Ralph (y su ego) nos permitía servir buen vino después de los recitales, y la publicación de media docena de reseñas en revistas especializadas en fauna hizo que los naturalistas entraran por la puerta (a la cual habíamos incorporado una campanilla, por gentileza de Malachy Burns). Añadimos a nuestra oferta pajareras exclusivas hechas con los trágicos restos del recién talado bosque nacional del norte de Idaho (el diez por ciento de las ganancias estaban destinadas a la Protectora del Medio Ambiente, otra idea de Ralph).

Aquella primavera, a medida que el aire se calentaba y propagaba el aroma de las coronas de jacintos y los árboles en flor, mis paseos matutinos dejaron de tener su función puritana. Me imaginaba que habían empezado a representar el sendero trillado de mi vida, que había acabado gustándome. Sin acobardarme, disfrutaba por fin de mi supuesto buen estado de salud y extraía de mi jerarquía de alianzas un sentido de orden superior (incluso el lugar de Mal parecía claro). Gracias al jaleo que armaba *Felicity* al amanecer, me levantaba más temprano que la mayoría de mis vecinos y seguía mi camino lentamente, con fruición, sintiéndome agradecido en vez de huraño. Anhelaba observar las mercancías intocables de los camiones de FedEx (que seguro que cambiaban los pantalones largos por cortos). Me detenía a contemplar edificios y zonas verdes en los que nunca me había fijado.

Algo que realmente despertaba mi curiosidad era la casita blanca de madera de la esquina de Greenwich con Charles. Situada junto a un bloque de pisos gigantesco y anodino, tenía su jardincito, separado de la calle por una valla de madera elevada; para ver bien la casa había que mirar por entre los listones.

En cualquier otro entorno, esa casa habría parecido un poco ruinosa y achaparrada, el tejado plano, las ventanas y las puertas torcidas sin remedio, las habitaciones seguramente poco más grandes que un armario. Me recordaba a las casitas azotadas por el viento de los pueblos costeros más pobres situados a lo largo del Firth of Forth. Pero aquí, en este robusto entorno, resultaba increíblemente pintoresca, y el jardín, minúsculo para una casa en las afueras, era magnífico para un rincón del mundo tan abarrotado y codiciado. Así pues, si bien parecía que la casa había brotado como un furúnculo de la piel apagada de cemento del edificio contiguo, era fácil imaginarla como la tercera o cuarta residencia de una estrella de cine.

Había un columpio infantil y, estacionado en el camino de entrada, un coche familiar azul. Nunca había visto señales de movimiento hasta que una mañana de mayo de ese año el coche familiar no estaba por primera vez desde que la descubrí. Agachada en la hierba había una mujer morena con una larga cola de caballo; permaneció varios segundos en esa postura, de espaldas a mí. Era como si hubiera perdido algo o estuviera plantando algo.

Cuando se puso en pie, primero me di cuenta de que llevaba una cámara y luego de que era un hombre. Me miró fijamente y dijo:

—Tú, el del perro invisible. Si tienes media hora, me iría bien un ayudante.

Me quedé paralizado; la camisa blanca me había delatado a través de la valla.

El hombre rompió a reír.

—No atraigo a bobos para enterrarlos en el sótano, si es lo que estás pensando. —Se dirigió al camino de entrada, abrió la puerta y asomó la cabeza para observarme mejor—. Ven, entra, tengo café y esas cosas.

A modo de diculpa, le conté que un amigo mío crítico de arquitectura, me había hablado de esa casa, y que sólo estaba mirando, aunque quizá hubiera mirado demasiado rato.

—Mirar no es delito —dijo el hombre cuando estuvimos cara a cara. Mi bochorno le divertía.

No me llevó al interior de la casa sino que se ofreció a traerme una taza de café. Salió al cabo de un momento, provisto también de una tumbona. La llevó al lugar donde antes estaba agachado, la desplegó y me dijo que me sentara.

—Es aburrido —declaró—, así que puedes tomar el sol tranquilamente mientras me preparo.

En la hierba había un cucharón de plata. Mi anfitrión empezó a jugar con su posición, retrocediendo repetidas veces para mirarlo a través de la cámara. Luego se arrodilló, se apoyó más cerca del cucharón de forma que tenía la cara a pocos centímetros, sostuvo la cámara alargando el brazo y presionó el obturador.

Aparte de sorber el café (que no me gustaba pero que me había visto obligado a aceptar), me quedé sentado sin moverme. Me sentía raro pero seguro, no porque aquel hombre hubiese negado toda intención criminal, sino porque sabía que los inquilinos de innumerables apartamentos podían bajar la mirada y vernos mientras se duchaban, se preparaban el desayuno y se vestían para ir a trabajar.

—Ahora es cuando entras tú —dijo de pronto, tendiéndome la cámara. Dejé el café y la cogí. Entrecerró los ojos para mirar al sol y sostuvo un fotómetro cerca del cucharón. Cuando se inclinó hacia abajo, la camiseta se le levantó por encima de los vaqueros. Bajo la tela se le veía la piel pálida y suave. Un penacho de pelo castaño y ralo le creía en la región baja de la espalda.

Se situó detrás de mí, giró el objetivo y ajustó unos cuantos botoncitos de la cámara por encima de mi cabeza. Sus manos eran todo nudillos, gráciles pero gastadas.

Me sentía como si estuviera bajo el agua, donde los elementos impiden hablar. Me incliné hacia delante, sujetando la cámara, aguardando órdenes mientras mi director anónimo caminaba más allá del cucharón, se cruzaba de brazos y miraba hacia otro lado.

—Centra el cucharón —indicó desde donde estaba. Tenía un acento suficientemente marcado para que incluso yo lo atribuyera a alguien de la región central del país; había tenido un compañero de clase en Cambridge que pronunciaba esas vocales tan largas. Era de Chicago.

Aquel hombre aparentaba treinta y tantos años, aunque tenía un rostro muy juvenil, como los muchachos italianos de piel rosada de los cuadros de Caravaggio. Tenía los ojos del color de la canela y el pelo, echado hacia atrás, dejaba al descubierto una entrada descentrada que confería un toque cínico a su expresión, como si tuviera una ceja constantemente arqueada. No destacaba por su altura o musculatura, pero su cuerpo poseía una picardía imprecisa que hacía que su presencia fuera tan atrayente como la fuerza bruta.

Cuando presioné el obturador siguiendo sus órdenes, quedó claro lo que estaba haciendo: fotografiar su propio reflejo en el cucharón (u obligándomelo a hacer a mí). Su imagen era poco más que una esquirla negra en la cara ancha y convexa del cucharón. Predominaba el cielo con las nubes blancas y agitadas. Cuando pulsé el obturador, se volvió, levantó los brazos y me pidió que volviera a disparar. Cambió de postura o el sitio del cucharón unas veinte o treinta veces y cada vez decía «dispara», como si yo fuera el tirador en una ejecución. Cuando se acabó el carrete, recargó la cámara y me la dio para otra ronda.

Después del segundo carrete, cogió la cámara y dijo:

—Eres un buen ayudante, no es broma. ¿Estarás por aquí mañana?

Le dije que sí, aunque temí haber replicado con voz temblorosa.

—Fantástico —respondió, sonriente—. ¿Mi ayudante tiene nombre?

Se lo dije. Me estrechó la mano.

—Tony Best —se presentó—. Te diría que te quedaras pero tengo un *rendezvous*. —Deformó burlonamente la palabra francesa con su pronunciación campesina, y yo no supe si aquello significaba que no tenía ninguna cita o que en cierto modo había advertido que identifiqué su acento y quería hacerme saber que no permitía que se le tratara con condescendencia. Pensé en eso a ratos durante todo el día.

Aquella noche estaba hirviendo patatas y leyendo a Roethke en la mesa de la cocina cuando sonó el teléfono.

—¿Tienes un esmoquin? —me preguntó Mal con voz apremiante—. Lo único que necesito es la camisa y la faja.

Le dije que tenía un esmoquin que había pertenecido a mi abuelo, pero que no me lo ponía desde hacía años.

La puerta del apartamento estaba abierta, y cuando entré, oí arcadas. Mal estaba inclinado sobre el fregadero de la cocina. Los brazos, apoyados en la encimera, le temblaban. Me quedé allí, inútilmente pasivo, sosteniendo con fuerza las prendas hechas un revoltijo.

—Dios mío, ¿qué hora es? —preguntó Mal, jadeando, cuando se enderezó—. Dios mío —repitió al decirle que eran las siete y diez.

Mal iba desnudo de cintura para arriba; la camisa estaba tirada en el suelo cerca de mí. Olía a vómito. Tras limpiarse la cara con un paño de cocina, lo lanzó encima de la camisa. Me dijo, con un tono eficiente pero curiosamente serio, que necesitaba mi ayuda.

Me pidió que le enseñara la camisa que había traído. Preveía algún exabrupto o sarcasmo porque estaba muy arrugada, pero se limitó a cogerla.

—En el baño. Hay una plancha en el estante más alto encima del lavamanos y un poco de ese espantoso pepto-no-sé-qué en el armarito. Tengo un acto a las ocho en punto. Va a cantar Kiri Te Kanawa .

Encontré el Pepto-Bismol enseguida, contento de no tener que rebuscar entre la aglomeración de etiquetas farmacológicas que encontré (ese tipo de lascivia no me va). No obstante, para encontrar la plancha tuve que subirme al inodoro y, mientras hacía equilibrios por encima del lavamanos, tiré un tarro con algodones y una cajita de madera de la parte alta del botiquín. Decidí llevarle primero la plancha y el medicamento para el estómago a Mal y luego volver a recoger aquello.

Mal había preparado la tabla de planchar. Se tomó un trago de Pepto-Bismol como si fuera whisky.

—Cielos, ni siquiera sé si puedo tomarme esta cosa —dijo y se dispuso a planchar la camisa—. Menos mal que al abuelo no le iban los volantes.

El tarro no se había roto (había caído sobre un kilim fino pero gastado de color violeta) y volví a introducir los algodones desperdigados. La caja de madera, cuya tapa había salido disparada, había aterrizado boca abajo junto al inodoro. Cuando la recogí, un fajo de polaroids cayó como una baraja de naipes.

Para mi sorpresa, no eran pornográficas. Y lo que me sorprendió todavía más es que en algunas aparecía alguien que conocía. Armand, el joven y atractivo panadero, estaba por todas partes, con aspecto feliz y saludable. Junto al mar. Con esmoquin; los volantes, amarillo canario. En la *chaise longue* de terciopelo verde de Mal, los labios contra la mejilla de éste, Armand sosteniendo la cámara con el brazo extendido. Sonriendo con picardía entre dos pasteles señoriales colocados en pedestales, en la tienda que ahora era mía. Pensé en el día que había conocido a Mal, en cómo había escudriñado cada centímetro de aquel territorio cambiado. No estaba viendo, estaba recordando.

—*Andiamo!* —llamó Mal, por lo que introduje las polaroids de cualquier manera en la caja y las coloqué en la Siberia a la que estaban deportadas.

La camisa estaba planchada y a Mal le quedaba muy bien. Se puso el esmoquin con rapidez. Me di cuenta de que medíamos lo mismo, que usábamos la misma talla, e incluso teníamos el mismo tono de piel pero no el mismo color de ojos. Se parecía más a mí que David o Dennis. Mientras le seguía al exterior, me di cuenta de que no había mostrado preocupación alguna por lo que le pasaba.

—¿Te ha sentado mal algo que has comido? ¿Te encuentras bien? —pregunté.

—Mi último fármaco milagroso. Les gusta dártelo a escondidas, castigarte de vez en cuando. Para recordarte que has de dar gracias por no estar muerto. —Bajó rápidamente por la escalera delante de mí.

Mal corrió hacia Hudson Street para buscar un taxi. Al llegar a la esquina, se volvió y gritó:

—¡Gracias! ¡Has salvado mi fama de hombre elegante!

Felicity oyó la voz de Mal desde el salón de mi casa; sus graznidos ahogados de emoción llegaron a mis oídos mientras cruzaba la calle, pero a ella también le agradaba mi compañía y no pareció llevarse una decepción cuando aparecí solo.

David tenía razón: la iglesia está a rebosar de asistentes, sentados y de pie. Los cánticos, salidos de las bocas de todos ellos, resuenan con tal intensidad en los muros de piedra que me pregunto si acabarán agrietándose. Y también yo tengo razón en el sentido de que seguimos una especie de plantilla familiar clásica. Yo, astilla literaria del viejo palo, recuerdo a mi padre (sé breve, sé breve, me recuerda la mirada severa de David desde el primer banco) como un hombre de gran avidez intelectual e integridad profesional. (Podría haber hecho un panegírico diferente como oveja negra que regresa del extranjero, pero no habría sido menos adulador.) Dennis, el eterno joven despreocupado, cuenta historias graciosas y cariñosas sobre nuestra vida doméstica, la mayoría relacionadas con contratiempos simpáticos en vez de travesuras (nuestro padre no tenía muy desarrollado el hueso de la alegría). David, supuesto heredero, rinde un homenaje a nuestro padre como piedra angular de la familia y la comunidad (en esta ocasión no habla del árbol genealógico, quizá para evitar la mezcla de estereotipos).

Posteriormente, el párroco pulsa un interruptor para que la campana empiece a tañer y nos situamos en la pequeña franja de césped delante de la iglesia para recibir las condolencias de todos, desde los viejos maestros que creía muertos hace tiempo a docenas de desconocidos que trabajaron en el *Yeoman*, conduciendo camiones, manejando las imprentas, corrigiendo pruebas de las noticias de última hora al amanecer. Soy consciente del pequeño reino que gobernaba mi padre (con justicia, a decir de todos), un reino que recuerdo haber visitado a desgana dos o tres veces una vez que fui adulto y hube rechazado conscientemente ese modo de vida.

Después de reorganizar la vuelta a casa, me toca ir de nuevo en la furgoneta, esta vez con Lil. David ha enviado a Dennis a casa para que reciba a los primeros invitados y controle a los mercenarios y luego ha regresado a la iglesia para pagar al párroco.

—Cielos, te he echado de menos, ¿dónde estabas? —digo con efusión mientras me inclino hacia el asiento para darle un beso a Lil cuando se monta en el vehículo.

Lil se ruboriza.

—Teatral como siempre, Fenno. —Frunce el ceño al ver el montón de llaves que David le ha dado—. Siempre me pregunto para qué son todas estas llaves.

Separo dos que parecen servir para poner un coche en marcha.

—Para las jaulas, me imagino.

Se ríe un poco pero no me mira a los ojos. Estoy desesperado por captar su atención, igual que un adolescente cortejando a una mujer madura. Se la ve más tranquila que la noche de nuestra cena familiar, pero las arrugas de su perfil parecen demasiado numerosas. Conserva un cuerpo firme, pero no la silueta de cervatillo que tenía a los veintitantos. Después de casarse con David, se dejó crecer la brillante cabellera pelirroja con su ondulación natural y la lleva recogida con un lazo. Los pendientes no son tan agitanados como los de su época universitaria, y sólo los agujeritos del lóbulo de la oreja delatan los *piercings* adicionales que fue de las primeras en exhibir.

David y Lil se casaron el verano en que ambos acabaron la carrera; David fue directo a la facultad de veterinaria mientras que Lil encontró trabajo en una escuela femenina como profesora de historia (aquella Nochebuena ya pasada, con su vestido de hada madrina me contó su «ambición modesta pero temeraria»: «¡Mi plan consiste en engrasar esos engranajes imperiales con una gota o dos de anarquía!») Pero cuando, varios años después, David invirtió su herencia para abrir un consultorio, ella dejó su puesto y empezó a trabajar con él ocupándose de todo, desde decorar las salas de reconocimiento hasta cautivar al banquero de David. Me desconcertaba ver cómo podía sacrificarse de ese modo, dedicarse a tareas tan ínfimas, pero nunca he apreciado muestra alguna de que no ame su trabajo tanto como amaba la enseñanza.

—¿Sabes? Hace más de veinte años que te vi en aquel escenario haciendo el amor con Bob Dylan.

—Siempre cuentas la misma anécdota, como si fuera la reina de los hippies.

—¡Lo eras!

—Seguía la corriente.

—Mejor que quedarse parado en la orilla, que es donde estaba yo.

—Qué impresionados estábamos con nosotros mismos. Nos parecía que superábamos obstáculos. No teníamos ni puta idea de lo que era un obstáculo. —Lil parece preocupada mientras entra en una rotonda. El cambio chirría cuando reduce la marcha por culpa de un camión que nos corta el paso.

—Odio este cacharro; es un tanque —declara, con lo que pone fin a mi evocación. Me ofrezco a conducir pero se niega y agarra el volante como una principiante. Cuando pasamos el último semáforo, se relaja un poco.

—Creo que David está indignado conmigo —comento. Me planteo si existe la manera de contarle lo que David dijo sobre nuestra madre, preguntarle a qué se refería exactamente. He pensado en ello durante buena parte del oficio religioso, donde nadie de la familia la ha mencionado, ni siquiera yo (algo atroz por mi parte).

—No, es que está ensimismado... y muy triste. De verdad que sí. Se pone muy autoritario, pero es sólo fachada. Olvidas cuánto tiempo hemos pasado con tu padre desde que nos trasladamos a la casa. Seguía estando tan... fuerte cuando se marchó el mes pasado. Creo que la conmoción ha sido mayor para él que para ti o Dennis.

Aunque adopta un tono comprensivo, me siento aleccionado.

—Supongo que hablo como un niño que sigue considerándose el centro del cosmos.

—Ya sabes que no es así. Lo que pasa es que... no estás mucho por aquí. Creo que subestimas a David.

—Bueno, yo creo que él te subestima a ti.

Me lanza una mirada fugaz.

—No sé por qué lo dices.

—Todo ese «ensimismamiento», aparte de la muerte de papá, ¿tiene algo que ver contigo? Se ve a la legua que estás angustiada.

—El negocio nos está desbordando en estos momentos, desde que hicimos la ampliación con todo ese equipo de alta tecnología. Lo cual no es malo. Por eso le convencí para que contratáramos a alguien más, pero lo de delegar se le da fatal, fatal.

—A la mierda el negocio, Lil.

Me mira dolida y luego enojada.

—Vete tú a la mierda, Fenno. El negocio es nuestra vida. —Le tiembla la voz.

—¿Debería serlo? ¿Quieres que lo sea? Lo dudo. —He elegido el peor momento (lo cual es mi maldición), mientras Tealing brilla ante nosotros con toda su presunción rústica. Uno de los chicos contratados indica a los coches que aparquen cerca del seto.

Lil no dice nada más hasta que aparca. Se disculpa por haber perdido los estribos, pero mantiene la cabeza gacha y toquetea las llaves de David.

—Ya hablaremos, hablaremos en serio, antes de que te marches. Ahora mismo estoy totalmente... —Le vuelve a temblar la voz. Me deslizo hacia ella en el asiento, pero se gira para abrir la puerta—. Tenemos que hacer de anfitriones, ésa es nuestra misión en estos momentos.

Me veo obligado a darle la razón en eso; a juzgar por la hilera de coches que se acercan furtivamente al arcén del camino rural, parece que hasta el último habitante de la zona ha hecho acto de presencia.

—Esperemos que nadie quiera repetir con la vichyssoise —digo mientras acortamos por el seto como balas. Inmediatamente nos reconocen, nos separan y nos abordan con condolencias estudiadas.

Mis dos tías y sus hijos mayores han llegado en bloque, un frente unido de forma explícita. De manera deliberada o justificada (a quién le importa), se han perdido el oficio religioso pero son de los primeros en llegar a Tealing. Las hermanas de papá nunca acabaron de perdonarle que vendiera su casa solariega para que él y mamá y nosotros tres pudiéramos mudarnos aquí, al campo. Papá me contó una vez que sus respectivos esposos (ya muertos) tenían medios para comprarle su parte, pero que eran profesionales de renombre y desde su ilustrado mundo de Edimburgo, Dumfries les parecía poco más que un pueblo con pretensiones.

Tras sufrir los gestos de desconsuelo de mis tías, consigo llegar impertérrito a la barra de bebidas, prepararme un whisky y huir al interior de la casa, que está en silencio y con luz tenue salvo por el ajetreo de la cocina.

Como si quisiera orientarme para la ocasión, me dirijo al vestíbulo delantero donde hemos colocado las cenizas de nuestro padre en la mesa situada bajo el espejo en el que tenía la costumbre de arreglarse el sombrero antes de ir al trabajo. Al lado de la urna hay un jarro de cristal rebosante de violetas. Voy sorbiendo el whisky con parsimonia, cerrando los ojos para disfrutar de su aroma dulce y astringente. Alzo el vaso, hago un brindis romano, «¡Ave, padre», y entro en el comedor. Salvo por otro de los ramos de Véronique (éste con rosas chillonas), está triste, un lugar que debería haberse incluido en esta anticelebración pero ha sido rechazado. Mientras intento reprimir tales sentimientos sensibleros (e intento recordar lo último que comí, necesario para absorber tanto el licor como mi estado de ánimo), oigo el inconfundible toc, pausa, toc, pausa, toc, pausa, clamor del tenis en la tele. En el salón sorprendo a uno de mis primos (Will, el vendedor de equipamiento deportivo) animando a Steffi Graf.

—¡Ah, hola, hola, hace siglos que no te veía! —exclama efusivo. Su hermana Gillian se ríe tímidamente desde el sillón de cuero de mi padre.

—Yo también le tengo terror a estas cosas —digo mientras le estrecho la mano a Will (después de decidir callarme el «Has apostado unas cuantas libras por ella, ¿no?»).

—Lo sentimos mucho —dice Gillian—. ¡Qué repentino! —Detrás de ella acecha un primer plano de Steffi que, como siempre, tiene una expresión de falsa angustia sisífea. Me cambiaría por ella sin pensarlo dos veces.

—¿Qué tal el negocio del deporte? —me oigo decir. (Hablar del trabajo resulta vergonzosamente americano, pero aunque me mataran, no recordaría los nombres de los hijos de mi primo, y después del oficio he oído por ahí que está inmerso en un divorcio cobarde.)

—Mejor imposible. Me estoy dedicando al golf; hay una revolución en el calzado.

—Una revolución. ¡Ah! —Por desgracia no me queda ni una gota de whisky.

—Ahora lleva Francia y España, nuevos mercados en expansión —añade Gillian.

—Un buen territorio —digo.

—Y tanto. Soy un hombre afortunado.

—Mucho —digo, tras lo cual chocamos contra el silencio—. ¿Sabéis? —consigo decir al final—, no debo abandonar a mis hermanos ahí fuera.

—¡Ah, sí, también tenemos que ponernos al día con ellos! —dice Gillian, aliviada. Will tiene el descaro de volver la cabeza y seguir mirando a Steffi.

Tengo la intención de salir, pero mis obstinados pies me llevan a la cocina y por las escaleras traseras. De camino agarro un puñado de galletitas de una bandeja con quesos. «Esto es de lo más infantil», me digo, mientras subo, incorregible.

La luz del sol penetra por la puerta abierta de la biblioteca. Con la excusa de que es una posición estratégica desde la que echar un vistazo a lo que se sucede abajo, entro con mis galletitas y cierro la puerta. Desde la ventana, veo a nuestros invitados dirigirse en grupos de tres o cuatro hacia los campos de detrás, otrora cultivados, por la pasarela que cruza el arroyo. Se diría que asisten a la subasta de una propiedad.

Los cuencos de vichyssoise se sacan en bandejas y algunos de los invitados de más edad se han sentado a la mesa, pero no hay ningún otro indicio de que la comida sea inminente.

Mientras se sirve la sopa, veo que también Dennis tiene su momento de rectitud: la comida que preparó parece, tal como diría su hija, «perfectamente perfecta». En el centro de cada mesa hay un pequeño ramo de peonías blancas. Sobre platos blancos en los manteles blancos, cada cuenco de sopa, también blanco, está adornado con una flor de cebolleta rosa (ah, sí, del increíble jardín de Vee). Muy arquetípico, muy «Blancanieves», habría dicho Mal con aprobación. Si estuviera aquí me recordaría que en algunas culturas el blanco es el color del duelo. «La sangre resalta más en el blanco», podría haber comentado.

Tras engullir las galletitas con hambre voraz, bajo la mirada y veo migas en la alfombra. Mientras busco algo con que recogerlas, echo un vistazo al escritorio. Cuidadosamente colocada sobre el cartapacio hay una pila de catálogos, de los cuales tomo prestada una lista de precios plastificada (me impresiona ver que se trata de equipos de ultrasonidos, o sea que mi hermano le lleva ventaja a James Herriot). Después de trasladar las migas a la papelera y de dejar en su sitio la lista de precios, me siento ante el escritorio. Como no suelo beber al mediodía, estoy un poco borracho, y en estado de ebriedad me vuelvo cobarde.

Cuando el escritorio era de papá, había carpetas con noticias y recortes desperdigadas por la superficie y sólo quedaba un pequeño hueco verde sobre el cartapacio para trabajar. Aquí papá escribía su correspondencia y el cartapacio estaba manchado con tinta de su estilográfica. Ahora el cartapacio no tiene manchas (el papel es marrón, no verde) y no hay nada aparte de los catálogos y un ordenador portátil de los más planos (cerrado). Alineados un poco más allá, hay un vaso de peltre con lápices de colores y bolígrafos, una calculadora, una grapadora, y un bloc de notas que lleva impreso el nombre impronunciable de algún anestésico veterinario.

En los cajones de la derecha (sí, los abro) hay archivadores de distintos colores con etiquetas como CASOS DE AGUADURA Y PARÁSITOS, LIT. ACTUAL Y DISPLASIA: ACUPUNTURA/ALTERNATIVA. Me río al ver una que lleva por título IDEAS PARA AMPLIACIÓN. («Estás hecho un boy scout, pienso», y luego recuerdo haber tenido la misma impresión al ver a Véronique, la monitora, con las botas de agua. Sí, mi idea de intercambio de parejas no está mal: estos dos parecen hechos el uno para el otro.)

Pero los cajones de la izquierda siguen conteniendo un revoltijo de cosas de mi padre: en el cajón superior, la estilográfica, unas gafas para leer, una lata de pastillas de anís, una cartera vacía y maltrecha, un pequeño bloc de notas con la curva reveladora de un bolsillo trasero (las páginas usadas están arrancadas).

El último pasaporte de mi madre.

Ligeramente distorsionada por los caracteres con relieve del sello oficial de la Corona, ahí está, tan feliz que casi se ríe. Sólo contiene el sello de un par de países: Francia, Holanda, y otra vez Francia. El pasaporte caducó tres días después de su muerte.

Me embolso el pasaporte y cierro el cajón superior. Estoy abriendo el siguiente, viendo mi nombre escrito con la letra de mi padre en un sobre abultado, cuando cambia la intensidad del ruido procedente del jardín. El entusiasmo de la conversación aumenta en una octava y oigo el tintineo de un cubierto en el cristal. Me acerco a la ventana y veo que casi todo el mundo se ha sentado y que David está de pie, expectante, a la espera de dar la bienvenida a los invitados. Dudo que haya advertido mi ausencia.

Cierro el cajón del escritorio de golpe y bajo por la escalera trasera como un rayo. En la cocina, los camareros están sentados alrededor de la mesa descansando, leyendo revistas y mascando chicle. Debo de parecer un loco, pues atravieso la estancia a todo correr y salgo por la puerta, aunque apenas se percatan de mi presencia.

David acaba de terminar su (¡breve, breve!) bienvenida y los comensales levantan las cucharas y prueban la sopa. Me coloco en la silla vacía más cercana, vacía, me percato demasiado tarde, porque está en un lugar que la mayoría de la gente evitaría: entre una mujer que parece una vieja solitaria y pelmaza y un anciano preocupante que debe dedicar la escasa energía que le queda a hacer llegar la vichyssoise, sin derramarla, a su boca. No advierte mi llegada.

Sin embargo, me acabo de sentar cuando la mujer habla.

—Fenno. Eres Fenno —dice con una sonrisa demasiado halagadora para resultar desagradable.

Aunque al comienzo pienso que es tan mayor que podría ser mi abuela, probablemente sea de la edad de mi padre. Tiene el pelo blanco, con un corte a lo paje que le otorga un aspecto más práctico que moderno o chic. Lleva un vestido gris de lino —sin mangas, en su caso una osadía, ya que no está precisamente delgada— y ninguna joya aparte de un refinado reloj de pulsera, que sólo sirve para que sus brazos parezcan más gruesos de lo que son. Tampoco lleva el sombrero habitual. (Por tanto, no es miembro de nuestra parroquia. De hecho es inglesa.)

—Culpable de lo que se me acuse —digo.

—Fotos. He visto fotos. La belleza corre por las venas de esta familia, de eso no hay duda. —Levanta la cuchara y hace una pausa. Parece a punto de dirigir una sinfonía—. Echaré de menos a Paul. —Dibuja un arco con la cuchara—. Pero eso es lo que hemos venido a decir todos, con nuestra mera presencia, ¿no?

Se trata de Marjorie Guernsey-Jones, y ha venido desde Devon. Me ahorra las preguntas predecibles declarando que conoció a mi padre hace seis años, semana más semana menos, si la memoria no le falla, en un viaje por Grecia y que se siente orgullosa de haber contribuido a convencerle de que alquilara la casa de Naxos al año siguiente. Hace dos años, le visitó allí (bueno, quién no, refunfuño para mis adentros), y es un viaje que siempre recordará por las excursiones vigorizantes que hicieron.

—Podríamos haber trazado el mapa de esa isla, créeme. No dejamos ni una piedra mítica sin mirar. Paul es el compañero de viajes ideal, porque nunca discute y nunca se queja. Además, sabe leer el mapa más retorcido igual que un ave migratoria lee la costa, lo cual no es nada fácil.

A mi derecha oigo los ronquidos suaves del anciano. Una abeja ronda cerca de la flor de su sopa abandonada y luego se marcha dibujando una espiral. Así pues, obligado (o liberado) a dedicar a esta mujer toda mi atención, descubro al cabo de unos minutos que no me molesta en lo más mínimo. Me gusta la forma como llama a papá por su nombre de pila (no «tu padre» sin cesar como si su nombre hubiera muerto con él), y me gusta que nunca deje de utilizar el presente para referirse a él. Si fuera capaz de reconocer cuánto me entristece su muerte, también reconocería que esa costumbre de Marjorie me reconforta.

—Paul me dijo que eres un entusiasta de la literatura americana.

—Sí. Bueno, lo fui hace unos años más en serio.

—Me encanta Willa Cather.

Sonrío. Cather nunca me ha gustado demasiado.

—Hice leer *La muerte llama al arzobispo* varios años seguidos a mis alumnas. Podría haber estado ambientada en la luna, para ellas era así de fabulosa. —Se ríe. Nos sirve a los dos otra copa de vino—. Paul me dijo cuánto le habría gustado que ocuparas su cargo en el periódico.

—En eso le decepcioné.

—No, no. Es sólo que durante un corto período de tiempo necesitó airear sus pequeños lamentos, y permíteme que te diga que lo sabía, que eran pequeños. Le dije que era un ingrato afortunado. Yo no tenía ni un solo hijo que hiciera algo tan benévolo y absolutamente correcto como seguir su propio camino. Pero claro, aquella noche me estaba vengando de él.

—¿Vengando? —Empiezo a pensar, dada la intensidad de su mirada, que esta mujer estaba buscándome, pero ¿no la he encontrado por casualidad?

—En fin, no tengo hijos, la gente me mira y lo intuye, ¿verdad, joven? ¿Acaso no llevo grabadas en la frente las palabras «adorable y vieja tía»?

Probablemente sonrojado por el sentimiento de culpa, protesto.

—No, no lo niegues. Eso mismo le dije a Paul, lo de las palabras grabadas. Y se echó a reír y dijo que cuando nos conocimos, las palabras que vio fueron «vieja solterona».

Comento que no me creo que mi padre fuera tan descortés, y ella, colocando una mano regordeta en mi brazo, dice:

—Paul es un poco peligroso cuando ha tomado *ouzo,* y aquel día los dos habíamos bebido demasiado. Es el antiwhisky, ¿sabes?, perverso como el Anticristo. Es la venganza de los griegos por la pomposidad colonial de los demás, que pisoteamos el poco follaje que tienen, nos llevamos su historia columna por columna. Espero que un día saqueen el Museo Británico.

—¿Y Alejandro? —pregunto, y recibo una mirada de directora de colegio.

—Querido, tus conocimientos de historia están un poco confusos. Alejandro fue rey de Macedonia. Conquistó Grecia.

Esta mujer no me cuenta nada de mi padre que yo no supiera, nada que me sirva para acusarle, pero cuando me doy cuenta de la familiaridad desenfadada que compartían, me quedo fascinado aunque no acaba de parecerme bien. Con una tercera copa de vino, se me ocurre que no acaba de parecerme bien porque me pregunto cuán unida estaba a papá. Mi madre fue hermosa y seductora casi hasta el final, y aunque el afecto de mi padre por esta mujer surgiera tras su muerte, me parece una afrenta estética, un acto de desesperación. Me horroriza pensar así, y ni siquiera sé si esta mujer fue más que una amiga. Probablemente no, puesto que me cuenta que fue conociendo a papá sobre todo a través de su correspondencia.

Estoy tan absorto en la conversación que doy un grito ahogado cuando noto que la cabeza del hombre acaba de aterrizar en mi hombro. Marjorie Guernsey-Jones se inclina ágilmente hacia mí y le sujeta el brazo para evitar que se caiga al suelo.

—Bienvenido de nuevo, camarada —dice como respuesta a la mirada desventurada de él. Se coloca detrás de mí y le ayuda a recuperar el equilibrio. Me indica con un asentimiento de cabeza que me coloque en su asiento, se sienta en el mío, le sirve al hombre un vaso de agua y se presenta alegremente como si él acabara de llegar de una mesa contigua, no de una cabezada inoportuna. Esto me sitúa al lado de un hombre que identifico, tras estrujarme el cerebro, como un antiguo editor gráfico del *Yeoman* y, a su lado, su mujer. Nos reconocemos con cierta incomodidad y durante el resto de la comida hablamos de cómo ha cambiado el oficio de periodista (para peor, seguro) desde la época de mi padre.

Después del tajín dulce y suculento y la ensalada verde ácida, se sirven los melocotones al licor púrpura, con unos platos de finos barquillos de chocolate. Los melocotones son (tal vez a través del velo de un exceso de Margaux) como degustaciones de una puesta de sol. Mientras saboreamos este bocado divino, unos cuantos invitados se ponen en pie y rinden tributo a papá, ninguno demasiado bebido, y luego, mientras los comensales terminan el café y se preparan para marcharse, un gaitero con el traje ceremonial completo sale de la casa (una absoluta sorpresa para mí, que he vuelto a quedarme al margen). Todas estas transiciones son características de tales ocasiones; no obstante la aparente espontaneidad de cada una de ellas es una maravilla, orquestada por David, lo sé sin preguntar. El gaitero es uno de los mejores amigos de mi padre, el redactor jefe del *Yeoman* desde hace décadas. Entrecerrando los ojos bajo la luz de la tarde, toca *Flower of Scotland* y *Skye Boat Song*, impertérrito ante las lágrimas que le brotan de los ojos (y de manera previsible pero sincera, los de todos los demás, con excepción de los adolescentes contratados que van apilando platos para llevárselos; a éstos la muerte debe de resultarles tranquilizadoramente pintoresca).

En la aglomeración de las despedidas, mientras las puertas se cierran y la gente entra y sale de la casa para ir al baño o recoger las americanas y los mantones, me desplazo con una confusión semietílica, estrechando manos, abrazando a mujeres que apenas conozco, ayudando a ancianos a introducir su cuerpo rígido en el coche. La mayoría de la gente se ha marchado cuando noto una mano firme en el codo. Me vuelvo y veo a Marjorie Guernsey-Jones, cuya desaparición temprana me había dolido.

—Querido, me voy a molestar a unos amigos a la Región de los Lagos antes de volver a casa, pero quería dejarte una cosa. —Sostiene un paquete de cartas protegidas con bramante de correos. Veo su nombre escrito con letra de mi padre.

Cuando hago ademán de coger las cartas, retira la mano y sonríe, negando con la cabeza.

—Pero soy una mujer débil y he cambiado de opinión —dice—. Así que lo que me gustaría es tener tu dirección, si no te importa, para cuando decida renunciar a ellas más adelante o, por lo menos, para que te las manden después de mi fallecimiento.

—¿Me puedes dar también la tuya? —oigo que le pregunto con una voz incontrolablemente enérgica.

Marjorie Guernsey-Jones me sonríe sin tapujos.

—Por supuesto que sí, querido. —Abre su bolso grande y práctico, introduce el paquete de cartas y extrae un bloc de notas provisto de un lápiz.

Tras intercambiar las direcciones, nos miramos el uno al otro con expectación, incapaces de decirnos adiós.

—¿Puedo preguntarte algo? ¿Algo directo? —digo como un muñeco de ventrílocuo. Cuando asiente, se lo pregunto—: ¿Son cartas de amor?

Se queda asombrada, y por un instante estoy convencido de que la he ofendido.

—Sí —afirma con ojos radiantes—. Cartas de amor a la vida. Eso es lo que son.

Después de acompañarla al coche, Marjorie Guernsey-Jones baja la ventanilla y dice:

—Tú también habrías sido mi preferido.

Después de lo del esmoquin, las cosas con Mal cambiaron; yo había cruzado alguna membrana invisible. La semana siguiente, me invitó al debut de un violonchelista prodigioso.

—El chelo es un instrumento demasiado triste para escuchar solo —declaró.

Sin embargo, podía haber ido perfectamente solo, dada la atención que me prestó durante el concierto. En el vestíbulo una docena de personas reconocieron a Mal; él habló brevemente con cada una de ellas y no me presentó ni una sola vez. Durante el recital tomó algunas notas enfervorizado en un pequeño cuaderno de cuero y, el resto del tiempo, mantuvo la mirada fija en el joven del escenario. Hacia el final, cerró los ojos, no sé si transportado por el dolor o el placer. No me dirigió la palabra hasta que estuvimos a medio camino de casa, en un taxi. Nos encontrábamos atrapados en un atasco, bañados por la luz de neón pre-Disney de la vieja Times Square.

—Yo también pasé por esos momentos, ¿sabes? O las primeras etapas que podrían haber sido el preludio de esa vida.

Supongo que puse una estúpida cara de perplejidad, porque Mal rompió a reír y dijo:

—La confusión es como los bostezos, querido. En todos los ámbitos de la vida, es mejor disimularlos. —Entonces me habló de su carrera como prodigioso flautista en la infancia. Sus padres, me contó Mal, habían sido más admiradores suyos que organizadores. Había sido Mal quien se preocupó de encontrar campamentos musicales y certámenes, y quien se buscó un buen profesor para que le hiciera de mentor en el provinciano ambiente cultural de Vermont. El padre de Mal era abogado y ganaba dinero suficiente para pagar todos los honorarios necesarios, para permitir que su hijo se librara de los trabajos de verano que sus compañeros de clase y sus propios hermanos hacían como camareros y socorristas y monitores de campamento. Pero aquello parecía haber sido en otra vida. No había llegado a la cima.

—Lo que hice durante años, lo único que recuerdo, fue ensayar. «Ensayar», una palabra insuficiente en ese contexto. Si uno se lo toma en serio, no ensaya con el instrumento; hay que desollarlo, eviscerarlo, excoriarlo hasta que entrega su alma, hasta que el caparazón se abre de un golpe y sangra. Igual que con una voz. Hay que fustigarla hasta que todo sonido, salvo el de ese instrumento, suena en tus oídos como un murmullo gelatinoso. —Mientras me aleccionaba, Mal no apartaba la vista de la valla publicitaria que mostraba a un joven de carnes prietas con unos calzoncillos que le quedaban todavía más prietos. El rostro de Mal emitía destellos azules, luego rojos y al final anaranjados mientras los nombres de marcas titilaban por encima de la avenida en la que estábamos.

—¿Y entonces? —pregunté, aunque quedaba claro que para Mal la historia había terminado—. ¿Qué pasó? —Molesto por cómo me había ignorado la mayor parte de la velada, deseaba pincharle.

—Asuntos de familia. —Exhaló un suspiro—. Historia pasada.

—¿Qué asuntos de familia? —insistí—. ¿Qué podría impedir que te dedicaras a una de tus ambiciones? —Ante este insulto encubierto, o así lo interpreté yo, Mal se quedó callado y siguió mirando por la ventana impasible .

No obstante, añadió luego, contemplando todavía la sinfonía de color artificial que nos rodeaba, cuando tenía diecisiete años llegó a la final del primer certamen que le llevaría a Nueva York. La semana antes de la supuesta partida (acompañado por su familia para animarle), a su hermano pequeño le diagnosticaron la enfermedad de Hodgkins.

—Rechacé entrar en Juillard y fui a la Universidad de Vermont. Me parecía cruel, incluso a mí, marcharme de casa justo después de que un tornado virtual lo arrasara todo hasta los cimientos. Pero, ¿sabes?, el motivo por el que me quedé no importa demasiado, ¿no? Quizá no tuviera ansias suficientes para esa vida. Tal vez fuera un alivio, en el fondo. ¿El joven violonchelista que hemos visto esta noche? Voraz como el mismísimo demonio.

Tras otro silencio, le pregunté si todavía tocaba.

—Sólo cuando me encuentro en un estado de completa embriaguez, estado que ahora se me prohíbe visitar.

Mientras salíamos del taxi, me acordé de preguntarle por su hermano.

—Ah, se curó, se curó —respondió despreocupadamente, como si esa parte de la historia fuera un epílogo trivial—. Y se hizo mayor para convertirse en un pelmazo absoluto que lleva una vida de lo más mediocre. Pero ¿quién soy yo para juzgar?

Nos quedamos unos minutos hablando en la acera enfrente de su puerta. Me contó (después de que yo le preguntara) que su padre era el senador del Estado más antiguo y líder mayoritario en Montpelier, esa ciudad dejada de la mano de Dios; su madre se dedicaba a la asistencia social y asesoraba a madres adolescentes.

—Mi madre aceptaría gustosa ser la madre del planeta —declaró—. El año pasado fundó un grupo llamado «¡Mima a las madres!». El nombre está impreso en fucsia, con el punto del signo de exclamación gordo y rojo, y la parte inferior en forma de corazón. Tengo pegatinas con el número gratuito que se supone debo repartir entre las amistades. —Sonrió tímidamente.

Mal tenía una hermana mayor que se había casado, había dado los nietos de rigor y se había instalado a menos de dos horas de mamá y papá, y con eso Mal no tenía ya paciencia para su hermano menor, que seguía negándose a desvelar su verdadera identidad sexual (su excusa, que tener un hijo gay ya era «suficiente sufrimiento»).

—No te puedes ni imaginar con cuántas novias falsas me he hecho el simpático frente al pavo y el relleno. Espero que nunca hayas infligido tamaña humillación a tu clan.

Me reí.

—No, ésa no.

Nos despedimos para que pudiera escribir la reseña. Cuando estaba solo en casa, pensando en lo que me había contado, recordé que en su apartamento no había ni una sola fotografía, ni de su familia ni de nadie. Pensé en la caja de

Armand que encontré en el baño y me pregunté si Mal consideraba que las fotografías del tipo que fueran vulgarizaban la belleza del entorno. Ciertamente se trataba de la primera vez que le había oído reconocer la existencia de lazos sanguíneos (aparte del comentario que había hecho sobre dejarle *Felicity* a su madre el día que acepté quedármela).

A finales de aquella primavera empecé a ver a Mal enfermo, no sólo frágil y cansado. Venía a cenar con la misma frecuencia de siempre, pero a veces ni tocaba la comida que preparaba; en algunas ocasiones ni siquiera se servía un plato. Si llevaba una camisa de manga corta o con el cuello abierto, advertía por los huesos de la muñeca y de debajo de la garganta que se estaba quedando en el esqueleto.

Una noche de julio no apareció. (El hecho de que estuviera en la ciudad durante ese mes ya era señal de enfermedad más que otra cosa. Sabía que tenía la costumbre de ir a Europa para los primeros festivales de verano y luego, en agosto, llevarse a *Felicity* y alquilar una casa en Fire Island.) Como Mal siempre era puntual, le telefoneé al cabo de media hora. Me salió el contestador pero, de todos modos, de pie en el salón con el teléfono en mano, veía que tenía las luces encendidas.

Tardé diez minutos en armarme del valor suficiente para cruzar la calle. Llamé al interfono y esperé. Al final, me abrió. Igual que la noche que le llevé el esmoquin, encontré la puerta del apartamento entreabierta. Me llamó y seguí las pisadas húmedas que conducían al baño.

Mal estaba en cuclillas en la bañera humeante. Como nunca le había visto desnudo, me sorprendió lo delgado que estaba. Describirle como descarnado sería diplomático. Pero en ese momento también advertí que tenía el torso perfectamente liso, reflejo de la belleza que había poseído en otro tiempo, con los pezones muy oscuros, grandes y lisos como monedas antiguas.

Sonreía.

—Estás viendo los restos del esplendor que me dio Dios.

—¿Puedo hacer algo por ti? —pregunté, incapaz de disimular mi terror.

Me pidió, sin alterarse pese a que tiritaba, que le llevase el teléfono del dormitorio. Cuando se lo di, me indicó que marcara el número de una de sus médicos, un teléfono que se sabía de memoria. Le pasé el teléfono y salí para que tuviera intimidad (no sentía el menor deseo de oír aquella conversación). Al cabo de unos minutos me llamó y me entregó el teléfono.

—Me volverá a llamar —dijo con tranquilidad. Entonces hizo un gesto de dolor y se inclinó hacia delante, agarrándose las rodillas. Un hilo oscuro se extendió por el agua detrás de él y el olor intenso de la diarrea inundó el cuarto—. ¡Dios mío! ¿Puedes salir, cerrar la puerta y contestar al teléfono si suena?

Me senté en la *chaise longue* de terciopelo verde del salón de Mal y fingí hojear un libro grande y vistoso sobre el arquitecto Gaudí. En esos momentos, sus edificios me parecieron tan bufonescos como los dibujos animados. Al oír el agua escapar por el desagüe, el agua del grifo, refriegas y enjuagues amortiguados, también yo empecé a tiritar.

¿Qué debía preguntar? ¿Qué podía ofrecer? ¿Acaso no era precisamente el tipo de pesadilla que había evitado vivir transformándome en un caracol para incluso evitar verla? Como para mofarse de mí, allí estaba la colección completa de caracolas de Mal, expuesta en una mesa junto a la ventana para que la luz del día se reflejara en los gruesos caparazones.

Mal apareció de repente, en silencio. Llevaba un albornoz blanco y grueso y se había peinado el pelo húmedo. Se sentó en el sofá que estaba frente a mí al otro lado del salón. Se quedó mirándome, como si mirar fuera la mejor manera de saber lo que yo pensaba.

—No ha llamado, tu doctora.

Mal levantó los pies y se envolvió las espinillas con el albornoz.

—Éste es el último sitio en el que querrías estar, ¿verdad? —Su voz parecía carecer de la ironía habitual, como si también eso hubiera sido expulsado de su cuerpo en la bañera y se hubiera ido por el desagüe—. Estoy muerto de frío —añadió—. ¿Me pasas ese chal en el que estás apoyado?

—¿No deberías tener a uno de esos cooperantes gays? ¿Uno de esos... colegas? —La palabra debió de sonarle tan ridícula a él como a mí, porque rompió a reír.

—Ah, ¿te refieres a un golden retriever humano? Alguien que venga cuando llame, me vaya a buscar las medicinas y nunca me manche la alfombra con indiferencia o temor?

—Bueno, ¿no deberías...? —Hice una pausa, sin saber qué decir.

—¿No debería...? —repitió.

—¿No deberías tener a alguien, a alguien para...?

—¿Para que me cuide? —Mal tarareó una canción de Gershwin en la que salía esa frase.

—¿Es que tu familia...? —Todo lo que decía se quedaba a medias, porque todo era insincero. Ninguna de esas preguntas era la que debía formular.

Mal se inclinó hacia mí y dijo:

—¿Te refieres a que, opción uno: pongo pies en polvorosa y me marcho a Vermont, a morir bajo la manta de mi niñez; u opción dos: algún miembro de mi familia deja toda su vida y viene aquí a secarme la frente hasta que esté lo suficientemente fría como para embalsamar? —De repente, Mal empezó a enumerar su historial médico en una letanía furibunda: linfocitos T, glóbulos blancos, el hígado así, el riñón asá—. ¡Vivo mi vida! ¡No estoy muerto ni mucho menos! —concluyó, y el color que esa rabia le aportó al rostro era prueba fehaciente de su declaración.

El teléfono, que estaba en la mesa que había entre los dos, sonó. Mal contestó.

—Susan, hola, sí, yo. Eres demasiado formal —dijo con un suspiro casi cariñoso. Se llevó el teléfono a su dormitorio y cerró la puerta. Me quedé sentado, paralizado, mientras Gaudí me aplastaba los muslos.

Todos los objetos queridos de aquel salón, desde el tanka tibetano hasta la silla para partos guatemalteca, me señalaban con el dedo. Egoísta, egoísta, egoísta. Cobarde, cobarde, cobarde. Ciego, ciego, ciego. Todos tenían una acusación diferente e igualmente justificada.

El problema era que algo había vuelto a entrar en mi vida o, a decir verdad, había entrado en mi vida por primera vez, aunque me negara a reconocer lo poco familiar que me resultaba. Era el deseo sexual, tanto el realizado como el irrealizable, el tipo de lujuria extensible y sostenida que se acelera hasta que no puede contenerse ni desviarse. Si se deja libre para que se salga con la suya, es capaz de construir un palacio o hundir un portaaviones.

Allá por mayo, cada mañana de casi todos los días de la semana, había pasado por la farsa de hacer de lacayo fotográfico al servicio de Tony Best, el curioso hombre del centro del país que vivía en la curiosa casa tipo forúnculo. Se mostraba formal e irónico sobre nuestro acuerdo. Estaba haciendo autorretratos reflejados en porcelana antigua, en cristales de ventana rugosos, en grandes pompas irisadas sopladas con un aro de plástico infantil (yo era el que soplaba). Hasta el cuarto día, cuando se puso a lloviznar, no me invitó a entrar en la casa.

Me sorprendió ver lo victoriana que era la decoración. No parecía tener nada que ver con su talante de pícara y relajada timidez. En la pequeña cocina, unas cortinas de encaje colgaban de una ventana torcida y en un estante situado por encima del fregadero había una colección de tazas de té propias de una matrona. Me senté en una silla ante una delicada mesa mientras Tony Best tostaba unos roscos de pan en el horno y recalentaba el café, que yo fingía aún que me gustaba.

—Cuéntame tu historia —me instó, como si yo conociera algún capítulo de la suya.

Puesto que había hablado tan poco en las escasas mañanas que habíamos pasado juntos, empecé a contarle medio farfullando mi relación con la librería.

Tony, sonriendo con su llamativa dentadura americana, me interrumpió.

—Todavía me tomas por un psicópata, ¿verdad? A la espera del momento adecuado para meterte, despedazado, en un congelador.

Esbocé una sonrisa.

—Bueno, ¿siempre abordas así a los desconocidos? —Me sonrojé, porque hasta el momento no había dado muestra alguna de que sus intenciones tuvieran un componente sexual. No quería que supiera que deseaba desesperadamente que lo tuvieran.

—Conozco a personas distintas de formas distintas, ¿tú no? —Cuando se sentó a la mesa, me rozó con las rodillas y luego las retiró.

—Así no —dije.

—Pues acabas de hacerlo, ¿no crees?

Desde la habitación contigua se oyó el chirrido del péndulo de un viejo reloj. Deseaba salir corriendo, pero lo único que temía era la intensidad de las burlas de aquel hombre.

—Hace más de un año que paseo por la misma ruta —dije—, y nunca te había visto.

Tony se encogió de hombros y sonrió.

—Aquí estoy ahora.

—Aquí estás ahora —repetí como un imbécil.

—¿Quieres ver la casa? —preguntó de repente.

Sólo me enseñó la planta baja: cuatro habitaciones minúsculas repletas de muebles tapizados con seda oscura. Alfombras persas gastadas y parcialmente superpuestas en cada suelo excepto en el linóleo moteado de la cocina. No había dos dinteles en el mismo ángulo. Me lo enseñó casi todo sin mediar palabra, como si le hubieran contratado para ello.

En la sala de estar, mientras observaba una escena pastoril pintada en la cara del viejo reloj, noté que su cuerpo me rodeaba por detrás. No dijo nada mientras sus manos largas y frías se deslizaban bajo mi camisa y me acariciaban el pecho.

—¡Oh, Dios mío! —me oí susurrar. Como respuesta, noté su boca en la nuca. Me había desabotonado la camisa y me la había bajado hasta los codos, haciendo una pausa para mantenerme inmovilizado antes de despojarme de ella y darme la vuelta.

No me miró a los ojos ni una sola vez. Se puso de rodillas después de soltarme el cinturón rápidamente. En mi cabeza bullían las protestas, pero no llegaban ni a acercárseme a los labios, separados y emitiendo jadeos. Debía de parecer, y sonar, como una criatura marina arrancada del agua, y eso era exactamente lo que era: arrancado de mi elemento monacal con la misma rudeza que una trucha engañada por una mosca.

—¡Oh, Dios mío! —me oía murmurar como un idiota una y otra vez, como una especie de virgen de la colina, pero Tony era el sigilo personificado. Al final, yo fui el único que se quedó totalmente desnudo, tumbado a los pies del reloj, sus crujidos antiguos perceptibles a lo largo de mi columna vertebral. De no ser por el hecho de que tenía la mejilla contra una alfombra persa, no un macadán al que le han enjuagado el pis, esta postura era lo más alejado de la rectitud que habría podido imaginar.

Me quedé ahí tendido, aturdido e inmóvil, mientras Tony se iba a la cocina. Le oí en los fogones, encendiendo uno. Para cuando me hube levantado y recogido la ropa, regresó y se sentó en el sofá.

—Seguro que en realidad prefieres el té —dijo con una sonrisa sesgada.

—Sí —afirmé, agradecido de escuchar una pregunta fácil. Observé, presa del pánico, el reloj que había sido testigo de mi perdición. Me sentí aliviado y consternado a la vez al ver que sólo había transcurrido una hora desde que había entrado en la casa. No tenía que abrir la librería hasta al cabo de dos horas.

Tomamos té, los dos. Tony me habló de una exposición en la que participaría en una galería de la Avenida A. Su estado de relajación resultaba contagioso, y yo continué hablándole de la librería como antes de que me interrumpiera en la cocina. Cuando me marché, no hicimos ningún plan. Cuando estaba a medio camino de Bank Street, mientras la tímida lluvia me iba empapando, recordé, y me pareció extraño, que no había ni una sola fotografía de Tony, ningún tipo de fotografía, en las paredes de esa casa.

Juré no volver a la mañana siguiente y mantuve la promesa, me dirigí al río y caminé por el borde de la isla hasta llegar a Battery Park. Pero al otro día volví a la esquina de Charles con Greenwich; hacia finales del verano, veía a Tony tres o cuatro veces por semana y, pasara lo que pasara, seguíamos los mismos ritos animales una y otra vez, predecibles como la intimidad matrimonial (aunque ¿quién soy yo para comparar?) No intenté llevar nuestros encuentros a otro entorno, ni él tampoco. Probablemente me figurara que estaban a buen recaudo en aquel salón arcano, oscuro y carmesí como un corazón palpitante. Nada de lo allí sucedido debería contar como real. El resto de mis días y semanas continuó como de costumbre, aunque a veces me quedaba dormido una hora o dos antes de lo acostumbrado. Nadie advirtió ninguna diferencia en mí, con excepción de *Felicity*. Cuando regresaba de esas relaciones, volaba hacia mí con mayor entusiasmo del habitual, incluso con violencia, como si quisiera recuperar mi posesión. Probablemente, un conductista animal habría dicho que esa actitud posesiva no era más que la respuesta instintiva de su reloj biológico, mucho más afinado en los animales, debido a mis prolongadas ausencias aquellas mañanas. Pero cuando me picoteaba la oreja y murmuraba su curioso: «¿No te lo había dicho, mi vida?», la pregunta, convertida en advertencia, parecía algo más que casual.

Ocho

Cuando me despierto por segunda vez hoy, sigue siendo de día. Noto un dolor punzante en la cabeza y la conciencia tan empapada como la almohada sobre la que he babeado, ebrio, después de (supuestamente) perder el conocimiento en mi cama. Uno de los arreglos florales de la comida está en la mesita: peonías blancas, el antónimo metafórico de mi psique en estos momentos. No recuerdo haber subido después de marcharse los invitados y me embarga la idea mortificante de que mis hermanos hayan tenido que arrastrarme a cuestas hasta aquí como un saco de pienso para caballos.

Pero entonces veo el sobre en el suelo, cerca de un vaso de agua.

Los chicos contratados lo recogieron casi todo; mi única tarea, lo opuesto a mi misión matutina, era desmontar el bar. Mientras transportaba botellas a la casa, no dejaba de pensar en el sobre del escritorio de arriba, el sobre dirigido a mí. Con la obsesión precipitada que confiere el alcohol, me resultaba imposible retrasar tal investigación. Cuando hube devuelto el último vaso a su estante, corrí escalera arriba. Oí a mi familia reunirse en la cocina, para descansar los pies y cotillear sobre la tarde.

Según mi reloj son las siete y media. Me incorporo y aguzo el oído. Fuera, se oye el murmullo del arroyo; dentro, nada.

Bajo la mano y levanto el sobre. Sigue cerrado. (O sea

que perdí el conocimiento.) Dado que mi impaciencia etílica ha quedado eclipsada por mi vacilación sobria, dejo el sobre en la cama y decido salir de mi guarida. Tras orinar las angustias de la jornada, me detengo en el pasillo y vuelvo a aguzar el oído. Esta vez oigo música, muy baja, procedente de la cocina. Regreso al baño, me lavo la cara y me peino.

Sin embargo, en la cocina no hay nadie. Encima de la mesa están las fuentes de mi madre lavadas y secándose sobre paños de cocina, boca abajo como penitencia. El equipo de música portátil de Dennis está al lado del fregadero, sintonizado en una emisora clásica. Esto me desconcierta hasta que veo que la cama de *Cal*, el viejo collie de David, vuelve a ocupar un rincón de la antecocina. No se mueve cuando entro y me pregunto si se está quedando sordo. Al verle, recuerdo que no he llamado a Ralph para preguntarle por mis animales. Estarán bien (*Rodgie*, nostálgico de su virilidad, cortejará con avidez a *Mavis*), pero de todos modos siento que he pecado de negligencia.

Se produce una pausa en la música y se me recuerda que estamos en «Tarde de arias» (da igual que la tarde haya acabado) y que los oyentes como yo no deben tener reparos en llamar para pedir temas. Maria Callas, se me dice, cantará ahora como Violetta en el tercer acto de la *Traviata*.

—No, en esta casa no —digo, y cambio de emisora. Mi voz despierta a *Cal*. Alza la vista hacia mí, interesado por un momento, y luego vuelve a poner la barbilla sobre las patas. Ah, eres tú.

Mientras sintonizo una emisora de pop suave (para *Cal*, no para mí) veo una nota bajo el equipo de música. «Bello durmiente: hemos ido al bar que hay delante de la gasolinera. Vente si despiertas del hechizo.» («Si te besa el príncipe», es lo que seguramente se moría de ganas de escribir; los garabatos propios de un médico cretino son de David.)

Aliviado y contrariado, salgo por la puerta trasera. El sol

sigue sorprendentemente alto; los pájaros continúan activos en las ramas cercanas. Las mesas y las sillas han sido recogidas y la única señal del almuerzo es la hierba pisoteada, como la huella de una nave espacial de Hollywood. Mañana a estas horas, esto también se habrá desvanecido.

Encuentro una cazuela con la vichyssoise que ha sobrado. Busco el recipiente más cercano y utilizo una taza de té como cucharón para bebérmela con avidez. El regusto es agradablemente arcilloso. Aclaro la taza de té bajo el grifo y, llenándola de agua una y otra vez, bebo hasta que me noto el vientre hinchado. Dejo la taza en el fregadero sin lavar a propósito y luego, como si se me hubiera asignado otra misión, regreso a mi cuarto.

Vacío el contenido del sobre encima de la cama. No hay gran cosa (vuelvo a sentirme aliviado y contrariado). Un cuaderno escolar para redacciones, utilizado pero sin título. Una partida de nacimiento (la mía). Una carta mecanografiada en dos hojas de ese papel azul tan fino que se utiliza para los aerogramas. Un dibujo hecho a lápiz. Una barra de labios.

Cojo el pintalabios. Extraigo el capuchón. Aunque el sencillo mecanismo se me resiste al comienzo, despliego su delicado misil, un rojo festivo, sin usar, hasta que está totalmente erecto. Huele a viejo, como el maquillaje de teatro barato, y cuando lo toco, un fragmento pequeño se desprende de la barra y me cae en los pantalones. Voy girando la barra hasta ocultarla y noto que se me acelera el corazón, como si hubiera desfigurado una reliquia.

El pintalabios es francés y lleva grabado el emblema de una marca cuyos precios mi madre nunca habría pagado. Así pues… ¿tenía mi padre una amante? Es la única explicación que se me ocurre para este recuerdo. Pero ¿por qué guardarlo para mí?

El cuaderno para redacciones, escrito con la letra redonda

y femenina de mamá, sí es de ella. Lo recuerdo: la libreta del criadero de perros. En ella registraba cuidadosamente el pedigrí de los perros, las cuotas pagadas por semental, los resultados obtenidos en las pruebas, los ciclos de celo de las perras. Una de las últimas entradas corresponde a *Rodgie*, mi perro, hijo de *Cora* y *Buck* (campeón nacional), era el cachorro más prometedor de su penúltima camada. «Temperamento ávido, inusitadamente ansioso por agradar. El hocico blanco y fino de C, los cuartos traseros cuadrados de B (¡hechos para correr!). Testículos tardan en descender, pero el Dr. B dice que la esterilidad es improbable.» *Rodgie*, mi collie perfectamente urbanizado, está castrado. Me parece oír a mi madre regañándome: ¡Una línea de perros pastores campeones cortada de raíz!

Cierro el cuaderno y me lo acerco al pecho, contento de tenerlo.

Faltan el dibujo y la carta.

El dibujo representa un árbol con ramas intrincadas. Cuando le doy la vuelta para buscar una dedicatoria o firma, encuentro un boceto a la acuarela de una madre y un niño (el rostro de la madre está un poco emborronado). El trazo del artista es experto y fluido: mejor que el trabajo de un estudiante pero carente de maestría. Lo dejo en la cama junto al pintalabios. Dos objetos enigmáticos.

La carta está fechada el 4 de julio de 1989.

Querido Fenno:

Puede que te mande o no esta carta. Si la envío, delatará una de mis debilidades. Si no, achácalo a otra de esas debilidades. Poseo un amplio repertorio.

He vuelto de Grecia, todavía estoy quemado de tanto sol, cambiando de piel como una serpiente, y borracho. (El dolor es mi excusa.) Esta casa ha estado vacía otras veces, pero nunca tanto como esta noche. La ausencia de tu madre tiene muchos significados. Te confieso que en estos momentos no me resulta del todo desagradable.

Hoy me he dado cuenta, al fechar esta carta, que es tu Día de la Independencia recién adoptado. Independiente está claro que lo eres. En ese y en otros sentidos he pensado a menudo en ti mientras estaba fuera. He pensado en tu impertinencia perfectamente razonable el invierno pasado (aunque poco propia de ti), y he pensado puerilmente en cómo darte una idea de las responsabilidades que, según tú, debo seguir cargando. He pensado que debería visitarte, pero prefiero no ver tu vida de cerca. Por cobardía, otra debilidad más. De todos modos, me gustaría ver tu librería. Siento cierta envidia, ¿sabes? Y te admiro. No debo omitir esto.

Mis últimos seis meses han estado salpicados de actos irracionales, empezando por un robo insignificante y acabando con una traición insignificante. (Constantemente me dicen que el comportamiento imprevisible o inexplicable es «normal» tras una «pérdida».) En el lugar donde se produjo el accidente aéreo de Lockerbie robé un pequeño objeto: un pintalabios. ¿Puedo decir que es un hecho insignificante? (¿No podría contener residuos de un determinado explosivo?) Desde entonces he convertido ese objeto en un fetiche, lo he llevado en un bolsillo o lo he colocado de pie en el tocador, como si fuera una obra de arte. Tal vez me dé una idea lastimera y nada halagüeña de lo que es la emoción del delincuente. Quizá simbolice la muerte, a nivel personal, como debería haberlo hecho la muerte de tu madre, aunque no fue así.

Otra fijación que he desarrollado es el apetito por la misma cena en el mismo bar, uno al que nunca había ido pero que descubrí en Lochmaben al volver de un funeral. (Asisto a muchos en estos tiempos.) Voy en coche hasta allí tres o cuatro noches por semana y pido trucha con guisantes. Sin nada más, pero bien hecha. Me gusta no conocer a nadie, aunque el camarero se toma ya muchas confianzas conmigo y siempre intenta darme charla. Temo lo que pueda esperar en cuanto a conversación cuando me vea tostado por el sol después de un paréntesis de tres semanas. No estoy de humor para bromas.

Grecia fue como la más irresistible de las mujeres: una maravilla y un sufrimiento. El viaje organizado fue un error. Eso supuso buena parte del sufrimiento. Me hice amigo de un joven de tu edad, o eso creí, pero al regresar aquí, utilicé mis contactos para que lo despidieran. Me desagrada la satisfacción que sigue produciéndome ese acto cruel.

Voy a vender el periódico. Voy a repartir parte de las ganancias entre vosotros tres el año que viene, por las obvias ventajas fiscales que eso supone. Ya te hablaré más de este tema (cuando esté sobrio).

Gracias por llevarte a *Rodgie*. Espero que esté tan bien como pueda esperarse después de un cambio de entorno tan drástico. Voy a mandar los perros que quedan, *Gem, Jasper, Bat,* a la granja de Conkers para siempre, aunque he oído que quizá la dividan y la vendan. El empresario que compró Conkers no está interesado en la explotación agrícola. Le gustaba la idea de tener una granja con arrendatarios pero, en realidad, no soporta el hedor del estiércol que cada atardecer empaña el éxtasis de la puesta de sol. (Todo esto es una extrapolación de rumores intercambiados en la gasolinera.) No obstante, el capataz me asegura que los perros serán bien tratados independientemente de lo que pase con las tierras. Para ejercitarlos, los llevaría a una granja excelente que hay cerca de Kilmarnock. Necesitan que los ejerciten. (Quizá tengas problemas con *Rodgie* en ese sentido, pero tal vez sea lo suficientemente joven para adaptarse a la indolencia, ¡no la tuya sino la del perro de ciudad!)

Antes de que me llames traidor, déjame decirte que los perros no estarán bien cuidados cuando emprenda un proyecto nuevo en la última etapa de mi vida. Siempre he deseado conocer bien una cosa (igual que tu madre, y aquí por cierto está lo más parecido a un diario que tuvo, y que creo que tú valorarás más que tus hermanos). Como periodista, he estudiado muchas cosas, pero ninguna bien y con la circunspección del estudio prolongado. Por tanto, he decidido conocer un lugar, un lugar nuevo. El mes que viene tengo planeado regresar a Grecia, a Naxos, isla que he visto pero no he pisado. Por lo que he leído creo que me conviene. Buscaré una casa, algo sencillo. Quizá llegues a la conclusión de que estoy un poco chiflado. ¡Me resultaría difícil llevarte la contraria!

Por favor, manténte en contacto con tus hermanos. Como favor personal, te ruego que compenses la distancia geográfica que has elegido respetando, por lo menos, las fechas más marcadas sin excepción. (¿Parezco demasiado «británico», como me has dicho alguna vez en el pasado?) Hablando de ocasiones, ¿has tenido noticias de Dennis sobre su boda? ¡Una novia francesa! Tendré que enterrar mis prejuicios de la guerra, y quizá pequé de anticuado con mi nerviosismo por no haber conocido todavía a la chica; pero con Dennis siempre he tenido la sensación de que alguna fuerza cósmica le protege de todas las cosas estúpidas e ilógicas que ha decidido hacer. Así que si la chica es basura, en oro se convertirá. Pero eso suena cruel. Lo que quiero decir es...

Ahí acaba la carta, como si la hubiera escrito al borde de un acantilado.

¿Qué impidió a papá acabar la carta y enviarla? No veo nada revolucionario en sus confesiones, no obstante me habrían conmovido. ¿O quizá no, por aquel entonces? Intento recordar dónde, como se dice, tenía la cabeza aquel verano, y recuerdo que seguía contrariado con mi padre por poco más que comportarse como le era propio —siempre sereno, apenas lloroso, generoso de forma impersonal— en los momentos que rodearon la muerte de mamá como un agujero negro.

Dejo la carta junto con el resto del botín y hundo la cara entre las peonías que hay al lado de la cama. Siguen majestuosas y frescas, pero para mi nariz resacosa huelen ligeramente a moho. Cuando me aparto, mis pensamientos viran hacia otro lado: ¿Por qué David no me ha dado ese paquete? ¿Lo ha toqueteado y ha sentido celos? Me imagino haciéndole frente, hasta que me doy cuenta de que aquí yo soy igual de infractor, pues he robado el paquete de su escritorio. Lo más probable es que él no haya abierto aún los cajones con las pertenencias de papá. Aunque parezca increíble, hace menos de una semana que tiene motivo para ello.

Vuelvo a introducir mi legado en el sobre. El crepúsculo ha ganado terreno, furtivo como una marea, en la vista que tengo del prado. Alargo la mano para tirar del cordoncillo de la lámpara pero me detengo. Estoy cansado, y si me quedo despierto, acabaré de mal humor.

En mi cama de juventud, duermo el sueño de los consentidos, me despierto dos veces pero de forma breve: una por la voz melodiosa y autocrática de Véronique: «*Regardez l'heure, enfants, au lit!*»; luego por los murmullos de David y Lil al otro lado de la pared que compartimos. Hablan con voz suave y no distingo las palabras; no obstante, tengo la fugaz impresión de que es demasiado tarde para que un matrimonio discuta algo que no sea un asunto funesto o peliagudo.

ϒ

Tony se crió en Milwaukee. Su madre todavía vive allí. Siempre ha sido ciega. Su padre murió hace unos años.

Enviaron a Tony a una academia militar a los dieciséis años tras incendiar el garaje de sus padres a propósito.

El verano en que sus coetáneos estaban en Woodstock y Berkeley, él manejaba una cosechadora para un granjero mormón en Missouri. Dormía en el pajar, donde el fuerte olor del ensilado disimulaba el humo de la marihuana en que se gastaba buena parte del salario.

El verano siguiente, empezó a hacer fotos después de trabajar en un cuarto oscuro comercial en Seattle y despreciar todo lo que pasaba por sus manos.

No acabó los estudios. Vivió en Francia unos años pero no aprendió bien el idioma. (Es demasiado vanidoso, claro está, para correr el riesgo necesario de quedar en ridículo.)

Estos fueron los datos crudos e inconexos que coseché de la vida de Tony durante aquel verano largo, agotador y engañoso. ¿Por qué digo engañoso? Al fin y al cabo, no engañaba a nadie... salvo a mí mismo, como finalmente resultó. En algún momento debí de darme cuenta porque me sentía lleno de secretos cuyo secretismo carecía de justificación racional.

Como ya he dicho, no fue un buen verano para Mal. Si el mismo día pasaba la mañana con Tony y la última hora de la tarde con Mal, luego dormía diez o más horas por la noche y me levantaba a rastras de la cama minutos antes de la hora de abrir la librería. Dormía durante la celebración del amanecer de *Felicity* y los saludos que dedicaba a los pájaros de los árboles de enfrente, y ella me regañaba en la versión acelerada de mi rutina diaria (tomándome un té que me quemaba la lengua, el pan sin tostar, afeitándome con una mano mientras llenaba los comederos de *Felicity* con semillas y fruta).

Dos o tres veces por semana iba a casa de Mal. *Felicity* tenía prohibida la entrada en su apartamento, así que estaba claro que nuestra amistad había tomado otro rumbo: no era vida social sino una forma vacilante de cuidados a domicilio. Daba la impresión de que acceder a hacerme cargo de *Felicity* hubiera sido un simulacro de mi progresiva responsabilidad como cuidador de Mal. Hablar de esto de forma explícita habría resultado demasiado delicado para los dos, pero poco a poco fui ocupándome de los aspectos más banales de su mantenimiento: llevar la ropa a la tintorería, comprar, hacer fotocopias, alquilar una película de vez en cuando. Seguía viniendo a la librería para ver a *Felicity*, pero casi nunca cenábamos en mi apartamento; los dos tramos de escaleras del edificio de Mal ya suponían un esfuerzo suficiente como para añadirle los míos.

Un día de julio estaba desembalando un envío de libros fuera de horas cuando Ralph entró en la librería. La semana anterior había rechazado dos invitaciones para ir a cenar y sabía que se sentía un tanto desairado. Pero ese día, sin apenas saludar, espetó:

—¿Qué? ¿Follas con él?

Preguntándome qué espía podía haberle informado de mis mañanas con Tony, noté que me ruborizaba y mantuve la mirada fija en una caja de guías ornitológicas de América del Norte.

—¿Te follas a nuestro pequeño crítico? ¿Por eso tienes las glándulas tan radiantes? —continuó—. Te lo pregunto porque me preocupa tu bienestar. —Esto lo dijo con mayor delicadeza, como el padre ideal que yo ya no quería que fuese.

Me enderecé y lo miré con frialdad.

—¿Y si estuviera enamorado de él?

El rostro de Ralph se estremeció a causa de la sorpresa.

—¿Estás enamorado de ese hombre?

Rompí a reír.

—Si estuviera enamorado de alguien, tú serías el primero en saberlo. —Una mentira que me pareció inofensiva—. No, no follo con Malachy Burns, si es que te refieres a él. Y nunca lo he considerado «pequeño».

—No pretendía ser indiscreto.

—Pues lo has sido. —Sonreí: mi secreto seguía a salvo.

—Nunca te veo aparte de aquí —declaró Ralph—. Da la impresión de que pasas más tiempo con ese pájaro que con cualquier otra persona.

—Tengo una vida fuera de tu encantadora casa. Reducida, pero la tengo.

Se disculpó, pero mientras iba de un lado a otro, toqueteando los libros, se le veía sombrío.

—¿Sigue pareciéndote bien nuestro plan de vida? —inquirió, parapetado tras una barricada de estanterías.

—Por supuesto. —Extraje un trapo y limpiacristales para eliminar las huellas de la vitrina de chismes para la observación de aves.

—Me refiero a si no consideras que haya alterado nuestra amistad.

—No. —Herramientas de espionaje, cavilé mientras observaba todos los instrumentos de aumento que vendíamos.

Mavis y *Druida* me rozaron la parte posterior de las piernas al pasar por mi lado para salir al jardín.

—Bueno, me alegro. El negocio no debería convertirse en una brecha entre camaradas —dijo Ralph, sin que viera desde dónde hablaba.

Me reí para mis adentros ante su descripción anticuada y sin gracia de nosotros dos como «camaradas», como si hubiéramos compartido una guerra o una expedición por una selva inexplorada. Estaba acostumbrado a la afectación de Ralph (un efecto secundario de su inmersión diaria en la prosa del siglo XIX), pero tras una mañana en compañía de las pasiones enigmáticamente rotundas de Tony, me parecía más cursi que un tapete de blonda, como el gusto decorativo de Ralph.

Cierta afectación había teñido mis relaciones con Mal. Cuanto más sabía yo sobre la precariedad de su estado físico, más distancia ponía él entre el resto de su vida y yo. Y al igual que varios conocidos que habían enfermado, adoptó una nueva dieta monacal, para la que solía hacerle la compra. Dos veces a la semana, salía del mercado Integral Yoga con bolsas de red (un regalo de la madre ecologista de Mal) repletas de col rizada, repollos, tofu prensado en la región, raíz de rábano blanco y rollos de algas desecadas.

Mal adoptó esta nueva cocina con un fervor sarcástico y burlón. Presentaba un puñado de brotes de brócoli recién lavado y decía:

—*Crème brûlée,* ¿alguien quiere?

Compartíamos las risas y yo me quedaba a comer algo que olía alarmantemente a granero mientras se cocía. Intentaba no recordar que la misma dieta no había hecho nada para revitalizar a Frederick o Luke, aunque ya estuvieran mucho peor que Mal (me resultaba imposible evitar pensar en la idea de «empeoramiento», como si fuera un proceso que ya no tenía vuelta atrás).

No obstante, cuando intentaba que Mal me contara algo más sobre su familia o su niñez o sus años de prodigio musical, él cambiaba de tema. Hablaba más que nunca de las representaciones cuyas críticas escribía, eventos en el extranjero para los que esperaba la cooperación de su cuerpo. Una noche clamó una y otra vez contra una producción de la *Bella durmiente* que le había parecido «más que chabacana». Al final de su diatriba, nos quedamos en silencio.

—Nureyev podría estar muriéndose —dijo Mal.

—¿Le conoces? —pregunté.

—No —espetó—. No me gusta jactarme de conocer a famosos. Lo que pasa es que no me tomo ese tipo de noticias con ecuanimidad.

Mal estaba sentado en su hermosa *chaise longue* verde, acariciando el terciopelo como si fuera el pelaje de un gato. Las ventanas estaban abiertas y el perfume húmedo de los perales en flor impregnaba el aire.

—Piensas en mi muerte y te odias por ser tan morboso —dijo.

Conociéndole como le conocía entonces, me daba cuenta de que desde la primera mención de *La bella durmiente* había ido guiando la conversación hacia aquello, y me disgustaba la manipulación que suponía. Cuando me negué a responder, lo hizo por mí.

—Ahora es cuando protestas, por educación, y yo te digo que no pasa nada por confesar tus peores fantasías, que has sido demasiado amable y generoso conmigo como para negarte eso, y es verdad, y me preguntas si he hecho planes, si tengo testamento y si quiero que mi familia esté conmigo...

—O te digo, si soy cruel, que todo el mundo muere solo, independientemente del número de personas que haya en la habitación.

Sonó la alarma del reloj de Mal. Mientras se dirigía a la cocina para tomar una pastilla dijo:

—Mi familia tendrá todo tipo de planes sobre qué hacer conmigo cuando esté muerto, pero me preocupa más el proceso de morir que el estar muerto. En eso no quiero que se entrometan.

—¿Entremetan? —Con mi resistencia hecha añicos, me veo finalmente arrastrado a entrar en el tema.

—Como cualquier maricón que se precie, adoro e idolatro a mi madre —declaró Mal cuando volvió a sentarse—. Pero es el tipo de persona liberal más peligrosa: liberal y muy católica. Los huesos de los santos son sagrados, los embriones son sagrados, la agonía de la muerte es sagrada. Mi padre debe de adorarla también porque su activismo, aunque nunca cargado de ira, le ha impedido presentarse a las elecciones presidenciales. Estoy convencido. Y yo... —se echó a reír—, a mí también me la jugó, a su manera. Y no voy a permitirle que vuelva a hacerlo.

Su discurso me dejó confundido.

—No pensaba que te fueras a morir tan... —dije, pero me interrumpí.

—Tan deprisa. —Mal volvió a reírse, y después tosió. Cuando se recuperó, continuó—: Hago esto por consejo de mi doctora preferida, teóricamente optimista, que dijo que todo el mundo debería tener la sensatez de hacer esos planes. Este otoño me ha prometido nuevos fármacos, «especial vuelta al cole», y dice que volveré a encontrarme bien. No sé durante cuánto tiempo.

—Pero qué planes...

—Fenno, tu exceso de educación te impide ser listo. Te estoy pidiendo que seas... creo que irónicamente se llama «apoderado» de salud... en fin, que seas mi testamento vital. La misión consiste, básicamente, en evitar que acabe entubado por todas partes. —Se acercó a la ventana—. No hace falta que respondas ahora. De hecho, prefiero que no digas nada. Te he elegido no porque seas mi amigo más antiguo o en el que más confío, no me malinterpretes, sino porque eres el que más viene por aquí.

—Demasiado aburrido para que me inviten a algún sitio, ¿es eso lo que quieres decir? ¡Qué halagador!

Exhaló un suspiro.

—Y te considero de fiar, y me caes bien, y tienes la suficiente sangre fría como para no ablandarte cuando llegue el momento de tomar la decisión final, si llega. —Volvió a reírse y a toser. Se asomó a la ventana hasta que se le pasó la tos. Cuando se dirigió de nuevo a mí, añadió—: Ojalá los perales florecieran todo el verano.

Al cabo de un mes, me enteré de que a mi madre le habían diagnosticado cáncer. Cuando fuera a verla, Ralph se haría cargo de la librería; el chico del edificio de Mal se ocuparía de *Felicity*. Mal tenía previsto ir a Londres en la misma época para escribir una reseña sobre Jessye Norman en su país. Como poseído por un antojo inexplicable, le pregunté si quería viajar en avión a Escocia conmigo, pasar unos cuantos días allí y luego dirigirse al sur.

¿Qué estaba haciendo? ¿Acaso tenía miedo de estar a solas con mis padres en circunstancias tan funestas, o es que había empezado a mostrarme protector con Mal? Su fragilidad parecía sufrir altibajos de un día para otro y por entonces ya había aceptado su petición y firmado un documento que me permitiría insistir para que los médicos se mantuvieran al margen y le dejaran morir si la cosa se ponía muy fea. Con aire circunspecto, Mal lacró mi copia del documento en un sobre nuevo y me lo entregó.

—Supongo que deberías conocer a mi madre —dijo—. Porque si ocurre lo peor, tendrás que lidiar con ella. Al cuerno con las legalidades.

Cuando le propuse mi invitación impulsiva, vi a Mal sorprendido por primera vez en mi vida. Ahogó una exclamación y dejó el vaso de agua en el fregadero.

—Nunca he tenido ganas —declaró con cuidado— de visitar un país con un pasado tan brutal.

—¿Y qué país no lo tiene? —dije sin darle importancia. Me suponía un alivio que rechazara mi propuesta.

—«Oh, fría es la nieve que barre Glencoe» —empezó a recitar. Una balada que no había oído desde mi niñez.

—Sí, sí, donde los Campbell dieron muerte a los McDonald. No es ninguna novedad.

—En serio. ¿Presentarse para dar un beso y hacer las paces, y luego matar a mujeres y niños mientras duermen? Exagerado, ¿no te parece?

Me eché a reír.

—Pues diviértete en la pacífica patria de Maggie Thatcher.

—Pero acepto —dijo Mal—. Ahora soy mayor y más ancho de miras. Estoy más curtido. Me encantaría ver los brezales empapados de sangre. Me encantaría comer vejiga de oveja rellena de grasa de cerdo. A lo mejor con eso se me curan todos los males.

—*Le voilà*! —Véronique me saluda en la cocina, y tras dar una palmada se lleva la mano al cuello, como si mi aparición tardía le hubiera salvado la vida—. He mantenido a las lobeznas lejos de tu puerta; querían que las llevaras a la pequeña granja para ver a los animales.

Me tiende una taza de té. Por la ventana veo a las tres niñas jugar juntas bajo la gran lila que parece haberse convertido en su cuartel general. David y Lil se han ido a trabajar. No veo a Dennis por ninguna parte.

—Me encantaría llevarlas —digo.

—Ahora no. Hay otros planes.

De espaldas a ella pongo los ojos en blanco mientras me pregunto cuándo dejaré de ser tan previsiblemente pasivo. Había pensado tomar un tren y pasar unos días en Londres, para deambular por sus calles con los hombros caídos, pero la idea de anunciar mi marcha me hace sentir culpable, tal vez porque me perdí la reunión de anoche (algo que Véronique no menciona).

Mientras me preparo unas tostadas, me cuenta que ha prometido encargarse de los cheques que los invitados dejaron en memoria de mi padre, es decir, llevarlos en coche al hospital donde trataron del cáncer a mi madre (y no curaron, comento con acritud). El hospital está en la ciudad; Dennis le ha dicho que yo sé el camino.

—¿Y por qué no los envías por correo? —propongo—. ¿O por qué no los lleva Dennis?

—Dennis quiere llevar a las niñas a la famosa casa de Annie Laurie. No es misión para mí. Y el director del hospital está impaciente por empezar a reunir fondos.

—¿Cómo? ¿Están desesperados? ¿El hospital está en la ruina? ¿Qué objeto de caridad es ése?

Véronique me mira con indulgencia cortés.

—A la vuelta, compraremos para esta noche. Dennis preparará gallinas a la brasa. Hace buen tiempo para cenar al aire libre, aunque Davide y Liliane tienen un compromiso en otro sitio. Unos amigos del colegio de Dennis, que quizá tú conozcas, cenarán con nosotros.

Ante la perspectiva de visitar una tienda de comestibles escocesa con una francesa casada con un chef profesional, empiezo a ver el oficio de mi hermano como una especie de prisión, que nos condena a pasar la mayor parte del tiempo comprando y comiendo, digiriendo y elogiando. Preferiría jugar a médicos con mis sobrinas.

Esto es lo que ocurre cuando uno se levanta demasiado tarde, me amonesto. Los demás hacen planes por ti.

—¿Salimos dentro de media hora? —pregunta Véronique con alegría, aunque no sea una pregunta.

Asiento, y ella sale a ver qué hacen sus hijas. Cojo los periódicos del día, el *Times*, el *Guardian*, el *Yeoman*, todos ellos enviados a nombre de Paul McLeod. Al adoptar mi postura habitual, toco con el pie algo que está en el suelo. Miro debajo de la mesa y descubro la muñeca que le compré a Christine. Cuando la recojo, veo un manchón oscuro donde alguien ha pisado la cara de tela. El sombrero cónico típico de las recolectoras de arroz se está despegando. Se resiste a la identificación, me digo con severidad mientras coloco a la pobre muñeca sentada contra un cuenco con rosas rojas.

Y cuatro horas después me encuentro recibiendo órdenes olfativas de mi cuñada.

—Huele éste. No, coloca la nariz dentro del capullo. No seas tímido. *Comme ça!* —Sólo Véronique tendría la frescura de colocar su cuidada mano en la nuca de alguien (la mía) y empujar (aunque sea con suavidad) hasta que estoy nasalmente sumergido en un enorme lirio cobrizo—. ¿Lo hueles? Por eso es uno de mis preferidos, el lirio barbado. Pero este aroma nunca ha podido encerrarse en un perfume. Nunca.

En silencio debo reconocer que el aroma de esa flor es maravilloso, una mezcla de musgo y miel.

Me ha tenido agarrado por las narices (ahora literalmente) hasta el afortunado hospital que recibe el diezmo, el colmado, la farmacia y, sin previo aviso, un jardín de colores explosivos. Rodeados por encumbradas espuelas de caballero, dedaleras y lirios, recorremos un estrecho sendero de ladrillos que serpentea hacia un pequeño vergel de cerezos. El jardín, situado a las afueras de la ciudad, pertenece a un viejo amigo de Lillian que está de vacaciones; Lil le dijo a Véronique que debía dar un rodeo y visitarlo. Al igual que muchos jardines de la gente rica en esta zona, está separado de la casa, al otro lado de la calle. Entramos por una verja de hierro, que probablemente nunca está cerrada con llave.

Durante el trayecto, Véronique no ha parado de charlar, de una forma tan jovial, que casi ha conseguido caerme bien. Ha hablado con entusiasmo leal de los planes de Dennis para ampliar el restaurante y, feliz, de los incipientes talentos de sus hijas, sin olvidar preguntarme (y mostrarse realmente interesada) por la librería. Incluso me ha pedido que le recomendara unas cuantas novelas, «¡Ligeras, por favor!», para ayudarla a perfeccionar su inglés.

Aun así, me incomodaba estar a solas con ella y deseaba regresar a Tealing. Cuando ha anunciado esta última parada, he intentado negarme.

—*Dis donc* —me ha reprendido—, siempre hay tiempo para la belleza, ¿no te parece?

He tenido que decir que sí.

Bajo los cerezos, Véronique coloca los brazos en jarra e inspecciona la gran cantidad de flores. Me doy cuenta de que se trata de uno de sus rasgos que me crispa los nervios: la pose enjuiciadora del crítico incansable. Lanza una mirada a las ramas que tenemos encima, llenas de pétalos estrellados. Exhala un suspiro.

—Ah, ninguna manzana, ni una pera. ¡Qué pena!

—Es magnífico —digo—. ¿A qué te refieres?

Me da un golpecito en el brazo, como haría un mentor.

—Me refiero a que no hay fragancia. Este jardín está hecho para la vista, con excepción de esos lirios.

«Ya estamos —pienso—. ¿Qué arenga me espera ahora sobre la jardinería de calidad inferior?»

—Este jardín, ¿sabes?, me recuerda a mi vida antes de las niñas. Una vida deliciosa, una vida de pasiones y colores hermosos. Y este bosquecillo de *cerisiers* podría decir que es como mi matrimonio con Dennis. Pero tener hijos... tener hijos es plantar rosas, muguetes, lavandas, lilas, gardenias, alhelíes, nardos, jacintos..., es conseguir un significado completo, un significado global que no se conoce con anterioridad. Es otorgar otra dimensión al propio jardín. El perfume de la vida misma.

Tras advertir su dominio impresionante de los nombres de la flores en mi idioma (muchos de sus clientes en Provenza deben de ser británicos o californianos), asimilo con cierta conmoción irónica que su fatua metáfora es, para mí, un insulto. ¿Es consciente de ello? ¿Me está asegurando, a mí o a ella misma, que su vida tiene una dimensión mayor que la mía? A pesar de sus nuevas atenciones, nada ha cambiado. Pienso en un comentario que hizo pocos días después de conocerla, cuando estaba embarazada de Laurie y pregunté si Dennis querría ponerle a su hija el nombre de nuestra madre. «¿Maureen? —dijo—. «¿En vuestra cultura no es un nombre de sirvienta? Y además en francés no sonaría bien, me parece.» Entonces pronunció el nombre de mi madre con un acento francés exagerado, de forma que la erre vibrante sonara burda y despreciable, y la terminación celta insolentemente nasal.

Estoy reavivando mi ira por esa ofensa pasada cuando Véronique dice:

—Lo siento por Liliane, porque sabe esto sin saberlo. Ella preferiría ese jardín más rico en vez de éste.

No digo nada. A pesar de que parece congeniar con Lil, no tengo ningún interés en cotillear sobre las penas de Lil.

Consulto la hora sin disimulos. Son las tres y media y ansío tomarme un té. Véronique me ve la expresión. Una brisa alborota las ramas y hace caer un puñado de pétalos sobre nuestros hombros. No somos precisamente como una pareja de novios.

Véronique exhala un suspiro exagerado y vuelve a tocarme el brazo. Esta vez no quita la mano. Me mira fijamente a los ojos.

—Vengo a ti como embajadora.

—¿Embajadora? —repito sin comprender. «¿En representación de qué junta militar?», pienso, pero sonrío y digo—: Nunca pensé que la diplomacia fuera lo tuyo.

—Llevo temiendo este momento toda la mañana —confiesa—, así que por favor no me lo pongas más difícil de lo que ya ha sido.

Las cenizas. Claro. Maravillado ante la cobardía de mi hermano, digo:

—¡Oh, por el amor de Dios, llevaos las dichosas cenizas a Grecia! No sé por qué le di tanta importancia a que se tiraran en un sitio u otro.

Véronique tiene los ojos muy abiertos y brillantes. Parece asombrada y asustada, como si hubiera perdido la capacidad de traducir mis palabras a su idioma.

—No, no se trata de las cenizas. No me refiero a las cenizas.

—¿Entonces de qué estás hablando? —inquiero.

—Hablo de Liliane. Hablo de Liliane y sus bebés.

«Sus bebés.» Ahora sí necesito un té con la desesperación sudorosa de un adicto.

Detrás de nosotros hay un banco de piedra. Véronique se sienta.

—Tu hermano no puede tener hijos. ¿Lo sabías? Me parece que no.

—Has acertado. No sé gran cosa de lo que pasa por estos lares, y nada en absoluto de las partes pudendas de nadie.

Con una tranquilidad que me resulta vergonzosa, dice:

—Pasaré por alto esa ira que siempre tienes que mostrar. Diré lo que se me ha pedido que te diga. Tú haz lo que quieras. —Me fulmina con la mirada hasta que le digo que lo siento y le pido que termine—. Esos médicos a los que Liliane ha consultado tardaron un año en descubrir que es David quien no puede dejarla embarazada. —Véronique habla despacio, como si tuviera que ir con cuidado para no equivocarse.

Me siento a su lado. El frío húmedo de la piedra me causa impresión.

—¡Qué lástima!

—*Oui.*

—¿Es definitivo? Eso de que no puede...

—Ya no vale la pena seguir intentándolo, les han dicho.

—¿Y te han pedido que me lo cuentes?

—Me han elegido para pedirte que te plantees un favor. El favor de ayudar a Liliane a tener un hijo. —Se aparta discretamente de mí.

Miro las flores que están delante de nosotros. Son tan altas, tan fértiles que desde la calle Véronique y yo debemos de resultar invisibles para los transeúntes. Después de entrar sin autorización en el jardín de un desconocido, una mujer que nunca me ha caído bien (pero que debo empezar a admirar) me acaba de preguntar si puedo fecundar a otra.

Rompo a reír. Al comienzo lo disimilo como si fuera una tosecilla, pero luego se convierte en carcajada sin lugar a dudas. Véronique que, al igual que yo, no aparta la vista de las flores añade:

—Ya sé que te parece absurdo. Pero reflexiona sobre el tema y a lo mejor no lo es tanto. Eres lo bastante inteligente para saber que si aceptas, lo que necesita hacerse se llevará a cabo en el laboratorio del médico.

—Estás en lo cierto —digo sin poder evitar mi reacción de colegial. Y entonces pienso en Lil bailando en aquel escenario, casi desnuda con sus mallas, en mi deseo fugaz pero verdadero de su cuerpo.

Véronique me tiende un sobre sin nada escrito.

—Ésta es una carta para ti que Liliane ha escrito y que te pido por favor que no leas hasta que estés solo. Ya le comunicarás tu decisión a ella.

Otro sobre con misterio incluido que anhelo y temo. La curiosidad, que siempre sale victoriosa, hace que ni se me pase por la cabeza rechazarlo.

Permanecemos en silencio durante la hora que tardamos en volver a Tealing conmigo al volante. Salvo que Véronique, entre dientes, tararea Bach un rato, una pieza solemne y famosa que no acabo de identificar, algo fúnebre que he oído tocar en un órgano. Mal lo sabría de inmediato, y me regañaría por no saberlo. Estoy convencido de que ella lo hace inconscientemente, que es una válvula de escape ante el enorme alivio que siente por haber cumplido con su misión.

En el camino de entrada sigo sentado al volante. Escucho

el sonido del motor mientras se enfría. Con eficacia, sin pedirme ayuda, Véronique transporta una docena de bolsas de comida a la cocina. No veo la furgoneta de David y entonces recuerdo que él y Lil no estarán presentes esta noche. Me doy cuenta de que no es casual. Pero hay un coche que no conozco aparcado en el camino, frente a la casa. Ante la idea de sentarme a cenar con alguien, y mucho más aún tratándose de desconocidos (o mucho peor, conocidos del pasado), me consume la consternación.

Cuando Véronique se lleva las dos últimas bolsas de la compra del coche, enciendo el motor otra vez. Me mira sorprendida y le digo que regresaré al día siguiente por la noche. No tiene ninguna respuesta preparada. No espero a que encuentre alguna.

Al llegar a la autopista debo decidir si dirigirme al norte o al sur. Escojo el norte. No necesito la compañía de los ingleses. Me dirijo hacia Oban, hacia la cruel y hermosa Glencoe, hacia un paisaje que limpie la confusión de mi mente. Hasta que no dejo Glasgow atrás no me doy cuenta de que, por primera vez desde el nacimiento de mis hermanos, soy, sin lugar a dudas y de un modo fascinante, el centro de atención de mi familia.

Nueve

A veces empezaba a ver mi vida como una de esas cajas de Joseph Cornell sobre las que había realizado tantas investigaciones lentas y arduas. De repente, estaba sumamente compartimentada: la vida privada en casa, la vida en la librería, las relaciones mojigatas con mi familia al otro lado del océano, las tardes con Mal y —como un apasionado cuadro de un paisaje nevado al anochecer en un rincón— las mañanas con Tony. Como esa parte de mi vida (sobre todo ésa) no lindaba con ninguna de las otras, no le hablé de mi madre. Sabía muy poco de mi familia y no preguntaba.

Me marcharía a Escocia al cabo de una semana y estaría fuera otras dos. Pensaba decírselo el día de mi partida, para que me hiciera la menor cantidad de preguntas posible. Aunque nos habíamos visto casi todos los días durante más de dos meses, le quería con la misma desesperación de siempre, pero no deseaba oír sus análisis ni sus bromas mordaces.

Aquella mañana Tony no estaba en el jardín ni respondió al timbre. Tampoco era inaudito. Algunas mañanas no lo encontraba en casa, pero cuando yo aparecía al día siguiente, él estaba allí. Nunca le pregunté por sus ausencias; él jamás dio explicaciones.

Sabía que Tony no era de los que se ofendían, por lo que después de esperar un rato junto a la puerta, extraje un resguardo del banco de la cartera y le escribí una nota: «Urgencia familiar en el extranjero. Cojo el avión esta noche; vuelvo dentro de dos semanas. Nos vemos a la vuelta». El hecho de ver sobre el papel las palabras que le había escrito a Tony me llenó de pánico y emoción. Convertían en realidad lo que nuestros enredos carnales y disimulados no habían acabado de conseguir. Tras introducir la nota en el resquicio de la puerta, me quedé de pie mirándola. Me pregunté cómo soportaría las dos semanas siguientes. Decidí que, a mi vuelta, introduciría a Tony por completo en mi vida, le obligaría si era necesario.

Como renegado crónico que soy, empecé a replantearme el hecho de que Mal me acompañase a Tealing. («Tenía que haberme figurado que te criaste en una casa con nombre —me dijo con ironía la noche que respondí a sus preguntas sobre mi familia—. Explica tu aura de privilegiado».) Cuando me llamó unos días antes de nuestra marcha, esperé que su repentina invitación a cenar significara no sólo que estaba lo suficientemente bien como para cocinar sino que había planeado un buen ágape como consuelo para mí porque se había echado atrás.

La mujer que abrió la puerta de Mal me hizo entrar agarrándome por los antebrazos con tal fuerza que noté sus uñas largas a través de las mangas. «¡Eres tú! ¡Eres tú! ¡Qué contenta estoy de conocerte!», exclamó, y su pequeño rostro oval, rosado y fino como un camafeo, se extendió como un tejido de líneas delicadas, una encarnación del júbilo. Por su manera de desenvolverse, pues se notaba que consideraba suya aquella casa, supe que se trataba de la madre de Mal. Y ella me miraba (de eso me di cuenta más tarde) a través de los ojos de él, si bien en su rostro el azul de esos ojos no resultaba tan glacial. Parecía mucho más joven que todas las madres de su generación que había conocido. Los pendientes largos de cuentas, el pelo largo (aunque canoso) y una falda larga de algodón moteada, me recordaban al Cambridge de hacía veinte años, a chicas como Lil.

Mal salió de su dormitorio con un aspecto curiosamente teatral. Llevaba una túnica de lino color marfil sobre los pantalones tan larga que resultaba cómico.

—Bueno, me he ahorrado las presentaciones —dijo.

Su madre me tenía aún sujeto por los brazos, repasándome satisfecha con la mirada.

Se inclinó hacia mí para mirarme directamente a los ojos, acto seguido se volvió hacia Mal y dijo:

—Tiene que ser Piscis. Veo al pez luchando río arriba y luego bajando, los conflictos valientes de una conciencia buena, trabajadora y submarina. —Volvió a mirarme—. El agua es el más liberador de los elementos. Más pesado que el aire, pero en cuanto le pillas el tranquillo, es más profundo y gratificante, lleno de sorpresas ocultas. ¡No oyes tan bien, pero cuántas cosas ves!

Mal se acercó a nosotros y la apartó para ponerla a su lado.

—Mamá, deja de decir chorradas astrológicas. —Se dirigió a mí—: Es una imagen que proyecta, para ponerte a prueba. Ya le he dicho que es una costumbre sádica, aunque siempre insiste en que es sincera.

—Bueno, la verdad es que me encanta hacerlo aunque sólo sea para avergonzarte —replicó ella—. ¿Qué te parece?

Me tendió la mano para estrechar la mía, como si empezáramos de cero.

—Soy Lucinda. Ya sé quién eres.

¿Quién se suponía que era? ¿Un amigo? ¿El chico de los recados? ¿Un vecino?

Mal rompió el silencio.

—Mamá, es muy bonita, de verdad, pero me va enorme. Parezco recién salido del bosque de Sherwood, con bombachos de cuero y una daga en el cinto. —Se volvió hacia mí—. Un pajarito, ¿no es eso lo que parezco con esta ropa?

—¡Qué mono! A mí me pareces más bien un pavo real —afirmó Lucinda.

—Gracias por recordarme mi vanidad, querida madre.

—Me refiero a tu belleza. Siempre has sido mi hijo más guapo, desde el día que naciste.

Mal le dedicó una sonrisa que nunca había visto en su rostro, el tipo de sonrisa que se dedica a un hijo amado (le devolvía el gesto a su madre). Extendió los brazos y bajó la mirada hacia la camisa que seguro que le había hecho ella.

—Podrías estrecharla, ¿no?

—Te irá bien cuando ganes peso —dijo ella mientras él le permitía que le introdujera la camisa por dentro de los pantalones. Acto seguido, le dio un empujoncito—. Ya está. Siéntate.

Así pues, por orden de Lucinda, nos sentamos en la sala de estar, con las manos sobre la falda como chicos obedientes y educados. En cierto momento Mal me miró arqueando las cejas, su única muestra del profundo bochorno que todos sentimos, independientemente de la edad y la clase social, cuando alguien conoce a nuestros padres. Antes de poder decir nada, Lucinda había vuelto con unas bebidas en vaso largo. Margaritas, los vasos helados, el borde sin sal, tal como me gustan.

—Querido, el tuyo es zumo de lima con un chorrito de Grand Marnier. ¿Susan permitiría tal contravención de las reglas?

Mal fingió un suspiro.

—Sí, mamá.

—A ella le gustaría poder venir con nosotros —me dijo cuando ella volvió a marcharse—. Me contó que mi padre y ella pasaron un fin de semana apasionado en Edimburgo antes de tener hijos. Se besaron junto a las murallas del castillo. Compraron jerséis de Shetland que todavía se ponen, con los agujeros de las polillas zurcidos. Papá jugó al golf en Saint Andrews.

Así que nos íbamos. No nos imaginaba a los dos juntos en un avión, sentados el uno al lado del otro con los cinturones abrochados, y ni mucho menos a la mesa de mis padres o hablando de sucesos de actualidad (la forma tradicional de romper el silencio) con mis hermanos.

—No me importaría ir a alguna de esas islas —declaró—. Las Shetland y las Órcadas están demasiado al norte, claro.

—Está Arran. Arran es buen destino para ir en coche. —La propuesta me resonó en la cabeza con una intimidad vergonzosa, pero Mal se limitó a asentir y dijo que le parecía bien. O podía ir solo; no quería inmiscuirse en los asuntos familiares de los que yo debía ocuparme.

Mientras explicaba lo que valía la pena ver en los alrededores (lugares que yo había ido a visitar docenas de veces, arrastrado por mis padres con una lista interminable de grupos de invitados), me pareció que Mal estaba sospechosamente conforme. ¿Se resignaba a algo, se relajaba? ¿O acaso estaba tomando un nuevo fármaco (no había tosido ni una sola vez desde mi llegada), otra sustancia poderosa que, al alterar la química de su sistema inmune, le había suavizado el carácter de forma arbitraria?

Cuando Lucinda reapareció con un margarita para ella, se sentó a mi lado en el sofá.

—Por vuestro viaje —brindó, tocando mi vaso primero.

—Por un viaje seguro —dije—. Nunca me ha gustado ir en avión.

—A eso me refería con lo del aire. Nunca puedes fiarte del todo, ¿verdad? —Antes de darme tiempo para responder, añadió—: Tienes un acento precioso, ¿sabes? Muy sutil.

—Se llama *burr,* mamá, por la erre gutural, y si es sutil quizá se deba a que intenta perderla por todos los medios —declaró Mal—. No le hagas sentirse más cohibido de lo que ya está.

—Es una palabra graciosa, esa de *burr.* Un *burr* es un erizo. ¿Y no es también una herramienta para cortar madera? —me preguntó.

—Sí —afirmé, deseando tener algo ocurrente que añadir.

—Bueno, chicos, el menú —dijo al tiempo que dejaba el vaso en la mesa—. Le voy a dar vacaciones a Mal de su temible régimen nuevo. No le pasará nada por saltárselo una noche. Así pues, vamos a tomar *soupe au pistou*, y eso, permitidme que os diga, es una cura en sí misma, y lenguado *bonne femme* con judías verdes y *baba au rhum*. Julia directa y sin adulterar.

—¿Julia? —inquirí.

—¡Chico! «La» Julia —respondió y añadió—: Mi segunda heroína de todos los tiempos. —Mal formó un coro perfecto con ella.

—Adelante, pregúntale quién es la número uno —instó él.

—Margaret Sanger, no es ninguna sorpresa —declaró Lucinda.

—Una es la reina del control y la otra la de la indulgencia —explicó—. Y la número tres es, veamos, una mezcla entre Ginger Rogers y Cyd Charisse. La tragedia de la vida de mi madre es que papá tiene el sentido del ritmo de un ladrillo.

Mal y Lucinda esbozaron de nuevo una sonrisa idéntica, coincidente. Tenían los mismos labios finos, la misma dentadura bien espaciada, con una delicadeza uniforme. Ella se puso en pie y le dio un beso en la frente.

—Cuando necesite un compañero, te lo diré. —Le acarició el pelo—. Bueno, ahora voy a ser esa *bonne femme* y prepararé la cena.

—Pon la mesa en la cocina —dijo Mal—. No hace falta complicarse.

—Pero a mí me encanta complicarme. Además, yo lavaré los platos.

Al cabo de unos minutos, mientras Mal empezaba a hablarme de una crítica no demasiado estelar que había escrito sobre un pianista que normalmente veneraba, Lucinda le llamó desde la cocina.

—¿Dónde está la vajilla? ¿La has empeñado o qué?

—A cambio de drogas. Pero unas drogas de lo más divertidas, te lo aseguro —respondió él. Estaba mirando por la ventana cuando añadió—: ¡Se la he dejado a un amigo que ofrecía un almuerzo de lujo!

—¿Toda la vajilla? ¿Con las fuentes incluidas?

—¡Con fuentes incluidas, mamá! —El volumen de su voz hizo que la sala que nos rodeaba pareciera pequeña. Me miró.

—¿Cómo llamas a tu madre? ¿«Mami»?

—Sí, mami.

—Suena muy distinto, ¿no crees? La «a» de «mamá» evoca mucha más añoranza, mucha mayor dependencia edípica al otro lado del océano. ¿O estoy exagerando con el análisis?

—Eres crítico, no puedes evitarlo —respondí.

La comida de Lucinda era tradicional. Yo había olvidado lo sabrosa que llegaba a ser ese tipo de comida y, tal como ella había prometido, magnífica. Fue quien más habló, como me figuré que era lo habitual. Le contó a Mal las últimas batallas de su padre por la educación, el turismo, la conservación de la tierra y el desarrollo. Me preguntó por mi madre y luego me habló de un primo de ella a quien hacía diez años le habían extirpado buena parte de un pulmón y seguía esquiando por las pistas más difíciles. Nos interrogó a los dos sobre la política municipal. («Cuanto más locales sean los problemas, más reales son las luchas»: sin duda se trataba de un lema personal, uno de tantos, por supuesto.)

Mal tomó unos cuantos sorbos de vino y se comió prácticamente toda la comida. Cuando Lucinda hablaba y yo le miraba a él, le vi sonreírle de forma distante, como se hace con un recuerdo agradable. A veces no estaba convencido de que estuviera escuchando. Pero cuando nos terminamos el postre, después de que Lucinda nos sirviera las infusiones (té verde para Mal, Earl Grey para mí, manzanilla para ella), dijo:

—Muy bien, madre. Saca las fotos. Sé que te mueres de ganas por enseñarlas.

Con mucho gusto, como si de hecho se hubiera estado muriendo de ganas, estiró el brazo y extrajo un sobre de Kodak del mueble que tenía detrás.

—Mis chicas —me dijo al tiempo que se acercaba el sobre al pecho antes de extraer las fotografías.

—Ahora es cuando intenta sacarte dinero, así que ándate con cuidado —advirtió Mal.

Lucinda dispuso una docena de fotografías sobre el mantel, como si fueran naipes. Llevaba las uñas largas y sin pintar, y su anillo de diamantes tradicional quedaba ampliamente superado por aros más juveniles y rústicos: de plata, jade y turquesa. En el cuello, colgada de un cordón de seda negro, llevaba una cruz de peltre elegante cuya asta descendente bisegmentaba el símbolo de la paz. Si había visto ese símbolo en los últimos años, no me había fijado; entonces recordé el vandalismo barato de mi adolescencia, cuando mis compañeros de clase y yo, sin el menor conocimiento de nada y mucho menos de la paz, habíamos garabateado y grabado con todo descaro esa marca por doquier, desde nuestros pupitres hasta los parabrisas helados de los coches de nuestros profesores.

—Connie y Debra —anunció Lucinda mientras volvía una fotografía hacia mí—. A las dos les toca a final de mes, y si quieres que te diga la verdad, tienen muchas ganas de parir. Para una mujer embarazada, agosto es el mes más cruel. Pero las dos han estado haciendo prácticas en una panadería de la zona y no han faltado ni un día. Me siento muy orgullosa de ellas. Me han dicho que Debra tiene una habilidad especial y, si todo sale bien, el año que viene a lo mejor recurro a algunos de los contactos de tu padre para conseguirle una beca en una escuela de cocina de Boston.

Las chicas embarazadas que estaba viendo, cogidas de la mano en las escaleras de una casa de obra vista de las afueras, flanqueadas por tejos verdes y achaparrados que recordaban la forma de sus vientres, eran eso, chicas. No aparentaban más de quince o dieciséis años, dieciocho a lo sumo. Me di cuenta de que tenía tan poco contacto con la gente de esa edad que me daba la impresión de que pertenecían a otra especie. Pero independientemente de que tuvieran trece o diecinueve años, esas chicas tendrían que estar destrozando pupitres, no teniendo hijos.

—Pronto tendrán unos diminutos mocosos chillones y un trabajo de catorce horas que las hará sudar frente a hornos industriales —dijo Mal.

—Tendrán —corrigió Lucinda con altivez— unos bebés hermosos y sanos por los que darán gracias a Dios, ayuda, cariño y sabiduría de las madres experimentadas de la casa y un trabajo a tiempo parcial en una panadería con aire acondicionado que abastece a los mejores restaurantes y estaciones de esquí al norte de Middlebury. Y acabarán el instituto.

—Pues mejor para ellas, mamá. Y mejor para ti. —Mal estiró el brazo sobre la mesa y apretó la mano de su madre—. Y tú —dijo, dirigiéndose a mí— vete sacando el talonario de cheques. A nombre de «La Casa». Así llaman a ese utópico refugio femenino. —Dio un toquecito con el dedo a la casa de obra vista situada detrás de las chicas.

Reí con nerviosismo.

—Ahora no —terció Lucinda—, pero no te preocupes, te incluiré en la lista de direcciones en cuanto vuelva a casa.

Continuó hablándonos de otras jóvenes, las que, a diferencia de Connie y Debra, darían a sus bebés en adopción. Lucinda habló de todas ellas con tanto entusiasmo como si fueran sus propias hijas (cuyas noticias había transmitido a Mal mientras tomábamos la sopa, tal vez con más eficacia que cariño). Nunca había tratado con asistentas sociales o cruzados a favor de la causa de los desfavorecidos; desde aquel momento tenía una imagen concreta de lo que significaba tener una «misión». Al lado de Lucinda me sentía groseramente ególatra, pero estaba fascinado y me habría gustado quedarme hasta mucho más tarde de lo que se consideraba correcto.

Cuando me di cuenta de que Mal estaba apagándose (su madre pareció no darse cuenta), me excusé. Lucinda me acompañó hasta la puerta, donde intercambiamos cumplidos. Cuando me volví para marcharme, me retuvo.

—No me has dicho si eres Piscis.

—En la cúspide —respondí—, aunque no le doy demasiado crédito a las estrellas.

—Dale crédito a cualquier cosa que Dios honre con la luz —afirmó ella, casi con dureza, antes de añadir—: ¿Qué cúspide?

—La de Acuario.

—¡Oh, cielos! ¡Oh, cielos! —Estaba rebosante de alegría, se llevó las manos a las mejillas. Me dio otro abrazo—. Agua, agua por todas partes.

—Y ni un lugar en el que zambullirse —añadió Mal, que seguía sentado a la mesa de la cocina.

Pero Lucinda y yo hicimos caso omiso de él y volvimos a despedirnos. Mientras bajaba por la escalera, me volví para despedirme con la mano al notar que me seguía con la mirada y pensé: ¿Esta mujer podría convertirse en mi adversario? ¿No había dicho algo así Mal?

♈

Mi ímpetu alocado mengua cuando abandono los tiznados límites del norte de Glasgow. Los carteles me anuncian que me acerco a Loch Lomond y los múltiples y pequeños lagos serpenteantes que llenan los barrancos glaciales del centro de Escocia. Me deslizo hasta detenerme en medio de un puente de piedra que cruza un arroyo y abro la guantera para buscar un mapa. Dentro hay una rasqueta para el hielo, varios recibos de gasolina, la tarjeta de un taller mecánico y un pañuelo blanco amarillento, bien doblado, que debió de ser de mi padre. Ni un solo mapa.

Me pongo de pie en el puente junto al coche y observo el hilillo de agua que tengo bajo los pies mientras me pregunto en cuántos lagos desembocará antes de llegar a la costa. Entonces veo claro mi destino. Al igual que una paloma mensajera, doy media vuelta hacia el sur y, guiándome por el instinto, me dirijo a Ardrossan. Allí, maniobro el coche

para subir al trasbordador. Suelta amarras dentro de unos minutos.

No he vuelto a Arran desde la corta excursión que hice con Mal la primera vez que vino a Tealing. Vista desde la proa baja del trasbordador, se alza como la isla arquetípica de los sueños, verde con la hierba primaveral que crece por todas partes, hasta la mismísima cresta, que se asemeja a la joroba de un camello, las costas sazonadas con fragmentos de húmeda neblina vespertina. Hay más casas en las laderas de las que recuerdo, pero es probable que se trate de una ilusión nacida de mis expectativas inquebrantablemente románticas.

El hostal en el que Mal y yo nos alojamos una noche formaba parte de una granja en activo situada cerca de Goat Fell, en la cima de la isla. Mi padre me lo recomendó porque un articulista de viajes del *Yeoman* acababa de descubrir el sitio, aunque todavía tenía que escribir el artículo y convertirlo en un lugar de moda por inaccesible que resultara. Dos días antes le habían extirpado la mitad maligna del pulmón a mamá y me dijo que estaba harta de ver mi rostro abatido llegar tan puntualmente en cuanto empezaba el horario de visitas. «¡Vete! ¡Lleva a tu amigo americano a la abadía de Sweetheart, a algún sitio pintoresco y repleto de turistas! ¡Llévale a escuchar la gaita! Prefiero verte cuando esté en casa, cuando puedas hacer algo por mí, en vez de tenerte aquí sonriendo como un tonto al pie de la cama. Está claro que te preguntas si me voy a morir ahora mismo, aquí. Así que márchate y olvídate de tu sentimiento de culpabilidad.» Dijo todo eso con su alegría típicamente brusca, forzando la voz hasta que se quedó sin aliento, y la enfermera tuvo que regañarla y hacerle poner la mascarilla de oxígeno. (Mi madre nunca tuvo una voz suave, ni en el tono ni en la opinión. Eso la convertía en una paciente decidida pero no fácil.)

La carretera que asciende por las colinas desde Brodick está despejada y el sol del atardecer resplandece, todavía cálido, sobre los prados en los que pastan ovejas. Cuando Mal y yo tomamos esa carretera, lloviznaba y acabamos rodeados por un rebaño inmenso. Un pastor arreaba las ovejas hacia el redil con la ayuda de un pequeño y ávido collie (comprado a mi madre, que yo supiera, cuando era cachorro). Los arcenes de esas carreteras son inexistentes, porque están flanqueadas de muros, y resulta prácticamente imposible sobrepasar estas idas y venidas bucólicas, y los pastores no se disculpan. Incluso se llegan a formar caravanas de doce coches, y ellos ni te dirigen la mirada; la mayor velocidad que alcanza un rebaño de ovejas es como darse prisa a paso de tortuga.

Al igual que una masa de nubes mugrientas, los animales formaban ondas ante nosotros. Dado que llevábamos las ventanillas bajadas, el olor a lana húmeda era intenso. «Encantador —dijo Mal—, por la sencilla razón que no tenemos que llegar a ningún sitio antes de que se levante el telón.» Mientras hacía avanzar el coche, manteniendo una distancia respetuosa, se producían largos silencios en los que sólo se oían los balidos de las ovejas y el ruido continuo de los limpiaparabrisas. El ritmo de éstos empezó a parecerme vagamente sexual —una absurda variación de las actividades realizadas durante los quince días que me había ausentado de Nueva York—, y comencé a pensar en Tony. Siempre que no estaba con mi madre, o hablando con papá o Mal o David o Dennis, me ponía a pensar en Tony de forma obsesiva, en su cuerpo, sus partes duras, las suaves y las encallecidas, evocando el vello castaño claro que se le enroscaba como pequeños nidos alrededor de los pezones, el grito ahogado apenas audible que profería al correrse, y su voz: insinuante pero seca, capaz de camuflar sus sentimientos a la perfección. (Puesto que vivía inmerso en mi deseo tumultuoso, olvidaba que yo también ocultaba mis emociones.)

Mal me sorprendió cuando se rió.

—Imagínate que estás en plena discusión con tu pareja cuando doblas una esquina y os quedáis clavados por un rebaño como éste. Has estado pinchando y pinchando a tu novio y acaba de confesar que tiene una relación apasionada con otro hombre y que va a dejarte. Le insultas con todo lo que se te ocurre: putón verbenero, traidor infiel, lameculos, cabrón, siempre habías sabido que en su corazón no había nada más que mierda... Pero tienes que ir avanzando centímetro a centímetro, de forma agónica, sin poder ir a ningún sitio, ni adelante ni atrás, mientras estas pobres y estúpidas criaturas emiten sus ruidos tristes...

Incómodo, guardó silencio.

—No te divierte.

—No creo que pudiera articular palabra. Supongo que saldría del coche y volvería al pueblo a pie.

Mal me miró con frialdad.

—A veces tienes tan poco sentido del humor que pareces estreñido.

Resultó ser que las ovejas iban a la granja en la que nos alojaríamos; la esposa del pastor era nuestra anfitriona. Sin embargo, el lugar era bastante mejor que la típica casa de turismo rural, porque la familia vivía en una casita de construcción moderna, separada de la casa de campo, un lugar con un encanto innegable.

Ahora, al desviarme de la carretera, veo un cartel más llamativo que el que colgaba en el mismo sitio hace ocho años. El hostal está recién encalado, las paredes realzadas con fornidos arbustos de retama en flor. El tejado está exuberante con la nueva techumbre y hay una zona de aparcamiento con guijarros en un lateral para que los huéspedes no se vean obligados a aparcar junto a los tractores en el granero. Tengo un recuerdo repentino de unas deliciosas gachas de avena (servidas con fresas de buena calidad, nata y sirope de arce importado de mi segunda patria) y me pregunto si se reirán de mí en la recepción por pretender encontrar habitación libre así sin más.

En la sala, dos parejas mayores de clase alta rural están sentadas en los sofás, tomando jerez e intercambiando anécdotas sobre la jornada. Recuerdo que había una alfombra estampada de cachemira más bien chabacana, pero ahora el suelo de tablones se ha descubierto, pulido y revestido con elegantes alfombras persas de imitación. Reconozco la mano urbana de un diseñador contratado y me entristezco un poco; tanto a Mal como a mí nos encantaba el mal gusto cuidado y concienzudo del lugar, incluso el linóleo violeta de cuadros escoceses del suelo del dormitorio de Mal («¡Comparado con esto, mi cocina no le llega ni a la suela de los zapatos!», exclamó).

La mujer del pastor sale de un cuarto trasero dando zancadas y me estrecha la mano. Está más rellenita y tiene más canas pero, al igual que su establecimiento, va más atildada.

—¡Hola! ¡Eres un hombre con suerte! ¡Hemos tenido

una cancelación e incluso hay una fuente con cordero que podría calentarte si tienes hambre!

De hecho estoy hambriento, pues sólo he comido (¿hace cuántas vidas?) un plato de sopa en el Globe con Véronique y luego ni siquiera he tomado el té. En honor a la madre de Mal, aunque sé, gracias a las postales de Navidad y las campañas benéficas, que sigue vivita y coleando, le concedo un poco de autoridad a las estrellas, acepto una taza de té, le entrego mi tarjeta de crédito y me llevo un periódico al salón para esperar el cordero. Las dos parejas me dedican un movimiento de cabeza a modo de saludo pero no intentan (gracias de nuevo, estrellas) incluirme en su conversación.

Después de la cena, la señora Munn me conduce escalera arriba con mi whisky en una bandeja. Es la anfitriona perfecta, no se extraña de que no lleve equipaje. Debido a la cancelación de última hora, tengo una de las mayores habitaciones, en la parte delantera de la casa, en la segunda planta. Hay una cama de matrimonio con dosel adornada con cretona estampada de tulipanes azules (Ralph debería estar aquí), dos sillas bajitas tapizadas a juego, cuarto de baño privado y una vista meridional de la isla que me permite ver cómo cae hacia el estuario de Clyde. El agua, que normalmente es del tono gris que llevan las viudas, refleja el cielo rosado. Claro que soy un hombre de suerte, pero un hombre que, contra toda lógica, lamenta no tener una de las dos habitaciones diminutas que hay en la última planta, poco más que armarios bajo el alero con baño compartido y vistas al páramo alto.

Debería salir y caminar bajo el hermoso cielo, porque —debo recordar— sólo pasaré aquí una noche. Pero ha llegado el momento de leer la carta de Lil, antes de caer rendido de sueño, y no podría leerla sentado en una roca fría y humedecida por el rocío. Ya no soy un chico de campo, ni siquiera un chico de la periferia.

Mis órganos vitales se encogen al unísono al ver la letra de Lil: como un torrente que llena ambas caras de las tres páginas de color verde claro. A primera vista, su alma vertida sobre el papel. ¿Qué esperaba, un telegrama? POR FAVOR AYUDA A LA PROCREACIÓN STOP DAVEY DICE VALE SI NIÑO SALE AFEMINADO STOP POR FAVOR SIGUE ADELANTE Y VIVE COMO SIEMPRE STOP. Pero ¿no será esa la esencia? Bueno, vamos allá:

Querido Fenno:

Créeme, créeme, ninguno de nosotros (ni tú ni yo, ni David ni yo) podríamos habernos imaginado en esta situación hace seis meses (o, en realidad, ni siquiera hace seis días). Quiero que tengas muy claro que es una situación que yo he provocado, no David, y aceptaré sin rechistar cualquier respuesta, siempre y cuando no perjudique en modo alguno a tu familia. El hecho de que digas sí o no o que te lo pensarás, o te sientas halagado o insultado o claramente avergonzado, resulta esencial para mí.

Te imagino leyendo esta carta en tu antiguo dormitorio (que siempre será tuyo cuando vengas de visita), y como sé que Véronique o Dennis te habrán contado, David y yo pensamos dormir en otro sitio esta noche, porque sé que necesitas tiempo y espacio para un bombazo como éste. Ojalá hubiera podido esperar a escribirte a Nueva York después de tu regreso pero, por razones obvias, no resultaba práctico.

Te estarás planteando cientos de preguntas y quiero responder a algunas de ellas, antes de que nos encontremos cara a cara para hablar. En primer lugar, sobre Véronique: espero que no me consideres una cobarde, pero no existía ni la más remota posibilidad de que David te abordara, sencillamente por ser quien es, y yo sabía que en mi caso no haría más que llorar. Toda la tensión, decepciones y sufrimiento que he sentido durante estos últimos años saldrían a la superficie y ahí hubieras estado tú, en una posición doblemente espantosa por tener que consolarme aparte de oír esta propuesta tan descabellada. Por tanto, espero que entiendas esta parte.

En segundo lugar, David. Tengo que decirte que cuando se me ocurrió esta idea me miró como si me hubiera vuelto loca. Conoces bien a tu hermano, así que el hecho de que te diga esto no te dolerá. Lo consideras conservador, convencional, y estás en lo cierto, hasta el punto de que así es como lo verá siempre todo el mundo. En su interior, y conmigo, tiene otras dimensiones, más atrevidas y también más tiernas. Por eso hemos soportado juntos este infierno mientras todos nuestros amigos forman familias, mientras Dennis y Véronique parecen sacar a sus chiquitinas como hogazas de pan del horno (ella dice que no tendrán más y quizá se lo crea, pero yo no).

Debido a lo inflexible que puede llegar a ser, David no quiere plantearse la adopción. Cada año por Navidad da mucho dinero a Oxfam y atiende gratis a los animales de esa casa para niños autistas de Kircudbright, pero no se compromete con su propia sangre. A veces pienso que es la influencia de vuestra madre, todas esas charlas sobre la clase y el linaje con las que os criasteis, todo ese control sobre la ascendencia. (La sugerencia de un donante anónimo, que yo nunca habría hecho pero sí el médico, le horroriza todavía más.) Cuando recibimos la noticia de la muerte de vuestro padre la semana pasada, una de las primeras cosas que dijo David fue que nunca vería a los nietos que le daríamos. Entonces me di cuenta de que vivía inmerso en una falsa ilusión. Me percaté de que querría que siguiéramos intentándolo hasta que yo fuera demasiado mayor y supe, también, que el médico estaba a punto de decirnos que no le parecía ético seguir ayudándonos; así pues, tuve que decírselo a David cara a cara. Pero fue antes, el día después de enterarnos de lo de vuestro padre, cuando le hablé de esta idea. Al comienzo dijo que no, un no rotundo (dijo que sería injusto para ti, que no te lo plantearías ni por un momento y le contesté que tenía el presentimiento de que no era así).

Si me extiendo tanto sobre nosotros es porque quiero que estés al corriente de toda la situación. He pensado en ti sin cesar, intentando imaginar cómo una cosa así cambiaría tu vida para siempre de maneras que soy incapaz de evitar o en las que influir. Por ejemplo, doy por supuesto que nunca has querido tener hijos; tal vez sea estrecha de miras, y si es así, perdóname. La parte legal de todo el asunto no me preocupa en absoluto; obviamente no pretendemos que firmes nada, pero están todas esas cuestiones de sanidad tan frías que tendríamos que abordar, y prometo hacer que todo resulte lo más sencillo posible.

No voy a decir que David lo aceptara fácilmente. Pero me dijo que te quiere de forma incondicional, que no le importa que seas homosexual, que cree que eres el más inteligente de los tres y que has buscado la vida que más te convenía. Lo digo porque creo, a tenor de nuestra terrible conversación al volver de la iglesia, que piensas que a él no le caes bien y que no te respeta. Nada más lejos de la realidad. En todo caso, creo que le intimidas y tú no te das cuenta. Por eso estaba tan contrariada contigo; lo siento. Es que vi ese horroroso abismo abierto entre lo que esperaba conseguir y lo que tenía que hacer para conseguirlo. Porque, al fin y al cabo, todo esto tiene que ver con mis deseos, y no voy a fingir que no esté siendo egoísta. A David le decepcionaría no tener hijos, pero para él no sería el fin del mundo (y no, para ser sincera, tampoco lo sería para mí, por lo menos no literalmente). Su trabajo sigue proporcionándole una sensación de logro diario, y aunque yo soy una apóstol feliz de tal logro, no me llena tanto como a David...

Lil continúa en otra página más, en su mayor parte dedicada a esas «cuestiones sanitarias tan frías». Su desespero servil, que no se esfuerza por contener, me molesta al comienzo. Me sorprende, aunque no debería, al igual que sus lapsos de lógica momentáneos (¿quién excusaría la aversión a la adopción con la castración gratuita de gatitos?)

Pero ¿acaso no he envidiado siempre a las personas estoicamente sinceras? (El baile de Lil, que he recordado a ráfagas mientras conducía hacia el norte esta misma tarde, ¿no resultaba encantador debido a su agresiva franqueza física?) Y sé que le perdonaré la mentira piadosa, que pensó primero en mí que en Dennis. (¡Cuán equivocado estaba por lo que escuché a escondidas!)

Cuando termino de leer la carta por segunda vez, me río ante la idea disparatada de que esto, no la muerte de Mal o mi libertinaje inoportuno, será lo que al final me ponga a prueba. «La vida es impredecible, es obvio y no es malo —declaró Mal en una ocasión—. Lo que resulta insultante es que el sentido del humor se mida en Wall Street.» Bromas de mal gusto para dar y vender.

La tarde después de nuestra llegada a Arran, había seguido lloviendo de forma intermitente, por lo que Mal y yo recorrimos la circunferencia de la isla en coche, nos detuvimos para oler el mar en un área de descanso con vistas a Irlanda, tomamos el té en Lochranza, donde otro trasbordador transporta pasajeros hacia el norte, a Kintrye. A la hora de cenar el cielo empezó a despejarse y la última parte del atardecer fue espectacular, repuntando con púrpuras y dorados de nube a nube pasajera.

El hecho de que Mal estuviera conmigo en Tealing la semana anterior había supuesto tanto un alivio como un sufrimiento. De forma instantánea y sin que nadie dijera nada, había quedado claro que mis dos hermanos daban por supuesto que Mal y yo éramos amantes. El hecho de que compartiéramos mi viejo dormitorio —daba igual que no quedara otro remedio, daba igual que él durmiera en otra cama—, reafirmaba tal suposición. No estaba seguro de qué era peor: mi error al no prever esa conclusión natural o la amargura que sentí ante mi incapacidad por subsanar el malentendido. Nunca había salido del armario ante mis hermanos o mi padre, pero tampoco había intentado engañarlos a propósito y sabía que no eran imbéciles. (Mi madre, hacía media docena de Navidades, me había dicho de forma bastante brusca que lo sabía. Estábamos solos en la cocina, y yo le enseñaba el método americano que había aprendido para preparar el pavo aplicándolo a nuestro ganso de cada año. Mientras mezclábamos los ingredientes que habíamos preparado, yo los champiñones salteados con tomillo, ella los trocitos de manzana, salchicha y salvia, me dijo: «No tienes que avergonzarte de ser homosexual, ¿sabes? Conmigo, me refiero. Soy una madre bastante liberada, me parece que ya lo sabes». Abochornado pero agradecido, estuve totalmente de acuerdo con ella; sólo una madre de lo más moderna permitiría que su hijo toqueteara el ganso del día de Navidad. Se echó a reír, me dio un beso en cada mejilla y luego dedicó una mirada severa al cuenco con el aliño que había preparado. «A tu abuela le escandalizaría ver todas esas hierbas —dijo—. "¡Qué lástima!", diría. "¡Los alimentos frescos no necesitan fruslerías ni aspavientos!"» Y entonces me preguntó si me importaba lavar las remolachas. No volvió a sacar el tema a colación.)

No me avergonzaba de la compañía de Mal ni mucho menos. Era (como cabía esperar) el huésped perfecto: escuchaba hasta el final las espinosas disquisiciones políticas de mi padre; interrogaba a mis hermanos de todo corazón y con profundidad sobre sus ambiciones e intereses, todo un reto con respecto a Dennis, cuya principal ambición del día parecía ser fumar tanta marihuana, que él llamaba *ganja* con afectación, como le fuera posible para llenarse los pulmones. Acababa de empezar en la escuela de repostería en París y dijo que no había nada tan alucinante como crear pasteles de milhojas al amanecer estando totalmente colocado. Mal escuchó tales tonterías gentilmente, como si le estuvieran ilustrando.

El alivio que suponía la presencia de Mal era su forma de desviar la atención de mi persona, así yo no tenía que rendir cuentas de nada a cada momento en presencia de mi familia. Ausente como estaba a causa del ansia extrema que me embargaba por Tony, tenía la firme convicción de que si no hubiera sido por Mal, todo el mundo habría advertido mi conducta distraída y desatenta. Me engañé pensando que Mal no me conocía lo suficiente como para percibir tal comportamiento.

Así pues, bajo el magnífico atardecer de Arran, salimos del hostal después de cenar y recorrimos los senderos que abrazaban los muros de piedra entre campos cubiertos de brezo. Daba la impresión de que Mal tenía más energía de la acostumbrada y quería prolongar la jornada, puesto que nos marchábamos al día siguiente por la tarde. Mal me dejaría en Tealing y se iría en el coche alquilado hasta Londres. Después de reunirse con la señorita Norman, volvería a casa directamente en avión.

Caminamos en silencio durante un buen trecho, Mal me llevaba la delantera, como para demostrar su resistencia.

—Mi madre dice una cosa tan típica de madres como que

necesito el aire campestre —comentó de repente—. Este lugar quizá demuestre que tiene razón.

—¿Quiere que vuelvas a casa?

—A su casa. Ni siquiera viven en la casa donde me crié. Pero aunque así fuera...

—Lo que quiere es cuidar de ti.

—¡No tendría tiempo! —Se echó a reír y, bajo la luz rosada, parecía incondicionalmente feliz.

—Tengo la sensación de que lo encontraría.

—Sí —convino Mal—, en eso tienes razón. Podría haber criado a trece hijos y seguiría teniendo tiempo para las manifestaciones en Washington, las cenas para papá y sus amigotes, su círculo de amigas con las que hace telas acolchadas, el grupo de lectura y su clase de aeróbic «Flor de la Vida.» ¿Sabes que piensa que tendría que hacer pesas? ¡Pequeñitas, como las de Jane Fonda! —Mal se calló y se sentó en un muro bajo de cara al atardecer.

No pude evitar observarle las muñecas mientras reposaban sobre sus rodillas, todos esos huesos tan dolorosamente marcados. Tuve la tentación de decir que tal vez no fuera tan mala idea, ir a vivir a Vermont. Me dije que si fuera un escritor de otro tipo, si su obra no dependiera de la vida en la ciudad, debería mudarse.

—No sé cómo se las apañó mi madre para parecer siempre tan presente cuando se ausentaba tan a menudo debido a sus intereses políticos. Me refiero a que, allí estaba, su fotografía o su nombre en el periódico día sí, día no, o eso parecía, para nuestra vergüenza absoluta, cuando en realidad estaba en casa preparándonos los bocadillos para el colegio. Típico de una mujer que lo quiere controlar todo, supongo.

—No es un comentario demasiado amable —dije sintiendo una curiosa lealtad hacia Lucinda.

—Sí y no. Pero no voy a eso. Me refiero a que hace poco

me di cuenta de que su matrimonio con mi padre probablemente fuera fruto de eso. Antes pensaba que tenían una relación pésima, porque ¿cuándo estaban juntos? Que sus vidas separadas era el único tipo de paz que podían tener. Pero creo que es engañosa, esa impresión de vidas separadas. Su distancia no es más que aparente. —Mal se puso en pie y continuó por el sendero que habíamos elegido.

Nunca había pensado demasiado en el matrimonio de mis padres, quizá porque a mí nunca me había interesado casarme. Les había visto estar en desacuerdo pero raras veces pelearse, así que daba por supuesto que eran felices y que ellos también daban por supuesta esa felicidad.

—Nosotros no nos hemos casado, así que es difícil juzgar, ¿no?

—Tú seguro que no, ¿verdad? —dijo Mal.

—¿Y tú sí?

Negó con la cabeza.

—No, pero tuve un noviazgo.

Volvimos a dar varios pasos en silencio. Íbamos cuesta abajo a un ritmo constante y empecé a preocuparme por el viaje de vuelta, por si Mal aguantaría. Con la excusa de que se me había desatado el cordón del zapato, me detuve y me senté a atarlo. Mal se plantó delante de mí y dijo:

—Viste las fotos de Armand.

No aparté la mirada del zapato.

—Encontré dos fotos debajo de la alfombra cuando barrí aquella semana. ¿Le conocías?

—A veces iba a su tienda. Eso es todo. Parecía agradable.

—Era una persona muy dulce. —Mal se echó a reír—. ¿Cómo iba a ser de otra manera, si estaba rodeado de tanto azúcar?

Tenía ganas de que se sentara, porque quería que descansara y porque en aquel momento no me apetecía que estuviéramos cara a cara. No era el tipo de conversación que solía mantener (ni con él ni con otras personas), y no quería que eso cambiara.

—Hacía un pastel de coco increíble —dije, y me arrepentí enseguida, porque Mal frunció el ceño como si acabara de contar un chiste malo o confesado una mentira.

De todos modos, enseguida se le suavizó la expresión.

—Ya la primera semana Armand me dijo que quería acabar su vida casado. Me pareció que era la cosa más estúpida y valiente que había oído decir a alguien en mucho tiempo. No le había dicho que también acababa de contraer la enfermedad; de hecho nunca llegué a decírselo. No tenía síntomas, sólo tomaba uno o dos fármacos profilácticos, sólo los resultados de ese análisis que con tanta responsabilidad, y credulidad, había permitido que me hiciera el médico. Tenía pensado decírselo... en algún momento, pero a medida que pasaba el tiempo y él se convertía en el hombre honesto, en el frágil, yo me convertía en el mentiroso permanente. ¿Has visto *Sabrina*? Él era como Audrey Hepburn, y yo hacía de William Holden. Salvo que yo no era tan apuesto. Ni tan despreocupado. Y no había un hermano mayor tan soso, ningún Bogart con el que fugarse... ¿Sabes?, sufrió una apoplejía, ¿no es raro? He llegado a envidiarle más por eso que por su dulzura.

Tenía ganas de proponer que volviéramos al hostal pero habría parecido descortés. Mal alzó la vista hacia el cielo donde las estrellas habían empezado a atravesar el azul cada vez más intenso, como las luces de los edificios de una ciudad recortada en el horizonte.

—¿Estamos vagando en el ocaso... o es el alba? —preguntó.

—Sí, es el ocaso —repuse. Me levanté y me encaminé cuesta arriba. Agradecí que me siguiera sin hacer ningún comentario.

Volvió a descansar en el muro bajo y, después de recobrar

el aliento, Mal llegó al punto al que supongo que había querido llegar durante toda la conversación.

—He decidido que no quiero morir en un hospital, y lo lamento si supone una carga, pero te pido que te lo tomes en serio —afirmó—. Fui a ver a un amigo a Saint Anthony. Estaba perfectamente consciente, ni siquiera deliraba, pero tenía todos los orificios, todos los poros, tremendamente dilatados por algún tipo de tubo. Parecía un alambique. Y yo voy y le llevo flores. Menudas frivolidades se me ocurren. —Tomó una piedrecita gris del muro y la sostuvo apoyada contra la mejilla un momento, durante el cual cerró los ojos—. Mi madre es una gran fan de las clínicas para moribundos. ¡Dios mío, qué palabra tan terrible! ¡Venid a ver a los moribundos de este mundo! ¡Entrad, bienvenidos seáis! ¡Servíos vosotros mismos una de maricas moribundos! Juguemos a las cartas mientras charlamos con gente cuyo aliento ya apesta a formaldehído. No, joder, no. —Lanzó la piedra al campo. Le quedó una marca roja en la mejilla; a su sangre cansada le costaba retirarse de la menor amenaza.

—¿Ella sacó el tema? —inquirí. Estaba sorprendido porque, por muy lúcida que me pareciera Lucinda, ¿cómo iba a prever la muerte de su hijo? ¿Por qué iba a ser distinta de cualquier otra madre?

—Lo sabe desde hace tiempo. Se lo dije después de la muerte de Armand. Era de noche, muy tarde, y tuve un momento de conciencia excepcional. Tal vez se mereciera saberlo, es mi madre, quizá debiera concederle el tiempo necesario para acostumbrarse a la posibilidad de que me cayera muerto en cualquier momento, al igual que Armand. Pensé, ¿me iría a la guerra sin decírselo? Mi madre padece insomnio, como yo, o viceversa si es que es algo genético. Es uno de los motivos por el que abarca tanto. Recuerdo oír el sonido de la máquina de coser, cuando era pequeño, a las tres de la mañana. Me gustaba. Era como el sonido de una colmena;

así nuestra casa parecía un lugar productivo y disciplinado. Luego, al llegar a la adolescencia, imaginé que eso ponía de manifiesto que mis padres eran desgraciados y que, gracias a Dios, no mantenían relaciones sexuales. Debía de ser su forma de liberar la ira que sentía por la opresión del Senador.

—Siempre he mantenido una relación especial con el insomnio. Lo que la mayoría de la gente llama la hora del lobo, yo lo llamo la hora de la colcha. Me encanta pensar en todas las camas de la enorme casa de mis padres cubiertas con una preciosa colcha multicolor hecha por mi madre mientras todo el mundo dormía... y probablemente también todas las camas de su refugio para eternas optimistas embarazadas. Piénsalo: casas llenas de gente roncando bajo el fruto del insomnio de mi madre. Así pues, la noche que me entraron ganas de confesar supuse que claro que estaría despierta, si no cosiendo, quizá haciendo carteles para una protesta o peticiones para una feria del condado. Nunca le ha dado por atacar a los médicos, ¿sabes? Le parece que es contraproducente, y tiene razón. De todos modos, esa noche, fíjate, resulta que la desperté. Por supuesto que no importaba; enseguida estuvo más que despejada. Se preparó un té mientras se lo contaba, y no lloró, o si lloró, se cuidó de que no la oyera. Me escuchó durante un rato. Le dije enseguida que si tenía que morir, no pensaba ponerme católico sobre el tema. Porque ya había pensado en lo que más temía. Morir poco a poco. Es cierto que me meto de lleno en las óperas pero la intubación... apuesto a que dificulta las arias.

Mal no levantó la voz durante su discurso, pero se le fue tornando ronca. Empezó a sonar casi como la de mamá, justo el día antes en la cama del hospital.

—Así que fue culpa mía, culpa mía en su totalidad, que mi madre se me adelantara en el terreno defensivo —dijo casi en un susurro—. ¿Realmente creía que anularía su fe? Ah, qué ego más inflado... Y luego cuando le expuse mi situación, después de que me dijera lo mucho que me quería, empezó a hablar sobre mis pecados, con gran delicadeza, por supuesto, y sobre lo preocupada que estaba por mí porque sabía que ya no rezaba. Y pensé: ¡Menudo temple tiene! Y cuando colgué el teléfono, me desmoroné. Me desmoroné, sin más. Pensé que me iba a dar una apoplejía de pura rabia y que me reuniría con Armand en ese mismo momento.

Al final, Mal se levantó. Le tendí el brazo porque pensé que necesitaría mi ayuda para el último tramo de colina, la parte más empinada, pero rompió a reír.

—¿Sabes una cosa? —dijo, y volvió a tomarme la delantera—. Odio que mis pequeñas diatribas te hagan sentir incluso más culpable por tu mejor salud. A no ser que sea un engaño y te guardes otra verdad en el corazón. Bueno, es una jugada inteligente. No digas nada. En serio.

Cuando llegamos a lo alto, comentó:

—No has llamado a casa para preguntar por *Felicity* ni una sola vez.

—¿No fuiste tú quien dijo que los animales no son niños? —inquirí, aunque me alegraba del cambio de tema.

—Estoy pensando, vete a saber por qué, en tu amigo Ralph. Es por pura consideración.

Por tanto, en el vestíbulo llamé desde el teléfono público. Encontré a Ralph en la librería. Al fondo, *Felicity* entonaba sus escalas jubilosas.

—Así que está lloviendo —dije.

—¿Ahí también? —preguntó Ralph, que no captó la broma.

—No, ahora mismo está despejado. Las estrellas son increíbles.

—No hace falta que me lo restriegues por las narices, querido. Aquí por las noches hay más niebla contaminante que nunca. La humedad es astronómica y nuestra factura del aire acondicionado seguirá su ejemplo.

Ralph me preguntó por mi madre. Le dije que estaba bien y entonces me tranquilizó diciendo que, aparte de las calmas ecuatoriales de agosto, todo marchaba sobre ruedas. Daba la impresión de que *Felicity* había olvidado mi existencia, pero que sin duda me castigaría cuando volviera a casa.

—Si has llamado para confirmar que resultas superfluo, lo has conseguido —afirmó Ralph, como un viejo insolente.

Me di cuenta de que era lo más parecido a un cónyuge y colgué sintiéndome profundamente deprimido.

En el vestíbulo no había nadie. Mientras yo estaba de espaldas, Mal había subido en silencio a su habitación. Al otro lado de la pared, me quedé tumbado y despierto en la estrecha cama pensando en la madre de Mal y en la mía, las dos similares en cuanto a fuerza aunque completamente distintas. Luego recordé otro aspecto que tenían en común: una vajilla de porcelana. Y entonces, justo antes de dormirme, caí en la cuenta de que ya sabía cómo se habían roto los platos, los de Lucinda.

Aparezco en el camino de entrada de Tealing a las dos de la madrugada. Perfectamente consciente de mi cobardía, se supone que he pasado el día «pensando», aunque he hecho poco más que conducir como un estúpido. El desayuno de la señora Munn, que fui el último en tomar, resultó más satisfactorio que nunca, pero de la noche a la mañana me había cambiado el estado anímico: de aturdido y desconcertado había pasado a inquieto e irritable. Mis sueños, cuyo argumento no recuerdo bien, fueron angustiosos y me dejaron un reflejo del rostro de David de lo más desaprobador. De modo irracional, dejo que la imagen se prolongue en mi mente, como la arena de un zapato cuando se es demasiado perezoso para pararse a quitársela.

Me marché lo más tarde posible y conduje lentamente

por la isla con las ventanillas bajadas. Contra el mar llano, los chillidos de las gaviotas resonaban con entusiasmo. La luz del sol se notaba templada y untuosa y proyectaba pocas sombras. Por desgracia, toda esa serenidad surtió poco efecto en mí y, a sabiendas de que era hora de regresar, tomé el primer trasbordador de la tarde. Al dejar Ardrossan, empecé a vagar de nuevo, de modo casi compulsivo, tomando por las carreteras secundarias más tortuosas, fingiendo interés por los lagos, incapaz de centrarme en los temas que tenía entre manos. Si pensaba en ellos durante más de varios minutos, empezaba a sentirme indignado, como si no fuera más que un títere en un plan genealógico. El cielo, dando muestras de su empatía, empezó a encresparse de nubes.

A la hora de cenar paré en un bar y pedí trucha y guisantes en honor a papá. Mientras comía, la lluvia empezó a repiquetear, excusa que me sirvió para prolongar el ágape con un pudín (un bizcocho que sabía a jabón floral). Claramente deseoso de entretenerme más, lo llevé a la barra y dejé que el camarero hablara largo y tendido sobre el juicio a O. J. Simpson y sobre la multitud de maneras con las que se ponía de manifiesto que la televisión había destruido Estados Unidos, y por eso, porque Estados Unidos no podía evitar inmiscuirse en los asuntos de otros países, pronto acabaría con el resto del mundo. (Detrás de él, la malvada caja boba, con monótono sonido, hacía un refrito con las proezas deportivas de la jornada.) Dos días antes no me habría imaginado una conversación que me hubiera hecho sentir más incómodo que aquélla y, no obstante, me quedé hasta que el camarero cerró la caja.

—¡Oh, mierda! —exclamo con indignación contenida cuando apago el motor, porque, si bien la parte delantera de la casa está a oscuras, hay luz en las ventanas de la cocina, en la parte trasera, que ilumina la lluvia ligera e insistente que casi me ciega durante las dos horas que me he pasado conduciendo. Echo en falta la cocina tal como era en tiempos de mamá: un espacio casi abandonado, cuya máxima utilidad era cuando una de las collies paría. Una estancia que, la mayor parte de los días, era fresca y tranquila como un claustro.

Cuando abro la puerta delantera oigo a Elton John: «*Daniel is travelin' tonight on a plane. I can see the red taillights, headin' for Spayeeyayain...*» Un patetismo demasiado predecible.

Sin embargo, me sorprende encontrar a Dennis inmóvil: sentado a la mesa de la cocina leyendo el *Yeoman* (¿habría mancillado O. J. esas páginas en la época de nuestro padre?) Todas las superficies están limpias y despejadas: no hay masas reposando, no hay carne en adobo. Alza la mirada y ni siquiera esboza una sonrisa.

—Hola —se limita a decir con tono neutral.

—Hola —respondo. Me siento frente a él, dejo caer las llaves del coche entre nosotros a modo de rendición. Siento un dolor punzante en ojos y piernas, liberados del esfuerzo de traerme hasta aquí.

Dennis cierra el periódico con cuidado, lo dobla y lo deja a un lado. Apaga la voz de Elton John, pero no las emociones sensibleras de mi juventud que esa voz siempre evoca.

—La vida parece un poco rara por aquí —afirma Dennis. Parece haber reducido la marcha que ha llevado estos últimos días, esa emotividad vertiginosa que abarca la dicha por su trabajo, el amor de su familia, el dolor de perder a nuestro padre. Sincera pero inaccesiblemente frenética.

De todos modos, no le daré la satisfacción de una respuesta. Quiero castigarle un poco por estar a la espera.

—Podríamos haber estado preocupados por ti, pero no nos hemos preocupado. Teniendo en cuenta las circunstancias...

—Bien —replico con un tono deliberadamente hostil.

—¿Estás bien? Pareces un poco molesto.

—¿Molesto? —respondo con una carcajada—. Nunca me he visto en tal aprieto.

—Otros dirían que nunca se han sentido tan halagados.

—Sí, claro. —Ya estamos, pienso: «Ahora entra en escena el adjunto al embajador».

Estoy a punto de decirle que me deje en paz cuando pregunta:

—¿Adónde has llevado a papá?

—¿A papá?

—Las cenizas. ¿Adónde las has llevado? —Ahora no sonríe sino que esboza la sonrisa nerviosa, sesgada, de alguien reacio a la confrontación.

—A la mierda con las cenizas. Están en la mesa del salón y por mí se pueden quedar ahí.

—No —dice Dennis, como si se dirigiera a un niño—. Ninguno de nosotros las ha visto desde hace dos días, desde el almuerzo. Vee se dio cuenta de que no estaban cuando fue a cambiar las flores ayer por la tarde.

Me acerco al armario donde mi padre guardaba una botella de whisky extra. Me tiemblan las manos mientras me sirvo una copa. No le ofrezco una a mi hermano. Tomo un trago y emito un burdo suspiro de satisfacción expresamente.

—Vamos a ver. Hoy tengo varias identidades. Soy un refugiado al que esperan con paciencia, soy un salteador de tumbas, no... un salteador de cenizas. Ah, y un banco de esperma... ¡la segunda opción! ¿Quieres que asuma algún otro papel? ¿Padrino tardío de alguna de tus hijas? Pero, no, claro, cómo he podido olvidarlo, ni siquiera finjo creer en Dios.

Dennis parpadea unas cuantas veces, como si le hubiera apuntado a los ojos con una linterna.

—¿Por qué estás tan enojado?

—¿Por qué estás tan lleno de suposiciones? —Salgo por la puerta de la cocina en dirección a la parte delantera de la casa. La caja de mi padre no está en la mesa. Tomo un sorbo de whisky y vuelvo a mirar. Regreso a la cocina. Me siento otra vez.

—Tienes razón. No está. ¿Algún cleptómano en la lista de invitados?

—¿No te la llevaste?

—Vamos a ver. ¿Quién sospechó de mí primero, tú o David?

—Es que tú eres quien...

—Yo, en estos momentos, soy a quien le resulta más indiferente. Ni siquiera sé por qué expreso una opinión. Ni siquiera sé por qué, desde la muerte de papá, alguno de nosotros se molesta en gastar energía sobre qué hacer con una puñetera caja de plástico con cenizas que probablemente recogieran de la barbacoa de algún capullo, porque la gente no se quema y queda tan seca y pulcra. —Me siento horrorizado y encantado a la vez al oírme poseído por Mal.

—Tienes razón —se apresura a decir Dennis—. Me refiero a que a Davey es a quien más le importan estas cosas.

—Pues que se salga con la suya. Siento haberme inmiscuido.

—Es que... —Dennis suspira.

—Bah, no hay ningún misterio —respondo—. ¡Es que por algún motivo la tiene tomada con mamá!

Dennis se vuelve para coger el whisky.

—En cierto modo —dice con tal delicadeza que me quedo callado. Espero que vaya a buscar un vaso y se lo llene. Cuando regresa a la mesa, continúa—: ¿Recuerdas ese juguecito del que te hablé? ¿Que Davey y yo solíamos robarle cosas del bolso? Hacíamos apuestas entre nosotros sobre lo que tardaría en darse cuenta de que le faltaban cosas.

—Las medallas —digo.

—Bueno, las medallas no, si no eran de papá —contesta—. De todos modos, no jugamos a eso demasiado tiempo.

—Mamá os habría pescado rápidamente.

—No —dice Dennis—, no era por eso. Me parece que nunca se dio cuenta. —Me llena el vaso, que ya tengo vacío, y prosigue—: La verdad es que lo que ocurrió resulta bastante trivial, pero para Davey... no sé, quizá es que yo era un poco duro de entendederas con respecto a ese tipo de cosas. No se me ocurrían de inmediato, a diferencia de Davey.

—¿Qué cosas?

—Pues esto... no sé, teníamos nueve o diez años, porque para entonces tú ya te habías marchado. Creo que lo habíamos hecho una docena de veces, siempre dejábamos las cosas en su sitio antes de que sospechara de nosotros o las hacíamos aparecer en algún lugar que tuviera lógica. Así que robábamos cosas como el monedero, unas pastillas de menta, el pintalabios... —Recuerdo el macabro legado de mi padre, un robo mucho más extraño, por lo que noto una sacudida, me siento desorientado, ante el sencillo comentario de Dennis—. Y entonces me tocaba a mí y cogí aquella cosa indefinible que resultó ser una caja de condones. —Hace una pausa, como si esperara mi interrupción, antes de seguir—: No tengo ni idea de qué pensé que eran, pero cuando Davey la vio, lo supo. Y me refiero a que incluso supo, o quizá supo, porque las cosas no siempre son lo que aparentan, ¿no?, lo que implicaba. Que había alguien más aparte de papá.

—¿Aparte de papá? Oh, venga ya —digo, pero Dennis continúa y hace caso omiso de mi protesta.

—No es que tuviera que explicarme los hechos de la vida. ¡No era tan tonto! Quiero decir que sabía la mecánica y tal, por lo menos en teoría. Pero Davey tenía unos cuantos amigos mayores, había empezado a evitarme en el colegio cuando estaba con ellos, chicos de esos que estaban mucho más adelantados que nosotros. Le gustaba tratarme con prepotencia, por lo que él aprendía y yo desconocía. Pero en aquella ocasión se disgustó, me gritó, como si yo tuviera que haberlo sabido y me dijo que tenía que volver a dejarla rápidamente en el bolso de mamá antes de que saliera. Se negó a decirme qué era aquella caja durante varios días. Apenas me dirigió la palabra.

«Cuánto nos parecemos a nosotros mismos de pequeños», pienso mientras imagino al inquietante David con diez años, una miniatura de su ser adulto ultrarresponsable, con el rostro de mis sueños recientes. Injustamente, le imagino como padre, rígido y seco. No pienso en lo instintivamente leal que era a nuestro padre. Por supuesto tampoco pienso en nuestra madre, en qué motivaciones la guiaron.

—Entonces se dedicó a espiarla. No me lo dijo, pero yo sabía qué estaba haciendo —afirma Dennis—. Cuando salía a ejercitar a los perros o darles de comer, él subía a la trinchera, con un libro, como si yo fuera a creerme que estaba leyendo, y la observaba desde allí. Un día, al cabo de varios meses, creo, cuando yo me había olvidado prácticamente del asunto, me contó que la había visto con el capataz de la granja de aquella finca tan grande, el hombre que cuidaba de las ovejas para ese coronel que se trasladó aquí más o menos en la misma época que nosotros, el que cazaba zorros. Y yo lo puse en entredicho. «¿Y qué?», le dije. El hombre ejercitaba a sus collies con mamá, le interesaban los cachorros. Bueno, en realidad intentaba hacerme el duro con Davey, para ocultar lo dolido que me sentía por el hecho de que me desdeñara en el colegio.

—¿Que la había visto con él? —le interrumpo—. ¿Cómo «con él»?

—Yo pregunté lo mismo, y me dijo que le parecía que debían de haber estado besándose por el modo en que salieron del criadero. Me reí y empecé a llamarle Sherlock. Después de eso, no volvió a hablar del tema. Al menos, no de forma directa.

¿Y si yo hubiera sido el hermano que David abordó? A veces me asombra la aceptación que Dennis tiene de lo superficial, como si la apariencia le bastara. Pero supongo que le consumen otros misterios más virtuosos: cómo envejecen los quesos, cómo se asa la carne, por qué la levadura y los huevos suben y luego bajan. Exhalo un suspiro.

—Por eso desprecia a mamá.

—Oh, no —responde Dennis a la ligera, como si le acabara de preguntar si se espera lluvia—. Pero está seguro de que papá lo sabía, eso es lo que desprecia.

Miramos el reloj de la cocina a la vez. Son más de las tres.

—Pero ¿dónde está papá? —dice Dennis mientras se pone en pie, lleva el vaso de whisky al fregadero y guarda la botella—. ¿A quién se le ocurriría robar las cenizas de alguien? No es el tipo de cosa que se pierde por ahí.

—No —convengo, aunque recuerdo que las cenizas de mi amigo Luke se extraviaron al enviárselas a su madre a Florida y aparecieron, en perfecto estado, en Nueva Orleans. Se rumoreó que UPS le regaló un año de envíos gratuitos o alguna otra compensación de mal gusto para consolarla—. Mañana las buscaremos; estoy seguro de que aparecerán. —Mentalmente, pospongo ese mañana, al igual que se haría con la fecha de una operación importante, aunque este mañana es peor, porque no existe la opción de la anestesia—. ¿Nunca duermes? —pregunto mientras salimos de la cocina.

—Echo sueñecitos —responde Dennis—. Cabezaditas. Es mi secreto.

Bueno, así es Dennis, creo: sus secretos son inofensivos y hermosos.

Si alguien nos conociera ahora y se enterase de los hechos superficiales de la vida de nuestros padres, daría por supuesto que David fue el que se sintió más unido a nuestra madre. Es el que se siente más feliz al aire libre, para quien los animales no son sólo objeto de fascinación sino seres que necesitan respeto (por lo que nos dan, mucho trabajo o afecto; por su dolor cuando sufren; y sencillamente por sus muchas diferencias). Es fácil imaginarlo al lado de mamá, aprendiendo junto a sus rodillas sobre los partos y la desparasitación, las infecciones, la displasia, los ácaros y las garrapatas.

Pero es una idea equivocada. A David le encantaban los perros, por supuesto, pero no más que a cualquier otro niño. Destacaba en todas las ciencias, llegó a su profesión dando rodeos. De niño, le decía a los mayores que quería ser geólogo (papá le había dicho que se trataba del trabajo moderno más próximo a la exploración del planeta).

Si había alguien que trabajaba junto a mamá, ése era yo. Antes de marcharme al colegio, me gustaba ayudarla con los collies, no a adiestrarlos pero sí en sus cuidados diarios: darles de comer, dejarles correr hasta que estuvieran agotados, incluso limpiar las casetas. Mientras a mis hermanos les asignaban tareas del interior de la casa, las mías eran sobre todo en el criadero. Mamá llevaba un registro en una tabla, en la pared interior de un armario en el que guardaba comida, medicinas y correas. En esa tabla anotaba el nombre de cada perro sobre una columna donde registraba las inoculaciones, los suplementos de minerales, la limpieza dental, las desparasitaciones. Después de realizar cada una de las pequeñas tareas, yo las tenía que marcar en el recuadro correspondiente. Me encantaba ese trabajo, me encantaba mantener un orden tan visible. Me encantaba frotar linimento en una pata dolorida; me encantaba, una vez por semana, sacar la lata con grasa de carne asada que mamá reservaba junto a los fogones y verterla sobre el pienso de los perros, para que mantuvieran el pelaje negro reluciente como el carbón prensado. Cuando veían llegar la lata, levantaban las orejas rápidamente, me tocaban con el hocico las caderas y las piernas y me calentaban las manos con la lengua.

Mi madre era un bicho raro en el mundo de los perros pastores. No era granjera, y mucho menos mujer de granjero; se trataba de una vocación de puro lujo y no hacía nada para ocultarlo. Entre los tipos ariscos de los concursos para perros, la podrían haber rechazado de no ser por su personalidad abierta y estentórea. En dos o tres ocasiones la acompañé a los concursos cuando había que pasar una noche fuera de casa, por lo que había visto que no le importaba lo más mínimo mezclarse con esos hombres en el bar (mientras mi padre se dedicaba a sus quehaceres en otro sitio, claro está), y cuando los granjeros pasaban por Tealing a comprar un cachorro o a llevarse a un perro para que hiciera de semental, ella llevaba una botella hasta las casetas. Tal vez ese talento innato, esa habilidad para integrarse en un ambiente determinado contra todo pronóstico, era el que yo necesitaba estudiar de modo inconsciente. Sin duda la admiraba por ello.

En una ocasión una cachorra nació con una hernia. El veterinario de mamá le dijo que la hernia se podría arreglar a mano a una edad tan tierna si alguien estaba dispuesto a dedicarle tiempo. Así, tres veces al día, antes y después de ir al colegio y también antes de acostarme, me sentaba con las piernas cruzadas en la caseta de los cachorros y sostenía a la perrita en el regazo, le acariciaba las orejas y las patas con una mano mientras con la otra le sostenía la hernia. Todavía recuerdo la sensación de empujar el nódulo de carne a través de la pared muscular en aquel vientrecito tan tenso, ayudado tan sólo por la yema del dedo corazón de la mano derecha. Era como intentar introducir un pedazo de mármol en una bolsa de terciopelo elástico. A la cachorrita no le producía dolor; alzaba la mirada hacia mí moviendo la colita y sonriendo con una inocencia cargada de impaciencia.

Algunos días, por la mañana, bajaba a la cocina incluso antes de que mamá se levantara. La madre de los cachorros llegó a tener plena confianza en mí, apenas se despertaba mientras rebuscaba entre los cuerpecillos redondos que la rodeaban para localizar a *Quint*, la cachorra que consideraba mía. Una mañana estaba tan absorto en mi tarea que la voz de mamá me sobresaltó.

—Fíjate, Fenno. Estás hecho un padrazo. Las chicas se pelearán por ti cuando empiecen a pensar en tener hijos.

Me quedé deshecho (aunque nunca permití que se me notase) cuando mamá dejó que esa cachorra se fuera con un granjero del norte. Poco después me enviaron al internado y me cayeron encima tantas preocupaciones e inquietudes, por todas partes, como muros que se desploman, que la siguiente vez que regresé a casa los perros parecían viejos amigos distantes, amigos a los que nunca has dejado de querer pero con quienes, sorprendentemente, tienes poco que compartir. Todos mis instintos paternales, si es que se trataba de eso, parecieron desaparecer bajo la marea de la pubertad. Nunca me paré a pensar si a mi madre le dolía verme gravitar hacia otras cosas; al igual que yo, tampoco lo habría demostrado, pero supongo que le debió doler. No obstante, durante el resto de su vida tuvimos una complicidad que no estoy seguro que compartiera con mis hermanos.

Diez

—Hola, ¿en qué puedo ayudarte? —Me recordaba a Lucinda, esa mujer, descalza, con un vestido holgado y de colorines que casi llegaba al suelo, el pelo canoso e hirsuto sobresaliéndole tercamente de la horquilla. Estaba cortando rosas cuando me acerqué a la valla.

—Tony. ¿Está Tony? —dije con tono remilgado.

—¿Tony? Tony se ha ido a casa. Hace unos días que hemos vuelto. —Me sonreía de oreja a oreja, como para asegurarme de que los amigos de Tony también eran amigos de ella.

Puesto que me quedé allí parado, mudo y claramente confundido, rompió a reír.

—¡Qué típico de Tony no dar a conocer sus planes a los demás! Dejó el sitio inmaculado pero me imagino que se pasará semanas llamándome. —Me preguntó si quería usar el teléfono, llamar a Tony a su apartamento, pero decliné la oferta. Por supuesto estaba atónito puesto que había supuesto desde el comienzo que aquélla era la casa de Tony, pero habría sido el supuesto de un hombre ciego. Ninguno de los adornos de la casa —las frágiles tazas de té, los cuadros victorianos neblinosos, todas aquellas pertenencias ligeramente románticas— parecían un telón de fondo adecuado para Tony.

Regresé despacio a Bank Street, derrotado por el desfase horario del viaje en avión y el calor maloliente. Cuando había recorrido aquellas calles en primavera olían a brotes nuevos y brisa fresca, pero en ese momento, a aquella hora, por lo menos hasta que lavaran las aceras con una manguera, olían a marea baja urbana.

Me quedé parado delante del edificio de Ralph, vacilante, como si esperara a que abriera mi propia tienda. Durante mi ausencia, la rosa de Siria del vecino había florecido y se le habían caído las flores. Estaban desperdigadas por la acera, mustias y plegadas, algunas chafadas. Parecían pequeños cigarros, cada una como el ampuloso violeta de un moretón. Decidí subir a mi apartamento y darme otra ducha. Sin duda todavía estaba medio dormido, medio en sueños.

Al cabo de una hora, abrí la librería. En el listín de teléfonos había una entrada viable, un tal T. B. Best, bien al norte de la ciudad. Marqué el número, en contra de mi vacilación innata. Al cabo de cuatro tonos, oí: «¡Hola! Has llamado a Theresa y Joel. Déjanos tu mensaje después de la señal». Me volví hacia las pilas de cartas que Ralph me había ordenado con notitas adhesivas y explicaciones superfluas. Intenté considerarlo como un detalle por su parte.

Felicity se me posó en el hombro. Contraatacando todavía, me picoteaba la oreja de vez en cuando y emitía un gorjeo bajo a medio camino entre gruñido y ronroneo. Había llegado la tarde anterior, y no me había dejado dormir más de cuatro horas. Tampoco es que hubiera dormido mucho, la verdad, porque pensaba en Tony.

Mientras me abría paso a través de la jornada, agradecido por todas las cosas que tenía que poner al día, intenté conservar el extraño alivio que había sentido al oír el mensaje de Theresa y Joey. ¿En qué especie de locura me había permitido hundirme? Pero al caer la tarde, mientras regaba las plantas y limpiaba el bebedero para pájaros que Ralph había dejado que se cubriera de limo, las manos me temblaban mientras sujetaba la manguera. Necesitaba llamar a

Mal, me recordé, preguntarle qué tal le había ido por Londres. Tenía que llamar a todos los escritores programados para leer en septiembre, confirmar el programa antes de imprimirlo y hacer copias para colocarlas en la puerta y dejarlas en otras tiendas. Tenía que llamar a mi madre a la una de la madrugada si es que seguía en pie, lo cual era más que probable. Ella llevaría una hora levantada, a la mierda la recuperación, y fingiría llamar para decirle que había llegado a casa sano y salvo, le dejaría que se riera de mí con cariño. Tony era lo último que necesitaba.

El tiempo funciona como un acordeón en el sentido de que es capaz de extenderse y comprimirse de mil formas melódicas. Pueden transcurrir meses enteros con una serie rápida de acordes, abierto-cerrado, juntos-separados, y luego una única semana de melancolía puede parecer el sufrimiento de un año entero, una nota larga que se va desplegando. Recuerdo aquel día de mi regreso con todo lujo de detalles, con el tono perfecto; pero sobre los meses siguientes, el otoño y el comienzo del invierno antes de la muerte de mi madre, no recuerdo más que fragmentos de una melodía superficial. Mal, tal como había prometido su doctora, se recuperó con una nueva coreografía de fármacos, aunque dormía mucho, a menudo de día, para mantenerse despierto y trabajar por la noche. Durante aquellos meses no le visité mucho, pero él pasaba por la librería de vez en cuando. Por otro lado, el médico de mamá se equivocó, aunque mostrara un optimismo comedido, pero me enteré de su deterioro por papá. Cuando hablaba, mamá parecía, a pesar de la tos que cada vez le costaba más controlar, tan enérgica como siempre.

Ralph había reclamado la mayor parte de mis noches y con alguna alusión a modo de regañina, como a un niño que se hubiera apartado del camino pero que había vuelto al redil. En contra de mi voluntad, había veces en que me desagradaba enérgicamente. No obstante, su compañía me parecía fácil y distraída.

Fue en enero, tras la muerte de mamá, después de que Mal me acompañara por segunda vez, deseoso en cierto modo de convertirse en mi complemento social, cuando el tiempo volvió a cambiar de *tempo*, cuando pareció que mi vida daba vueltas, un coche que golpea un trozo de hielo y me lanza a un círculo vicioso para situarme en la misma dirección pero con una perspectiva espantosamente nueva.

Nuestros recitales iban por buen camino. Siempre llenábamos la librería, por muy mal tiempo que hiciera, igual con poetas publicados en libros baratos y sencillos que con escritores de novelas de misterio. Había cedido frente a Ralph en el tema de las camisetas y era habitual que los clientes se quitaran el abrigo y dejaran a la vista el logotipo de la tienda: *Plume*, con una letra arcaizante y con un búho sobre ruedas encima de la eme. Hasta el día de hoy, me avergüenzo al ver una de esas camisetas y no tengo ni llevo ninguna.

Aquella mañana había nevado lo suficiente como para tener que limpiar la acera con palas. A primera hora de la tarde, telefoneé a mi padre por primera vez después de marcharme de Escocia. Mantuvimos una conversación trivial y agradable pero forzada. Todo y todos estaban bien, es decir, tan bien como cabía esperar. Un desperdicio de la línea telefónica, pero un desperdicio obligado. A mis pies, bajo el escritorio, yacía *Rodgie*, mi nuevo compañero. Había sido uno de los perros jóvenes de mamá y yo, con precipitación quizá, lo había traído a Nueva York. *Felicity* seguía mostrando su ofensa simbólica ante su existencia cada vez que volvíamos de dar un paseo, pero *Rodgie* era lo suficientemente joven como para aceptar a un pájaro grande y ruidoso como hermano dominante. *Mavis* y *Druida* también lo aceptaron con la condición de que respetara su derecho adquirido al único y pequeño tramo del zócalo de la tienda que recibía el calor directo de la calefacción.

Aquella noche esperábamos un lleno absoluto. Era 1989 y nuestro lector acababa de publicar la primera novela gay con garra, una novela con una ira triste y lírico-burlesca, como para arañar los últimos puestos de la lista de obras más vendidas del *New York Times*. Ralph me despejó la mesa para prepararme el doble de vino de lo normal. Abrí las sillas alquiladas una hora antes de lo habitual; media hora antes de la lectura pues estaban reservadas.

A Ralph le gustaba recibir a la gente en la puerta. Era parte integrante de la «barriada», tal como decía Mal, y le encantaba que también los desconocidos se sintieran bien recibidos. Yo prefería hacer de tramoyista, trabajar para maximizar el espacio, para dar cabida al máximo de sillas posible, mover unas cuantas estanterías no empotradas. Hasta que no me situé en el estrado para presentar al autor no escudriñé la amalgama de rostros y vi cuántos parecían acongojados. Vi hombres mucho más jóvenes que yo con manchas oscuras en el rostro, el pelo ralo, con bastón entre las piernas quebradizas. Pero todo el mundo parecía feliz ante la expectativa, y los aplausos que recibieron al escritor (también acongojado y mucho más joven que yo) incluyeron aclamaciones militantes y vigorosas.

En cuanto empezó la lectura, me situé entre las estanterías, aunque incluso allí se habían agrupado los oyentes, sentados en el suelo o apoyados contra paredes de libros que les impedían ver al autor, muchos con los ojos cerrados. Me fui abriendo paso hacia la parte trasera susurrando disculpas, hasta que llegué al jardín. Si la tarde hubiera sido más agradable, habría encontrado a unos cuantos invitados, cotilleando con una copa del vino que dábamos gratis en la mano, pero aquel día hacía un frío glacial y había empezado a nevar otra vez.

El suelo blanco y duro me recordó la ceremonia del cementerio de hacía dos semanas. El terreno estaba totalmente congelado, por lo que no enterraríamos a mamá antes del deshielo. Pero allí estábamos todos, por lo que papá hizo que colocaran el ataúd en el lugar donde debía ir, y el párroco ofició la ceremonia. En el funeral celebrado en la iglesia había habido un gran coro, pero junto a la sepultura sólo estábamos los más allegados; por parte de mi madre sólo un primo a quien mis hermanos y yo apenas conocíamos. Mamá no tenía hermanos, su padre había muerto cuando era pequeña y yo apenas recordaba a su madre. Así que éramos seis: mi padre, mis hermanos y yo, Lil y el primo. El aire estaba tan frío que nos cortaba la cara como si fueran cristales rotos.

A instancias del párroco, leímos todos juntos el salmo veintitrés. Luego hizo una breve homilía no exenta de humor al comentar que mi madre, de entre todos sus feligreses, estaría más que de acuerdo en que el Señor era su pastor, especialmente si todos los pedigrís de sus collies procediesen de Tealing. Mi padre no sonrió. Creo que no tenía fuerzas suficientes. Leyó un poema titulado *Dog* de Harold Monro. Trata de un perro holgazán, no trabajador, pero a mamá le encantaban esos versos: «La belleza es olfato del olfato primitivo para ti: para ti, al igual que para nosotros, es lejano y raras veces encontrado». (Papá fue quien descubrió el poema, y se lo copió a mamá, antes de que yo naciera. Lo tenía guardado en el criadero, clavado al lado de nuestra lista de tareas.) Para terminar, recitamos el Padrenuestro. Cuando regresamos a la iglesia, para calentarnos las manos y los pies antes de marcharnos a casa en coche para la recepción, yo me marché el último, me volví para echar otro vistazo. Allí estaba el ataúd de mamá, desafiante todavía sobre la tierra. En cierto modo, qué propio de ella morir antes que los demás, como si quisiera reconocer el terreno que todos tendríamos que cruzar, y aun así, pensé al volver la vista atrás por última vez, qué poco propio de ella quedarse atrás.

Miré el magnolio, sus ramas relucientes por el hielo, y pensé en el cuerpo de mi madre, almacenado en frío en algún lugar hasta la primavera. Nunca se había hablado del tema de la lápida, por lo menos delante de mí. Tal vez fuera asunto de papá. Yo ya había expresado opiniones que tendría que haberme guardado. Tenía la intención de pedirle disculpas por comportarme de forma tan indigna sobre la posible venta de la casa, como si todavía fuera un niño, como si todavía viviera en un lugar cercano. Pero cuando hablamos, no tuve el valor suficiente.

Escuché las carcajadas ocasionales por el humor negro del libro que se leía en el local; durante unos segundos las risas se amplificaron cuando alguien abrió la puerta del jardín. Me volví para mirar cuando, al cerrarse, las risas volvieron a sonar amortiguadas.

Era Tony. Sonreía de manera insulsa, la misma sonrisa con la que me había recibido casi todas las mañanas del verano anterior. La ira que sentí ante aquella sonrisa aunó fuerzas con mi dolor; me volví al intuir la presencia de las lágrimas.

—Bueno, no puedo culparte porque estés molesto, ¿verdad? Pero, para serte sincero, te diré que tu desaparición me sorprendió. ¿No es lo que suele llamarse «marcharse a la francesa»? —dijo Tony, burlándose como siempre de todo aquello que fuera más allá de su cultura personal—. ¿O debería decir «a la escocesa»?

Me sequé los ojos y lo miré.

—No. Eso quiere decir marcharse sin despedirse, sin dar las gracias o dejar una nota o ni siquiera una disculpa. Te dejé una nota. Mi madre estaba enferma y fui a verla. De hecho, acaba de morir. Si hubo una fuga fue la tuya.

La sonrisa de Tony nunca decaía. Se acercó demasiado a mí y retrocedí.

—Lo siento —se disculpó—. A veces no puedo evitar ser

escurridizo. Yo también me ausenté una temporada. Estuve en París. Pero podría haber llamado, ¿verdad? No es que tuviera que contratar a un detective para encontrarte.

—Ni siquiera vivías allí —dije—. En esa casa.

—Viví allí durante varios meses. Hago ese tipo de cosas. Cuido de la casa de otras personas. Me gusta cambiar de aires. Si hubieras estado cuando madame profesora regresó, te habrías enterado. ¿En algún momento dije que la casa fuera mía?

Me dirigí hacia la puerta.

—Tengo frío —dije con la mayor aspereza posible. Mi ira, en contra de mi voluntad, estaba empezando a desvanecerse—. Y tengo que estar dentro para cuando acabe la lectura.

Al pasar junto a Tony, no me tocó, tal como esperaba y temía que hiciera. Pero me siguió y, justo antes de que abriera la puerta para perderse entre la multitud, me introdujo algo en el bolsillo de la americana.

—Mi teléfono está detrás —informó—. Siento no habértelo dado antes. Suelo olvidar que no está en el listín. Es a propósito, ya lo sabes.

Aquella noche Ralph, yo y un grupo de aficionados llevamos al joven escritor a cenar. En cuanto pedimos, me disculpé para ir al baño. Allí extraje la postal que llevaba en el bolsillo. Era la reproducción de un cuadro que yo había ayudado a Tony a crear: su rostro alejado en el reverso de un cucharón. La marca del platero en el tallo del cubierto parecía hecha con caracteres chinos. Los tréboles tachonaban la hierba circundante. Sobre la cabeza apenas perceptible de Tony, los bordes de una gran nube blanca resultaban inquietantemente nítidos. Le di la vuelta a la tarjeta. No había nada escrito en ella pero «Tony Best, *photographe*» estaba impreso en el lateral izquierdo y debajo un número de Nueva York, luego *Maison Pluto*, con una dirección y teléfono de París.

Tenía la intención de romperla y tirarla al retrete pero no lo hice. Al cabo de una semana quedamos en un restaurante tailandés y luego fuimos a un club. Entrar en esa marea de cuerpos fue como regresar a un país extranjero y glamoroso que hubiera visitado años atrás, con resultados decepcionantes. (¿Me gustaría esa vez, igual que a todos los demás, igual que se esperaba de uno?) No bailamos pero nos tomamos unas cervezas y dimos unas cuantas vueltas, observando al resto de los hombres. Al ver que yo rechazaba las drogas que me ofrecían, Tony hizo otro tanto. Apenas hablamos; de todos modos habría sido imposible oírnos. Al cabo de un rato, que tanto podría haber sido una hora como seis, me tranquilizó el anonimato. Entonces Tony me llevó detrás de una cortina, a una habitación que parecía un callejón. No había muebles y la iluminación era azul, tenue pero áspera. Media docena de hombres follaban desenfrenadamente, como si cada pareja ocupara un círculo de invisibilidad. Sabía que aquello existía pero nunca había querido verlo. Resultaba más perturbador de lo que había imaginado.

Regresé rápidamente por entre los bailarines y los bebedores hasta la calle. Tony me siguió. Cuando paré un taxi, él subió enseguida después de mí.

—No es lo mío. Pensé que a lo mejor te gustaría mirar —dijo cuando ya estábamos a varias manzanas del club.

—¡Qué poco me conoces! —dije.

—Como si hubieras hecho un gran esfuerzo por dejarme —respondió, pero tuvo la prudencia de guardar distancia acercándose a la puerta del otro lado.

Era tan tarde que ya era temprano, la hora de la colcha, y no me molesté en encender la luz cuando entramos en el apartamento. Al cabo de dos horas, cuando salió el sol, Tony se levantó y se vistió. Tumbado en la cama medio dormido, mirando por entre la cocina, le vi examinar las fotos de la repisa de la chimenea antes de marcharse.

La semana siguiente se autoinvitó a cenar. Todo educación, alabó mis platos más sencillos, echó una ojeada a las estanterías, cautivó a *Felicity* rascándole la nuca; enseguida se había dado cuenta de lo que le gustaba. Al final, se acercó a las fotos de familia. Cogió una en la que mis padres posaban delante de Tealing.

—¿Aquí es donde te criaste?

—Sí —respondí.

—¡No está nada mal!

—Es modesto —dije.

—¿E incluye un fondo fiduciario igual de modesto?

—Sí.

Tony dejó la foto en su sitio.

—Bueno, esta noche estás muy callado. ¿Hasta cuándo piensas guardarme rencor?

Me disponía a poner objeciones pero entonces dije:

—Hasta que no sepa claramente qué pasa.

Tony no se rió.

—¿Qué te conviene?

—No lo sé.

—Bueno, ¿lo ves? A pesar de las apariencias, no soy el más reservado de los dos.

—Bueno, tú sabes dónde vivo.

—Desde la semana pasada —espetó—. Mira, si quieres algo, Sir Gawain, pídelo. Estamos en América, la tierra de «vigila tu territorio antes de que otro te lo quite». La tierra de «el que no llora no mama».

—¿Si quieres algo lo pides y lo tendrás?

—Quizá. Quizá lo tengas. —Tony se apoyó entonces en el alféizar. Directamente detrás de él, se encendieron las luces del apartamento de Mal.

Tony me contó que le gustaba cuidar de las casas durante la ausencia de sus dueños no como método para engañar, como yo parecía imaginar, sino por la sencilla razón de que su apartamento era muy pequeño, más que nada un cuarto oscuro en un sexto piso de Hell's Kitchen. No era un lugar para visitar y, cuando estaba en casa, casi nunca respondía al teléfono. Iba allí a trabajar, dormir o escuchar los mensajes del teléfono al que apenas respondía.

Nos veíamos cada semana o cada quince días, siempre cuando Tony decidía llamar. A mí no me gustaba llamarle porque me lo imaginaba con demasiada facilidad de pie junto al teléfono con su sonrisa torcida, escuchando mi voz mientras se devanaba en su contestador. Yo pagaba las cenas y él me llevaba a los clubes, por donde deambulábamos y observábamos. Solíamos acabar en mi apartamento. Me relajé lo suficiente para dejar que me hiciera reír. Una tarde en que cerré la librería para realizar el inventario, apareció con una carpeta llena de fotos tomadas en su reciente viaje a París. Eran primeros planos en blanco y negro de construcciones de piedra antiguas complicados por sombras sugerentes pero indescifrables. Las sombras podían ser naturales o artificiales. Cuando le formulé preguntas, se negó a dar explicaciones.

—No te comportes como un turista —dijo—. Limítate a mirar.

Las fotos no me gustaban pero me fascinaban. O me dije que así era. Compré cuatro y las guardé en un armario durante meses. Me vino muy bien olvidarme de enmarcarlas.

Esto resulta preocupantemente americano, pasar tanto tiempo en el coche, pienso. Como si fuera un refugio, una madriguera.

Llevo varios minutos sentado en el aparcamiento de la clínica. Hace tres o cuatro años que no he estado en este lugar y lo han ampliado y reformado. Para mis adentros soy tan patético como para fingir que por eso sigo aquí sentado.

Lo admiro todo: el cartel nuevo, la ampliación nueva (un encantador establo tipo casita) y jardineras en las ventanas con campanillas, el toque de Lil, por supuesto, que empiezan a replegarse para el resto del día. La fuerte lluvia de la noche anterior ha cesado pero unas nubes finas y grises, como el humo, siguen surcando el cielo a toda velocidad.

Había pensado que si llegaba aquí temprano, los tendría para mí, que estaría en territorio neutral (para mí), lejos de oídos indiscretos (bueno, ¿quién podía culpar tales oídos, cualesquiera que fueran, en aquella situación emocionante y ligeramente sórdida?). Pero hay dos coches junto a la furgoneta de David, así como otra furgoneta con un pequeño remolque para caballos.

De hecho me planteo regresar a Tealing. Exhalo un suspiro y salgo del coche.

Está claro que la acción se encuentra en el encantador establo. Oigo un relincho asustado, la protesta de los cascos sobre el cemento. Oigo la voz de mi hermano, tranquilizando al animal para que sepa que está en buenas manos. Parece una voz superpuesta en un anuncio de seguros de vida. Cuando llego a las puertas abiertas, un hombre de mediana edad y una adolescente miran en mi dirección. El hombre asiente a modo de saludo. Observan mientras David y Lil contienen a un pequeño poni regordete (los pequeños muerden más y más rápido, solía advertirnos mamá). El poni está atado en el espacio abierto del centro del establo, y Lil, junto a su cabeza, le acaricia el cuello mientras le mantiene la boca frenada. El animal sacude el hocico hacia el techo repetidamente, ensanchando las narinas rosadas.

—Despacio, chico, muy bien, guapo, tranquilo, así me gusta —murmura ella una y otra vez. Poco a poco, las protestas van menguando.

—Muy bien, el fármaco hará efecto —afirma David, que está medio agachado junto al poni, sosteniéndole una pata delantera flexionada contra su muslo—. Ya está, justo a tiempo —dice cuando la cabeza del poni empieza a decaer en los brazos de Lil—. Así me gusta, *Nero*, un poco de costura y quedarás como nuevo. El corte es profundo pero bastante limpio. —Alza la vista hacia el hombre (casi tan pequeño y rechoncho como el poni) y añade—: Habría preferido que llamaras y así habría ido a tu casa. Es arriesgado transportar a un caballo herido, aunque sea de forma superficial. —Me ha visto, detrás de los dueños del poni. Me dedica una mirada fugaz al pronunciar la palabra «arriesgado», lo juro, y luego vuelve a mirar al hombre regordete.

—Lo encontré muy temprano, y pensé que llegaríamos antes de que pudiera llamarte. Lo dejarás bien cosido, ¿verdad? —pregunta el hombre con un acento escocés de pueblo muy marcado.

—*Nero* quedará como nuevo, no te preocupes por eso, pero me gustaría hablar contigo de la alambrada que tienes en la finca. Me acusan de mis ideas demasiado modernas, pero no soy partidario del alambre de púas si puede evitarse. Lo suyo es instalar un sistema eléctrico. —Mientras habla, David ya le ha cosido el tajo a *Nero*. El animal tiene la cabeza apoyada en Lil mientras ella lo sujeta. De vez en cuando abre los ojos de golpe y ronca ligeramente, como un borracho somnoliento al volante de un coche.

La chica, que parece pertenecer a una clase social que está dos escalafones por encima de la de su padre, le recuerda que un granjero vecino le dio el mismo consejo.

—Por si no te has enterado, la Edad Media ya pasó.

—Pequeña, ya nos has explicado lo mismo a tu madre y a mí no sé cuántas veces —dice su padre con dulzura.

Estoy seguro de ello, respondo para mis adentros. Me quedo por educación a un lado y me fijo en la joven: las uñas pintadas de verde oscuro, un piercing en la nariz y otro en la ceja. Por sorprendente que parezca siento una simpatía visceral por el padre regordete. (¿Será un presagio? ¿Acaso la idea de la paternidad —tutelada o biológica— me incita?)

Concentrado en la costura, David dice:

—Gillian, ¿hablamos de lo que le das de comer a *Nero*? Se ha puesto un poco... voluminoso, por así decirlo.

Alza la mirada hacia la muchacha con un destello en la sonrisa y ella se ríe, encantada. En su efusiva respuesta, se las apaña para implicar a su padre en los malos tratos. Dice algo del grano barato que pide para las vacas y cabras. Él ni siquiera se opone.

—Disculpa —dice David a Gillian cuando ésta acaba de eludir la culpa—. Fenno, ¿te importaría esperar en la consulta? Hay té en el hornillo. Preséntate tú mismo a Neal.

Así, sin más, me echa. Lillian no me ha dirigido la mirada ni una sola vez.

Siento el impulso insolente de regresar al coche y dejar plantados a esos cretinos, David y Lil, al papá gordito, a la niña punki y a su poni. A la mierda todos. Pero entro en la consulta principal a través de una alegre puerta de dos hojas con el pestillo brillante. Me saludan en estéreo un joven con una bata blanca encorvado sobre una calculadora y una mujer con un gato siamés en la falda. El gato ronronea con satisfacción. Un gato hipocondríaco, supongo. Está claro que no es una urgencia y decido que habrá venido para someterse a alguna prueba. Tomaré mi decisión basándome en si atiende al gato antes que a mí. Porque, por estúpido que parezca, estoy aquí sin haber decidido una respuesta firme a la pregunta inminente. Lo tenía que decidir en mi viaje al norte. Lo tenía que decidir mientras me alojaba con todos los lujos en Arran. Lo tenía que decidir en el viaje de vuelta sin rumbo fijo. Lo tenía que decidir en la intimidad tardía e insomne de la habitación de mi infancia y, por último, durante el viaje temprano que he hecho hasta aquí hace una hora. No lo he conseguido ni una sola vez.

Me siento al lado de la alegre puerta de dos hojas y antes de que la dueña del gato empiece a hablar del tiempo, cojo la revista más cercana, una de veterinaria. Paso las páginas con resolución a través de ubres inflamadas, hígados ictéricos y encías supurantes sólo para mantenerme a salvo en mi caparazón y adobar mi indignación justificada. Neal, indiferente a mi presencia sin animal de compañía, vuelve a concentrarse en sus cálculos, balanceándose de forma estúpida adelante y atrás mientras marca los números. (Aquí tenemos a un aspirante, oigo que me susurra mi madre con aspereza).

De hecho he empezado a leer sobre los carcinomas celulares escamosos en los gatos de pelo corto cuando David entra por la puerta doble. Sin apenas mirarme, me pone una mano sobre el hombro y me lo aprieta unos instantes mientras dice:

—Hola, *Wally*, ¿cortamos los puntos y te devolvemos a tu soleada casita? —La mujer se pone en pie sosteniendo a *Wally* entre los brazos. A tenor de su expresión radiante, me doy cuenta de que está encaprichada con mi hermano, como imagino que sucede con todas sus clientas. David acaricia a *Wally* (que se encoge al sentir su tacto) y luego se vuelve para conducir a gato y dueña por una puerta interior. *Wally* empieza a emitir un maullido apenas audible, como el gemido de una mala recepción radiofónica. Así me siento yo, pienso cuando David cierra la puerta detrás de ellos.

Me pongo en pie y lanzo la revista encima de la mesa, un gesto de despedida fruto de la indignación del que nadie es testigo, pero entonces se oye un zumbido que me sobresalta. Neal descuelga el auricular.

—Sí, sí... ¿Ah, sí? —dice, mirándome fijamente. Deja el teléfono y pregunta—: ¿Eres el famoso Fenno?

—¿Famoso? —digo (o gruño).

Se echa a reír.

—El hermano alocado de Nueva York.

—Yo soy poco alocado.

—Bueno, alocado o no, la señora McLeod le espera en el establo.

Pienso en mamá, la única señora McLeod que conozco: esperándome en el criadero de perros, en el coche, en la planta baja de Tealing, en el aeropuerto antes de que enfermara... y ahora quizá, si el concepto que Lucinda tiene del universo resulta vencedor, esperándome en el más allá. O, si vence el de David, esperando en un infierno de la Iglesia Presbiteriana Escocesa las almas igualmente condenadas de sus amantes (a los que yo seguiré) mientras papá habita un banco de nubes alpinas, una isla griega literalmente divina. Por ahí deambula, eterna y felizmente pensativo, esperando a su buen hijo Dennis y a su encantadoramente optimista amiga Marjorie Guernsey-Jones. No veo tan claro si David alcanzará o no el cielo, aunque en estos momentos me resulta imposible ser objetivo.

A medida que el aumento de las temperaturas anunciaba la llegada de otro verano, yo parecía vivir en una especie de claroscuro, u «oscuroscuro»: entre dos tipos de oscuridad. En apariencia, Tony y yo parecíamos mantener una especie de acuerdo, pero sinceramente no sabía qué incluía. Nunca mezclé nuestra vida con el resto de la mía, tal como había decidido hacía ya tiempo. Ni siquiera lo intenté. A veces Tony venía a un recital. Se quedaba a tomar vino y queso y en ocasiones nos marchábamos juntos después de que yo recogiera. De modo furtivo, Ralph me lanzaba una mirada lasciva pero no me agobiaba para que le contara detalles dado que por fin estaba ocupado con una relación propia: un arquitecto de Princeton cuya casa, los fines de semana, daba la bienvenida incluso a los perros.

La salud de Mal volvió a empeorar, aunque de forma sutil. En mayo, junto con el narciso y las lilas, el dermatólogo húngaro realizó su debut. A Mal le salieron las manchas en el interior de la boca, y la doctora Susan, tal como me refería a esa figura de suma importancia pero sin rostro, recomendó otro médico, el cual le inyectaría la última poción de esperanza directamente en las lesiones.

Cuando regresó de su primera visita con el médico nuevo, Mal me llamó y me pidió un favor, el primero en meses. ¿Podía pasarme por cierto restaurante japonés y pedir una sopa de miso para llevar? En la puerta de su casa me pareció más pálido que hacía unos días. Hablaba con voz apagada porque intentaba mover la boca lo menos posible.

Mal dejó el recipiente con la sopa sobre la encimera de la cocina. Se volvió y dijo muy lentamente:

—Tengo un pacto con esta enfermedad demoníaca. Consigo mantener el síntoma más condenatorio y burdo... bien escondido, pero con el doble de dolor. El tratamiento del siglo. —Dijo «burdo» como «gurdo» y «siglo» como «sigo». Acto seguido cerró la boca haciendo un gesto con el dedo y me acompañó a la puerta.

Repentinamente (aunque éste era el modo como me llegaban la mayoría de las noticias del extranjero), Dennis llamó para anunciar su boda, en menos de un mes. No tenía ni idea de quién podía ser la novia. Se habían conocido en París, explicó. Era guapísima, lista, resuelta... y para su deleite, había decidido que él, Dennis, ya le iba bien.

—¿Bien? —dije—. ¿Sólo bien?

No, no, me aseguró Dennis, entre risas, estaban ardientemente enamorados.

—¿Y eso basta? —pregunté lacónicamente.

—Oh, Fenny, has perdido el sentido del humor. ¡A veces se sabe! ¡Lo sabes! ¿Nunca te has sentido así? —Por supuesto que no, quería soltarle. ¿Me imaginas enviando postales de Navidad en Kodacolor con mi media naranja y los retoños? Pero le felicité, le dije que estaba ansioso por conocerla. Me imaginaba que debía de ser angelical, aunque todavía no había conocido a nadie de nacionalidad francesa que poseyera tal virtud.

¿Era necesario precipitarse con la boda?

Se echó a reír.

—Bueno, sí, más vale, si es que quiere caber en el vestido de su abuela, que es el que siempre ha querido llevar. —Se rió un poco más, como si estuviera drogado, y su novia, en mi interior, pasó a ser mucho menos angelical—. Si te es imposible, lo entenderé. Y, de todos modos, tampoco será una gran celebración, teniendo en cuenta lo reciente que está la muerte de mamá.

Podría haber sido el acontecimiento del siglo, planificado con un año de antelación, y Dennis también habría excusado mi ausencia (creo que no sabría reconocer una rencilla aunque la tuviera delante de las narices). Por tanto, me sentí aliviado y no porque no quisiera estar allí.

En junio Mal se quedó en casa una semana y la pasó prácticamente en cama. Por primera vez entré en su dormitorio. Al igual que en el mío, las ventanas traseras daban a una serie de jardines, algunos descuidados, otros arreglados pero todos ellos en un estado u otro de floración. Las dos paredes largas que llevaban a las ventanas estaban recubiertas de libros y discos, y sobre la ancha cama oscura tipo trineo había un edredón que sabía que debía de haber hecho Lucinda, una locura de colcha con terciopelo, velvetón, jacquard y satén, en verde, azul y dorado con una franja negra de vez en cuando.

—Dos décadas de vestidos de fiesta que le supliqué que no diera a la beneficencia, sobre mis rodillas —explicó Mal cuando le pregunté—. Le dije: «Bueno, mamá, si no me los puedo poner, déjame al menos arrebujarme en su interior».

Y ¿quién sabe? A lo mejor me curan el insomnio. Así la convencí.

Mal nunca me dejaba cocinar, pero podía ir a buscar la cena al Gondolier's Pantyhose, Le Codpiece de Santa y a un restaurante chino recién bautizado como One Fun Yum. Daba la impresión de tener un hambre voraz. La dieta ascética se había acabado y las lesiones cancerosas de la boca, dijo, casi habían desaparecido.

—Son como el bonito lunar de Cindy Crawford, no como los agujeros negros de Carl Sagan, que lo único que quieren es sorberme el cerebro. —Pero Mal estaba cansado, muy cansado—. Literalmente siento los fémures que tengo en mi interior. A veces tengo la impresión de que me pican las costillas. —Las camisas lavadas y planchadas en la tintorería que había recogido la semana anterior seguían en su funda, apiladas en el estante del armario. No pregunté por el trabajo, por los conciertos que se estaba perdiendo. Para el cuatro de julio se sintió con fuerzas suficientes para visitar a unos amigos en Fire Island.

Tony y yo nos quedamos en la insulsa azotea del edificio de Ralph y contemplamos a lo lejos los fuegos artificiales sobre el río Hudson. Aquella noche trajo una cámara y lo fotografió todo, casi al azar: las copas de los árboles y los tejados de los edificios que nos rodeaban, el cielo cuando se iluminaba, floreciendo con crisantemos de neón. Nuestros rostros y torsos, nuestras copas de vino, el cartón alquitranado y brillante que teníamos a nuestros pies. Cuando acabaron los fuegos artificiales, se marchó de repente.

—Tengo que hacer acto de presencia en un sitio —dijo. No me hizo falta preguntar por qué yo no estaba invitado. Me pasé horas tranquilizando al pobre *Rodgie* durante su primera noche de petardos y bombas varias. Dormía y se estremecía cuando sonaban las explosiones, bajo las sábanas junto a mis piernas desnudas. Su pelaje sedoso suponía todo un consuelo nostálgico.

Llamaba a Mal casi todos los días; cuando se sentía bien, se encrespaba al oír mi voz.

—¿Otra vez tú? ¿Qué pasa? ¿Que necesitas un par de riñones para hacer un pastel?

No fue a Europa para los festivales, pero seguía escribiendo críticas de discos nuevos y cubriendo los escasos conciertos locales importantes que había en temporada baja. El trabajo, sobre todo el hecho de escribir, le insuflaba energía renovada mientras pudiera rechazar con una arrogancia predecible mis ofertas de ayuda, aunque no estuviera completamente activo.

—¿Quién llama? ¿El servicio de pañales? El bebé todavía no ha nacido.

Cuando sí me necesitaba, era muy pragmático y disimulaba su gratitud. No me importaba porque había empezado a
pensar en aquella época, en aquella temporada, como «los últimos días de Mal», y las atenciones que le dedicaba eran egoístas. No quería que se muriera, y sabía que le echaría de menos, pero pensaba mirar atrás y verme como un ángel de segunda fila. No tenía interés en saber lo que todavía se esperaba de mí, pero me enfrentaría a cada tarea a medida que surgiera. Hasta el momento, mis cometidos habían sido fáciles.

En septiembre, cuando las luces de Mal estaban encendidas la mayoría de las noches, empecé a preguntarme por su trabajo. Indeciso por si lo que quería era tranquilizarme o prepararme para el FIN, buscaba en el periódico su columna y aunque estaba convencido de que sus conversaciones continuas sobre el trabajo debían de ser una falsa ilusión o fingimiento, allí estaba, con una entrevista a Michael Wilson Thomas o una crítica en la que expresaba una perplejidad maliciosa ante la dirección artística trillada de una nueva versión de *El lago de los cisnes*. «Si debemos pasar por la angustia de expirar de nuevo en esas aguas, por muy catártico que pueda resultar, ¿acaso no merecemos la justicia de una imaginación fresca? ¿No nos merecemos llorar sin los tutús negros, las coronas de rosas de nailon negras, el fondo boscoso que parece sacado del contenedor de un decorador de la Plaza Athénée?» Se esforzaba menos por suavizar sus varapalos críticos.

Una tarde tras ir a recoger la ropa de la tintorería, me topé con dos jóvenes delante de su edificio descargando cajas de un taxi.

—¡Disculpa, disculpa! —me gritó una de ellas mientras subía las escaleras principales—. ¿Vives aquí?

Dije que no, que iba a ver a un amigo.

—¿No será Mal? ¿Malachy Burns?

Tras un poco de barullo y trasiego, los tres nos plantamos frente a la puerta del apartamento de Mal con cuatro cajas de cartón, un gran cuadro envuelto en papel (más un esmoquin recién lavado y planchado y un paquete de ropa de cama planchada).

—Hola, Mal —dijeron las chicas a coro cuando abrió la puerta—. ¡Esperamos que todo esté aquí! Juliette lo ha empaquetado. Dijo que te diéramos las gracias por dejarle quedarse con tu sitio, pero dice que puedes recuperarlo cuando quieras.

Ayudaron a entrar las cajas pero no aceptaron una bebida. Antes de marcharse, una de ellas abrazó a Mal y le dio un beso en la mejilla, lo cual le sorprendió.

—*Ciao* —dijo con suavidad mientras cerraban la puerta de la entrada.

—¿Un adelanto de Navidad? —pregunté.

Mal empezó a desenvolver el cuadro.

—Lo más próximo al último adiós. «Felicidades: te has ganado el privilegio de trabajar en casa. Proto-cese.» —Cuando quitó todo el papel, mostró un póster con un traje de colores vivos: una chica o un chico, no estaba claro, con un turbante y unos pantalones bombachos traslúcidos. Él o ella llevaba una cimitarra y probaba la punta con la yema del dedo. Mal observó la imagen durante unos segundos y entonces la giró por completo hacia mí—. La *Sultane Bleue* de Scherezade.

—Es muy hermoso —dije.

—Pues es tuyo, si quieres. Ya lo tengo muy visto.

—Gracias —respondí.

—Si no lo quieres, puedes decirlo. No me ofenderé.

—Sí que me gusta.

—Pues mejor. —Apoyó el cuadro en la pared y entró en el salón—. Tómate algo, para ti es una orden. Aunque me alegro de que las chicas no se quedaran. Son buenas chicas, pero chicas al fin y al cabo y no me refiero a que sean mujeres. Es curioso cuando empiezas a ver a la gente de veinticuatro años como si fueran prepubescentes. ¿Te acuerdas de esa edad? ¿Te acuerdas de lo indignado que te sentías cuando los amigos de tus padres te decían lo joven que eras? ¿Lo exasperante que resultaba saber que ellos para entonces ya se habían casado y tenido hijos?

—O habían ido a la guerra —añadí.

—El mío se libró. No es que quisiera librarse, o eso dice. Su madre se lo llevó a escondidas a Wisconsin, a la granja de su hermano, que no tenía hijos. No había ordeñado una vaca en su vida pero aceptó. El mundo podía estar en guerra, incluso enfrascado en una guerra encomiable, pero para su madre, mi padre era el mundo.

Al igual que Mal para la suya.

Pedimos la cena (*coq au vin* en Le Codpiece) y comimos en la cocina con vistas privilegiadas de las cajas innombrables sin abrir. Me guardé muy mucho de ofrecerme a llevarlas a su dormitorio o ayudarle a desempaquetarlas. Me imaginaba que contenían las menudencias de cualquier despacho —archivadores, grapadoras, rollos de celo, una docena de lápices y bolígrafos medio usados—, si bien era más probable que estuvieran llenas de objetos tan hermosos y singulares como los adornos de su apartamento: una zapatilla de ballet autografiada, la diadema de un vestuario, el programa con hojas doradas del estreno de una gala, unos guantes de niño antiguos, una chistera de seda plegable.

Después de tomarnos el pollo, Mal abrió el congelador y me ofreció una amplia variedad de helados y sorbetes. Decliné la oferta y él se sirvió. Nuestra conversación había llegado a un punto muerto y yo escuchaba el sonido de un cucharón recogiendo helado de forma metódica para depositarlo en un cuenco. Cuando Mal regresó a la mesa, me miró de hito en hito y dijo:

—¿Te das cuenta de que nunca me preguntas cómo me encuentro?

—Lo siento —dije aunque la pregunta me molestó. ¿Cuánto podía esperar de mí?

Mal negó con la cabeza.

—No, no, ahora no te desmorones por eso. No es una crítica, es que me tienes... ¿maravillado? —Se llevó la cuchara con helado a la boca y cerró los ojos de placer—. Quizá esté necesitado en estos momentos pero no me hace falta una enfermera, alguien que me tome el pulso todos los días.

«Todavía no», no pude evitar pensar.

Ha empezado a lloviznar de nuevo y el establo está poco iluminado.

—Fenno, esto es un lío absoluto —dice Lil en cuanto entro. Se acerca a mí con su abrazo almibarado pero me detengo en el umbral y me cruzo de brazos. Eso hace que también ella se pare.

—Sería difícil no estar de acuerdo.

Le brillan los ojos.

—Estás muy enfadado.

—Sí. Y me pregunto si sabes por qué.

—Cuánto lo siento —dice. Se tapa la cara con las manos.

Me propongo no complicar la situación consolándola.

—Si dejases de llorar un momento, podría pensar con mayor claridad —digo con voz queda.

Se traga las lágrimas y se seca el rostro con las mangas de la bata blanca. Debajo, atisbo un vestido de verano floreado y las delicadas pecas que le pueblan el pecho.

—Esa carta espantosa, qué estupidez escribirla corriendo sin...

—No era espantosa —digo—. Me dejó abrumado, pero me habría dejado K.O. con una frase o dos. Ya estaba noqueado, de hecho.

—Pero eres...

—No, me toca a mí —interrumpo con severidad. Exhalo un suspiro y aparto la mirada del rostro acongojado de Lil. Me percato de que estoy apoyado en el establo de *Nero*. El poni ronca tumbado sobre la paja. (¿No se suponía que los caballos duermen de pie? Mi pobre mente egoísta ansía cualquier distracción)—. Me gustaría que la gente dejara de tratarme como si hablara un idioma extranjero y no pudieran decirme directamente lo que fuera. ¿Es que resulto tan intimidante? ¿Tan difícil soy?

—Esto no es precisamente «lo que fuera» —dice Lil.

—No me refiero a esto o sólo a esto. ¡El gaitero del almuerzo! ¡Los cánticos de la iglesia! Las ridículas cenizas, que, por supuesto no tengo.

Lil respira de forma entrecortada y rítmica, la réplica a las lágrimas.

—Quizá nosotros también deseemos lo mismo. Y tal vez no seamos el «nosotros» que tú ves. Ni siquiera David y yo.

—Bueno, estoy enfadado con David. Muy enfadado con él. No tengo ni idea de adónde fueron a parar las cenizas de papá. Si las hubiéramos enterrado...

—Por favor, no hablemos de eso. Por favor.

—¿Te refieres a que hablemos directamente de lo tuyo? Bueno, hablo de lo que me da la gana —digo—. Esto forma parte de lo que quiero decir. —(Me oigo adoptando una voz quejumbrosa y escucho a Mal: «No imites a Rodney Dangerfield.* Nadie te está faltando al respeto; tienen una vida que vivir».)

Lil rompe a llorar otra vez.

—Oh, David tenía que haber... Yo quería que David...

—Si le hubieras pedido a David que hablara conmigo sobre el tema del bebé, te aseguro que habría sido un error garrafal. —Me rindo y la rodeo con los brazos, lo cual hace que llore todavía más, encima de mi camisa.

—Deja de interrumpir —dice entre sollozos—. Quería que se disculpara... —Suena el interfono de la pared—. ¡Joder! —Se separa de mí y descuelga el auricular. Le dice a Neal que llamará a alguien. Le dice que está bien, que le acaba de dar un ataque de estornudos. Debe de ser la paja nueva. El perspicaz Neal se lo tragará.

Cuando Lil cuelga, respira hondo y de forma irregular. Le tiendo un pañuelo. Se sienta en la silla que hay junto al interfono y se suena la nariz. Apoya la cabeza en la pared y cierra los ojos.

—Tienes razón, habla. Habla de lo que quieras.

Desde el compartimento contiguo al de *Nero*, una enorme vaca de raza Angus, con aspecto aburrido, no me quita el ojo de encima. Si fuera paranoico, diría que tiene una expresión acusadora.

* Célebre humorista estadounidense nacido en 1921 y que todavía sigue en activo. (*N. de los T.*)

—Si tú y David tuvierais un hijo que yo... que tuvierais con mi ayuda, es decir, si pudiera, y si viniera de vez en cuando de vacaciones, como ahora, ¿cómo sería?

Lil abre los ojos.

—No sé. —Le ha entrado hipo—. ¿Cómo te gustaría que fuera?

—Tampoco lo sé y eso es lo que me preocupa. —Sólo que sí sé una cosa: temo querer que eso me convirtiera en muy importante, desde el momento en que entrara la maleta en la casa que me encantaba de pequeño hasta el momento de mi partida, todas y cada una de las veces. En realidad, querría «reinar», como si la primogenitura se hubiera vuelto a poner de moda. Pero le cuento una verdad más sencilla—. ¿Sabes? Me sorprendió mucho, y sigue sorprendiéndome, descubrir lo mucho que me gusta ser tío. Casi me resulta embarazoso. Me refiero a que es tan... bueno, me hace sentir como, tal como tu marido me informó el otro día, el clásico maricón. —Lil da un grito ahogado y empieza a hablar pero levanto la voz—. Bueno, no quiero que deje de ser así, y no quiero otra cosa... otra cosa que no puedo predecir... que interfiera en ello. Me refiero a que es un estado muy pasivo, ¿no? ¿Quién diría que «mimo» demasiado o que me inmiscuyo? No llevo a esas niñas al zoo ni les confío los caprichos de la vida, bueno, no todavía... —La vaca me mira como el idiota farfullador que soy. *Nero* sigue roncando.

—David dice que podrías implicarte como quisieras —afirma Lil. Tiene el cuerpo y la voz tensos, la parálisis de la esperanza repentina.

—El magnánimo Davey. —No me resisto a decirlo.

—Lo es, ya lo sabes —dice ella con pesar, sin ira. Pesar, estoy seguro, por mi incapacidad de apreciar a ese hermano tanto como ella sabe que se merece.

La pausa que se extiende ante nosotros parece un túnel largo y silencioso, una cinta de goma cuya elasticidad es eterna. Pienso que ésa es la pausa preñada de significado por antonomasia. No he perdido de vista dónde estoy ni por qué estoy aquí. Durante el transcurso de esa pausa, estoy al mando. Reino.

—Te estoy torturando —digo—, y eso es lo último que quiero. Mira. Huí. Estoy en un aprieto, querida Lil, que te beneficia, porque sencillamente no me imagino diciendo que no, no a algo importante, y no me parece bien para mi sensatez. No es una declaración trascendental y no la he preparado, de hecho llegué aquí con una tormenta de confusión descabellada en la cabeza y lo siento si parece una falta de desconsideración. Pero es un comienzo, ¿no?

Como si tuviera el don de la oportunidad, la vaca expulsa una ventosidad huracanada y, cuando la miro, me sonríe con auténtica benevolencia. «Muy bien, idiota —me regaño—. Recobra la compostura y vive.» Vive: una orden que recibí de forma explícita hace tiempo y que intento respetar por todo el privilegio que me otorga. Da igual que a menudo parezca una carga que preferiría guardar en el desván con la intención, el lujo imprudente, el verdadero lujo, de guardarla para alguna temporada futura sin determinar.

Once

En octubre Tony volvió a marcharse. Esta vez anunció su partida. Regresaba a París porque podía cuidar del mismo apartamento (y los mismos cuatro gatos persas) que el año anterior. Tal vez volviera en Navidad. Me informaría al respecto.

—Veamos —dijo—. Estoy siendo un buen chico, ¿no?

Estábamos comiendo en el restaurante tailandés que se había convertido en nuestro lugar de encuentro. Era asequible y estaba lo suficientemente lejos de mi barrio para evitar encontrarme con los clientes habituales de la librería. No me emociona lo que Ralph denomina «cotilleos».

—Te vas mañana y me lo dices ahora.

—¡Los planes cambian! No quería engañarte diciéndotelo demasiado pronto y que luego todo se fuera al carajo. Tal vez tú hicieras también planes que dependieran de mi ausencia, ya me entiendes.

—Podría hacerlos de todos modos. —Sonreí—. Orgías y cosas así.

Sabía que lo que estaba diciendo era probablemente cierto, al menos la primera parte. Tony odiaba hacer planes de cualquier tipo con más de un día de antelación. Le iba de perilla comprar esos billetes de avión baratos para los que te llaman el día antes y te dicen que hay una plaza libre.

Nunca había estado en el apartamento de Tony y había renunciado a mi curiosidad. Si bien sabía que vendía fotografías por aquí y por allá, no sabía cómo se las apañaba para llegar a fin de mes. Por lo que sabía de su vida, estaba seguro de que no procedía de una familia adinerada. Si fuera americano, le habría preguntado sin rodeos, y recientemente había caído en la cuenta de que uno de los motivos por el que a Tony le gustaba mi compañía era que la estricta reserva propia de mi cultura se convertía en la aliada perfecta de su secretismo infantil (gran parte del cual era gratuito, nada más que una forma de control). Que yo supiera, tenía un trabajo, respetable incluso, pero lo ocultaba para tenerme intrigado (y yo, por supuesto, no iba a expresar tal curiosidad). De vez en cuando íbamos a inauguraciones de arte y nos encontrábamos con algún conocido suyo. Él me presentaba y el conocido me dirigía una mirada rápida de complicidad, como reconociendo nuestro papel compartido de inocentes felices, víctimas propiciatorias de los encantos escurridizos de Tony.

Entre los encantos de Tony figuraba el de hacer regalos al azar. Una camisa de lino con el azul cobalto perfecto de los jacintos. Un hermoso y maltrecho relicario de plata en forma de pie en miniatura (la tapa donde estaría el tobillo, una ventanita de cristal rudimentaria sobre los metatarsianos, porque en otro tiempo había contenido supuestamente ese hueso del pie de un santo). Una primera edición de *Viaje al amor* de William Carlos Williams (el título, supuse, más una broma que una promesa). Cada regalo ofrecido sin fanfarrias ni motivo aparente, envuelto en papel de periódico o sin envolver, entregado mientras caminábamos por la calle o estábamos sentados en un taxi, en un atasco. («Toma. Te he comprado esto»).

A veces me preguntaba si los regalos eran sobornos. Pagos para mantener nuestra actitud distante en todo menos en las relaciones sexuales. El ardor que sentíamos era el mismo, nos encontrábamos sin palabras pero solía ser cara a cara, clavándonos la mirada con gravedad antes de contorsionar los cuerpos, inesperadamente infatigables, en otra configuración. Tony casi nunca se quedaba hasta la mañana, y si lo hacía, nuestra proximidad terminaba en cuanto se levantaba de mi cama. Empezaba el día ridiculizando mi «cazo de vieja» (la tetera que se apagaba sola) o mis «dedos blandos» (me gusta llevar zapatillas de estar por casa). O respondía a las llamadas matutinas de *Felicity* con «¿La eterna optimista quiere un consolador?» o algún otro comentario infantil. Acabé prefiriendo que se marchara antes del amanecer.

No consideraba que quisiera algo más. Tras el pánico inicial al escuchar las noticias de Tony, me sentí aliviado. Su ausencia me proporcionaría un respiro productivo durante dos o tres meses. Aquello parecía demostrar a mi yo obtuso e ilógico que estaba satisfecho con o sin él, que era libre de hacer lo que quisiera. No me planteé si lo que su ausencia me ahorraría sería el agotamiento de un deseo tan incesante que había devenido casi inconsciente, como si no me hubiera dado cuenta de que el agua que bebía era salada, siempre salada.

Más o menos por la misma época, Mal anunció su retirada. Me invitó formalmente a cenar. Al llegar, abrió una botella de champán caro. Se permitió tomar dos sorbos.

—Por mi hígado que languidece —brindó al dar el primero, y en el segundo—: Por mi paracaídas dorado. Que disfrute de unas vistas gloriosas durante el descenso. —Se sentó y empezó a reírse como un histérico—. Suena increíblemente sexual, ¿no? Como «lluvia dorada».

A mí no me hacía gracia.

—¿Te han despedido?

—Por favor, tienen una notoria fama liberal que conservar. Nunca osarían hacer tal cosa. No, mi orgullo es lo que me ha puesto de patitas en la calle.

Mal me contó que había empezado a sufrir bloqueos al

escribir. Las palabras que estaba a punto de teclear se evaporaban y le dejaban la mente de un color más gris y neblinoso que la pantalla que tenía delante. Al cabo de unos momentos, como un ordenador al límite de su capacidad, recuperaba la concentración e hilvanaba todas las palabras que creía haber perdido. Pero cuanto más le pasaba, más dudaba de las palabras que seguían al bloqueo. Le parecían los vocablos de un intruso mental, un polizón, y todo lo que escribía a continuación le parecía falso, impuesto, incluso falto de sinceridad. Perdía el contacto con sus convicciones: una catástrofe para un crítico.

—Me vi entregando un artículo que mis editores rechazaron porque lo que había escrito era delirante o demencial o una pesadez absoluta.

No podía darle una respuesta sencilla. Mal había encendido la chimenea y me volví para mover los troncos con un atizador de latón serpenteante. Detrás de mí, dijo:

—Ahora viene cuando preguntas si pienso dedicar todo mi tiempo libre a viajar, a ir en avión con amigos y parientes, a dar paseos solitarios por la playa porque realmente es más pijo en temporada baja cuando no hay nadie.

Dejé el atizador en el soporte y me volví.

—No. Ahora viene cuando intentas humillarme haciéndome creer que habría sido capaz de decir algo tan necio.

Mal se rió.

—¿Ya no puedo practicar estos juegos?

—Puedes hacer lo que quieras.

—¿Porque soy un alma libre?

—Es una forma de decirlo.

—¿Y la otra?

—Que te gusta fingir que no estás enfadado o temeroso o furioso conmigo por... —Me sobresalté ante mi propio temor. ¿Qué estaba diciendo?

Mal me interrumpió cansinamente.

—¿Por tu salud? ¿Por tus obligaciones continuas? ¿Por ganar el trofeo de la suerte del tonto? —Esbozó una vaga sonrisa en dirección a la ventana. Le había avergonzado, una proeza impresionante que me hizo sentirme mal. Se puso en pie—. Voy a poner la cazuela al fuego. Espero que te guste el hinojo... No, no, siéntate. Quédate aquí y tómate el champán. No hay que desperdiciarlo.

Mientras cenábamos, me contó que todavía no le había dicho a su madre que había dejado de trabajar, pero que tendría que decírselo y que sabía lo que eso implicaba. Se convertiría en una presencia mucho más intensa en su vida, y sí la quería, pero...

—No te apetece que asuma el mando.

La piel del contorno de los ojos de Mal ofrecía un aspecto gris y frágil. Las arrugas recientes que se extendían hacia las sienes parecían las fibras de un pincel de pelo de marta. Ese envejecimiento acelerado le hacía parecerse más que nunca a Lucinda.

—No quiero dedicar la energía que necesitaré para impedírselo. Ni causarle el dolor.

—Entonces cede, aunque sea un poco.

Exhaló un suspiro.

—Si un poco fuera posible...

Mantener la energía se convirtió en la ocupación principal de Mal. Ahorraba reservas preciosas para gastarlas pasando un fin de semana con amigos o unas cuantas horas de pie en un museo. Al comienzo se pasaba la mayoría de los días en su apartamento escuchando metódicamente sus discos, por compositor o intérprete, en orden cronológico. (Era un purista rebelde del tocadiscos y sólo utilizaba el reproductor de CD para escuchar grabaciones nuevas cuya crítica tenía que escribir; en esa época, por supuesto, ya no le servía de nada.)

En aquella época le llevaba leña en vez de las camisas lavadas en seco. A veces ordenaba en la estantería los discos desperdigados sobre la cama y lavaba los platos que había en el fregadero. Una noche, cuando se quedó dormido escuchando a Lotte Lehmann cantando a Schubert, encontré un escabel y doblé otra vez la ropa blanca que había en las estanterías altas del baño. No mucho antes, nunca habría permitido que una desconocida le quitara el polvo a sus pertenencias o le escogiera la fruta, pero ahora una sirvienta hondureña iba al apartamento y él pagaba tanto al colmado como a la lavandería china para que le llevaran las cosas a casa. Todavía no necesitaba que alguien se ocupara de su cuerpo.

Seguía cruzando la calle para ver a *Felicity* una o dos veces por semana. Se sentaba a mi mesa de la librería durante una hora, a leer un libro de arte a veces, mientras ella parecía patrullar por sus hombros estrechos y arreglarle el pelo ralo. Un día de noviembre estaba sentado hojeando un nuevo volumen muy logrado sobre Caravaggio. Con la voz cantarina que utilizaba para dirigirse a *Felicity*, dijo:

—La suya sí fue una vida corta e intensa, ¿no crees?

A modo de confirmación, el cielo soltó un aguacero inesperado. Sonó como un cargamento de cuentas de cristal cayendo sobre la acera. *Felicity* respondió con un *glissando* apasionado.

Rompimos a reír.

—Lo seguirá haciendo hasta mucho después de que me marche —dijo Mal—, y no le pondrás ni una nota de ópera, ¿verdad, cretino?

—Bueno, vale, un poco de Pavarotti de vez en cuando —dije sin pensar. Cada vez me costaba más cumplir con la formalidad de protestar contra su sino.

Mal siguió hojeando el libro de Caravaggio.

—Y nada de Streisand, por favor, y menos esos duetos espantosos con ese castrado peludo de los BeeGees. No tendrás un disco de esos, ¿verdad?

El temporal había oscurecido la librería y recorrí la tienda encendiendo las lamparillas reservadas para más tarde; a Ralph le gustaba lo que denominaba su resplandor de sangre azul (me parecían muy típicas pero no merecía la pena preocuparse por ellas). De repente, la puerta delantera se abrió con gran estrépito y las campanillas se agitaron en un breve frenesí cacofónico. Con la ráfaga de aire frío y húmedo, recordé otro día como aquél, tres años antes, el día que Mal me trajo a *Felicity*. En ese momento me observaba desde su hombro, y cuando la miré a los ojos, inclinó la cabeza como preguntando: «¿Y ahora qué?».

Tras una reunión familiar durante una cena tardía y polémica, llegamos a la conclusión de que las cenizas de papá deben de haber acabado en el cubo de la basura por culpa de los adolescentes descuidados que recogieron la mesa después del almuerzo.

Cuando Véronique hace esa sugerencia, Dennis se ríe a mandíbula batiente. Todos hemos tomado demasiado vino, y Dennis más del que jamás le he visto beber.

—¿Te parece divertido? —pregunta David.

—Es horrible, Davey, por supuesto que sí, pero es que parece una situación de *Fawlty Towers* o esa farsa ambientada en un restaurante que todo el mundo piensa que debería gustarme, ¿cómo se llama? *Have You Served Me*? —Dennis reprime otra ronda de carcajadas.

—Me dejas atónito. Me dejas atónito, joder.

David ha estado con los nervios a flor de piel desde que ha vuelto del trabajo. Ha sido el último en llegar a Tealing después del largo día que empezó, para mí, viéndole coser la pierna de *Nero*. No ha hecho ningún esfuerzo por estar conmigo a solas, aunque ha intentado mirarme directamente a los ojos durante la cena y dedicarme una sonrisa elocuente.

No he podido evitar apartar la mirada. Ahora el vino le ha sacado de sus casillas todavía más (y a Dennis lo ha dejado completamente atontado).

—Eso es lo que pasa por no contratar a verdaderos profesionales —declara Véronique.

—Gracias por tu perspicaz sabiduría —dice David.

Si con anterioridad me ha dolido que me dejaran al margen, esta noche me alegro de sentirme como un transeúnte durante el cruce de acusaciones (ninguna dirigida a mí, ya que todo el mundo se siente culpable por haberme acusado de la desaparición de papá). Además, es innegable que disfruto de la perspectiva tipo comedia de situación en estos momentos difíciles, aunque comparta la consternación de David. Entonces se me ocurre que todas esas bolsas de basura siguen en el garaje, aunque el almuerzo tuviera lugar (es increíble) hace tres días. David, tan comedido como siempre, había dicho que las recogería él.

—Pues venga, arremanguémonos y echemos un vistazo —propongo.

David tarda unos segundos en entender mi sugerencia.

—Bueno, sí, tienes razón, Fen. Vamos a probar. —Se pone en pie y mira a Dennis.

Dennis pone cara de asco divertidísimo y dice:

—¡Cielos! Tengo que lavar unos cuantos platos... —Señala la larga mesa de la cocina, donde están los platos de toda la comida.

—Y dejar que se te pase la borrachera —apostilla David.

Su gemelo, que apila platos de forma ruidosa, no le hace ningún caso.

—¿Por qué siempre pareces el mayor cuando estamos todos juntos? —digo mientras nos dirigimos al garaje—. Es la primera vez que estamos solos desde nuestra discusión sobre mamá y estoy muerto de miedo ante lo que nos espera. (¿Que mi esperma sustituya el suyo? ¿Que un análisis de sangre ponga de manifiesto que soy un cadáver en espera, el siguiente miembro de la familia cuyas cenizas podrían extraviarse? ¿Que la vida puede ser cruel de forma sinuosa?)

—El hijo mediano es la rueda chirriante, ¿no es eso lo que dicen? —David abre la puerta del garaje y enciende la luz—. ¿O es porque soy el que sigue yendo a la iglesia?

—Es algo digno de reflexión —digo con aire distraído. Entramos en el frío húmedo del cemento. Hay tres plazas para coches, una ocupada por el viejo Volvo de papá. En la segunda hay un alijo de objetos varios: un cortacésped, tres grandes cajones metálicos para perros, una pila impresionante de cajas de cartón (según las meticulosas etiquetas, números atrasados de revistas de veterinaria como la que me ha tenido de rehén esta mañana), y una caja enorme que se supone que contiene piezas de un aparato de rayos X.

En el tercer espacio, el que solía ocupar el coche de mamá, están los vestigios del almuerzo a la memoria de papá: tres sillas plegables sueltas que encontramos después de que la empresa de alquiler recogiera; una alfombra raída colocada bajo el travesaño de la terraza y cinco bolsas de basura llenas a rebosar, del tamaño de una morsa.

David exhala un suspiro.

—A lo mejor la podemos palpar, la caja —sugiere mientras arrastra una de las bolsas y la cachea de arriba abajo.

Cojo otra bolsa y hago otro tanto.

Siguiendo esa estrategia no conseguimos nada. David vuelve a exhalar un suspiro. Cruza el garaje, rebusca detrás del coche de papá y regresa con una lona impermeabilizada manchada de pintura. La extiende sobre el suelo de cemento.

—Esto va a oler a gloria —dice—. ¿Qué tal tienes el estómago?

—Sorprendentemente sólido. —Observo, maravillado, a

David mientras desata el nudo de una de las bolsas y vierte sin miramientos el contenido sobre la lona. Pero, claro, se trata de un hombre capaz de introducir las manos en los intestinos de una vaca.

Como si me leyera el pensamiento, vuelve al coche y trae lo que parece un trapo.

—Los guardo en el maletero por si sufro una avería, para toquetear el motor. —Me da un par de guantes quirúrgicos y se enfunda él otros con destreza.

Esparcimos masas de servilletas de papel empapadas, hojas de té, cajones de fruta chafados, recortes florales, huesos de melocotón, cristales rotos y viscosos despojos vegetales. Tardamos dos minutos en llegar a la conclusión de que la caja no está en ese lote, pero entonces nos enfrentamos a la tarea aún más desafiante que supone volver a introducirlo todo en la bolsa.

Probablemente porque intentamos no respirar, trabajamos en silencio durante la búsqueda en los tres primeros lotes. Pero la bolsa número cuatro contiene las carcasas de pollo que Dennis deshuesó para el tajín. Retrocedo y siento náuseas.

—Salgamos un momento —sugiere David.

Por suerte, nos quedamos un rato en la oscuridad bajo la llovizna, una bruma fresca y fina como rocío vaporizado procedente del mar.

—No vamos a encontrarla —sentencio.

David permanece callado durante unos instantes.

—Esto va a fastidiarme —dice al final.

—¿Que no puedas darle sepultura de modo formal, o que alguien esté lo suficientemente perturbado como para robarlo?

—Nadie lo ha robado, Fen.

—¿No pueden haber confundido la caja con otra cosa?

David se ríe.

—¿Como qué? ¿Una caja de bombones? Menuda sorpresa.

—Tal vez vuelva por correo, de forma anónima.

—Eso es lo que cree Lillian. Incluso rebuscó en el jardín, ¡como si alguien se hubiera llevado a papá de paseo y lo hubiera dejado al aire libre! Es capaz de esperar el paquete un año. Nunca se da por vencida, en nada.

Esa frase nos sume a los dos en el silencio. Más tarde me preguntaré si siguió esos derroteros a propósito.

—¿Sabes que en un momento determinado creí, temí de hecho, que planearas robármela? —pregunta David.

Emito un sonido inarticulado, entre gruñido y gimoteo.

—¿Recuerdas las Navidades que la traje a casa y descubrí que la conocías? Te la comiste con los ojos durante toda la cena. Me refiero a que si las miradas raptaran... —La situación le divierte, como si la idea de que yo sedujera a Lillian, le robara el corazón, resultara patética o absurda—. Siempre fuiste el más listo, el más culto, y ella era así... una especie de Virginia Woolf en ciernes, con el brillo de una luciérnaga, y yo iba a remolque, fingiendo que todos aquellos libros me gustaban tanto como a ella, fingiendo las pasiones intelectuales que me recordaban a ti. Justo después de conocerla, estudié minuciosamente los libros que tenías en tu cuarto, como si fuera un curso de reciclaje a la desesperada. A ti aquello te apasionaba de verdad.

—Pero da igual —digo—. Entonces te enteraste. El marica fue desenmascarado.

David parece abatido. Alza la mano en señal de renuncia. Le corto la disculpa.

—No, no, demasiado tarde. Hay otros temas que exigen nuestra atención de forma más inmediata.

—Fenno, me siento tan confuso... ¿Qué digo? ¿Qué puedo decir?

¿Gracias desde lo más profundo de mi corazón castrado?

¿A la mierda con tu recuento espermático? ¿Que la fuerza fértil te acompañe? Se me ocurren varias sugerencias desagradables.

—Lo que pienses que deberías decir, considéralo dicho —declaro, no obstante—. No hay nada confirmado. Ya veremos qué pasa.

Asiente con solemnidad.

—Vayamos paso por paso.

—Sí. —Le tocaría el brazo si no pensara que se estremecerá. Lo cual me haría enfadar de nuevo cuando, por fin, por fin, tal vez sólo durante unos instantes, no estoy enfadado con nadie.

Y no, aun después de que mi supuesto estómago de hierro devuelva la mayor parte de otra comida de cuatro estrellas, las cenizas de papá no aparecen entre la basura.

Mal anunció con desenvoltura que dado que aquellas Navidades quizá fueran las últimas, las pasaría allí donde se celebraban a lo grande, en Londres. El *Mesías* se cantaba como debía ser, en una catedral donde los monarcas recibían el bautizo, se casaban y desfilaban en ataúdes repletos de lirios blancos enormes como trombones. Las tiendas estarían llenas de una algarabía y una animación dickensianas. Y dejando de lado todas las pifias culinarias previsibles, el pudín de Yorkshire sería realmente perfecto.

—Además, las Navidades no son como el día de Acción de Gracias. Lo importante no es la comida —declaró Mal.

Cuando Lucinda se enteró de que no iría a Vermont, no protestó; se limitó a decidir que Vermont seguiría a Mal y, echando mano del talonario de cheques y de los contactos del Senador, alquiló un apartamento para la familia.

—Ahí van los gastos de matrícula para acabar los estudios de una docena de jovencitas descarriadas —dijo Mal—.

¿Era necesario que especificara que llevar séquito no forma parte del plan?

Parecía inusitadamente feliz y dije:

—Entonces, después de Navidades, deshazte del séquito y para Fin de Año ven a donde se celebra como debe ser... la tierra de Hogmanay,* el primer visitante de Año Nuevo, hombres altos y morenos con pedazos de carbón. —Aquél era el papel que a David le encantaba representar; desde hacía ya varios años había sido el encargado de llevar la briqueta de carbón de la buena suerte al umbral de Tealing.

—¿Somos un folleto turístico? —preguntó Mal.

—Somos, como ya has visto, una familia desesperada por gozar de una diversión inteligente.

Me alegró que aceptara; por lo menos su presencia me ayudaría a reprimir el impulso de cruzar el Canal de la Mancha. Había recibido una única postal de Tony, un mensaje críptico y burlón que insinuaba que quizá regresara más tarde de lo previsto: «Llevo una vida agradable aquí y espero que siga así. Tal vez consiga otro empleo hasta marzo si tengo suerte. ¿Te sientes solo? ¿Vas mucho de fiesta? *Recordez moi*? Resérvame una de tus bonitas sonrisas escocesas. Estaré de vuelta antes de que te des cuenta». Sin firma. Bueno, pensé. Volvía a sentir mi vida a salvo, incluso un poco displicente. Pero tenía aquellas punzadas de anhelo, y cuando me atravesaban, eran muy intensas.

Resultó ser que el entretenimiento fue irrelevante aquel año. Llegué a la conclusión de que la boda de Lillian con David había alterado las relaciones en Tealing de una forma tan discreta como un nuevo arroyo que va abriéndose camino plácidamente a través de los bosques (aunque se diera por sentado, mamá había sido una fuerza dominante en aquella

* Nombre dado en Escocia al último día del año. (*N. de los T.*)

época y habría eclipsado a cualquier mujer que entrara en el redil). Pero aquel año, el pequeño planeta conocido como «Familia» había recibido el impacto de un cometa en la forma de mi segunda cuñada, la orgullosa embarazada que era Véronique. Perfumada con fragancias caras, ostentosamente cariñosa (incluso con papá), siempre demasiado elegante con terciopelos, sedas y prendas ribeteadas de piel, anunció su llegada sin el menor atisbo de humildad. Y su sorprendente juventud, pues no aparentaba más de veinte años, hacía que su estilo y seguridad resultaran incluso más ofensivos. Me desagradó de inmediato y casi me alegré cuando me convencí de que la antipatía era mutua.

Papá recibió a Véronique con un entusiasmo festivo que no sólo me fastidió sino que me sorprendió. Era Navidad, sí, pero también era el primer aniversario de la muerte de mamá. Cortó acebo de los campos, como siempre había hecho mamá, pero en vez de atar las ramas con un haz sencillo y sujetarlo a la puerta, aceptó la propuesta de Véronique de convertirlas en una corona con mucho estilo. Pidió la caja de naranjas sanguinas que a mamá siempre le habían gustado y, tal como hacía ella, las vertió en el gran cuenco chino que sólo salía del estante para desempeñar tal función. Sin embargo, papá permitió que Véronique cogiera una docena de naranjas, las pinchara con clavos y flores abrillantadas y las colgara de lazos de terciopelo en todas las ventanas delanteras, un gesto decorativo que mamá habría deplorado. No obstante, tuve que convenir con mis hermanos en que las vacaciones de verano de papá en Grecia le habían ido bien y que el anuncio de su retirada del *Yeoman* parecía más un sensato acto de limpieza que una retirada fatalista.

Aquellas Navidades también estuvieron marcadas por el debut de Dennis como chef itinerante en Tealing. Eso también agradó a papá (sin duda fue un alivio saber que su hijo estaba ahumando truchas en vez de fumando marihuana). No pareció ofenderle lo más mínimo que Dennis recorriera la cocina deshaciéndose de las viejas cajas, tarros y latas de galletas de mamá, incluso cacerolas y sartenes que le parecieron de poca calidad. «El aluminio se filtra en los alimentos y pasa al cerebro. ¡Causa demencia!», oí que le explicaba a papá, que se encontró una pila de cazuelas junto a la puerta trasera, fuera, bajo la nieve. Papá se echó a reír y le dijo: «Bueno, continúa. Déjame una sartén para el bacón y una tetera. La demencia ya la tengo declarada».

David y Lil apenas estaban por allí. Trabajaban de contables en la época de declaración de impuestos y se pasaban por la casa después de cenar cuando podían, se esforzaban por entablar conversación y luego se quedaban dormidos delante de la tele, con las cabezas juntas e inclinadas. Yo que siempre era el último en aparecer, apagaba las luces y, cuando así no se despertaban, les ponía una manta por encima de los hombros. Cuando bajaba por la mañana, ya se habían ido; la manta estaba doblada y los cojines alisados. Incluso el día de Navidad, David se pasó la mañana trabajando. Y papá se ausentó durante largo rato. Seguía yendo al pueblo en coche, al periódico, cada dos días más o menos, quitándose la costumbre de una vida dedicada al trabajo. Lo normal era que me quedara solo con los casi inseparables recién casados.

Un día subí a buscar un libro y me encontré a Véronique en medio de mi habitación, mirando alrededor como un agente hipotecario. Se disculpó por sobresaltarme (no por entrar en una habitación ajena) y me preguntó si no me parecía que el cuarto, con la cálida y maravillosa luz del sol que se filtraba por las ventanas toda la tarde, sería una habitación perfecta para sus hijos cuando vinieran de visita. ¿Acaso no «florecería» la habitación si las molduras se pintaran con un tono muy pálido de azul lavanda?

—*Comme ça* —dijo al tiempo que se tocaba la blusa de seda, que se hacía eco del azul de sus ojos innegablemente hermosos.

Aunque una parte de mí debía reconocer que esa habitación ya no era «mía» (y que los nietos tiran más que los hijos ya adultos), me costó mucho contener la ira.

—Personalmente, ese color me parece un poco vulgar —declaré.

—Amarillo, entonces, un amarillo muy pálido, ¿qué te parece? —fue su respuesta inmediata. No fui capaz de distinguir si su mirada intensa y exasperantemente hermosa era ingenua o burlona.

—Oh, sí, amarillo. ¡Cómo no, amarillo! —exclamé—. Una decisión de lo más acertada. Y en vacaciones futuras, dormiré contigo y con Dennis al otro lado del pasillo. Será como una gran fiesta en la que los amiguitos se quedan a dormir, ¿qué te parece?

Se rió distraídamente y me dio un beso en la mejilla.

—¡Qué gracioso eres! —dijo.

Después de eso, salí a menudo a vagar por el bosque y el campo, afrontando un aire más frío del que me habría gustado, sólo para huir de su efervescencia inquebrantable. Las casas nuevas que encontré me llenaron de un resentimiento infantil, y las botas de agua que me prestó David me hicieron salir ampollas en los talones porque eran demasiado grandes. La mujer me desagradaba todavía más por culpa de aquellas concesiones a mi comodidad.

El día de Nochevieja recogí a Mal en la estación de tren. Londres había sido una elección acertada, dijo, incluso con Lucinda y su hermano pisándole los talones («Ninguna *faux fiancée* este año, gracias a Dios»). Su hermana había decidido que era demasiada molestia hacer cruzar el océano a sus hijos pequeños ante la promesa de peor tiempo, más humedad y el riesgo de las bombas de los irlandeses. El Senador se reunió con ellos para Nochebuena y Navidad.

—Agárrate, el viejo va a intentar el asalto a Washington, ahora, en el último momento —dijo Mal—. Strom,* viejo amigo, ándate con cuidado.

—¿Tu padre cuántos años tiene? ¿Unos sesenta y cinco? Tampoco es tan mayor en esos círculos.

—Bueno, en los míos es como Matusalén —afirmó Mal—. Pero ésa no es la cuestión. Apuesto a que algún asesor joven y astuto le ha dicho que a los ojos de los electores que necesita, ya sabes, todos esos neoyorquinos conservadores, un hijo que está muriéndose de una epidemia debería anular el bochorno causado por el catolicismo antiabortista de mamá. Tal vez el contraste resulte conmovedor. Ya sabes, «Amor de madre desafía al Papa», ese tipo de titular cursi. Piénsalo, mi vida sufrirá un gran cambio.

—Yo no me sentiría tan halagado —le dije.

Cuando cambié de tema y le hablé de Véronique, espetó:

—No te cae bien porque es francesa. Es uno de esos conflictos culturales que llevas en los genes: envidia congénita ante quienes poseen una elegancia innata.

—La verdad es que tiene estilo —reconocí—. Pero espera y verás.

Por supuesto, fue ella quien abrió la puerta en cuanto oyó nuestra llegada. Para mi perverso placer, saludó a Mal dándole dos besos en las mejillas, repasándolo de arriba abajo y declarando alegremente que era el americano más desnutrido que había conocido en su vida. Tenía que ir rápidamente a la cocina y permitir que su marido le engordara. Supongo que era un cumplido basado en su ideal del mundo

* Referencia al conocido político estadounidense Strom Thurmond (1902-2003) fallecido a la edad de cien años después de ejercer como senador 48 años de su larga vida. (*N. de los T.*)

en que «nunca se está demasiado delgado», pero a mis oídos sonó a una estupidez supina. Mal sonrió y preguntó si su marido preparaba suflés; hacía semanas que se moría de ganas de tomar suflé de chocolate. De inmediato, rodeando con un brazo a la novia, Dennis recitó de un tirón su repertorio: moca, chocolate blanco, *gianduja** y el clásico y delicioso chocolate negro.

—Clásico y delicioso —respondió Mal—. La imagen que tengo de mí mismo para dentro de unas décadas.

Dennis se echó a reír con alegría y le dio una palmada a Mal en la espalda.

—¡Seguro que sí!

Como en sus anteriores visitas, cuando la casa había estado igual de llena, Mal dormía en una cama plegable en mi habitación. Su insomnio no viajaba pero murmuraba en sueños. Se trataba de una costumbre en la que no me había fijado las otras veces que compartimos esa habitación, o tal vez fuera nueva: el temor que recubría con ingenio durante el día se filtraba por la noche. De todos modos, me sobresaltó en varias ocasiones, y a veces me quedaba despierto durante una hora o más, rumiando sobre mi enojo con Véronique (y con Dennis, por quererla) o echando de menos a mi madre, que había mantenido cada cosa en su sitio y a las personas en el lugar que se merecían.

El número de linfocitos T de Mal había dejado de disminuir, dijo la doctora Susan, pero no le gustaba el estado de su hígado. Hizo una lista con los alimentos que debía evitar y le dijo que se despidiera definitivamente de cualquier tipo de bebida alcohólica. Recibí esa noticia al llevar mi cargamento de leña semanal mientras escuchábamos una sonata para flauta de Bach.

* Famoso chocolate del Piamonte. (*N. de los T.*)

—¿Sabes?, nunca te he oído tocar —dije.

—He regalado la flauta, así que me temo que ya no me oirás —declaró Mal. Cuando dije que me sabía mal, se apresuró a responder—: De todos modos, hacía tiempo que lo había dejado. No puede considerarse una tragedia. —Lanzó una mirada a la funda de disco que tenía junto a él en el sofá—. Pero toqué esta pieza, y no demasiado mal, el último verano antes de que me ausentara sin permiso de una carrera como concertista. —Se paró a escuchar un momento—. Una música muy cortés, ¿no crees? Tal vez sea el influjo del clavicémbalo, instrumento que a muchas personas les parece superficial, robótico, pero yo no estoy de acuerdo. Recuerdo qué emotivo se nota desde dentro... aunque supongo que podría tratarse del fin de la charla adolescente... Ahora entra la hermosa melancolía del violonchelo. Escucha.

Escuché, tanto la música como las evocaciones de Mal. Intenté imaginármelo, con diecisiete años, de pie con ese instrumento pequeño y plateado preparado junto a la boca seca, balanceándose como un árbol tierno a merced de la brisa, como había visto que hacían los flautistas en los escasos conciertos a los que había asistido.

—Me enamoré un poco de esa violonchelista. —Mal pronunció esas palabras con voz tan queda que sólo oí bien la mitad y pensé que se refería al violonchelista de la grabación hasta que prosiguió—: Era un intérprete extraordinario pero también dejó esa vida. Las vidas se vuelven... —exhaló un suspiro— tan complicadas por otras vidas...

Miré a Mal y vi que se estaba replegando, al borde de las lágrimas. No dije nada, no sabía a ciencia cierta si aquella extraña muestra de pesar era la respuesta al recuerdo de ese verano, al cáncer de su hermano y el trauma que había supuesto para su familia, o al camino del que se había desviado debido a ese trauma. Quizá estuviera simplemente pensando en cómo había sido sentirse tan joven, sentir que la vida era tan lánguidamente larga. Mal tenía tantas razones para venirse abajo por completo que me maravillaba su autocontrol continuo.

Escuchamos juntos el disco hasta el final, tras lo cual Mal se levantó, lo extrajo del plato, lo introdujo con cuidado en la funda y puso el segundo disco. En el transcurso de un largo solo («Sarabande», susurró Mal al comienzo del movimiento al tiempo que levantaba un dedo), los únicos sonidos audibles eran el chisporroteo del fuego y el paso sibilante de los coches en la calle húmeda. Estábamos en pleno invierno —las ramas exentas de pájaros— y la flauta sonaba gélida y aristocrática. Mal tenía los ojos bien abiertos pero transmitía la expresión trastocada y embelesada de alguien que lee. Cuando hubimos escuchado las dos caras, guardó el disco y se llevó la funda a la cocina.

—¿Un té? —preguntó, y se opuso cuando me ofrecí a prepararlo.

Le seguí de todos modos y le observé alarmado cuando tiró el disco al cubo de la basura. Había otros discos.

—No me preguntes —dijo con dureza—. Estoy haciendo limpieza. Y no, no te los puedes quedar. Ni tú ni nadie.

La siguiente vez que le visité, oí un sonido que nunca había oído en casa de Mal: el del televisor. En una de sus primeras visitas a mi casa, Mal me había elogiado por no tener; él conservaba el suyo, dijo, sólo para ver cintas de vídeo en la cama, conciertos y alguna película de vez en cuando. Ahora lo había trasladado del dormitorio al salón, donde retumbaba con las noticias más sensacionalistas del día.

—Sí, sí, he sucumbido —reconoció Mal cuando me vio la cara. Estaba tumbado en la *chaise longue* verde, envuelto con una manta—. Es la mejor anestesia sin receta que conozco.

—No estoy aquí para llevarte la contraria —dije, aunque estaba claro que no me parecía bien.

La encendía todas las noches; si echaba un vistazo al otro lado de la calle veía el brillo epiléptico desentonando con el tapiz art déco de la pared. En una ocasión, miré en esa misma dirección y vi algo totalmente distinto: cuerpos moviéndose, rostros sonrientes, manos levantando bebidas. Me enfurecí. Había dado por supuesto que Mal ya no recibía invitados y que, si lo hacía, me incluiría.

La noche siguiente hice mi entrega tarde, a propósito, y me encontré a Mal mirando el discurso del estado de la nación. Cuando entré, apenas me saludó.

—Cierra los ojos y escucha. Si tuvieras una voz como ésa, ¿no te habrías pegado un tiro hace ya tiempo?

No me habría costado mucho estar de acuerdo, puesto que George Bush me sonaba como los Monthy Python imitando a una maestra de parvulario.

—¿Te interesa el estado de la nación? —pregunté, no obstante.

—¿Nación? ¿Qué nación? —Mal se rió—. Piénsalo. Dentro de un año mi padre podría estar postrado ante los pies palmeados de este sapo. —Le recogí de encima de las rodillas un plato con una pechuga de pollo a medio comer. Me dio las gracias pero no apartó la vista de la tele.

Puse otro tronco en el fuego y me senté frente a él, desconcertado. Dos presidentes diminutos pontificaban desde sus retinas. Nunca había visto a Mal tan ausente de sí mismo. Al cabo de unos minutos habló.

—¿Ese perro tuyo no tiene que salir a pasear?

—Dentro de una hora o dos.

—Bueno, no necesito nada más. Ya veo que esto no te va tanto como una copita de Glenlivet.

—Ni a ti —respondí—. En general.

—Ha llegado el momento de cambiar de marca de general. ¿O es que no te has dado cuenta?

Me levanté.

—De acuerdo, de acuerdo. —Mientras bajaba por la escalera, le oí gritar.

—¡Oh, tú pecador, más que pecador! ¡Que te den por ese culo triste y arrugado! —Oí un pequeño estrépito. Parecía el mando a distancia rebotando contra la tele.

Al día siguiente por la noche me encontré con Lucinda en la tienda de alimentos naturales. Me desconcertó no sólo por su presencia sino porque me besó en los labios.

—Hola, hola, ¿te ha dicho Mal que ahora prácticamente somos vecinos?

Le dije que no.

—Los hijos nunca pierden ese reflejo adolescente, ¿verdad? ¡Sabe Dios los trucos nuevos que una madre puede idear para avergonzar a un muchacho en público! Hace casi una semana que estoy aquí. —Parecía alegre y feliz, llena de sana determinación. Había subarrendado un pequeño estudio cerca de Washington Square («¡Más o menos como una colmena de grande!») donde residiría durante los próximos meses. La Casa, explicó, había obtenido una subvención con la que pagarle un curso intensivo de orientación profesional; la Universidad de Nueva York tenía el programa perfecto—. Y Zeke quiere quitárseme de encima mientras prepara la «estrategia» de su campaña, lo cual es bueno, ya que pocas veces nos ponemos de acuerdo en política, la política con mayúsculas. No le importa que haga de mujer soltera, siempre y cuando vuelva a interpretar el papel de esposa adorable delante de todas esas cámaras. Eso lo sé hacer dormida.

—Pues me alegro por ti, por la subvención —dije.

—Estudiaré como una posesa, Dios mediante, si todavía sé cómo, pero no nos comportemos como desconocidos. —Cogió mis manos entre las suyas y me las apretó con tal fuerza que noté cómo sus anillos se me clavaban en la piel.

En el carrito de Lucinda vi varios de los zumos de fruta caros que Mal bebía entonces en abundancia, así como el té medicinal que había visto en su cocina.

—Pásate por la librería —dije—. La compañía agradable escasea.

—Apúntame en la lista —dijo, y me dio otro beso. Sabía que debía esperarla, ofrecerme a llevarle las bolsas, pero sin duda iba a casa de Mal, y yo no quería que él nos viese formando un tándem como ése. Había leído en algún sitio que las personas que están muy enfermas se vuelven susceptibles ante la idea de las conspiraciones.

Me fui a casa andando con rapidez para que no me alcanzara. En el vestíbulo, me volví para mirar hacia la ventana de Mal y vi, para mi consternación, aquel revelador parpadeo nevoso. Pero al cabo de un momento, cuando abrí el buzón, mi atención quedó totalmente secuestrada por un gran sobre azul con un sello extranjero y con una letra que apenas había visto pero conocía.

Dejé la bolsa de la compra y abrí el sobre. Contenía una invitación para la exposición de Tony en París. Abrí la tarjeta con rapidez. El *vernissage* se celebraría en cuatro días. Después de la fecha Tony había escrito a bolígrafo entre paréntesis «Así que ve pensando en *moi*». Nada más, cerré la tarjeta y miré la parte delantera.

Era la reproducción de dos fotografías, una junto a la otra, ambas (como siempre) primeros planos, perspicaces y casi incómodos. A la izquierda, el perfil recortado del rostro de un hombre. Sólo se le veía la comisura de los labios pero se notaba que reía. En la parte superior, la foto acababa justo por debajo del ojo. Observé la parte de oreja y el pelo de detrás. Seguí mirando. En el efecto del fondo había un árbol de noche, iluminado por un brillo fosforescente. La luz que proyectan los fuegos artificiales. Volví a mirar la oreja. Sostuve la tarjeta con el brazo estirado y la observé. ¡Qué curioso que conociera tan bien aquella oreja y nunca la hubiera visto desde ese ángulo!

La imagen de la derecha era otro perfil recortado: el borde exterior de la pelvis de un hombre, desde la cintura hasta el muslo. Más allá de la pálida cadera, contra un trapo arrugado con estampado de cachemira, la pata blanca y negra de un perro. Mi edredón. Mi perro. Mi cadera, durmiendo totalmente ajeno. Nunca habría permitido la entrada de la cámara en mi habitación.

Doce

El billete me costó una fortuna. Tony habría encontrado una forma de agenciarse alguna ganga de última hora, pero yo no era Tony. Ni por asomo.

Le pagué al chico del edificio de Mal para que cuidara de *Felicity*, Ralph se quedaría con *Rodgie*. Le dije tanto a Ralph como a Mal que tenía una urgencia familiar en Escocia; que mi hermano había sufrido un accidente de coche. He contado mentiras otras veces, pero nunca había dicho una mentira tan brutal (y que me dejara tan supersticiosamente nervioso por David, el hermano al que había herido de forma ficticia). Contarlo dos veces, aunque sólo fuera respondiendo a sus preguntas amables, me parecía de una crueldad extrema.

Pero solamente me marcharía durante tres días. Nadie me echaría de menos. Lucinda estaba allí para hacer de ayudanta.

Reservé una habitación en un hotelito caro de la Île St. Louis, lo escogí porque era el único nombre que se me pasó por la cabeza. Mis padres se habían alojado allí en una ocasión y les había encantado.

¿Cuál era mi plan? ¿Tenía plan? Nunca había experimentado tal furia esquizofrénica con anterioridad, una ira atravesada por momentos de satisfacción narcisista. Contra toda lógica, era una estrella.

En los tres días transcurridos entre la invitación y mi

partida, sufrí con la vida normal y corriente de la librería y una cena con Mal y Lucinda en su apartamento. Sin tele, gracias a Dios, aunque Mal estaba más irritable de lo habitual y no invitó a su madre a sacar las fotografías. Cuando las sacó, le dijo que aunque la primera vez quizá me hubiera gustado el espectáculo, con una vez había suficiente. Empecé a objetar (de hecho, había estado esperando aquella distracción), pero la mirada sombría de Mal hizo que me contuviera. En silencio, Lucinda guardó las fotografías en el sobre, lo introdujo en el bolso y no mencionó La Casa ni a las chicas de nuevo. En esa ocasión Lucinda no pasó por alto la fatiga de su hijo, por lo que la velada acabó temprano. Cuando le paré un taxi, me di cuenta de que se había llevado una decepción porque no la había invitado a mi casa.

—¿Vives aquí mismo, no? —dijo en cuanto salimos a la calle. Señaló mi edificio.

—Ahí arriba —señalé. Las ventanas estaban iluminadas; cuando sabía que no volvería antes del atardecer, dejaba una lámpara encendida para los animales.

—¿Todavía tienes ese loro tan encantador y hermoso?

—*Felicity*. Sí.

—Me gustaría verlo algún día...

—Pásate por la librería. Lo llevo todos los días. Es una especie de mascota. Así fue como Mal me convenció para tenerlo. —Y entonces apareció un taxi.

—Me alegro de que estés aquí mismo —dijo Lucinda mientras le sostenía la puerta abierta—. Me hace sentir segura.

Aunque soy capaz de dormir bien en el apretado asiento de un avión, esa vez ni siquiera eché una cabezada. No cesaba de cavilar, intentando en vano ver el cielo nocturno a través del reflejo de la ventanilla de plástico, intentando en vano tranquilizarme con la respiración suave y regular de quienes dormían como troncos alrededor. Bueno, ya dormiría por la tarde.

Cuando me registré en el hotel, me quedé escandalizado por el precio que había aceptado pagar. Una cosa era escucharlo por teléfono, presa de una furia febril, y otra muy distinta verlo impreso, dirigido a mí en un impreso contable con mi nombre. Me lo podía costear, pero tales despilfarros iban en contra de mi carácter y al comprobar que la cifra correspondiente a tres noches de alojamiento me permitiría comprar un coche de segunda mano, me preocupé por una corrupción de tal carácter. Todo lo relacionado con Tony desafiaba mis impulsos normales; cualquiera podría haber diagnosticado un caso de auto-rebelión, como si fuera mi propio hijo adolescente. Pero en aquel momento, habiendo llegado hasta allí sin ningún motivo aparente, mi imprudencia se me antojó peligrosamente elevada, un monumento construido demasiado rápido para mantenerse en pie. Sí, una locura.

Así pues, fui a mi habitación, con su decoración de terciopelo gris y sus vistas complementarias de un Sena gris y aterciopelado y no dormí. Caminé arriba y abajo. ¿Qué estaba haciendo? ¿Qué demonios estaba haciendo? Tras casi una hora de flagelaciones inútiles, había convertido mi estómago en un pequeño maremoto, así que me marché del hotel y caminé unas cuantas manzanas hasta un *bistrot* lleno de alegres comensales. Como había comido muy poco en el avión, me obligué a consumir la totalidad de un suculento plato alsaciano con patatas, salchichas y crema de leche y me tomé dos copas de un opaco vino púrpura. Esta vez, cuando regresé a la habitación, caí sin remedio en la cama color paloma y me desperté con la misma brusquedad en la oscuridad, aturdido por unos instantes. Cuando vi los dígitos luminosos del reloj (igual de sencillos y feos aquí que en cualquier motel perteneciente a una cadena), me incorporé y refunfuñé. El *vernissage* ya hacía media hora que había empezado. Cuando me miré en el espejo tenía la mejilla arrugada, el pelo sin brillo y los dientes malva por el vino que había tomado en la comida. Me duché y me vestí presa del pánico. Era demasiado tarde para pedir que me plancharan la camisa y todavía tenía el abrigo lleno de pelos blancos de *Rodgie*.

Por consiguiente, no fui, tal como había planeado, uno de los primeros invitados, capaz de aparecer y dejar a Tony anonadado, desconcertándole desde el comienzo. Atravesé la puerta de cristal de Maison Pluto para entrar en una sala con una iluminación tenue y llena hasta los topes de gente con el rostro borroso por las nubes del humo de los cigarrillos. (Según me enteré más tarde, el nombre de la galería era un juego de palabras petulante e infantil inventado por el director para transmitir la idea de que sus artistas estaban todos «muy idos».)

Puesto que me vi obligado a abrirme paso siguiendo la pared, me enfrenté a las fotografías de forma demasiado íntima. No eran tan grandes como había imaginado, pero el enfoque intenso resultaba fascinante. La primera que vi fue una mano, la mía, en la coronilla de *Rodgie*. Esa foto, a tenor del círculo adhesivo rojo de la pared, ya estaba vendida. Sentí una punzada de furia impotente.

En la siguiente imagen aparecía mi nuca y cuello contra un cielo adornado con fuegos artificiales a lo lejos; la siguiente, mis piernas y pies desnudos sobre el cubrecama, desde un ángulo que mostraba una estantería y, delante, varias pilas de libros que no encajaban. Los títulos de los libros resultaban perfectamente legibles.

Había visto una de las fotografías de la invitación, mi cadera desnuda, flanqueada por tres círculos rojos cuando Tony me sorprendió (en vez de que fuera al contrario). Primero noté su mano en mi hombro y antes de tener tiempo de darme la vuelta, estaba diciendo:

—*Bienvenu! Bienvenu!* Me había hecho una apuesta

personal sobre si vendrías o no. Creo que ha ganado la mayor parte de mí.

¿Cómo has podido...? ¿Qué demonios te...? ¿Qué tipo de broma cruel...? ¿Quién coño te piensas...? Tantos comienzos indignantes que no llegué a articular mientras advertía su sonrisa burlona, su francés paródico y la extraña combinación de distancia y calidez que transmitía su mano posada en mi hombro. Al ver a unas cuantas personas mirando en nuestra dirección, a Tony, no a mí, me percaté de que nadie lograría jamás identificarme en las fotografías porque mi rostro, en sus escasas apariciones, sólo era visible de forma fraccionada.

—No sé por qué he venido —repliqué con frialdad.

—Y tanto que sí. —Tony se echó a reír y dejó caer la mano—. Has venido porque me echas de menos. Y te morías de ganas de ver las fotos.

—No te he echado de menos —mentí en voz baja. Advertí que una mujer se abría camino hacia nosotros entre la multitud, llamando en inglés con un acento muy marcado.

—Tony, ¡tú escapista, tú!

—Eres un *voyeur* mezquino —afirmé.

—¿Yo? —dijo Tony—. ¿Yo soy el voyeur? *Je suis un artiste, moi!*

La mujer se situó entre los dos, abrazó a Tony con fuerza y le cubrió la cara de besos pigmentados antes de apoyar la cabeza sobre su hombro. Me la presentó como Marie-Ange y la rodeó con un brazo. Empezó a darse la vuelta, hacia otro admirador, y dijo:

—¿Vas a venir a la cena? Es en esta misma calle. Marie-Ange, dale *l'adresse, «sil vu plé».*

Me fue imposible marcharme sin antes ver todas las fotografías: anónimas pero invasoras. Me sentía, si no violado, sí ridiculizado, aunque sabía que era una reacción absurda. ¿Acaso deseaba en secreto que mi imagen resultara reconocible; que yo, el yo presente físicamente, no fuera, para todos los asistentes, nada más que un don nadie de mediana edad, un «inglés» nervioso con la camisa arrugada, abriéndome paso por la sala como si aquel acontecimiento estuviera realmente relacionado con el arte que colgaba de las paredes?

Me marché de la galería con la intención de no volver a ver a Tony, pero después de vagar por la rue du Bac y el boulevard Saint-Germain durante una hora gélida y húmeda, cedí y fui al apartamento de Marie-Ange. Volvía a tener hambre y, a regañadientes, disfruté de la comida. (Bueno, de todos modos, puedo hacerle el vacío, pensé.) Me senté al lado de una chica australiana que había conocido a Tony hacía poco y que manifestó con excesiva efusión su deseo de que la fotografiara.

—¿No es el hombre más misterioso que conoces? ¿Aunque nunca se comporte como tal? Me tiene fascinada —declaró—. Tiene esa especie de magnetismo tan fuerte, ¿no te parece?

«Magnético como un agujero negro», pensé para mis adentros.

En medio de esa Tonyfiesta (Tony sentado en un extremo de la larga y poblada mesa, codo con codo con Marie-Ange, que era, a tenor de las paredes, una mecenas, si no más), todo lo que ella decía sobre Tony me hacía sentir pequeño y banal, una hormiga obrera en la línea laboral del amor. No me preguntó de qué lo conocía, parecía dar por supuesto que el mundo entero conocía a Tony, ni tampoco qué me parecían sus fotos.

Antes de los postres, Tony recorrió el largo de la mesa al tiempo que recibía felicitaciones y halagos. Nunca se me había ocurrido lo buen político que podría llegar a ser. Dejé de mirarlo a propósito y entonces, por segunda vez el mismo día, sentí el impacto de su mano sobre mi hombro.

—Tengo algo que enseñarte —me dijo al oído. Me puse en pie a regañadientes. Mientras me levantaba, besó a la chica australiana—. Aquí está mi Miss Koalafruta —cantó con voz suave, lo cual la hizo reír. —Me condujo pasillo abajo hasta una escalera de caracol—. ¿Qué te parece este sitio? ¿*«Mañific, nes pá»*?

—Sí —dije de manera cortante, pero le seguí.

En lo alto de la escalera había un gran dormitorio, exageradamente femenino (incluso en comparación con el de Ralph), lleno de adornos de encaje blancos, con docenas de fotografías en blanco y negro en las paredes. Reconocí una que parecía obra de Tony, una instantánea desde el césped de la casa situada entre Charles y Greenwich. En la cama yacían tres gatos persas. Uno de ellos levantó la cabeza para gruñir y luego perdió el interés.

Tony me condujo hasta un cuarto de baño y cerró la puerta detrás de nosotros. Empezó a desabotonarme la camisa. Me aparté y agarré la manecilla de la puerta.

Tony me cogió la mano y la colocó en su cintura.

—Vamos a ver, ¿éste es el tipo que ha cruzado un océano para verme?

Cuán absurdo resultaría arremeter diciendo que había cruzado un océano porque deseaba no haberle conocido, deseaba que nunca regresara, deseaba poder resistirme a él en lo sucesivo.

—No me digas que estás cabreado por lo de las fotos —dijo, sin dejar de desabotonarme la camisa.

—¿Cómo no iba a cabrearme? —dije, dejándole hacer.

—Pues como muchos otros tipos. Pero tú, tú eres raro. Un raro interesante, pero raro —declaró. Me tocó un pezón con la lengua. Tenía la espalda contra el lavamanos y, por encima de la cabeza, en un espejo grande felizmente iluminado, vi que la sangre me subía a la cara. Se retiró un poco para decir—: Deja de tomarte tan en serio. —Y esas fueron las últimas palabras que intercambiamos antes de regresar a las risas y al champán de abajo.

Me arrodillé en la alfombra blanca de felpilla, en parte para evitar mi reflejo detrás de Tony y, mientras le toqueteaba el cinturón, un complemento nuevo y caro, con una hebilla dorada y compleja, las manos dejaron de temblarme.

No me quedé tres días sino una semana. Aunque llamé a Ralph y al joven cuidador de *Felicity*, no llamé a Mal. No tenía ganas de que me sometiera a un interrogatorio.

Regresé a Nueva York agotado, desmoralizado, ahíto. La aduana fue una pesadilla, los sabuesos antidroga se habían vuelto histéricos con un equipo de esquí abandonado y para cuando crucé la puerta ya era casi medianoche. La lámpara que encendí despertó a *Felicity* y antes de tener tiempo de quitarme el abrigo, ya había volado desde el otro extremo de la habitación y me había dado un buen picotazo. Tuvo la delicadeza de escoger la muñeca y no la cara para expresar su sensación de abandono. Graznó con todas sus fuerzas, batió las alas y luego se situó sobre mi hombro mientras recorría la casa encendiendo las luces, echando un vistazo al correo, despojándome de la ropa. Era sábado, ya casi domingo, y *Rodgie* estaría en Princeton, con *Mavis, Druida* y Ralph. Ralph y yo habíamos llegado a un estado de distanciamiento benigno, por mi culpa, lo sabía, mientras que nuestros perros habían formado un trío satisfecho. Mi madre se habría escandalizado: aquel heredero de sus diligentes campeones holgazaneando con un par de spaniels mansos.

Enchufé el hervidor y clasifiqué el correo en la mesa de la cocina. Me había puesto la bata, tras lo cual *Felicity* reclamó mi hombro, acicalándose con avidez contra mi oreja izquierda. Cuando levanté la mano para rascarle el cuello, me dio un pellizco ligero, un recordatorio de que no todo estaba olvidado, y pronunció una de sus frases falsamente inteligibles: «Jactancia», pareció decir y me eché a reír.

—Sí —dije—. No vas desencaminada, pequeña. —Sus frufrús tipo tafetán hicieron que me alegrara de estar en casa.

Mientras separaba las facturas de los catálogos, los folletos del gimnasio y un par de postales de islas tropicales, exhalé un suspiro al pensar en la factura que todavía tenía que recibir, el coste de mi *sprint* trasatlántico. Me había marchado de París ni más ni menos feliz con Tony. No le conocía mejor; lo único que había aprendido era que nunca le conocería.

En el dormitorio, introduje a *Felicity* en su jaula junto a la ventana y retiré el cobertor, en ese momento me resultaba más familiar por las fotografías de Tony que por el lugar que ocupaba en casa. La luz roja del contestador automático, situado junto a la cama, parpadeaba de forma insistente: STOP, STOP, STOP, STOP. Escucha, escucha, escucha, escucha. Un faro que se había vuelto loco. Lo habría dejado hasta la mañana siguiente de no ser por el número de llamadas: 27. Observé la cifra. Seguro que no había nada por lo que alarmarse; en una ocasión en la que me ausenté sólo unas cuantas horas, al llegar a casa me encontré con la cinta llena de los monótonos pitidos de un aparato de fax en espera de establecer contacto. Me senté al borde de la cama y pulsé el botón.

Los dos primeros estaban vacíos, como si alguien hubiera esperado que descolgara a pesar de oír el contestador. El tercer pitido iba seguido de una voz que, por unos instantes, me embargó de pánico: la de mi padre. «Fenno, soy papá. No es ninguna urgencia... bueno, que yo sepa. Un amigo tuyo ha llamado aquí esta mañana esperando encontrarte. ¿Estás de camino? ¿Se trata de una sorpresa? ¿Te preparo la cama?» Sonaba alegre y saludable. Después de una pausa, añadió—: «No dijo nada, pero creo que era tu amigo Mal. Siento no haber preguntado.»

El siguiente mensaje era de un poeta que conocía de la librería; el hombre andaba a la caza de un recital, aunque fingía que le gustaría disfrutar de mi compañía para el almuerzo. Pasé rápido su voz gorjeante. El siguiente era de un asesor financiero en busca de clientes. El siguiente, de Lucinda. Sonaba tan desesperada como yo en ese mismo instante.

«¿Fenno? ¿Fenno? Fenno, no sé dónde estás, pero supongo, espero que escuches... escuches tus... mensajes. Mal está en Saint Anthony, no hay nadie más cerca para llamar, estoy esperando a que llegue Zeke, yo... es que pensé...» Su voz se elevó en un falsete frágil. Con una serenidad forzada, me dio el número del apartamento que había subarrendado. Paré la máquina y, mientras buscaba un lápiz a la desesperada, tiré al suelo todos los sobres que había dejado sobre la mesa.

Según el tono monocorde e inane que seguía al mensaje, lo había dejado dos días después de mi marcha. «Oh, Dios mío», me dije. Maldije el contestador mientras escuchaba los siguientes mensajes monótonos. Luego, como me imaginé, Lucinda había vuelto a llamar: «No sé por qué lo intento contigo, no sé adónde te has ido, espero que estés bien, pero sé que me habrías llamado si hubieras escuchado mi último mensaje. Mal está... lleva respiración asistida y le mantienen la presión sanguínea estable y no sé hasta qué punto es consciente ahora mismo, pero dicen que tiene alguna posibilidad... de recuperarse. ¿Nos llamarás? ¿Por favor?» Sonaba tranquila pero débil. Volvía a darme el número y dijo que escucharía los mensajes de ese número. Se pasaba casi todo el día en el hospital, explicó, pero no se podía llamar a la UCI.

De los últimos dieciséis mensajes, catorce eran de gente que había colgado, vacilante, y dos eran llamadas ocasionales de personas que conocía y me caían bien pero cuyas palabras, en aquel momento, ni siquiera oí. Me vestí mientras acababa de escuchar la cinta. Estaba llena. Lucinda había dejado el segundo mensaje hacía tres días. Si hubiera regresado cuando tenía planeado, habría estado en el avión acercándome a Long Island en aquellos momentos.

Llamé al número que Lucinda había dejado. Me resonó sin parar en el oído. Ninguna respuesta, ningún contestador. *Felicity* ya había escondido la cabeza bajo un ala y se había quedado dormida. ¡Para que después hablen de la telepatía de las aves! Fui al salón y eché un vistazo hacia el otro lado de la calle, como si las ventanas oscuras de Mal tuvieran algo más que decirme. Dejé una lámpara encendida esperando que *Felicity* no tuviera que despertarse de nuevo sin mí. Mientras cerraba la puerta con llave, deseé poder dejarle una nota.

El frío fue un castigo que necesitaba y merecía. Se me llenaron los ojos de lágrimas por la conmoción, y casi me vine abajo por esa fácil sugerencia de dolor. Crucé la calle y llamé al timbre de Mal. Mi único motivo racional era que si Mal no había vuelto, y no parecía que pudiera haber vuelto, alguien de su familia estuviera allí. Ensayé una presentación en mi cabeza. «No me conoces o quizá me conozcas pero...» Pero puede decirse que he tratado como a un perro a tu hermano/hijo. Si es que sigue vivo para odiarme por ello.

Para cuando llegué al Saint Anthony's Hospital eran las tres de la madrugada. La sala de urgencias parecía vacía cuando pasé por delante del brillo de su acuario. Dado que llegué por la entrada menos urgente del hospital, tuve que esperar varios minutos en recepción antes de que alguien advirtiera mi presencia. El guarda me miró con los ojos en blanco y no ofreció ningún tipo de ayuda.

—Vaya, no son horas de visita, guapo —dijo una mujer enorme y felizmente alegre mientras negaba con la cabeza para subrayar sus palabras—. ¿Tienes familia arriba?

Ya había mentido lo suficiente así que le expliqué que habían ingresado a un amigo mío mientras me encontraba fuera de la ciudad y que estaba ansioso por saber al menos en qué habitación estaba para cuando pudiera visitarle. La mujer se sentó frente a la pantalla del ordenador, lo cual le iluminó las gafas con una serie de franjas pequeñas y en movimiento, nombres, nombres, nombres y más nombres, entonces pulsó una tecla que detuvo la imagen y luego otra.

—Vaya —dijo.

Que no sea el depósito de cadáveres, el depósito de cadáveres no, el depósito de cadáveres, no, por favor. Pero ¿acaso estaría autorizada para darme tamañas malas noticias? ¿Qué podía decirme?

El cadáver entregado a la familia.

Preparado para una autopsia.

Ya no consta. Ya no está aquí, guapo.

—El señor Burns salió de la UCI ayer por la tarde. Aquí no consta el número de la habitación pero si vienes a partir de las ocho, el sistema te dará una. ¿Responde esto a tu pregunta?

—¿Está...? —Quería preguntar si estaba consciente, capaz de clavarme todo el aguijón ártico de su furia.

—Chico, yo no tengo conocimientos médicos —dijo, adivinando por dónde iba mi curiosidad—. Guapo, aquí sólo vigilamos las puertas y los nombres. Vete y duerme un poco, ¿quieres? La máquina de café no funciona, y ahora tampoco hay servicio de bar. Parece ser que tu amigo está entre los vivos, eso es todo lo que puedo decirte.

No regresé a casa sino que comencé a caminar sin rumbo bajo el frío brutal, con las manos hundidas en los bolsillos porque me había dejado los guantes. Observé los escaparates, iluminados con calidez, y ocupados por maniquíes sin cabeza pero muy bien vestidos, así como el despliegue de cosméticos estridentes. A las cinco, entré en una cafetería y pedí unos huevos. Otra alma solitaria me ofreció parte del periódico, pero lo rechacé. A las seis volví al hospital y me senté en la sala de espera. No había rastro de la mujer maternal que me había ayudado hacía tres horas. A las siete, tal como esperaba y temía, Lucinda atravesó la puerta giratoria. Casi me vio ella antes que yo a ella. Dejó una bolsa de la compra en el suelo y me abrazó.

—Pensaba que se te había tragado la tierra —dijo sin rastro de regañina.

—Estaba... estaba ilocalizable. Lo siento mucho.

Su sonrisa le dejó unos surcos profundos en el rostro.

—Creo que va a ponerse bien. Creo que, si soy lo suficientemente convincente, le dejarán marcharse a casa esta misma tarde. Han sido muy amables con nosotros.

Me pregunté quiénes incluía el «nosotros», cuánta gente abarcaba. Lucinda se acercó al mostrador de recepción y mantuvo una conversación inaudible con el joven que estaba frente al ordenador. Eché un vistazo a la bolsa de la compra: plátanos, rosquillas de pan, un *New York Times*, tulipanes blancos. Una bolsa de papel pequeña.

Lucinda me tocó el brazo y recogió la bolsa.

—He encontrado un sitio en el que hacen un arroz con leche exquisito. Supongo que todavía no come, sólidos no, pero nunca se sabe. Yo siempre soy optimista. —Me sonrió con calidez, como si hubiera estado allí todo aquel tiempo, echando una mano durante la catástrofe—. Yo soy así —declaró y me tomó de la mano como si fuera su hijo.

—Intenté llamarte anoche, cuando llegué... —Me callé, avergonzado por estar a punto de dar excusas.

—Es una ridiculez, pero por ahora estoy en la parte alta; Zeke insiste en lo de los hoteles. Está acostumbrado a tener personal y un centro de comunicaciones; yo no, gracias a Dios.

Cuando salimos del ascensor, fue directa al mostrador de enfermería con una sonrisa de oreja a oreja. Me quedé atrás, no estaba muy seguro de qué papel debía desempeñar. Vi cabezas que negaban, luego una sonrisa o dos, estaban haciendo concesiones. Lucinda se dirigió a mí.

—Me dejan echar un vistazo, sólo cinco minutos. Le diré que estás aquí y que volverás más tarde. Lo tienen que lavar y hacerle algunas pruebas. Si las pruebas salen bien y puede ir a casa, perfecto.

—De todos modos no estoy seguro de que quiera verme —dije.

—No seas tonto. Además, está bastante despistado. Ha estado en situación crítica durante varios días y aunque sabe dónde está, no creo que sepa «cuándo» está. —Se rió por el pequeño chiste. Quería compartir su atolondramiento, su frágil alivio, pero no era tan optimista. Me alegraba de que por ahora las enfermeras sólo dejaran entrar a Lucinda. Estaba convencido de que me recibiría como la segunda peste negra (¿o sería la tercera?)

Todo el mundo se está riendo. No les veo desde aquí arriba pero me llegan las voces. Mis hermanos gemelos y sus esposas están de sobremesa en la mesa de madera de la cocina (no hemos utilizado el comedor ni una sola vez), y volveré a reunirme con ellos después de hacer las maletas. Mañana por la mañana temprano regresaré a Nueva York. Tengo que prepararme antes de pasar otra noche bebiendo y recordando. Ésta se presiente larga y, espero, carente de recriminaciones o competiciones veladas.

Tengo el regusto de la mousse de chocolate blanco, digno de una cena en el monte Olimpo. Después de una semana tomando esa comida, ya no puedo abrocharme el cinturón en el mismo agujero. Me esperan días de ensalada para recuperar el tipo, pienso despreocupadamente.

A pesar de unos primeros días estupendos, ha llovido la mayor parte del tiempo que he pasado aquí. Las peonías están aplastadas contra el césped, los pétalos arrancados del tallo; la hierba, aunque tan verde como siempre, se ha convertido en un pantano. No obstante, Dennis se emperró en asar la carne al aire libre (otra vez cordero, esta vez macerado en café, nada más y nada menos). Lillian sostuvo un paraguas de golf sobre el chef y su fuego; luego entraron mojados, tiritando y riendo, pero armados con una bandeja de cordero de un rosado perfecto, con la corteza fina y negra deliciosamente humeante.

Las niñas comieron con nosotros y tuvieron toda nuestra atención; hasta que no las obligaron a acostarse no abordamos el único tema que habíamos estado evitando: el reparto del botín material. Resultó mucho más fácil de lo esperado, tal vez fuera porque la alegría de las niñas nos dejó una sensación agradable y generosa. No había gran cosa por la que estuviera dispuesto a pagar para que me enviaran al otro lado del océano; David, que había solicitado la casa para sí, le concedió a Dennis los escasos muebles que quería. Véronique permaneció callada, lo cual no dejó de maravillarme, salvo cuando se habló de la plata de la familia. No mencionamos las cenizas de papá; ya había habido suficiente ceremonia y tendríamos que dejarlo así.

Hago la maleta con mi ropa en un minuto. Dejo fuera los pantalones caqui, una camisa de algodón cómoda, un suéter y una cazadora con el pasaporte en el bolsillo. Mi vuelo no sale de Prestwick hasta primera hora de la tarde, pero Lillian me llevará a dar una vuelta, una visita más a la clínica de su médico, una «donación» más. Me estremezco ante el recuerdo del día anterior, no tanto por la extracción de sangre y los cuestionarios indiscretos, sino por la enfermera simpática ante la que me avergoncé cuando me condujo al cuartito; la silla con la tapicería impermeable, la taza de un tamaño absurdamente pequeño con un envoltorio tan hermético que lo tuve que abrir con los dientes; las revistas y vídeos, todo increíblemente equivocado. Gracias a Dios, soy un tipo con imaginación.

Lil vino conmigo. Volvíamos a estar en la furgoneta de David, igual que después del funeral de papá. Esta vez insistí en conducir. Teníamos por delante más de una hora de camino, durante la cual no tenía ni la más remota idea de qué hablaríamos, por lo que en cuanto ambos hubimos cerrado las puertas, me volví hacia Lil y le dije:

—Mira, vamos a fingir que esto es algo rutinario y aburrido, lo que vamos a hacer quiero decir, lo cual significa que no hablaremos del tema. Tengo un montón de amigos americanos que se rebelarían contra este enfoque por considerarlo patéticamente británico, pero eso es lo que somos, ¿no? Es lo que nos ha tocado en suerte.

No se rió. Con aspecto compungido dijo:

—Estoy pensando en todos los análisis que te estoy obligando a hacer...

—Dejar esos análisis tras de mí será un alivio. Como ir al dentista después de una gran indecisión.

—Es muy amable por tu parte.

—¿Ves a lo que me refería? —Me eché a reír—. Querida, todo lo que estoy haciendo es muy amable por mi parte, es más que amable por mi parte. Pero ésa no es la cuestión.

—No. —Daba la impresión de estar a punto de llorar. Estaba cansado de verla llorar. La cogí por el hombro y la zarandeé un poco.

—Lillian, Lillian —dije—, llevas demasiado tiempo deprimida, y ya te has acostumbrado. ¿Dónde está esa chica cuyos vestidos breves dejaban entrever sus pechos y bragas por todas partes, dejando erecciones a su paso, que bailaba como una ninfa del rock delante del gentío? ¿Dónde está la joven que me envió esa carta apasionada, que está decidida a pasarse por el forro unas cuantas convenciones más que elevadas para conseguir lo que quiere?

Durante unos instantes, temí haberla empujado demasiado hacia su interior, pensé que me pediría que me bajase de la furgoneta, que se echaba para atrás. Cerró los ojos y exhaló un suspiro audible. Levantó la mano como si fuera una de las colegialas a las que había dado clases.

—Esa joven está aquí mismo. Aquí mismo.

Y nos marchamos.

Tomo el sobre de mi padre de mi escritorio de niño. Vacío de nuevo el contenido encima de la cama. La barra de labios, el dibujo, el cuaderno del criadero de perros de mi madre, mi partida de nacimiento, la carta. Decido no releerla, ahora no. No hará más que desconcertarme y decepcionarme de nuevo.

Dejo las medallas y la llave que encontré en el jarrón de abajo en la mesita que hay junto a mi cama; tal vez no tengan nada que ver con mis padres. Quizá David tuviera razón: los anteriores propietarios de Tealing (uno de los cuales resulta que es sumamente valiente y, si sigue vivo, echará de menos la prueba material, pobre hombre) dejaron allí el jarrón y lo que contiene.

También extraigo el pasaporte de mamá del escritorio y lo sopeso en la mano, preguntándome cuán grave sería este delito; pero ¿qué otra persona lo querrá? Al mirar su rostro, recuerdo algo: todas nuestras fotos de familia. A diferencia de papá, mamá no procedía de una familia «distinguida» o bien documentada; uno de sus pocos legados, y quizá ni tan siquiera sea totalmente auténtico, es mi nombre. Fenno, me dijo, era el nombre de un jefe de clan temible y valiente que vivió en las alejadas Tierras Altas hace varios siglos y mantuvo a su clan a salvo de los maleantes. Tenía sangre de vikingo, decía mi abuela, lo cual explicaba nuestra tez pálida y color de pelo.

Así, las fotografías de familia, las antiguas, son casi todas de los parientes más prósperos de mi padre y, si bien mamá nunca habló mal de esos familiares, guardó las fotos —e incluso buena parte de las nuestras, sus hijos— en un arcón de marinero bajo un tapete de cachemira en el salón. Al repartir los objetos más grandes y visibles, olvidamos esa parte de nuestro pasado. Creo que no lo voy a mencionar.

Lo reintroduzco todo, incluido el pasaporte de mamá, en el sobre y éste en el bolsillo lateral de la bolsa de viaje.

Apago la lámpara y me dirijo a las escaleras de la cocina pero me paro al oír otra oleada de risas. ¿Cómo es que estamos todos tan contentos tras una muerte? ¿Acaso estamos reforzando los parapetos de la vida? Aguzo el oído. La risa de Dennis es la que más se oye, la de David la más profunda. La de Lil... la de Lil es totalmente nueva; apenas la he escuchado durante esta semana. Para mis oídos, está llena de su nueva determinación, de gratitud renovada, de la sensación de avanzar después de estar tanto tiempo parada. Me preocupa que las circunstancias la traicionen de nuevo, pero lo que necesita en estos momentos es movimiento, por arriesgado que resulte.

La risa de Véronique, también para mis oídos tendenciosos, es conscientemente seductora. No obstante, debo mostrarme agradecido pues, gracias a Dios, ha sido discreta desde nuestra espantosa conversación en el jardín paradisíaco. Se comporta como si nunca hubiera tenido lugar. Sin embargo, nuestro alejamiento ha adquirido una ternura desconcertante. Durante la cena, mientras observo a mis sobrinas siendo el foco de atención, pienso en tomarle la palabra a su padre con respecto a las invitaciones repetidas a visitarlos en Francia; por primera vez me imagino en casa de su madre, bajo su mandato, y pasándolo bien seguramente.

Al pensar en las niñas, me doy cuenta de que quizá no las vuelva a ver antes de marcharme, que no me he despedido. Abro la puerta de la habitación en la que duermen, la antigua habitación de mis hermanos. El resplandor de una lamparilla de noche me guía a lo largo de la escasa separación que hay entre los colchones, maletas, juguetes y zapatos.

Hay una cuna preparada para el bebé: Christine duerme encorvada en una maraña de lana blanca, acurrucada en un rincón. Sólo se le ve la frente y una ceja. Introduzco la mano en la cuna, le coloco bien la manta sobre el cuerpo y se la aparto de la cara. Justo cuando está perfecta, se da la vuelta y vuelve a enrollarla.

Théa y Laurie, aunque tienen colchones separados pero contiguos, duermen juntas en el mismo. Théa tiene media sábana en el cuerpo y la otra en el suelo. Laurie, la durmiente alfa, yace boca arriba con un brazo teatralmente situado sobre el cuello de su hermana. Con cuidado, le pongo el brazo a Laurie a lo largo del costado y las tapo a las dos con la manta; ni se inmutan.

Las dos hermanas duermen de forma tan silenciosa que tengo que pararme a observar con detenimiento para ver el movimiento de su respiración. Si me arrodillo para acercar el oído, lo oigo; suena literalmente puro, como si tuvieran los pulmones forrados con el satén inmaculado de los vestidos de novia. Deseo por un momento que fueran los míos.

Los colchones están cerca de la escalera que lleva a la trinchera. Alzo la vista en la oscuridad. La ventana está justo ahí, pero la luna y las estrellas están bien ocultas por las nubes. ¿Cuánto hace que no he subido esa escalera, veinte, veinticinco años? La abertura superior es estrecha, difícil para que pasen por ella los adultos menos ágiles.

Por curiosidad, abro el cajón de la mesita de noche más cercana. Tras una tormenta de nieve que nos dejó sin luz durante una semana cuando era pequeño, mamá dejo linternas en todas las habitaciones; David y Dennis siempre tenían una a mano.

Así que poco ha cambiado, me maravillo mientras cierro la mano alrededor de la linterna; incluso funciona. Cuando hago girar la luz hacia arriba, choca contra la gran ventana en forma de abanico y pone al descubierto los riachuelos ininterrumpidos de lluvia que dejan un estampado de tigre en el cristal. Muy bien, pienso, y subo. Me golpeo la cabeza contra el armazón de la abertura pero, con una pequeña contorsión, me elevo y paso. Me siento con las piernas cruzadas ante el ventanal, igual que cuando éramos pequeños, y apago la linterna. Espero con paciencia a que la vista se me acostumbre, a distinguir con claridad las siluetas de los campos y los bosques. Ahora ya no oigo las voces de la cocina; lo único que oigo es la lluvia, su repiqueteo natural. Empiezo a percibir la diferencia de su impacto en las hojas de los árboles, en la terraza de pizarra, contra las ventanas y las tejas planas y delgadas del tejado que tan cerca está de mi cabeza, junto con las canaletas de cobre que la derivan. Éstas deben de ser las melodías que *Felicity* escucha cuando responde con sus cantos; no le costaría demasiado superar el cántico de estos torrentes y si bien su ópera sería una imitación, su alegría sería profunda y genuina. Yo también parezco ser conocedor de la lluvia, pero no me llena de alegría; me permite sumergirme en una soledad que cuido como si fuera un vicio que me niego a superar.

Oigo asimismo el arroyo, su fluir entusiasta. Las orillas se han llenado tanto esta semana que resulta inusitadamente ruidoso. Albergo recuerdos de juegos junto a la orilla que no se me habían pasado por la cabeza desde hace años. David, Dennis y yo cavamos con las manos a través del mantillo frondoso, tallando ríos en miniatura que serpenteaban pendiente abajo entre los árboles. Era una época anterior a que dudaran de mi dominio. Yo era el ingeniero jefe y les ordenaba recoger piedras y palos de un tamaño concreto para construir muros de contención, presas, puentes y malecones. Cuando el diseño estaba terminado, les hacía conducir agua en cazos desde el arroyo hasta la parte superior de la pendiente, para verter por las vías fluviales que yo había ideado. Cuando el arroyo estaba seco, traíamos agua de la cocina. Hacíamos barcos con cortezas de abedul, boyas con castañas de Indias que caían de un viejo castaño que había delante de la casa.

En mi memoria este tipo de juego parece extenderse a lo largo de varios años de mi vida, aunque en realidad probablemente no nos mantuviera ocupados más que un par de estaciones, de primavera a otoño, y luego se convertiría en algo tan aburrido y anticuado como lo que nos tuvo fascinados el año anterior.

Es fácil imaginar a nuestros padres espiándonos por una ventana, compartiendo unos instantes de orgullo por nuestra cooperación, nuestra inventiva, nuestra diligencia; imaginando nuestros respectivos futuros como ciudadanos felices, productivos e inteligentes, o incluso de forma colectiva, nuestras vidas trenzadas de forma natural en una empresa familiar: Fenno McLeod & Brothers.

Siento como si una piedra se me desplomara desde la garganta hasta la ingle cuando se me ocurre una idea nueva: que pronto quizá haya otro niño, mío pero no mío, que juegue entre estos árboles junto al arroyo, que crezca en la misma casa en la que yo crecí, tal vez en la misma habitación, durmiendo en la misma cama, yendo (aunque esperaba que no) a los mismos colegios. ¿Cuál de los lugares, objetos y pasatiempos que ahora me rodean han dado forma a partes de mi identidad adulta, o en apariencia adulta? ¿Guardan alguna relación con mi soledad innata, mi curiosa satisfacción al considerarme incomprendido, mi renuencia a reconocer el amor cuando debería haberlo aprovechado?

Ya se me han habituado los ojos y a través del borrón de la lluvia el cielo se me antoja curiosamente brillante. En una de las casas lejanas construidas en los prados por los que pastaban las ovejas hay luz; los árboles finos se balancean, incapaces de resistirse al ritmo que impone el viento. A un lado, el criadero de perros de mamá es una masa enana, la única parte de nuestro pasado material que David tiene intención de eliminar. De todos modos, estoy seguro de que las linternas permanecerán en los cajones asignados, los jarrones polvorientos en los estantes altos, las robustas lilas donde las plantaron antes de que naciéramos. Tal vez el suéter de papá permanezca en el gancho de la cocina, que seguirá combándose, hacia las botas de agua que están debajo, en el suelo.

En Nueva York está de moda diseccionar la propia infancia en público, a fin de considerar los eventos más normales como la génesis de fracasos, decepciones, traiciones posteriores. Las cenas se convierten en mesas redondas sobre «qué» nos hicieron las tendencias de nuestros padres: cómo nos impusieron disciplina o nos enseñaron a ir al baño, o a dibujar o a ir en bicicleta. El pasado es un salón de los espejos, no de estatuas. Pienso en las posibles infidelidades de mi madre y en las mías; ¿debería buscar alguna relación sutil en ese sentido?

Miro a mi alrededor; como era de esperar, el espacio es mucho menor de como lo imaginaba. En la parte posterior hay unas cuantas cajas que deben de contener los juguetes de los que nos cansamos: el tiro con arco, los ejércitos menudos y delicados, los paquetes de naipes incompletos. Pero en el lado opuesto a la trampilla hay un conjunto dispar de siluetas pequeñas. Rodeo a gatas de forma desgarbada la abertura para verlo de cerca.

Un juego de té con muñecas incluidas, parecido a la zona de picnic situada bajo las lilas. Por supuesto: Laurie, o incluso Théa, podrían subir aquí y crear un mundo independiente, igual que hacíamos nosotros. Me alegra ver el parasol que le regalé a Laurie abierto y apuntalado junto a las pilas de libros juveniles, que protegen con elegancia la zona de té. La muñeca de Chinatown y dos compañeras francesas están sentadas alrededor de una mesa improvisada puesta con platos y tazas de muñecas (aquí no hay ceniceros). La mesa, una caja de algún tipo, está cubierta con un pañuelo de Hermès con un estampado de amapolas y mientras me pregunto cómo es que Véronique permite que uno de sus complementos caros se use de modo tan informal, hay algo en la mesita que me sorprende. Levanto un extremo del pañuelo.

Situada en un lugar prominente de la sala de estar primaveral de Mal, la cama de hospital parecía una babosa en una gardenia. A Mal le darían el alta por la tarde y Lucinda me había pedido que fuera a hacer la compra.

—Haz que sea muy acogedor —añadió—. Ahueca los cojines y todo eso.

Compré comida —arroz, galletas saladas, pan de molde blando, alimentos sencillos para desdentados— y distintos «artículos» en la farmacia que, aunque resultaban inocuos (alcohol, algodón, agua oxigenada...), me ponían nervioso por lo cuantiosos que eran. Me quedé más tranquilo al ver que, por lo menos, en la lista no había pañales para adultos.

Los acontecimientos se habían sucedido de la siguiente manera: la noche después de marcharme a París, Mal había llevado a Lucinda a un restaurante de la zona, el Gondolier's Pantyhose, por como lo había descrito. Él había comido con apetito, dijo, pero ella no tenía demasiado y no sabía cómo disculparse. Satisfecho con el pan, Mal no había pedido nada de primero, mientras que ella pidió *carpaccio*. Pero no era lo que se imaginaba, toda aquella carne brillante y rosada. Le pasó el plato a Mal que dijo que, de repente, le había entrado mucha hambre. «¡Qué demonios!», había exclamado él, aunque en aquel momento ella no había entendido por qué. Le había parecido que cuanto más comiera, mejor.

Habían hablado de la campaña de su padre (ella había

convencido a Mal para que asistiera al desfile en homenaje a los caídos en la guerra en la ciudad de sus padres) y luego habían debatido alegremente sobre el significado de la palabra «milagro». Lucinda había criticado a su hijo por emplearla en exceso en referencia a creaciones de Dios totalmente normales aunque no por ello menos asombrosas.

—Según esa definición, todo es un milagro, lo cual devalúa los logros más extraordinarios del Señor —declaró ella con una indignación alegre.

Le consentí tal digresión; consciente o inconscientemente se estaba concretando uno de sus recuerdos.

Se habían separado al salir del restaurante. A las tres de la mañana, la despertó el teléfono. (Supuse que fue entonces cuando Mal había intentado ponerse en contacto conmigo en Escocia). Mal se había ido a urgencias después de levantarse con vómitos y fiebre. Los médicos estaban prácticamente convencidos de que la carne había sido la causante de la salmonelosis.

—¡No tenía ni idea de que la carne estaba cruda, de lo contrario no habría dejado que la tocara! —exclamó Lucinda—. Soy una paleta, pensé que pedía un plato hecho con berenjena y alcaparras que tomé una vez en Boston.

Había visitado a Mal el día anterior y llevé conmigo como penitencia irrisoria e inadecuada un volumen ostentoso pero erudito sobre la historia de la ópera italiana; él lo había visto en un catálogo sobre la mesa de la librería, así que tampoco sería una gran sorpresa. Me preparé para su ira y para su aspecto, que imaginaba que se caracterizaría por una mayor delgadez y palidez.

En una muestra de mi egocentrismo constante, supuse, no sé por qué, que sería su único visitante (aparte de su angelical madre). Así pues, cuando entré en la habitación y vi a cuatro completos desconocidos alrededor de la cama, charlando y riendo, me quedé paralizado en la puerta.

Si Mal no me hubiera visto enseguida quizá me habría marchado.

—Fenno —dijo con suavidad, aunque estaba ronco—, te presento a varios de mis ex compañeros de trabajo.

No miré a Mal a los ojos hasta que no hube estrechado la mano a un crítico de danza, a dos gastrónomos y a un jefe de publicidad. Sobre la mesa había un gran jarrón de terracota con musgo y orquídeas colocado de forma afectada y, cerca de un teléfono, una caja de pañuelos de papel y una jarra amarilla de plástico.

Aquellas personas eran algo más que ex compañeros del trabajo, eran amigos. Uno de ellos, una mujer elegante de pelo cano, estaba sentada en el borde del colchón de Mal. Un joven vestido de negro, el crítico de danza, le sirvió un vaso de agua. En algún momento de nuestra relación había olvidado que no formaba parte del centro de la vida de Mal, que había decidido mantenerme a flote en mi pequeño afluente recóndito y separado. Había olvidado que no era ni mucho menos su única fuente de ayuda o compañía. Era un vecino, un ayudante, un cuidador de mascotas. Me sentía humillado e insultado.

Cuando nos miramos el uno al otro, por encima del hombro de la mujer canosa, que estaba ofreciendo un cotilleo picante sobre alguien cuyo nombre me sonaba vagamente como firma del periódico, no advertí rencor ni ira en sus ojos hundidos. Era como si no recordara nuestro pacto, que estaría allí para asegurarme de que nadie perturbaba su dignidad con la única intención de que la gráfica electrónica de su corazón subiera y bajara hasta la inconsciencia. Me lo imaginé con un respirador artificial, algo parecido a una chirivía o rama de apio tremendamente bien conservada a escala humana, y di las gracias a los hados por haberlo sacado de la UCI.

Por tanto, todavía no habíamos estado a solas cuando saqué las provisiones que había comprado para el apartamento. Tras dejar la comida a un lado, desenvolví los jacintos cortados que había comprado por un precio desorbitado y los coloqué en un jarrón veneciano de cristal violeta. Preparé la chimenea pero no encendí el fuego pues no sabía si el humo resultaría un problema. Mamá, en su último invierno, no soportaba el fuego.

Fuera anochecía; encendí varias lámparas. Me senté en el sofá junto a las ventanas, pero eso me colocó frente a frente con el odioso mamotreto que había ocupado el lugar de la *chaise longue* de terciopelo (exiliada ahora al comedor). Mientras me dirigía a la cocina en busca de una cerveza o una botella de vino, oí la voz de Lucinda en el hueco de la escalera.

Cuando abrí la puerta, vi a Mal, apoyado en Lucinda y un desconocido. Advertí lo calladamente enfurecido que estaba por su ayuda y no me ofrecí a participar.

—Oh, querido, ¿por qué no pones un poco de agua a calentar para el té? —dijo Lucinda en cuanto me vio.

—Sí, que todo el mundo se sienta como en su encantadora casa, ¡por favor! —dijo Mal con voz sibilante mientras subía las escaleras como podía.

El desconocido era su hermano, Jonathan. Tenía el pelo castaño rojizo y rizado y la complexión fina y compacta de Lucinda, pero una cara muy distinta, redonda y bien alimentada, un rostro sin la personalidad que otorgan los huesos marcados. Daba la impresión de estar preso de un ligero pánico, ansioso por hacer lo que fuera pero inútil si no recibía instrucciones. «¡Oh, sí!», exclamaba cuando su madre le pedía que recogiera algo o la ayudara con las palancas de la cama.

Mal se sentó de costado en el sofá, con las rodillas recogidas, frente a la chimenea. Me pidió que encendiera el fuego.

—Yo ahí no duermo —le dijo a Lucinda mientras toqueteaba la cama, intentando elevar la mitad superior—, así que devuélvela.

—No hace falta, ahora claro que no —dijo ella— pero a la larga, a lo mejor...

—Estaré suficientemente próximo a la muerte para usarla.

Lucinda se quedó parada junto a la cama con expresión desgraciada. Jonathan se excusó para ir al lavabo. Había hecho lo mismo hacía tan solo quince minutos.

—Creo que por ahora ya has tenido suficiente dosis de mi compañía —dijo con voz queda—. ¿No es así?

—Sí, madre —respondió Mal—. Tal vez sea eso.

Lucinda se dirigió a mí.

—¿Te importa si Jonathan y yo nos... si salimos a comer algo? Estaremos de vuelta en una hora.

Le dije que, por supuesto, no me importaba. Me sentí aliviado cuando Mal no hizo ningún comentario. (¿Qué más me daba?) Creo que lo único que quería era que se marcharan.

Era difícil no fijar la mirada. La nuez le sobresalía como un trozo de comida atragantado en la garganta, e incluso debajo de la camiseta, el punto de unión de las clavículas quedaba demasiado bien delimitado, la arquitectura de su cuerpo resultaba demasiado evidente. Tenía el dorso de las dos manos amoratadas y amarillentas por las intravenosas, y llevaba un vendaje en la base de la garganta, probablemente una señal de intrusiones que yo había acordado evitar, o, por lo menos, supervisar.

Al mirar a Mal de perfil, pensé en la expresión «tan delgada que tienes que mirar dos veces para verla», que había oído decir a alguien para describir a una de esas muchachas anoréxicas que se cernían sobre la ciudad desde las vallas publicitarias. Que esa estética estuviera de moda me parecía cruel, incluso sádico.

Me senté en el otro extremo del sofá. Pasamos un rato escuchando el chisporroteo y crepitar del fuego.

—Gracias por el libro. Le eché un vistazo ayer antes de dormirme —dijo.

—De nada. He comprado unos cuantos para la librería.

—Carlo es un amigo, ¿sabes? ¿Te lo había dicho? Hace un año más o menos que no estamos en contacto, pero pasé una temporada en su casa del lago Como. Ha hecho un trabajo muy riguroso. Le tendré que escribir una carta.

—Las fotografías son impresionantes —dije—. Incluso a mí me hacen sentir curiosidad por lo que podría estar perdiéndome.

Mal siguió centrado en el fuego. Sonrió.

—Las óperas son milagros, ¿sabes? La forma como se componen, todas esas artes meticulosas englobadas en una... Un pequeño milagro, no lo olvides, no uno de los grandes, no como los bebés y las ballenas. Estoy convencido de ello, pero mi madre dice que blasfemo.

—Ya me he enterado. Es muy dogmática. No le queda otro remedio.

—Sí... sí —convino Mal lentamente—, pero es que no entiende lo que le digo. Que las óperas son una prueba de algo divino.

—Ella quiere decir que los milagros no son una prueba. ¿Acaso las pruebas de Dios, por su propia intención, no son heréticas? Para ella son una demostración. Un fin en sí mismas.

—No, una gracia aleatoria. Algo por el estilo. —Exhaló un suspiro. Las pocas palabras que había pronunciado hasta el momento me habían hecho sentir un escalofrío. Tenía la voz distinta, demasiado calmada. Parecía haber estado en uno de esos retiros modernos que limpian el cerebro pero marchitan el alma.

Tras un largo silencio, habló con cierta alegría.

—Así que déjame adivinar. Mientras yo estaba en las garras de varios doctores Frankenstein, con tubos saliendo y entrando por el ano, tú estabas por ahí con el coleta, ¿no?

—El... ¿disculpa? —Ya sabía yo que la cortesía no duraría mucho.

—El atractivo chico, bueno mejor dicho hombre, de la coleta, al que recibes de vez en cuando. Aunque hace tiempo que no le veo...

—Yo...

Por fin me miró de hito en hito.

—¿Por qué te has tomado tantas molestias en ocultarlo? ¿Le pagas? No eres tan feo como para estar tan desesperado. —Sonrió como si lo sintiera por mí—. ¿Has olvidado que mis ventanas dan también a las tuyas? ¿La física de la reciprocidad?

—Me has mantenido al margen de buena parte de tu vida —declaré.

—¿Había alguna parte de mi vida de la que supieras algo y quisieras saber más? Mi posición privilegiada en innumerables cócteles banales, toda esa proximidad de besos a troche y moche con los artistas famosos y no tan famosos, ¿acaso era algo que querías compartir? Pensaba que esas cosas no te importaban. Esperaba más de ti. ¿O querías participar en mis ataques de llorera de medianoche? —dijo todo esto con una tranquilidad casi feliz, sin sarcasmo, sin pesar.

—Sí —reconocí—. Estaba con el de la coleta, Tony. No sé por qué pensé que te había engañado.

—¿Por qué engañarme, para empezar?

—No lo sé.

—Porque es la costumbre. Porque tienes el vicio de ocultar cosas. Incluso a ti mismo, escondes la cabeza en la arena. ¿Qué tipo de vida llevas? Comer, caminar y soñar en un radio de medio kilómetro, como un perro atado a una estaca. Saliendo con Don Ralph Quayle, emperador de pacotilla de

Bank Street. Yendo a casa por Navidad para estar con tus hermanos agradables pero cortos de miras. Personas que difícilmente pueden quererte porque, siento decirlo, nunca acabarán de entenderte.

No respondí. La capacidad de defenderme se me había agarrotado como una articulación maltratada. Mi viejo mantra surgía de la masa cerebral, la orden de avanzar. Rectitud, rectitud, rectitud. Mirar sólo adelante, nunca hacia abajo o a los lados, me había fallado. Pésimo. Me había parecido que era una forma de sobrevivir y tal vez lo había hecho, pero no me había preocupado por el equilibrio, sólo la dirección.

—Lo siento —dije—. Nunca llegarás a imaginar cuánto lo siento. Cometí el error de pensar...

Mal me interrumpió con voz cansina.

—Bueno, sigo vivo, eso debería significar algo, ¿no?

Aunque sigo pensando en el fármaco que me dieron para paralizarme, para que dejara de pelearme con el respirador artificial. Se supone que no debo tener ningún recuerdo de ello; dijeron que me encontraba en un estado de trauma demasiado profundo. O de esas planchas eléctricas que me aplicaron en el pecho... Eso sí que son milagros, eso sí que te da un subidón, ¡zas!

Vi a Mal, tumbado en una camilla, clínicamente muerto y vi a Lucinda suplicando «¡Cualquier cosa! ¡Hagan algo, por favor!» y, sinceramente, ¿habría invalidado su decisión? ¿O es que ella no había llegado? ¿Habría llegado yo primero? ¿Estaría Mal muerto en esos momentos y yo me sentiría orgulloso, como un soldado que hubiera obedecido las órdenes durante una batalla? ¿No era mejor que estuviera aquí, tal como él decía, entre los vivos gracias a los métodos que fuera?

—Bueno, ha llegado el momento de hablar de esta cosa. —Alcé la mirada de mi regazo. Mal señalaba la cama de hospital—. Te presento a Muerte —me dijo—. Muerte —dijo a la cama—, te presento a mi querido amigo Fenno.

Quería reír pero no lo hice.

—¿Sabes cuántos linfocitos T tengo en estos momentos? Cien. En el colegio, es una nota perfecta. Sobresaliente. Pero no estamos en el colegio. Soy una fiesta de patógenos en espera de ser celebrada. ¿Has oído hablar alguna vez de la meningitis criptocócica? Bueno, el nombre ya te da una idea.

—Mamá lo tiene todo más que planificado. Ha traído a su encantadora gente del hospicio. Me visitaron en el hospital. Una chica llamada Mary... qué perfección más curiosa. Se parecía a Candice Bergen multiplicada por dos. Cuando se marchó, me empezaron a castañetear los dientes. —Mal arqueó las cejas, como si esperara algún comentario por mi parte, pero continuó—: ¿Sabes?, las sábanas, sólo las sábanas encima de las piernas pueden llegar a resultar insoportables. Es como tener la piel quemada por el sol, pero peor. El vello de las piernas se me clavó en los folículos como si fueran alfileres. ¿El libro de Carlo? Para leerlo tuve que colocarlo a mi lado sobre los cojines. A veces estoy convencido de que los párpados me aplastan los globos oculares y cuando subo escaleras, cada uno de los huesecillos que tengo en la rodilla eleva una protesta independiente. Siento tanta presión física. No quiero morir pero me encantaría cambiar mi cuerpo... por cualquier otra cosa. La semana pasada, o hace dos semanas, ya he perdido la noción del tiempo, da igual, antes de esta crisis, mis pequeños huéspedes internos que destrozaron la suite con tal grosería —estuve en Montauk con unos amigos—, sí, amigos verdaderos y leales que nunca has conocido, y lo siento si, en cierto modo, esto te sienta mal, el hecho de no conocerlos a todos, lo siento... ¿Se te ha ocurrido alguna vez que te mantuve al margen del resto de mi vida para tenerte sólo para mí? —Hizo una pausa para mirarme con fiereza, airado, pero estaba claro que no quería que respondiera porque, con la misma rapidez, apartó la mirada—. Fuimos a la playa. Hubo una tregua en el frío, el sol era divino, así que cogimos tumbonas, mantas y termos con chocolate. Uno de los niños tuvo una idea fabulosa. El océano estaba de un azul increíble, un color casi negro, las olas rompían por todas partes y había una lancha motora de líneas elegantes cabeceando. Nos saludaron, les saludamos... Era tan blanca, tan... desenvuelta. Saltaba sobre una ola y quedaba suspendida, durante un buen rato, sin estar en contacto con el agua. Como una nota elevada sostenida durante un tiempo imposible... —Tomó un sorbo de agua del vaso que su madre le había dejado preparado en la mesa antes de marcharse—. Cielos, ¡cuánto envidié ese barco! Tan sólido, tan boyante, tan llamativo. Quería ser esa lancha. Quería cambiar mi cuerpo por ese casco de fibra de vidrio, esas barandillas lustradas, las franjas de regata, esa cubierta de madera perfectamente cepillada. Parecía lujuria, de tanto que la deseaba. Habría dado mi cerebro, sin problemas. Si aguanto mucho más, de todos modos lo acabaré cediendo, ya sabes.

Sonó el teléfono, que Lucinda también había dejado cerca de Mal.

—Hola papá —dijo—. Sí, estoy en casa. Sí, eso espero. No, no está. —Hablaron, de detalles superficiales, durante cinco minutos más o menos. Mal prometió que su madre le llamaría en cuanto regresara.

Me pidió que le llevara un par de almohadas de la cama. Le ayudé a ponerlas de modo que pudiera recostarse frente al fuego. Hizo un gesto de dolor mientras colocaba bien las piernas.

Puse un par de troncos más en el fuego y los empujé hasta que la corteza cedió a las llamas.

—Le dije a Susan —dijo Mal—, que me daba la impresión de que tres aspirinas me matarían. Me contestó que no me engañara. El cuerpo puede desplegar todos sus recursos para no ceder ante la rendición final, reacio a desalojar a los inquilinos más antiguos. A diferencia de todos los caseros que he conocido. —Se echó a reír con debilidad.

No podría haber hablado aunque me hubieran apuntado con el atizador de latón en la yugular. Anduve de aquí para allá de todas las maneras posibles para estar de espaldas a Mal, barriendo y recogiendo cenizas, alisando el cesto de papeles y formando astillas para encender el fuego, examinando un huevo de amatista que había en la repisa de la chimenea como si no lo hubiera visto nunca. Pero mi defensa fue en vano.

—Basta —dijo al final en italiano, confirmando mis temores—. Basta, basta, basta, como habría dicho mi viejo amigo Carlo y sus compatriotas, basta. —Esta vez la palabra sonó suave, no airada. Casi sentimental.

Trece

Insistiendo siempre en la autonomía, Mal quiso estar solo al final, pero eso no significaba que pudiera prescindir de ayuda. Meses antes había ido a uno de sus médicos (la doctora Susan, supuse, aunque no me lo quiso decir) y expresó lo que él consideraba una desesperación muy racional. Le habían dicho que, por motivos éticos, los médicos no pueden revelar cierta información, pero al cabo de una semana más o menos el médico le había preguntado por el insomnio y el dolor, le había despachado varios fármacos y advertido de forma explícita sobre las sobredosis o las combinaciones de fármacos no deseables.

Pasó la mayor parte de esa semana en cama, en la suya. Con desprecio, convirtió la cama de hospital en un apeadero de libros varios, revistas, abrigos y otras prendas de vestir. «La caravana de los gitanos», la llamó.

Recibía visitas todos los días; desde la mesa de la librería los veía a veces llamar al timbre y subir, y salían al cabo de una hora. Vi a un hombre salir a la acera, cubrirse el rostro unos instantes, alzar la vista hacia nada en concreto y exhalar un suspiro profundo, su aliento se convirtió en una nube visible de alivio porque «le podría pasar a cualquiera». Lucinda pasaba tanto tiempo con Mal como éste le permitía; le había prohibido estrictamente que se saltara clases. Jonathan, cuyo lánguido comportamiento achaqué al temor, regresó al norte el día después de que Mal volviera a su apartamento. La hermana había planificado una visita pero tuvo que suspenderla porque uno de sus hijos enfermó de gripe.

El miércoles Mal llevó a sus padres a una función de tarde de una obra de Noël Coward. El Senador (a quien no conocería hasta el día del funeral de Mal) tomó el avión desde Washington para la ocasión. El jueves Mal pidió que lo dejaran solo hasta la noche. Escribió cartas, supongo, puesto que me dio varias para echar al correo cuando fui a prepararle la cena. La mayoría llevaba un montón de sellos y estaban dirigidas a Francia, Italia, Suiza; una a Chile. Resultó ser que no tenía hambre y vimos *Un americano en París* porque la daban por la tele; Lucinda llegó cuando empezaba. Había vuelto a colocar el televisor en el dormitorio, por lo que los tres nos sentamos en la cama recostados contra los cojines.

Mal quedó encantado cuando Gene Kelly y ese hombre negro pero francés por antonomasia se levantaron de las sillas de la cafetería para cantar *'S Wonderful.*

—¿Existe algo en nuestra cultura actualmente que exprese esta alegría tan estúpida? —preguntó—. ¿Algo como esto que podamos decir que nos encanta sin que se rían de nosotros?

—¡Menos mal que tu cultura no es la mía! —exclamó Lucinda—. ¡Al primero que me diga que esto no le encanta lo borro de la agenda!

Mal resopló.

—No si tienen los bolsillos llenos.

Con cariño, Lucinda le dio una palmadita en el brazo.

—Mira que eres malo. —Apoyó la mejilla en el hombro de su hijo.

Me disculpé y fui al baño. Me senté en la tapa del inodoro hasta que recobré la calma.

Viernes a última hora de la tarde. Me pongo el esmoquin de mi abuelo. Lo había llevado a la tintorería pero no me lo había puesto desde la noche en que Mal me lo pidió. Todavía era temprano y me senté en el salón con *Rodgie* a mi lado en el sofá y *Felicity* encaramada a una mano. No le permití que se me subiera al hombro por si me manchaba el traje, aunque raras veces era tan poco considerada. Con la otra mano, acariciaba a *Rodgie;* ávido de afecto, gruñó y empujó hasta apoyarme la cabeza en la palma. Observé el reloj; apoyada en el mismo había una postal de Tony recibida ese mismo día: «Gracias por tu presencia —decía—. Me haces resplandecer. Me sorprendes cada vez. Quizá te agrade saber que te estoy vendiendo como rosquillas. Te veré dentro de un mes. (No me pidas royalties, niño rico)». Eché un vistazo a la sala de estar y, en un destello de objetividad, tomé conciencia de lo sosa que era.

Primero iría al apartamento de Mal y luego al de Lucinda. Tomaríamos un taxi para ir a un restaurante que daba a la zona norte de Central Park, a una cena con fines benéficos, con baile incluido, para recaudar fondos a fin de que los niños desfavorecidos pudieran asistir a clases de música. Mal había recibido la invitación. Nos dijo (aunque yo conocía el motivo real de la excusa) que los dos necesitábamos salir a pasarlo bien una noche. Lucinda había aprobado los exámenes parciales; una semana de aire cálido nos impulsaba hacia la primavera. Había cosas que celebrar, dijo, y por tanto, sabiendo lo mucho que a Lucinda le gustaba bailar, había comprado las entradas. Se nos prohibía declinar el ofrecimiento.

Me despedí de los animales y apagué todas las luces menos una. Cuando hube bajado la mitad de la escalera, me detuve. Regresé al apartamento. *Felicity* estaba acomodándose en su percha, picoteando en su comedero con fruta, escogiendo los trocitos de plátano, su preferida. A continuación serían las uvas y luego las manzanas.

Me puse un plátano en el bolsillo del abrigo y le tendí la mano.

—Vamos, chica.

Batió las alas mientras dejábamos el apartamento, nerviosos e impacientes. Antes de salir a la calle, me la introduje en el abrigo contra el pecho.

Mal tenía todas las luces encendidas; me pregunté si también estaría fallándole la vista. Cuando me abrí el abrigo y *Felicity* vio dónde estaba, emitió un reclamo largo y alto y echó a volar. Recorrió el salón volando en círculos y se dirigió al dormitorio. Dio varias vueltas mientras gritaba con evidente placer. La memoria de los loros, dicen, es tan buena como larga su vida. Mal estaba sentado en el sofá. La observó con una sonrisa hasta que, al final, aterrizó sobre mi hombro. La coloqué en el respaldo del sofá, al lado de Mal.

—Bueno, doctor, el traspaso se ha completado —dijo. Levantó la mano lentamente para rascarle el cuello a *Felicity*. Se movía como si estuviera bajo el agua, incluso aquel pequeño movimiento debía de dolerle—. Gracias —añadió.

Teníamos una hora antes de que me marchara para reunirme con Lucinda. Todavía no había decidido si resultaría adecuado intentar disuadirle. No se me ocurría nada más que «¿Estás seguro?» o «¿No crees que...?» Sus argumentos serían más convincentes, como siempre. Y además se enfadaría.

Oía la respiración de Mal. Sus pulmones, que todavía no se habían recuperado del trauma de la infección (y probablemente nunca lo consiguieran), estaban cansados en fase terminal, al igual que sus extremidades; en aquellos momentos la única agilidad residía en su mente. Aquello, había argumentado Mal, era esencial. Era lo que él llamaba el punto de apoyo. No se debe esperar hasta perder también la cabeza.

—Me observas —dijo— como si fueras el espectador de un naufragio.

—Es que no quiero creerme...

Mal cerró los ojos. Se le formó una hilera de lágrimas en las pestañas. Las ahuyentó.

—Cállate —dijo con voz queda—. Cállate y vive, por lo que más quieras. No voy a detenerme en ti ahora, aunque podría decir unas cuantas cosas. Sencillamente voy a ordenarte que vivas. Folla, mea y caga.

Su lloro era un sonido atroz porque él no lo aceptaba. Tampoco había perdido el orgullo.

Me senté a su lado. Puse una mano sobre las suyas, que tenía en el regazo. No las apartó. Con una inspiración profunda e intensa, dejó de llorar.

Felicity había volado al otro lado de la habitación y se había situado en una de las barandillas cromadas de la cama de hospital. Mal la miró y dijo:

—Ojalá lloviera.

Le pregunté si quería que encendiera el fuego y dijo que no. Me pidió que le ayudara a volver al dormitorio, a la cama. *Felicity* nos siguió y aterrizó en una silla. Nos observó con atención durante unos segundos; probablemente pensara que aquellas criaturas no voladoras se movían y hablaban de forma extraña aquel día, que algo se salía de lo común, pero no captamos su interés durante demasiado tiempo.

—Quiero que me lo cuentes todo, para que me quede claro que conoces el guión —dijo Mal. Lo repasé todo, como si fuera su hijo obediente, y luego cogí lo que me dijo que necesitaría. Conté las pastillas —la morfina y las Klaus Barbitols, como a Mal le gustaba llamarlas—, y las coloqué en un platito al lado de la cama. Vertí vodka en la jarra veneciana de cristal violeta. Introduje los frascos vacíos en la bolsa de basura de la cocina, que ataría y bajaría al marcharme.

Pelé el plátano que había traído y lo coloqué en otro platito, que dejé en el escritorio que Mal tenía en el dormitorio, cerca de una tartaleta que había llenado de agua. El ordenador no estaba, quizá lo hubiera regalado, igual que la flauta.

—¿La dejas aquí? —preguntó Mal.

—Siempre y cuando tú quieras.

—Oh, me encantaría que se quedara. A lo mejor todavía la oigo cantar. —Me miró—. Nunca le cortarás las alas, ¿verdad?

—No —respondí—. Por supuesto que no.

—La privaron de la selva y de la compañía de las criaturas como ella, y a veces me he sentido culpable por ello. Nunca, nunca le quitaría el don de volar.

Durante muchos meses había creído esperar su muerte, como si quisiera concluir un capítulo de mi historia personal. A diferencia de lo que había hecho al final de la vida de mamá cuando, de forma pueril, había imaginado tantas posibilidades de curación: la remisión repentina, un error de diagnóstico o un nuevo fármaco milagroso.

—He sido un mal amigo —declaré mientras estaba a los pies de la cama de Mal.

—No —replicó él—. Has sido un amigo excelente. Falible pero excelente. Lo que has hecho mal es otra cosa, algo de lo que no vamos a hablar ahora. Ya no hay más tiempo para ti, lo siento. —Habló con una fortaleza repentina, y supe que desde el momento en que cerrara la puerta de su casa tras de mí hasta mi regreso planificado por la mañana, me repetiría mil veces las mismas posibilidades anheladas que con mamá—. Quítame el edredón de la cama. No quiero que se estropee.

Le quité el edredón de Lucinda de encima de las piernas. Lo doblé —la conjunción de todos aquellos vestidos selectos, aquellas veladas de bailes y fiestas— y lo coloqué en un baúl de madera que sabía que contenía sábanas y mantas limpias y una bata de seda dorada, regalo de un amante bandido de antaño. Demasiado ridículo para ponérselo, dijo Mal, pero demasiado fabuloso para no guardarlo. Había llegado a conocer tan bien esa casa como cualquier otra en la que hubiera vivido.

Me dijo que me marchara. Justo antes de llegar a la puerta, le oí prorrumpir en una risa exhausta. Volví la vista hacia el dormitorio.

—Me está haciendo cosquillas —dijo. Se sentó al borde de la cama con *Felicity* al hombro, que le ponía el pico detrás de la oreja—. Márchate —repitió con una breve ilusión de alegría en el rostro.

Lucinda abrió la puerta con una expresión similar: la sonrisa de una chica que saluda al chico de sus sueños. Estaba tan espléndida que se me partió el corazón. Se dio la vuelta y dijo:

—¿Qué le parece, joven? —Sostenía un extremo de la falda amplia y brillante de un vestido cuyo verde y naranja relucían bajo la luz—. Acabo de aprender el nombre de este tejido. Se llama seda «doupioni», una tela propia de una princesa hindú. La vi en el escaparate de la tienda de ropa antigua que hay en la esquina. ¡No me había traído un traje de baile, lógicamente!

Me dijo que estaba guapo. La ayudé a enfundarse el abrigo y ella me tomó del brazo de un modo acorde con la época de su vestido. En el taxi empezó a hablar de Mal. Me había prometido buscar la manera de hablar de otros temas: su vocación, su marido, su religión, su política, sus edredones, cualquier cosa, pero me sentía demasiado torpe para hacer tal esfuerzo.

Desde el restaurante se disfrutaba de unas vistas extraordinarias. En aquella noche negra y fría, el parque parecía un mar de terciopelo, con zonas fosforescentes allí donde las farolas proyectaban luz a través de los árboles esqueléticos. Un cuarteto interpretó todos los temas que a Lucinda le encantaban: Gershwin, Porter, Jerome Kern. Cuando bailamos (me alegré de haberme preparado en mi juventud de forma estricta), a veces me cantaba las canciones por encima del hombro.

—¡Qué bueno eres por hacer esto! —exclamó en un momento dado mientras dábamos una vuelta por la pista—. Estoy a punto de enamorarme.

—No soy tan bueno. Yo también me lo estoy pasando de maravilla —afirmé. Cualquier otra noche habría sido cierto.

Pedí champán con la cena, Mal me había dicho que era la única bebida con la que se excedería. Él esperaba que así durmiera hasta tarde. Después de dos copas, se puso llorosa y dijo:

—Dos meses más. Es lo único que pido cuando rezo. Su médico me dijo que no era una esperanza poco realista. Sólo hasta que empiece realmente la primavera.

Le dejé mi pañuelo.

—Has sufrido mucho. No sabes cuánto te admiro.

Se sonó.

—Oh, no. He tenido mucha suerte en la vida hasta ahora. He sido la antítesis de Job.

—Sé lo del cáncer de Jonathan —dije—. Debe de haber sido una experiencia terrible. Estoy seguro de que todavía te preocupas por él.

Lucinda dejó la copa.

—¿Qué cáncer?

—¿Su... Hodgkin? El verano antes de que Mal fuera a Juillard...

Miró por la ventana hacia las vistas. Era imposible interpretar su expresión.

—¿Mal te dijo que Jon tuvo la enfermedad de Hodgkin?

—Me dijo que por eso se había quedado en el norte en vez de...

—No es... —Tomó un sorbo de champán—. A veces Mal dice mentiras raras, la imaginación se le va un poco de las manos. Es que tiene tanta imaginación... —Negó con la cabeza, con expresión perpleja.

Su revelación me desorientó, pero quería evitar hablar de Mal —sobre todo en aquel momento—, hablar de lo sincero o deshonesto que podía ser. Le pedí que volviéramos a bailar.

Fuimos los últimos en marcharnos de la fiesta, tal como se me había ordenado. La última canción fue *A Hundred Years from Today.* Lucinda no cantó la letra; esperé que no la supiera. «No te guardes los besos —advierte la canción—. Sé feliz mientras puedas.»

En el taxi, Lucinda se apoyó en mi abrigo, llorando y recordando a su hijo de bebé.

—Le di el pecho a ese niño, ¿sabes? —estaba diciendo cuando nos paramos delante de su edificio—. En aquella época no lo hacía casi nadie. No en Boston, donde vivíamos mientras Zeke acababa la carrera. Lo hizo con naturalidad, Mal, ya sabía qué hacer, cómo sobrevivir. Lo hizo todo pronto y bien, caminar, hablar, todo. Mis otros hijos necesitaron a alguien encima que los cultivara constantemente. Pero Malachy es así: sabe cómo hacer las cosas, es tan... magistral. Y es un sabelotodo. No para de corregir a la gente. Intenté que perdiera esa costumbre cuando era pequeño, le dije que lo convertiría en una persona solitaria, pero ¿te crees que me hizo caso? Bueno, qué pregunta más tonta, ¿verdad?

Se negó a que la acompañara hasta arriba. La temperatura había caído en picado y estaba convencida de que no encontraría otro taxi. No sabía cómo despedirme; cuando volviéramos a vernos, las circunstancias sin duda nos habrían alejado. Al final, nos abrazamos como viejos amigos tras un reencuentro.

A pocos centímetros de mi cráneo, la lluvia azota el tejado. Me siento con la caja de mi padre en el regazo. A Mal lo encajaron del mismo modo, pero Lucinda escogió un recipiente de más categoría, color cereza con un acabado semejante al de un ataúd, aunque fuera a ser utilizado sólo durante unos meses. No tardó demasiado en perdonarme mi complicidad, no sé si porque de hecho era una santa o porque Mal se lo pidió de forma explícita en una carta que dejó junto a su cama. Aquel mes de junio en Vermont, después de verter las cenizas en el lago Champlain, tras sacudirme las últimas motas de la ropa, después de la misa que organizó Lucinda, me enseñó la carta. Empezaba así: «Querida mamá, antes que nada tengo que exigir una cosa: quémame. Deshazte de este cuerpo. No me importa qué tipo de ritos lleves a cabo, que venga Kenny Rogers y haga un baile de figuras; me da igual, pero quémame».

Tras mi velada con Lucinda (mi segunda traición para enmendar la primera), me fui a casa y me puse ropa normal. Mal no quería que fuera a su apartamento antes del amanecer pero yo no quería dormir. Me senté en el salón, con *Rodgie* a mi lado, y anoté ideas para convertir esa estancia en un lugar más alegre y elegante. Me quedé dormido a mi pesar y me desperté, con la cara en el pelaje de *Rodgie*, al oír el gemido de una alarma de coche. Eran las seis y el cielo tenía un color gris indeterminado.

Rápidamente me puse los zapatos y un abrigo. Lo que había que evitar era una visita temprana de Lucinda. En más de una ocasión se había presentado en la cocina de Mal justo después del amanecer con pan recién hecho y fruta. A él no le agradaban esas visitas, pero comprendía la angustia de su madre. Ella llevaría horas despierta, esperando a que llegara una hora prudencial para que su llegada resultara aceptable.

Me quedé parado varios minutos frente a la puerta de Mal, con la llave en la cerradura, antes de entrar. Lo primero que vi fue a *Felicity*, su espléndido plumaje rojo como una llama en la luz creciente. Dormía en la barandilla cromada de la caravana de gitanos; la circunferencia debía de tener la medida adecuada para sus patas. Cuando cerré la puerta, alzó la cabeza y me llamó. Voló hasta mi hombro. Llamaba tanto la atención en aquel entorno que me recordó al ángel de los cuadros de la Anunciación. ¿Cuáles fueron las primeras palabras que pronunció el ángel? «No temas».

Me quedé parado y agucé el oído. No oí nada. Pasé por la ordenada cocina y frente al baño y recorrí el pasillo. El dormitorio estaba todavía en penumbra, pero vi a Mal. Yacía boca abajo, con la cabeza y un brazo colgando de la cama. Volví a aguzar el oído. Mi mayor temor era encontrarme con la agonía de la muerte, gemidos sobrenaturales, el tipo de respiración que había oído en mi madre antes de morir. Mi mayor esperanza era encontrar a Mal insomne y airado, leyendo o mirando la tele, con el platito de pastillas y la jarra de vodka intactas en la mesita.

Miré hacia la mesita. El platito estaba vacío. La jarra estaba llena en sus tres cuartas partes. La bolsa de plástico estaba sin usar; no sé por qué, en cierto modo me consoló. No sabía si Mal estaba muerto pero no se movía. Tenía la cara de lado sobre el colchón. Los dedos huesudos del brazo caído tocaban el suelo. ¿Y si sólo estaba dormido? Mientras me acercaba más a la cama, noté que algo olía mal. La parte de las sábanas que estaban a la vista parecía mojada o manchada. Preso del terror más que de la pena, empecé a llorar.

Felicity se frotó la cabeza contra mi oreja, me clavó el pico en la sien, señal de que estaba impaciente por comer. Levanté la mano y la toqué. Me calmé.

Empujé el torso de Mal hacia la cama. Era increíblemente ligero, como el cuerpo de un pájaro cantor exánime. Tenía la piel fría, pero quizá la hubiera enfriado el sudor. No noté su respiración; no quería intentar detectarle el pulso y tampoco había sido una de sus peticiones.

Me acerqué al archivador y extraje el historial médico

que me había enseñado. Estaba lleno de recetas fotocopiadas. Nunca había prestado demasiada atención a los detalles de los medicamentos de Mal, a las relaciones causa-efecto de un síntoma determinado con un fármaco, la medicina relacionada con el proceso celular que nos mantiene con vida. Sorprendentemente, había muy pocos nombres de fármacos, pero su repetición, hoja tras hoja, me dejó estupefacto. Parecía un inventario de las cosas importantes de la vida que me había negado a saber.

Si daba la impresión de que Mal se había salido con la suya, tenía que encontrar y quitar todas las recetas de las pastillas que Mal había utilizado para suicidarse. Estaban agrupadas en la parte de atrás y procedían de tres médicos diferentes. Mal no quería arriesgarse a incriminarlos, o a que su madre los culpara.

Cuando hube doblado los documentos comprometedores y me los hube guardado en el bolsillo del abrigo, me llevé a *Felicity* a la cocina. Del otro bolsillo extraje una bolsa de alpiste y la vacié en una taza de té. Cogí una manzana de un cuenco con fruta y la corté en pedazos. La dejé sobre la encimera, comiendo.

Me sentí más tranquilo. Regresé al dormitorio y miré alrededor, a todas partes menos a la cama. No sabía qué buscaba. ¿Un último recuerdo intencionado que grabar en la memoria?

Lo que me llamó la atención fue una caja de cuero rojo en el suelo junto a la cama. Era el tipo de caja que se utiliza para archivar fotografías. En la etiqueta que había en el pequeño marco de latón se leía CHRISTOPHER.

¿Christopher? Me senté en el suelo y, tan falto de fuerza de voluntad como siempre, levanté la tapa de la caja. En el interior había una pequeña colección de papeles y fotografías. Quince o veinte fotografías, sobre todo de un niño, un muchacho. ¿Uno de los sobrinitos de Mal? Pero al cabo de unas cuantas fotos, el chico era mucho mayor; tendría por lo menos dieciséis años. En la última había terminado el bachillerato. Entre los papeles había dos cartas dirigidas a Mal con una letra esmerada y femenina, la dirección del remitente era de New Hampshire. (No fui tan lejos; dejé las cartas a un lado.) Había otra carta, más antigua, con matasellos del 2 de mayo de 1968, de Lucinda. Estaba dirigida a Mal, en su época universitaria.

«Cierra la caja», me reprendí. «Cierra la caja.» Tenía esa intención pero antes de hacerlo extraje un boletín informativo del fondo. Se llamaba *Notas en acorde mayor* y correspondía al verano de 1967. En la primera página había una foto de una bonita adolescente, sujetando un violonchelo entre las rodillas, y dos muchachos, uno al clavicémbalo y el otro con una flauta. El artículo se titulaba «Joven y brioso trío hurga con audacia en el barroco». Estaban posando, no tocando, y el flautista, con un pelo muy corto y feo pero con una sonrisa adorable, era Mal. Tenía una mano sobre el hombro de la violonchelista.

La violonchelista, tenía que ser ella, por supuesto que lo era, debía de ser de la que se había «enamorado un poco».

Volví a mirar al chico de la toga y el birrete; le miré los ojos. Claros e incisivos, sin lugar a dudas eran los de Mal. Y entonces cerré la caja, pero con qué desesperación deseaba leer aquellas cartas. ¿Cuánto había tenido Lucinda, madre entre las madres, que ver con la vida de ese chico, con su ser? En aquella época, ¿acaso la joven y bonita violonchelista había podido elegir, incluso sin la intromisión convincente de Lucinda?

Como si estuviera enfebrecido, me embargaron una serie de emociones que parecían completamente fuera de lugar en aquel momento, pero que era incapaz de reprimir: envidia hacia la chelista que había sido amante de Mal, quizá sólo una vez, ni que fuera como tributo equivocado hacia su talento; irritación hacia Lucinda, aunque sólo me aventuraba a intuir su papel en aquel drama; y un desprecio creciente por la mentira que Mal me había contado sobre Jonathan para encubrir lo que por aquel entonces él debió de considerar una crisis que nunca había debido permitir que cambiara su vida como lo hizo. O tal vez le hubiera liberado. Nunca lo sabría, porque esta vez, entre la vida y la no vida, no había habido elección, no para Mal.

Y entonces pensé en la mentira que yo había contado sobre uno de mis hermanos, para encubrir mi propia insensatez.

Arrodillado junto a la cama, posé la mejilla en la región baja de la espalda de Mal. Permanecí un rato en aquella postura. A continuación me trasladé al salón, donde me senté frente a la calle durante dos horas más, sereno y en silencio, hasta que sonó el teléfono.

—Hola, ¿qué tal? —Lucinda, con resaca y con los pies doloridos, pero emocionada al oír mi voz. Se lo había pasado tan bien que se sentía como si hubiera sido una esposa infiel—. Pero da igual, ¿crees que podríamos hacerlo otra vez? —Fue el último comentario feliz que la oí pronunciar hasta que, en mayo, me llamó desde Vermont y me pidió que la ayudara con una fiesta en memoria de su hijo.

Enseguida le dije lo que había encontrado, como si acabara de pasarme por allí, para ver cómo estaba Mal. Para cuando llegó, ya se había imaginado mi connivencia. Antes de dejarse embargar por la emoción, me dijo con frialdad:

—No era tuyo para que lo dejaras marchar.

No me dejó que la tocara. Durante las idas y venidas (la policía, el forense, los vecinos de arriba y de abajo), no me miró ni una sola vez, pero yo me quedé allí. A última hora de la tarde, cuando la luz tenía el mismo tono gris que a mi llegada por la mañana, me introduje a *Felicity* en el abrigo y crucé la calle. El pobre *Rodgie*, abandonado, había mojado la alfombra del dormitorio; me miró avergonzado, no con expresión de reproche. Lloré, por segunda vez aquel día mientras lo abrazaba y le ponía la correa.

Cuando regresamos de dar un largo paseo, escuché los dos mensajes que tenía en el contestador. Uno era de Ralph, preguntándome dónde demonios había estado todo el día, por qué no había abierto la librería, y el otro era de Dennis, la primera parte amortiguada por el tintineo de las monedas y las risas. «¡Tienes que perdonarme por no haberte llamado en cuanto nació; he estado como loco, sin parar ni un solo momento, viviendo este sueño increíble! ¡Es muy pequeñita...! ¡Dios mío, es como un angelito, de verdad, sólo le faltan las alas! Y Vee está de maravilla, ¡menuda fuerza de la naturaleza la suya! Te envío fotos por mensajero urgente. Ya me llamarás y me dirás si no es igualita que papá, te lo juro. Pero espera, no intentes llamarme, ya te llamaré más tarde. ¡Soy el loco más feliz sobre la faz de la Tierra! ¡Voy a necesitar pesas en los zapatos!» Hacía dos días, el uno de marzo, que había nacido Laurie.

Al cabo de unas semanas, Ralph rompió con el arquitecto. Retomamos nuestras cenas de solterones y le escuché despotricar sobre la vanidad cruel de nuestro género (de la cual Ralph se consideraba exento). El arquitecto no había dejado de insistir para que hiciera ejercicio, jugara al tenis, corriera, hiciera lo que fuera para librarse de la barriguita de cuarentón. Era por su salud, por el amor de Dios, y ¿cómo era posible en la época en que vivimos volverle la espalda a «eso»?

—Bueno, pues que intente seducir a algún joven y robusto semental. Que tenga suerte —espetó Ralph indignado.

Como premio de consolación, cedí ante su deseo de hacer bolsas de lona grandes para la librería, que los clientes se llevarían como recuerdo, igual que había cedido con las camisetas. Habíamos contratado a dos empleados a tiempo completo y la última idea que se le había ocurrido a Ralph era abrir una sucursal en los Hamptons («¡En Brookhaven todavía no se han cargado a todos los pájaros!»). A modo de consuelo para su ego mutilado, Ralph empezó a buscar casa en Amagansett o Montauk, y ya fantaseaba sobre su jubilación. Cuando le dije que otro local haría que nos dispersáramos demasiado, bromeó:

—Y siempre tendrás una habitación para ti, querido. —Iba a esperar hasta ceder también en eso.

Tony regresó a Nueva York en junio, poco después de que yo volviera de Vermont. Me sorprendió de forma inquietante, por supuesto, porque se presentó en la librería justo antes de un recital, y cuando lo vi —el brillo de su piel bronceada y del pelo, ahora con un peinado a lo *Retorno a Brideshead*—, mi deseo visceral quedó amortiguado por una mezcla de angustia y aburrimiento. Aburrimiento al pensar en nuestras rutinas seguras, en nuestro alejamiento seguro. Durante el recital, nos dimos un beso furtivo en el jardín, pero di excusas y no le invité a subir. Durante dos semanas, guardé las distancias hasta que me sentí lo suficientemente seguro para decirle que ya no me apetecía. Quería algo más, o quizá nada, durante una temporada. Se enfadó pero (sí, Ralph) era demasiado vanidoso para reconocerlo. Al cabo de unos meses me llamó y volvimos a vernos, de vez en cuando, en nuestro restaurante tailandés. Nos hacemos reír el uno al otro, pagamos la cuenta a medias y luego cada uno por su lado. A veces siento un gusanillo, pero me recuerdo que lo prefiero de este modo. Sigue haciéndome regalos memorables, aunque sólo en las ocasiones típicas, y sus fotos siguen sin enmarcar en mi armario. Él no me pregunta.

Para cuando llegó Navidad, había permitido que dos hombres me hicieran salir de mi cueva. No duraron, pero no me dejaron desesperado. Empecé a aceptar, buscar incluso, invitaciones para salir de la ciudad; permití que los dependientes se encargaran de la librería durante fines de semana enteros. Me compré un sofá nuevo, una mesa y sillas nuevas, contraté al chico de enfrente para que me pintara el salón de color rojo caqui. Cuando vi la habitación terminada y vacía, me entraron ganas de llorar: «¿Este color no se llama "burdel"?», dijo Ralph, pero entonces se me ocurrió la idea de recuperar el flamenco de Audubon de la librería. Alrededor de ese gran cuadro, que se apropió de una pared, el color encontró un sentido. Y por la noche, al igual que el carmín, favorecía a mis huéspedes ocasionales y los alegraba.

Mientras realizaba tales cambios, *Felicity* observaba consternada y entonaba una alarma al estilo tirolés con la llegada de cada nuevo objeto a sus dominios. La tranquilicé con papaya, coco fresco y visitas frecuentes a la bañerita de pájaros del jardín. *Rodgie* estaba contento; el sofá nuevo era más profundo y mullido. Unos placeres muy sencillos, pensé mientras mis animales se adaptaban a la nueva situación.

Ésos son los sucesos que se repiten en mi cabeza, cinco años después, mientras estoy en cuclillas en el desván de la hermosa casa que todavía no me acabo de creer que no sea mi hogar. Al igual que nunca me acabo de creer —aunque ahora opino que debo— que a mi familia, para quererme, no le hace falta entenderme. Sí, Mal estaba equivocado.

Tal vez haya estado hablando conmigo mismo, o quizá las risas de abajo sean más fuertes; algo más intenso que la lluvia debe de haber despertado a Laurie, porque de repente esa criaturita fantasmagórica aparece en lo alto de la escalera.

—*Onco? Onco, tu es triste*? —susurra. Se planta arriba y se sienta a mi lado. Me toca la mejilla húmeda.

La rodeo con un brazo.

—No, cariño, no estoy triste. No es eso. Pero... *mon coeur est fatigué.* —Es la explicación más sencilla que soy capaz de encontrar, ¿cómo decirle que de hecho el corazón se me desploma hacia dentro?

Laurie me mira a la cara, con los ojos bien abiertos.

—¡Voy a buscar el *écouteur* de Davi! —exclama.

Sonrío ante su dulce lógica.

—No, no —digo, dándome una palmadita en el pecho—, tengo el corazón perfectamente, sólo necesita descansar un poco.

Me mira el regazo, la caja, y a juzgar por su expresión deduzco que su madre le ha preguntado por ella, si la había visto en algún sitio. Poso una mano sobre la caja.

—¿Sabes qué es esto?

Asiente.

—*Grand-père* —dice rápidamente, y luego aprieta la mandíbula.

—Ya sabes que hemos estado buscando a *grand-père*.

Vuelve a asentir. Ahora es ella quien llora.

Le acaricio el pelo.

—Te prometo que no habrá ningún problema. —Menuda promesa la mía—. Ningún problema gordo —rectifico.

—Por favor, no tiréis a *grand-père* al mar —suplica—. ¡Lo he oído! He oído que quieren tirarlo al mar. ¡Pero tú no!

Dejo la caja a un lado y me acerco a Laurie al regazo.

—Oh, pequeña, ¿por eso lo has traído aquí arriba?

Otro asentimiento rápido.

Dejo la mirada perdida en la noche y me planteo cómo explicarle eso a una niña de cinco años. La acuno un poco mientras pienso; qué curioso que ese movimiento resulte tan natural en mis brazos.

—Echas de menos a *grand-père*.

—*Oui* —musita, en una sola palabra un atisbo de la francesita en la que se convertirá, con tanta seducción en la voz como en las caderas o las piernas—. Me dijo que me llevaría a un castillo, me dijo que hay un castillo enorme en una colina, con soldados y cañones, y que me lo enseñaría.

De todos nuestros castillos (la primitiva Escocia en ruinas, gracias a Dios), me pregunto a cuál se refería papá y, claro, me doy cuenta de que se trata del castillo de Edimburgo, muy distinto a los de Francia, tan absolutamente masculino (aunque los soldados lleven falda). La llevaré el día de Navidad, pero ahora no es el momento de decirlo.

—Le habría encantado —digo.

Permanecemos sentados en silencio unos momentos.

—Tenía un amigo que se murió —digo—, y nosotros, sus amigos, lo pusimos en un hermoso lago. Es el lugar en el que le gustaba jugar cuando era niño. En verano iba a una casa que había junto a ese lago y nadaba, y navegaba en barco y pescaba. Ese lago le encantaba. Por eso pensamos que le gustaría volver a él.

—¿Era niño cuando murió? —pregunta Laurie.

—No —digo—. Mucho mayor, mucho.

—¿Y por qué no lo guardaron en casa o lo enterraron en el jardín?

—La casa y el jardín le gustaban, pero el lago le encantaba. Le encantaba nadar en él. —Ni siquiera sé si eso es verdad; Mal nunca me habló de la cabaña del lago Champlain, pero Lucinda me enseñó los álbumes de fotos: verano tras verano de Mal en el muelle con su padre, hermano y hermana, Mal zambulléndose, Mal en una canoa. Mal, con piernas y brazos en jarras, en el aire entre un columpio de neumático y el chapuzón inminente.

Recuerdo bien esas fotos, si quiero, pero cuando pienso en Mal, me lo imagino con esmoquin, Mal en la *chaise longue* verde, Mal inclinado sobre el horno para inspeccionar una tarta, Mal con *Felicity* picoteándole el cuello mientras él le toqueteaba el lomo y le decía respetuosamente «Ya basta, guapa».

El cabello de Laurie en contacto con mi mentón me recuerda la suavidad de *Felicity*. De repente, la echo mucho de menos. Deseo sentir su ala en la mejilla, sus tonterías en el oído. Se trata de un deseo que no tengo problemas en reconocer.

En cuanto las cenizas de Mal estuvieron en ese lago, empecé a echarle de menos, a llorar su muerte, en serio. En cierto modo, esos ritos marcan la diferencia, te hacen ver las cosas de un modo distinto. Con el permiso (incluso bendición) de Lucinda, me quedé tres cosas que pertenecían a Mal: el edredón hecho con los vestidos de los bailes de Lucinda, con su textura sedosa y suntuosa; el pasaporte de Mal, un mosaico del mundo que había conocido; la silla para partos guatemalteca. El cuadro de *La Sultane Bleue* sigue colgado en la pared de mi cocina.

En Vermont, entre los cientos de rostros de aquel prado florido situado junto al lago, busqué en vano al hijo secreto de Mal, aquellos ojos de un azul glacial; agucé el oído por si alguien llamaba a un tal Christopher, para poder tener otro tipo de recuerdo. No me creía que nunca conocería a ese joven, pero ¿por qué iba a merecerme tal golpe de suerte? ¿Qué me creía que era mi vida? ¿Una ópera?

Si miro por las ventanas delanteras, justo hacia el otro lado de la calle, veo a veces a una mujer joven. Creo que trabaja hasta tarde, ya que raras veces está, y llega a casa ya de noche vestida con trajes conservadores y masculinos. Cuando enciende las luces, veo un póster con orquídeas donde Mal tenía el tapiz chino. El tapiz visto desde la ventana, la noche de insomnio que compartimos incluso antes de conocernos, fue mi primer atisbo de una vida entera que podía haber compartido, un amor que me encargué de echar a perder sin siquiera saber que era mío.

Laurie me pregunta si a su abuelo le gustaba el mar tanto como a mi amigo el lago, y alguien me llama, con un susurro audible desde el pasillo que hay junto a la habitación de abajo. Le digo a Laurie que tenemos que bajar; la dejo que pase primero. Cuando reconozco la voz de Véronique, decido dejar a papá en el desván por el momento.

Para cuando llego al pie de la escalera, ella está en medio de la habitación con Laurie en los brazos, riñéndola en voz baja. Me sonríe y susurra.

—¡Vaya! ¿Qué estabais tramando? ¡Nos pensábamos que habíais huido! —No parece ni mucho menos enfadada.

—Estábamos jugando, *maman* —musita Laurie. Me mira con expresión desesperada. Le dedico un tranquilizador gesto de asentimiento.

—Pero tendrías que estar durmiendo, *chérie*. —Véronique deja a Laurie en el colchón, al lado de Théa, recoloca bien las sábanas y mantas para que todo esté bien puesto. Les da sendos besos a sus hijas mayores; Théa sigue durmiendo.

Le doy un beso a Laurie y le guiño un ojo. Le digo que me marcharé muy temprano y no podré despedirme, que la veré el día de Navidad. Me sonríe y entonces se incorpora para abrazarme con fuerza antes de cerrar los ojos.

—¿Tienes pensado escapar? —me pregunta Véronique en el pasillo.

—No —respondo. Bajamos hacia la cocina—. Estaba dando vueltas y me he entretenido, por los recuerdos y luego por tu hija.

—Dennis también es así, cuando estamos aquí... con lo de los recuerdos. —Exhala un suspiro, resignada al tirón mareomotriz de nuestra familia.

Al pie de la escalera, miro el resplandor entrecerrando los ojos, aunque la luz proceda en su mayor parte de velas. Me recibe una explosión cariñosa y achispada de voces.

—¡Ahí está! —dicen David y Dennis a coro.

—Pensábamos que te habías escondido en la trinchera —David otra vez.

—Habíamos empezado a creer que tenías una cita secreta y te habías largado —dice Lil.

Dennis deja escapar una risa histriónica.

—¡Con el condenado monzón!

Arqueo las cejas, en un intento por resultar evasivo.

—Bueno, en cierto modo así ha sido.

Burlas cariñosas, incluso de Véronique. Alguien separa la silla en la que me senté a cenar. Alguien me llena la copa de vino, que nadie había retirado. Me preparo, con alegría esta vez, para más recuerdos, más bebida —demasiada en cantidad y variedad— y pienso en el momento en que abriré la puerta de mi hogar verdadero y elegido, el salón de un rojo ridículamente atrevido, dejaré el equipaje, saludaré a mi pájaro y a mi perro y desconectaré el teléfono. No porque no vaya a alegrarme de oír las voces de mis amigos, sino porque necesitaré dormir durante varias horas antes de despertarme para volver a mirar la vida que estoy aprendiendo, sólo aprendiendo, a vivir.

Chicos
1999

Catorce

—Murciélagos —afirma Tony cuando los mosquitos les hacen entrar en la casa desde el porche—. Lo que necesitamos aquí son murciélagos. —Apila los platos y los vasos en una bandeja y a ella no le deja llevar ni el molinillo de pimienta.

Fern sostiene la puerta abierta.

—Podrías instalar una de esas colonias de murciélagos, un regalo de agradecimiento para tu anfitrión.

Tony parece indignado.

—Que quede claro quién le hace el favor a quién.

—Eso es; tú nunca le debes nada a nadie, ¿verdad?

Haciendo caso omiso del comentario sarcástico de ella, cavila en voz alta.

—Aunque los murciélagos quizá sean demasiado groseros. Seguro que ofenderían a la brigada del lifting facial de ahí abajo. Seguro que esos ricachones repelen los mosquitos por sí solos. La sangre demasiado azul para chuparla, las venas excesivamente correosas para pincharlas.

En la cocina recoloca los platos que han utilizado para la cena y enciende un par de velas. Incluso dobla otra vez las servilletas. Tony ha asado a la parrilla filete de salmón y tomates, lo ha servido con arroz sazonado con jugo de limón y un puñado de hierbas escogidas al azar del huerto de detrás de la casa. Fern identifica el espliego y está convencida de que él no lo distinguiría del tomillo o la salvia, como muchas otras cosas en la vida más bien afortunada de Tony.

La vivienda, una casita de tejas planas y delgadas en un sendero flanqueado de arces en Amagansett, el último golpe del encanto implacable de Tony, está casi sobre el agua. La «brigada del lifting facial» son los vecinos propietarios de la casa grande y majestuosa situada colina abajo entre ésta y el océano, una pareja de gente mayor con quien Tony parece haber congeniado en menos de dos semanas. Esa tarde, saludaron desde el porche mientras Tony conducía a Fern alrededor de su pista de tenis y al bajar las escaleras desde su césped generoso y bien cuidado hacia la arena.

Hace más de diez años que Fern conoce a Tony. A lo largo de esa época lo ha visto en el doble de entornos temporales, casas tomadas prestadas de profesores en su año sabático, divorciados en período de consolación, hijos mayores que han perdido a sus padres recientemente y en espera de una subida en el mercado inmobiliario de Manhattan. Un apartamento en West End Avenue con cuatro dormitorios colosales y techos tipo pastel de boda, una casa de listones de madera menuda y delicada en el Village, una caja de cristal de Gropius en Litchfield, ésas eran sus preferidas. Ésta es casi demasiado bonita para resultar cómoda, tan impecablemente suntuosa, tan brillante y dócil, como una casa de revista. Va acompañada de un Volvo antiguo, un spaniel muy viejo (que ahora duerme junto a la silla de Tony), y un jardín muy bien cuidado por un jardinero, del tipo que exige tanta dedicación como belleza ofrece. Pero tales responsabilidades son perfectas para Tony, que tiene un don especial para las plantas y las mascotas. Sobre todo los perros; Tony ama a los perros con un afecto tierno y democrático que raras veces muestra hacia las personas. Siempre que conoce a un perro, se arrodilla, abre los brazos y le susurra entusiasmado «Hola perrito, hola perrito, perrito guapo.» Fern ha presenciado ese tipo de saludo en numerosas ocasiones —y dependiendo del momento— con diversión, pesar o ira furtiva.

Ella se vuelve a llenar la copa de vino.

—Entonces ¿quién es tu anfitrión, tu anfitrión agradecido y que tanto te deberá eternamente?

—Un profesor de inglés, medio jubilado. Es propietario de un par de librerías.

—¿Y de qué lo conoces?

—Amigo de un amigo.

—¿Un amigo que conozco?

Tony siempre se muestra enigmático sobre los propietarios de las casas, pero a Fern le gusta pincharle por ese flanco mezquino. Antes pensaba que se guardaba las relaciones porque no quería compartirlas, pero con el paso de los años se ha dado cuenta de que ése no es el principal motivo. Lo que quiere proteger es la identidad de las personas que podrían darte, si las conocieras por casualidad sin que él estuviera delante, alguna información que, por insignificante que a uno le parezca, a Tony se le antojaría una violación de la intimidad. Algo tan trivial como su ciudad natal (Milwaukee), el nombre del perro que tuvo en su infancia, el nombre de su dentista (es presumido con su dentadura), el número que calza o su edad (que se supone que nadie sabe, aunque en una ocasión, mientras dormía, Fern echó un vistazo a su carné de conducir; tiene cuarenta y nueve años). Aparte de su acento, que procede claramente de la zona lechera del país, Tony es un adicto a la privacidad.

Igualmente irónico es el trabajo del que dependen sus ingresos regulares entre las ventas imprevisibles de las fotografías que hace y a veces expone. Enseña braille a niños cuyos padres quieren que sus hijos tengan acceso al mundo que los rodea. Al igual que buena parte de su vida ajena al arte, es algo de lo que Tony casi nunca habla, y Fern no tiene ni idea de si el trabajo le gusta o disgusta. No puede ser que le guste, se imagina ella, porque de lo contrario algo se habría notado, algún atisbo de pasión. Sabe braille desde pequeño porque su madre era ciega, uno de los escasos datos personales que revela.

Ella está segura de que alguien aventuraría la teoría de que ése es el motivo por el que Tony hace fotos que miran las cosas de un modo tan cercano (y quizá también por eso sea tan celoso de su intimidad, porque la ceguera implica que nunca sabes si alguien te está mirando). Pero Fern rechaza tal análisis simplista. El arte crece de algo más que del dramatismo familiar.

—Enséñame en qué estás trabajando ahora —sugiere ella mientras acaban de comer.

—Claro —dice él porque sobre eso sí que se muestra abierto, por lo menos con la gente que le cae bien. Es digno de admiración, piensa Fern, que nunca se muestre ansioso por su vida artística. Si le preguntas qué tal le va el trabajo nunca rehúye la pregunta. Quizá diga «Muy bien, muy bien» con tono despreocupado o «Ahora mismo tengo una con la que estoy muy contento». O en las peores circunstancias «Estoy en un apuro, ahora mismo estoy en un apuro.» No se retuerce las manos, no se queja de no tener suficiente tiempo, o suficiente disciplina o suficiente reconocimiento. De hecho, Fern piensa mientras lo observa dirigirse a la planta de arriba con una ligera sonrisa serena en el rostro, que la actitud de Tony para con sus fotografías se parece mucho a la que tienen los padres jóvenes que conoce con respecto a sus hijos: siempre orgullosos, siempre dispuestos a buscar lo positivo; decepcionados e irritados sólo por causas justificadas.

Mientras él no está, Fern se pasea por las habitaciones de abajo. La primera planta puede considerarse una especie de biblioteca: cada estancia, incluso media cocina, está cubierta de libros (literatura, historia, arte, cocina). Sorprendentemente, en el salón no hay sofá; cinco sillones convergen en una mesa baja y redonda. Amplios y blancos como nubes cúmulo, cuentan con cojines de encaje y mantones suaves y pálidos. La única pared en la que no hay libros está empapelada con campanillas azules.

Las fotografías enmarcadas brillan en todas las superficies lisas, todas de hombres. El hombre que aparece más a menudo es bajito y va conscientemente acicalado, tiene una barriga imposible de disimular (de unos sesenta años, calcula Fern a tenor de las fotos en las que se le ve mayor). Indefectiblemente, luce un bronceado temerario que hace de telón de fondo a un bigote canoso; el perro se apoya cariñosamente en sus piernas. En las fotografías en las que se le ve más joven, hay un segundo perro, idéntico al que ahora duerme en el suelo de la cocina. Cerca de una de esas fotos hay una losa redonda de mármol rosa pulido, como un posavasos excesivamente grande, con la huella grabada de una pata y el nombre *MAVIS*, junto con la franja de su existencia vital, 1984-1996, casi épica para una vida canina.

Al pasar junto a la ventana, Fern se fija en su propio reflejo. Incluso bajo el tímido brillo de la lámpara resulta obvio: la extrusión que la sorprendió hace un mes, que la hace replegarse con una emoción solitaria, ante la que no puede dejar de maravillarse bajo cualquier luz y desde cualquier ángulo concebible. Hay otras personas que también han empezado a mirar.

Aunque no se lo ha dicho a Tony, está ahí debido al bebé. Ha huido de la ciudad porque no quiere hacer frente al padre de la criatura, que regresa esta noche de un largo viaje. En ese mismo instante, el avión podría estar sobrevolando esta casa, los pilotos descender con cuidado hacia Nueva York, hacia su esplendor nocturno digno de un joyero.

Stavros ha pasado tres meses en Grecia, ayudando a su madre a cuidar de su abuela moribunda y luego a acompañarla a la tumba. Como buen hijo mayor, se quedó en el pueblo de su abuela, en una casa sin teléfono, ni ducha en una isla minúscula de la que Fern nunca había oído hablar, todo aquel tiempo sin quejarse. Fern lo sabe porque le ha mandado diez postales alegres, que tiene enganchadas con celo en una fila recta en la pared de la cocina. Ella le ha mandado cuatro cartas, todas cariñosas pero banales, intentando darle la noticia cada vez pero sin conseguirlo. Debido a esta omisión flagrante, se dio cuenta de que no podía decirle nada significativo, no podía expresar cuánto lo echaba de menos porque parecería engañoso decirle una cosa y no la otra. Al haber amortiguado sus sentimientos durante tanto tiempo, casi ha conseguido borrarlos por completo. Como mínimo, la han confundido de tal forma que ahora, aunque se muere de ganas de verlo, ha huido y se ha dado dos o tres días de... ¿qué? ¿Prolongar el encubrimiento? ¿Permitirse la sensación irracional de terror? Justifica su cobardía diciéndose que una podría conocer a un hombre mucho mejor de lo que conoce a Stavros y, ni aun así, saber predecir su reacción... su reacción, antes incluso de que pueda explicar, ante el cambio de su cuerpo.

Pero si hay algo que sabe con certeza es que Stavros no se enfadará; incluso quizá se alegre de esta sorpresa tan especial. Así pues, ¿qué teme? ¿Que él piense que lo ha cazado? (Si lo pensara nunca lo reconocería; a diferencia de Fern, no se preocupa por el pasado.) ¿Que insista en que se casen de inmediato? (Ya ha estado casada y ya no anhela una boda como algo que otorga trascendencia o beatitud.) ¿Que él se sienta demasiado ligado a ella? (¿No es lo que hará este bebé por sí solo?) Lo que sí está claro es lo siguiente: que hay demasiados interrogantes.

Por encima de su cabeza escucha la risa de Tony, un murmullo de conversación. Debe de estar hablando por teléfono.

—¡Enseguida bajo! —grita al cabo de unos minutos.

—¡Tranquilo, no hay prisa! —responde ella.

Con cuidado, ella abre las cristaleras que llevan al exterior pero no hace disparar ninguna alarma: sólo silencio, o el tipo de silencio al que el mar da forma. Sus pasos suenan descorteses en el suelo hueco del porche. El patio trasero, tan conciso como la casa, está circundado por un entelado de seto de ligustro y monopolizado por arriates: peonías en floración tardía y tempestuosa, velos emparrados de clemátides y rosas rugosas, gladiolos que insinúan los colores enfundados en sus capullos tipo lanza. Más allá del seto está la casa de mayor tamaño, con las tejas planas y delgadas como las de ésta pero mucho más ambiciosa y sagaz en los ángulos; la única interrupción en un amplio horizonte marítimo. Da la impresión de que los mosquitos se han retirado, pero el aire está frío. Ni siquiera la perfección es siempre perfecta, piensa, cuando vuelve al interior.

Entonces oye la ducha de arriba. Exhalando un suspiro (ya sabe lo que eso significa), Fern vuelve a echar una ojeada a las fotos del salón. El dueño de esta casa parece amable pero también pretencioso, y espera que no sea el amante de Tony, pero luego se pregunta que qué más le da. Porque, se responde, para la imagen que ella tiene de Tony es importante que aspire a algo más, a alguien mejor que eso. Pocas veces sabe con certeza si Tony se acuesta con alguien, pero se lo imagina, y cada vez que se lo encuentra con otro hombre, se lo imagina, sin rastro de envidia o dolor.

—¡Estás ahí! —dice Tony como si hubiera sido él quien esperaba. Se ha quitado los pantalones cortos y la camiseta y se ha enfundado unos vaqueros y una camisa blanca clásica (manga larga, botones pequeños) que hace que su rostro recién afeitado parezca bruñido y disimule las canas de su cabello oscuro y húmedo.

La hace quedarse a un lado en el extremo de la habitación mientras despeja la mesa redonda y coloca cuatro fotografías en la misma. Retira las sillas y enciende y apaga las luces hasta conseguir el efecto deseado.

—¡Bueno, bueno! —anuncia.

Al comienzo parecen algún tipo de motivos de prueba, poco más que campos de textura.

—Te has vuelto abstracto —dice ella.

—¿Yo, abstracto? —responde—. ¡Yo diría que me conoces mejor!

Arena. Arena como la vería una gaviota, caminando en busca de cangrejos o mejillones arrastrados por la corriente. Arena mojada, arena resplandeciente, arena marmórea, arena tan lisa como el cielo.

—Arena —declara ella.

—Sí, sí. Pero ¿qué te parece?

—¿Sinceramente? Son un poco vagas para mí. Supongo que podrían considerarse... sensuales. Pero para mí...

—Sensuales —repite él—. Hum. ¿Lo sensual no te va?

—Yo no he dicho eso —se apresta a responder antes de

que él le lance alguna broma sexual relacionada con su embarazo—. Me refiero a que considero tu trabajo más formal.

—Ah, la palabra de la F mayúscula.

—Tony, esto me agota, que lo conviertas todo en una broma. Tengo que pensar en voz alta.

Él se disculpa.

—Tengo que intentar hacerlas más grandes. Tengo que alquilar un cuarto oscuro exterior para hacerlo pero estoy pensando que las quiero del tamaño de una ventana.

—Barcos con el fondo de cristal —dice ella.

—Sí. —Él asiente con apariencia satisfecha—. Eso mismo, Miss Veritas.

—Ya estamos otra vez. —Ella se dirige a la cocina—. Lavaré los platos.

—No, no los laves —dice él—. Pon los pies en alto. Sube arriba y huele el aire. Hay un balcón en mi habitación. Ese aire, sólo ese aire, te hacer desear ser rico. Olvídate de los coches de lujo y del Orient Exprés.

Como imaginaba, él le dice que va a salir, sin insinuar ninguna invitación. Fern le da las gracias por la cena.

—Dulces sueños. —Baja la mirada—. Duerme hasta tarde, tienes que cuidarte. Prepararé torrijas. —A diferencia de algunos de los hombres con los que Fern se encuentra estos días (incluso algunos que apenas conoce), Tony nunca le toca el planeta en crecimiento en el que se ha convertido su vientre, y ella intenta dejar de desear que lo hiciera.

En la planta de arriba hay tres dormitorios. Tony ocupa el dormitorio principal, con la vista trasera al jardín y, de refilón, el océano. El centro está dominado por una cama con dosel cubierta con gasa floreada; como está sin hacer parece ofendida por lo que le rodea. Tirados de cualquier manera por el suelo hay vaqueros, pantalones cortos, camisetas, un trípode, un fotómetro, revistas. En el lavamanos antiguo hay dos tazas de café y una botella de cerveza; en el asiento empotrado junto a la ventana, un rosco de pan a medio comer en el borde de un plato. A pesar de que las ventanas estén abiertas, se intuye el ligero olor fiero de las zapatillas de deporte llevadas sin calcetines todo el verano. Así es como vive Tony en cuanto horada las casas que toma prestadas pero, aun así, Fern lo dejaría a cargo de un castillo lleno de tesoros porque siempre deja el sitio más pulcro, fresco y querido que cuando llegó. Y no lo disimula. Cuando los propietarios vuelven se encuentran con flores en la mesa, champán en la nevera y sábanas planchadas en todas las camas.

Parece vivir satisfecho con los muebles y cuadros de otras personas, con los armarios llenos de ropa de otras personas. Tiene un apartamento en la ciudad, pero es poco más que un cuarto oscuro y una cama. Guarda papel fotográfico en el horno desconectado; la diminuta nevera contiene rollos, cerveza y leche para los copos de maíz. Lóbrego como un búnker, piensa Fern cuando lo ve, nunca más que fugazmente, sólo para reunirse con Tony e ir a algún sitio.

Se abre camino entre el desorden, pasa junto a una cortina de encaje para salir a un balcón en el que sólo hay cabida para una silla. El cielo está estrellado, los zarcillos más altos del ligustro, inmóviles. Huele el olor limpio del mar abierto y, por un instante, el aroma de la retama escocesa. El oleaje suena felizmente manso.

Se abre una puerta debajo de ella. Tony le silba suavemente al perro. Cruzan el césped. El perro viejo se mueve con lentitud y Tony es paciente. Se gira un momento, camina hacia atrás y saluda a Fern con la mano. Acto seguido, su silueta, definida no por la luna o las estrellas sino por el foco de seguridad del camino de entrada de los vecinos, se funde en el seto. El bebé se mueve con suavidad en su interior, como el desplazamiento de la arena húmeda bajo una ola. Lo sintió por primera vez, o lo reconoció, hace unas semanas. A paso acelerado invoca los primeros movimientos tangibles; desde aquel momento, su corazón hace lo mismo.

Existe la posibilidad de que Fern críe a este bebé sola; a veces, contra toda lógica, es la fantasía que le produce mayor placer. No porque no quiera estar con Stavros sino porque le parece que sería más limpio, menos complicado, como si no tuviera que correr el riesgo, una vez más, de fracasar como esposa. Ser madre le parece suficiente reto. Pero el dinero... eso sí sería duro.

Fern trabaja en casa como diseñadora gráfica. Justo ahora, por fin, después de diseñar folletos publicitarios y luego libros sencillos, llenos de texto como novelas y sermones de autoayuda, ha empezado a trabajar en obras grandes y satinadas: libros de cocina para regalar, libros sobre moda y viajes; libros con páginas tan lujosas como el césped del otro lado del seto, fotografías de chalés y banquetes y ninfas en lo alto de la torre Eiffel. Tales libros quizá carezcan de sustancia intelectual pero el diseño es algo más que ruido blanco para atraer al lector. Fern asiste a reuniones en las que todo el mundo la mira, en las que su trabajo puede crear o destruir el atractivo de un libro como objeto que sostener, codiciar, sobre todo comprar. Pero este trabajo no le proporciona ingresos sustanciales y sabe que debe encontrar algún tipo de impulso ascendente: en el peor de los casos, un empleo en una oficina corporativa. Gráficos de dos colores para mostrar la evolución de las acciones, notas al pie en cursiva, retratos de banqueros ante su mesa. Informes anuales: un círculo muy especial en el infierno.

Fern no se propuso ser diseñadora gráfica (¿acaso hay alguien que se lo proponga?); desde la infancia se dedicó a pintar. En la universidad devoró a Bronzino y Beckmann, John Singer Sargent y Lucian Freud. Entre los compañeros de clase que veneraban a Nam June Paik y Baldessari, ella era descaradamente anticuada en sus gustos. En sus mejores momentos, consideraba que sin ayuda de nadie volvería a poner de actualidad los retratos. Cuando se licenció, consiguió una beca para pasar un año en Europa, observar el arte de los museos y crear el suyo propio. Por todos los motivos convencionales, vivió en París y allí es donde conoció a Tony.

Estaba sentada en un banco del Parc Montsouris, dibujando a una mujer joven tumbada en una manta, enroscada con un bebé. Era uno de aquellos últimos días cálidos, la nostalgia que se siente en septiembre por el fin de agosto, y dormían bajo el hechizo del sol. Mientras Fern dibujaba, se dio cuenta de que había un hombre rondando a los durmientes, y se acercaba. Se movía como ella imaginaba que se movían los tigres, de forma furtiva. El hecho de que llevara una cámara en vez de un arma no lo volvía menos inquietante. Fern dejó el papel y los lápices.

El hombre observó su sombra con inteligencia. Se guardaba de no impedir el paso del sol hacia el rostro de la madre, ya que la sombra repentina podría despertarla. Cuando se inclinó sobre su cuerpo y empezó a fotografiar al bebé, Fern se sorprendió a ella misma.

—¿Qué estás... *qu'est-ce que vous faites*? —Habló con voz queda pero clara, como si siguiera siendo importante no despertar a los durmientes.

El hombre la miró de frente. Se encaminó hacia ella, sonriendo. Observó su dibujo.

—Me parece que lo mismo que tú.

Si bien le molestó la comparación (ella estaba haciendo un estudio respetuoso de la inocencia; él la estaba invadiendo), en cierto modo le molestó todavía más que fuera americano.

—No creo —replicó ella.

Para consternación de ella, él se sentó y examinó su dibujo, que estaba en el banco entre ambos.

—No está mal —dijo él.

No se le ocurría ninguna respuesta al comentario. Se sintió invadida, también.

—Déjame adivinar —dijo—. ¿Tercer curso en el extranjero?

En vez de largarse, ella le contestó.

—Me he licenciado en Harvard. Tengo una beca. ¿Y tú?

Se puso a silbar.

—¡Vaya! Siento haber sido grosero. Me llamo Tony. No soy ningún chico de Harvard, pero no soy el pervertido por el que me tomas. Me limito a hacer mi trabajo.

Su sonrisa, intensa por su calidez, hacía que resultara imposible no querer conocerle. ¿Cómo era posible que la astucia fuera tan atractiva? Al cabo de unos meses, a menudo deseó haber recogido sus bártulos, haber dicho adiós (o nada) y haberle dejado hacer lo que quisiera. Pero no había sido así.

—¿Que es...?

Relajó la sonrisa.

—Que es... tomar lo muy, muy pequeño y hacerlo grande. Hacer que llame la atención. Conceder magnitud a los detalles. Donde acecha el demonio, ¿sabes? —Transcurridos casi once años, ella sigue conservando una de las pocas fotografías que le hizo a ese bebé, antes de interrumpirlo. Un puño diminuto, ampliado hasta el tamaño de un melón. A primera vista parece una seta bulbosa y extravagante descubierta en el tronco de un árbol en la profundidad del bosque. Fern siempre la ha colgado en un lugar prominente. Últimamente se para a mirarla con frecuencia, esa visión literal de la mano de un bebé, dos de las cuales crecen en su seno, dedos que brotan, que empiezan a intentar agarrar a ciegas en su interior.

Aunque puede decirse que Tony la sedujo, ella llegó a una solución intermedia. Si es sincera, sabe que él se sintió más atraído por una idea que se formó en su mente que por la verdadera Fern. Fue la misma idea que en otro tiempo consideró que personificaba para sus padres: buena chica, estudiante destacada, pensadora concienzuda, ganadora de todo lo que los padres quieren que sus hijos ganen (y persona que desdeña la mayoría de las cosas que los padres quieren que sus hijos desdeñen). Al cabo de pocos minutos de haberlo conocido, supo que Tony era su anverso, su negativo: marginado insolente, cómico incansable, oportunista franco. Piloto orgulloso de una vida improvisada. Personificación del artista verdadero, si es que existe tal cosa; eso era lo que ella temía y lo que envidiaba. Había mencionado al demonio, y eso es lo que cualquier mujer, por mucho que acabara de dejar atrás su tierna juventud, debería haber visto. Pero era tan demoníaco como angelical. Como aprendería ella con el tiempo, parece romper corazones sin circunspección pero también sin ningún tipo de engaño, y luego, por razones que nunca ha dilucidado, insiste en aferrarse a esas mismas personas.

Fern se despierta cuando Tony llega. Las dos y media, le dicen los dígitos verdes en la oscuridad. Aguza el oído. Oye que cierra las tres puertas de abajo con llave, y pasos en medio. El sonido del grifo de la cocina: agua para el perro que la sorbe del bebedero ruidosamente. El empellón metálico de los herretes del perro mientras sube las escaleras enmoquetadas y entra en el dormitorio principal.

Tony no le sigue. El mundo está tan silencioso que oye el golpe amortiguado de la puerta de la nevera, el breve ruido metálico de un cajón que contiene cubiertos. El capricho preferido de Tony antes de acostarse es el helado de vainilla. Las patas de la silla rascan el suelo, el crujido de un periódico.

Nunca ha acabado de entender cuándo duerme Tony realmente. En París vivía en el dúplex tipo loft de una mujer rica, pero cuando Fern estaba con él, prefería compartir la cama de la habitación alquilada de ella. Allí tenía la libertad de marcharse cuando quería. Al amanecer, dijo, era el mejor momento para utilizar el cuarto oscuro que había pedido prestado. Pero incluso cuando acababan en el loft, él la abandonaba en la gran cama mullida de la mujer en cuanto pensaba que se había quedado dormida. Se paseaba de un lado para otro en la planta de abajo y, a menudo, se marchaba de la casa. Preocupada, ella le oía cruzar las alfombras caras: pasos, luego una pausa, pasos, otra pausa. Ella deseaba que regresara arriba (de vez en cuando volvía) pero, al mismo tiempo, deseaba que abriera la puerta y se marchara, para poner fin a la tortura. Al cabo de un tiempo dejó de creer que fuera a un cuarto oscuro: no porque no hubiera fotografías que enseñar (había muchas) sino porque, en más de una ocasión, se lo encontró de día con jóvenes franceses, chicos, en realidad, que apenas hablaban inglés. Posteriormente, ninguno de ellos mencionaría el encuentro pero Fern advertía que Tony se había enfriado unos cuantos grados. En la cama le volvía la espalda y se arrebujaba en las sábanas, intocable.

Si no dijo nada durante meses, si permitió que su sufrimiento floreciera en un silencio pasivo, fue por la forma en que la amaba cuando se daba el caso: con tanta intensidad, de forma tan pausada que se sentía casi sagrada. Raras veces la besaba en la boca y prácticamente nunca la miró de hito en hito; sin embargo, examinaba cada centímetro de su cuerpo, con los ojos bien abiertos, y en la oscuridad cobalto le encantaba observar los dedos de él recorriendo su piel. Albergaba una idea romántica sobre la ceguera de la madre de Tony e imaginaba que tal privación debía de diferenciarlo de otros hombres, hacerlo más sensible. Era ella quien cerraba los ojos y sentía que la estaba leyendo, poro por poro.

Pero entonces, un día de mayo, un auténtico día de primavera, dobló una esquina y lo vio con otro chico, susurrándole algo. Los labios de Tony en contacto con la oreja soleada del joven. El tipo de placer que sentía el chico era inconfundible a juzgar por su expresión. Fern se escabulló por una calle adyacente antes de que Tony la viera, pero esa misma noche, cuando él entró en la habitación, ella no se calló.

—¿Por qué no das la cara y me dices que te gusta follar con chicos? —le espetó nada más llegar.

Él reaccionó con una sonrisa pero se ruborizó.

—¿A santo de qué me lanzas ese misil?

—Ya sabes a qué me refiero.

—Vamos a ver. No, de hecho no lo sé, así que ayúdame —la embaucó.

Ella se puso a gritar y le recitó cada una de las cinco veces que lo había visto con chicos que nunca había vuelto a ver, recordó los nombres de las calles y la hora del día. Le gritó que por eso nunca le presentaba a sus amigos, porque ¡todos menos ella debían de saber que era homosexual! Tal vez fuera ingenuo por su parte esperar fidelidad pero ¿la estaba utilizando? ¿La estaba probando como si fuera unos vaqueros nuevos para ver si aquello, las chicas, resulta que le encajaban? ¿Era una rata de laboratorio con tetas y coño? En un destello vio que la exploración táctil de su cuerpo era un experimento más que un acto de adoración.

La sonrisa de Tony se había esfumado pero permitió que el silencio se interpusiera entre ellos antes de hablar.

—Vamos a ser lógicos, si te viera por la calle con otra chica, ¿te convertiría eso en tortillera?

—¡Ya sabes a qué me refiero! ¡No puedes seguir mintiendo!

—No te sigo —dijo con toda tranquilidad—. He mentido... ¿sobre qué?

Por supuesto él nunca había mentido, no de forma literal, pero no podía creerse que fingiera tal inocencia. Entonces se preguntó si no habrían más mujeres aparte de hombres, si ella no era una más de un grupo reducido pero literal.

—Márchate —dijo ella con voz queda.

—Así, sólo porque me has visto en la calle con un amigo.

—Márchate. —Le abrió la puerta—. Sal de mi vida.

Se pasó la tarde llorando. Tal vez dos tercios de aquellos lloros se debieran a su corazón roto; el otro tercio estaba enfurecido por su propia estupidez.

Al día siguiente se subió a un tren y viajó por Italia y Grecia durante un mes. Le habían dicho que era una locura viajar sola por esos países, sobre todo porque era rubia y destacaría en las peores circunstancias. Pero que se fijaran en ella de ese modo, que la silbaran, la halagaran e incluso siguieran entre la multitud, era lo que quería en aquel momento.

La intensa luz del sol convertía el color de su cabello en el del azafrán de primavera que había tenido cuando era niña; allá donde iba se sentía como una luciérnaga. En los jardines de Boboli, la abordó con suma cortesía un joven poco agraciado que hablaba un inglés encantadoramente imperioso pero con un fuerte acento italiano. Ella le dejó que la acompañara en la visita al palacio y a comer. Venía de Lucca, le dijo, y tenía que regresar en el siguiente tren, pero ¿iría a verlo camino de Grecia? Le escribió la dirección en el cuaderno de bocetos de ella y, cuando se lo devolvía, adoptó una expresión tan apasionada que se vio obligada a decir: «Eres muy amable, pero no sé si podré». Se le ensombreció el semblante y le cogió otra vez el cuaderno. Le tachó la dirección con tal furia que la tinta traspasó cinco páginas.

Su ira desconcertó a Fern.

—Pero a lo mejor...

—¡No, no! —respondió él, blandiendo los puños delante de su rostro—. Tengo que saberlo con *«veritabula»* certeza. No soporto estar en mi casa y pensar «¿Vendrá? ¿No vendrá? ¿Vendrá? ¿No vendrá?».

Después de marcharse ofendido, Fern sintió haber herido sus sentimientos si bien también la embargó un placer insidioso. Porque aunque era prácticamente imposible romper un corazón con un encuentro tan breve, intuía el sabor de ese poder.

En el puesto de postales de Delfos, un hombre moreno y ojos tan enternecedores como rapaces le dijo que había ido corriendo a ese sitio cuando el oráculo le había dicho que allí encontraría a «la mujer de mi desamparo». Fern rompió a reír, sabiendo que no por ello se arredraría; qué bonito, aunque un tanto peligroso, saberse el objeto de tamaña intensidad cómica. Permitió el desarrollo de varios coqueteos como aquél, pero sólo si no resultaban demasiado peligrosos.

En Paros, hacia el final del viaje, Fern permitió que un ligue se convirtiera en otra cosa. El hombre no era el estereotipo del griego apasionado sino un inglés chulo con el que pasó una sola noche sin dormir. Esa noche se convirtió en un recuerdo del que todavía disfruta pero cuando acabó y el hombre se marchó, sin más, la dejó con el mismo dolor del que había intentado librarse. Regresó a París con una sensación de derrota. Tony había regresado a Nueva York pero le escribía cartas largas, como si nunca hubiera obrado mal con ella, como si ella nunca le hubiera expulsado de su vida. No pidió disculpas ni expresó ningún tipo de arrepentimiento. Se limitó a contarle la vida que llevaba (o todo menos eso, precisamente), describiendo la mirada estética enlatada de Nueva York en comparación con París, el cambio que había sufrido su trabajo, el calor excesivo... Sus cartas se tambaleaban al borde del romanticismo pero nunca acababan de caer en él; terminaba diciendo, por ejemplo: «Echo de menos tu sabiduría de Miss Veritas, tu crujiente pollo asado, tu refinada voz de oboe, tu rostro fresco como una manzana...» como si hubiera olvidado quién le había partido el corazón a quién. No respondió pero tampoco tiró las cartas.

Fern regresó a Estados Unidos tras un verano lleno de aquellas cartas, todas sin responder, y le llamó. Nunca volvieron a acostarse juntos y nunca mencionaron que se hubieran acostado en el pasado. Ella sabe que ciertas personas están destinadas a quedar impunes.

Se trasladó a Brooklyn. Durante cinco años más pintó cuadros sumamente expresivos, llenos de empaste y energía, cada uno de los cuales ocupaba una pared de la habitación que utilizaba como estudio en su apartamento. Pintó a todos sus conocidos. Dos de esos cuadros aparecieron en exposiciones de grupo ostentosas, pero los marchantes que visitaban su estudio siempre acababan diciendo lo mismo: «Son tan... grandes». Lo decían con la misma perplejidad que Fern sentía al oírlos, porque según los estándares de la mayoría de las obras expuestas en las galerías, los cuadros eran casi diminutos. La única conclusión a la que fue capaz de llegar es que estaba yendo más allá de sus posibilidades, exagerando su talla; daba la impresión de que los cuadros eran demasiado grandes para ella y aunque intentó desechar las implicaciones (¿Acaso tenía un espíritu pequeño? ¿Es que no estaba destinada para nada grande?), pasó de forma abrupta a pintar en pequeño. Arrastró una plancha grande de conglomerado del almacén de maderas, la serró en cuadrados del tamaño de un plato y pintó a sus amigos otra vez, haciendo que cada rostro llenara el marco con actitud desafiante (os enseñaré lo que es grande). Las expresiones de aquellas caras siempre eran más feroces de lo que Fern quería y aunque colocó media docena en exposiciones, e incluso vendió unas cuantas a desconocidos, se sentía cansada, como si trabajara de memoria. Era camarera y acababa de cumplir treinta años. Fue entonces cuando se casó.

Lo que la atrajo de Jonah fue lo que ella percibió como su firmeza serena, la claridad con la que veía la vida. Se trataba de un hombre que sólo comía un tipo de cereal, veía un solo canal de noticias, tenía sólo un par de zapatos y una americana para cada una de las cuatro ocasiones posibles (que Fern catalogaba como «día laborable», «sábado», «Glenn Miller» y «deportivo»). Llevaba el mismo sombrero todo el invierno, un gorro gris tipo sherlock con unas orejeras retráctiles.

—Su armario es un poema —le contó Fern a Anna la primera vez que ésta se quedó a dormir. Fern la conocía desde la universidad; a Anna nunca le faltaban opiniones y, conscientemente o no, Fern a menudo necesitaba oírlas.

—Pues muy bien —dijo Anna—, pero ¿quién es el poeta? ¿Gregory Corso? ¿Robert Frost? Odio decirlo pero Alfred, lord Tennyson, ése es mi presentimiento. —Lord Tenny, así le llamaba Anna a sus espaldas, o señor Raro. Fern se reía pero se había dado cuenta de otra cosa: el señor Raro tomaría una esposa y sólo una, hasta que la muerte (cada uno la suya) los separara.

Fern estaba convencida de que se casaría con un artista y Jonah, historiador de arte de nuevo cuño, le permitía tener el arte sin el carácter adolescente incorregible que había sufrido en los hombres que había amado con anterioridad: iconoclastas verdaderos o fingidos, orgullosamente alérgicos a las corbatas, los mocasines y los despertadores, a la lealtad del tipo que fuera.

Por no hablar de las sorprendentes pasiones de Jonah. Cuando entonó el panegírico, en la iglesia de la madre de Jonah en Far Hills, desde una majestuosa tarima episcopal, recitó la lista: Rubens, la cocina española, John Belushi, las camisas hawaianas, y los cómics antiguos (tenía los primeros nueve números de la serie de *Superman* original), antónimos procaces de su talante parco e impasible. Pero Fern no dijo que, si bien no compartía ninguna de esas aficiones, en un momento dado había estado convencida de que eran la prueba de las pasiones acumuladas, promesas de que algún día se despertaría y estaría junto a un musculitos apasionado que le tocaría el ukelele y que estaría decidido a salvar al mundo a través del buen humor. El hombre que se estremecía con el sonido de la corbata al formar un lazo, que llevaba calcetines oscuros hasta la canilla incluso con pantalones cortos, que comía (con la boca ligeramente abierta) el mismo cuenco pequeño con cacahuetes cada noche cuando miraba a Tom Brokaw a los ojos habría desaparecido. Así como el hombre que respondía a su entusiasta «te quiero» con un susurro que sonaba más o menos como «un poco».

Cuando lo conoció, le había parecido desmañado, delgado, incluso atrevido (llevaba una camisa hawaiana roja; no le vio los calcetines porque había mucha gente en la fiesta), y mostraba un talante de lo más festivo porque había acabado la tesis (sobre Rubens). Estaba animado cuando hablaba de cuadros; su primera conversación fue una discusión sobre Balthus, y a Fern le gustó su buena disposición incluso en pleno desacuerdo (a él le parecía que Balthus era pura pose con poca sensibilidad hacia la pintura o cualquier otra cosa humana, pero tuvo cuidado de no convertir su desprecio en un ataque contra Fern). Y a ella le gustó, por aquel entonces, que los hubieran presentado de forma tan deliberada, porque su anfitrión los emparejó.

Al igual que cualquier criatura delicada, el amor depende de un ecosistema, un contexto. Rodeada en esa fiesta por una aglomeración de hombres cordiales de treinta y tantos con esposas que llevan pulseras de colgantes, allí estaban Fern y Jonah, como cigüeñas entre chimpancés. Recuerda la afinidad que sintió con él cuando, por encima del hombro de él, observó a cuatro hombres que se subían a un sofá y, blandiendo latas de cerveza y poniendo los ojos en blanco, interpretaban un vodevil de mal gusto cantando a lo Stevie Wonder sobre una hija recién nacida, Aisha. Ahora sabe que, por supuesto, es el motivo por el que su anfitrión los vio como almas gemelas: los raros de entre sus amigos.

—La semana pasada conocí a un tío jugando a tenis y, oye, estáis hechos el uno para el otro —dijo Aaron cuando llamó para invitarla—. A los dos os encanta el arte y ambos tenéis amigos en ese mundillo, además los dos tenéis esta gran vena conservadora, como lo mejor de nuestros padres sin su intolerancia republicana. Seguro que los dos sabéis bailar el foxtrot. Y oye, me parece que no anda mal de dinero. ¡Podrías dejar de trabajar de camarera!

Fern conocía a Aaron Byrd desde la escuela primaria; sus respectivas madres llevaban un club de jardinería. Aaron parecía haber pasado toda su vida cautivando y exasperando a Fern. Era el único hombre que no era de su familia que la conocía desde siempre; el hombre para el que no acababa de hacer bien las cosas; el hombre que habría sido su esposo convenido si hubieran vivido en otra época y lugar. Así, cuando le dijo que había conocido a su media naranja, se sintió herida por unos instantes. Allí estaba el hombre que hacía más tiempo que la conocía, el que mejor la conocía en ciertos aspectos, y así, con tanta tranquilidad y entusiasmo, la entregaba a otro. Pero luego pensó: «Bueno, hace tanto tiempo que me conoce que seguro que tiene razón».

Los amigos de Jonah se mostraron encantados y asombrados: «¡Nunca pensamos que Jonah se casaría!». Embargada de un orgullo prematrimonial desmedido, Fern se tomó aquel comentario como un cumplido personal («¡Nunca pensamos que encontraría a una mujer tan extraordinaria!»), no el comentario que realmente era acerca de sus costumbres de soltero empedernido («¡Nunca pensamos que dejaría de vivir solo como un monje!»).

Se mudó al apartamento de Jonah en el Village y dejó el material para pintar en un armario del sótano, diciéndose que en cuanto terminaran las celebraciones nupciales, buscaría un estudio. Nunca hizo tal cosa sino que se encontró pasando el rato con la colección exhaustiva de libros de arte de Jonah. Cuando, al cabo de un año de la boda, a él dejó de interesarle mantener relaciones sexuales con ella, Fern se llevaba un libro distinto a la cama cada noche y escudriñaba sus páginas hasta que él se quedaba dormido. Era una costumbre fruto del orgullo, pero provocó su fascinación por los tipos de letra, la maquetación y los márgenes. No le gustaba entretenerse demasiado con el arte porque arte era lo que debía estar haciendo y no hacía. (Cada vez elegía con más frecuencia libros sobre artistas muertos para no tener que amargarse por el hecho de pensar que, en ese preciso instante, quizá estuvieran produciendo más arte).

Más adelante le dio por elegir las biografías de artistas de las estanterías de Jonah, porque tenían menos imágenes que envidiar. A veces, al final de uno de esos libros, leía, al comienzo con escéptica curiosidad y luego con avidez incontenible, el epílogo titulado «Nota tipográfica». Ahí se familiarizó con nombres como William Goudy, Pierre Simon Fournier, Rudolph Ruzicka y, sobre todo, Claude Garamond, el fundidor del siglo XVI que, en la imaginación de Fern, pasó a convertirse en una celebridad de la talla pública de una combinación entre Bill Gates y Richard Gere. Según un libro, Garamond consiguió el auspicio de un rey por algo tan vago y rimbombante como «elegancia y sensación animada de movimiento» en cincuenta y dos letras, diez números y unos cuantos signos de puntuación.

Esos textos minúsculos estaban repletos de elogios tipo admirador por atributos tales como «un homenaje audaz a lo antiguo»; «gracilidad y energía elegantes»; «una curiosa belleza y equilibrio muscular»... ¡en los alfabetos! Y había fragmentos de historia que se le quedaban grabados, como el olvido injusto de un tal Jean Jannon, diseñador protestante, porque resulta que vivió en una época de opresión católica. Un hombre que estaba en el sitio equivocado en la época equivocada, cuyas circunstancias trágicas se conmemorarían públicamente a través de una nota final, siglos más tarde, en una biografía del arquitecto Frank Lloyd Wright.

A lo largo de varios meses, distrayéndose de forma compulsiva del trabajo, el amor, y de la tensión de la búsqueda infructuosa y cada vez más letárgica de trabajo por parte de Jonah, Fern acabó diferenciando los tipos de letra del mismo modo que antes diferenciaba los colores: distinguía Granjon de Fairfield, Bembo de Janson, Electra de Caledonia. Al final, y justo a tiempo tal como se sucedieron los acontecimientos, el fondo fiduciario de Jonah la ayudó a conseguir el título que necesitaba para perfeccionar su fascinación. Es algo por lo que siempre estaría agradecida, pero transcurridos esos dos años, su matrimonio, al igual que su vida de pintora, pertenecerían al pasado.

Transcurridos otros dos años desde entonces, vive en el apartamento que compartió con su esposo, pero sin él, sus libros ni las costumbres decididamente solitarias que ella había confundido con prudencia y estabilidad. De hecho, en su vida, gracias a la actitud implacable y apesadumbrada de su madre y hermana, no hay ningún recuerdo significativo de Jonah. Incluso le insistieron para que devolviera la alianza, que contenía una piedra preciosa de un broche de la familia. Accedió a ello en un momento de vergüenza irracional, porque el año antes de que él muriera a veces había fantaseado con la idea de su muerte, no tanto por enojo sino porque se sentía sola y agotada. No se lo imaginaba muerto en circunstancias violentas o retorcidas; sencillamente imaginaba que de repente, de forma indefinida, desaparecía, y resultó ser que murió en un accidente tan extraño que contarlo, incluso a sus amistades, la violentaba.

Ha llegado el momento de decírselo a sus padres. No teme su censura sino su preocupación totalmente realista de si va a criar sola a una criatura. Aparte de a Tony y Anna, Fern se lo ha contado a Heather, su hermana mayor. Otras personas se lo han imaginado sin grandes problemas.

—Oh, querida, menudo lío —dijo Heather, aunque Fern no la había informado como si fuera una mala noticia—. ¿Quién demonios es el padre?

—¡Menuda aventura te espera! —fueron las primeras palabras de Anna. Cuando Fern le dijo que Stavros era el padre, Anna respondió—: Bueno, es el primer hombre de verdad después de todos los niñatos con los que has estado. —Aunque Fern mantiene relaciones con Stavros desde hace más de un año, pocos de sus amigos lo conocen; se dice que se debe sencillamente a la poca vida social que ha hecho desde la muerte de Jonah, no por ninguna reticencia por parte de Stavros o por el lugar que ocupa en su corazón. Sin embargo, Anna sí lo ha conocido, cuando vino a pasar unos días desde Texas. Lo conoció porque, cuando ni siquiera habían transcurrido cinco minutos desde que entrara en el apartamento de Fern, encontró una nota en la mesa de la cocina («¿Y se puede saber quién es el de los "mil besos"?») Lo conoció porque insistió.

Fern se echó a reír.

—Quieres decir que es el que tiene más vello corporal.

—Me refiero a que tiene un trabajo de persona madura, una actitud de lo más madura.

—Bueno, maduro, maduro... no se puede ser mucho más «maduro» que Jonah.

—Oh, no —se burló Anna—. Sin duda su corteza cerebral se volvió gris en cuanto cumplió doce años pero estamos hablando del hombre, recuerda, que coleccionaba cómics y comía Lucky Charms para desayunar todos los días.

—Cap'n Crunch.

—Como solíamos decir, la misma diferencia. —Anna exhaló un suspiro—. Conocí a tu Stavros en una ocasión, pero te diré una cosa: parecía accesible. Sin ángulos retorcidos. Y estaba pendiente de ti, de ti.

El juicio positivo de Anna resultó un alivio, pero luego, con respecto al amor, a duras penas se encontraba en posición de criticar algo impulsivo o fruto del azar. Cuando estaba haciendo el doctorado en arqueología en Columbia, se enamoró de un profesor que conoció en una excavación de Turquía. Él dejó a su mujer, se casó con Anna y se mudaron a una hacienda junto al río San Antonio, donde enseguida concibió a gemelos. Según el recuerdo de Fern, todo eso pasó en unos seis meses. Cuando Anna sabía que algo estaba bien, ocurría. No tuvo el más mínimo reparo en dejar Nueva York para marcharse a Texas (lugar que siempre había deplorado abiertamente) o interrumpir los estudios. Ahora los gemelos tenían cuatro años y Anna estaba escribiendo una novela, un thriller que combinaba la arqueología bíblica con la política árabe y el activismo en pro de los derechos humanos. A Fern no le cabía la menor duda de que se vendería como rosquillas para intelectuales.

—Odio que la gente hable de los giros inesperados de la vida —le gustaba decir a Anna—. Nosotros hilamos el tejido de nuestra vida y, de hecho, el lugar en el que acabamos no es otro que donde siempre quisimos estar.

Quince

A Fern la despiertan los sonidos enfrentados del canto de un pájaro y el tenis. El partido es prolongado y agresivo, salpicado de gritos e insultos masculinos.

—¡Andrew, eres un capullo! —oye cuando se detiene el peloteo; un muchacho de diecisiete años, diría, que se critica a sí mismo por su falta de destreza. Un mundo de absolutos.

Se enfunda el bañador y un vestido amarillo holgado. Tony hará algún comentario socarrón sobre la Soleada, cantará unos cuantos compases de *Good Day Sunshine* o *Here Comes the Sun.*

Sin embargo, cuando lo encuentra, Tony no la ve inmediatamente. Está sentado en el porche trasero, apoyado en la barandilla con unos prismáticos pegados a los ojos.

—¿Observando aves?

Se sobresalta, la mira y sonríe antes de continuar con la vigilancia.

—Intentando captar un poco de la fauna local, sí.

Fern se sitúa detrás de él y entrecierra los ojos para ver la cancha de tenis por entre el seto. Cuatro hombres, muy jóvenes, todos de blanco y dos sin camisa, juegan con energía. Tony le pasa los prismáticos.

—Juzga tú misma.

Sí, vale la pena mirarlos, cada uno por sus bazas físicas. Todos en perfecta forma, todos en la cúspide de la flor de la vida.

Tony exhala un suspiro.

—Chicos, chicos, me estáis rompiendo el corazón.

Fern sigue mirando pero no dice nada. No es lo que tenía en mente, dedicarse a observar a chicos en compañía de Tony. Se pregunta si él considera su estado como una invitación a un tipo de cercanía que ella no desea; igual que cuando se convirtió en una mujer casada su madre empezó a contarle detalles sobre su vida sexual con el padre de Fern (ella puso fin de inmediato a esa inclinación).

Uno de los hombres es moreno, con el pelo negro y las cejas muy pobladas. Stavros, piensa ella con una punzada de culpabilidad y deseo. No es el tipo de hombre que solía atraerle pero ha quedado claro que sus convicciones estaban equivocadas. O ha cambiado. No sabe qué.

—Hola, queridos. ¿No os parece que hace una mañana sublime?

Fern se aparta los prismáticos de los ojos. La voz pertenece a una mujer que cruza el césped con una cesta de picnic en el brazo. Es la vecina que le saludó ayer por la tarde desde el porche que da el mar. Lleva unos zuecos de goma verdes y unos guantes de jardinería rosas que se ensanchan hacia los codos como guanteletes medievales y que hacen juego con el color de su pintura de labios arrugados por el sol.

—¡Divina! —responde Tony, poniéndose en pie. Se acerca a las escaleras y ofrece un brazo para ayudar a la mujer a subirlas, aunque no parece necesitarlo.

—Mira que eres caballeroso —dice ella con aspereza. Tiene una de esas voces crudas y aristócratas, como si se hubiera tragado un puñado de gravilla—. Y hablando de caballeros, tienes que volver a jugar con nosotras. ¡Le diste una buena paliza a esas chicas de oro! Y por favor... —Lanza una mirada de desaprobación a los jugadores de tenis a los que se estaban comiendo con los ojos—. Disculpad a mi nieto y su séquito. Juegan con los modales de Atila. Estoy resignada a morir decapitada por un *frisbee*.

Baja la mirada hacia Fern y se quita un guantelete para estrecharle la mano.

—Hola, amiga. Ahorrémonos las presentaciones. Sólo vengo a traer unas exquisiteces, este año mi cosecha de junio ha sido muy abundante.

Tony coge la cesta y levanta la tapa.

—Oh, cielos. No nos merecemos tamaña munificencia.

—Ni Andrew ni su zafio abuelo soportan el ruibarbo, aunque preparo una *galette* fantástica.

—Pero a nosotros nos encanta, ¿verdad? —dice Tony sonriendo hacia Fern.

Ella se muestra de acuerdo y echa un vistazo al interior de la cesta. Aparte del ruibarbo hay fresas, espárragos y un pequeño ramo de caléndulas atadas con un lazo de seda rojo.

—¿Fenno va a venir pronto? —pregunta la vecina con aspecto esperanzado.

Tony se encoge de hombros.

—No lo sé.

—Oh, pero qué desconsideración por mi parte, ahora la casa es tuya.

—Ni mucho menos, ni mucho menos —contesta Tony arrastrando las palabras. Fern se lo ha quedado mirando fijamente.

La vecina levanta las manos, como si la fueran a detener.

—Bueno, pues entonces ya está. ¡Nunca, nunca abuso de la hospitalidad de los demás! Que disfrutéis del día, queridos. —Baja trotando las escaleras y deshace el camino por el césped. En cuanto pasa al otro lado del seto, exclama mirando hacia la pista de tenis—: ¡Esos decibelios, jovencitos, esos decibelios!

Fern se vuelve hacia Tony.

—¿«Divina»? ¿«Munificencia»? ¿Te estás convirtiendo en un erudito o qué?

—En la Costa de Oro, el pobre habla con la lengua dorada.

—¿De qué iba eso de la paliza que le diste a las chicas?

Tony se ríe tapándose la boca con la mano.

—Al tercer día de mi estancia aquí, justo aquí, estaba sentado tomándome el café por la mañana y oigo a alguien cantando al estilo tirolés: «Yuju, yuju, oye, joven». Me vuelvo y veo a milady con el trajecito de tenis y visera a juego, blandiendo la raqueta a través del seto. Me grazna imitando lo mejor que puede a Bacall: «¿Por casualidad sabes jugar? Nos ha fallado nuestra amiga». Le digo que sí pero que no muy bien y dice: «¡Oh, por favor, por favor, ven a llenar nuestro vacío!».

—Si no sabes jugar a tenis —dice Fern.

Tony finge ofenderse.

—Bueno, más o menos, ¿y tú qué sabes? De todos modos, ¿cómo iba a decir que no? Me sentía como un antropólogo invitado por cazadores de cabezas a echar una mano en las reducciones.

Tony le cuenta que se puso una camiseta encima del bañador y las zapatillas de deporte viejas y rotas; encontró una raqueta en un guardarropa. Una vez en la pista se sintió como un salvaje. Tres mujeres con el pelo color peltre y falditas blancas plisadas lo recibieron con un deleite nervioso.

—Las chicas de oro jugaban bien pero le puse un poco de testosterona a mi servicio y les di unos cuantos cañonazos. Ooh, pero gritaban como las *groupies* de las estrellas de rock. Fue un desmadre. Y luego, mientras secaban la empuñadura con sus toallitas de felpa, insistieron en que me uniera a ellas «para refrescarme». Si no hubieran mencionado un té helado habría puesto pies en polvorosa.

Fern se imagina a Tony, radiante por el esfuerzo, con el pelo húmedo de sudor. Una visión poco común puesto que Tony (o el Tony que conoce) evita todo comportamiento extremo, ya sea emocional o físico. Pero da la impresión de estar en forma y, que ella sepa, podría ser un as del tenis, el béisbol, el hockey o cualquier otra actividad tradicionalmente masculina.

—No dejaba de esperar la llegada de un taxidermista que me colocara en una pared. Esas mujeres son de las que tienen un orgasmo poniéndose las medias. «¡Querido, tienes un revés que es una maravilla!». —Se estremece con histrionismo.

—No deberías ser tan cruel. Está claro que le gustas.

Tony se ríe.

—¿Quién dice que a mí no me gusta ella?

Fern vuelve a echar una mirada a la cesta.

—Prepararé una tarta —dice.

—Me parece perfecto. —Tony se dirige a la puerta y la mantiene abierta para el perro—. Impresiona a nuestro tercero —le oye decir antes de que la puerta se cierre detrás de ellos.

—¿A nuestro tercer qué? —grita Fern hacia la casa mientras los sigue.

—Invitado para la cena —responde él. En la cocina se sienta a la mesa—. ¡Ven aquí, chico! —Entusiasmado, el perro se coloca entre las piernas de Tony.

Tony habrá conocido a alguien, anoche, la semana pasada, en una de sus expediciones nocturnas. La playa, un club, un aparcamiento; eso es lo que se imagina. Ese alguien tendrá menos de treinta años, bien parecido, divertido o inteligente o encantador. Algo más que seductor. Fern lo conocerá esta noche y luego, está convencida, nunca más lo volverá a ver.

—¿Quién es Fenno? —pregunta—. Es un nombre curioso.

—Uno de los parásitos de esta finca. Créeme, el profesor tiene como diez amigos del alma en cuanto los pájaros empiezan a emigrar de nuevo hacia el norte. Tuve que darme por vencido y dejar que el contestador respondiera a las llamadas la primera semana que pasé aquí.

Fern busca en los armarios de la cocina los ingredientes necesarios para hacer el pastel. Los encuentra con una facilidad asombrosa. Incluso hay una tabla de mármol grande para amasar, que introduce en el congelador.

—Manteca —dice al tiempo que extrae un paquete tipo barra—. Dios mío, no he usado manteca desde que vivía en París.

Al mencionar ella misma su pasado, se vuelve hacia Tony. Está inclinado sobre el perro, susurrando; tarda un momento en darse cuenta de que está toqueteando esas orejas largas y lanudas en busca de garrapatas. El perro mira hacia arriba, sonriente, como si fuera el cliente de un balneario. Fern observa que Tony extrae una garrapata beige del tamaño de un botón de camisa —el perro ni se inmuta— y la deja caer en una jarra de líquido jabonoso que hay sobre la mesa.

Le acaricia la cabeza al perro con firmeza varias veces y lo envía a la cama. Cuando por fin Tony presta atención a Fern, pregunta:

—Y bien, ¿el superpapá ya ha vuelto? ¿Le has dado la noticia?

Fern deja la manteca sobre la encimera.

—Te agradecería que dejaras de hacer esas bromas de mal gusto. No es ningún supernada. Es el hijo de mi casero. Mi casero es un tipo muy listo, igual que Stavros, y resulta que son propietarios de un tercio del West Village, así que no vayas con aires de superioridad.

—Pero ¿se lo has dicho? ¿No se está haciendo un poco tarde como para no propagar la alegría y hacer que te convierta en una mujer decente? Piénsalo: esta vez sí que hay bienes inmuebles. «O revuar», Old Masters. «Salú», Trump Tower. No tendrás que preocuparte de si tienes dinero para pagar el alquiler.

Aparte de Anna, sólo Tony haría una broma referente a su vida con Jonah. Es un alivio, aunque las bromas resulten pesadas. En el funeral casi todo el mundo empezó sus condolencias con «¡Qué tragedia!». Pero la verdadera tragedia es que la muerte de Jonah no fue una tragedia. Fue una farsa. Y esto, secretamente, es lo que convierte el tema de Jonah en tabú en la mente de muchas personas. Si no hablamos mal de los muertos, tampoco mencionamos su absurda muerte. A veces Fern desea que hubieran pasado por un divorcio amargo y lacrimógeno; entonces podría hablar abiertamente sobre sus recuerdos ambivalentes, sobre las cosas que sí le gustaban de él, así como las que dejaron de gustarle y las que la llevaban por el camino de la amargura. Pero ahora el tema de su matrimonio deformado, junto con el propio Jonah, parece condenado al olvido. Pobre Jonah: un hombre decente con muy mala suerte.

—Tu francés suena tan ofensivo como siempre, y nunca he dicho que me quisiera casar con él —espeta a Tony.

—El hijo de Zeus baja desde el Olimpo con un cesto lleno de rayos y ¿qué ocurre? ¿Miss Veritas rechaza sus atenciones?

—No puede decirse que las haya rechazado, ¿verdad?

—Bueno, te has negado a hacerlas públicas.

—No es cierto —replica ella, aunque quizá sí lo sea. Puede buscar excusas sobre lo ajetreados que Stavros y ella han estado en sus respectivas vidas, cómo ha sido el resto del tiempo que han pasado juntos, pero seguirían siendo excusas. Con las yemas de los dedos mezcla la harina, el azúcar, la mantequilla y la manteca hasta formar una masa dorada.

—¿Quieres al chico? —pregunta Tony al cabo de unos instantes con un tono contenido.

—Ah, sí. Pero la verdad es que no estoy segura de si recuerdo lo que es el amor. O sí que recuerdo lo que siempre pensé que era, pero ahora ya desconfío.

Tony se acerca a ella con un cartón de leche. Sabe cuáles son los pasos que sigue para hacer un pastel. Después de dejar la leche en la encimera y de que ella le dé las gracias, le toca el vientre desde el lateral, una palmadita fugaz.

—El amor está a punto de convertirse en otra cosa completamente distinta —declara él.

Fern lo mira, sorprendida. Él sonríe pero en serio.

—Bueno, sí —se limita a decir.

Él observa mientras amasa la bola y la envuelve con papel parafinado.

—Ven a la playa mientras se enfría —dice él.

—Ve tú. Ya te iré a buscar luego. Tengo que dormir o no tendré mucha energía esta noche.

—Otra siestecita para el bebé.

Fern se ríe.

—Eso mismo.

Jonah llevaba horas muerto pero Fern no lo sabía. Nadie lo sabía. Estaba preparando la cena en la cocina, esperando que llegara en cualquier momento. De dónde, no tenía ni idea ni le importaba, pero le gustaba cenar a las siete y siempre llamaba si iba a retrasarse. Educado y formal, así era Jonah. Pero estaba enfadada con él mientras cortaba cebolla y ajo y arrancaba los tendones de la pechuga de pollo. Mientras revolvía el arroz que hervía a fuego lento, se imaginó que lo dejaba, que volvía a vivir en Brooklyn, que compraba unas cortinas floreadas en una tienda de segunda mano, que recuperaba su material de pintura. Porque si Jonah era capaz de engañarse pensando que el hecho de estar desempleado era una fuerza que convertía su matrimonio en una alianza tensa y platónica, Fern podía engañarse pensando que la falta de pasión era la fuerza que le impedía pintar.

Su perturbadora fantasía de aquella noche incluía a Aaron Byrd, el amigo de la infancia que la había emparejado con Jonah (y que se había regodeado en su boda). Recientemente había hecho una ampliación de socios en su estudio de arquitectura; debido a las nuevas exigencias de su vida, Fern y Jonah hacía meses que no veían a Aaron. De repente, hacía dos días, Fern se había quedado anonadada al salir por la puerta de su edificio y ver el nombre de él en cursiva, justo al otro lado de la calle, donde un edificio pequeño pero con un elegante estilo antiguo empezaba a elevarse. Lovejoy, Rushing, Stein & Byrd: la hilera de nombres la dejó consternada. ¿Por qué Aaron no la había llamado para contarle lo de ese proyecto? ¿Cuántas veces había estado cenando allí, mirando por la ventana y observando ese solar vacío con avidez? Aquella noche, y la noche siguiente, había soñado con Aaron: en ambas ocasiones le pedía que se casara con él; las dos veces ella aceptaba con alegría y, al despertar, tenía una sensación de nostalgia erótica, que rápidamente se convertía en tristeza y luego irritación.

En parte, era culpa de él que se hubiera casado con Jonah. En otro momento, le había parecido todo un detalle que los emparejara y se gustaran enseguida. Pero, en realidad, ¿no era patético? Como si ninguno de los dos hubiera sido capaz de hacer algo de tamaña importancia sin orientación. Fern pensó en sus padres, que regentaban un vivero que gozaba de un éxito espectacular en el que habían combinado el amor de su madre por la naturaleza con el olfato para los negocios de su padre. A Joseph y Helen Olitsky les encantaba repetir la historia de su encuentro: únicos postores de una orquídea en una subasta para recaudar dinero para el fondo de becas de la hermandad de estudiantes de Helen. Si eso no era obra del destino, ¿qué otra cosa iba a serlo?

El vino que Fern bebía estimulaba el espejismo de sus sueños. Mientras calentaba aceite en una sartén, se imaginó recién instalada, sola pero aliviada, invitando a Aaron a cenar, igual que lo había invitado en numerosas ocasiones antes y después de que le presentara a Jonah, antes y después de que se casaran.

Mientras se imaginaba los detalles de una velada de ese tipo —lo que se pondría, lo que cocinaría— el temporizador de la cocina sonó para recordarle la cena que tenía entre manos: que el arroz estaba hecho, el pollo estofado con el tomate, el estragón y la crema de leche. Eran las siete y diez cuando preparó el aliño para la ensalada en una salsera, y Jonah no había llamado. Puesto que sentía demasiado rencor para esperarle, Fern se sirvió y se sentó a comer. Aquella mañana, nada más despertarse de la segunda propuesta soñada de Aaron, se había encarado a Jonah mientras se vestía. Le volvió a decir lo sola que se sentía, las ganas que tenía de que las cosas funcionaran, cuánto deseaba que vivieran en una casa en la que estuvieran felices, satisfechos como para plantearse tener un hijo. Jonah la miró desde el otro lado de la habitación, con expresión preocupada. Dijo que en cuanto tuviera trabajo —estaba seguro de que no tardaría en encontrarlo, tenía esa impresión—, todo mejoraría. Estaría más tranquilo. Se trasladarían a algún sitio en el que pudieran tener una casa, una casa que llenarían con los cuadros de ella. Él se moriría de ganas de tener un bebé. No, no necesitaban terapia matrimonial. No, él no necesitaba a ningún psicólogo. Fern necesitaba un poco de paciencia, dijo él, y fue entonces cuando ella perdió los estribos. ¡Cómo se atrevía a darle la vuelta a la tortilla y decir que ella era la que tenía necesidades! ¡Ella no era la que no tenía trabajo, ni la que tenía horas muertas que llenar, ni la que era frígida en la cama!

Jonah se limitó a mirarla con una expresión típica y exasperantemente retentiva pero también derrotada. Le pidió disculpas, odiaba el eco de sus palabras crueles. Abrazó a Jonah y le deseó suerte (iba a ver a un decano de Queens para un trabajo de adjunto). Pero en cuanto él se marchó, se encontró su toalla húmeda en el sofá y se enfadó otra vez. Se pasó el día en la revista para la que trabajaba como free-lance y luego fue al Gay Men's Health Crisis, donde hacía de voluntaria los martes por la tarde (telefoneando a desconocidos y pidiendo dinero con alegría, lo cual siempre acababa robándole el contento), luego hizo la compra en el mercado local (que era caro, lo cual no mejoró su estado de ánimo) y llegó a casa, preparó la cena y cocinó para Jonah mientras soñaba con otro.

A las ocho en punto cogió una novela. Jonah se habría puesto a mirar la tele (una nueva costumbre, síntoma de depresión, aunque Jonah decía que eso eran bobadas) y por una vez se alegró de no tener que esforzarse para concentrarse por culpa del ruido. Vaya con la formalidad de Jonah, eso también se estaba acabando. Se sintió moralmente superior, no preocupada.

Poco después de las nueve sonó el timbre. Stavros estaba en la puerta, y detrás de él había dos agentes de policía.

Fern veía a Stavros una vez al mes, cuando dejaba el alquiler en el despacho de su padre. Hablaban del tiempo, de política, de los cotilleos del vecindario. De vez en cuando se lo encontraba por la calle, se sonreían y saludaban con la cabeza.

Al ver aquellos rostros adustos, su primer temor, ilógico de todos modos, fue el desalojo. El siguiente fue la evacuación (una fuga de gas, un incendio, una explosión inminente). Su tercer temor (porque los pasillos estaban demasiado silenciosos para que se hubiera producido una catástrofe pública) fue que algún delincuente fugitivo se hubiera escondido en el edificio.

Todos esos pensamientos se le pasaron por la cabeza en el instante que tardó en decir que sí, que claro que podían entrar. No fueron más allá de la pequeña cocina, cuya luz amarillenta hizo que los tres hombres parecieran incluso más abatidos.

—Fern —dijo Stavros con su voz profunda y musgosa—, ha ocurrido una tragedia. —Sin hacer una pausa para conseguir un efecto despiadado, sin tocarla, aunque vio que empezaba a levantar la mano hacia su hombro y luego la dejaba caer, le dijo que Jonah estaba muerto, que el portero había encontrado su cadáver en el estrecho patio trasero, que parecía un accidente, que daba la impresión de que se había caído desde el apartamento. Aquel mismo apartamento en el que Fern había pasado las últimas horas comportándose como si todavía estuviera vivo para enfurecerla.

—Pero si está en Queens. Estoy aquí desde última hora de la tarde —dijo ella.

Los tres hombres la observaron como un trío de padres preocupados, dándole tiempo para que se hiciera a la idea. De pie junto a la ventana de la cocina, oyó voces en el patio. «Muy bien —notó que razonaba—, pongamos por caso que es verdad. No les lleves la contraria.»

—¿Puedo...? ¿Debería... bajar y...?

Esta vez su mano sí que se le posó en el hombro, con vacilación. Ella deseó que permaneciera allí, que la mantuviera con los pies en el suelo.

—No hace falta que lo veas, creo. —Stavros miró a uno de los agentes.

—Puede hacerlo si lo desea, señora, pero no se lo aconsejo. Ahora mismo no.

—Pero necesitaremos que venga a la comisaría —añadió su compañero—. Puede llamar a alguien para que la acompañe; yo en su lugar lo haría.

La primera persona en la que Fern pensó fue Aaron. Eso hizo que se echara a llorar, lágrimas por la traición de su imaginación, dolor por haber deseado realmente la muerte de Jonah.

Stavros la rodeó con los brazos. Ella apoyó la cabeza sobre su hombro; parecía tener la altura adecuada para consolarla. Llevaba una camisa fina de algodón azul claro y las lágrimas enseguida oscurecieron la tela. El vello que tenía en el lateral del cuello, que estaba húmedo, le tocaba la mejilla. Olía muy bien, a limpio, a jabón caro y suntuoso, de tilo o vetiver. Fern tuvo el destello de un recuerdo de Stavros en un campo de juegos de la zona, jugando al frontón en una pista. (Había aminorado el paso, paralizada durante unos instantes al ver la pasión con la que jugaba). Debía de haber jugado esa tarde, se habría duchado y luego habría recibido una llamada avisándole de la existencia de un cadáver en el patio de uno de los edificios de la familia. ¿Llevaba un busca? ¿Quién le había llamado, el portero?

Fern tenía que poner fin a aquella sucesión de ideas inútiles. Tenía que dejar de llorar. A Stavros no parecía importarle y, con paciencia, siguió abrazándola. Uno de los agentes iba dando respuestas cortas a preguntas ininteligibles que crepitaban en la radio. Tal vez no guardaran relación con Jonah. El otro agente escribía en un bloc de notas.

Se apartó del hombro azul y fragante de Stavros. Observó que bajo el corte de pelo apurado, le crecía más vello oscuro y rizado en la nuca en dirección a la espalda. El vello era más fino y ya no negro como el azabache sino de un marrón rojizo. Nunca le habían gustado los hombres peludos, pero allí era donde había posado la mejilla y no le habría importado colocarla de nuevo en el mismo lugar.

Stavros la miraba con el ceño fruncido, con una mezcla de circunspección y ternura.

—Te acompañaré, si quieres. O podría llamar a quien quieras.

—Gracias —se limitó a decir ella—. Gracias. —Él sería quien la acompañaría; era incapaz de pensar en otra posibilidad. Un casi desconocido nunca le había parecido tan importante en su vida.

—Señora, ¿podemos echar un vistazo a las ventanas traseras? —preguntó el agente con el bloc.

Fern se apartó de la ventana de la cocina; había dos más en el salón. Las tres estaban abiertas, igual que cuando llegó a casa. Era comienzos de septiembre, de día era como en verano aunque al caer la tarde el ambiente refrescaba rápidamente. Era más o menos la hora en que habría cerrado las ventanas, contenta de notar el frescor furtivo. Stavros la vio estremecerse.

—Tienes que sentarte. —Mientras la conducía hacia el salón, dijo—: Soy un tipo útil por formación, así que déjame ser lo más útil posible. —La guió, como se guía a una viejecita menuda con los huesos de porcelana, hasta el sofá. Ella le dijo que podía resultar útil sentándose con ella, en cualquier sitio, mientras hacía las llamadas de teléfono pertinentes.

Mientras escuchaba el timbre inútil del teléfono de la madre de Jonah (era su noche del bridge; hasta Fern lo sabía), examinó el damasco verde de los cojines que tenía debajo y recordó cuánto le había gustado ese sofá en casa de la madre de Jonah y cómo, para su sorpresa, había pasado a ser suyo de repente, un regalo desconcertante, igual que lo había sido Jonah una noche cuando ella se tomó más margaritas de la cuenta y bromeó diciendo que los dos eran tan incorregiblemente sosos que deberían casarse.

El sueño la elude pero le gusta tener la casa en silencio para ella sola, yacer desnuda bajo unas sábanas caras y recién planchadas en este bonito dormitorio, observando las nubes que soplan con desgana, una por una, a lo largo de seis cristales azules. Extiende las manos a ambos lados de su vientre tenso, en espera de movimiento. Ahí, una y otra vez. Cuando está tumbada el bebé se pone en marcha, hace el calentamiento, se prepara para la vida. Ella es como una sala de descanso.

Fern sabía que, cuando tuviera oportunidad, querría conocer el sexo del feto (ya había suficientes misterios en su vida), pero cuando el ecógrafo preguntó, le salió un sí parecido a un aullido de pánico, una oleada de duda supersticiosa.

—Normalmente no me gusta decirlo a no ser que se trate de una amniocentesis, pero por lo que veo, diría que existen muy pocas posibilidades de que no sea niño —dijo el médico al tiempo que señalaba algo inescrutable en la pantalla.

Tardó varios segundos en comprender. Lo único que oyó fue «niño», una palabra otrora corta y común que parecía brotar de su cuerpo como una descarga de fuegos artificiales, de repente tan brillante y completa como una granada o un arrecife de coral. Al salir del hospital, miró a sus congéneres masculinos que caminaban por la calle como si fueran un enjambre de mariposas migratorias, con un ojo empíricamente curioso y el otro claramente sobrecogido. «Mi hijo, mi hijo», no dejaba de pensar, incapaz de apartar las manos de su ombligo. Paró un taxi y una vez dentro se puso a reír. ¿Cómo iba a hacer aquello, no dar a luz a un bebé sino criar a un niño? Un niño. La semilla de un hombre.

Llevando a esa otredad en su interior, a todas partes y en todo momento, piensa en Stavros y en sus rasgos, tan distintos de los de ella. ¿Su bebé será moreno, desafiando en apariencia sus genes? ¿Heredará el pequeño y atractivo lunar del párpado izquierdo de su padre? Antes siquiera de acostarse con Stavros, cuando lo observaba cuando quería, Fern le pidió que cerrara los ojos un momento para ver lo que provocaba ese curioso destello de color siempre que parpadeaba. En realidad el lunar era azul, cerúleo, pensó ella.

—¡Qué bonito es! —dijo, y enseguida se avergonzó. Ni siquiera se habían besado.

Stavros la perdonó con una discreta risa.

—Mi padre cree que me lo debería quitar. Dice que parece cáncer.

—¡Menuda ocurrencia tan horrible!

Stavros se encogió de hombros.

—Es mi padre. Los padres dicen lo que quieren.

—¿Eso te parece bien?

—Por supuesto que no —respondió—. Pero lo acepto. No es algo que intentaría cambiar con mis esfuerzos. No en el caso de mi padre.

Su última postal de Grecia iba en un paquete pequeño. En la tarjeta le decía que su abuela había muerto, mientras dormía como había rogado todo el mundo, y que se estaban celebrando todo tipo de ceremonias antiguas. Se procedería al reparto de sus escasas posesiones, decía, y él y su madre pasarían unos días en Atenas, donde ella quería hacer algunas compras. Le anunciaba cuándo regresarían. Acababa diciendo lo mucho que la echaba de menos y despidiéndose con sus mil besos habituales. Pero junto con la tarjeta había un regalito plano envuelto con papel de periódico griego y atado con un hilo negro. Contenía un monedero bordado con cuentas y con un cierre de cremallera. La imagen primitiva que formaban las cuentas era la silueta de una mujer desnuda. Envolvía el monedero con el cuerpo de forma que aparecía de cintura para arriba en un lado y de cintura para abajo en el otro. Debido a las limitaciones del medio, tenía unos serios ojos blancos y negros y grandes pechos rosados que sobresalían a derecha e izquierda, con una única cuenta roja para cada pezón. La abundante cabellera rubia le caía por la espalda; en el fondo negro y plano parecía estar tumbada en una toalla de playa sobre arena volcánica. Fern sabía suficientes letras griegas para leer la palabra que discurría, como un gran titular, junto al cuerpo: AΦP al lado del torso, OΔITH junto a las piernas. Afrodita.

El objeto le recordó a los trabajos manuales que había realizado en los campamentos (collares con hilos, brazaletes con macarrones, pisapapeles hechos con piñas diminutas y pegotes de plástico en una cubitera). De todos modos era precioso, rudimentario pero clásico, confeccionado a conciencia y con respeto por la tradición. Imaginó que estaba vacío pero lo abrió por acto reflejo. En el interior había un papelito en el que Stavros había escrito tres palabras en griego. Y, a continuación, entre paréntesis «Para mi diosa».

Se despierta con el mismo cielo, de un azul tan ardiente, pero con sonidos distintos: voces, en el exterior pero cerca, y un sonido continuo, rítmico, esta vez no era tenis sino... alguien cavando. Una pala destripando la tierra. Dos voces, masculinas, apagadas e íntimas. No oye las palabras pero se da cuenta de que ninguna es de Tony. La conversación se interrumpe. Poco después también deja de oírse la cavadura.

Fern se pone de rodillas y mira por la ventana junto a la cama. Tapándose el pecho con una sábana, abre la mosquitera. Con la cabeza fuera, oye más sonidos a lo lejos: cortacéspedes, gaviotas, niños gritando en la playa. Escudriña todo el jardín. Allí: en una esquina apartada, en un codo de ligustro, hay un agujero en la tierra y una pala en la hierba. Justo cuando la ve, oye que se abre la puerta de su habitación.

—Cielos, lo siento. —La puerta vuelve a cerrarse pero ha visto al hombre fugazmente. Tenía los brazos, la cara y la ropa manchados de tierra, pero parecía refinado a pesar de la suciedad. Por irracional que parezca, pues está indefensa, desnuda con una sábana, sola en la casa de un desconocido, no tiene miedo. Apurada pero no nerviosa. Da por supuesto que debe de ser el «tercero» de Tony, por curiosa que haya sido su entrada.

El hombre se explica desde el otro lado de la puerta.

—Sé que Tony está aquí. He visto el coche, no me he parado a pensar que podría haber alguien más. Lo siento muchísimo.

—No pasa nada, espera un momento, Tony está en la playa —dice Fern mientras se pone el vestido. Abre la puerta—. Hola.

Él sigue disculpándose: por entrar sin llamar, por haberla asustado, por no haber avisado antes. Fern se fija en los detalles que se ha perdido: aunque sea poco práctico para cavar, va vestido con unos pantalones caqui y una camisa blanca clásica, arremangada. Es delgado, en buena forma pero no musculoso, ni alto ni bajo. El pelo, rubio rojizo, va adoptando el color de la arena del desierto, se niega a encanecerse. De la edad de Tony pero sin esa insistencia en la juventud, y sin duda sin la juventud asilvestrada de los consortes habituales de Tony. Tiene un rostro inteligente, con unas líneas de expresión atractivas. Grabadas en la película gris de sus mejillas hay hebras de piel rosada, el sendero dejado por las lágrimas. Sólo tiene limpios los pies descalzos.

—Soy amigo de Ralph, Fenno McLeod. Iré a lavarme abajo y luego te explico —dice. Así que éste es el parásito de nombre curioso. Fern identifica su acento seductor como escocés; por eso, supone, no la ha asustado (como si Escocia no tuviera su porcentaje de tarados).

Después de cepillarse el pelo y calzarse unas sandalias, ella también baja. Sirve dos vasos de limonada. Lo encuentra en el porche delantero, limpiándose las suelas de las zapatillas contra un escalón para despegar los cúmulos de tierra.

Alza la mirada. Tiene la cara y las manos limpias.

—No estoy actuando de forma lógica. Lo siento. Estoy acostumbrado a comportarme como en casa.

—Adelante. Soy como una invitada lejana. Ni siquiera conozco a vuestro amigo Ralph, así que por favor, ahórrate las explicaciones. —Le tiende un vaso.

Él le da las gracias.

—Bueno, no será por Tony por quien me las ahorre.

Fern se ríe. Se sienta en una silla de director blanca (aquí hay muchos muebles blancos, decide, parece una especie de prueba). Preguntaría a este hombre de qué conoce a Tony. ¿Por Ralph? ¿Y quién es ese tal Ralph?, pero no se ha reído con ella. Se sienta en el escalón superior y se observa las manos en el vaso de limonada, luego mira hacia el camino de entrada, a una vieja furgoneta Volkswagen. Azul cielo y blanca, parece increíblemente nueva.

Hace siglos que Fern no ha visto un vehículo de esos; es como una postal de su niñez. Hay un girasol de seda sujeto a la antena con alambre y, en la puerta del conductor, una gran cruz celta reflectante. En el lateral hay varias pegatinas. Son lo suficientemente grandes como para resultar legibles desde el porche.

SI QUIERES PAZ, TRABAJA POR LA JUSTICIA.

PERPETRA LA FOTOSÍNTESIS.

LA VIDA. QUÉ DECISIÓN TAN HERMOSA. (Éste está dos veces, delante y detrás).

Vuelve a mirar a Fenno McLeod, el hombre que conduce ese vehículo tan declaratorio. Al notar su diversión, dice:

—Yo no... no es mía.

Con qué rapidez, piensa Fern, tememos que nos encasillen políticamente: por una palabra, un par de zapatos, un corte de pelo, una pegatina en un coche prestado.

—Bueno, el propietario debe de ser todo un personaje. Alguien a quien no le importa el espíritu de la época.

Ahora sí se ríe.

—Sí. Tienes toda la razón.

—Una mujer —afirma Fern—. ¿Tu madre?

—No la mía, pero es la madre de una multitud de personas que necesitan una madre desesperadamente. O por lo menos una buena madre.

—¿Eso te incluye a ti?

Fenno McLeod sonríe hacia la furgoneta como si se tratara de un secreto irrefrenable.

—Para mí es más parecida a una suegra bienintencionada. Se comporta como si yo le perteneciera, pero me trata bien. —Apura la limonada y deja el vaso.

Los dos se quedan mirando el vaso en silencio. El cristal está húmedo y gris por la suciedad que debe de haberle quedado en las grietas de las palmas de las manos.

—He venido aquí a enterrar a mi perro. Si no te importa, creo que sería mejor que terminara. El calor... —Vuelve a mirar hacia la furgoneta.

—Lo siento —dice Fern. Entonces la puerta mosquitera se cierra detrás de ella.

—¡Vaya, menuda sorpresa! —Tony se sitúa entre ellos vestido con el bañador y una camiseta. Está rojo, como si hubiera tomado demasiado el sol—. Fern, te presento a Fenno. Fenno, Fern. Eh, me parezco a Letterman estropeando la ceremonia de los Oscar.

—Ya nos hemos presentado —dice Fern.

—Vengo del veterinario —explica Fenno—. A *Rodgie* le han fallado los riñones. —Hace una pausa, como si quisiera dar a Tony la oportunidad de hacer otro chiste malo. Pero de repente le presta atención y se entristece.

—Pobre *Rodgie* —dice.

—Ralph siempre dijo que podía enterrarlo aquí, cerca de *Mavis*. Sé que es ridículamente sentimental, pero no podía relegarlo al cubo de basura del consultorio.

—El pobre y viejo *Rodgie*. —Tony exhala un suspiro pero no se acerca más a Fenno.

—Sí, era muy viejo. El último de los collies de mi madre.

Lo último de mamá, es lo que iba pensando en medio de todo ese tráfico. Bueno. —Se pone en pie.

Los hombres intercambian una sonrisa más cálida. Fern siente una punzada de envidia añeja y tediosa. Fenno va hasta la furgoneta, abre la puerta trasera y levanta un bulto envuelto en una manta. Se dirige a la parte posterior de la casa.

—¿Necesitas algo? —pregunta Tony.

—En unos quince minutos, el Glenfiddich de Ralph —responde Fenno—. Estoy seguro de que a estas alturas sabes dónde lo guarda.

—Bueno —le dice Tony a Fern—, menos mal que compré dos docenas de mazorcas y el paquete familiar para barbacoas. Y ahora ya estamos todos.

Un coche pequeño y discreto aparca detrás de la furgoneta y de allí salta (no hay otra palabra para decirlo) el chico que Fern estaba temiendo.

—¡Mírate, estás radiante de la playa! —exclama el chico refiriéndose a Tony—. Hola, hola —le dice a Fern de forma melódica. Sube las escaleras dando saltitos y le tiende la mano—. Soy Richard y me encanta este tono de amarillo.

Fern se mira el vestido.

—El del sol —dice como una idiota. Al levantar la mirada ve el beso que le planta a Tony en la mejilla y el repentino parpadeo de Tony, como si hubiera incumplido el protocolo. Pero no se aparta.

—Que a todos nos encanta, ¿no? —le responde Richard a Fern con una sonrisa sincera. Resulta agradable de inmediato, da igual su resplandor núbil y energía exhibicionista. Tiene el pelo de ese fascinante color azafrán, los ojos azules, pecas como metralla pero disimuladas por un bronceado cuidadoso, dentadura incandescente, el pecho con una suavidad y forma demasiado perfectas. Debe de tener unos veinticuatro años. (¿A Tony estos chicos no le hacen sentir viejo? Este hace que hasta Fern se note las articulaciones rígidas).

Cuando se pone en pie, Richard exclama:

—¡Oh, y embarazada! ¡Guau! ¡Felicidades!

—Gracias. —Fern recoge los vasos vacíos y los entra en la casa. Deja correr el agua para aclararlos y ahogar toda insinuación entre Tony y Richard.

Sin embargo, como si fuera un perrito, Richard la ha seguido hasta la cocina.

—Estoy dispuesto a cortar o lo que sea. ¡Dame trabajo! —Tony está de pie detrás de él, con expresión divertida pero enfadada.

—Son las cinco y media —dice él—. No estamos en Nebraska.

—Estoy ansioso. Quiero asegurarme de resultar útil —dice Richard. En la camiseta sin mangas (ceñida) que lleva hay un anuncio de una exposición canina destinada a obtener fondos para la investigación sobre el cáncer. Lleva unas crucecitas de oro en ambas orejas y, en una muñeca, una pulsera de cuerda trenzada. Cuando ve el perro de Ralph (mirando como atontado desde su cama), exclama:

—¡Ahí está! —Se apresura a arrodillarse para hacerle mimos—. ¿Cómo se llama?

—*Druida* —dice Tony con una sonrisita—. ¿Qué fue de *Spot* y *Rex*? Los bonitos nombres de perro clásicos.

—Oh, pero este nombre está muy bien. Los druidas eran sabios y misteriosos. Construyeron Stonehenge —declara Richard mientras acaricia al feliz perro de aguas—. ¡Hola, eres un perro muy guapo! ¡Y qué pelaje tan hermoso, *Druida*! Te cuidan muy bien, ¡y tanto que sí!

Fern no sabe interpretar la expresión de Tony. Parece tolerar estas efusiones como si se tratara del comportamiento ingenuo de un hermano pequeño.

—Éste sí que es un buen springer, se ve a la legua. Hoy en día no se ven muy a menudo —declara Richard—.

Un síndrome repentino estuvo a punto de estropear la raza, ¿sabes? Todo debido a un semental allá por los años setenta, un campeón del Club de Criadores Americanos, el AKC, criado sólo por el aspecto. —Niega con la cabeza—. No soy admirador del AKC, eso está claro. —Se incorpora y mira intensamente a Fern, al chico parece no importarle que nadie haga ningún comentario al respecto.

—¿La saco? —dice Fern al ver que Tony coge un vaso y una botella de un armario. Teme quedarse a solas con este invitado tan entusiasta, por miedo a que sea del tipo de persona a quien le falta tiempo para sondear, con toda su inocencia, algún rincón turbio de su corazón.

—Estarás mejor de acompañante junto a la tumba —dice Tony. Llena el vaso de whisky escocés.

Mientras se acerca al seto, Fern ve a Fenno pisando la superficie de la tumba. En cierto modo le duele no haber visto al perro antes de que lo enterrara.

Por segunda vez acepta un vaso de sus manos y le da las gracias.

—Debería plantar algo —dice él, con la mirada gacha. Vierte un poco de whisky en la tierra oscura y desnuda—. En un momento así mi padre recitaría un poema de Burns. Para mi vergüenza, he olvidado todos los versos que aprendí. Es la prueba de que ya soy un completo exiliado. —Levanta el vaso hacia la tumba y se lo bebe todo.

—Te quedas a cenar —dice Fern, esperando que lo tome por hecho.

—Hoy no voy a conducir más, eso está claro.

—Quédate —dice ella—. A Tony no le importará.

—No me hace falta el permiso de Tony. Está aquí gracias a mí.

—Y tengo la impresión de que la habitación que ocupo es tuya.

—Aquí no hay nada mío; Ralph es un viejo amigo. Trabajamos juntos, prácticamente vivimos juntos. Entramos y salimos de la vida del otro como un par de viejas hermanas solteronas.

Fern está a punto de decir que él no se parece en nada a una solterona cuando la voz de Richard la interrumpe.

—¡Hola, chicos! —llama desde el porche—. Siento mucho lo de tu perro, lo de *Rodgie*. ¡Me han dicho que era muy viejo!

Fenno se protege los ojos del sol.

—¿Quién es ése? —pregunta con voz queda.

Richard está atravesando el césped a buen trote, con la mano derecha extendida y una expresión de compasión casi lacrimógena. Fern se da la vuelta porque está a punto de echarse a reír. Cuando se vuelve, un hombre alto traspasa el seto. La mira con un placer expectante. Otro miembro de la brigada del lifting facial, supone ella (que ha venido a pedir una taza de... ¿coñac?, ¿pastillas de menta?, ¿*porcini* secos?) hasta que dice:

—Espero que estéis cuidando bien a mi hermano; lo necesita.

Richard se sitúa al lado de Fern, mudo por primera vez desde su llegada.

—Pensaba que tendría que ir a pescarte entre las olas —dice Fenno. Fern recuerda entonces que había oído dos voces en el exterior al despertarse.

—Me he dejado llevar y he perdido la noción del tiempo. ¡Dios mío pero qué bonito es esto! —Toma la pala con una mano y le acaricia la espalda a Fenno con la otra. Vuelve a mirar a Fern y a Richard—. Oh, cielo, preséntame —dice y mientras Fenno lo hace, hay algo sobre su tono, expresión, que hace que Fern se plantee si Dennis, el hermano (más joven, más alto, más guapo y alegre), lo ha destronado o dejado atrás en cierto modo.

—Vaya, vaya, esto sí que va a ser una «*suaré*». —Al unísono, todos levantan la mirada hacia la casa. Tony está apoyado en la barandilla del porche, sonriendo. Parece un rey o el Papa, dando por supuesto que le aplaudirán.

Dieciséis

A veces Fern considera que piensa demasiado en la familia. Es cierto que vive en una época y un lugar de psicoterapia desenfrenada (en la que ella ha pasado varios años), pero aun así, no puede evitar mirar a la gente en un contexto perpetuo de madres, padres, hermanos, hermanas. Sobre todo hermanos y hermanas.

A menudo se imagina que lleva varias correas, todas bastante largas pero sujetas por algún miembro de su numerosa familia. Nota distintos tira y afloja en distintos momentos, por lo que nunca se siente totalmente libre.

Aunque Fern siempre ha sido la hija perfecta a ojos de sus padres —se lo dicen muy a menudo— tiene que pagar un precio por esa condición ante sus hermanos. No es la menor, pero a veces la hacen sentir como la menos sensata, la menos segura, la menos asentada. La que ha desaprovechado su talento, la que ha dejado escapar sus oportunidades.

Arcadia, el vivero de los Olitsky, sigue yendo de maravilla en la bonita ciudad en la que Fern se crió, arropada por los Berkshires de Connecticut. Sus padres son la extraña pareja que vive en un sueño mutuo, aunque resulte un sueño que suscitó en sus hijos cierto resentimiento: resentimiento por estar apiñados en una casa preciosa pero diminuta en una ciudad en la que todos sus compañeros de escuela eran más ricos; donde todos los veranos tenían que trabajar en el negocio familiar y servir a los padres de sus compañeros, cargando mangueras enrolladas y fertilizante en sus maleteros, cavando agujeros en sus jardines para plantar árboles. La madre de Fern, aparte de ayudar a su marido a cultivar árboles jóvenes, rosales y suculentas de invernadero, hace unas coronas de flores secas exquisitas, cría abejas y vende la miel. Cual discípula pagana de la madre naturaleza, Helen Olitsky bautizó a sus retoños con los nombres de Heather, Fern, Forest y Garland.* Al bendecir la mesa durante todas las cenas de su niñez, daba gracias a Dios por distintas bendiciones mínimas de la jornada, luego alzaba la vista un momento, les sonreía a cada uno de ellos, volvía a inclinar la cabeza y, mirándose el regazo, decía: «Gracias, sobre todo, por el jardín de mi corazón».

Gar, el benjamín, es quien se ha quedado para hacerse cargo del vivero. Es fácil decir que le encanta, que heredó todos y cada uno de los genes verdes de sus padres, que tiene una sensibilidad innata para lo primario (prueba la tierra y, como si de vino se tratara, dice su composición). Pero tiende a tratar con prepotencia a los demás, a blandir su lealtad chapada a la antigua como una escritura de propiedad, preparándolos, piensa Fern, para quedarse con la mayor parte cuando sus padres mueran. El año que Fern se marchó a Europa fue el peor para el vivero: sequía, lagartas y una inspección de Hacienda. Gar apenas acababa de entrar en el instituto, pero ni siquiera ahora permite que Fern olvide que, en esencia, desertó. Hace ya tiempo que ha dejado de defenderse.

Como si quisiera que su nombre dirigiese el curso de su vida, Forest se trasladó a Montana, donde predica un amor por la naturaleza que no requiere cultivos, sino sólo protección. Vive en una cabaña con pocos muebles al final de un

* Nombres que respectivamente significan «Brezo», «Helecho», «Bosque» y «Guirnalda» (*N. de los T.*)

largo camino de tierra, sin vecinos ni, que Fern sepa, amantes. Como director de un periódico izquierdista en apuros, es un perfeccionista de la palabra. Forest nunca haría referencia a la enfermedad de Lyme, los gansos canadienses o el Ku Klux Klan, y le costaría no corregir a quienes los mencionen. Cuando Fern y Jonah se tomaron una semana de vacaciones para visitarlo, a ella le divirtió encontrar pegado a la puerta de su nevera un artículo titulado «El punto y coma en peligro de extinción» (sujeto por un imán en forma de lobo rojo, también en peligro de extinción).

—¿Ha llegado a la lista de prioridades del Gobierno? —preguntó ella alegremente.

No es que no tuviera sentido del humor o fuera mezquino. Llevó a Fern y Jonah a varias excursiones maravillosas, todas ellas muy bien planificadas. Pero cuando Fern se quedó una noche de charla con Forest hasta tarde, él comenzó a hablar del trabajo que tenían en común.

—Sí, el diseño es muy importante, pero al final tienes que recordar una cosa —declaró—: está el estilo y está la sustancia.

La noche antes de que se marcharan, los llevó en coche hasta Bozeman, un trayecto de una hora, para invitarlos a cenar en un restaurante considerado el mejor de Montana. Dado que venían de Nueva York, Fern y Jonah sabían que ese esfuerzo por impresionarlos resultaría superfluo, pero no dijeron nada. Fern consideró su silencio como una tierna connivencia, cuando no habían tenido ningún tipo de relación durante semanas. De hecho la comida estaba muy buena, y a Fern le encantó encontrar su postre preferido en la carta:

—¡Tiramisú en las Montañas Rocosas! —Tocó la rodilla de Jonah bajo la mesa; el vino le había proporcionado una calidez que deseaba compartir—. ¿Sabes lo que significa? —dijo a Forest—. «Abrázame fuerte.» ¿No te parece romántico?

—En realidad significa «estimulante», supongo que porque contiene *espresso* —repuso él con una sonrisa reticente.

Avergonzada, Fern apartó la mano de la rodilla de Jonah. Le dijo al camarero que estaba demasiado llena para tomar postre. Esa noche ella y su marido durmieron, al igual que en casa, en lados opuestos del futón para invitados de Forest. Aunque sabía que era injusto, Fern culpó a Forest de apagar en ella, a propósito, un destello poco habitual y valioso de reconciliación con su marido.

Con Heather es con quien Fern se siente más unida y con quien más se pelea. Compartieron habitación durante toda su infancia. Heather era la atleta: nadaba, jugaba al hockey sobre hierba, practicaba la esgrima. En los estudios era cómodamente mediocre. Después del instituto, se fue a un pequeño centro universitario donde se especializó en la organización de «actividades de ocio». Fern solía mirarla por encima del hombro por ello, pero ya no se siente tan pagada de sí misma desde que su hermana se ha convertido en la principal representante del departamento de Comercio y Turismo de Estados Unidos en la Toscana, por lo que acompaña a grupos elitistas de periodistas y comerciantes a Italia seis veces al año. Siempre tiene la cocina bien abastecida de dulces y quesos extraordinarios y el armario repleto de zapatos elegantes. Vive en Lake Shore Drive con su marido, analista financiero, y sus dos hijos deportistas y educados. Heather conoció a Eli en su primer trabajo, en una agencia de viajes, y le gusta decir que le dio «una ventaja en la vida». Si Eli está presente, responde, como un trallazo de badminton, «y esta señora me reservó una plaza en el Concorde rumbo al amor».

Algún fin de semana a Fern le gusta visitar la maravillosa vida de su hermana, casi más que a su propia hermana. Se trata de un planeta pequeño y feliz en una órbita veloz alrededor de su propio sol benévolo. Además, Heather es generosa, aunque un tanto corta de miras, y siempre insiste en llevar a su hermana pequeña de compras a algunas galerías comerciales de altos vuelos. Fern, que dejó de oponer resistencia hace tiempo, regresa a Nueva York con un vestido de seda o una chaqueta de cachemir, prendas que quizá se ponga una vez al año para una excepcional comida formal con un cliente.

El problema de Heather es que se ha convertido en una especie de madre juvenil para Fern, aunque sólo sea dos años mayor. Desde que Fern se trasladó a Nueva York, Heather no ha dejado de criticar la vida amorosa de su hermana (ni siquiera Jonah se salvó):

—La verdad, querida, los chicos que eliges, son todos tan... introvertidos o algo así. ¿Es por la ciudad? ¿Es que convierte a todo el mundo en narcisista o qué? No me refiero a ti, por supuesto. Pero mira a Eli. Trabajador, con conciencia cívica, se levanta contento todos los días. Veamos, Fern, ¿vas a decirme que uno solo de esos tipos meditabundos que me has traído se despierta por la mañana dispuesto a recibir el día con una sonrisa?

—Pues preséntame a algún amigo feliz de Eli —responde Fern, no del todo en broma.

Sin embargo, los amigos de Eli, al igual que él mismo, están casados, siempre llevan corbata y tienen marcada una pequeña zona circular en la coronilla donde el pelo ha quedado aplastado de forma sutil y permanente por los casquetes que llevan tan a menudo —como si fueran medallas por su sentido de la responsabilidad y bondad—, en las ocasiones adecuadas.

¿Acaso había aprendido Heather el secreto del matrimonio translúcidamente feliz de sus padres? Fern siente una envidia desgarradora ante esa idea, la sensación de que la han dejado atrás. ¿Quién es la hermana lista ahora?

ϒ

—Ah, mijo, perfecto, bueno maíz, sí, vosotros le llamáis así —dice Dennis. Fern le enseña a pelar la farfolla y las fibras sedosas, arrancándolas con un solo movimiento—. Esto sí es una auténtica experiencia americana, desenvainar maíz. Y aquí estoy necesitado de clases. ¡Cómo se iban a reír mis alumnos!

Fern le pregunta de qué da clases. Están sentados en las escaleras del porche trasero con una bolsa llena de mazorcas entre ellos y otra para las farfollas a sus pies.

—Pues de cocina. Soy profesor invitado de un instituto culinario. Doy una asignatura llamada «Tendencias en la polinización cruzada culinaria»,y que conste que yo no le he puesto el nombre. ¡Yo no soy el impostor!

—¿No eres chef? —pregunta Fern.

—Por supuesto que sí. Tengo un pequeño híbrido de restaurante en Francia. ¿Has estado alguna vez en Aix? Unos gastrónomos americanos, más bien coleccionistas que críticos, pasaron por allí un día que estaba muy inspirado. ¿Cómo lo llaman los atletas...? ¿En racha? Estaba en racha. Así que los gastrónomos se quedaron hasta la hora de cerrar y charlaron conmigo y me invitaron a pasar aquí un mes. Duermo en el sofá de mi hermano y me lo paso en grande engañando a todo el mundo. Me dedico casi exclusivamente a la cocina francesa, así que no puede decirse que sea un defensor de las tradiciones, pero esos tipos oyeron mi acento y se imaginaron *haggis** a la provenzal o cordero Marmite o algún invento de ese tipo. Aunque sí preparo un bizcocho borracho «a la francesa» utilizando aguardiente en vez de jerez, con albaricoques y queso blanco.

Ella le dice que suena delicioso y él le responde que realmente lo está. Al igual que Richard, este hombre posee un

* Plato típico escocés preparado con vísceras de cordero y avena, parecido a la morcilla. (*N. de los T.*)

brillo que por sí mismo despierta simpatía, aparte de ser muy bien parecido: alto, con unos rasgos bien definidos y angulosos (el rostro, el torso, las manos) y el tipo de físico expresivo que a las mujeres les resulta tranquilizador. Tiene las mejillas perpetuamente rosadas, sugerentes, con una mezcla, auténtica o no, de pudor y dulzura.

—¿Nos estamos perdiendo una comida de cuatro estrellas? —pregunta Fern—. Tenías que haberle dicho a Tony a qué te dedicas.

—Oh, no. Si algo le gusta a un chef es que le preparen la comida, y por aquí me han alimentado muy bien. Aunque te confesaré que no acabo de entender vuestros productos lácteos. Nosotros los británicos estamos atrasados por lo que se refiere a la vaca, aparte de la cuajada y el queso Gloucester doble, pero ¡Dios mío, esos ladrillos de caucho amarillo! Mis alumnos me obligaron a comer una cosa llamada Filadelfia, más parecido a un paté para niños....

Mientras Fern asiente complacida ante estos jocosos comentarios, Richard sale de la casa con una bandeja.

—¡Hola! ¡Vengo a recoger las mazorcas!

Fern le pasa una docena que tiene en la falda. El maíz está amarillo y blanco, los granos opalescentes y bien alineados.

—Todavía no es temporada pero tienen un aspecto excelente.

—Seguro que son de algún lugar del sur, no de por aquí cerca —dice Richard.

—Los aviones son una gran aportación para las papilas gustativas humanas —señala Dennis.

Fern entra en la casa y deja a los dos hombres bromeando.

Fenno está poniendo en la mesa del comedor unos platos con el borde dorado. Observa desde detrás sus movimientos lentos y parsimoniosos, como si fuera una ceremonia digna de contemplación. Cae en la cuenta de que quizá su lentitud se debe a la pena y la fatiga. Cuando le pregunta si necesita ayuda, alza la vista, sorprendido.

—Servilletas. —Señala con la cabeza en dirección al aparador—. Arriba a la izquierda. Las de color violeta.

La mitad del cajón contiene servilleteros antiguos de plata, velas largas envueltas en celofán y una pila de las delicadas arandelas de cristal que la madre de Jonah le enseñó a llamar «bobèches». La otra mitad está llena de servilletas de tela, floreadas y lisas en una docena de colores.

—¿Y ésta es la segunda residencia de alguien? —pregunta Fern.

—No del todo. Ralph está tentado de jubilarse. El invierno que viene será un simulacro.

—Para ver si se vuelve loco por el aislamiento.

—Mejor dicho por la embriaguez comunal y acogedora.

—Entonces no será exactamente un simulacro.

La risa de Fenno es cortés pero distraída. Le señala las copas de vino y los candelabros. Rodean la mesa en tándem, turnándose en distintos puntos. Por encima del jarrón que Tony ha llenado con rosas del jardín, Fern lanza miradas furtivas a Fenno. Su rostro distendido tiene una expresión vagamente acongojada, con la nariz larga y estrecha, la boca una media luna alicaída. Para ser un homosexual en Long Island a finales de junio, resulta curioso que esté tan pálido, quizá sea por desafío. Sospecha, agradecida, que no forma parte de este entorno: el de observar a jovencitos con prismáticos desde porches victorianos o invitar a desconocidos encantadores a cenas a la luz de las velas.

Tony asoma la cabeza.

—¿Qué tal vamos, queridos? El pollo ya está hecho y empapándose en sus jugos. El agua hierve y se muere de ganas por echarle mano al maíz.

Fenno mira a Tony con indiferencia intencionada mientras introduce la última vela en su base.

—Y los platos suspiran por un buen lametazo.

Han sido amantes, ahora está segura, y no de forma pasajera y calculadora como Tony y Richard. Cuando Tony se retira, pregunta:

—¿Cuánto tiempo llevas aquí... en Estados Unidos?

—Veinte años. Más.

—O sea que ya te quedas.

Él sonríe.

—A veces finjo que no es así.

Los altavoces situados en lo alto del aparador emiten un ligero zumbido.

—El nuevo Van Morrison, el que ha visto la luz de Dios —declara Fern al cabo de unos compases—. El preferido de Tony en estos momentos.

Fenno arquea las cejas.

—¡Qué gustos tan curiosos tiene! —En la mirada que dedica a Fern, advierte que también ha adivinado su historia. Están empatados.

Richard entra bailando por la puerta, sosteniendo en alto la bandeja de maíz humeante. Dennis le sigue llevando, con igual extravagancia, el pollo y los espárragos a la parrilla. Sitúan las bandejas en extremos opuestos de la mesa. Tony entra el último, con dos botellas de vino y una hogaza de pan de ajo envuelta en un paño de cocina. Fenno enciende las velas. Los cinco se mantienen a una distancia prudente, con cierta timidez, observando la mesa como si de un altar se tratara.

—La madrecita en la cabecera.

—De acuerdo, pero me niego a servir —dice Fern.

—No te preocupes, no te preocupes. Es sálvese quien pueda, dentro o fuera del útero.

A la izquierda de Fern se sientan Dennis y Fenno; y a la derecha, Tony y Richard. La mesa describe una curva tan majestuosa que es difícil no sentirse como una anfitriona, la encargada de guiar la conversación. Los hombres tienen el rostro anaranjado, les brillan los ojos mientras se inclinan hacia delante, sirviéndose y esperando cortésmente todos a la vez, llenándose el plato sólo después de obligar a Fern a servirse mucho más de lo que debería comer.

—*À nôtre santé* —brinda Dennis, levantando la copa.

—Chinchín, —dice Tony.

Tras una ronda de murmullos de apreciación, Richard alza la vista de su plato.

—¿Estamos en verano o qué? —dice con los labios brillantes de mantequilla. Tiene el plato lleno de verduras y pan, sin pollo, y sólo bebe agua. «Por supuesto —piensa Fern mientras muerde la carne pinchada en el tenedor—, una salud tan rebosante no se consigue sin esfuerzo.»

—Pues bendito sea el avión si estos productos no son locales. Y tu pollo marinado es *magnifique* —dice Dennis a Tony.

—Vaya, el hermano de Fenno con su buen acento francés, ¿dónde te habías escondido? —pregunta Tony.

—Vive en Francia —responde Fenno remilgadamente.

—Nos tiene allí escondidos, al otro lado del charco. Soy el pionero valiente, el primero que se ha aventurado a visitarle.

—Siempre he dejado claro que quería que vinierais, todos vosotros.

A Fenno le incomoda la atención que Tony presta a su hermano, aunque no está claro a quién quiere proteger. Fern recuerda, hace ya mucho tiempo, haber presentado Tony a Anna y no saber muy bien si quería que se cayeran bien o se despreciaran, pues veía cierta seguridad en ambas posturas.

—A tu manera, sí —declara Dennis.

—Oh, ya conozco esa manera —tercia Tony con ironía—. Más propia de Helsinki que de Milán.

—Disculpad, pero... ¿alguien quiere? —Richard sostiene un pequeño objeto en alto entre los dedos—. Es el auténtico, el de los rastafaris.

Tony no responde, Fenno niega con la cabeza. Richard lanza una mirada a Fern.

—No, no —dice ella.

—Buena chica —dice él, sonriendo.

Pero Dennis está encantado.

—Mi mujer me pondría a caldo, pero sí, probaré un poco. Y mis hijas no están por aquí para ver lo tonto que me pongo. —Toca la mano de Richard por encima de las rosas.

A Fern le llega la primera vaharada de marihuana. Puede contar con los dedos de una mano las veces que lo ha probado, no porque esté en contra sino porque siempre le ha quemado la garganta y tal vez porque no le atrae la idea de perder el control de forma impredecible. Así pues, el aroma no le trae recuerdos concretos, sólo la sensación general de rechazar cierta forma de intimidad. Se siente reacia, aprensiva, pesada; siente destellos de una tristeza vieja e indeterminada.

Medita sobre esa sensación, incluso mientras se dice que por una vez forma parte de una mayoría discrepante, cuando de pronto Fenno se sobresalta, como si le hubiera picado un insecto o recibido un puntapié, y se introduce la mano en el bolsillo de la camisa. Extrae un teléfono móvil, lo abre, lo gira hacia las velas. Pone mala cara y se lo vuelve a introducir en el bolsillo.

—Fíjate —dice Tony—. Rob Roy se prepara para el siglo XXI.

—Sólo estaba comprobando si está encendido. Es nuevo, de hecho todavía no lo he usado.

—¿Estás pendiente por si un pedido de libros ilustrados de gran formato se extravía, o qué? —dice Tony, y volviéndose hacia Richard, añade—: Ni siquiera tiene correo electrónico.

—Estoy como de guardia, para una de las chicas.

Tony se ríe y niega con la cabeza, como si hubiera sorprendido a su amigo en falta.

—¿Te refieres al sitio ese de Lulu?

—Así es —responde Fenno en tono cordial.

Tony se vuelve hacia Fern.

—Esto te va a encantar. Pregúntale qué hace en su tiempo libre..., bueno es casi como un trabajo. Venga, pregúntale.

—Sí, es demasiado —dice Dennis. Le pasa el porro a Richard y se recuesta en la silla.

Fenno se inclina hacia Fern.

—Lo que a Tony le parece tan excitante, porque nunca ha superado sus remilgos pubescentes sobre los pájaros y las abejas, es que soy voluntario en un centro de acogida del Lower East Side para chicas solteras que están embarazadas y quieren tener a su bebé. Le molesta pensar que estoy en contacto con tanta fertilidad manifiesta.

—No, me encanta, de verdad que sí —replica Tony—. Me parece que no conozco a nadie que haga de Buen Samaritano y disfrute con ello, que lo haga para divertirse, no para anotarse puntos como alma caritativa. Y lo digo en serio.

—Guau, ¿haces de comadrona? —Richard suelta una risa tonta—. ¿De comadrón?

—Formación profesional. Doy un curso de técnicas narrativas y otro de autoedición. Publicamos un pequeño periódico.

—*Girl Talk* —interrumpe Tony—. Las futuras madres que vivirán de la asistencia social dan su opinión sobre las conversaciones de paz en Oriente Medio.

—No seas malicioso —dice Richard—, a mí me parece muy bien. —Le pasa el brazo por encima de los hombros a Tony. Fern se da cuenta de que éste se aparta ligeramente.

—*Girlspeak* —corrige Fenno—, y dan consejos a otras adolescentes sobre temas relacionados con la salud, la alimentación y el amor. Investigan sobre asuntos como los servicios municipales para madres. Hay algunas cosas que son un poco absurdas, estoy de acuerdo, pero están orgullosas de ello. Publicamos seis páginas quincenales. Si conseguimos una subvención que he solicitado, podremos salir a todo color y distribuirlo en otros distritos. —Ni se inmuta ante los comentarios provocadores de Tony; le encanta describir esa parte de su vida, aunque sea la que le obliga a hacerla pública.

—Entonces ¿a qué viene lo del teléfono móvil? ¿Alguna noticia bomba sobre el control de la natalidad?

—Lo que pasa con el teléfono es que una de mis alumnas me pidió que fuera su preparador Lamaze. Sale de cuentas dentro de una semana.

—La-más. —Tony se ríe con una risa aguda, como siempre que bebe demasiado vino—. ¿Y tú hiciste esas clases y practicaste posturas y todo eso? ¿Gritaste «empuja» con todos los mariditos?

—Hice las clases, sí —dice Fenno.

—Y seguro que te encantó.

—A mí me encantaría —afirma Dennis—. *Entrée* en los misterios de otra tribu. Tengo cuatro hijas pero mi mujer es un poco anticuada con eso. Me dejó entrar en esa sala únicamente a la hora de la verdad.

—Tu mujer no es anticuada —contradice Fenno—. Es lo que por aquí se llama una obsesa del control. —Niega con la cabeza, divertido—. Y lo que he aprendido no tiene nada de místico. Son cosas prácticas, como por qué una mujer sufre tanto de ardor de estómago cuando está embarazada, por qué los bebés nacen con la cabeza cónica. Conozco las mejores marcas de sacaleches, dónde alquilarlas y cómo masajear un conducto mamario obstruido, técnica que espero no utilizar nunca. Lo sé todo sobre los inconvenientes y ventajas de la circuncisión. —Se inclina hacia delante para impresionar, sabedor, al igual que Fern, de que bajo la mesa todos los hombres tienen los muslos tensos.

Se produce una oleada de risas masculinas y todos miran a Fern. Richard se tapa la boca de forma exagerada, como si quisiera disculparse por esa reacción tan pueril.

—Todo eso, y además regenta una librería —dice Tony—. Justo al doblar la esquina de donde tú vives. *¡Plume!* —anuncia el nombre a bombo y platillo, y por supuesto que Fern la conoce: un lugar recóndito que te coge por sorpresa con su interior sereno, tipo Green Mansions; no es una tienda cualquiera sino un lugar especial, el tipo de librería en que te ves obligado, por su perfección, a comprar algo, cualquier cosa, y sentirte desamparado si te marchas con las manos vacías.

—Es un lugar peligroso, me he gastado mucho dinero ahí —dice Fern, aunque en realidad fue Jonah quien compró demasiados libros en ella, muchos libros caros, por los que ella le reñía. Libros sobre Giotto, Caravaggio, Goya, Vermeer. La madre de Jonah es la que se ha quedado con la mayoría de ellos.

—Gracias —dice Fenno.

Se pasan las bandejas de un lado a otro durante unos minutos. Richard y Dennis intercambian otra ronda de caladas. Dennis exhala el humo de forma audible y dice:

—Es inevitable preguntarse qué tipo de madres serán estas jovencitas.

—Para empezar —dice Fenno—, muchas de ellas entregan a los bebés en adopción. Y las asistentas sociales del centro les hacen un seguimiento durante años a las que se los quedan. Algunas son muy buenas madres. Otras incluso se casan con el padre, aunque muchas veces me pregunto si ésa es una decisión acertada.

—Oh, mi madre me tuvo a los diecisiete años —dice Richard—. Apenas conozco al tipo que se supone que es mi padre. Pero ella ha sido fantástica, ni siquiera soporto vivir demasiado lejos de ella. Hablamos por teléfono día sí, día no. Podéis reíros pero es mi mejor amiga. —Mira a Tony, sabiendo quién será el primero en reírse. Pero Tony se limita a sonreír, sin hacer ningún comentario.

—Bueno, contra toda lógica moderna —interviene Dennis— quizá empezar joven no sea tan mala idea. A lo mejor no tienes el tiempo suficiente para dar por supuesto tu egoísmo. Vee tenía veinticuatro años cuando tuvimos a Laurie y yo estaba preocupado. Pensé, en fin, que debía disfrutar de su libertad durante más tiempo y esas tonterías, pero ella estaba convencida. Es una madre muy abnegada.

—Los veinticuatro son diez años y un mundo aparte en comparación con los catorce —dice Fenno.

—Sí, sí, ya lo entiendo, pero piensa en nuestra madre, que rondaba ya los treinta cuando te tuvo. Ya tenía muchas costumbres que no guardaban relación alguna con los niños, y además tenía los perros. Si te soy sincero, no soy consciente de ningún momento en que casi no deseara ser un cachorro; los cachorritos eran quienes recibían ese amor incondicional que se supone que debemos dar a nuestros hijos.

Fenno frunce el ceño.

—Quería a los perros como se supone que hay que quererlos: de forma consecuente.

—Sí, pero también de forma más íntima, con más atención verdadera, ¿no crees? —Da la impresión de que Dennis no se ha dado cuenta de los granos de maíz que tiene adheridos al mentón—. Como el pobre *Roger*, que en paz descanse. ¿Recuerdas lo cerca que lo tenía mientras estaba agonizando? Le susurraba al oído y se acurrucaba contra el perro como si fuera humano. ¡Hablaba más con él que con papá!

Richard se ríe.

—Vaya con los perros. Cuando se habla de amor, los perros suponen una competencia muy reñida para los humanos. Y con razón.

Fern mira a Tony, que hace rato que no habla. Está cruzado de brazos y ya no observa con expresión irónica la discusión de los hermanos.

—¿Cómo era tu madre? —pregunta Fern.

—Irreprochable. —Como es habitual en él, el tono disuade toda réplica.

Lanzando una mirada alrededor de la mesa, Fern se imagina a aquellos hombres como hijos, niños pequeños que adoran a su madre o están resentidos con ella según el momento. La de Richard debía de ser guapa pero no fuera de lo corriente, y rara, pero cariñosa y fiel, bebedora tal vez (característica que inspiraría la casi pureza de Richard), y seguramente vivía en una de esas casitas endebles con la misma forma que las del Monopoly. La madre escocesa que imagina es una británica aristocrática, obsesionada por los perros; con un vaso de Jack Russells bajo las faldas largas de tweed, con voz alta y vibrante pero manteniendo a los niños (cuando no estuvieran con la niñera) calladitos y quietos. La madre de Tony sigue siendo un enigma, una madona genérica tras gafas oscuras y un bastón largo y blanco. (¿Cómo se las apaña una madre ciega para ir por las calles de una ciudad con un bebé? ¿Cómo empuja el cochecito, apunta la cuchara a la boca inclinada y esquiva del bebé?)

—Decidme, chicos, ¿cómo sería la madre perfecta? —pregunta Fern—. ¿Tony? —Le da un ligero codazo—. Parece que la tuya lo era.

Tony vacila antes de hablar.

—La que soporta todas las sandeces con las que le sale tu padre.

Antes de que Fern tenga tiempo de preguntar «¿Como, por ejemplo, qué tipo de sandeces?» Dennis interviene con rotundidad.

—Pues estando ahí cuando te das la vuelta. Es la principal virtud de la madre perfecta.

—¡Yo digo amén! —exclama Richard.

—Pues eso difícilmente describe a la madre de tus hijas —replica Fenno a Dennis—. Véronique tiene una carrera ambiciosa.

—¡Olvidas que Véronique trabaja en casa! —exclama Dennis—. Oh, sí, sale de vez en cuando a reunirse con clientes, pero acarrea a las pequeñas, sobre todo ahora que da de mamar cuando el bebé quiere, sin horarios establecidos, y si está en el jardín o en el despacho, deja cualquier cosa al momento.

—A diferencia de lo que crees que hacía nuestra madre.

Fern se pregunta si se debe a que está colocado, pero Dennis parece tomarse este asunto tan a la ligera que no ha advertido la expresión adusta de su hermano mayor.

—¿Sabes que por aquel entonces había fiestas de intercambio de parejas? —dice—. Recuerdo haber leído sobre el tema en algún periódico sensacionalista cuando estaba en el internado y pensar, bueno, qué cosa más curiosa sería si hubiéramos tenido la oportunidad de hacer un intercambio de madres de vez en cuando. Ya sabes, sólo para ver, sólo ver, cómo era eso de tener una madre hogareña, todo el día en casa, horneando galletas, ahuecándonos las almohadas...

—Te habrías sentido agobiado —declara Fenno.

—Sí, a lo mejor, a lo mejor. Pero ¿no crees que debería haber estado un poco más apenada, haber derramado alguna lagrimilla por el hecho de enviarnos al internado, a las duchas con agua helada y los castigos con la palmeta y toda aquella mierda militarista?

—Por el amor de Dios, cuando Davey y tú llegasteis ya

no usaba la palmeta. Y todos nuestros conocidos fueron a un internado, algunos mucho antes.

Dennis hace una pausa y mira a su hermano con una extraña sonrisa.

—Estaba de viaje en Nueva Zelanda cuando Davey padeció aquella fiebre tan horrorosa y tuvo que ir al hospital porque ella no podía llevárselo a casa, ¿recuerdas?

Fenno está turbado y molesto.

—Todos tuvimos fiebre de vez en cuando.

—No, no, eran las paperas o algo de eso que se supone que no tienes a los doce años. Nunca le he preguntado a Davey sobre el tema, por motivos obvios.

—Estás pasado de vueltas. ¿De qué estás hablando?

La voz aduladora de Van Morrison domina la sala durante unos minutos antes de que Dennis suelte una carcajada tozuda, resollante.

—¿No sabes qué consecuencia tuvo eso en su esperma? —Intenta dejar de reír pero no lo consigue—. ¡Joder!

—¿Culpas a mamá de que Davey se pusiera enfermo en el colegio? —inquiere Fenno.

Denny se encoge de hombros de manera teatral.

—Qué tontería, ¿verdad? Y mamá hizo un montón de cosas bien. Míranos, si no. Nos gusta nuestro trabajo, ¿no es eso poco habitual? Creo que nos enseñó a aferrarnos a eso, me refiero al ejemplo que nos dio, ¿no te parece? Los tres. No es ninguna coincidencia. Y somos amigos, creo que ella se aseguró de que así fuera...

Fenno parece estar recolocándose la servilleta en el regazo.

—Eso es muy importante, que te guste lo que haces —tercia Richard—. A mí también me gusta mi trabajo.

Se produce una pequeña pausa hasta que habla Fern.

—¿A qué te dedicas?

—Ahora mismo acicalo a perros, lo cual también es una

forma fabulosa de conocer a gente interesante, pero estoy estudiando para ser técnico veterinario. —Se produce otra pausa, pero, imperturbable, Richard continúa—: Hago visitas a domicilio y cobro una buena tarifa. Arreglo a los perros de Ross Bleckner y a los de Kim Bassinger, y una vez también al de Mike Nichols. Tiene un Gordon setter de lo más hermoso.

—Roth Bletchner, ¿es alguien famoso? —pregunta Dennis.

—Pintor de la alta sociedad —responde Tony—. Se dedica a ir de fiesta en fiesta, principalmente. No se pierde las fiestas benéficas del tipo «interioristas en paro» o «guardaespaldas que acaban de salir del armario». Hace que le fotografíen con debutantes sometidas a liposucción.

—Me parece que estás celoso —dice Richard—. Ross es un gran tipo. No es nada esnob. Incluso me pidió mi opinión sobre la vacuna para la enfermedad de Lyme. Tiene una caniche que es una de los perras más listas que he conocido. Le gusta escuchar ópera mientras trabajamos. ¿No es fabuloso?

Tony resopla.

—Una caniche. No hacía falta que añadieras nada más.

—No, no. Confundes los grandes con las miniaturas y los falderos. Los caniches grandes son los de verdad, un perro criado para cazar. Fiable y listo.

—Los de verdad. Bueno, me doy por corregido. —Tony tiene las manos colocadas por encima del plato, los dedos separados como garras y ennegrecidos por la piel chamuscada del pollo. Fern nunca lo ha visto tan tenso durante tanto tiempo; duda que se comportara de ese modo si estuviera a solas con Richard. Debe de sentirse avergonzado ante los demás de que su ligue (¿su gigoló?) sea este acicalador de perros despreocupado. Pero eso no es excusa. ¿Qué esperaba? ¿Que el chico vendría a cenar y debatiría sobre el índice de irrelevancia de las acusaciones contra Clinton o procedería a la deconstrucción de la obra de Don DeLillo?

Van Morrison ha acabado de divulgar la Palabra y la estela de silencio resulta triste. En ese momento Fern toma conciencia de su lucidez renuente, de que permanece sobria a diferencia de los demás, de que observa el cambio de temperamentos de un modo que en otras circunstancias no advertiría.

Richard se pone en pie.

—¡Me toca! ¿Dónde está escondida la música? —Se va corriendo al salón antes de obtener una respuesta.

Durante su larga ausencia, Fern propone:

—¿Corto el pastel?

—Una idea genial —dice Tony, que parece sinceramente agradecido—. La señorita Fern hace los pasteles más extravagantes del mundo —le dice a Fenno.

Fenno asiente. Parece diez años mayor que el hombre que Fern ha conocido en la habitación de arriba esa misma tarde.

—Recogeré la mesa —dice.

Desde la cocina, mientras busca un cuchillo de hoja ancha, Fern reconoce las notas iniciales de la Sinfonía Pastoral de Beethoven. ¿Debería sorprenderle que Richard escoja algo tan antiguo? No. Sea o no gigoló (además, ¿el dinero no serviría para pagarse los estudios de técnico veterinario?), el chico tiene una veta tierna de paleto que resulta agradable.

Mientras se para a admirar el pastel antes de cortarlo, Fern deja que la música —alegría destilada— la invada. Hace mucho tiempo, antes de Jonah, había deseado extraer un fragmento del panorama extático de esa sinfonía para una marcha nupcial. Cuando la escucha en estos momentos, siente una alegría dolorosa. Está escuchando una grabación de su noción perdida y anticuada de lo que debería ser el amor: tan estimulante, incluso durante las tempestades.

ϒ

Dos meses después de la muerte de Jonah, se encontró a Stavros en una juguetería del barrio. Ambos iban a comprar regalos para sus sobrinos que celebraban el cumpleaños en fechas cercanas. Fern entró en el preciso instante en que a Stavros le sorprendía un demonio de terciopelo que irrumpía de una caja de sorpresas. El instante de terror irracional en su rostro, el rostro de un hombre tan típicamente masculino, la hizo reír. Pareció alegrarse de verla.

—Y además es una pieza de coleccionista —dijo el encargado de la tienda.

Stavros lo miró como si estuviera loco.

—¿Después de que un niño de tres años juegue con él?

Fern volvió a reírse.

Miraron camiones, trenes, giroscopios, juguetes de goma para el baño. No compraron nada.

—¿Tomamos algo? ¿Un té? —sugirió Stavros cuando salieron de la tienda.

—Té —dijo ella, encantada de que le hiciera una propuesta tan curiosa.

Esperaba que eligiera una cafetería, pero la llevó a un edificio grande y tiznado a una manzana del suyo, al apartamento trasero de la planta baja. Cuando encendió la luz, debió de darse cuenta de su sorpresa porque rompió a reír.

—La casa de mis padres —informó—. Tengo que regar las plantas de mi madre. Está en Grecia, y papá no hace las tareas domésticas. Si tuviera hermanas, tampoco me dejaría hacerlas a mí.

El salón era grande, pero estaba repleto de muebles macizos y oscuros que lo volvían claustrofóbico, brocados y terciopelos de colores y estampados apagados que a Fern le recordaron a los minerales: ágata, granito, sanguinaria. En la pared había iconos colgados pero también eran oscuros y estaban poco iluminados. Asimismo, el aire tenía un olor denso, a carne y especias. Se sentó en un sofá voluminoso del color de la sangre y observó a Stavros sintiéndose como en casa en una cocina no mucho mayor que la de ella. Tras poner agua a calentar, cruzó el salón y retiró unas cortinas de terciopelo marrón.

—Ven a echar un vistazo —dijo a Fern mientras abría una cristalera y salía.

Alguien armado de paciencia y talento cuidaba del jardín que tenía delante. Estaba dominado por una fuente revestida de azulejos (entonces seca) y en la parte posterior había un arriate dispuesto de forma geométrica. En tres de los lados, las paredes de ladrillo quedaban a la sombra de álamos y tejos muy crecidos, debajo de los cuales había robustos bojes, hortensias, celindas y lilas. Fern reconocía al instante todas esas plantas desde su infancia, incluso sin que estuvieran en flor. Stavros hizo la ronda con una manguera.

—Ahora no hay gran cosa que ver, pero tendrías que verlo en junio.

Fern admiró el musgo de las piedras, un rosal que seguía en flor, crisantemos de un púrpura azulado que nunca había visto. En un arriate de la parte trasera en forma de laberinto crecían plantas aromáticas. La mayoría estaban marchitas o podadas, pero la salvia y el romero, que llegaban a la altura de la cintura, continuaban floreciendo a pesar del aire cortante de noviembre. Se inclinó para olerlas.

—Toma. —Stavros arrancó hojas de tres plantas distintas—. Todas son orégano. Variedades que mi madre jura que aquí son imposibles de encontrar. —Una por una, las frotó entre sus dedos y las acercó a la nariz de Fern.

Ella dejó escapar un suspiro, sorprendida por el hecho de que su aroma definido pero armonioso evocara la Grecia que había visto, hacía casi diez años, durante sólo dos semanas.

—Te cortaré unas cuantas para que te las lleves a casa —dijo él. Mientras supervisaba el jardín, exhalaba vaho por la boca—. Mi madre me ha dejado indicaciones complicadas para abonar por si tiene que estar mucho tiempo fuera. No te imaginas lo que me haría si se muriera alguna planta.

—Claro que me lo imagino. —Fern le habló de Arcadia, sus veranos de trabajo hortícola, el precio de las equivocaciones (si se te moría una planta, se te descontaba el precio de la paga, lo cual no hacía más que exacerbar las acusaciones entre los hermanos Olitsky).

En el salón, bajo una ostentosa araña de luces, se tomaron un té, un tanto oscuro y fuerte con un toque de canela. Stavros le habló de los cursos que hacía cuando no ayudaba a su padre a dirigir el imperio del vecindario: derecho inmobiliario y griego homérico.

—Tu padre debe de estar contento, por lo del griego.

—No, no, le parece inútil y sentimental. Sus padres están muertos, todos sus hermanos vinieron a este país y hace años que no ha vuelto a la isla donde se crió. Se marchó por

un buen motivo, dice. Así que mamá nos lleva a uno o dos allí cada verano a pasar varias semanas. Ella bromea diciendo que él no le deja llevarse a sus tres hijos porque entonces a lo mejor no volvería.

—¿Aquí no es feliz?

Stavros se encogió de hombros.

—Se lo he preguntado, ¿sabes? Nunca me responde de forma clara. Me parece que no se lo plantea en esos términos.

Fern echó una mirada a los santos, a la cerámica expuesta en bandejas, una gran cruz negra colgada como una lista de mandamientos junto a la puerta de la cocina.

—Aquí es donde me crié —dijo Stavros—. Ya sé lo que estás pensando. Mi padre es el propietario de este edificio, ¿por qué no el ático? Pues porque mi madre no quería dejar este jardín. Eso, eso sí sé que la hace feliz.

—Pero es un apartamento grande...

—Dos dormitorios. Mis hermanos y yo compartimos uno.

Tres chicos en una habitación. Fern recordó las peleas de su infancia por las habitaciones y cuartos de baño compartidos. Pero había tenido jardines, huertos y campos, y un cuarto de juegos en el sótano.

—¿Cómo conseguíais un poco de intimidad?

Stavros le sonrió durante unos instantes antes de hablar.

—¿Sabes? En griego no hay palabra para la intimidad.

Ella se rió.

—Lo digo en serio. —Cruzó la habitación y se sentó al lado de ella en el sofá, inquietantemente cerca. Fern dejó de reírse—. Ahí donde estás sentada estaba el único teléfono cuando vivíamos aquí. Siempre que hablaba por teléfono, mi madre venía a sentarse aquí mismo. Casi nunca salía del apartamento, y podía estar tricotando, cosiendo botones o pelando patatas, pero independientemente de lo que estuviera haciendo, venía y se sentaba así de cerca mientras yo hablaba con mis amigos. Me resultaba especialmente desagradable cuando traía cebollas para cortar a mi lado. Y cuando colgaba, decía: «¿Quién ha suspendido ese examen de historia? ¿Quién ha cortado con esa tal Mary? ¿Qué película es esa que vas a ver?» —Stavros imitó un acento marcado y acercó la cara a la de Fern de modo agresivo. Nerviosa, volvió a reírse. Olió el mismo intenso aroma a jabón que había olido dos meses atrás, cuando lloró sobre su hombro. Él se levantó y llevó las tazas a la cocina—. Incluso esperaba fuera del baño mientras nos duchábamos.

—Yo la habría matado —dijo Fern.

—Bueno, sí, ya veíamos que nuestros amigos no vivían así, pero no podíamos quejarnos sin que nuestro padre tomara medidas. Así que a los trece años, decidí que podía vivir de ese modo imaginándome que era un niño muy famoso, igual que... cómo se llama... el hijo de Grace Kelly, el príncipe de Mónaco, y que tenía que llevar guardaespaldas adondequiera que fuese.

Fern se quedó en la puerta de la cocina mientras Stavros lavaba las tazas y las dejaba en una rejilla para escurrir.

—El único problema es que desarrollé un complejo de celebridad y me tuvieron que volver a poner los pies en el suelo.

—¿Cómo fue eso?

—Eso es demasiado íntimo para contarlo.

Se rieron juntos. Le dijo que su clase de griego empezaba al cabo de media hora, pero antes de salir del apartamento cogió unas tijeras y un rollo de cordel de un cajón y volvió a salir al jardín. Regresó con tres ramilletes del orégano de su madre.

—Si quieres —dijo—, cuélgalos del revés durante dos semanas para secar. Pero guárdalos en tarros separados, para que los sabores no se mezclen.

En un lugar oscuro, en un tarro de cristal, lejos de los fogones. (Fern conocía las condiciones idóneas por su madre.)

Mientras Stavros cerraba con llave la puerta del apartamento, ella le preguntó, medio temiendo que viviese aún allí:

—¿Dónde vives?

—Casi me da vergüenza decírtelo. —Miró el techo—. En la sexta planta. Pero mi madre no tiene la llave. Cuando me ausento unos días, el portero me riega las plantas.

—¿Tú también eres jardinero?

—No —respondió con cierto pesar—. Tengo un esqueje del filodendro de mi madre que ni todos los héroes mitológicos sobre los que estoy leyendo se atreverían a matar, y el año pasado cometí el error de plantar un aguacate. Ya no se sostiene sin el apoyo de una bicicleta estática que no uso nunca, pero no sé por qué no soporto la idea de acabar con su sufrimiento.

En la acera, Fern estaba a punto de despedirse cuando Stavros habló.

—No te he preguntado qué tal estás. ¿Qué tal estás?

—Estoy bien —respondió ella—. Salvo que... —Él esperó y ella exhaló un suspiro—. Salvo que mi suegra viene este fin de semana a llevarse la mitad de los muebles.

Stavros frunce el ceño.

—¿Por...?

—Cree que la muerte de Jonah es culpa mía.

—¿Cómo dices? —exclamó en voz alta.

—No te lo puedo explicar, es demasiado complicado. Lo peor es que le caía bien, y por eso nada más pensar que la tengo que ver así...

—¿Quieres que la reciba y la deje entrar? —sugirió él.

Ella se lo planteó por un momento.

—En fin, si pudieras, pues... estar por aquí. Es un favor enorme, pero está tan enfadada que me temo que sería capaz de...

Stavros consultó la hora. Tocó a Fern en el hombro.

—Llego tarde a clase. Te llamaré mañana, y lo organizamos.

Eso era exactamente lo que necesitaba: alguien que organizara. Incluso las cosas más superficiales. Y así fue como empezó.

—No soy médico, pero esto es lo que receto.

Una copa de vino blanco y una pila de platos de postre antiguos aparecen de no se sabe dónde y van a parar al lado del pastel, en la encimera. Hay una espátula de plata para pasteles con flores grabadas en el mango.

Fern observa el vino con avidez.

—Tal vez tres mazorcas de maíz sirvan para compensar. —Hace meses que no toca al alcohol y se pregunta si esta copa la lanzará, como si de un tirachinas se tratara, a un estado de embriaguez abrupta y extrema. Toma un sorbo y se da la vuelta para dedicar una sonrisa a Fenno.

Él la mira directamente al vientre.

—¿Cinco meses?

—Eres todo un experto, ¿no?

—Aficionado involuntario.

Fern corta el pastel en cuatro partes y los cuartos por la mitad.

—Tiene un aspecto muy lindo —dice Fenno.

—Me gusta oír decir esa palabra a los hombres. Suena tan tierna.

—Pues la ternura no es una de mis virtudes.

Fern lo mira.

—No lo sé. Mira lo que has decidido hacer por esta chica... ¿cómo se llama?

—Oneeka. —Su expresión delata que le ha costado algún tiempo pronunciar este nombre sin temer las risas de los demás.

—Podrías haberte negado, no me parece que la «preparación para el parto» forme parte de las funciones de tu cargo.

—No, pero debo reconocer que se debe a un interés lascivo... aunque me conmueve su confianza y me cae bien. Un parto es algo que difícilmente podría presenciar en otras circunstancias. Y además no tendré responsabilidades con ese bebé.

Fern separa la primera porción del pastel y la coloca en un plato.

—Yo no estaría tan convencido. Seguro que te hace padrino. O le llama Fenno si es niño.

—Vaya, eso no se me había ocurrido.

—Espero que te gusten los niños —bromea ella.

—La verdad es que sí. A veces me sorprende.

—¿Eres uno de esos hombres a quien todo el mundo quiere como padrino de sus hijos? Me he dado cuenta de que ahora es una especie de moda: el padrino soltero que da más dinero y hace los regalos más originales.

—El padrino marica, quieres decir. El padrino hada madrina. —Se ríe—. Bueno, sobrinas tengo unas cuantas, tal como habrás advertido por mi muy colocado hermano. Le gusta bromear diciendo que no tiene que sentirse políticamente culpable por el hecho de que él y su mujer se hicieran cargo de mi cuota reproductiva. Le dije que eso sería un bebé, no dos, y me contestó que aunque me costara reconocerlo, mi abstinencia estaba privando a alguna pobre mujer en algún lugar de tener un hijo.

Fern distribuye nata montada sobre cinco porciones perfectas de pastel, acto seguido se apoya en la encimera y toma un sorbo de vino. La sensación es extraordinaria, como sumergirse en el océano en mayo, sintiendo el frío glacial mientras asciende por las piernas y estremece hasta el flujo sanguíneo. Siente como si acabara de despertarse, contenta de estar en esa cocina con ese hombre, y sin ganas de volver a reunirse con los demás.

—Pero ¿con cuánta frecuencia vas a Francia?

—Los veo en Escocia, en Navidades, a veces también en verano. Y mi otro hermano, el que vive allí, tiene mellizos. Un niño y una niña.

A Fern le divierte y conmueve ese evidente orgullo por los hijos de otras personas. ¿Adoptaría ella la misma expresión al hablar de los hijos de Heather?

—¿Cuántos años tienen? —pregunta.

—Están en una edad maravillosa: tres, seis, siete y nueve. O a lo mejor es que cuando no son tuyos, todas las edades te parecen maravillosas. Tengo la fantasía idiota de que quizá alguno de ellos, algún día, venga aquí y viva conmigo, a estudiar quizá. —Coge tres platos—. Probemos tu obra, ¿no?

Cuando entran en el comedor, es Richard quien está hablando.

—La buena noticia es que el número de virus ha descendido, pero el temor por el efecto 2000 se ha disparado. En la playa resulta que todas esas personas que el verano pasado pensaban que iban a morir ahora se preocupan de que el sistema de su corredor de Bolsa vaya a fallar. De repente parece que todo el mundo goza de buena salud pero se convierte en paranoico. Es curioso.

—No todo el mundo —dice Fenno mientras coloca un plato frente a Richard.

—¿Disculpa? —dice Richard, muy animado.

—De repente no todo el mundo goza de buena salud.

—Pero ahora todos siguen el tratamiento con ese nuevo cóctel...

A Fern siempre le ha horrorizado ese término poco afortunado; antes del sida, ¿no se tomaban los fármacos conforme a protocolos o regímenes, con las correspondientes connotaciones militares? Fern, como camarera que fue, piensa en aquella antigua bandeja de bar con rodajitas y porciones, aceitunas y cebolletas, cerezas más resplandecientes que el neón. Una bandeja de opciones frívolas, de la que estos hombres carecen.

—No todo el mundo. E independientemente de que lo sigan o no, la gente continúa muriéndose. Tal vez menos, pero sigue ocurriendo. —Fenno hace esta declaración con hastío, sin crueldad, como si fuera algo que se siente obligado a decir.

—¿Sabes qué? —interviene Tony—. Hablemos del efecto 2000. Éste sí que es un tema nuevo. —Hunde el tenedor en el pastel y coge un buen pedazo, cierra los ojos y masculla—: Hum, hum, sí.

Richard se ríe, aliviado.

—Bueno, lo que he oído que de verdad da miedo es... ¿sabéis eso de los viejos silos de misiles oxidados de Rusia? Van a estallar porque están totalmente abandonados. O sea, como la guerra fría ha terminado esos tipos van a bombardearnos con armas nucleares.

—La verdad es que lo dudo —dice Dennis.

—¿Por qué? Todos esos bichos raros, esos genios, están muy ocupados arreglando los desaguisados de Wall Street. Os aseguro que mis clientes no hablan de otra cosa: ¿Qué pasa si sus acciones se hunden?

—¡Se hunden! —repite Tony maliciosamente.

—Deberías tomarte este asunto más en serio —dice Richard.

Tony lo toca por primera vez, que Fern haya advertido, sujetándole el hombro con la mano.

—Pues me alegro de que tú te lo tomes en serio. Pero si todos vamos a hacer puf, ¿de qué sirve prepararse para el futuro y hacer todos esos cursos?

—Bueno, lo cierto es que nunca se sabe, ¿no?

—Eso sí es cierto —afirma Tony.

Dennis mira hacia donde está Fern.

—Chica, nos has hecho una tarta divina. Sencillamente fabulosa. —Mientras Fern le da las gracias, él lanza una mirada a Richard y le señala el plato—. ¡Pero si apenas la has probado!

Richard mira a Fern y adopta una expresión de desesperación.

—Lo siento, sé que debe de estar para chuparse los dedos pero creo que tiene manteca, ¿no?

—Cielos, lo siento —se disculpa Fern, aunque sabe que no debería sentirse mal. Nadie le dijo que habría un vegetariano. Nadie le dijo qué debía esperar de esta velada; nadie podía saberlo.

—Un poquito de grasa de cerdo no te va a estropear el karma —declara Dennis—. Y si resulta que sí, me comeré tu porción con mucho gusto.

—Deja de comportarte como un imbécil —dice Fenno con voz tan queda que parece que habla consigo mismo. Pero a Fern le queda claro que observa a Dennis y sus indiscreciones atolondradas a través de los ojos de un padre, no de un hermano. Por un momento piensa en su hermano Forest y en sus incesantes juicios.

Richard acaba de deslizar el plato hacia Dennis, quien permanece inmóvil por unos instantes, con el plato entre las manos.

—Lo siento —se disculpa, aunque con actitud desafiante. Se levanta y lleva el plato al salón cerrando la puerta tras de sí.

Fern se va al baño. Cuando sale oye su nombre susurrado varias veces. Dennis está sentado a oscuras en el salón, medio sumergido en uno de los sillones blancos y suntuosos de Ralph.

—Me siento fatal —afirma.

Fern no sabe muy bien qué decir.

Su rostro queda poco definido en la penumbra.

—¿Sabes? Toda esa charla insensible sobre el sida..., el amante de mi hermano murió de eso. Y era uno de esos tipos que aguantó durante años, mucho antes de que estos nuevos fármacos... Tenía que haberle apoyado de algún modo... —Con un suspiro empalagoso, Dennis se frota la cara—. Cielos, hacía mucho que no me encontraba así. He perdido la práctica. —Se echa a reír de repente, lo cual le recuerda a Fern lo colocado que está—. Mejor será que vaya a que me dé un poco el aire del mar, que me ventile el cerebro. —No puede decirse que la esté mirando, y a ella no le sorprendería que él hubiera olvidado su presencia mientras, vacilante, se pone en pie y sale al porche.

El comedor se ha vaciado. En la mesa queda el jarrón con rosas, que ya han empezado a ponerse mustias y cuatro servilletas sueltas. Hay una quinta en el suelo. Las migas esperan a ser barridas, un zarcillo de humo se eleva desde una vela apagada. La puerta delantera se cierra de golpe.

Fenno está en el fregadero, enjuagando platos. Sin mediar palabra, Fern abre el lavavajillas y alarga la mano para coger la primera copa.

—Ya estamos aquí otra vez —dice él—. Como los supervivientes de un naufragio.

—¿Richard se ha marchado de mal humor? Yo me habría enfadado.

—¿Richard? Ese chico se lleva la medalla de oro a la imperturbabilidad. O es que sencillamente es obtuso. No, han salido a dar una vuelta. Según Richard, es esencial «metabolizar la comida por completo, darle vida a esos antioxidantes». Y ya conoces a Tony.

—Merodeador habitual.

Se sonríen mientras van pasándose los platos de postre; los platos llanos, con su borde dorado, tendrán que lavarse a mano.

—Cuando estoy con Tony, a veces me siento como si formara parte de una colección —dice Fern.

Fenno asiente.

—Se aferra a todos a los que amó alguna vez. O que le amaron. Nunca te suelta.

A Fern se le pasa por la cabeza que Tony cuida de los amantes al igual que de los dormitorios de otras personas: poco de fiar mientras está ahí pero luego, cuando se marcha, se asegura de limpiarlo todo, sacarle brillo al armario y planchar la ropa blanca. Recuerda lo que Dennis le ha contado sobre Fenno y se pregunta si Tony ha visto morir alguna vez a uno de sus amantes. No; eso nunca le sucedería al afortunado Tony.

Fern y Fenno trabajan en silencio. Ella pasa la bayeta por la encimera y los fogones. Él lava los platos de lujo, la enorme olla de las mazorcas, los cuchillos con el mango de madera. Ella vierte detergente en los compartimentos de la puerta del lavavajillas. Él se lleva las botellas de vino al trastero, al cubo de reciclaje correspondiente. Ella cierra y pone en marcha el lavavajillas, y lamenta que el ruido del aparato ahogue los susurros tranquilizadores de la noche. La sinfonía ha terminado hace rato y en cuanto la cocina queda limpia, en la casa reina el silencio.

—¿Adónde ha ido mi hermano? —dice Fenno cuando vuelve.

—A la playa. Para despejarse. Está un poco avergonzado.

—Maldita sea —dice Fenno. Vuelve a pasar otra vez por el trastero. Fern le sigue. La luna brilla y un destello dorado atrae su atención sobre el plato abandonado, sin una miga, que permanece en equilibrio en la barandilla del porche. Fenno se coloca entre los sillones blancos, con el entrecejo fruncido—. Maldita sea, maldita sea.

—No se ahogará —asegura ella—. Está demasiado despierto para eso.

—Eso no es lo que me preocupa —responde Fenno—.

Hace años que no le veía así, como un porrero adolescente, pero está teniendo un comportamiento absurdamente juvenil desde que llegó aquí la semana pasada. Hace veinte años, cuando se comportaba así, salía a la calle y se ponía en evidencia delante de todo el mundo.

En el césped, a través del seto, a lo largo de la pista de tenis, Fern sigue oyendo el maldito rechinar del lavavajillas, más intenso que el rumor del océano, como una conciencia que se niega a desvanecerse.

Diecisiete

Fern está convencida de que Jonah no se suicidó. La primera persona que cree que sí se suicidó es su madre, que al final puso de manifiesto lo que pensaba y acusó a Fern de haberle abocado a ello haciendo caso omiso de todas las señales de advertencia. ¿Cómo iba a ser una esposa tan ciega ante una desesperación tan peligrosa?

¿Y cómo podía aceptar una madre que su hijo hubiera muerto a causa de un percance tan absurdo? Así era como Fern justificaba el comportamiento de la madre de Jonah.

No resultó de gran ayuda que la policía no llegara a ninguna conclusión clara. O que Jonah no tuviera ningún seguro de vida que obligara a llegar a una conclusión. Sus llaves estaban en el tocador del apartamento. La cartera, con el dinero y las tarjetas, estaba en el bolsillo de su cuerpo pulverizado. Al asomarse a la ventana de la cocina el día después de la caída, Fern enseñó a la policía una cornisa bastante ancha (inútil desde el punto de vista estructural, pensó, salvo para los pájaros) que discurría a nivel de la planta a lo largo del muro que daba al patio. A la altura de las ventanas del salón desembocaba en la salida de incendios trasera.

Poco después de mudarse allí, Fern se había quedado fuera del apartamento por accidente, vestida sólo con el camisón. Les habían dejado el periódico en la alfombrilla de un vecino y, cuando se acercó a recogerlo, la puerta se cerró de golpe. Al cabo de dos horas, Jonah se la encontró allí sentada, leyendo detenidamente la sección de Motor de puro aburrimiento. Le molestó que se echara a reír, pero le contó que, aparte de no salir nunca de casa sin las llaves, quizá le interesara saber un truco que había utilizado el inquilino anterior: salir por la ventana del pasillo, seguir por la cornisa que discurría junto a su cocina hasta la escalera de incendios y abrir una de las ventanas del salón. Fern miró la cornisa.

—¿Estás loco? ¿Lo has hecho alguna vez?

—No —respondió Jonah—. Pero es bueno saberlo.

—En fin —dijo ella—, me parece que prefiero leer los anuncios de coches.

Jonah no era osado por naturaleza, pero en los últimos meses que habían pasado juntos, Fern tuvo la impresión de que cometía equivocaciones o se mostraba poco atento. Ya no le dejaba que hiciera la compra, porque en más de una ocasión llegó a casa con productos medio aplastados o caducados. Le daba dinero al infame vagabundo que, año tras año, mendigaba por la ciudad para pagarse el billete de autobús con el que ir al norte del estado para actuar en un teatro de repertorio. Y perdió un ensayo en el que llevaba dos meses trabajando cuando una tormenta le dejó el ordenador inutilizado. No había hecho ninguna copia de seguridad. «¿Estás loco?», se oyó preguntar Fern demasiado a menudo, de forma demasiado desconsiderada. Tal vez fuera aquello a lo que se refería la madre de Jonah cuando decía que Fern no tenía corazón, pero eso no lo abocó al suicidio. Jonah quizá estuviera abatido, y el abatimiento tal vez lo volviera distraído, pero no estaba desesperado, todavía no.

Stavros se sentó en silencio en ese sofá aquella noche mientras ella hablaba con la hermana de Jonah, luego con Heather, Anna y sus padres. La acompañó a la comisaría de policía y se sentó en silencio en los bancos de dos pasillos deprimentes mientras ella reconocía el cadáver de Jonah y luego respondía a unas preguntas. Él no se puso a leer, ni a hablar por teléfono ni a pasearse de un lado a otro. Se limitó a quedarse sentado.

«¡Qué respetuoso!», pensó Fern cuando se levantó para llevarla a casa.

A diferencia de la policía y la madre de Jonah y sus amigas y hermanos y padres, Stavros no hizo ninguna pregunta, salvo, en más de una ocasión, si se sentía bien. Ella le pidió que la acompañara y echara un vistazo a la cornisa. Sí, había oído hablar de los equilibrios del anterior inquilino (el hombre tenía una mujer que a veces lo echaba de casa). «Ese tipo era un lunático.» Stavros hizo que Fern se asomara a la ventana junto a él. Le puso una mano en la espalda, como si necesitara sostén. «¿Ves todas esas cagadas de paloma? Resbalan como el aceite, te lo aseguro.» Al día siguiente, por supuesto, la ventana se atrancó con clavos; ahora a menudo el pasillo huele a rancio, a basura y a lo que cocinan los vecinos.

La madre de Jonah fue a recoger las cosas de su hijo acompañada de una de las hermanas. A Fern siempre le había caído bien su suegra, sobre todo por su personalidad fuerte y directa; era el tipo de persona al que más valía no ofender. La madre, que tanto se había encariñado con Fern, la abrazó con reparos; la hermana, que nunca le había caído bien, apenas la saludó. Llevaba una pila de cajas de cartón plegadas y una bolsa con todo lo necesario para una mudanza. Tal como había prometido, Stavros hizo acto de presencia; cuando las mujeres aparecieron, una hora tarde debido al tráfico de los sábados en el túnel de Lincoln, Stavros leía el periódico en la encimera de la cocina de Fern. Como era por la mañana, Fern se dio cuenta de que aquello daba una impresión totalmente equivocada, pero no había tiempo para explicaciones. Stavros dijo lo mucho que lo sentía. Dijo que quizá necesitaran ayuda. La hermana de Jonah le dedicó una mirada dura y prolongada, pero la madre de Jonah esbozó una valiente sonrisa y le dio las gracias. Fern recordó los modales perfectos de Jonah y se sintió estremecer de dolor. No le echaba de menos, pero notaba la pérdida de algo insustituible en su vida, incluso en su corazón.

Stavros introdujo la ropa de Jonah en una maleta (con una bastaba) y ayudó a la madre a embalar los libros y sus artículos de escritorio. En varias ocasiones se disculpó y fue al baño; en vano, Fern intentó no oír sus sollozos modulados. La hermana de Jonah, que quizá le dirigió siete palabras a Fern durante las tres horas que pasó allí, envolvió unos cuantos muebles para el personal de mudanzas. Fern no dijo nada cuando envolvió el sofá de damasco verde.

Los cuatro trabajaban casi en silencio; Stavros, el intruso, fue quien habló más a menudo, porque necesitaba instrucciones. Fern se sintió aterrada cuando se ofreció a salir a buscar unos sándwiches, y aliviada cuando la madre de Jonah se preguntó en voz alta cómo era posible que alguien pensara en comer en un momento como aquél. No obstante, cuando Fern estaba sola en el dormitorio, porque se había acordado de los cajones de la mesita de noche de Jonah, su madre entró y cerró la puerta. En un gesto teatral, se colocó contra la misma.

—Supongo que deberíamos ser aliadas en el dolor —declaró. La pausa no requería una respuesta—. Pero hay ciertas cosas que una mujer le debe a su esposo en momentos de necesidad, cosas que no puede conseguir en otro sitio. ¡Me parece que tú no se las diste a Jonah! ¡Lo dejaste completamente solo! ¡Y encima le dijiste que no pensabas mudarte a la mitad de los lugares en los que podría haber trabajado a gusto!

Fern exhaló un suspiro. Nunca le había prohibido a Jonah que solicitara trabajos en Wisconsin o Nebraska; se limitó a decirle que no se imaginaba viviendo en esos lugares. «Lo mismo digo», había contestado él, y se había reído. Pero defenderse en esos momentos le parecía impropio.

—Amaba a Jonah —declaró—. Le di todo lo que me dejó que le diera.

—¿Te dejó que le dieras? ¡Pedía compasión a gritos! ¡Y mírate, apenas has llorado por él!

Era cierto que apenas había llorado delante de la madre de Jonah. Si era un crimen, que así fuera.

—No puedo decirte nada para que te sientas mejor. Ojalá entendieras cuánto me gustaría poder decirlo.

—¡Nadie puede hacer que me sienta mejor, nadie me hará sentir mejor jamás! ¡Es obvio! —gritó la madre de Jonah—. Pero ¿acaso deseas que mi hijo siguiera vivo? ¡No estoy convencida de ello!

—¡Por supuesto que sí! ¡Por supuesto que sí!

Y entonces Stavros llamó a la puerta, probablemente porque había oído que levantaban la voz. ¿Fern tenía cinta de embalar? La hermana de Jonah había acabado el rollo que traían.

La playa está asombrosamente blanca. En la línea de agua, la arena brilla como la nieve cada vez que una ola se retira. Las olas rompen con suavidad y llenan el aire de un murmullo apacible. Es cerca de la medianoche; a lo lejos, en ambas direcciones, una figura solitaria se mueve junto al agua.

—Me gustaría que volvieras a la casa —dice Fenno.

—No me apetece quedarme ahí sola. De verdad. Tú ve a la izquierda y yo iré a la derecha.

—Mejor mirar entre la hierba de las dunas —propone él con un suspiro.

Se ponen en camino, los dos se vuelven de vez en cuando para ver los progresos del otro, zigzagueando a lo largo de la línea que deja la marea. En ocasiones ella se eleva por encima de una duna y se encuentra con una franja de césped verde; una de las veces sorprende a una pareja de adolescentes, entrelazados y desnudos en una tumbona.

—Vaya, ¿has perdido al perro? —pregunta el chico, sonriendo con desenfado. Riendo tontamente, la chica esconde la cara contra el pecho de él.

Cuando vuelve a mirar atrás, Fern ve que Fenno ya ha pasado a la silueta que ella atisbó en esa dirección. En la de ella ahora no hay ni un alma a la vista; la otra persona debía de haber ido tierra adentro. Al final, ve a Fenno haciéndole señas con la mano y negando con la cabeza.

La espera junto a la casa grande. El foco está apagado y la mayor parte de la zona de césped queda oscurecida por la sombra que proyecta el edificio a la luz de la luna y el reflejo del mar. Más allá de la sombra, la pista de tenis parece fosforescente. Si no fuera por ese efecto óptico, Fern no habría distinguido la gran silueta negra que hay en el pavimento.

Cuando señala la forma, ésta empieza a cantar:

Y si fuera como el rayo
no necesitaría zapatillas.
Iría y vendría cuando quisiera
y los asustaría junto al árbol sombrío
y los asustaría junto a la farola
¡Pero no asustaría a mi poni si estuviera en un barco
en alta mar!

Fenno camina rápidamente hacia la pista de tenis pronunciando el nombre de su hermano en voz baja y severa.

Fern lo sigue pero se queda un poco rezagada. Dennis está tirado boca arriba en la parte de la pista considerada tierra de nadie, entre la línea de servicio y la de saque. Las pocas veces que Jonah y ella jugaron a tenis, él insistió en que allí era precisamente donde no había que quedarse clavado.

«Muévete hacia atrás o sube a la red». En cierto modo, era una lección que no había logrado aprender.

—Levántate —insta Fenno a su hermano.

Dennis se ríe y saluda con la mano a Fenno, como si estuviera muy lejos.

—Hooola, hermanito americaaaano. Seguro que no te gusta Lyle Lovett.

—Levántate ahora mismo.

Dennis se lleva ambas manos a la boca pero no hace ningún esfuerzo por levantarse. Cuando las separa, dice:

—Merezco tu ira, lo sé, por favor no me deportes. —Levanta la cabeza de la pista y ve a Fern—. ¡Oh, hola! —La saluda y le hace señas.

Cuando ella se sitúa justo detrás de Fenno, Dennis le guiña el ojo.

—¿No estoy en Améeeerica, patria de los libres y valerosos? ¿Patria de los libres para ser ellos mismos?

Fenno se agacha y agarra a su hermano por las muñecas para intentar levantarlo. Su silencio es el que cualquier persona sobria interpretaría como ira, temor por lo que podría decir si hablara, pero Dennis no está sobrio ni mucho menos.

—No... espera. ¡Mira! ¡Mira hacia arriba! ¡Oh! —Dennis se ha soltado las manos y vuelve a estar tumbado, señalando hacia el cielo. Fern y Fenno alzan la mirada.

—Oh, vaya... son las... ¿cómo se llaman? ¿Las miríadas? ¿Las neríadas? Ya sabes... esa lluvia de meteoritos de verano. Oh, cielos. —Una sonrisa de sobrecogimiento reluce en su hermoso rostro.

Fern escudriña el cielo pero no ve nada, nada más que unas cuantas estrellas turbias que consiguen atravesar la neblina formada por la humedad del día. Fern mira a hurtadillas a Fenno, que sigue con el ceño fruncido.

—¡Oh, cielos, qué brillante! ¿No? —dice Dennis al cabo de un momento. Se incorpora y se queda sentado.

—Las alucinaciones tienden a ser brillantes —declara Fenno.

De repente los ciega el foco. Oyen la voz ronca de milady.

—Queridos, ¿por qué no os vais a la cama? ¡Muchísimas gracias! —Afortunadamente, la luz se apaga.

La sombra de Fenno envuelve a su hermano.

—Arriba. Venga ya.

Dennis se pone en pie con dificultad. No parece tambalearse en lo más mínimo cuando empieza a subir la cuesta que conduce al seto. En cuanto lo atraviesan, Fern ve a Fenno mirar hacia el lugar en el césped donde enterró a su perro. Ella observa las ventanas del dormitorio principal. Hay una luz encendida y las sombras hieren las cortinas de encaje que hay detrás del balcón. Cuando Dennis se hace a un lado para que Fern entre en la casa delante de él, le toca el vientre.

—Vas a pasártelo genial. Vas a ser una madre genial.

Fern sonríe incómoda.

Fenno le pone una mano en la espalda a Dennis para guiarlo hacia la escalera.

—Mi hermano, mi celador —bromea Dennis mientras suben en fila india.

—Mi hermano, maestro de los cumplidos fáciles —declara Fenno.

Sin saber dónde colocarse, Fern se queda en la puerta de la segunda habitación de invitados. Fenno guía a Dennis con mano firme hacia una de las camas individuales, pero él no opone resistencia. Cuando se sienta, Dennis dice a Fern:

—Mi última petición antes de la ejecución es otra porción de esa deliciosa tarta. ¡No sé por qué pero todavía estoy hambriento!

—Te traerá un vaso de agua y ya está —dice Fenno. Dirige una mirada de disculpa a Fern.

Para cuando ella regresa de la cocina, Fenno le ha quitado la camisa a su hermano y lo ha tendido entre las sábanas. Ya está dormido.

Ella y Fenno se miran de hito en hito y acto seguido, de forma automática, miran juntos a Dennis como si fuera su hijo, un bebé que ha pasado mala noche y que por fin está fuera de combate. Levanta el vaso de agua que ha traído y se lo bebe de un trago.

La noche después de que la madre de Jonah embalara las pertenencias de su hijo, Fern preparó una cena para Stavros en señal de agradecimiento por su protección encubierta. Hablaron de la operación de «limpieza» emprendida en Time Square por el alcalde, que había echado de allí a las prostitutas y las había enviado, nada más y nada menos, que a su barrio. Hablaron de la catástrofe del agua, que sin duda se debía al exceso de explotación urbanística en los estados del suroeste. Hablaron del congreso de neurología de Washington y se rieron de la nueva neurosis que había provocado en todos sus amigos con hijos. («Todo ello financiado por un director de Hollywood, ¿qué te hace pensar eso?», dijo Stavros. «Por supuesto, espera a que nosotros tengamos hijos», respondió Fern.) Así pues, cuando llevó el té al salón, se paró en seco, alarmada por unos instantes. Rió con amargura.

—Ah, claro.

Rodeó un grupo de cajas y colocó las tazas en la mesa de centro. Se sentó resuelta en el sofá embargado, ahora envuelto con una sábana. Delante de ella, tres cuartas partes de las estanterías estaban vacías. La madre de Jonah había quitado el polvo de los estantes vacíos, por lo que parecían estar a la expectativa en vez de abandonados.

—Dios mío, ¿cómo voy a vivir aquí? —se preguntó Fern.

Dio la impresión de que Stavros la inspeccionaba un momento antes de hablar.

—Podría encontrarte otro sitio, aunque seguramente no sería... tan barato. Pero... —Se encogió de hombros y tomó un sorbo de té.

—Pero ¿qué?

—Pero creo que podrías redistribuir tus cosas y alegrarte de disponer de tu casa. A la larga. No pienses que soy insensible.

—Mi casa. Querrás decir mi lastre de recuerdos.

—Estarás triste vayas a donde vayas. —Stavros volvió a encogerse de hombros—. Pero la gente sobrevalora el poder del pasado.

—¡Eso sí es insensibilidad!

Él sonrió con expresión de disculpa.

—Procedo de una cultura de extorsionadores, de vengadores, de gente que bautiza a sus hijos con el nombre de sus antepasados de forma mecánica: el primer hijo, el del abuelo paterno, el segundo hijo, el del materno, y así sucesivamente. Me saca de quicio. El problema está en que si piensas que el pasado es más glorioso o digno de atención que el futuro, se descuida la imaginación.

Fern miró fijamente a Stavros durante unos instantes.

—¿Y las enseñanzas de la historia?

—Bueno, eso es obvio. No hace falta decirlo —respondió él con impaciencia.

—¿Y cómo es que te dedicas a aprender una lengua muerta?

—Porque me gustan las historias que cuenta. —Se inclinó hacia delante y apoyó los codos en las rodillas—. ¿Sabes lo que me gusta del negocio inmobiliario? Me refiero a que... bueno, ya sé que es un mundo que tiene una fama sórdida, y que es nuevo, y que trabajo para mi padre, pero está relacionado con el presente y el futuro, con hacer que las personas tengan un techo.

—¡Por dinero! —exclamó Fern—. Bueno, por una cantidad desorbitada de dinero. No me digas que el negocio inmobiliario no se basa en el dinero. —¿Por qué estaba tan indignada? No tenía ningún motivo para pensar que Stavros y su padre fueran avaros o poco caritativos; de hecho había oído decir que tenían dos edificios en los que los alquileres eran ridículamente bajos.

—Haces cosas prácticas y constructivas todo el día —continuó Stavros, sin hacer caso de su insulto— y luego te vas a casa y te duchas o te tomas una cerveza y te sientas... —suavizó la voz— y lees acerca de Penélope y el telar.

Fern se lo imaginó entrando por la puerta de su apartamento, varias plantas por encima del de sus padres pero indiferente a las implicaciones, quitándose las zapatillas con el pie y sentándose a leer la *Odisea* en las palabras crípticamente floridas de otro milenio.

—No se puede ser griego sin respetar la arqueología, te lo aseguro —afirmó él—, pero construir museos en honor a una cultura, instituciones que abren cada mañana y cierran antes de cenar, no es lo mismo que construir un museo en honor a la propia vida, colocando todas tus penas en vitrinas de cristal provistas de alarma. ¿Sabes?, mi madre tiene un primo allá en su isla, que no es especialmente listo, pero hace unos curiosos monederos de cuentas y los vende en la única taberna que ofrece unos cuantos *souvenirs* patéticos. Antes los hacía sólo con imágenes clásicas: el Partenón, Argos, representaciones de los dioses, una Medusa muy original..., pero hace un par de años se obsesionó con el trasbordador espacial, nada más y nada menos. Y ahora hace monederos con cuentas que representan trasbordadores espaciales rojos, blancos y azules. Es un disparate. Me encanta. —Se echó a reír—. ¿Cómo he llegado hasta aquí? ¿Soy quizá insensible?

Fern negó con la cabeza.

—No... y me parece que me gustaría tener uno de esos monederos. ¿Los exporta?

Los dos se echaron a reír, repuestos de lo que Fern consideraría su primer desacuerdo. Casi a la vez, miraron el reloj de pared (era de Fern, por lo que se había librado del embalaje). Fern lo acompañó a la puerta.

—Venga, a por Penélope y su telar.

—Sí. —El comentario de Fern pareció agradarle—. Y si Penélope tiene una cualidad es la de la paciencia.

Más adelante ese mismo mes, no fue a Connecticut para celebrar el día de Acción de Gracias sino que lo pasó con Stavros y su familia en casa de su tío de Queens.

Durante el año siguiente se vieron a menudo, aunque menos de lo que les habría gustado. Stavros se tomaba el trabajo y las clases muy en serio, y jugaba al frontón tres veces por semana, a veces incluso con temperaturas bajo cero. La mayoría de los sábados, él visitaba a ciertos inquilinos ancianos o ayudaba a su madre en el apartamento; a domingos alternos acompañaba a su padre a la pequeña iglesia griega ortodoxa situada en medio de una zona de aparcamiento del centro de la ciudad, y si la tarde era soleada, jugaban al ajedrez en Washington Square. Tenía varios amigos íntimos, todos ellos sagaces neoyorquinos (parecidos a Anna) a quienes conocía desde el instituto. Con o sin Fern, tenía una vida plena.

Fern se volcó también en el trabajo. Cambió por completo la distribución del apartamento, tal como le había sugerido Stavros, y sacó del almacén algunos de sus cuadros, que colgó donde habían estado los paisajes del Viejo Mundo de Jonah. Encontró un sofá antiguo hondo y cómodo, una ganga porque era quince centímetros más largo que el ascensor del rascacielos donde vivía el dueño. Como estaba tapizado de terciopelo rojo y adornado con borlas, Stavros le atribuyó inevitablemente connotaciones sórdidas; Fern afirmó que era un accesorio noble, la clase de mueble que se encuentra en un retrato real de Ingres o Géricault.

—Real, sin duda —dijo Stavros—. Como que Cleopatra murió aquí... y muchos otros después. —Asumiendo siempre su papel de casero, insistió en arrancar la tela de la parte inferior para ver si había cucarachas—. Completamente limpio —proclamó—. Inaudito en este mercado.

Cuando estaban en casa de Fern, prácticamente vivían en ese sofá, como si fuera un cuarto pequeño en sí mismo o una batea empujada por la corriente de un río. Mientras leían, charlaban o tomaban comida mexicana para llevar en bandejas de papel de aluminio, se apoyaban cada uno en un extremo, los pies del uno contra los muslos del otro. En más de una ocasión, mientras Stavros leía sus libros de Derecho, Fern lo esbozaba a escondidas en las páginas de un cuaderno de papel milimetrado que utilizaba para trabajar en sus ideas de diseño y proporción. El sofá era tan mullido que cuando se levantaban para ir a la cama (a veces ni se molestaban), la huella de sus cuerpos, codos, rodillas, talones y nalgas entrelazados quedaba allí para darles los buenos días por la mañana.

El verano anterior Stavros la reintrodujo en el mundo del bádminton, un deporte veloz y competitivo cuando lo jugaba con sus hermanos y los hijos pequeños de éstos, que convirtieron un pequeño patio de Astoria en pista. Los hermanos se sorprendieron cuando Fern dijo que quería jugar —a sus esposas el juego les parecía absurdo—, pero la trasladaba al césped de Connecticut en las noches de verano, cuando jugaban con rapidez y frenesí, aunque sólo fuera para eludir los mosquitos, hasta que sus padres les gritaban, tres o cuatro veces, que se volverían ciegos si no lo dejaban (daba igual que el volante brillara en la oscuridad y descendiera como un diminuto paracaidista valeroso para ser golpeado de nuevo). Fern y Stavros no jugaron más de seis o siete veces, pero el sudor placentero que les proporcionaba, las risas vertiginosas y la euforia duradera de una victoria, asumió la misma textura de esos veranos en la mente de ella.

A finales del mes de enero siguiente, un año después de iniciar su relación, Fern se quedó embarazada no por accidente (no exactamente) y sin duda no por malicia sino por impulso. Habían pasado casi todo el fin de semana en el apartamento de ella, nevaba con fuerza y se quedaron sin condones. Acurrucados en el sofá, ninguno de los dos quería salir y se sentían demasiado perezosos y agotados para un arrebato de pasión... hasta la noche del domingo. En la oscuridad, él le preguntó si había algún problema (no si era seguro) y ella dijo que no le importaba. Había sido siempre tan cuidadosa que por una vez... Pero entonces, cuando él empezó a besarle los hombros, la cara interior de los brazos, ella pensó en el tiempo de forma distinta y supo que existía la posibilidad de quedarse embarazada. Pensó en un bebé que había tenido en sus brazos en Navidades: el cuarto sobrino de Stavros. («En la isla de mi padre sólo nacen niños —explicó—. Si miras la ropa tendida te das cuenta enseguida: calzoncillos, calzoncillos y más calzoncillos, ¡sólo calzoncillos! Tienen que importar a las esposas de la isla de mi madre, a poca distancia en barco. Mi pobre madre pensó que viniendo a América mi padre podría darle una hija. ¡No es broma!»)

Pensó en la foto que Tony le hizo al puño del bebé, colgada en su habitación. Tal vez pensó demasiado en sí misma y no lo suficiente en Stavros. Y luego, transportada por los brazos de él a un lugar lejano, dejó de pensar.

Al cabo de un mes supo que estaba embarazada. Pero Stavros le había dicho que en marzo se marcharía a Grecia para ayudar a su madre. No sabía exactamente cuánto tiempo estaría allí, unas semanas, un mes como máximo. Por tanto, Fern pensó que no era el momento adecuado para darle la noticia. Regresaría cuando ella estuviera de tres meses.

Nunca había pensado de esa manera, pero había oído hacer ese tipo de cálculos a Heather y Anna.

A medida que las semanas se convertían en meses, empezó a preguntarse hasta qué punto ese bebé guardaba relación con Stavros. Una noche en la que intentaba conciliar el sueño (cada vez le costaba más), Fern yacía en la cama, muy despierta por desgracia, y se preguntó si había permitido la concepción del bebé porque esperaba que éste creara un amor tan inmenso que todos los otros amores, todos los recuerdos insensatos de amor, incluso aquel nuevo amor, quedaran eclipsados. ¿Estaba tan cansada de los desenlaces que estaba resuelta a crear su propio comienzo, mucho menos frágil, que no compartiría con nadie para que no pudieran quitárselo?

Fern está tumbada sobre el costado izquierdo (mejor para el bebé, según los libros), agotada pero otra vez desvelada. Los faros de un coche reflejan las ramas de un arce en la pared, sobre un cuadro de barcos en el mar. Tampoco le resulta de gran ayuda el hecho de que, en la habitación de al lado, Dennis ronque como un camión sin silenciador. Por lo menos ahoga todo sonido procedente del otro dormitorio. Sabe que Tony hace el amor con un silencio sepulcral, pero Richard... se diría que es un hombre de concupiscencia vocal y exultante.

Baja a por un poco de agua. Cuando sale de la cocina, oye la voz de Fenno.

—¿Antojos de medianoche?

Fern mira hacia el salón, donde los voluptuosos sillones blancos, todos vacíos, despiden un azul de neón.

—Aquí fuera. —La voz le llega por una ventana abierta.

Fern sale al porche. Él yace en una hamaca que antes no estaba. Obviamente Fenno conoce la casa y sus bienes ocultos. Por lo que Fern ha visto, el ausente Ralph debe de considerar que una hamaca es demasiado desastrada o incluso tercermundista para su sentido de la estética. Probablemente se trate de un regalo de un invitado; ni siquiera es blanca sino del color chillón de un guacamayo, incluso bajo la luz de la luna.

—¿No podías dormir? —pregunta Fern.

—¿Al lado de la motosierra humana? —Se ríe quedamente—. Antes de esta visita no sabía lo que ha de soportar mi cuñada, lo que ha de mantener a raya.

—¿Está así a menudo?

—Lo dudo. Creo que está ebrio de libertad temporal, no es que no le guste su vida, no, pero ha retomado los hábitos benévolamente delictivos que tenía antes de conocer a su mujer. —Fenno debe de haberse dado cuenta de que está tiritando. Le tiende una manta—. ¿Te quedas aquí un rato?

Fern mira alrededor, hacia las sillas de madera, poco acogedoras porque están acumulando rocío en la superficie brillante.

—Ven. —Fenno dobla las piernas, y Fern se acomoda en el extremo opuesto de la hamaca. Él le sonríe con amabilidad—. Bueno, ¿puedo preguntarte dónde está tu marido este fin de semana?

—¿Marido? —Desconcertada, responde—: Mi marido... el marido que tuve... está muerto.

—Cielos —dice Fenno. Se inclina hacia delante y la hamaca se balancea, amenazando con tirarlos a los dos.

Fern se agarra a los hilos.

—No, no, perdona. Eso sucedió hace casi dos años. Te refieres al padre del bebé, y él... bueno, estamos juntos pero no casados, y todavía no se lo he dicho y... —Se calla y niega con la cabeza—. En fin, esto suena como las historias que escuchas todos los días, ¿verdad? De esas chicas con las que trabajas.

—Hace menos de dos años que eres viuda, estás embarazada de cinco meses de un hombre que quieres..., aunque, espera, eso no lo has dicho, ¿verdad?..., y no se lo has dicho. No es como las historias que escucho.

Oye la palabra «viuda» y contiene la risa. Desde la primera vez que alguien empleó esa palabra para referirse a ella, en el funeral, a Fern la idea le resulta cruelmente curiosa, no triste. Durante meses yació despierta por la noche junto a Jonah preguntándose qué significaría, cómo sería, convertirse en divorciada y entonces, por una jugada del destino, se convirtió en viuda. Pero no se lo cuenta a Fenno. Le explica que Stavros está fuera hace meses, que no hay teléfono, que no le parece justo darle una sorpresa así por escrito. Y sí, ama a ese hombre.

—¿Cuándo vuelve?

Fern vacila, avergonzada.

—En cualquier momento.

—¿Os casaréis?

—No lo sé.

—Bueno, ¿por qué te pregunto una cosa así? —dice Fenno—. No puede decirse que vivamos en el mundo de nuestros padres.

—No —conviene Fern. Sus pies se tocan cuando se mueven para encontrar la postura más cómoda. Se miran y murmuran disculpas—. Lo que pasa es que tengo dudas. Y se supone que no debería tenerlas, no sobre esto. Pero lo cierto es que ahora tengo dudas sobre todo.

—Echas de menos a tu marido. No hace ni dos años.

—Bueno, es... complicado. Es un cliché pero es cierto. —Aunque no está segura de por qué, se siente extrañamente relajada. Recuerda sus años de terapia, después de París y antes de Jonah, cuánto la sorprendía que sus historias fluyeran al exterior con tanta facilidad, como un largo arroyo recto en un suave lecho de granito. Casi con la misma felicidad,

Fern le habla de su matrimonio. Fenno no aparta la mirada de ella, como si esta historia de un fracaso matrimonial tan corriente resultara verdaderamente fascinante.

A mitad de relato, Fern recuerda lo que le dijo Dennis: que Fenno tuvo un amante que murió de sida. Ella no ha seguido una muerte tan de cerca, pero piensa en los hombres enfermos del despacho en el que trabajó (y, con cierta vergüenza, que fue uno de los motivos por los que se alegró de empezar a trabajar en casa, pues ¿qué se puede decir a esos hombres que se van consumiendo pero siguen trabajando con tantas ganas?). Quizá sea eso, saber algo trágico sobre Fenno, lo que alienta a Fern a contarle un pequeño secreto, un detalle sobre su última mañana con Jonah que no le ha contado a nadie.

Después de lanzarle sus acusaciones (la más cruel, que era frígido en la cama), su ira había aumentado en vez de aplacarse. Fern había cruzado la habitación, donde él estaba junto al armario, y había dado tres palmadas fuertes delante de su cara, como si llamara a un perro desobediente. «¡Despierta! ¡Despierta! ¡Estás en coma emocional, eres como una momia en un sarcófago!»

A Jonah se le habían llenado los ojos de lágrimas, y en su silencio derrotado ella oyó el eco de sus manos más que las palabras. Era incapaz de imaginar quién de los dos se sentía más humillado; poco le faltó para abofetearle. Fue entonces cuando se aplacó su rabia y, demasiado tarde y de forma patética, se disculpó.

Cuando aquella noche fue a identificar el cadáver, la policía le explicó que había caído de espaldas. Sobre la camilla metálica parecía aplanado, como si flotara en el agua y tuviera la parte posterior del cráneo sumergida; pero era el rostro que conocía, aunque más pálido, siendo las únicas señales de muerte los labios oscuros y los coágulos ennegrecidos de los orificios nasales. Tenía los ojos cerrados igual que cuando dormía. Su primer pensamiento, tan trivial como egoísta, fue que esperaba que alguien, cualquiera, hubiese sido amable con él aquella tarde, porque nadie podía haber sido más mezquino que ella por la mañana. Fue entonces cuando más lloró.

—Es una historia terrible —reconoce Fenno.

—No sabía que podía ser tan cruel —responde ella.

—No, querida, no —dice él—; en realidad eres una ingenua en el cosmos de la crueldad.

Fern desearía preguntar por qué las crueldades de él son tanto mayores, pero se limita a decir:

—Bueno, tú has pasado peores tragos que yo.

—¿Ah, sí? —dice él con indulgencia—. ¿Según quién?

Ella vacila pero luego piensa que no puede tratarse de un secreto.

—Dennis me contó lo de tu amante..., que murió. No es que estuviera chismorreando, es que...

Fenno se inclina hacia ella y la hamaca vuelve a temblar.

—No era mi amante... aunque debería haberlo sido. —Se ríe ante la absurdidad morbosa de la frase—. Mi querido y corto hermano, con una ignorancia tan supina sobre tantas cosas... Antes lo consideraba un hombre desenfadado, y de hecho lo es. Probablemente sea una de esas extrañas criaturas sin secretos, sin nada que lo abrume. Pero ahora he empezado a pensar que es un poco simplón. De todos modos, ya ves cuántas cosas le van bien en la vida. Y en el amor... aunque en algún momento lo dudé, parece que en eso también ha acertado de lleno. —Vuelve a cambiar de postura, haciendo una mueca, y estira las piernas a lo largo de uno de los bordes de la hamaca. Apoya un pie, ligeramente, de forma inevitable, en la cadera de Fern—. Antes de que aparecieras, estaba acabando el vino y admirando la vista. Conozco bien esta vista, pero nunca la había visto así. Estaba pensando que algunos de nosotros vivimos aquí arriba y otros abajo.

—Hace un gesto grandilocuente hacia la casa de la playa—. Algunos de nosotros tenemos la infinitud del océano en la puerta de casa, otros el tópico de un seto bien cuidado. Y sí, algunos de nosotros, los tipos con suerte, vemos lluvias de estrellas mientras el resto no ve nada y piensa, con desdén, que deben de ser una alucinación.

—Algunos de nosotros conseguimos el amor... adecuado, lo más adecuado posible, y otros lo conseguimos todo menos eso. —Sonríe con expresión de hastío—. No está mal la vista desde aquí, ¿verdad? Pero siempre estamos mirando por encima del hombro de alguien.

—Bueno, pero serán los primeros inundados en caso de que haya un huracán —dice ella aunque de inmediato se da cuenta de que el comentario no tiene ningún sentido.

—¿Y eso qué coño importa? —Tras hablar con tal aspereza, Fenno le da un golpecito en la cadera con el pie. A ella el gesto le parece afectuoso y le recuerda cuando se sentaba en el sofá rojo de terciopelo con Stavros—. Mira, no lamento mi existencia ni mucho menos. No, he acabado por ver lo rica que es. Prudente o no. —Baja un brazo y sostiene en el aire una botella de vino vacía—. Voy a contarte un secreto a modo de intercambio.

Fern se prepara; ahora le hablará de la muerte del amante, que no fue tal.

—Me preguntaste si me gustaban los niños y te dije que sí. De hecho tengo hijos, dos. Aunque no son mis hijos. ¿Recuerdas que Dennis ha mencionado a nuestro hermano David, el hecho de que David no puede tener hijos? En realidad, yo no conocía la razón... pero ésa es una tangente que no voy a seguir. —Exhala un suspiro.

Le cuenta una historia extraordinaria: la donación de esperma a su cuñada porque su esposo era estéril. Se lo cuenta sin rodeos, con esas mismas palabras. Le cuenta que sabe que era la segunda opción (¿quién no habría preferido al hermano heterosexual, el gemelo al que quisiste antes siquiera de saber qué era el amor?). Le cuenta que fue a una clínica llena de pornografía selecta, heterosexual, y luego, al salir, pasó junto a una pared llena de fotos de bebés diminutos, todos frágiles, feos, apabullados por la nueva vida y los flashes, pero inestimables hasta límites insospechados para personas que nunca conocería.

—Al cabo de unos meses, recibo una llamada para contarme que ya han nacido, los mellizos mesiánicos, y me alegro por los padres, satisfecho por mi buena obra, pero hasta que no recibo el anuncio del nacimiento por correo, la fotografía, un niño y una niña, los dos con el rostro igual de moteado y con la misma expresión atónita que los bebés de la pared de la clínica, no me doy cuenta de lo inestimables que son para mí. En el reverso de la foto, su madre escribió: «¡Oh, Fenno, nunca lo sabrás!». Sólo eso.

—Sabía —continúa con la vista perdida en el océano— que estaba demasiado agotada y abrumada para escribirme la carta de agradecimiento memorable que creía merecer, y sabía que lo que deseaba transmitir era que nunca sabría cuán profundo era su agradecimiento, cuánto me querrá siempre por lo que le di... pero cuando lo volví a leer, recorriendo con los dedos esas dos caritas demasiadas veces, como uno de los alumnos de Tony aprendiendo a leer, cuando lo volví a leer, pensé: ¿Se refiere a que nunca sabré qué es sentir esta alegría tan especial, la alegría de esas pequeñas vidas entrelazadas con la mía? Aunque seguro que no es eso lo que quería decir. Por supuesto que no. —Vuelve a doblar las rodillas hacia el pecho y se arrebuja en la manta que le cubre los hombros—. ¿Sabes?, soy exactamente ese fabuloso padrino marica que describiste. Les llevo regalos originales, colaboro fielmente en un fondo para su futuro, pero me resulta imposible estar en sus vidas como a veces sueño. Cada vez que voy a verlos y los miro por primera vez, los rodeo con los brazos si no están demasiado tímidos y pienso «es mi hija, es mi hijo», y tengo la confusa fantasía de llevármelos como el enano maléfico del cuento...

—El enano saltarín —murmura Fern.

—Sí. Ése es el tipo de personaje en el que siempre corro el riesgo de convertirme. —La mira—. Sólo veo a mis bebés secretos una o dos veces al año, pero albergo la fantasía de que algún día, como todos los hijos, necesitarán marcharse de casa y aquí estaré yo, el supuestamente, y sólo supuestamente, tío loco del otro lado del océano. Y aunque no busquen refugio de esa manera, tengo planes para llevarlos a unas vacaciones atípicas: a la selva, al Polo Norte, a las ruinas indias del oeste... lo que les apetezca cuando sean lo suficientemente mayores para disfrutar con esas cosas. —Si sabrían alguna vez que él es su padre biológico, era algo sobre lo que su hermano y su cuñada aún no se habían puesto de acuerdo—. Comprendo la inseguridad de mi hermano, quizá incluso su mojigatería. Él es así —afirma Fenno—. Y quizá sea para bien: simplifica las cosas.

Le cuenta que llegó a arrepentirse de no haber insistido en asistir al parto; le gustaría haber tenido a los bebés en sus brazos en aquel momento. Pero hay ciertas intromisiones a las que no tiene derecho. Y eso, confiesa, es parte de lo que busca al ayudar a Oneeka, saber cómo es.

—Tenías razón en eso —dice—. Por supuesto que espero asumir cierta responsabilidad, aunque sólo sea durante un día o dos. Lo ansío. —Se da una palmada en el bolsillo de la camisa, como si contuviera un anillo de compromiso.

Fern mira el cielo en un intento por determinar la hora. Todavía no clarea, pero las nubes, unas pocas, parecen un poco más vívidas. Es la hora nocturna en la que, si no hay tormenta, el viento parece descansar y las nubes están tan quietas que parecen pintadas en un techo, como las nítidas nubecitas de los cuadros de Henri Rousseau. Fern piensa en su preferido *Noche de carnaval*, donde dos amantes disfrazados, figuras pequeñas y etéreas de rostro oscuro, están en un bosque de árboles desnudos. Cuánto echa de menos pintar.

Fenno sigue la mirada de ella y murmura algo que suena como la «hora de la colcha».

—¿Cómo? —pregunta Fern con dulzura.

—Tonterías personales —responde Fenno—. Deberías estar en la cama, los dos deberíamos.

Se pone en pie y la ayuda a hacer otro tanto. Fern tiene las piernas entumecidas, por lo que se apoya en él un momento y tal vez él interprete su dependencia física como una especie de súplica.

—Fern, nunca te convenzas de que no estás enamorada —dice él—, o de que lo estás.

—Cuidado con lo que amas —dice ella—. Eso predica mi madre.

Desde el salón, tras darse las buenas noches, ella le espía por la ventana mientras se reacomoda en la hamaca, se envuelve bien con las dos mantas y cierra los ojos. Está sonriendo.

—Nata montada. Lo que necesitamos aquí es la nata montada de anoche. —Tony está mirando el interior de la nevera, moviendo tarros, buscando.

—No hay. Se acabó —anuncia Fern al entrar a la cocina, vestida con el camisón.

Fenno levanta la cabeza de la mesa. Tony cierra la puerta de la nevera. Los dos hombres se alegran de verla y Fern se pregunta si los incomoda estar a solas.

—¿Qué tal hemos soñado? —pregunta Tony.

—No hemos soñado. Y rezamos porque todavía quede café. —Mira por la ventana delantera: el coche de Richard ya no está. Dennis sigue arriba durmiendo ruidosamente.

—«*Absoluman*», *petite mare*. —Le sirve una taza y le prepara una silla. Son las diez y media. En la mesa hay una bandeja con magdalenas y un periódico del domingo; debe de hacer horas que Tony ha ido al pueblo y ha vuelto. Fenno tiene el pelo mojado. El *Book Review* está junto a su plato. En un enchufe de la pared al lado de la tostadora, su teléfono (su responsabilidad, cree ella) está recargándose.

—No os atiborréis porque milady nos ha invitado a la mansión para tomar el *brunch*. —Tony mira el reloj y luego a Fern—. A esta hora, precisamente. Así que ha llegado el momento de acicalarse.

Fern niega con la cabeza.

—Créeme, te quiere para ella sola. Pero esperaré una invitación cuando cuides de su casa el verano que viene y se marchen al Serengeti. ¿O no es ésa la temporada de safari?

—Ya sabía que te costaría creerte que la mujer sencillamente me cae bien.

—De hecho, aunque me parece agradable, tienes razón.

Tony se limita a sonreír; irradia el arrebol de una buena noche de sexo desbocado. Fern contempla su rostro cautivador y recuerda la agonía de amarlo. Pero rememora también lo último que le dijo aquella noche, hace casi diez años exactamente, mientras ella mantenía abierta la puerta de su apartamento en París. Le acababa de decir que saliera de su vida y él le dijo:

—Te piensas que todo el mundo quiere a una persona especial, busca un alma gemela concreta, de la que sólo la muerte la podrá separar. Pues no todo el mundo. Yo no soy así. No te has dado cuenta de eso.

—Tal vez sea lo que busco. Y quizá tú nunca fueras uno de los candidatos —respondió ella, el insulto más duro que se le ocurrió en aquel momento.

Él se había encogido de hombros, inmutable.

—A cada uno lo suyo —había dicho Tony.

Fenno le está diciendo a Tony que tiene que regresar a la ciudad, que alguien llamado *Felicity* le arrancará la cabeza de un mordisco si no vuelve pronto.

—¿Te importaría llevarme? Yo también debería volver —dice Fern.

Tony finge sorpresa.

—¿Los dos me abandonáis? ¿Y ese hermano tuyo tan guapo y gandul?

—Tienes a *Druida* —dice Fenno—, y eso es lo que se merece un sádico como tú. La compañía de un mudo leal y viejo.

—¿Yo, sádico?

Fern se cruza de brazos.

—Hay que ver cómo trataste al pobre Richard.

—Oh, venga ya. ¿Pobre? Es uno de los elegidos.

—¿Y tú qué? ¿Uno de los condenados?

Fenno abre la *Book Review*. Sonríe como si la conversación le resultara demasiado familiar.

Fern se pone en pie y toca a Tony en el hombro.

—No debes llegar tarde a vuestra primera cita. —Sale con él por la puerta trasera.

En el porche Tony le da un beso en la mejilla.

—Cuando vuelvas, dile a ese chico tan agradable que va a ser padre, ¿vale?

—Se lo diré, pero ¿cómo sabes que es «agradable»? No le conoces.

—Bueno, a veces estas cosas se saben. —Hace una pausa y luego la mira a los ojos—. Apuesto algo a que la semana que viene estás prometida. Seguro que no es ningún imbécil... Nunca has querido a un imbécil, ¿verdad? Y tú, Miss Veritas, eres un buen partido. Eres magnífica. —La vuelve a besar, esta vez en la comisura de los labios y ella no dice nada; deja que ese cariño poco habitual pero sincero llene su interior.

Le observa mientras se desplaza sigilosamente por un arriate y arranca los pequeños hierbajos que han salido desde ayer. Se han abierto tres gladiolos: dos rojos y uno blanco. Con una navaja, los corta con cuidado por la base del tallo. Mientras cruza el césped, las flores imitan a la perfección su pose esbelta, alerta y desvergonzada, la actitud desenvuelta ante la vida. Una profunda sensación de ternura y perdón invade a Fern. «Tus hormonas maternas», diría Tony.

En la furgoneta adornada con lemas políticos se dirigen a la ciudad con las ventanillas bajadas; el coche es demasiado viejo para tener aire acondicionado. Dennis se queja al subirse en la parte trasera. No obstante, suena inconteniblemente alegre cuando exclama:

—¡Lleva mi cilicio preferido!

Como le han obligado a levantarse de la cama para marcharse, vuelve a quedarse dormido casi de inmediato.

A Fern le encanta viajar en esa posición tan alta, sentados en los viejos asientos hinchados de tapicería azul y plata (un estampado más propio de unas bermudas). Un rosario cuelga del retrovisor y la visera de Fern lleva otro eslogan: FELIZ EN SUS MANOS.

—Decididamente hay alguien católico —declara cuando abandonan la protección del sendero de arces de Ralph. Se ciñe el anticuado cinturón.

—Ella fundó el centro en el que trabajo como voluntario. Se llama «Casa de tía Lucie». Ella es la tía Lucie, aunque no vive allí. Nos organiza desde Vermont y Washington, así que imagínate.

—¿Podría ir alguna vez? ¿Se aceptan visitas?

—Con una condición. Tienen que ser invitados de tía Lucie. Y tengo que advertirte que si te conoce y le caes bien, y en tu caso estoy seguro, se apoderará de una parte de tu alma.

—Bueno, pues que tenga buena suerte si consigue encontrarla.

—Nos iría bien un poco de ayuda con el diseño del periódico.

Fern se echa a reír.

—Sí, y todavía tengo cuatro meses de aburrimiento con tiempo libre de sobra. —Se pregunta qué recuerda él de las horas de confesión en la hamaca. Le gustaría pensar que volverá a verlo, pero ni siquiera la mención de su posible visita a la Casa de tía Lucie la convence de que vaya a ser así; quizá no sea más que una forma de pasar el rato charlando hasta que se separen para siempre.

Diez años antes, ya se habría enamorado de este hombre, y aunque habría sido un craso error y aunque el corazón se le habría magullado pero no roto, las razones para amarlo no habrían sido desatinadas. Al igual que ella, es demasiado sensible. Al igual que ella, nota el ambiente que hay a su alrededor con suma perspicacia: los cambios más sigilosos en la dirección del viento, el nivel de ozono, la presión barométrica. Algo que a veces supone una carga demasiado grande.

Cuando ya era demasiado tarde, se detuvo a examinar los parecidos de los hombres que amó: en Tony, su pasión por mirar a las cosas, haciéndolas girar frente al ojo e intentando darles significado; en Jonah, su amor descarado por los pasatiempos y objetos anticuados. (Recuerda a la perfección el momento en que se enamoró de Jonah: bajo un toldo rosa en la boda de alguien, un giro en un baile cuando él sonrió y la agarró más fuerte, con seguridad y elegancia.) Creyó que lo que Tony ofrecía era una vida de sorpresas constantes, muy distinta de la vida de sus padres; Jonah, en las ruinas de tales esperanzas, ofrecía una vida de seguridad continua, parecida a la vida de sus padres. ¿Y Stavros?

Cuando Stavros había criticado el hecho de construir un museo con el propio pasado, Fern se había sentido aludida al instante, aunque entonces él apenas la conocía. Porque a veces ahí estaba, en contra de su voluntad, un edificio sólido como el Museo Metropolitano. Un ala grande, teme, está dedicada a los torpes amores de su vida, un ala con los objetos más antiguos y dañados. No obstante, su museo no sólo contiene las quejas contra las que Stavros clamó, piezas del Vesuvio desconchadas por la lava y el limo, sino objetos como cucharones que son reliquias de plata, con el brillo de la alegría doméstica, objetos en los que se refleja el propio rostro. Fern no se considera una persona que piensa demasiado en el pasado, sin embargo sí que le da vueltas, y nadie la deja más incómoda por esa preocupación que Stavros. Es como si hubiera advertido esa tendencia en ella y estuviera decidido a erradicarla. Es lo que él ofrece, lo cual supone también una amenaza.

Con respecto al amor, existe la ya trillada advertencia de que las cualidades que más atraen de una persona pueden acabar siendo las que más se detesten. Con Stavros, se pregunta si lo contrario podría ser cierto: que esta cualidad que casi teme, su aversión a la glorificación del pasado, sea algo por lo que un día estará agradecida.

Cuando Fenno le preguntó por su marido, se sorprendió al darse cuenta de que se sentía como si siguiera casada con Jonah. Es un sentimiento de culpa, eso está claro, lo que la impide enterrar su matrimonio, pero quizá no sea la culpabilidad que ella sospecha: no culpa por haber dejado de amarle sino por la enorme duda que hasta el momento se ha negado a reconocer. Cuando le contó a Fenno con qué dureza había atacado a Jonah, ¿acaso no estaba reconociendo que quizá realmente se suicidara? ¿Que quizá fue ella quien le asestó el golpe que hundió sus esperanzas?

Al llegar a Riverhead, el aire cálido y el ruido del motor

de la furgoneta antigua empiezan a sedarla. Al comienzo se esfuerza por mantenerse despierta, pero se da cuenta de que no tiene demasiados motivos por los que no dormir. Fenno no parece querer conversación; está cansado y, tal como ha reconocido antes, tiene que concentrarse más cuando conduce un vehículo americano.

En cuanto se rinde empieza a soñar: la cena de anoche, y ella sentada a la cabecera de la mesa. Pero en el otro extremo, más allá de los hermanos escoceses, Tony y Richard, se sientan sus propios hermanos. Tony ofrece una explicación detallada de las borracheras y la furia de su padre, y las palizas que daba a su madre ciega e indefensa. A veces ella se escondía en el armario de la ropa blanca cuando lo oía llegar, les cuenta Tony, al borde de las lágrimas. Fern está anonadada y fascinada, nunca le ha oído hablar así, de forma tan abierta, con tanta emoción. Pero da la impresión de que nadie más le presta demasiada atención. Está especialmente enfadada con sus hermanos: Gar examina las rosas, hurga entre los pétalos, se frota el polen entre los dedos y lo olisquea; Forest no para quieto, su aburrimiento resulta evidente. «Los de la región central del país no saben pronunciar "nuclear" ni "leche"», dice en un momento dado, y ella lo fulmina con la mirada; no ha oído que Tony pronuncie ninguna de esas dos palabras. Para colmo, sabe que, aunque no lo ve, Jonah está sentado en el salón, escuchando en la oscuridad, y a ella le aterroriza pensar que alguien en la mesa diga que está embarazada. Cuando se dispone a reñir a Forest y a Gar por sus malos modales, Fenno le susurra que tiene algo que enseñarle; ¿podría ir a la cocina? Ella quiere escuchar el relato de Tony, pero Fenno insiste. «Es cuestión de meses», dice él. Entonces la lleva hacia el porche delantero, no la cocina. «Mira», le señala la furgoneta VW del camino de entrada. Todas las pegatinas y emblemas han desaparecido y es de otro color: un verde primaveral. No hay duda de que es nueva flamante, recién salida de fábrica. «Pero ¿cómo es posible? —piensa—. Si ya no fabrican ese modelo.» También le sorprende que Fenno no se dé cuenta de que le han robado, que alguien se ha llevado la furgoneta que le prestaron y le ha dejado ésa. Está a punto de decírselo cuando ve a una persona en el asiento del conductor, saludando con la mano. Es Stavros, pero debido al reflejo de la ventanilla no le ve la cara y no tiene ni idea de si está enfadado o contento de verla. «Era de esperar, joder», oye que murmura Fenno, y abre los ojos. Se da cuenta de que el verdadero Fenno es quien ha pronunciado esas palabras, no el del sueño.

Dennis se despierta unos minutos después que ella. Ambos deben de haber notado la pérdida de velocidad, porque han conducido hasta allí sin parar, ya están casi a las puertas de la ciudad cuando la autopista de Long Island ejerce su particular tortura: una parada brusca que se extiende varios kilómetros sin motivo aparente.

Cuando Fenno detiene la furgoneta, pierden el escaso alivio que tenían para el calor. A su derecha, Fern observa que el conductor de un coche contiguo levanta el pulgar. Se siente desconcertada unos instantes y luego supone que debe de haber leído las pegatinas del lateral del vehículo, aunque Fern no tiene ni idea de si está de acuerdo con la famosa tía Lucie en su apoyo al movimiento verde, Dios, o los embarazos consumados. Dedica al hombre una breve sonrisa.

—¡Caramba, el perifollo! —se queja Dennis—. Tu amigo Tony me dijo que me podía llevar un poco de ese maravilloso perifollo. Quería preparar una sopa de perifollo y espárragos para mi clase.

—Puedo llevarte a un mercado de la ciudad donde lo encontrarás —afirma Fenno.

—Sí, pero ha de ser lo más fresco...

—Duérmete, Dennis, ¿quieres? —dice Fenno con dulzura—. Vamos a estar aquí parados una hora y no voy a permitirte que me crispes más de lo necesario.

Dennis se echa a reír.

—Mi hermano, el almirante de la flota.

—Mi hermano, el polizonte desastroso.

Sorprendentemente, Dennis obedece a su hermano. Al cabo de unos minutos ronca a pequeñas ráfagas como un ciclomotor que petardea.

Fern observa la marea de tráfico que tiene delante.

—¿Puedo pedirte un favor? ¿Me dejas el teléfono?

—Por supuesto —dice Fenno.

Fern tarda unos instantes en averiguar cómo se usa el aparato, no tiene móvil porque odia la idea de convertirse en una esclava de la comodidad. Tal vez sea otro temor del que debe librarse.

Su contestador automático responde de inmediato. El primer mensaje es de Heather, del viernes por la noche: ha ganado unos billetes de Alitalia y va a llevar a Eli a pasar un fin de semana romántico el 4 de julio al Plaza. Tiene muchas ganas de ver a Fern y quiere saber cuándo conocerá por fin al padre de su primer sobrino y si está preparando el cuarto de los niños. A ella le encanta decorar. Fern pone los ojos en blanco. Está claro que Heather ya hace tiempo que sabe lo del viaje, pues falta sólo una semana. ¿Qué es? ¿Inspectora de sanidad para futuras madres, avisándola con tan poco tiempo? Pero Fern no puede evitar sentir una punzada de emoción. No todos los consejos de Heather serán inoportunos.

El siguiente mensaje, dejado al cabo de una hora, es el que estaba esperando. Oír su voz todavía la conmociona. «¿Dónde estás? ¿Duermes? Acabamos de pasar por la aduana, mamá ha ido a buscar el coche con papá mientras yo espero con esta montaña de equipaje, las vajillas y las mantelerías de mi pobre abuela sobre todo, de las que mi madre es incapaz de separarse, y tengo que verte ahora mismo. Teniendo en cuenta cómo conduce papá, llegaremos en unos diez minutos. Espérame, estés dormida o no.»

Fern empieza a sentir el sudor en la mejilla contra la que tiene apoyado el teléfono. El siguiente mensaje es de ayer por la mañana a las nueve. «O estás inconsciente, o tienes el teléfono descolgado o estás fuera. Pero ¿dónde? ¿Es que llevas una vida que te obliga a salir de casa? ¿En qué estás pensando ahora que estoy aquí?» El mensaje acaba con risas pero se le nota dolido; le había enviado los detalles de su llegada.

Fern empieza a llorar en silencio. ¿Dónde está situada ahora en el cosmos de la crueldad?

—¿Te sientes bien? —pregunta Fenno de pronto. Fern se da cuenta de que tiene una mano en la cintura, como si intentara desagraviar al bebé de su interior. A Fenno le debe de parecer que siente dolor físico.

Le responde que está bien mientras escucha el tercer mensaje, dejado hace tan sólo tres horas. «Voy a hacer algo que es un poco ilegal, como mínimo, suponiendo que no me denuncies. Estoy en la oficina y voy a coger la llave de tu apartamento y voy a ir allí a registrarlo para ver si descubro dónde estás. O espera. Mejor lo llenaré de flores. No estoy seguro de qué hacer.» Stavros ya no parece hablar en broma sino con resolución, al borde del desaliento, resignado a saber noticias que no esperaba pero decidido a enfrentarse a ellas. Por supuesto que habrá noticias. Sea cual sea su reacción, Fern no perderá la esperanza ni se amargará. Se le pasa por la cabeza que es un hombre que se levanta feliz todos los días u otorga a cada día el beneficio de la duda (¿importa si, para variar, a Heather le parece bien?). De repente Fern desea devolver a Stavros a su vida con la misma fuerza que un tornado arranca una casa.

«No hay más mensajes», balbucea la voz robótica que

desearía poder desalojar de su contestador. Le devuelve el teléfono a Fenno y maldice los coches que se extienden ante ellos con una docilidad increíble.

No está segura de cuánto han avanzado cuando Fenno anuncia alegremente:

—Bueno, aquí estamos. —Sonrié aliviado, como si hubiera disminuido el atasco.

—¿Dónde estamos?

A ambos lados de la deprimente autopista se alzan hileras de casitas deprimentes e, intercaladas, una cervecería, una agencia de viajes dominicana, una pizzería sin ningún cliente a la vista. Fenno señala un cartel.

RETIRADA DE BASURAS A MENOS DE 2 KM
BETTE MIDLER

—Los dos kilómetros de Bette Midler —declara Fenno—. Tenía un amigo al que le encantaba este cartel y siempre lo encontraba muy alentador. Y no es que fuera un tipo muy animado. Tenía cierto complejo de superioridad, era muy crítico con todo. Pero le encantaba Bette Midler, no su música, recordaba siempre, sino su talante, el personaje que representaba. Le encantaba imaginársela aquí mismo, con toda su ambición, energía, inclinada, con el trasero en alto, recogiendo vasos de poliestireno y servilletas arrugadas y condones usados y cajas de cartón de comida china para llevar...

Cuando Fern mira hacia Fenno, le brillan los ojos. Es fácil adivinar que el amigo está muerto, que es uno de los muchos recuerdos del amigo, que le transmite a ella, a cualquier persona, para asegurarse de no perderlo.

—Disculpa, pero ¿me puedes dejar el móvil otra vez? —pide ella.

Toquetea los botoncitos y acierta con el número a la segunda. El contestador de Stavros sigue diciendo, como desde hace meses, que dirijan las llamadas al despacho, a su padre o a su ayudante. Pero de todos modos aguarda el pitido final.

—¿Stavros? Stavros, es domingo por la tarde y estoy en un atasco en los dos kilómetros de Bette Midler en la autopista de Long Island. Vuelvo para reunirme contigo, estés donde estés. —Hace una pausa y añade, de manera absurda—: Soy Fern. —Acto seguido, llama otra vez a su propia casa y habla en tono suplicante por si Stavros está allí. Al final, llama al despacho.

Se queda sentada en silencio con el móvil de Fenno en la falda. Él no lo recoge ni hace comentario alguno sobre lo que acaba de oír. El tráfico empieza a moverse de forma igual de inexplicable que se había detenido. Fenno acelera y una brisa cálida, mejor que nada, les sopla en la cara.

Fern intenta convencerse de que Stavros no la ha abandonado y se obliga a mantener la calma. El hecho de que dejara el último mensaje a esa hora implica que no ha ido a la iglesia con su padre. (¿Se trata de un acto de rebeldía, su primer domingo aquí, y si es así, es señal de lo profundo de sus sentimientos por ella? Pero no, habrá ido todos los domingos a misa en la isla de su madre, que sin duda tendrá una población devota.) ¿Dónde lo encontrará? ¿En la pista de Horatio Street? ¿Volverá a su apartamento o a su despacho? ¿O está tan dolido que no ha descolgado el teléfono al oír su voz? Languidece al pensar en buscarlo con ese calor.

La ciudad está a la vista, cerca y lejos a la vez, altiva como Oz. Parece tan nítida, algo excepcional en verano, que se ven las cejas de sol centelleante en lo alto del edificio Chrysler. En cuanto recorran un kilómetro y medio verán el reflejo de las nubes en movimiento en la torre Citicorp, su única característica positiva, según Aaron Byrd. Cada vez que Fern ve la ciudad así, siente la misma incredulidad. Es mi hogar. Siento ánimo y desánimo a la vez. No es fácil llamarle hogar, pero está impaciente por llegar.

En una ocasión, cenando con Stavros, le pidió que describiera las islas de la infancia de sus padres. Él le contó que no eran tan fascinantes o pintorescas como las islas griegas que ella había visitado; las casas estaban apiñadas, las playas eran pedregosas, a menudo el aire apestaba a cabra. En patios diminutos, los coches viejos se oxidaban y se convertían en ruinas que no podían considerarse muy clásicas.

—En algunas calles tienes la impresión de estar en una zona chabacana de Queens, pero eso no quiere decir que no tengan su belleza —afirmó Stavros—, y todo ese mar. La verdad es que no entiendo el desprecio de mi padre. Pero yo no me crié allí con la idea de que era el lugar donde siempre viviría. Voy y para mí es la novedad. El sitio es tan pequeño que todos me conocen y me tratan como a un rey. ¿A quién no le gusta eso?

Fern asintió.

—Siempre he deseado vivir en una isla —dijo.

Stavros alzó la mirada del plato y la observó desconcertado.

—¿Qué pasa? —preguntó ella al notar un indicio de mofa en su expresión.

—¿Sabes? Siempre me ha sorprendido observar cuántas personas perfectamente inteligentes desean cosas que ya tienen.

—¿Qué quieres decir?

Le tocó la mano sobre la mesa.

—Tú vives en una isla.

Reflexionó sobre aquello durante unos instantes. Quería rebatirle que no tenía playas, que en el agua no se podía nadar, que había demasiada gente, que no se refería a ese tipo de isla. Pero entonces pensó en el río Hudson en otoño y primavera, cómo olía a mar abierto y derramaba la luz con tanta generosidad en el rostro de la ciudad vuelto hacia el cielo. El sonido de las gaviotas; la sensación, agradable o no, de orgulloso aislamiento.

Cuidado con lo que amas, y ya puestos, cuidado con cómo te aman.

Mientras dejan atrás el peaje del túnel de Midtown, se oye un ronquido entrecortado y agresivo en el asiento trasero. Fern y Fenno se ríen.

—Oye, ¿quieres venir a cenar un día cuando se marche la motosierra? —dice él—. Con o sin ese chico griego cuyo nombre he olvidado.

—Stavros. Es americano —responde ella. Siente que se ruboriza—. Sí, me encantaría, con o sin él. Eso ya lo veremos.

—Perfecto —responde Fenno con los ojos clavados en la carretera mientras entran en el túnel, descendiendo en picado a la oscuridad y desafiando el peso de un río.

Esquirlas en el corazón, invisible y erráticamente dolorosas: así es como Fern piensa en su acumulación de pesares.

Imposibles de expulsar o retirar; si tienes suerte, desaparecen por sí solas. Pero quizá sean más parecidas a las semillas de una calabaza reluciente, que ya han superado la germinación pero esenciales para que la calabaza sea completa. No se pueden extraer sin romper su piel duradera y osificada; a veces repiquetean y se hacen notar. Es algo natural.

Cierra los ojos: está tan cansada... y al mismo tiempo enardecida, por la expectación, la ansiedad, la impaciencia. De repente piensa en su foto preferida de Jonah, hecha el día de su boda: esquivando el confeti mientras salen del exquisito jardín de Helen Olitsky, lleva una holgada camisa hawaiana de seda (olas verdes salpicadas de surfistas) y luce aquella sonrisa con hoyuelos que nunca dejó de gustarle. Ese día, ella contempló esa sonrisa plenamente convencida de todas las promesas que había hecho. A pesar de la desilusión posterior, podría haberlas mantenido el resto de su vida, por lo menos con sus actos, pero nunca lo sabrá con certeza e inevitablemente se pregunta cómo podría volver a hacer esos votos sin remordimientos. Sin borrones en la hoja de servicio, empezar de nuevo: qué ideas tan erróneas. No obstante, ¿por qué iban a impedirle hacer pactos igualmente arriesgados?

Aquí aparece Stavros. Se lo imagina de la mano de un niño, caminando por un callejón modesto y sinuoso, constreñido por casas sencillas y encaladas. Aquí está la ropa tendida, igual que la describió (calzoncillos, calzoncillos y nada más que calzoncillos) y los coches oxidándose y las cabras, pero todas esas imágenes feas están sublimadas por los blancos primigenios y los azules penetrantes de Grecia, la magnificencia del mar y el cielo que recuerda a Paros y Delos, Delfos y el templo de Sounion.

Entonces recuerda exactamente dónde lo encontrará: en Washington Square, jugando al ajedrez con su padre. A continuación, irá casi con toda seguridad al apartamento de sus padres; tal vez ayude a su madre en el jardín tanto tiempo abandonado. Será más difícil presentarse allí. Su encuentro será cualquier cosa menos privado; sería un castigo adecuado. Es cierto que Stavros es quien regresa del extranjero, pero también es quien ha estado esperando, como su heroína Penélope, a que Fern llegue a su puerto. Que quienes pasean al perro escuchen su confesión, que los genios del ajedrez la observen mientras deja claro lo mucho que lo siente, lo estúpidas que han sido sus vacilaciones. Que el viejo cascarrabias de su padre levante la vista del alfil y la reina para advertir con desaprobación los cambios que ha sufrido su cuerpo.

A Fern siempre le ha parecido que el túnel de Midtown es un lugar curioso. Si te acercas a la ciudad por cualquier otra ruta, los puentes majestuosos, incluso el túnel de Holland y de Lincoln, se sale de ellos sabiendo exactamente dónde estás. Pero esta ruta es indirecta. No se emerge al brillo empañado de la ciudad sino a una carretera situada bajo un paso inferior destartalado, las sombras grises truncadas sólo por desmedrados ailantos y vallas publicitarias que anuncian puentes aéreos. Se sale a una calle lateral anodina, una calle que, cada vez, te deja confundido. La aguja de la brújula gira porque ya no se ve el perfil de la ciudad ni es posible advertir que se está en una isla, un lugar glamoroso con muchos ojos; aunque para los de Fern y, sospecha, los del hombre que se sienta a su lado, es un lugar donde no es fácil vivir pero resulta tranquilizador.

Cuando se detienen en el primer semáforo, ella mira a ambos lados y le embarga una sensación de consuelo al ver las avenidas bañadas por el sol, los árboles más altos y permanentes. Mientras esperan que el semáforo cambie de color, Fern y Fenno se miran brevemente. En ese intercambio hay una especie de seguridad, como el lanzamiento de un ancla en las aguas de un puerto, y ella interpreta en su rostro lo que, imagina, debe de ser el mismo reconocimiento y placer que ella siente: aquí estamos, a pesar de los retrasos, la confusión, las sombras del camino, por fin, o por el momento, donde siempre quisimos estar.

Agradecimientos

Por el patrocinio mediante premios y subvenciones que han respaldado y alentado mi obra, doy las gracias a la New York Foundation for the Arts, el *Chicago Tribune*, el *Bellingham Review*, *Literal Latté* y la Pirate's Alley Faulkner Society (sobre todo a Joe DeSalvo, Rosemary James y H. Paul y Michael X. St. Martin). Por prestarme de forma desinteresada su tiempo y conocimientos respondiendo a varias preguntas de documentación, expreso mi agradecimiento al doctor John Andrilli, del Saint Vincents Medical Center de la ciudad de Nueva York, y a John y Christine Southern, de C & J Medals, en Reading, Inglaterra. Y por compartir conmigo su trocito de Escocia (que he adornado) tengo el placer de estar en deuda con mis primos McKerrow del otro lado del océano, en especial Matthew, Gordon y Allan.

Por un apoyo de índole más íntima, estoy agradecida a mi compañero de tantos años, Dennis Cowley, y a mis padres, así como a Bette Slayton. También desearía expresar mi agradecimiento a los lectores cuyas consideradas respuestas me ayudaron a perseverar: Lindsay Boyer, Shelley Henderson, Alec Lobrano, Daniel Menaker, Katherine Mosby, Nick Pappas, Tim y Jessalyn Peters, Mark Pothier, Lory Skwerer, Lisa Wederquist, James Wilcox... y el difunto Robert Trent, a quien echo muchísimo de menos y nunca olvidaré.

Finalmente, por el entusiasmo, la confianza y la habilidad con que transformaron esta historia en un libro, estoy profundamente agradecida a Dan Frank y, sobre todo, a tres mujeres excepcionales: mi agente, Gail Hochman; mi editora, Deborah Garrison, y Laura Mathews, fiel amiga y musa.

Este libro utiliza el tipo Aldus, que toma su nombre
del vanguardista impresor del Renacimiento
italiano Aldus Manutius. Hermann Zapf
diseñó el tipo Aldus para la imprenta
Stempel en 1954, como una réplica
más ligera y elegante del
popular tipo
Palatino

* * *

* *

*

Tres junios se acabó de imprimir en un
día de primavera de 2004, en los talleres
de Industria Gráfica Domingo,
calle Industria, 1
Sant Joan Despí
(Barcelona)

* * *

* *

*